COLLECTION FOLIO

Sophie Chauveau

# Fragonard, l'invention du bonheur

Gallimard

© *Éditions SW Télémaque*, 2011.
www.editionstelemaque.com

Sophie Chauveau est auteur de romans, dont *Les belles menteuses*, *Mémoires d'Hélène*, d'essais et d'une monographie sur l'art comme langage de l'amour. Elle s'est documentée durant quatre ans pour écrire *La passion Lippi*, premier volet d'une trilogie qu'elle a poursuivie avec *Le rêve Botticelli* et *L'obsession Vinci* sur le siècle de Florence. Avec *Diderot, le génie débraillé*, elle s'est penchée sur le siècle des Lumières et des encyclopédistes et a poussé son enquête du XVIIIe siècle avec *Fragonard, l'invention du bonheur*.

*À Adeline Defay
pour le sens de l'amitié
et le goût du bonheur.*

La légèreté n'exclut pas la profondeur.

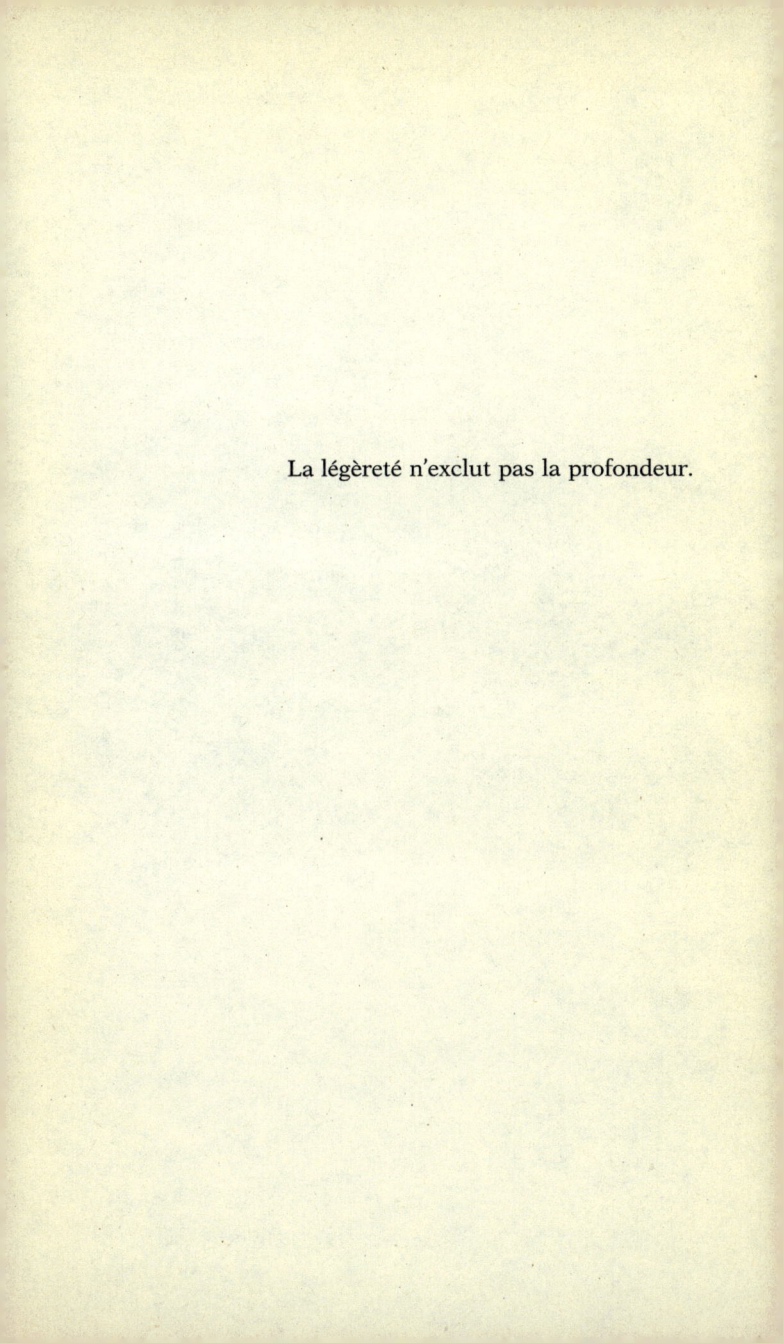

## *Chapitre 1*

1732-1742

## UNE ENFANCE DORÉE DE SOLEIL

Le paradis terrestre est où je suis.

VOLTAIRE

Enfin il se passe quelque chose dans cette bonne ville de Grasse, oubliée tout en bas du royaume de France, presque en Italie.

On lui donne la comédie et elle applaudit de bon cœur. La cité entière a succombé aux charmes de Léandre et Toinon, un jeune couple qui prétend venir de Paris — l'accent pointu ne dément pas. De fait, ils sont jeunes, beaux, riches, terriblement élégants, citadins, raffinés, et leur présence ne laisse personne indifférent à commencer par le brave Marco, le joyeux gantier de la sombre rue Tracastel. Celui-là n'a jamais aimé le travail mais les femmes, le plaisir et le partage des bonnes choses.

Espiègle et mutine telle une soubrette de Molière mais raisonneuse et enjôleuse comme celles de Marivaux, c'est sur ce Marco que Toinon a jeté son dévolu. Il est pourtant marié de frais à la belle Françoise, Françoise Petit, désormais Fragonard. Est-ce pourquoi depuis son mariage lui-même se fait appeler François ? Ou pour effacer l'origine italienne ?

En outre très récent père d'un bébé de l'an appelé du prénom de ses oncle et grand-père, Jean-Honoré.

Si cet îlot rocheux en surplomb au-dessus de la Méditerranée bleue est un des plus beaux sites du royaume, c'est à la naissance de l'été qu'il pue le plus. Davantage qu'une porcherie dont l'odeur de lisier est souvent enviée. Pour obtenir de bons parfums et de belles peaux, la transmutation des matières premières génère d'épouvantables fragrances. Grasse pue à plein nez. C'est sa richesse et sa spécialité. Mais le galant Marco connaît tous les chemins creux et autres sentiers de traverse à l'abri des miasmes. Pas un fourré, une clairière, un bosquet qu'il ne sache par cœur depuis l'enfance. Il a toujours couru le guilledou et prisé par-dessus tout les filles faciles qui n'exigent que quelques colifichets, un savon, une bougie ou une belle paire de gants, en échange de baisers tout chauds voire pis. Aussi offre-t-il ses paradis olfactifs à la jeune Toinon qui se laisse trop aisément entraîner dans ses sous-bois dissimulant délicieusement la puanteur sous le thym, la violette et la sauge, mêlés aux senteurs épicées du basilic, du térébinthe ou du romarin. En échange, elle lui tolère quelques petits bécots secrets qui, aux sens de cet homme simple, relèvent de l'enfer. Si chargés de promesses qu'il en redemande. Las, elle a un joli mari, le doux Léandre. Quant à lui, sa Françoise allaite encore... Aussi pas question de laisser des sentiments leur faner le teint ni d'en faire un drame. Entre eux il ne peut s'agir que de baisers et de plaisir. Sans oublier les affaires. Eh oui, les Affaires ! Car « le Progrès » vient de faire son apparition à Grasse sous les formes ravissantes de cette redoutable ambassadrice. La grande aventure du Progrès, la nouvelle folie du jour et, Toinon le prétend, du siècle ! Elle ne jure que par lui et fait miroiter à Marco entre deux baisers que si le Progrès, et ses célèbres pompes à feu, les rend demain très riches — ce dont elle est certaine —, tout s'arrangera. Riches, ils pourront s'aimer en dépit de leurs conjoints respectifs et mieux avec leur assentiment ! Enfin, de n'importe quelle manière. Marco ne peut manquer sa chance. D'autant qu'il y faut peu d'efforts, il suffit de miser son pécule sur le Progrès et d'attendre que l'œuvre s'accomplisse. Ah ! Tout ce qu'ils pourront réaliser une fois riches ! La pâmoison est proche, faute d'extase de chair.

Miracle de l'argent. Tous les soucis aplanis, l'amour à portée... Le Marco veut y croire. Il est épris, ce récent père. Mais ne veut surtout pas faire de peine à sa gentille épouse, si industrieuse, si bonne mère... Oui, mais cette belle fille à fanfreluches qui lui arrive de la grand ville... Ah ! Le mirage de Paris, la beauté de cette Toinon, sa peau, ses seins, l'odeur de son cou... Quant à son jeune mari, il est l'héritier — justement — des fameuses machines à eau contre le feu. Elles ont été inventées et mises en marche par son ancêtre qui n'était autre que le secrétaire du grand Molière, un nommé du Périez, vous pouvez vérifier, affirme-t-elle. Son petit-neveu est le seul détenteur de ses brevets secrets qui détaillent la méthode de fabrication de ces machines à éteindre le feu et à engranger des louis d'or. Et encore un hasard merveilleux, ce Léandre ne rêve que de les partager avec les gens qui croient au Progrès. À Grasse particulièrement !

À Marco comme à tous les téméraires, ces aventuriers modernes qui misent sur lui, le Progrès garantit amour, gloire et fortune. Qui résisterait à ces promesses, ponctuées des baisers tout chauds de la Toinon ?

Peut-être n'est-elle qu'une soubrette de seconde zone, une petite actrice ambulante acoquinée à un ingénieux escroc, comme le lui serine sa femme ? Peut-être. Mais d'abord comment pourrait-elle le savoir ? Seule la jalousie la fait parler. Et surtout, comment, depuis Grasse, deviner ce qu'on ignore absolument de ces aventures qui révolutionnent la capitale ?

En cette Provence reculée, personne n'a jamais entendu parler de du Périez. De Molière, si. Et bizarrement ça suffit. Chacun se rengorge de recevoir le descendant d'un laquais du grand Molière ! Laquais de comédie, acteur de l'illustre troupe ou son valet dans la vie ? Qui oserait en demander davantage ? Grasse est bien assez honorée de recevoir ses héritiers.

Plumer ces prospères artisans du Sud, presque d'Italie, est à la portée de n'importe quel citadin un peu malin. Toinon est spécialement séduisante et assidue à la tâche.

À la décharge de Marco, toute la société de ces années 1730-1740 ne jure que par le dieu Progrès ; pourquoi les Grassois y échapperaient-ils ? Personne ne résiste à la promesse de transformer la dureté de la vie en bien-être définitif. Depuis l'invention de la machine à vapeur, on sait que ces mécaniques peuvent métamorphoser l'existence. L'époque se voue à l'invention permanente. La science crée la mode.

Le Progrès est l'idée neuve du règne de Louis XV et personne n'y contredit. Le plus petit manant du village le plus reculé rêve de s'asseoir à la table du

Progrès. Cette passion est cousine dans ses excès de celle qui a grignoté le Grand Siècle, ce poison du jeu qui a infesté toutes les couches de la société. Ne mise-t-on pas sur le Progrès avec le même désir de gagner ? Et la même incertitude.

Voilà ce que l'héritier d'un valet de l'Illustre Théâtre est venu vendre à Grasse, sa poudre aux yeux. Le raisonnement est limpide. Le feu fait peur. L'incendie dévaste nombre de maisons des villes, et dans le Sud, tel l'amadou, il enflamme en plus collines et bois, avale bêtes et hommes. Faute de le dompter, pouvoir l'éteindre est vital. Qui proposera ce type de machines y gagnera beaucoup d'argent outre le titre de bienfaiteur de l'humanité. Et voilà que ce du Périez censé en avoir l'exclusivité rêve de céder des morceaux de sa fortune à n'importe qui, oh, par pur altruisme. N'importe qui, à l'unique condition d'être prêt à investir dans la construction de ces mirobolantes pompes à feu ! Est-ce bien honnête ? demande Françoise. On a envie que ça le soit : c'est si bien raconté.

Éteindre le feu...

Marco, qui passe pour le plus fort en gueule du village, se fait fort de convaincre les Grassois de l'urgence de contribuer à la diffusion de ces merveilles.

Du Périez descend effectivement du laquais de Molière, mais il est mort en 1723. L'ami Maubert, le plus riche de tous les proches des Fragonard, a pris ses renseignements. Et depuis la disparition du fameux ancêtre, ces du Périez se sont multipliés ajoutant des rallonges à leur nom « du Périez du Mouriez » et des particules pour les lier entre eux. Ainsi font-ils fructifier le nom de leur invention dans tout le pays en « offrant contre de l'argent leurs fameuses pompes à tous les nigauds prêts à miser dessus », à la façon dont le Bourgeois Gentilhomme du même Molière, qui ne fut jamais marchand « donnait du drap à ses amis pour de l'argent ».

Marco est de ces gogos-là, si facile à convaincre ! Et les arguments de Toinon font mouche à tous coups. Ainsi en moins de deux, la part disponible en numéraires de la dot de Françoise a-t-elle changé de mains pour celles de la jolie soubrette. De son côté le tendre Léandre fait les yeux doux à toutes les dames du canton, à commencer par la belle, la sévère Françoise qui tient commerce avec sa sœur Gabrielle Petit, la marraine de son fils. Aux heures où elle est seule dans sa boutique, il vient lui faire sa cour comme on fait un siège. Il y essaye force paires de gants tout en lui caressant les mains. Françoise n'est pas farouche, pourtant elle flaire l'aigrefin à cent mètres. Trop joli pour être honnête, il s'approche trop près. L'élégant hâbleur ne saurait l'emballer, elle prise des vertus moins légères. Elle n'a d'ailleurs nullement l'intention de risquer sa pelote pour le Progrès, autant dire, vu de Grasse, pour la lune ! Pompes à feu ! Qu'il aille plutôt vider l'eau de mer pour éteindre celui du cul de sa femme ! Une allumeuse de la pire espèce, aux yeux de cette jeune mariée. Françoise Fragonard est une femme franche, belle mais surtout rapide et ferme. Elle vient de perdre un bébé de 15 mois, la douleur l'aguerrit. Désormais son fils aîné est un fils unique, il reste seul à prétendre à ses soins, donc à ses sous. Alors oui, pour le plaisir des mots doux, elle se laisse conter fleurette. Au milieu des roses de Grasse, qui le saura ? Mais elle ne confiera pas un sou au joli filou, dont l'épouse a déjà subtilisé l'esprit et la monnaie de son mari, ce qu'elle ignore encore. Mais elle est sur ses gardes. Les femmes sentent venir ces choses de loin.

C'est après le départ de ce si gentil petit couple qu'elle découvre le pot aux roses. Pas tout de suite, non, au fur et à mesure que le temps passe, Marco a bien trop honte. Près de dix mois plus tard, les villageois se succèdent dans sa boutique « histoire de prendre des nouvelles de ces gens de Paris si délicieux ». Françoise n'en a pas et surtout, elle n'en a cure. Elle les envoie promener. C'est alors que sous le sceau du secret, ils lui avouent s'inquiéter beaucoup pour leurs économies investies dans les pompes à feu, et remises à la Belle ou au Beau citadin par le truchement du serviable Marco si lié à la Toinon ! Pour preuve, chacun d'exhiber à une Françoise aussi furieuse qu'éberluée, un billet nominatif attestant de la somme investie et de son usage prévu : « pompes à feu ».

« Investie ! Ah, vous croyez ça ! Jetées aux orties, vos économies, plutôt », leur réplique Françoise sur un ton tonitruant !

Ainsi donc Toinon a promis à tous les hommes du pays, Léandre à toutes les femmes, que leur mise allait doubler en six mois ! Ah ah ! Six mois, puis sept, huit, neuf, dix mois sont passés, et pfuittttt, personne jamais n'a eu de nouvelles des généreux leveurs de fonds. Et Françoise de rire à gorge déployée, de se moquer de tous ses payses grugés comme... ? Mais comme elle, peut-être bien. Le soupçon l'effleure.

D'abord la narquoise Françoise ne peut y croire, son bambin posé sur l'avant-bras, ses magnifiques cheveux rouges débagoulant de sa coiffe — rebelles comme leur couleur et leur volume, ils ne tiennent pas en place —, la mère épanouie et pleine d'énergie s'interrompt soudain de rire pour remuer le couteau dans la plaie. Puisque pour les Grassois, seul compte l'argent, elle insiste. « Rien, vous ne reverrez jamais rien, ni la jolie fille espiègle et catin, ni le jeune homme aux cheveux d'ange et au regard de braise. Envolés avec vos sous. Et parfois vos cœurs, comme mon pantin de mari. Amis, ne revenez pas me demander des nouvelles de vos mirifiques placements, vous avez été roulés, bernés, refaits, bons comme la romaine. »

En achevant sa tirade, s'insinue plus avant le soupçon que son mari qui a joué un si grand rôle dans l'imposture a sûrement été encore plus bête que les Grassois réunis. D'ailleurs depuis qu'elle a commencé d'haranguer ses clients, il n'a pas levé les yeux vers elle !

Femme et mère, il suffit : elle a compris.

Rétive au scandale, elle attend la fermeture des volets de sa boutique — qu'ici on appelle des jalousies — pour en avoir le cœur net. Sans élever la voix, rien qu'en plongeant ses grands yeux gris dans ceux de Marco, il passe aux aveux complets.

— Tes « comédiens » sont partis depuis plus de dix mois et tu n'as rien dit à personne ? Tu ne t'es pas inquiété de leur silence ? Tu étais sacrément mordu. Nous voilà tous punis. Tous les braves gens du village vont te haïr. Nous, de combien on est refaits ?

Il ne les a pas complètement ruinés mais peu s'en faut. L'heure est grave. Vite, prendre les bonnes décisions, réunir le conseil de famille. À Grasse, chez ces anciens Italiens, la famille c'est bien plus que la famille, c'est l'assemblage de plusieurs parentèles vaguement liées entre elles et soudées par certains de leurs membres. Par corporation et cooptation.

Ainsi les humbles Fragonard sont-ils plus ou moins cousins des riches Maubert, lesquels sont liés, via Avignon, avec les Gérard. Comme tout ce qui vit à Grasse, ce très petit monde œuvre dans et pour les parfums et les peaux. Ici on naît gantier parfumeur comme les Auvergnats sont porteurs d'eau, les Normands paveurs et les Languedociens drapiers. Si les hiérarchies sont subtiles, elles sont aussi tenaces. Parfumeurs et tanneurs forment la corporation des gantiers, avec tout en bas, des garçons tanneurs comme Marco, en haut les maîtres parfumeurs et quelques juristes pour faire bon poids comme les Maubert. Entre les deux, des paliers créent une manière d'échelle sociale. Les Fragonard en bas, les Maubert en haut, les Gérard au milieu. Mais quand il s'agit du clan, plus de différence, tous unis. Marco alias François Fragonard a deux frères. Honoré est au plus bas de l'échelle. Pierre, le troisième, est le seul à avoir fait des études. Et quelles études ! Docteur en théologie. Il porte la robe des clercs et exerce comme prêtre à Grasse, ce qui dans une ville épiscopale, siège de sénéchaussée et de viguerie, n'est pas peu. Ça rehausse tout le clan Fragonard aux yeux de la riche parentèle. Seule Françoise, dont Pierre est le beau-frère préféré, l'appelle affectueusement l'Abbé, pour tous il est le Docteur. Et pour ses neveux, l'oncle Savant.

Le petit Jean-Honoré roux et blond qui apprend la course dans les collines contre le vent qui souffle avec furie, joue à longueur de journée avec cousins, cousines, chats, chiens, tortues, hulottes et mille autres bêtes. De la genette au grand rapace, l'enfant parle dans sa langue à toute la création. Grasse n'est que ruelles, escaliers, places et terrasses… Un formidable terrain de jeu pour l'enfance !

Les deux cousins sont très liés, élevés dans la même ruelle, quasi-jumeaux et quasi homonymes : Honoré tout court, contre Jean devant, et tous deux Fragonard. Les cousines sont plus douces, tendres et jolies mais vivent aussi sous l'emprise de l'ingénieux Honoré qui exerce une fascination qui va parfois jusqu'à la répulsion. Son étrange pouvoir s'étend sur tous les enfants du village. Il est le plus fort, le plus audacieux, le chef de tous les gosses du coin.

Depuis que le petit Jean-Honoré a vu pleurer sa mère, il joue moins, il est triste. Il n'aime qu'elle. Non, il adore tout le monde mais elle avant tout et tellement plus fort. Désormais elle pleure souvent et beaucoup. Elle ne rit plus comme avant avec son mari, lequel rentre de plus en plus tard. Souvent l'enfant est déjà endormi et ne le voit même pas. Elle si, mais ça lui fait les yeux rouges.

Un jour de cette enfance infinie, de cette enfance qui se déroule comme une perpétuelle minute heureuse avec toujours du soleil, parfois du vent, la mer bleue au loin et chaque aube, la joie levée la première, un jour donc, gravement l'oncle-abbé vient bénir son père, une malle et des baluchons ! Sur décision du clan, Marco s'en va à Paris tenter de récupérer les sous que tous les Grassois ont investis dans les pompes à feu. À commencer par ceux de ses mère et grand-mère.

Comme l'oncle paternel est marié au bon Dieu, il n'a pas d'enfant, il porte une robe et passe pour sage. Haut placé dans la cléricature, c'est un théologien fameux, ce qui ne dit rien à l'enfant, qui l'aime parce qu'il lui parle tout bas, tout doux et toujours gentil. Pour le petit Fragonard, il représente la toute-puissance. En plus il parle avec Dieu et sa mère le respecte. Elle se signe quand il arrive.

Doctement il explique à la mère et à l'enfant qu'en l'absence de son père qui part laver l'honneur de Grasse et le sien, l'homme de la maison désormais, c'est lui. Il les prend tous deux sous sa responsabilité. Sa mère d'opiner, donc Jean-Honoré d'acquiescer. Laver l'honneur ! Son père en grand nettoyeur ? Pourquoi pas ?

Ainsi débute le plus beau moment de sa jeune vie. Seul à la maison avec sa mère qui ne pleure plus, et l'oncle Pierre qui vient chaque soir souper. Il lui enseigne le monde, Dieu, ses saints et les moyens de les retrouver au ciel plus tard. Dieu, Diable et tous les autres esprits que l'enfant surprend souvent dans l'air stagnant et empuanti de la cité.

Chaque dimanche, toutes les familles de la parentèle se retrouvent après la messe pour boire, cuisiner, manger, chanter et se raconter ; ils se connaissent, se reconnaissent, se surveillent et s'appartiennent les uns les autres. Par intérêt clanique bien compris, mais aussi par pure tendresse. Si l'un va mal, le clan entier souffre.

C'est souvent en ces fins de dimanche exténuées que l'ascendant du cousin Honoré se fait le plus sentir. Quand les adultes se reposent à l'ombre d'avoir tant bu parlé marché mangé et qu'à l'écart, les enfants inventent des jeux nouveaux. Le plus doué c'est Honoré. Il est si curieux, il lui faut tout comprendre, tout démonter, tout refaire. C'est un observateur, un expérimentateur, un grand taiseux — ce qui surprend en cette bavarde Provence —, et un solitaire, il veut bien montrer ses découvertes mais pas qu'on lui en parle. Le contraire de celui qu'il nomme Frago — c'est à ce moment-là que l'usage se prend de le nommer Frago d'abord pour le différencier de l'Honoré. Frago lui est bavard, drôle, léger, petit et musclé, nerveux et agile, du vif-argent dit son aïeul dont il porte le prénom, le diable au corps prédit l'oncle Pierre, pourfendeur de péchés. Magnifiquement doué pour le bonheur, conclut sa mère. L'enfant Frago se contente d'adorer la vie et sa mère. Les cousins s'entendent sans parole, l'un montre, l'autre dessine, les deux adorent la nature. Frago a des yeux sous les doigts, il peut reproduire n'importe quoi pourvu que ça lui plaise, bête à bon dieu, cheval de feu, tout se vaut, pourvu que poils ou plumes brillent dans le soleil. Il a les cheveux de feu et les yeux gris de sa mère, le sang qui coule dans ses veines a la versatilité de son père. Le reste lui appartient.

Son cousin Honoré a beau être son cadet de deux mois, il est plus grand et plus fort en tout. C'est qu'il n'a peur de rien. Pas même de l'odeur de charogne, ce qui lui permet de disséquer tous les animaux morts qu'il rencontre. Il veut savoir comment marche la vie comment fonctionne le vivant. Rien ne le rebute, la curiosité semble lui boucher le nez. Frago préfère les animaux vivants pour leur parler, les caresser, les aimer. C'est une petite âme sensible, il s'attache, puis il pleure. Il dresse ses chats à marcher sur les pattes arrière, il joue aux balles avec eux, c'est souvent lui qui perd. Il essaie de leur interdire les souris et les oiseaux, un peu en vain. L'année de ses 5 ans, il a trouvé un chien griffon abandonné et déjà pas mal vieux mais aux yeux irrésistibles. Sa mère a bien voulu qu'il le garde, et entre eux deux la passion a flambé ; son premier chien à lui tout seul. Ils ont tout appris l'un de l'autre. Aussi quand celui-ci montre des signes de faiblesse, peut-être de maladie, mais plus sûrement de vieillesse, Honoré veut aider son cousin à le requinquer. Il le gave de remèdes par lui inventés, il le masse, le tourne, le retourne, le palpe... Il tente de repousser la mort... Mais au bout de quelques heures de tentatives inutiles, c'est l'agonie. En dépit de tout, soins, prières, invectives ou larmes que les deux cousins multiplient, le chien cesse de respirer.

Frago est désespéré, son chien, son unique, son chien Jasmin vient de mourir sous ses yeux, dans ses bras. Moins sentimental, Honoré ne l'entend pas ainsi. Et au lieu d'aider son cousin à porter son chien en terre pour lui témoigner son amour, il exige de savoir de quoi et pourquoi celui-ci est mort, et sans attendre la permission qu'il n'aurait jamais eue du maître de ce cadavre, d'un coup de lame affûtée, il lui ouvre le ventre et la cage thoracique. À une vitesse d'exécution proprement ébouriffante, sous les yeux horrifiés de Frago, il en extirpe fièrement des boyaux et d'autres organes inconnus du garçonnet.

Quand cesse sa stupeur, Frago se met à hurler. À hurler sans pouvoir s'interrompre. À crier comme jamais. Non seulement son chien adoré est mort, mais il est en charpie. Il ne peut plus ni l'embrasser ni le porter en terre. Il pousse un cri d'éternité. De douleur immémoriale. Dont la puissance sonore était encore inconnue, au point que la parentèle s'inquiète et se précipite. Bien sûr la mère de l'enfant hurleur arrive la première sur les lieux du carnage et… partout du sang. Partout ! Sur le visage, sur tout le haut du corps d'Honoré, alors que ses deux mains rouges trempent et triturent encore des choses sanguinolentes. Quant à son fils, il n'est qu'un cri. A-t-elle seulement vu le chien mort éventré ?

Sans comprendre, elle aussi prend peur. Le reste de la famille arrive à sa suite et pousse les mêmes cris d'horreur. Voyant que ça tourne mal, et surtout furieux de devoir s'interrompre dans son expérience, Honoré se saisit d'un morceau plus rose que les autres, se redresse — il était jusque-là toujours agenouillé au-dessus du chien — et jette à la tête de son cousin en catalepsie : « Tiens, voilà son cœur, il ne bat plus. »

Couvert du sang de son chien chéri, l'enfant est sans réaction, tétanisé. En état de sidération. Figé de chagrin. Mais au moins il s'est tu. Enfin ! Le cœur chaud de Jasmin sur son visage lui a fait ravaler son cri. Oubliera-t-il jamais cette scène, se demande sa mère en tentant de le ramener à elle ? À eux. À la maison. À la vie ? Il n'a que 10 ans, il oubliera, diagnostique le cousin Gérard.

Ses cauchemars en sont durablement imprégnés. Depuis il évite Honoré qu'il juge dangereux et malfaisant. Diabolique. Lequel pourtant continue de disséquer des animaux ; même des animaux encore vivants, propage la rumeur. Des bêtes que Frago pouvait caresser l'instant d'avant. On dit même qu'il aurait tué un chat ! Quelle horreur. Entre les cousins, la rupture est consommée et par contagion avec toute cette partie de la famille, jolies cousines incluses. Et par une bizarrerie que personne ne saurait expliquer, l'oncle célibataire, homme d'Église et de robe, se fâche aussi avec ce frère-là, le père de l'écorcheur de chiens. Suite à ce drame, il ne se reconnaît plus qu'un seul neveu, et c'est Jean-Honoré, à qui il sert de père en l'absence du sien. Absence qui se prolonge. L'honneur c'est dur à ravoir. De loin en loin, Marco réapparaît, chargé de bimbeloteries pour sa femme et son fils, mais sans un sou vaillant. Rien pour les Grassois. Le clan s'énerve. Et le renvoie à la chasse aux voleurs.

Il dit ne pas parvenir à mettre la main sur les héritiers du valet de Molière. Les fameux du Périez ont disparu. Au point de se demander si ce ravissant petit couple venu à Grasse les ensorceler n'a pas usurpé cette identité, histoire de donner un air de véracité à leur carabistouille. Ou peut-être leur imposture.

Aidé du clan, l'oncle-abbé a pris la famille en charge. Abandonnés par un père aventureux, la mère et l'enfant se retrouvent sous sa protection active. L'enfant, ça l'enchante et le rassure. Jamais seul, toujours quelqu'un pour le dorloter. Mais la présence constante du clan énerve sa mère. Elle travaille, elle gagne sa vie, elle n'a pas besoin de chaperons. Le clan veille au grain et tient ses ouailles. Elle n'en réchappera pas. Rien de ce qui arrive à l'un de ses membres ne doit demeurer secret, le clan sait tout, couvre tout, s'empare de tout. Dissimule sous le bruit, la faconde, la joie du partage, les couleurs fortes, les odeurs souvent terribles, les images sensuelles, les corps en action, l'esprit méditerranéen, tout ce qu'il est utile de cacher. Par exemple que Marco continue de s'endetter, qu'il a mis en gage la boutique de sa femme, qu'il a vendu à perte la maison où logent les siens rue Tracastel afin d'apurer ses dettes... Françoise ignore ce que le clan laisse faire d'engageant et même de dangereux pour son avenir.

Ne trouvant pas ses débiteurs dans la capitale, pour survivre il a fait comme tout le monde, il a joué. Et perdu. Pour trouver du crédit, il a fait comme tous les provinciaux endettés, il s'est tourné vers ses payses installés dans la capitale, auprès de qui le malchanceux Grassois s'est endetté derechef... Etc. Le cercle vicieux s'est refermé sur lui. Bien ferré dans l'engrenage, il ne lui reste qu'à se faire oublier et à se cacher.

Quand les Grassois de Paris ont alerté ceux d'ici, immédiatement les Maubert ont pris les choses en main. D'abord dissimuler la sinistre vérité à la malheureuse épouse. Via un lointain cousin sur place à Paris, les Maubert arrivent à tout racheter, boutique et maison, sans que le faiseur de dettes l'apprenne. Ils n'en disent rien non plus à Françoise, qui continue de travailler comme hier.

Les Grassois grugés grondent de plus en plus. Ils ne vont plus se contenter de vaines promesses quant au retour de leur argent. Mieux vaut y aller voir de plus près. Qui mieux qu'une mère et un enfant à l'abandon pour tenter de ramener un père à la raison ? En tout cas l'aider à recouvrer ses esprits et leurs biens à tous.

À nouveau le conseil de famille se réunit, cette fois chez les riches, chez ces Maubert qui justement sont tous plus ou moins avocats, juristes... Ils savent toujours quoi faire. On se réunit en présence des Gérard avec Françoise et son beau-frère l'abbé. On n'a pas convié les parents d'Honoré.

Les doutes ont depuis longtemps envahi les nuits de la belle Françoise mais quand elle apprend la vérité dans ses détails, autant dire par les égouts, elle est à la fois gênée, furieuse, enragée et soulagée. Elle n'en pouvait plus de mentir à chacun en affirmant avoir de bonnes nouvelles de son mari, ce spécialiste du flou. « C'est lent mais ça avance… », comme il lui écrit. Trop aléatoire pour cette femme pragmatique. Tantôt, effectivement, un message plein de fougue : « Ça y est, je suis en train de faire fortune ! » De fait, il rentre quelques semaines après, déguisé en Roi mage, chargé de cadeaux plus inutiles les uns que les autres, mais jamais on ne l'a vu envisager le début d'un remboursement de dettes… Tantôt, ses lettres geignent : « J'ai encore été roulé, n'ai plus un sou vaillant, je désirerais que ma si belle, ma si gentille petite femme m'envoie de quoi subsister le temps de me remettre sur pied… Je tousse à fendre l'âme… », ajoute-t-il, pour faire bon poids. Les gens du Sud n'imaginent la mort que par les poumons.

Le clan décide la mère et l'enfant à se rendre à Paris remettre leur père et mari sur le droit chemin. La parentèle sauve la face. Maintenant qu'elle sait tout, l'épouse flouée refuse de continuer à habiter *sa* maison et à faire tourner *sa* boutique comme si de rien n'était. Les apparences sont peut-être sauves, mais rien d'autre ne l'est. Françoise oscille entre colère et mépris. Quand l'abbé lui propose de partir pour Paris voir ce qu'elle peut faire pour sauver le pauvre pécheur, elle saute sur le prétexte. Au moins elle en aura le cœur net. Elle l'imagine en ménage avec la jolie soubrette, dilapidant leurs pauvres biens pour la séduire, sauf que depuis trois ans qu'il est parti et qu'il n'a plus rien, elle l'aura abandonné.

Il est sûrement en perdition mais elle ne se sent plus l'âme charitable que lui prête son beau-frère. Ni si généreuse. Elle ne sait même plus si elle l'aime. Tant de nuits seule dans son lit, elle a oublié jusqu'au grain de sa peau, mais elle tient au père de son fils, y compris pour lui dire ses quatre vérités. Et peut-être, en bonne Grassoise, veut-elle éviter qu'il perde la face devant leur enfant. Elle promet donc de le trouver, de le secouer et de le ramener à la maison. Sinon à la raison.

Pour les escorter, Claude Gérard fera la route avec eux. Les finances sont telles qu'on ne peut s'y rendre qu'à pied, Claude portera vivres et baluchons pour la route. Personne ne s'oppose aux décisions du clan. L'emprise en est douce quand tout va bien, mais elle sait se faire lourde en période de crise ! Françoise s'en mord les doigts. L'enfant n'a pas encore compris qu'on l'arrache à son enfance, à la nature, à sa vie. La luxuriance des paysages de la Méditerranée, la beauté de la campagne, la fraternité de la cité, les animaux apprivoisables tout le temps partout, et irrégulièrement les rutilants cadeaux de son père qui ne troublaient que peu l'histoire d'amour de l'enfant avec sa mère, c'était le paradis. Son paradis. Sa mère le sait qui se désole de devoir l'en arracher. En même temps, la vie que le clan lui fait à elle depuis les premières malversations de son mari doit cesser. Qu'elle récupère ce mari-là ou pas, il lui faut avant tout retrouver son indépendance. Élever son fils loin de ce réseau trop serré. Une chose surtout déplaît à Françoise, pourtant élevée comme tous ces enfants de commerçants, c'est la place donnée à l'argent. Il n'y a tout de même pas que ça dans la vie ! Pour le clan si, il n'y a surtout rien d'autre. Seul compte ce qui se compte. Françoise sent bien qu'il y a autre chose, des choses comme ces petits poèmes qui lui font battre le cœur, ou ces beaux paysages qui l'émeuvent aux larmes, et la mer qu'elle surveille de la fenêtre de sa chambre et dont les miroitements ont plus à voir avec ceux de son âme que les plats calculs des familles Maubert, Gérard et Fragonard réunies.

Paris est loin. Là-bas, la pression se relâchera, son fils ne subira pas ces lois qui la chagrinent sans qu'elle puisse s'expliquer pourquoi. Aussi accepte-t-elle de l'arracher au paradis. L'oncle a du chagrin de les voir partir, il promet d'être toujours là pour l'enfant. Il le considère comme le fils qu'il n'a pas voulu avoir. Il leur donne un petit viatique pour la route et les bénit.

Jean-Honoré suit, ravi, sûr que la vie avec sa mère va durer toujours, qu'il l'épousera dès qu'il sera grand. Las, il n'a que 11 ans. Même s'il ne grandit pas vite, ça viendra. C'est obligé.

Sa mère est tout ce qu'il aime au monde, elle lui est un tel tourbillon de joie et de couleurs, de parfums délicieux et de caresses douces, de rires, de fous rires… Avec elle il fait provision de rire pour plusieurs vies.

*Chapitre 2*

1743

ARRÊTÉS PAR LE PROGRÈS !

> Quand le ciel bas et lourd
> pèse comme un couvercle...
>
> BAUDELAIRE

La route pour Paris à pied, c'est minimum vingt jours en trottant bien. Comme Françoise ne s'imagine pas sans son enfant, c'est forcément plus long. Ça prend vingt-trois jours. Et c'est l'hiver. Le mois de décembre 1743 est spécialement doux. Pas question d'emprunter la chaise de poste, ne part-on pas chercher qui les a ruinés ? Donc on est ruiné. Pourtant l'ami Claude Gérard qui les escorte leur offre quelques relais en chaise, sous la pluie, la grêle ou quand il est trop las. Lui n'est ni pauvre ni ruiné, et il admire follement cette cousine à la mode de Bretagne qui est avant tout la meilleure amie de sa femme. Peut-être en est-il secrètement amoureux ? Elle est l'être le plus déterminé, le plus indépendant qu'il ait jamais vu. Mais c'est une femme et les routes du royaume ne sont pas sûres. Alors il en prend soin, il protège leur repos, et les nuits trop rudes dans ces relais trop peuplés, il les tient à l'abri des manants. L'enfant est aux anges. C'est encore un garçonnet aux frêles genoux couturés de ronces, aux odeurs de paille dans ses cheveux blonds-roux, au nez retroussé, à la bouche gourmande, aux toutes petites mains agiles, aux yeux gris pleins d'esprit qu'à son âge on appelle encore espièglerie. Ce voyage l'enchante. Quelle diversité de choses à voir, à comprendre, à toucher, à observer... Il n'a pas assez de sens pour s'imprégner de tout. Il a beau n'être pas grand, ni aussi expérimentateur que son cousin, le petit Frago a une curiosité d'ogre. Onze, bientôt douze ans, mais il va lui falloir mille ans pour tout digérer. C'est beau, c'est grand, et ça change tout le temps, ce royaume de France.

Pour ses petites jambes, il marche d'un bon pas. Tout le réjouit, surtout la vie en plein air avec sa mère. Comme si elle avait son âge et lui était une compagne de jeu. Il ne la connaît qu'enfermée à la maison ou très apprêtée dans sa boutique. Là elle marche en cheveux et le visage nu, aussi bien qu'un homme, ne minaude ni ne se plaint. Et malgré la présence de Claude Gérard, elle est encore tout à lui. Il a compris qu'à Paris son père allait la lui reprendre. Ou du moins qu'il devra la partager avec ce père devenu légendaire. On le dit tantôt clochard, tantôt rupin, on affirme qu'il les a oubliés, ou pis trahis, comme le lui a asséné le cousin Honoré, qui avec toute la famille est venu lui dire au revoir. Idiot, celui-ci ne se doute même pas que Jean-Honoré lui en veut à mort. À ses propres yeux il n'a fait que ce qu'il croyait devoir faire, et lui n'est pas fâché avec son cousin. La preuve, il lui offre pour l'accompagner dans le Nord un bébé chat tout blanc que l'oncle-abbé lui interdit d'emporter. « Pour le bien du chat » fut le seul argument apte à convaincre

Jean-Honoré amoureux de toutes les bêtes... surtout bébés... Encore un chagrin à cause de ce cousin et des animaux, décidément.

Bref, chacun de répéter qu'à Paris, il aura à nouveau un père. Celui qui là-bas « lave l'honneur ».

Leur voyage s'achève sur un somptueux orage de neige, de grêle et de pluie verglaçante. Ils entrent dans Paris par l'allée d'Italie, où ils s'arrêtent pour se réchauffer dans une auberge tenue par des Lombards, patois que comprennent encore nombre de Grassois.

— C'est de Lombardie, raconte Françoise pour son fils mais aussi pour amadouer l'aubergiste, que s'origine leur nom.

— Ta mère a raison puisque fragon désigne chez nous une petite fraise, et fraguier veut dire fraisier, répond celui-ci.

— Oui, mais mon beau-père, se rappelle Françoise, disait descendre du parfum puisque Fragonard rime avec parfumar en lombard ou en provençal, je ne me souviens plus, en tout cas, c'est l'alliance de la fragrance et du nard...

— Et c'est quoi le nard ? demande l'enfant.

— Une plante ou une herbe aux feuilles raides et piquantes, répond Claude, d'une grande famille de parfumeurs en Avignon.

— Le nar est aussi le nom de la lavande aspic, réplique sa mère. Ça se rapproche aussi du nom de jeune fille de ta tante, la mère d'Honoré, Marie-Honorade Isnard.

Fort de ces lettres de noblesse quasi italiennes, l'aubergiste les adopte. Et leur propose son aide. D'abord se réchauffer, se reconstituer, se changer, ensuite aviser comment retrouver le mari. Claude, sitôt ses protégés en bonnes mains, part chercher celui qui les a fait venir jusqu'ici. Crotté, mouillé, dépité, il rentre bredouille. Évidemment l'oiseau s'est envolé. Marco, alias François Fragonard n'est plus où ses informateurs l'avaient localisé avant leur départ. D'après courriers et informations descendues et remontées via le clan des Grassois en prévision de ce voyage, il espérait lui mettre la main dessus en arrivant. Éviter à la jeune femme le parcours du combattant pour remonter sur les traces de son mari. Tant pis ! Ils vont devoir passer par les cousins d'ici.

Ces Grassois de Paris forment une puissante communauté — ils exercent un monopole sur les parfums et les cuirs —, très soudée, avec ses avantages et ses inconvénients comme celui d'être terriblement intrusive en échange de sa protection. Sur les conseils de l'aubergiste milanais, Françoise s'installe au centre de Paris d'où elle pourra rayonner. Elle trouve au cœur de l'île Saint-Louis un vilain deux-pièces sombre, la rue est étroite, le plafond bas, l'escalier aux marches usées en plein courant d'air, et la Seine au bout de la rue effraie l'enfant qui refuse de rester seul dans ce nouveau logement ; c'est donc escorté de la mère et du fils que Claude Gérard entreprend les démarches pour ramener le mari égaré. Ils se rendent solennellement en délégation chez les du Périez. Parcourant ainsi le même chemin que le héros, trois ans plus tôt. Et font sourdre les mêmes éclats de rire moqueur des domestiques à qui ils racontent leur histoire. On les introduit tout de même auprès des propriétaires de ces fameuses pompes à feu qui le prennent de très haut : « Encore ces fous à l'accent braillard et vulgaire, qui se permettent de nous réclamer des sous ! Du vent, du balai, ouste, dehors. »

C'est là qu'intervient le talent diplomatique de Claude. Qui cherche à épargner à la mère et à l'enfant la triste réalité. À savoir que la jolie Toinon comme le charmant Léandre n'ont jamais existé, en tout cas chez les du Périez et leur pompe. Lesquels n'ont d'ailleurs jamais émis le moindre billet dont Claude exhibe un de ces exemplaires si généreusement concédés aux Grassois. Et sans doute à beaucoup d'autres pigeons. Il faut quelques menaces pour obtenir l'aide de ces héritiers du laquais de Molière.

— C'est votre nom et votre réputation qui sont en jeu. Que vous le vouliez ou non, des aigrefins les ont usurpés, et à l'arrivée, les personnes dupées ne peuvent que se retourner contre vous. Aussi serait-il préférable pour vous comme pour nous que vous nous aidiez à les retrouver.

— Mais c'est un travail de police et...

— ... Peut-être mais seul votre nom apparaît ! L'escroquerie s'est faite en votre nom. Si la police enquête, elle vous sollicitera en priorité.

— Mais ce sont des faux grossiers. Des faux, des faussaires, des voleurs, des usurpateurs...

— Où est mon mari ? tranche Françoise, digne, fermée, austère.

C'est la police chez qui ils finissent par aller qui va répondre à cette question, où, rendus aux arguments et à la dignité de la malheureuse épouse abusée, Nicolas du Périez du Mouriez, fils de feu François du Périez ancien laquais puis acteur chez Molière, les accompagne.

Le Marco est bien connu des services policiers : dette, grivèlerie et autres peccadilles l'ont souvent mené jusqu'à eux. Du coup il est facile à dénicher. Et à cueillir.

C'est au fond d'un bouge que Claude, Françoise et l'enfant l'y débusquent. Dans ces tavernes-tripots comme le ventre de Paris en regorge. Parmi d'autres personnages aussi interlopes, parmi toute une canaille bohème où il a l'air d'un poisson dans l'eau. Pris quasi sur le fait de bambocher, il s'effondre et raconte.

Tout. Benoît comme un Grassois. Quand à sa première arrivée à Paris, il s'est rendu chez les du Périez, il a vite compris qu'il s'était fait avoir et avait entraîné sa ville dans sa chute. Aussitôt il s'est auto-proclamé représentant de tous ceux qu'il avait embarqués dans cette galère, histoire de récupérer leur mise. Mais pour ce faire, il a récidivé. Bon pigeon. Grugé une fois, grugé deux fois. Il a rejoué. Perdre ne l'a pas guéri, il a rejoué. Il faut bien se refaire. Il n'avait pas encore tout perdu. Sa femme restait à la tête de la maison où grandissait l'enfant, là-bas dans le soleil. Elle conservait sa boutique où elle gagnait leur vie. Alors il l'a gagée et il a perdu.

À Paris tout le monde joue. C'est presque trop facile. Sous Louis XV aucune classe sociale n'échappe à la folie du jeu. Même au sein des couvents en une nuit des fortunes passent de main en main. Pourquoi Marco ne gagnerait-il pas ? Chacun son tour, non ? D'ailleurs il lui arrive de gagner. C'est alors qu'il fait ces apparitions de Roi mage, couvert de cadeaux pour chacun, promettant monts et merveilles à tous, et demain, demain, de les faire venir près de lui. Femme et enfant sont ainsi demeurés à

Grasse très heureux, pendant plusieurs années où la vie était douce et chaude, où l'enfant croissait en liberté avec sa mère rien qu'à lui.

Le drame, reconnaît Marco, c'est qu'il a goûté au jeu et ne peut plus s'en passer. Parce qu'il gagne ! Il gagne mais surtout il perd. Il perd énormément. Tout. Il ne peut plus donner le change. Incapable de récupérer sa mise, sa situation s'est aggravée, il a même fait de la prison pour dette. Mais dès sa sortie, il a recommencé. Comment vivre sinon ? Il mange tous les jours, comme tout le monde, non ? Alors il a rejoué. Avec pour seul objectif, se refaire, miser sur le Progrès. Il y a tous les jours de nouvelles inventions qui ne demandent qu'à prospérer en enrichissant ceux qui ont misé en premier. À nouveau jouer comme tout le monde, à nouveau gagner, miser encore, jouer, rejouer, reperdre... Perdre à nouveau comme si c'était chaque fois la première. Y croire pourtant et recommencer.

Après pareil tourbillon de gains et de pertes, la chute était inévitable. Il avoue même avoir piqué dans la caisse lors de ses passages à Grasse, comme si Françoise n'avait rien vu ! Il se fait croire qu'il a l'ambition de se refaire toujours chevillée au cœur. Et qu'il est sur le point d'y parvenir. C'est l'époque qui lui a inculqué ce rêve fou, la volonté de sortir de sa condition par le Progrès. Las, ce brave homme qui voulait toujours mieux pour les siens a commencé à douter. En son for intérieur, il croit de moins en moins à sa bonne étoile. Même s'il donne encore le change au fond de cette taverne, il sait bien qu'au fond, eux non plus n'y croient pas.

Quand il a gagé la boutique de sa femme et de sa belle-sœur, les Maubert ont racheté ses dettes, mais à force eux aussi ont perdu confiance. Les Gérard aussi, qui se contentent de protéger sa femme et son fils. Si sa famille le couvre, elle le juge sévèrement.

Cette fois l'enchantement est mort. Perrette sous les traits de cet homme du Sud n'aura plus droit à aucun pot au lait. Françoise a enfin compris. Voilà pourquoi il se cachait à Paris. Ça n'était même pas pour une femme, juste par lâcheté. Paris est idéal pour disparaître. Hélas, en (bon) joueur, rien ne l'échaude et surtout pas de perdre. Il a rejoint le grand troupeau parisien qui vit du jeu, des prébendes, des paris de toutes sortes, des arnaques à la petite semaine. Qui en vit mal mais qui prolifère. Le jeu est la passion commune des pauvres, des clercs comme des laïcs, des femmes comme des vieillards, nul n'en réchappe. Mais on peut aussi gagner, une fois sur mille. C'est ce qui tient en vie le Marco, il espère en la justice immanente du jeu. N'est-ce pas son tour ?

Il est très atteint. Les Grassois de Paris l'avaient averti de l'arrivée imminente des siens, c'est pourquoi il se terrait, mais il les aime, et comme il est profondément lâche, il préfère tout leur avouer et se laisser dorloter par eux puisque de toute façon, tôt ou tard ils l'apprendront. Avec le vague espoir que faute avouée est à demi pardonnée…

Ainsi achève-t-il sa confession entrecoupée de sanglots mais scandée de fanfaronnade en se jetant aux pieds de sa femme. L'enfant et le cousin le voyant si blanc, si maigre, si déconfit ont envie de lui donner le bon Dieu sans confession. Pas Françoise. Ces vingt-trois jours de route l'ont fait réfléchir et l'ont investie d'une assurance nouvelle. Désormais le chef c'est elle. Elle tranche, elle décide et sitôt retrouvé ce mari impécunieux, elle administre sa famille comme si elle l'avait fait toute sa vie. L'enfant en reste bouche bée. Pas encore assez garçon pour se ranger aux côtés de son père, il prend sa mère pour une reine. Pas moins. Et elle est vraiment royale. Elle ordonne et tous s'exécutent. Elle distribue la besogne et indique à chacun le rôle qu'il doit jouer.

À dater de cet instant, elle remercie Claude. En réalité elle le congédie. Elle a décidé de rester à Paris. Avec l'enfant. Et son père. Elle refuse aux Grassois la joie de les voir rentrer ruinés de réputation et d'argent. Elle charge Claude de rassurer ses payses. Elle va s'occuper personnellement de la suite. Et le cousin s'en va. Pas vraiment rassuré quant à l'avenir mais d'autant plus admiratif du courage de cette maîtresse femme. Parce que l'amère vérité c'est que « l'affaire du Périez » comme on l'appelle désormais a bel et bien englouti les pécules de tous les petits Grassois si près de leurs sous !

D'abord s'installer. Et trouver du travail pour Marco. Le réseau des Grassois fonctionne bien. Dans la semaine, Marco est embauché par un mercier de la rue des Petits-Champs. Originaire de Cabris, un village voisin de Grasse, celui-ci veut développer la ganterie. Si comme commis Marco donne satisfaction, ne traîne pas, ne vole pas, ne joue plus..., on lui demandera de façonner quelques modèles de gants, son vrai métier. L'humiliation est totale, et le joueur lamentable s'y vautre.

— ... Si je ne suis plus mon maître, mon propre patron, je ne suis plus rien, un déclassé...

— ... Un perdant ! siffle sa femme, sans une once

de compassion. Il te faut penser d'abord à rembourser. Ensuite à nous faire vivre. On verra après à se soucier de ton orgueil.

Il a tout perdu même l'honneur. De tous ceux qu'il a entraînés derrière lui dans ses pertes, le clan le protège de leur désir de revanche et l'en tient à l'écart, mais pas du déshonneur... Ni de sa femme. Seule Françoise, la tête haute, le dos bien droit, fait tourner la maison. Pour l'enfant, sa vie s'articule autour de cette femme comme un soleil depuis le départ de son père. Des années qu'il la voit régner sur son monde. En revanche, si l'humiliation de son père n'est pas la sienne, il ne se remet pas d'avoir quitté Grasse.

Dès son arrivée à Paris, il a compris qu'il avait perdu le Paradis. Ici tout est noir, sale, froid, humide, suintant. Grasse puait souvent, mais le soleil y brillait tout le temps. Il y faisait chaud, on vivait dehors, et tout le monde le reconnaissait. Pas un champ de lumière parfumée de roses d'où les hommes au travail ne le hélaient par son surnom. On y riait de choses bêtes et drôles, d'une maison l'autre, c'était bruyant, joyeux, chaud. On n'était seul que dans les bois et parce qu'on l'avait cherché. Et les bois étaient si proches, la vie si vivante, si gaie... Paris sent la mort. La tannerie, au fond c'était l'odeur de la vie. Irrespirable par certains vents certes, mais c'était chez lui et il s'y était fait. Il avait apprivoisé ces odeurs-là.

Il a 12 ans et ça y est, il le sent, l'enfance c'est fini. Plus de jeux, plus de rires, plus de soleil, plus de vie au-dehors, et au-dedans, c'est la désolation. Moche, triste et sale... Dehors, ou il pleut ou il fait froid ou il a peur de se perdre. Son père n'est jamais là, de ce côté-là pas de changement, mais désormais sa mère non plus. Elle s'est fait embaucher comme vendeuse de colifichets rue Saint-Honoré où son charme, sa légèreté et même son accent font merveille, alors qu'on ne cesse de moquer le parler de son père. Frago en conclut qu'il lui faut gommer le sien et s'entraîne à parler pointu. Il redoute la moquerie comme tout ce qui ostracise. Le soir, quand elle rentre, elle est moins joyeuse, fatiguée, triste et souvent en colère contre ce mari qui, croit-elle, continue à jouer en cachette, après le travail...

Pour la première fois de sa vie l'enfant découvre la solitude subie et ne sait qu'en faire, il a peur de rester seul avec ce chagrin qui l'étreint trop fort. Ou bien il s'ennuie. D'un ennui qui lui bat aux tempes. Il irait bien espionner sa mère derrière les vitrines de sa nouvelle boutique mais quand elle l'aperçoit, elle est si contrariée.

Il ne se remet pas du choc de l'arrivée. Ce climat affreux, le manque de lumière, le froid, la solitude et la foule, le grouillement atroce d'un peuple innombrable. Il n'a jamais vu autant de gens même à la Fête-Dieu. Son cousin lui a appris que Paris est la ville la plus peuplée d'Europe. C'est vrai. D'ici, il les voit, ils sont tous rassemblés dans les rues qu'il emprunte. Il préfère encore rester seul. De toute façon personne ne lui parle, personne ne le connaît. En perdant Grasse, il a tout perdu, y compris le réconfort du clan, le bon regard quotidien de son oncle, son seul amour paternel, et sa mère rien qu'à lui. Ici plus de repères. La petite école ! Oh, ça il a essayé, mais devant son désarroi d'écolier pauvre et maltraité par les Parisiens, sa mère n'a pas insisté. Il sait lire, écrire, compter, nul besoin d'autre chose.

Alors il reste seul dans ce sinistre appartement, la pauvreté, le noir, l'isolement. Une solitude à pleurer. D'ailleurs il pleure.

L'enfant est trop jeune pour le désespoir mais précisément, ce choc violent l'a fait mûrir d'un coup. Il a toujours sa taille de gosse de 10 ans mais dans sa tête, c'est fini, il se sent adulte, et malheureux comme un adulte. L'effroi des premiers jours ne s'estompe pas. Sa mère se persuade que ça va passer. Elle ne songe qu'à leur survie. N'a pas de place pour les états d'âme.

L'enfant va de plus en plus mal. À la Noël 1744, un an après leur arrivée, elle croit pourtant voir la fin de la misère. Son mari façonne toujours leur survie sur les peaux d'un patron, il a commencé de rembourser et rapporte quelques sous. Il ne joue plus toute sa paye, semble-t-il. Les Grassois l'ont à l'œil et ne le lâchent pas. Françoise est heureuse de la place qu'elle a conquise dans sa boutique, son métier, sa vie neuve. Contrairement à son fils, elle aime les Parisiennes et ne veut pas retourner à Grasse. Sa réputation ou celle de son mari y sont compromises mais surtout, la vie lui plaît davantage ici, elle y voit des gens en plus grand nombre et surtout tellement différents de ceux qu'elle connaissait. Elle entend de jolies choses, des musiques, des saynètes sur les places et sur les ponts, elle se fait des amies coquettes qui l'entraînent à chiffonner... Elle revit. Pas son fils. Il dépérit mais elle refuse de le voir. C'est la première fois de sa vie qu'elle s'amuse, qu'elle ose s'émanciper du clan, tout concentré qu'il est sur l'époux délinquant. Ça ne peut que lui passer, au gosse, cette maladie du chagrin. Il n'a mal nulle part. Bon, il ne chante plus, lui qui n'arrêtait pas et se démenait sans trêve pour les uns et les autres, et surtout pour le plaisir. Il ne court plus de-ci de-là, il s'est figé dans une posture raide et silencieuse. Mais c'est l'âge, la puberté doit le travailler. Effectivement, il est couvert de boutons, et quand il daigne ouvrir la bouche, sa voix mue effroyablement, oscillant de l'aigu au trop grave. Il passe ses journées près de la cheminée, été comme hiver, à ne faire que des gribouillis sur ses genoux.

— Il perd son temps. Il ferait mieux d'aller gagner trois sous, décrète son père. Histoire de participer aux frais du ménage.

— Pour ce qu'il mange ! réplique sa mère.

Car il y a aussi ça, ce grand gourmand n'a plus jamais faim. Françoise a beau faire des détours en rentrant du travail pour lui acheter des bonbons à l'anis aux odeurs de Grasse, il en suce un ou deux péniblement. Bien sûr, il maigrit et comme il ne grandit toujours pas, il a l'air d'un enfant battu, triste à pleurer. Son père peut bien insister pour qu'il aille travailler au moins quelques heures, décharger les charrettes qui arrivent chaque aube à Paris, il n'en a ni l'envie ni la force. Quand sa mère lui demande de l'aider pour les courses ou le ménage, il s'essouffle, défaille, tremble sur ses jambes et pâlit. Si pâle. Même la rousseur de ses cheveux s'éteint.

— Non, il n'est pas en bonne santé et ça ne s'arrange pas, répète-t-elle à son mari.

— Attends donc qu'il rencontre les filles, tout disparaîtra comme par enchantement !

Marco a toujours tout résolu par le jeu, les filles et la joie. Dans cet entresol humide, l'année est très longue pour l'enfant désolé, désolant, qui ne sourit plus mais continue de dessiner sur ses genoux, renfoncé dans la cheminée, ou à la fenêtre les dix jours que dure l'été à Paris.

En deux ans de griffonnage, il est parvenu à reconstituer ce qui lui manque, son paradis perdu. Rien que des paysages de Grasse, l'écrasement du soleil, l'envahissant délire de fleurs, la luxuriance des feuillages et des lumières qui s'y enfouissent...

Il a encore sa mère presque pour lui seul, même si elle est beaucoup au-dehors, il a compris que son père n'était qu'une sorte de figurant très peu présent dans leur vie, aussi pense-t-il que c'est Grasse qui lui manque, l'air de Paris qui le prive de souffle. Même si les sous sont rares, du fond de la grisaille où il s'englue, il émet un désir, celui de colorier ses dessins, tous à la mine de plomb ou au charbon. De rendre, sur papier, Grasse en couleurs, sinon c'est comme ici, en noir et gris, et ça c'est vraiment trop injuste. Sa mère habituée à se reconnaître dans les ébauches de son fils, à retrouver sa boutique ou sa maison de là-bas, sa sœur ou l'abbé, et tous les chats qu'il a croisés, réalise devant cette demande qu'effectivement, il n'y avait pas de couleurs dans ses dessins. Pourtant elle y voyait toute sa vie.

Cet achat lui paraît donc superflu puisque même sans couleur, on s'y retrouve. Et qu'on peut tout reconnaître sans les couleurs. Arbres et gens, paysages et visages... Devant ce refus désinvolte, son fils unique et adoré fond en larmes. Il s'écoule littéralement en une flaque dérisoire. Certes il n'allait pas bien, ne mangeait plus trop, ne riait pas, ne parlait plus, ne sortait pas plus qu'il ne grandissait, mais c'était temporaire, provisoire, un mauvais moment à passer. Jamais il ne s'était décomposé pour pareille broutille, redevenu soudain semblable au nouveau-né qu'elle a perdu, ce petit Joseph qui n'a vécu que quinze mois et encore n'a-t-il fait que se recroqueviller durant ces quinze mois-là. Né un an après Jean-Honoré, mort si vite et si lentement à la fois, elle a reporté tout son amour sur l'aîné, le vivant, au point d'oublier qu'elle en avait eu un second. Là, ces larmes d'enfançon d'avant l'âge de la parole lui arrachent le cœur. Non seulement elle court lui acheter une boîte de couleurs. Si ça peut lui rendre les siennes ! Mais surtout, elle décide de le renvoyer dans ces paysages dont il se languit tant. Qu'il retourne sur le motif puisqu'il y était en meilleure santé, et que Paris le fait tant décliner, régresser même. Qu'il aille finir de grandir là où il voit la vie en couleurs. Elle l'aime trop pour risquer de le perdre. Si Grasse peut le guérir, tant pis, mieux vaut s'en séparer. Et puis cet hiver est terrible, il a rarement fait aussi froid, même au nord de la Loire, alors pour un Grassois nostalgique des grandes chaleurs... Qu'il retourne se réchauffer.

Aussitôt dit, aussitôt fait. Fragonard a toujours jugé miraculeux le pouvoir de *dea ex machina* de sa mère, et par extension de toutes les femmes. Elle dit et c'est comme si c'était fait. Ses larmes à peine sèches, sa boîte de couleurs sur les genoux, le voilà flanqué dans une voiture pour Grasse. Seul. Non, ils sont au moins douze, mais personne ne le connaît, donc il est seul. Et muni des mille présents de tous les Grassois de Paris pour les leurs là-bas.

— Allez, c'est fini de dépérir. Grandis, je le veux. Tu entends. Fais-moi plaisir, deviens un homme comme l'abbé. Tu logeras chez les Gérard, puisque tu refuses d'aller chez ton cousin et que ma sœur Gabrielle n'a pas de place, mais tu prendras tous tes repas chez l'abbé. Tu comprends, Marie-Gilette est enceinte, alors il ne faut pas que tu lui donnes trop de travail. Et même autant que tu en as la force, tu l'aides, d'accord ? Tu manques beaucoup à l'abbé qui insiste pour t'avoir chaque jour à sa table, il va te faire reprendre du lard…

Sitôt qu'il eut posé le pied dans la chaise de poste en direction du Sud, son cœur s'allégea de toutes ses ombres.

Et il s'endormit en serrant sa boîte de couleurs sur son cœur.

## *Chapitre 3*

1746-1749

## LA BEAUTÉ COMME SEUL REMÈDE

> Tout m'emplissait du charme
> adorable de vivre...
>
> ANDRÉ GIDE

Un bleu dur. Le ciel de Grasse en cette aube du 23 décembre 1745 est d'un bleu impitoyable. Le même bleu des Alpes à la mer. Par grand vent, on voit scintiller la Méditerranée.

Dans la demeure de Claude Gérard où Frago débarque très tôt, à sa descente de voiture, pas question de dormir ni même de se coucher la nuit qui suit. Tout un chacun aide, assiste, encourage, espère et accompagne la délivrance de Marie-Gilette, la meilleure amie de sa mère, l'épouse de Claude. L'accouchement dure toute la nuit. L'enfant naît avec le jour, sous les yeux écarquillés du petit jeune homme de 13 ans venu de Paris soigner son chagrin de vivre. La violence de cette naissance le prend de court au moment où le cœur de toute la maison s'arrête de battre pour épouser les ahanements de Marie-Gilette le temps que dure l'expulsion du bébé. Tous de l'accompagner en haletant avec elle, à son rythme, comme un immense soutien sonore. Comme si la maison elle-même respirait. Cependant deux sages-femmes s'activent autour de cet accouchement sans problème. À peine le cordon ombilical cesse-t-il de battre, qu'elles présentent à toute l'assemblée épuisée, fraîchement emmaillotée dans des linges d'une blancheur virginale, une belle petite de plus de quatre kilos cinq. Quatre kilos, les mégères s'exclament et chacun se réjouit.

On l'appelle Marie comme la mère et Anne comme la grand-mère de l'enfant Jésus dont on s'apprête à fêter la naissance demain. Elle n'a pas une heure de vie quand Frago la voit, la touche. Il ne va pas jusqu'à la prendre dans ses bras, il a peur de la casser, mais il la regarde sous toutes les coutures. C'est son premier nouveau-né ! Si petit, si fripé encore. Pour elle, il inaugure sa boîte de couleurs. Il adore la regarder téter. Fasciné, il la croque autant qu'il peut, mais c'est l'hiver, et le plus souvent l'enfant est enfoui sous des langes.

À la naissance de Joseph, son petit frère mort à 15 mois, il était trop petit, ou peut-être qu'on l'avait éloigné de sa mère en couches, il n'a aucun souvenir. Cette petite-là, son papier et lui s'en rappelleront. D'abord parce que leurs deux arrivées coïncident, lui à Grasse, elle sur terre. Et parce qu'on les fête tous deux comme des héros. L'enfant de Paris qui vient sécher ses larmes et la petite nouveau-née sont entraînés dans la grande illumination de Noël. La naissance de l'enfant, celle de Jésus et le retour de l'enfant du pays, tout se mêle en ces Noëls de Provence qui durent des semaines. Le soleil aussi est au rendez-vous comme pour accompagner de sa lumière dure et crue, les joies de ces fêtes qui s'enchaînent, Saint-Sylvestre, circoncision, Épiphanie...

Grasse pavoisée pour la nativité, la plus belle des fêtes, toute la cité en liesse, les rues inondées de bougies — la cire est fabriquée sur place —, l'église en joie, la crèche somptueuse, le début d'une vie pour elle, d'une renaissance pour lui. Lors du baptême, il retrouve toute la parentèle. Il revit. Il aime ce grouillement bruyant, joyeux, la faconde du Sud, la chaleur qui l'enveloppe au milieu des siens. Où pleuvent bonbons à l'anis et mandarines, oranges et figues séchées... Et ça dure, ça dure jusqu'à la Chandeleur, Mardi gras... premiers bourgeons, premières fleurs... Peu à peu, tout doucement, sa joie revient...

La maison des Gérard est assez grande pour qu'il y trouve sa place près d'une fenêtre où il dessine tout ce qu'il ressent. Ici les couleurs coulent de la rue. Pas une placette où ne sèchent des peaux souvent violemment teintées, partout des alambics où mijotent des jus mystérieux aux parfums inédits. Claude est distillateur. Le mélange d'odeurs atteint chez eux des summums, outre les fleurs, leurs décoctions, leurs essences, ce qu'on extrait des feuilles et des fleurs, à quoi s'ajoute et se mêle la puanteur des cuirs graissés, des sucs extraits pour la fabrication des cires, des pommades... Toutes les essences existantes et celles qui n'existent pas encore prolifèrent au moindre rayon de soleil.

Des orangers sur les terrasses, des oliviers à l'assaut des restanques, où les vieilles maisons par degré s'étayent les unes sur les autres, cernées d'un maquis de lentisques, de myrtes, de grenadiers, débagoulent des collines à la mer... la lumière a souvent priorité sur les parfums tant elle éclabousse.

L'Épiphanie de ce 6 janvier 1746 est la plus belle de sa vie, Grasse et sa lumière, la parentèle et sa chaleur, l'oncle-abbé si plein d'amour pour lui... À croire que tous les Rois mages se sont donné rendez-vous à son chevet plutôt qu'auprès du Jésus de cire dans la paille, ou du nouveau-né qui dort sans arrêt.

Frago se soigne. Il découvre qui il est, un enfant du pays, d'un pays qui le reconnaît comme sien. Mais plus le temps passe, des semaines, puis des mois, plus il se sent avant tout le fils de sa mère. Cette femme qui l'a envoyé se soigner ici, qui se prive de lui pour qu'il guérisse, et qui demeure à Paris, seule, sans lui. L'oncle-abbé lui propose de le prendre chez lui, de le garder toujours, cet oncle qui le traite comme son fils, qui lui offre des études, sa fortune, pour s'établir, au détriment de ses cousins cousines... cet oncle qui décide d'en faire son légataire universel.

Ici tous sont curieux, attentifs à l'enfant triste, rentré au pays pour soigner cette drôle de maladie du chagrin, mais, au fond, ils ne sont que gentils, alors que sa mère... Sa mère qui se débat seule à Paris pour sauver l'honneur, relever leur famille de la honte et de la misère. Sa mère ! Rien que de l'évoquer, il a les larmes aux yeux.

Il hésite. Ici la lumière, la chaleur d'un printemps précoce où Grasse ploie sous les premières fleurs de mars que l'enfant dessine avidement, goulûment comme s'il devait y renoncer.

Il va y renoncer.

Tranquillement, il fait ses adieux à l'oncle chéri, à la famille Gérard qui l'a si tendrement accueilli, aux Fragonard, aux Maubert, à l'enfance, au village aimé... Il doit aider sa mère. Telle est la raison de son retour à Paris, six mois plus tard.

Il a recouvré sa belle humeur, il est guéri.

Guéri et décidé. Il dessine, crayonne, colorie tout ce que son œil croise d'intéressant dans un bel élan de printemps, mais sa vie n'est pas où sa mère n'est pas. Il sait désormais pouvoir retrouver la joie grâce à la lumière, il connaît le sens de la beauté, il a des goûts simples mais des sensations raffinées. Il se connaît mieux. Il est guéri du chagrin de l'ombre. Il peut affronter Paris qui lui paraît aussitôt moins austère au joli mois de mai. Comme sous l'effet d'une montée de sève, le printemps le propulse à Paris plein d'énergie et de fougue. Il a vu comment vivent les femmes à Grasse, celles qui travaillent, leur journée s'arrête tôt, elles ont le temps de vivre, de chanter, de papoter, elles ont l'air d'aimer leur vie. Impossible à Paris, sa mère se tue au travail, même si elle dit aimer ses clientes, elle n'arrête jamais, elle fait tout à la maison, seule, son père est peu là et, comment dire ? Aux yeux de son fils, il ne sert à rien. L'épuisement de sa mère lui fait honte, il doit l'aider. Il va l'aider. Gagner des sous, ne plus être ni une charge ni un souci. Comment ? Bah, il trouvera bien.

Leur logement... À nouveau, au retour, c'est un petit choc, mais il s'y attend et ça passe. C'est toujours aussi sombre, triste, humide, mais à Paris aussi, dehors, c'est le printemps qui baigne dans une douce lumière tamisée par les grands marronniers en fleurs roses ou blanches. Il y a surtout ces tortueux quais le long de la Seine où les amoureux se promènent... Il s'éprend de la Seine. Des quais, des lumières qui s'y moirent...

Son père est toujours plus ou moins absent, plus ou moins inutile. Sa mère est si heureuse de retrouver son « bébé » tout sourire. Certes il n'a pas grandi mais tellement mûri que ça l'étonne. Elle l'aime tant, il l'aime tellement. Elle semble heureuse et se passe fort bien de son épisodique mari. Le clan des Grassois d'ici veille sur elle, sur eux, et maintient les apparences. Si Marco n'y rentre pas souvent, il vit officiellement chez sa femme. Quand il est là, il dort ou donne des ordres que personne n'exécute. Il n'est plus vraiment de leur famille. Au point qu'on se demande quand et comment il a bien pu entendre que son fils cherchait du travail. Or pendant ses folles années de joueur malheureux à Paris, il a sympathisé avec un notaire du Châtelet. Un dénommé Dutartre, qu'il avait consulté pour entrer en contact avec les vrais héritiers des pompes à feu. Ce dernier avait été touché par la détresse du malheureux Provençal à l'accent si joyeux. Ce contraste l'avait ému, l'accent de la joie pour dire le malheur. Ils étaient restés en relation. Lui-même n'avait pas grand succès. Et là, une heureuse coïncidence lui fait croiser Fragonard au moment où il hérite du poste de la surintendance des bâtiments du roi. Tout de suite, le petit tabellion se sent devenir riche et puissant, prêt à toutes les folies. Le brave Fragonard lui dit avoir un fils à caser. Qu'à cela ne tienne, il l'embauche. On a toujours besoin d'un gentil garçon pour porter des plis urgents aux quatre coins de la ville.

Frago veut-il être commis ? Pourquoi pas. N'importe quoi pour seconder sa mère. Ce boulot-là n'est pas glorieux mais l'entraîne hors de son triste logis. Il saute sur l'occasion. Et c'est le cas de le dire, car cet emploi — pour autant que c'en soit un, mais si, c'en est un, puisqu'il y gagne trois sous — porte le sobriquet de saute-ruisseau ! Plus officiellement

« garçon de courses chez un tabellion ». Voilà ce qui occupe Frago à son retour de Grasse dès juin 1746.

Saute-ruisseau ! Ça lui va comme un gant. Pour servir son patron, il passe ses journées à courir, flâner, muser, badauder. Il découvre Paris, l'été, les guinguettes, les filles, les jardins, les ruisseaux, une ville en train de devenir plus somptueuse chaque semaine. Louis XV a des rêves de grandeur, Paris est son terrain d'expérimentation.

Les filles aussi sont de plus en plus belles dans le regard du petit jeune homme. Il apprend à plaire comme un homme, un vrai, un adulte, mais c'est un enfant qu'elles prennent dans leurs bras. Il a toujours une taille d'enfant. Et soupçonne qu'il va devoir s'y accoutumer. N'y a-t-il pas déjà un bon moment qu'il a cessé de grandir ? Sa mère ne s'y résout pas. Son fils sera un grand homme. Il faut qu'elle ait raison... Sinon, mieux valait rester à Grasse où la parentèle le couvait.

Pour aimer les filles, pensée qui ne le quitte plus, Frago comprend qu'il doit se servir de sa petite taille pour s'immiscer chez elles, qu'elles ne le voient pas venir en prédateur. Une fois dans la place, il lui suffit de déployer son charme juvénile, et très tendre... Il est naturellement enjôleur. Elles le laissent facilement approcher. Elles se sentent bien près de lui, si gentil, si drôle... C'est facile et très amusant. Il commence toujours par faire rire. Son humour attrape tout le monde, hommes et femmes... Populaire ? Oui, mais timide. Faire rire lui évite de se mettre en avant. Jamais il n'effraie, il est léger et drôle, vif et joyeux. À la fois primesautier et timoré. Une humeur toujours gaie, un naturel toujours tendre.

Comme il vit au-dehors pour les courses de

Dutartre, il découvre un à un chaque quartier de Paris, sa géographie humaine, sociale, laborieuse, intime. Ses tavernes, ses bouges... Il a une manière enfantine de se faire admettre partout. D'abord on ne le voit pas, puis il fait rire, gentil pour tous, adorable disent-elles, les hommes aussi le trouvent sympathique, le petit Frago est universellement apprécié. On rit de sa manie de se promener nez au vent et, sitôt posé, de dessiner ce qu'il a sous les yeux ou, de mémoire, les jolies choses qu'il a croisées. Paysages, visages, scènes de rue... Comme s'il avait tout noté mentalement. Ça plaît. Surtout les visages, quand les gens se reconnaissent.

Dutartre s'aperçoit de la joie que fait un portrait bien reconnaissable à celui qui est ainsi croqué. Comme clerc, Fragonard n'a aucun avenir, il n'aime ni le droit, ni la basoche, ni demeurer enfermé, en revanche son talent de croqueur pourrait être utile à l'Étude. Le premier sentiment qu'il inspire est la sympathie. Ses dessins ajoutent à la bonne humeur qu'il sème sous ses pas. Et comme il fait très jeune, chacun n'a qu'une envie, l'aider, lui tendre la main, le protéger. Il ne sert à rien chez un tabellion, mais chez Dutartre, personne ne veut se séparer d'un pareil boute-en-train.

À sa façon « enfantine », c'est un séducteur. Il les charme tous, hommes, femmes, enfants et bêtes qu'il prise par-dessus tout. Ludion frivole, facétieux et drôle, généreux, il distribue ses dessins comme des baisers, à qui les trouve jolis, à qui s'est reconnu. On les juge ressemblants. Le notaire décide d'en tirer parti. Il le prie de croquer ses meilleurs clients, leurs femmes, surtout les illégitimes. Et quand une affaire se conclut, le notaire leur fait cadeau du portrait qu'en quelques jours son petit commis a peaufiné. Pour lui c'est un jeu grâce auquel il garde sa place, donc la paye qu'il rapporte à sa mère. Le jeu qu'il préfère consiste à attraper l'expression la plus forte, la plus juste, la plus caractéristique de chacun des gens qu'il dessine, puis s'obliger à la restituer en une heure ou deux. Ensuite il enjolive, il décore, il adoucit les ombres. À tous les coups, il gagne assentiments et adhésions.

Un beau jour, un client du notaire, plus instruit ou plus féru d'art que les autres, lui fait comprendre que ce petit commis a de l'or dans les mains.

Ce qu'il fait n'est pas seulement ressemblant, ce qui serait déjà pas mal, mais c'est aussi, comment dire… beau. Peut-être a-t-il un vrai talent ? Ce serait dommage de ne pas l'exploiter. Un Watteau sommeille en lui, qui sait ?

Justement, il faut savoir.

Convaincu, Dutartre s'empresse d'aller répéter ces mots à la mère du futur génie. Qui n'en a évidemment jamais douté. Quelle mère ne s'attend pas à avoir enfanté au mieux un dieu vivant, au pis un génie qui va changer la face du monde. D'autant que, précise le tabellion, il est inutile de le pousser vers le droit ou les affaires, il n'y entend rien, et c'est définitif. Alors que dessiner, reproduire, colorier, il adore, on ne le prie jamais que de s'interrompre, et visiblement il s'y prend assez bien pour faire plaisir sans apprentissage. Qu'il aille donc s'instruire des rudiments de cet art, il trouvera par là plus aisément à s'employer.

Les Grassois à peine consultés s'alarment. Peut-on sérieusement gagner des sous avec ça ! On cite l'exemple de Watteau. Parti de rien, arrivé très haut.

Tout le monde, même ces pâles commerçants grassois ont entendu parler de ses œuvres aimées des rois et des bergères.

Oui, mais qui peut jurer que ce petit a de quoi devenir un riche Watteau ? Il n'y a qu'un Watteau alors que beaucoup de gantiers ou de parfumeurs vivent dans un confort tranquille puisque nécessairement un jour ou l'autre, tout le monde a recours à eux. Cuirs et parfums feront toujours manger à sa faim, alors que des bouts de papiers griffonnés, c'est moins sûr !

Il n'y a pas que l'argent dans la vie, ose songer Françoise pour qui le génie de son fils ne fait pas de doute. Chez ces petits artisans, c'est la première fois que pareille pensée hérétique est formulée. Si la mère rêve de la gloire de son fils, les Grassois exigent des preuves plus tangibles de son génie. Pour eux, seul compte ce qui peut se compter. L'argent avant tout. Ils exigent la certitude que Frago pourra assurer le pain aux siens à l'aide de ces bouts de bois prolongés de poils.

*Avec certitude !*

— Il n'y a qu'à aller le demander aux peintres qui vivent royalement à l'aide de ces bouts de bois poilus, si le petit est en droit de nourrir quelques espérances de les rejoindre un jour ? suggère le tabellion à Françoise.

Watteau est mort depuis près de trente ans.

— Qui lui a succédé ? Qui est aujourd'hui le plus riche des barbouilleurs ?

— François Boucher.

— Et dans quel palais demeure ce riche monsieur ?

— Non, pas vraiment riche, précise l'ami du notaire

venu soutenir les prémices du saute-ruisseau. (Lui-même est vraiment fortuné, il sait de quoi il parle.) Mais pour un artiste, ce Boucher vit dans une honnête aisance, pas loin d'un certain luxe.

— Et où donc demeure cet oiseau rare, modestement aisé ? insiste Françoise, pressée par les Grassois qui imposent leur règle à toute la communauté et souhaitent enrégimenter dès aujourd'hui le fils Fragonard sous leur bannière.

Son fils unique sacrifié à ces bandits du Sud qui lui compliquent déjà tant sa vie à elle ! Dans sa course aux louis d'or et aux écus d'argent qu'il lui faut gagner pour qu'ils le laissent tranquille.

Munie de l'adresse du juge de vie et de mort pour son enfant, elle la serre contre son cœur et entraîne Frago à toute vitesse chez Monsieur François Boucher.

Il est 10 heures du matin, l'atelier bourdonne. Une vraie ruche ! Boucher est encore en robe de chambre, tranquille, en train de touiller son chocolat au milieu d'une foule agitée. Heure sacrée entre toutes. Pas du tout une heure de visite mais rien n'arrête une mère.

Elle pousse devant elle son enfant qui, au beau milieu de l'atelier, s'arrête net. Médusé. Tout : les gens, le décor, le climat, les odeurs, les tableaux... Il n'en croit pas ses yeux.

C'est trop beau ! C'est là qu'il veut vivre, demeurer toujours, c'est... Comme s'il était arrivé là où il devait aller. Là est son univers. Là il veut s'installer. Tout de suite, s'arrêter pour vivre ici.

*Chapitre 4*

1749-1752

## DE CHARDIN À BOUCHER, LA VRAIE NAISSANCE DE FRAGO...

> Il faut choisir : se reposer ou rester libre.
> THUCYDIDE

Des rocailles, des coquillages, des niches, des bêtes empaillées qui semblent dévisager les nouveaux arrivants, un espace immense et immensément encombré, un grouillement affairé, de belles filles en tenue d'Ève, ou pis à demi habillées, des amateurs et des amis installés là à causer de toute éternité, des toiles, des cadres, des sellettes, des chiffons, des palettes qui sèchent, des pinceaux, des brosses de tout format, des décors insolites, poétiques, insensés, tout un fatras hétéroclite et charmant au milieu du plus gai des brouhahas... D'aucuns, immobiles, fixent à mine de plomb un modèle étendu et... nu ! Une autre beauté, alanguie sur une méridienne, plaisante avec la seule personne vraiment adulte de l'assemblée, et son rire cristallin semble voler au-dessus de la cohue. C'est la même femme qu'on retrouve sur les tableaux qu'on voit autour partout, sur les murs, à même le sol et même sur les moulures du plafond, pourtant très hautes.

Fragonard n'en croit littéralement pas ses yeux,

mais ressent de tout son être que c'est là qu'il veut être, là qu'il veut rester, là qu'il doit vivre. C'est trop beau, trop intéressant, trop troublant... Cette femme qui ressemble à toutes les femmes des tableaux, Madame Boucher, car c'est bien elle — il est à elle ce rire cristallin qui semble doré et rose comme la lumière des lieux —, cette princesse au rire de diamant se lève pour accueillir sa mère. Qui se présente « Françoise Fragonard » ... mais s'interrompt aussitôt gênée, comme si pareil décor lui ôtait toute sa superbe et la ravalait au rang de petite provinciale. Elle a beau aller souvent à l'église, jamais elle n'a imaginé pareil temple dédié à celui vers qui tous les regards convergent. Sorte de dieu vivant en train de déguster du chocolat. Monsieur Boucher. Un dieu de 45 ans ou un roi à qui toute la cour quémande l'avis à propos de bouts de cartons qu'on lui fait passer. Il semble davantage se pourlécher de sa boisson épaisse et parfumée que s'intéresser à ceux qui ont l'air de tout attendre de lui.

Le climat du lieu, l'air de révérence de chacun autour du monsieur paré d'une robe de chambre chamarrée, enturbanné d'étoffes aux motifs de cachemire, témoignent assez qu'il faut s'incliner, mais Françoise Fragonard ne s'incline jamais. Devant personne. Elle a la fierté des pauvres. Sans doute eût-il mieux valu se présenter avec quelque recommandation, avoir mis sa plus belle toilette, mais puisqu'on est là, autant y aller.

Boucher n'a pas levé les yeux de son chocolat, accoutumé à l'animation de l'atelier, il compte sur son épouse et ses élèves pour faire tourner la boutique et filtrer les visiteurs. Depuis qu'il est en titre « le favori de la Favorite », c'est-à-dire de la Pompadour, il ne fait plus le moindre effort mondain, il se contente de peindre ce qui lui fait plaisir. Il n'aime que son travail et n'en manque jamais. Il n'a même pas l'air de voir les amourettes et autres mignardises auxquelles modèles et élèves se livrent pourtant ouvertement, ni même de s'en soucier.

« Madame... », répète Madame Boucher à l'intention de Françoise toujours aussi épatée du spectacle. Au moins autant que son fils.

Mais elle est venue ici pour lui, elle doit se reprendre. Du coup, elle en perd sa courtoisie élémentaire. Et attaque aussi abruptement que si les Grassois parlaient par sa voix.

— C'est avec la peinture qu'on gagne tout cet argent, dit-elle épatée en balayant d'un grand geste du bras l'espace alentour, en s'adressant à une cantonade qui soudain fait silence et se tourne vers elle.

— La peinture, la gravure, le dessin, la tapisserie, répond cérémonieusement le plus âgé des élèves, sous l'œil maternel de Jeanne Boucher.

— Alors, c'est vrai ! On peut vivre comme un seigneur en gribouillant comme mon fils...

Elle n'en revient pas, Françoise. C'est encore plus beau, plus riche, plus brillant que tout ce qu'elle a pu s'imaginer de Versailles, par exemple.

— Oui. Si on est doué, intervient alors le maître, amusé par cette bonne femme, son accent et sa franchise.

— Est-ce qu'il est doué, lui ? dit-elle en propulsant son fils vers le maître toujours assis. C'est ça que je suis venue savoir.

Boucher n'a pas un regard vers l'enfant, en revanche il dévisage sa mère. Une tête belle à peindre, s'il avait encore le temps de faire des portraits choisis, un visage au caractère architecturé, des pommettes hautes, un nez dur et long, un cou dégagé, mais un air de fatigue sinon de résignation démentant et son verbe et son énergie apparente. Et des cheveux ! Une couleur unique. Une nature comme il en croise peu, comme il n'a plus souvent l'occasion d'en peindre, les gens hélas n'aiment que le mièvre. Aimable, François Boucher lui propose de s'asseoir, de prendre du chocolat avec lui...

Non. Ce qu'elle veut, et elle ne veut rien d'autre, c'est qu'il lui dise si son fils est doué. S'il pourra gagner sa vie avec un pinceau.

Tant pis pour elle, il aura essayé de la distraire avant de la décevoir. Mais elle insiste. Il n'a pas le choix. Tant de velléités, si peu d'artistes. Il tend un carton et une mine à l'enfant et lui demande de dessiner un jet d'eau, un oreiller et une bougie.

— Non, pas au choix, mais les trois, s'il vous plaît.

L'enfant, puisque c'est ainsi qu'il le désigne, s'assoit en tailleur à même le sol et tente de s'exécuter. Mais il est tellement troublé par le spectacle alentour qu'il ne parvient pas à se concentrer. De toute façon, c'est inutile. À peine a-t-il tracé quelques lignes que Boucher lâche un désespérant : « Il n'a pas l'air manchot, mais il ignore tout des rudiments de notre art. »

— Alors ? Alors ? implore sa mère.

— Je réserve mon jugement, Madame, qu'il aille d'abord se dégrossir ailleurs, et apprendre le b.a.-ba... Tiens, chez Chardin. Et qu'il revienne me voir quand il saura tenir un fusain. Je ne prends pas de débutants, il y a trop de travail ici. Votre petit est innocent, qu'il aille se dessaler chez Chardin.

Et Boucher s'est replongé dans son chocolat.

Obstinément l'enfant veut rester. Là. Il n'a rien compris à la faune qui déambule, il veut en voir davantage, mais déjà sa mère l'entraîne au-dehors.

Par un sursaut de solidarité maternelle, Jeanne Boucher les raccompagne à la porte et lui glisse l'adresse de l'atelier de Chardin.

— Il travaille rue Princesse, mais rassurez-vous, il n'a rien de princier.

— Je pourrai revenir après ? implore Frago.

Jeanne sourit en lui caressant la joue qu'il a encore imberbe. Elle aussi le traite comme un enfant. Il en a tant l'air.

— Mais oui. Mais oui...

— Merci Madame, lâche Françoise sur le palier.

Le temps de traverser la Seine en passant devant le palais du Louvre déserté de ses rois, et Frago change d'époque, de genre, de tout. La rive gauche est beaucoup plus pouilleuse. Et même carrément canaille.

Chez Chardin règne pourtant un ordre monacal. Austère serait trop peu dire, aux yeux encore éblouis par la vie étrange de chez Boucher, c'est sinistre.

L'homme Chardin fait meilleure impression à sa mère que Boucher et sa faune, mais l'enfant le juge laid et rébarbatif. Il n'a pas 50 ans, mais fait beaucoup plus, dissimulé sous d'épaisses lunettes et un bizarre couvre-chef qu'il ne quitte jamais même dans l'atelier. On comprend vite pourquoi : l'air y est humide sinon froid, la lumière, plein nord, donne une sensation d'hiver. Il y fait cru et l'ensemble dégage une impression sombre, triste et pauvre. Quel silence aussi par contraste avec le gazouillis joyeux de l'autre rive ! Silence blanc et solitude. Ni modèle ni élève.

Françoise fait tous les frais de la conversation. Son fils est muet, déçu mais curieux tout de même, ses yeux furètent partout. Chardin ne lui demande pas de faire un jet d'eau ni un oreiller. Sa mère a sorti quelques dessins coloriés de son cabas. Chardin les regarde, hoche la tête. Puisque c'est Boucher qui lui envoie, il doit y avoir une raison.

— Je ne prends pas d'élèves, Madame. Je me refuse à enseigner ce que j'ignore moi-même...

— ...

Que répondre ? Françoise reste muette.

— ... Mais le petit peut rester, s'il balaie l'atelier chaque matin et pile les pigments, il apprendra toujours ça. Et s'il s'imprègne de ce qu'on fabrique ici, ce sera suffisant.

— Puisque vous ne prenez pas d'élèves, pourquoi vous chargez-vous de mon fils ? s'inquiète la mère qui a un peu le tournis entre tous ces gens étranges.

— Je ne sais pas. L'impression qu'il a peut-être quelque chose. Puis c'est Boucher qui l'envoie...

— Quelque chose, mais quoi ? s'énerve la mère du génie.

— Je n'en sais rien, c'est à lui de le découvrir. Je ne lui demande pas d'argent, il peut rester le temps de savoir...

Ni la mère ni l'enfant ne sont en mesure d'apprécier le cadeau de Chardin. L'un comme l'autre ont été éblouis, bluffés par Boucher et son luxe. Déçu par le décor où évolue celui qui veut bien le garder, Frago ne réalise pas sa chance. L'allure bonhomme, la simplicité de l'artiste même chagrinent l'enfant. Il ne saisit pas la maîtrise suprême des toiles si simples posées à même le sol. Le luxe ici c'est le temps, on travaille en toute quiétude, Chardin n'est jamais pressé. Il a déjà reçu tous les honneurs. Il n'a plus rien à prouver. Peintre de genre, disent ses détracteurs, des jaloux qui sont incapables de goûter cette peinture d'intimité. Frago découvrira plus tard, quand il sera convié à l'arrière, dans les pièces à vivre, un intérieur plus raffiné que l'atelier, de beaux meubles mais peu, et sous sa blouse de peintre, de beaux vêtements mais jamais tape-à-l'œil, un sens de la simplicité et du confort que Frago n'a pas l'âge d'apprécier. En revanche, sa technique à l'huile et la fermeté de son dessin lui paraissent vite son atout principal, ce qu'il lui faut imiter. Il n'a pas tort. Même s'il piaffe en observant avec quelle lenteur avance le maître.

« Jamais plus d'un tableau à la fois. Et chacun, il faut longuement le penser, s'en imprégner, le vivre… » Il dit à propos du moindre pot de bière posé sur sa table « avant de le dessiner, tu dois le peindre, puis le chercher, le gratter, le frotter, le glacer, le repeindre. C'est seulement quand tu as compris tout ce qui te plaît dans ce pot que ton tableau peut commencer ».

Oui, mais dans ce pot de bière rien ne plaît à l'apprenti. Rien ne l'a tant séduit que les jolies modèles de chez Boucher. Quand, au lieu de déshabillés troublants, son maître lui propose de copier des choux, un oignon, une croûte de pain dure, des pommes trop vieilles pour être croquées… il fait la fine bouche. Alors que rien n'humilie jamais le pinceau de Chardin. Il cherche à lui transmettre que tout est bon à peindre. Quand il s'agit de peinture, peu importe le sujet. « Le sujet c'est toujours d'abord la peinture », précise-t-il, bougon et bourru comme il l'est toujours quand il se sent incompris.

Frago reste assis à gribouiller sur ses genoux pendant que Chardin peint. Oh, le maître est gentil mais tellement silencieux. À croire qu'il oublie sa présence, Frago ne veut pas le déranger. Il passe des journées entières sans entendre le son de sa voix. On ne lui donne pas d'ordre. Ni de conseils. Quand l'artiste travaille, le gamin se poste à côté et s'essaie à l'imiter. Quand Chardin prie sa logeuse de poser pour lui, et pour eux, si ça tente l'enfant, Frago la dessine mais en regrettant amèrement les jolis modèles déshabillés de chez Boucher. Ici, il peint à contrecœur, il se plie à l'ordre monastique de l'atelier mais sans enthousiasme. Sans ferveur. Chardin ne dit jamais rien. Le laisse faire, assuré qu'il suffit de travailler pour apprendre.

L'élève semble si peu captivé par ce que le maître lui offre que ce dernier le laisse se débrouiller seul, manier la palette, composer ses couleurs, broyer les pigments, essuyer brosses et pinceaux, exercer les mille et une tâches obscures de l'atelier, sans plus lui proposer de travailler sur ses modèles à lui, une « récureuse », un garçon de cabaret venu livrer des huîtres et qu'il retient le temps d'en tirer un croquis. Encore moins ses natures mortes qui le révulsent. Chardin prend ses modèles dans la vie, dans la rue, dans son voisinage, son quotidien.

Sa technique rend chacun unique, touchant et parfois sublime. Chardin est trop concentré sur sa toile pour se soucier des préoccupations du gamin. Lequel étudie pourtant sa palette en cachette : comment procède-t-il, qu'est-ce qu'il attaque en premier... Par quelles teintes commence-t-il... ? Il n'ose pas l'interroger sur la fabrication, sa conception et sa cuisine, ses mélanges..., et les valeurs de chaque couleur déclinée à l'infini. Alors il l'épie. Mais les couleurs de Chardin sont si ternes, blanches, ocre et grises ! Et si pauvres aux yeux de l'enfant qui repense sans cesse à la belle chair rosée, dorée et nue des toiles de Boucher, tellement émouvante.

Pauvre ! Voilà, c'est ça ! Il retrouve dans l'atelier de Chardin, dans ses peintures, dans le choix de ses sujets, le climat de pauvreté de sa propre vie. Il apprécie l'homme Chardin, la chaleur renfrognée qui en émane, son regard perçant sur les choses et les gens, son attention méticuleuse, mais il est décidément trop proche de l'univers qu'il cherche à fuir. Celui qui l'a accablé quand il a débarqué à Paris la première fois. Déjà il n'avait pas supporté l'étriqué triste du logis, la noirceur des rues. Tout lui était humide, sombre, froid, pauvre. Voilà ce qu'il n'aime pas ici, la pauvreté. Pourtant à sa manière, Chardin est un magicien, et Frago en est stupéfait. Il a une façon de faire surgir la lumière, une lumière qui n'existe nulle part ailleurs que sur sa toile, et que pourtant tout le monde reconnaît. Une belle lumière. Des blancs incroyables, tant de blancs différents. Oui, c'est vrai. Mais pour éclairer quoi ? La pauvreté. Les choses simples, banales...

N'empêche, sans qu'il en ait d'abord conscience, Frago admire sans condition sa manière de transposer la nature des êtres et des choses sur la toile, ses effets de couleurs pour traduire toutes sortes de sentiments, son incroyable finesse de sensibilité. À l'aide d'un soupçon de rose sur les mains, de rouge sur une jupe, de lueur dans l'ombre, de grands blancs gourmands, de blondeurs transparentes, enveloppant un grain de raisin d'une buée à peine bleue, des cerises de pourpre humide, il rend tout palpable, tout vivant. Tous ces raffinements le lassent pourtant. Il les perçoit quoiqu'il en évalue mal la singularité. Il court après des plaisirs plus pimentés, plus faciles, des contrastes plus violents avec la réalité. Or Paris en regorge. Le chemin de chez sa mère à chez son maître s'étend chaque jour davantage dans un tourbillon de jupons qui virevoltent dans les rues et qu'il suit jusque dans des bouges, d'où il ressort plus jeune et plus ébloui encore. La rue, en voilà un bon sujet, non ? Le chemin pour aller chez Chardin lui procure des sensations constamment renouvelées, celles que son maître devrait lui apprendre à traduire en couleur.

Pont Notre-Dame, l'enseigne de Gersaint peinte par Watteau trône toujours comme un fanal, un modèle à suivre, et partout dans les boutiques, sur les trottoirs de la place Dauphine, des dessins à la craie... Tout l'inspire davantage que la pauvreté simple et digne de Chardin. En octobre cette année, pour la première fois, le roi condescend à montrer au bon peuple au palais du Luxembourg et gratuitement encore, le meilleur de ses collections. Tout l'émoustille et l'incite à peindre au point qu'il ne sait où donner de la tête, de la copie, du pinceau. D'autant que la galerie est restée chauffée aux frais du roi tout l'hiver et qu'un catalogue offert au public permettait de recopier les modèles... Frago ne s'en est pas privé. Tout dans ce Paris en chantier à l'orée des années 1750 l'enchante et titille son pinceau, à part les sujets qu'affectionne son maître.

Oui, mais pour retourner chez Boucher et le convaincre de le prendre avec lui, il doit demeurer et s'imprégner encore de Chardin. C'est sur le chemin de l'atelier qu'il travaille le mieux, qu'il tente de mettre en pratique ce qu'il comprend de ses techniques, mais en reproduisant plutôt ce qui lui plaît qu'une cruche ! Marre des miches de pain et des servantes vieilles et sales. Le pire — mais il ne le lui impose qu'une seule fois — ce sont ses scènes de chasse. Avec de vraies bêtes mortes esthétiquement installées dans le décor. Ça Fragonard ne veut pas, ne peut pas les peindre. À peine respirer dans l'atelier quand Chardin les y a installées.

Il est si prêt à tout aimer qu'il ne comprend pas pourquoi Chardin lui oppose une telle indifférence, comme s'il le repoussait d'avance. Comme s'il se défiait de l'amitié... Amitié étouffée dans l'œuf. Pourtant comme il aimerait l'aimer ! Mais le maître garde ses distances.

Au-dehors tout l'enchante même les grands tableaux des églises où il se repose et s'assied le temps de noter en dessin ce qui lui a plu dehors. Tout lui donne envie de peindre sauf les oignons et les assiettes ébréchées, le visage rébarbatif de sa vieille logeuse, ses pommes de terre et ses fanes de carottes. Tout ce qu'il voit de son œil d'enfant émerveillé, tout ce qui brille un peu. Voilà, c'est ça, Chardin ôte le brillant des choses pour en extraire la sève, en tirer une autre réalité. Pourtant la réalité primitive que Frago parvient à capturer sous son pinceau le bouleverse, l'enchante et lui fait perdre toute notion du temps. Pendant qu'il peint, il est heureux. Il adore peindre. Voilà ce que ces mois chez Chardin lui apprennent avec certitude : être en train de peindre, c'est vivre vraiment. Peindre c'est jouir le plus fort du monde. Sauf à peindre des pauvres, des patates ou pis, des animaux morts à la chasse...

Rendre le relief, la sensation, les infinies nuances

de lumière, la gravité, les mystères des ombres, toutes ces subtilités qu'il ne parvient pas à trouver dans cette fichue assiette ébréchée de Chardin. Tout le jour, il gratte aux côtés du bonhomme à lunettes et bonnet, sans arriver à décider si son maître l'aime, ni s'il est seulement conscient de sa présence. Si l'artiste le tolère et pourquoi, ou même s'il le voit, si sa présence lui pèse ou l'indiffère ? Autant de neutralité le déconcerte.

Les mois passent, monotones. Pourtant il sent son regard changer. Il ne voit plus les choses qu'au travers du tableau qu'il pourrait en tirer. Chardin lui ouvre un autre monde, une autre vision du monde. Ses hiérarchies bougent, son jugement s'infléchit. Une nouvelle discipline pousse en lui, désormais il voit le monde en peinture, en couleurs à discriminer. Même sa sensibilité n'est plus la même qu'avant d'entrer rue Princesse. On ne saurait dire que Chardin le dirige ni le guide expressément. Un grognement, un mot à peine articulé, un bras retenu, une ombre d'approbation les grands jours, indiquent à Frago la direction. Ses sens s'affinent dans ce silence, il saisit au quart de tour et fait feu de tout bois. Chardin en dit si peu, il faut bien en faire son or. Déjà, il a compris comment ne pas déplaire au vieil ours. Lui plaire, c'est plus ardu. Une chose est sûre, la couleur et le climat, l'ambiance du tableau comptent pour lui autant que le souci de réalisme. Il faut les faire passer avant. Frago apprend à penser en peintre, à ajuster son regard à une autre distance, à interroger en artiste ce qu'il cherche à rendre.

Le calcul de Chardin est bon. Par imprégnation, par mimétisme, l'enfant s'approche de ce qu'il observe à longueur de journée. Il a compris que la pauvreté qui l'a tant choqué et même repoussé en arrivant ici est intentionnelle, la simplicité une volonté de toutes les minutes. Chardin ne veut pas être distrait par des fanfreluches, alors que précisément ces distractions et ces fanfreluches, Frago en rêve nuit et jour. N'est-ce pas ce qu'il a cru voir chez Boucher ?

Un jour, sa mère revient chez Chardin pour connaître son verdict. Son fils a-t-il bien du génie ? Le maître se contente de hocher la tête en souriant sans qu'elle puisse en conclure si c'est oui ou non. Elle n'a rien trouvé de changé dans l'atelier sinon son fils. La présence si paisible de ce vif-argent qui chez elle ne tient pas en place l'a étonnée. Il a l'air heureux. Calme. Là où il doit être. Son travail près de Chardin le métamorphose en artiste silencieux lui aussi, tranquille, concentré. Sitôt qu'il repose son pinceau, il redevient le joyeux galopin qu'elle couve et couvre de toute sa puissance maternelle, mais ici, il est un autre, et elle se dit qu'il est peut-être bien en train de devenir lui-même.

Ce gentil jeune homme de maintenant 17 ans méconnaît pourtant sa chance. Chardin, ce solitaire entêté, lui offre de travailler à ses côtés, sous son regard. Boucher savait ce qu'il faisait. Il a dû se dire que si Chardin, qui ne supporte la présence de personne un long temps de suite, le gardait plus d'une semaine, c'est que ce petit avait quelque chose. S'il dure chez Chardin, il le reprendra.

Quand ?

Quand Frago n'y tiendra plus.

L'*univers* de Chardin évoque décidément trop ce qu'il cherche à fuir, et par contraste, le regret du monde fugacement entr'aperçu chez Boucher. Son désir violent de s'éloigner à jamais du monde concret de Chardin et de ses tableaux qu'il retrouve le soir chez sa mère, suintant la petitesse et la pauvreté réelles de leur logis, sera le plus fort. Comme une odeur de soupe au pain ou de chou bouilli. L'étriqué des pauvres. Il ne parvient pas à oublier que certes, Chardin ne lui fait pas payer son apprentissage mais l'empêche d'aller gagner sa vie chez le notaire. Il faut ne faire que peindre si on veut avoir une petite chance de peindre toute sa vie. Aussi ne rapporte-t-il plus son humble écot à sa mère. Elle doit travailler plus dur pour subvenir à ce temps d'apprentissage qui semble ne jamais devoir finir.

Frago s'est donné pour idéal la vie merveilleuse — et peut-être plus rêvée que réelle — aperçue chez Boucher, mais pas pour lui seul, pour sa mère aussi. Il veut peindre pour le succès, la richesse, les jolies filles, mais aussi pour que sa mère ait enfin sa part de joie. Puisqu'on peut gagner plein d'argent avec cet art, il lui en faut. Afin que les Grassois fichent la paix à sa mère. Et qu'il n'ait jamais besoin de faire un autre métier. Gantier comme son père. C'est-à-dire perdant.

Aussi après plus de neuf mois chez Chardin, il n'y tient plus. Il retourne chez Boucher. Le décor n'a pas changé. C'est le matin, Boucher est toujours en robe de chambre en train de déguster son chocolat, les élèves en cercle autour. Si, un détail a changé, les motifs de cachemire de sa robe de chambre n'étaient pas les mêmes la première fois, sinon rien n'a bougé depuis que sa mère l'y a mené. Juste un drame pour Frago : Madame Boucher, qui n'a jamais quitté ses rêves, n'est plus étendue sur la méridienne devant son mari. Elle n'est pas là. Du coup, en dépit du grouillement l'atelier paraît presque désert. Elle n'est pas là. Neuf mois sont bel et bien passés, peut-être dix, mais Frago l'a senti au réveil ce matin. Il n'aurait pas tenu un jour, une heure de plus chez Chardin.

Boucher examine les dessins que, sans un mot, Frago étale autour de son chocolat, comme il a vu faire les autres élèves. Boucher lève les yeux sur lui puis retourne aux dessins.

— C'est toi qui as fait ça ?

Il en interrompt la dégustation de son chocolat pourtant sacré, exploit que Frago n'est pas en mesure d'apprécier. Intimidé, il se contente d'opiner.

— Et bien sûr, tu as fait ça tout seul. Ça n'est pas *lui* qui t'a fait travailler. Peut-être même ignore-t-il que tu as peint ça dans son dos, affirme Boucher qui fait les questions et les réponses. Forcément, le grand Chardin ne s'intéresse qu'aux pauvres malheureux sur ses toiles. Et toi, moins. C'est ça ?

Visiblement Boucher est épaté. Et conquis. Frago, intimidé, n'ouvre pas la bouche. Surpris d'être à ce point percé à jour. Jusqu'au verdict final qui tombe vite.

— C'est bon, tu restes avec moi. Tu n'as pas le sou, j'imagine, et ta mère travaille dur pour te permettre d'apprendre ce métier ?

Frago hoche la tête, ému. Sa mère c'est son point faible.

— ... Donc on va écourter tes années d'études. Je vais te faire travailler pour moi, beaucoup. Tu vas exécuter mes cartons pour les Gobelins. Ça devrait te profiter assez vite.

Pendant le monologue du maître, cet adoubement, Madame Boucher est entrée. Elle s'est figée sur le pas de la porte, au silence soudain de l'atelier, elle a compris qu'il se passait quelque chose. Tous les élèves se sont assemblés autour du maître dans un silence curieux. Fou de curiosité, Deshays s'est approché pour examiner la cause d'un pareil accueil et d'un tel discours de Boucher si peu expansif quant aux travaux des autres. Il s'est emparé d'un des papiers de Frago, qu'il a passé à un autre élève, Baudouin, un grand échalas tout maigre qui saisit d'autres dessins et les fait tourner afin que tous les élèves y jettent un œil. On le regarde tout de suite différemment.

— Puisque la famille s'agrandit, intervient alors Madame Boucher, autant faire les présentations. Mes filles, Marie-Émilie a huit ans, et Jeanne-Élisabeth en a treize. Tu devrais t'entendre avec elles.

Elle le situe entre leurs deux âges ! Il a 17 ans.

Frago ne les voit pas tant leur mère éclipserait la Sainte Vierge en personne. Cette Jeanne qu'il appelle Madame, lui inspire d'ailleurs le même respect que la Madone.

Un à un, elle lui présente les élèves de Boucher, Deshays et Baudouin, Brenet et Melling, Restout et Saint-Aubin...

— Je ne te présente ni les modèles ni les amateurs qui ne font que passer et avec qui tu sauras te lier tout seul.

Frago n'a rien entendu, rien écouté. Il n'a d'yeux que pour Madame Boucher. Il ne sait pas encore voir et entendre en même temps. Là, il est fou de joie, il va rester avec elle. Déjà elle habitait ses nuits de jeune homme timide, maintenant il la verra toute la journée. Elle entre pour beaucoup dans sa joie d'être accepté chez le maître. Elle en est la muse, l'âme, l'esprit et le parfum. Le nez subtil du petit Grassois est terriblement entraîné à discriminer toutes les odeurs. Né dans les roses, il les reconnaît. Jeanne Boucher sent bon à se pâmer.

Son père comme l'ensemble du clan des Grassois de Paris le blâment mais ils préfèrent s'en prendre à Françoise, cette mère intrépide et fantasque qui, non contente de s'éloigner de l'influence du clan, aide leur fils unique à en faire autant et à s'émanciper de leur tutelle. Elle croit en lui, elle ne travaille que pour le faire vivre. Son mari ? Bah, il y a déjà longtemps qu'elle ne l'aime plus. En venant à Paris, en s'y installant surtout, elle a accompli une lente révolution. Quasi indépendante, elle gagne leur vie à tous, et la sienne propre. Elle n'a besoin de personne pour faire vivre son fils. Elle a définitivement perdu respect et estime pour celui qui l'a amenée à vivre ainsi. Bien sûr, elle aussi regrette son pays, sa sœur, la chaleur de l'amitié et du climat, mais ici elle a gagné la liberté. Tant qu'elle parvient à éviter les Grassois de Paris. Là-bas elle évoluait en permanence sous le regard de la cité, ici, elle est anonyme au milieu d'une foule qui ne se soucie pas d'elle. Elle a pris goût à cette liberté. Elle y perd leur protection mais elle en sait le prix. Pour l'avenir de son enfant, mieux vaut s'en passer et lui démontrer qu'on vit mieux sans eux.

L'amour se fonde aussi sur l'admiration. Marco l'a déçue au-delà de ce qu'elle imaginait. Marco n'est pas un bon exemple pour leur fils, son fils à elle toute seule. Si au début, durant les trois années passées sans lui à Grasse, elle a regretté son absence, maintenant elle s'en félicite. Jean-Honoré n'a pas eu ce mauvais exemple sous les yeux.

Elle a passé l'âge des amours, elle n'a plus la moindre envie d'un homme à servir à demeure. Puisque le sien s'est peu à peu escamoté, grand bien leur fasse à tous. Tant qu'il ne contracte plus de dettes. Pour protéger son avenir. Que les Grassois s'occupent des conséquences de l'inconduite de Marco comme ils l'ont toujours fait. Et qu'ils l'oublient, elle et son enfant. Le seul soutien réel du clan fut là-bas celui de l'oncle-abbé qui vient de mourir. L'enfant est triste et la mère n'a pas les sous pour aller l'enterrer au pays. Mais, apprend-elle par le notaire Dutartre, l'oncle a tenu parole. Il a fait de ce neveu préféré son unique héritier, en lésant tous ses cousins. Oh ça n'est qu'un petit pécule mais ça va l'aider à financer les prochaines années d'études sans peser sur sa mère. Elle l'aurait fait, bien sûr, mais ça commençait d'être lourd. L'oncle a vraiment pensé à tout. Ce sont les notaires qui lui font tenir cet argent, sans qu'aucun d'eux n'ait à se rendre à Grasse affronter les lésés de la famille. L'oncle Savant avait vraiment tout anticipé. Il a été parfait. Il ira au ciel, ajoute-t-elle...

Grâce à lui aussi son fils sera peintre, un grand artiste, l'égal de Watteau, de Boucher...

Elle non plus n'a pas compris Chardin, son univers a le tort d'évoquer précisément celui rustique et misérable qu'elle fuit. Elle aussi préfère Boucher. Les belles filles sûrement légères qui virevoltent là... une chance pour son garçon ! Toutes ces créatures autour de lui ne peuvent que lui faire du bien, pense cette mère aimante. Elle espère encore qu'il va grandir, à tous les sens du mot mais surtout physiquement.

Elle-même n'est pas petite et Marco est plutôt bien bâti. Son fils se doit au moins de la dépasser elle. Fût-ce d'une courte taille. Est-on jamais grand tant qu'on n'a pas rattrapé sa mère ?

En peinture, il progresse vite et bien. Boucher lui a même dit qu'il « faisait des étincelles ». Rien que ça ! Comme les machines du Progrès tellement à la mode. Et Madame Boucher a pris la peine de la rassurer personnellement quant à l'avenir de son petit : elle le croit certain ! En tout, il progresse. En tout sauf en taille. Il n'a pas l'air d'en souffrir. Il n'en a pas le temps, trop de travail, trop de découvertes, toutes ces filles, toutes plus belles, plus aimables et plus faciles... Elles lui sont aisées à approcher, si complaisantes tant qu'elles le prennent pour un enfant. Qui se méfie d'un enfant ? Avant de se retrouver enlacées, embrassées, déshabillées par ce lutin avide, goulu, tendre et plutôt viril. À ces moments-là, plus du tout un bambin, mais un bon amant, un amant véritable sous des allures d'enfant espiègle.

Seule Jeanne hante ses nuits et ses rêves solitaires chez sa mère. Il en est amoureux. Comme tout le monde à l'atelier. Comme le maître qu'on imite décidément en tout. Tous les autres modèles ressemblent à l'épouse du maître, aussi pour l'étreinte font-elles fort bien l'affaire. Frago les aime toutes avec ferveur, même si c'est rarement la même plusieurs nuits de suite. Elles sont les plus ravissants truchements de la femme du maître. Les modèles qu'il peint, tous ses élèves les étreignent.

Dans cette pépinière de talents, d'ambitions, de gloire et de désirs d'amour, Frago découvre l'amitié.

Non, pas l'amitié, la camaraderie, la fraternité de corps. Depuis Grasse et son immense chagrin quand son chien est mort et que son cousin adoré a arraché son cœur et le lui a jeté au visage, il s'est défendu de ne jamais plus éprouver des sentiments aussi forts, qui font trop mal en s'éteignant. Voilà que des camarades d'atelier lui offrent sans façon et sans arrière-pensée le partage, simplement le partage. Ils ont le même maître, adorent la même femme, troussent les mêmes filles et surtout, sont apprentis et épris du même art, au service duquel Boucher les traite tous pareils : tout le monde au travail, et encore, encore au travail. Ça ne s'arrête jamais ! De toute façon on n'a pas le temps de se faire des amis hors de l'atelier. Tellement de travail et de plaisir à l'exécuter.

Se doutent-ils seulement que la camaraderie qui règne ici, ils la rechercheront toute leur vie tant elle est intense ? Elle crée des solidarités actives et de très heureuses complicités. Deshays, qui semble fait pour succéder à Boucher, donne à Fragonard toutes ses recettes techniques pour obtenir ces transparences d'ailes d'ange, et humainement aussi, ses conseils, pour ne pas déplaire au maître, ni surtout à la maîtresse qui ne se contente pas de poser pour son époux et les élèves. Elle aussi, pratique dessin et gravure de façon plus qu'honorable. Sa beauté ne fane pas, ce qui pour une blonde relève de l'exploit.

Boucher est d'un naturel joyeux autant que travailleur, Fragonard aussi, à eux deux ils sèment une bonne humeur communicative dans l'atelier.

Frago n'a jamais été si heureux. Sa nature profonde qui ne demande qu'à vivre chaque instant dans la joie, en fait le plus jovial des compagnons.

Tout le monde l'adore et il adore tout le monde. Infatigable, insatiable, drôle comme personne, toujours prêt à tout : rendre service ou inventer de terribles canulars.

Ses cheveux de feu trahissent son tempérament de perpétuelle ferveur. Prodigieusement doué pour le dessin, le rire, la vie, il peint comme il respire. Pour le pur bonheur de peindre. Voilà, invisible mais certain, le vrai cadeau de Chardin, dont il commence à peine à mesurer la valeur.

Outre Chardin et Boucher, ce qu'il apprend sur la peinture aux Gobelins chez les lissiers pour y reproduire des Boucher lui est une autre formation solide qui fait toute la différence avec les confrères qui n'en ont pas fait. Son art de coloriste s'imprègne durablement des règles de la tapisserie. Celles que les Gobelins tirent des cartons de Boucher-Frago sont les meilleures qu'ait jamais faites Boucher ! Qui le reconnaît et se félicite d'avoir embauché le gamin !

Les mois passent.

Les années. Les belles années de jeunesse...

Bientôt il a 18, 19, 20 ans en 1752.

Boucher lui concède de plus en plus de travaux, outre ses cartons pour les Gobelins qu'il lui rétribue en douce, ce qui permet de soulager sa mère. Pour qui le temps passe moins généreusement. Elle est malade des poumons, et même si elle le cache à son fils, il le sent. Il n'a qu'elle, il ne peut s'en passer. Il cherche à la soulager par tous les moyens. Et Boucher l'y aide tant qu'il peut, d'autant qu'il vient seulement de comprendre sa méprise. Il est le premier à réaliser que celui qu'il traite depuis son arrivée comme un enfant, un petit jeune homme qui va grandir, ce mignon gamin qu'il a embauché il y a trois ans, va avoir 20 ans ! S'il n'a pas pris un millimètre depuis 1748, il ne grandira plus. Il a fallu qu'il progresse autrement pour que Boucher réalise que cet enfant mascotte de l'atelier est en fait un homme de petite taille, un adulte comme ses autres élèves. Il ne mesure pas plus d'un petit mètre cinquante-six, sept. Il n'est pas nain. Non. Juste un homme petit. Boucher décide de rattraper le temps perdu. Pour l'obliger à se dépasser, il l'invite à concourir. Le concours renforce toujours l'esprit de compétition entre artistes, la hiérarchie des récompenses déclenche un long cursus qui fait toute la différence entre l'artiste et l'artisan, et vaut au premier une réelle promotion, c'est pourquoi Boucher décide de brusquer les choses. Frago n'a que trop musardé à l'arrière.

— Tu vas te présenter au prix de Rome.
— Mais je ne suis pas à l'Académie !
— Tu viens de chez Boucher. Tu es mon élève, ça suffit !

Il est rarissime que le prix soit attribué hors du sérail de l'Académie. Mais cette royale machine a pris quelque indépendance sous la gouverne de Marigny, le frère de la Pompadour. Elle a toujours pouvoir de vie et de mort sur les carrières des artistes. Les défait plus souvent qu'elle ne les fait, donne le « la » de la mode, c'est-à-dire de ce qui plaît au roi et à sa favorite. Le règne de la Pompadour a ouvert une ère de modernité et d'intelligence dans les arts. Pour une fois, l'Académie n'est pas à la traîne, n'empêche que pour les francs-tireurs — et l'art en sécrète davantage que n'importe quelle corporation — elle est encore en arrière de la main. Si hier, hors de l'Académie, point de salut, sa récente

*De Chardin à Boucher, la vraie naissance de Frago...* 81

ouverture d'esprit permet à certains de s'épanouir dans des sentiers de traverse. Peu, certes, mais Boucher n'est pas pour rien le favori de la Favorite. Ses meilleurs élèves franchissent toutes les étapes que l'Académie lambine à enseigner, de l'anatomie à la perspective, de l'eau-forte au clair-obscur, ils vont du charme des angelots joufflus au plus sombre de Rembrandt. Coloriste et dessinateur achevé, maître du modelé, Boucher leur enseigne que la chair renferme à peine quelques os. C'est en tout cas ce qu'on doit ressentir devant les belles alanguies qui naissent de son atelier.

S'il en est un qui a compris comment rendre la volupté, les parfums des lys, les rayons de soleil du crépuscule l'été, c'est Frago. Aussi Boucher lui confie-t-il un grand nombre de travaux de fantaisie, de ces vaporeuses guirlandes qu'il réussit mieux que son maître. Mais rien encore qui lui permette de se hausser jusqu'au « grand genre ».

En 1751, Jean-Baptiste Deshays, l'élève préféré, obtient le prix de Rome.

— Le prochain, c'est pour toi, claironne Boucher durant la fête qui, traditionnellement, a lieu dans les jardins du Louvre.

Jean-Baptiste est porté en triomphe par tous ses camarades d'atelier. En plus de son disciple, Boucher en fait son héritier ; à l'occasion de son prix, il annonce son mariage avec Jeanne-Élisabeth la fille aînée du maître. C'est sûr, Deshays va lui succéder à l'atelier.

Comme Frago n'épouse personne, pour exister à son tour il va devoir s'accrocher. Aussi se met-il à préparer le concours du prix de Rome d'arrache-pied. Il ne quitte l'atelier qu'à la nuit tombée, sollicitant l'avis des uns et des autres, le regard et les conseils avisés de Jeanne et François Boucher qui croient en lui presque autant que sa mère.

Ne pas avoir suivi les cours de l'Académie lui est un handicap dont il a le sentiment qu'il ne parviendra jamais à se débarrasser. Il n'a pas vraiment abordé la peinture d'histoire. Là, il n'a plus le choix, c'est le seul genre admis par l'Académie. Le « grand genre », comme on dit, et pas par dérision.

Frago a peur de n'être pas à la hauteur et doute de sa capacité à dominer le sujet d'histoire, aussi peint-il avec acharnement. La loi est rigide : « Tout prétendant à l'Académie doit présenter un "morceau d'agrément" pour démontrer ses capacités, puis, s'il est accepté, dans les trois mois, exécuter son ouvrage de réception définitive, lequel est ensuite exposé au Salon carré du Louvre. Alors le lauréat reçoit sa bourse : le fameux prix de Rome ! Et il part pour la Ville éternelle parfaire son éducation pendant trois ans. »

« Parfaire son éducation... » Frago en éprouve un violent besoin, en peinant sur son tableau de concours, il mesure ses lacunes. Boucher l'a beaucoup fait travailler mais selon sa dernière manière. Celle de sa gloire aux couleurs du badinage, aux humeurs de boudoir... Manière pleine de grâces et de légèreté à la semblance de toutes ses Madame Boucher, sensuelles et roses, de tous ses angelots dodus et nacrés, et des ciels estompés de crème qui parsèment ses tableaux. Il fallait répondre aux commandes qui affluaient en grand nombre. Aujourd'hui Frago maîtrise ce genre-là, mieux que les reines égorgées, les armes ensanglantées, les boucliers de frayeurs et les horreurs de l'Histoire... Il n'est encore qu'un petit jeune homme qui règne sur des pastorales. Ses dessins n'oublient jamais un pétale de rose, ni une ronce au rosier. Spontanément il prise peu les supplices et les bois de justice... Or selon l'Académie, le « grand genre » exulte dans la tragédie, exige de l'artiste un effort intellectuel de connaissances, d'interprétation et d'imagination, supérieur à toutes les autres manières. Il s'agit non de copier même en l'agrémentant d'une roseraie, mais d'inventer le décor où des drames se sont déroulés, l'état d'esprit qui y a présidé, d'adopter un point de vue, une mise en perspective historique et humaine... C'est parce qu'il fait autant appel à l'imaginaire et la recréation que ce genre est dit grand et qu'on le place au-dessus de tout. L'Académie distingue ensuite les genres dits d'observation : portraits et natures mortes. Peu avant l'arrivée de Frago à Paris, elle a admis un nouveau genre, celui des Fêtes galantes, en l'honneur de Watteau. Mais la hiérarchie place toujours l'histoire au pinacle. Seuls les peintres d'histoire n'ont qu'une seule œuvre à fournir contre deux pour les autres.

Grosse machine que l'Académie ! Composée de plus de trente personnes, du directeur au chancelier, de quatre recteurs, douze professeurs, plus ceux d'anatomie et de perspective, un secrétaire, un trésorier... L'Académie édicte des règles strictes quant à l'art, au bon goût et à la composition classique, règles qui ont force de loi et imposent un style dominant auquel il faut se soumettre ou mourir. Frago souffre de le mal connaître et redoute de ne pas y parvenir. Boucher, qui a triomphé à l'Académie à 17 ans avec son *Jugement de Suzanne*, ne doute pas de son élève.

— Tu auras le premier prix ou je ne m'appelle plus François Boucher.

Le concours a lieu en deux étapes. D'abord le candidat rend une esquisse, qui permet une première sélection, puis s'il est accepté, il exécute en loge un tableau au sujet imposé. Cette année le sujet est tombé sur Jéroboam... Thème qui a l'avantage et le désavantage d'être peu représenté et laisse donc toute latitude à l'imaginaire des artistes, mais aussi l'obligation d'être descriptif et quasi pédagogue. Il s'agit de bien lire le passage du livre des Rois versets 13,1 à 16 pour déchiffrer la scène à peindre et la rendre avec un luxe de détails.

La scène se situe à Béthel, au temple de ce roi schismatique, premier roi d'Israël opposé à Roboam, fils de Salomon. Qui y a institué le Veau d'or, culte païen... Frago choisit l'instant paroxystique. Quand Jéroboam, à l'instant de sacrifier au Veau d'or, ordonne qu'on arrête le prêtre qui va opérer, dont la main aussitôt se « dessèche ». L'autel se fend, la graisse se répand, preuve du caractère profanatoire du sacrifice. Frago traite son sujet au pied de la lettre en hommage à Van Loo, le grand homme de l'heure, avec des références à Jean-François de Troy qui vient de mourir. Son idée, dictée par Boucher, est de se démarquer le plus possible de son maître. Surtout ne pas faire du Boucher en histoire mais flatter les grands peintres de l'heure. Frago est doué pour ce type de pari. Il copie n'importe qui, n'importe quoi, avec une facilité déconcertante, adopte la manière de l'un ou de l'autre, sans rien perdre de son esprit.

Il structure sa toile suivant une composition savante. Il la construit sur les diagonales, avec des figures sur deux niveaux. Au premier plan, au pied de l'estrade, trois assistants, une jeune fille et deux thuriféraires en demi contre-jour servent de repoussoir. De profil, l'homme de Dieu sur l'estrade oppose son calme au groupe énervé de Jéroboam et de sa suite. Néophyte dans la peinture de genre, Fragonard y résume ce que les peintres d'histoire ont inventé de plus expressif avant lui. De plus théâtral aussi. Le grand style, les attitudes énergiques rappellent effectivement Van Loo. La façon systématique d'inscrire les groupes dans une géométrie évoque Restout. On lit d'autres influences encore, mais rien de Boucher qui compose par courbe et contre-courbes, avec des masses rebondissantes. Rien.

La lumière y est intelligemment distribuée : un second plan lumineux vibre et contraste avec le premier et les côtés laissés volontairement dans l'ombre. Des blancs gris, des beiges et des jaunes l'emportent et tranchent sur les rouges, les bleus et les turquoises qui n'appartiennent qu'à Frago, ce sont vraiment ses couleurs, sa palette. C'est certes un tableau de bon élève qui a parfaitement compris ce qu'on attend de lui mais aussi un coup de maître conçu pour gagner. Et qui gagne. Il décroche le premier prix. Devant Monnet, Saint-Aubin et Perronet, pourtant du même atelier. De quoi réconforter l'enfant de Grasse qui doute tant de son droit à peindre.

Il a vaincu l'obstacle ! Avec son premier tableau d'histoire, il a emporté le morceau. Aussi étrange que ça paraisse, ce tableau est un typique produit des élèves de l'Académie où Fragonard n'a jamais mis les pieds !

Comme il est d'usage, le samedi suivant la Saint-Louis du 25 août, on lui décerne officiellement son prix. C'est lui ce jour-là qu'on porte en triomphe sur les épaules de ses camarades, lui qu'on promène autour de la place du Louvre sous les ovations de la foule. Il en rêvait l'an dernier quand c'était Deshays le héros. Aujourd'hui c'est lui, c'est son grand triomphe.

Il peut rapporter à sa mère l'illustre diplôme du prix de l'Académie — qu'elle encadre aussitôt dans sa cuisine pour l'avoir toujours sous les yeux — et une médaille de dix louis qu'il dépose solennellement au chevet de sa mère. Afin qu'elle contemple les étapes de sa réussite.

Première marche vers la gloire.

Mais c'est maintenant que tout commence. Allez, au travail pour le grand tableau de présentation !

## *Chapitre 5*

1752-1756

## POUR PRIX DE ROME, LA MORT DE MÈRE

> Je joue avec la vie, voilà la seule chose
> à quoi elle est bonne.
>
> VOLTAIRE

Les mois qui s'écoulent entre la remise du prix de Rome et l'entrée à l'École des élèves protégés sont les plus fous de sa vie.

Plus question d'envoyer à Rome ces lauréats sans bagage. Rome en a assez de ces élèves impréparés à qui le lait coule encore du nez et qui s'avèrent incapables de profiter du séjour. De fait, ils ne savent même pas quoi chercher !

Depuis qu'en 1751, le frère de la Pompadour désormais marquis de Marigny, a repris en main l'École royale des élèves protégés par le roi, les lauréats y demeurent au moins trois ans logés, nourris, blanchis et entretenus comme pensionnaires au Louvre et subissent les leçons de différents professeurs. Ils vivent chez le gouverneur, sous l'autorité de qui ils étudient et cohabitent le temps de parfaire leur éducation afin de ne pas arriver trop démunis à Rome.

En échange des disciplines généreusement transmises par les meilleurs maîtres, ils sont tenus d'offrir chaque année une œuvre nouvelle. Un sujet d'histoire toujours, à l'exclusion de tout autre thème !

Au moment où Fragonard remporte son prix, les lauréats des années précédentes ne sont pas encore partis pour Rome. Ils se trouvent si bien au Louvre qu'ils cherchent à y rester le plus longtemps possible et reculent d'autant leur départ. Jusqu'au moment où Rome exige qu'on lui envoie ses nouveaux élèves. Les places à l'École des élèves protégés sont limitées à six. Huit au maximum. Celle qui revient à Frago est occupée par un dénommé Briard, apprend-il, qui, comme tous les autres, rechigne à quitter Paris.

Ces mois d'attente-là sont les derniers où il vit avec sa mère. Elle profite de lui autant qu'elle peut. Il est son trésor, son chef-d'œuvre et la consolation de sa vie manquée. Elle est de plus en plus marquée par l'âge et la lassitude. Une grande fatigue de vivre. Elle n'en peut plus de lutter sans trêve. Sans illusion, non plus. Elle a lâché prise. Perdu sa foi dans la vie et partant sa belle énergie. Elle passe son temps à mettre son fils en garde contre « la mainmise du clan grassois où qu'un enfant du pays se trouve dans le monde ». Elle l'adjure de s'en défier. Lui en parle comme d'une pieuvre géante. Tant que je suis là, je t'en protège, t'en défends, mais sitôt que je n'y serai plus, ils vont chercher à te récupérer par tous les moyens et quand je dis tous, tu n'as pas idée, même des moyens illégaux...

Déjà Frago peine à imaginer un monde où sa mère ne serait plus, alors un monde où des Grassois régneraient quasiment à la place de Louis XV, il n'y croit pas. Elle jette pourtant ses énergies dernières à l'armer contre le clan. Elle ne rêve que de lui garantir une liberté qu'elle a entrevue, dont elle aurait aimé faire meilleur usage. Si pour elle c'est trop tard, son petit qui sera peintre — c'est sûr maintenant, il a ce quelque chose dont parlait Chardin, et va continuer à monter jusqu'au firmament —, elle ne veut pas qu'après elle, les Grassois l'en empêchent, le brident ou le gênent moindrement.

Si Frago est un prince, c'est d'elle qu'il tient sa souveraineté. Sur son royaume à elle, tissé par elle et pour lui seul, il règne. Sans elle, il n'existe pas. Elle ne peut pas disparaître. Il n'a qu'elle au monde.

Non, il a aussi une existence chez Boucher où, depuis son prix, il parade, fait rire son monde, fanfaronne avec brio. Il est doué pour la lumière et sait faire rire y compris de lui. Il est facilement populaire et il adore ça. Son prix lui monte à la tête, il pense avoir maîtrisé le « grand genre », et la ramène pour la plus grande joie de tous. Bien sûr, il se livre au même numéro devant sa mère qui bat des mains comme au cirque en le voyant imiter tous les hauts personnages qu'il croise. Gai luron, il sème la joie partout où il passe. À l'atelier se pressent toujours autant de marquises et de bergères, de mondaines et de modèles, plus ou moins pour se faire portraiturer, courtiser ou flatter. Elles le prennent en amitié. Toujours il attendrit les femmes, toutes. Ne passe jamais une soirée solitaire. Une choriste de l'Opéra ou un modèle, une actrice ou une riche marquise, elles se le disputent et se réjouissent de sa compagnie. Pourquoi refuser ? Sa petite taille lui est devenue un avantage, il en joue pour être accepté partout. On accueille un enfant inoffensif, une fois dans la place, on la cède toute à l'amant avec cette moue de complaisance mi-grondeuse mi-amusée qu'il imite à merveille. Il mène une vie de patachon, n'était la certitude qu'elle va prendre fin sous peu. Il passe chaque jour voir sa mère qui décline doucement, mais donne encore le change devant lui.

Le 18 mai 1753, Briard, son prédécesseur, part enfin pour Rome, lui cédant sa place au Louvre. Aussitôt, et pour la première fois de sa vie, Jean-Honoré quitte la maison de sa mère pour s'installer à l'École. Un déchirement et une joie. Un adieu à l'enfance, un salut à la beauté : il habite désormais la petite maison de la cour du Louvre, où les élèves protégés sont hébergés chez leur directeur, Carle Van Loo.

Dans le milieu des peintres de la génération d'avant, ce Van Loo était la risée de ses pairs. Un physique épais, ingrat, le nez renflé au bout, un menton dédoublé dès la trentaine, jeune il passait pour un monument d'ignorance et de vulgarité. Vu les échelons franchis — académicien, professeur, Premier peintre du roi, et maintenant premier gouverneur de l'École royale des élèves protégés —, on peut douter de cette fameuse bêtise.

Van Loo a 48 ans, il est au faîte des honneurs, il fait partie d'une dynastie d'artistes hollandais, établie en France depuis le XVIIe siècle. Lui-même est né à Nice et se prend vite d'amitié pour Frago à l'accent voisin du pays où fleurit l'oranger et qui l'a vu naître.

Quand il eut son prix de Rome, le manque de fonds publics ne lui permit pas de devenir pensionnaire de l'Académie à Rome. Il a dû financer lui-même son séjour en Italie, en 1728. Il y fut en même temps que son futur rival et ami François Boucher et ses neveux Michel et François Van Loo. Ses élèves l'adorent, Frago ne fait pas exception. Et c'est réciproque.

Comme Boucher hier, Van Loo s'intéresse et s'attache vite à Fragonard jugé unanimement le jeune artiste le plus prometteur. Évidemment lui, à peine arrivé, tombe en amour pour Madame Van Loo. Une voix de rêve, une taille de guêpe, un rire comme le vent dans les eucalyptus, cette belle cantatrice, Christina Antonia Somis (devenue Van Loo) eut son heure de gloire avant de se faire exclusivement la muse de son mari et de ses élèves. Elle s'accompagne au clavecin et Frago ne sait si sa voix l'emporte sur ses doigts et ses belles mains animées...

Pour Frago, être amoureux de la femme du maître va de soi. C'est le piment indispensable qui le fait courir à l'atelier dès l'aube travailler d'arrache-pied afin de lui plaire.

C'est la première fois de sa vie qu'il ne vit plus sous le regard ô combien attentif de sa mère. Il se sent follement libre. Il adore tout dans l'école y compris les cours rébarbatifs de Lépicié. Six fois par semaine, cet enfant sinon du ruisseau, du moins du maquis provençal, qui n'a que peu tâté du grec et du latin, prend un plaisir fou aux subtilités léonines de la culture la plus élaborée. Il sait qu'il ne sait pas grand-chose, aussi accomplit-il là un rattrapage intensif. Il adore la mythologie et l'histoire, un peu moins la géographie et les langues anciennes, mais bah... au fond tout l'intéresse, il aime étudier.

Et tant mieux, parce que telle est la consigne du marquis de Marigny, qui a la haute main sur les arts, leur transmission dans le royaume et leur diffusion en Europe. Que ses artistes soient les mieux formés du monde. Au titre de directeur des Bâtiments du Roi, il détient aussi ceux qu'ils hébergent. Ce sont donc ses artistes, ses écoles et ses résultats ! Il prend soin que l'argent du roi soit bien dépensé, c'est pourquoi il ne refuse jamais rien à Boucher, qui a le meilleur goût du royaume. Si ce dernier considère que les peintres de l'Académie ne savent rien — il en sort, il sait de quoi il parle —, Marigny durcit l'enseignement de l'École afin d'y remédier et d'offrir à ceux qui partent pour Rome une solide formation. Il a mis ses amis de jeunesse aux postes clefs, Natoire à l'Institut de Rome, Van Loo à l'École de Paris et Cochin à l'Académie. Cochin remplace provisoirement Coypel, le dernier « Premier peintre du roi », fonction qui consiste essentiellement à jouer les intermédiaires entre les artistes et le surintendant des Bâtiments du Roi, Marigny son meilleur ami, qui a toute sa confiance.

Nonobstant les encouragements de Boucher, Frago le sent, il lui manque d'avoir usé ses culottes sur les bancs de l'Académie, d'où son assiduité aux cours de Lépicié, et son vœu de retarder le plus possible son départ. Pour être honnête, il n'y a pas que l'avidité de savoir qui le retient, la sensualité n'est pas absente de son désir de demeurer à Paris. Ces années-là sont d'une grande intensité amoureuse, érotique même. Il a 20 ans, puis 21, il n'a toujours pas grandi, mais au fond des lits qui s'en soucie ? Il a la taille idéale pour s'insinuer dans les ruelles. N'importe quelle ruelle. Tout en rêvant de Christina Van Loo.

Le règlement de l'école exige que les élèves achèvent chaque année un « morceau de composition » pour le présenter au roi. Les Académies ne bénéficient pas de pareil privilège. En 1754, Frago se fait plaisir avec un thème « à la Boucher » traité en tableau d'histoire : *Psyché montrant à ses sœurs les présents qu'elle a reçus de l'Amour*. Tirée d'Apulée, l'histoire raconte l'enlèvement de Psyché jusqu'à un palais enchanté où Cupidon la comble de cadeaux, à condition de ne jamais chercher à voir son visage. C'est son second chef-d'œuvre, il y expose les moyens de ses ambitions. Une aisance plus grande que dans le Jéroboam, de la grande architecture ; des marches, des colonnes, de riches tapis... Ses coloris propres mais éclairés plus audacieusement. Des défauts ? Oui, un trop visible souci de séduire. Notamment son maître : il a fait du Van Loo. Il est encore très malléable. Tout lui est si aisé, si naturel. Il plaît et ça lui plaît, ça lui réussit et tout le monde s'en félicite.

En mars 1754, l'œuvre de Frago est présentée au Salon, c'est-à-dire à Versailles, donc au roi de France. Sa mère exulte : son fils chez le roi, son tout-petit adoré au Palais.

En moins de six ans, le saute-ruisseau a grimpé, bondi et rebondi jusqu'au roi. De l'ombre à la lumière, en si peu de temps ! Lui aussi en est fier, mais sa fierté c'est surtout de pouvoir couvrir sa mère de cadeaux, de lui porter des fleurs chaque fois qu'il la visite, des victuailles de luxe ou simplement des mets du Sud. Trop faible pour le voyage, elle n'y retournera plus. Ils le savent tous deux mais ne s'en parlent pas. Elle s'est tant usée pour lui assurer un avenir qu'au moment où celui-ci se présente sous les meilleurs auspices, Versailles, le roi, Rome, elle s'étiole. Au seuil du succès de son enfant, elle s'efface, plus la force d'applaudir à ses triomphes qu'il lui raconte en les amplifiant, histoire de grossir sa joie maternelle. Il en rajoute, il se fait plus riche et plus célèbre qu'il n'est pour la rassurer et lui faire l'œil brillant. Pour faire rosir ses joues de plaisir, il ferait tout, il inventerait n'importe quoi, afin de la garder près de lui, la garder en vie. Y compris se conduire en « arriviste » pour la combler en arrivant plus vite que prévu. Il emprunte des sous à Boucher afin de lui offrir des choses chères. Elle est si faible qu'il anticipe, espère-t-il, sa réussite et la lui joue en accéléré. Tout, il ferait tout pour la sauver.

Son fils brille dans la lumière royale et elle s'amenuise. Elle s'éteint comme une bougie en vacillant longtemps. Oh bien sûr, tant qu'elle le peut, elle se réjouit. À 22 ans, son bébé présente au roi sa *Psyché montrant à ses sœurs les présents qu'elle a reçus de l'Amour*, elle en pleure de joie et de félicité. Ne voit-elle pas, induit dans le titre même du tableau, le résumé de leurs échanges mère-fils ? Ils se donnent tout l'amour qu'ils peuvent, ils n'ont personne d'autre à aimer si haut, si grand. Tout le reste... Oh, ils savent bien. Ils se taisent, mais sentent tous deux que c'est la fin.

Beaucoup d'émotion circule entre eux, qui les épuise. Pourtant là aussi, il la venge. Déjà il l'a vengée des humiliations que son père lui a infligées et la venge aussi des Grassois, qui commencent à croire aux prophéties de Françoise qu'ils méprisaient jusque-là.

« Finalement il se pourrait bien que cet enfant rapporte des sous, et peut-être même davantage. » « Chez le roi à 22 ans ! C'est quelque chose ! Attendons encore, voyons ce que ça peut rapporter. »

Le clan traduit tout en espèces sonnantes. Celles

que son père dilapide, celles que sa mère met de côté pour lui... Au prix de sa vie.

Ces fameux Grassois ont pour ambassadeur à Paris un vieux vilain à l'œil bovin, le père Isnard et sa femme. Le grand-père du cousin Honoré, aujourd'hui de lointaine famille. Mais à Paris, les Grassois sont tous cousins. Sentant faiblir Françoise, ces charognards osent s'en prendre directement à son fils : « Alors ces études, ça commence à bien faire... Il est temps d'ouvrir une boutique, de te mettre à ton compte, tes tableaux chez le roi, ça va se vendre... Ta mère est très malade, tu dois t'occuper d'elle. Tu n'as pas que ça à faire d'aller te baguenauder à Rome deux trois ans, nous a-t-on dit... Allons, sois raisonnable, on t'a laissé t'amuser assez longtemps, il est temps de grandir... »

Et pour couronner le tout, les conseils de la mère Isnard à la tête de la maroquinerie faubourg Saint-Honoré (décidément ce prénom le poursuit), « être pauvre est absolument déconseillé même si tu devenais très célèbre, n'oublie pas. Seul l'or peut te mettre à l'abri ».

Ignorent-ils que le pécule de l'oncle-abbé n'est pas complètement épuisé ?

Frago déteste entendre parler de cette manière, ce n'est pas comme ça qu'il envisage sa vie. Il pense qu'il suffit de s'éloigner pour oublier. Ces idées sont aux antipodes de ce qui se dit et se pratique dans les ateliers, où l'art passe avant tout. Quand même, songe-t-il, si sa mère savait ! Mais elle n'est déjà plus présente, sa faiblesse l'a contrainte à un étrange sommeil près de vingt heures par jour. Elle ne s'éveille que lorsque son petit pénètre dans sa chambre sur la pointe des pieds. Alors elle lui sourit, il pose sa joue dans sa main qu'elle n'a plus la force de soulever de son drap. Elle se meurt en souriant. Tous les jours, tous les jours jusqu'au jour où..., c'est la fin de l'après-midi. Le printemps exulte au-dehors et se change en été. Il n'ose pas ôter sa main. Elle est morte, la tête appuyée contre son épaule. Il la soutenait pour qu'elle trouve la force d'aspirer encore un peu d'air, une dernière bouffée d'air, encore un tout petit filet... Puis elle n'a plus respiré. Une minute. Deux. Longtemps. Il sent bien qu'elle ne respire plus. Qu'elle ne respirera jamais plus. Qu'elle se roidit, devient froide. Mais il ne bouge pas, il ne parvient pas à se dégager d'elle, à desserrer son étreinte. C'est sa mère. Il n'a qu'elle. Elle ne peut pas lui faire ça. Les nuits de juin sont courtes, le soleil semble ne jamais vouloir se coucher ni la lumière finir. Le fils enlace toujours la mère que la rigidité cadavérique envahit dans ses bras. Des heures s'écoulent, sans bruit, sans mouvement. La nuit est tombée. Sa mère est toujours morte...

Il lui a fallu devenir grand, ôter sa main, l'embrasser pour la dernière fois, et prévenir les Grassois. Même son père est venu enterrer sa femme. Toujours ces fichues apparences. La tante Isnard, et même le cousin Honoré installé depuis peu à Paris, suivent son cercueil. Frago supporte mal la manière dont les aînés lui pressent l'épaule, l'étreignent, le considèrent. Il a l'impression qu'on le reprend physiquement, qu'on cherche à le ramener, soit à Grasse, soit dans le droit chemin, soit au sein de cette famille dont sa mère le tenait éloigné. Il se dégage sans un mot même à son père, et rentre au Louvre, chez Van Loo, sa femme et les quatre autres élèves. Sauvé !

*Pour prix de Rome, la mort de mère*

Là est sa vie, là ses amis, ses alliés, son avenir. Oublier Grasse et les Grassois. Sa famille, son amour, c'était sa mère. Elle est morte, désormais il est seul.

C'est alors que Rome réclame ses nouvelles recrues. Lépicié, qui trouve le petit Frago particulièrement bien formé, propose à Marigny de le faire partir. Tollé du petit !

Oh là ! Mais non ! Il se sent incapable de quitter Paris. Sa mère vient de mourir, il n'est pas consolé, il n'est pas prêt, il ne sait rien, il doit encore tout apprendre de Van Loo...

Monnet et Brenet, entrés après lui à l'école, sont dans le même état d'esprit. Peur et appréhension de la nouveauté romaine, désir de fortifier sa position ici...

Personne ne veut quitter Paris. Surtout pas Frago, sa vie au Louvre, sa jeunesse insouciante le long de la Seine. Ici tout lui réussit. Ici il se console du seul chagrin inconsolable de sa vie. Et puis il a mille amourettes, quinze tableaux en chantier, des amis, des envies. Et il y a Madame Van Loo ici. Il n'a rien à faire en Italie.

Le statut d'élève protégé est un privilège dont ils n'ont jamais assez de leur jeunesse pour jouir. Personne n'imagine lâcher la proie, Paris, ses filles faciles, ses tavernes et ses magnifiques tableaux d'église, pour l'ombre (Rome !) et l'inconnu. Les élèves dictent à Lépicié une lettre pour Marigny : « Les trois élèves Fragonard, Monnet et Brenet, issus de chez Boucher, ressentent si vivement le besoin qu'ils ont encore des exemples et des leçons de Monsieur Van Loo pour la couleur et la composition qu'ils vous supplient très respectueusement de leur permettre d'achever leur temps sous un si bon maître. En cela j'ose vous assurer qu'ils n'ont d'autre but que de se rendre plus dignes de l'honneur de votre protection, de profiter plus efficacement du voyage d'Italie et de mieux lire dans les productions du Carrache et de Raphaël... » Et ça marche. Leur départ est retardé.

D'autant qu'une réussite en appelle une autre, l'année suivante, son second tableau présenté au roi a tant de retentissement que la confrérie du Saint-Sacrement de Grasse le lui achète pour la cathédrale. Là-bas aussi, ils ont eu vent de sa soudaine réussite, ils en veulent leur part. N'est-il pas l'enfant du pays ? Le succès allant au succès, sa toile sera expédiée le 3 mai en échange de 700 livres. Il joint à son envoi ses conseils de jeune génie sûr de son art ou du moins de sa technique, pour expliquer comment traiter correctement son ouvrage. Il l'a repensé, restructuré pour Grasse en poursuivant l'enfilade des colonnes rythmant la nouvelle chapelle édifiée durant son enfance sur le flanc sud de la cathédrale. Dans ses indications, il se montre sûr de lui, prêt à devenir metteur en scène de plus grands décors. Il indique avec assurance comment poser le vernis, l'accrocher...

Las, à nouveau Rome le réclame. Oh non, il n'est pas encore prêt. Pas tout de suite, pas déjà. Ne doit-il pas recueillir ses lauriers ici d'abord ?

Van Loo le protège, flatté qu'un si bel élève tienne tant à demeurer près de lui. Il doit aussi reconnaître que l'avoir chez soi est un enchantement. À vivre, il est délicieux, son esprit fait merveille, il est drôle, insolent, espiègle et léger, et surtout, gentil, tellement gentil. Quand on l'a adopté, ce qui est le cas des Van Loo, on ne s'en passe pas aisément.

C'est peu de dire que ce dernier est un bon maître, il fait tout pour l'épanouissement des jeunes qu'on lui confie durant ces années cruciales pour eux. Une grande fraternité règne entre ses élèves, essentiellement grâce à son épouse qui les dorlote comme elle le fit pour ses propres enfants désormais envolés. Frago l'aimerait moins maternelle mais ne repousse jamais une cajolerie.

La mort de sa mère lui donne le droit d'en avoir davantage besoin que les autres, tous pourtant aussi amoureux de la femme du maître. Mais il bénéficie toujours, on ne sait pourquoi, d'un statut privilégié que personne jamais ne jalouse, en tout cas, pas ses confrères.

Cette situation d'exception ne saurait durer, il faut se rendre à Rome, comme à Canossa... Le 6 septembre 1756, Cochin prie Marigny de faire partir rapidement les futurs pensionnaires du palais Mancini. Ils sont cinq, les cinq doigts de la main, Fragonard, Monnet, Dhuez et les deux frères Brenet, le peintre et le sculpteur. Impossible de reculer. Le 17 septembre, Marigny signe leur brevet d'élève, le 22 ils reçoivent chacun en viatique les trois cents livres de frais de voyage.

Le 20 octobre Frago fait ses adieux à l'école. À Boucher, à Paris. Boucher lui recommande « surtout de ne pas s'émouvoir. Rome est un piège terrible. Si tu te mets à y croire, tu es fichu ! ».

Il a failli oublier quelqu'un. Celui que, le temps passant, il reconnaît avoir eu pour maître, alors que, sous sa houlette, il croyait n'en rien apprendre. Chardin.

Il se rend rue Princesse. Rien n'a changé, même la poussière est la même. Rien n'a bougé. Il revoit sa place d'étudiant, assis à même le sol à copier tout et n'importe quoi dans un silence qui lui non plus n'a pas bougé. Mais aujourd'hui, ce silence le rassérène, le réconforte. C'est un bon silence. Chardin le regarde par-dessus ses bésicles. Lui sourit puis efface vite son sourire pour revenir à sa toile. Frago lui fait un résumé, premier prix, Jéroboam, Psyché, mère morte, Boucher, Van Loo, départ pour Rome…

Il opine du bonnet. Et lâche un « Oui, j'ai vu. Continue. À Rome, tu verras sûrement mon fils. Ne l'écoute pas, il médit de tout. Essaie de rester gai, c'est ta nature ».

Chardin n'a jamais autant parlé de sa vie. C'est comme une consécration, l'onction avant le départ. Il se félicite d'y être allé. Assuré qu'il a bien pris son élan de là, c'est Chardin qui lui a appris à voir en peintre. Désormais il est ravi d'avoir commencé chez lui.

Il réussit à grappiller encore un peu de temps parisien. Le 22 novembre, il y est toujours. Chance : Madame Van Loo a besoin d'être escortée pour se rendre à Milan dans sa famille. Tous les élèves sont candidats, trois élus sur les cinq en instance de départ. Amoureux d'elle comme ils le sont tous, la lutte a été âpre. Monnet, Dhuez et Fragonard gagnent. Ils feront la route dans la chaise de leur muse adorée avant de rejoindre leurs congénères parvenus à Rome plusieurs semaines avant eux.

C'est encore un 22 décembre que Frago entre à Rome.

Un 22 décembre, comme toujours.

## *Chapitre 6*

1757-1758

## MÉLANCOLIE ROMAINE

> Jouis et fais jouir, sans faire de mal
> ni à toi ni à personne :
> voilà je crois toute la morale.
>
> CHAMFORT

Depuis le jour où il a posé le pied chez Boucher, Frago est amoureux des épouses de tous ses maîtres. Et de leur peinture aussi, bien sûr, mais l'un ne va pas sans l'autre. Même s'il ne les possède pas charnellement, c'est en rêvant d'elles qu'il enlace toutes les autres. Il a besoin de dédier ses heures de travail à une femme idéale. Idéale mais approchable. Pas une madone. Ses tableaux ne lui plaisent qu'inspirés par sa muse du moment.

Après ces semaines d'intimité, quasi de promiscuité dans la voiture de Christina Van Loo, nonobstant la compagnie de Dhuez et Monnet, où tour à tour chacun d'eux s'est cru le préféré, l'arrivée à Rome les dégrise d'un coup.

Ici le patron c'est Natoire, un peintre de cour, jaloux de Boucher, jaloux de Van Loo, en réalité jaloux de tous ceux qui ont du succès et des postes à Paris ou à Versailles, pendant qu'à Rome, il se sent exilé. Bien qu'il y jouisse d'un statut comparable à un ambassadeur tant en honneurs qu'en reconnaissance, il juge que la direction des élèves du palais Mancini n'est qu'un lot de consolation.

D'abord il est vieux. Enfin pas si vieux, 57 ans, mais rébarbatif, épris de discipline, d'autorité, soumis aux diktats de l'Académie, sans une once d'autonomie ni de fantaisie, nerveux, laid, et surtout il n'est pas marié ! Tout au plus possède-t-il une sœur, vieille et fille, et encore plus vilaine que lui. Donc, déjà, chez Natoire, pas de muse ! Pas beaucoup d'amusement non plus. À écouter les frères Brenet, arrivés deux mois avant Dhuez, Monnet et Frago, pas grand-chose à espérer pour améliorer l'ordinaire. En plus, on ignore qui est rapiat à ce point, de Natoire ou du cuisinier du palais Mancini, mais les élèves ne mangent pas suffisamment. Ils meurent de faim, alors que ceux qui les ont en charge épaississent à vue d'œil.

L'école manque aussi de draps, de chauffage... C'est dire l'inconfort.

En outre, il plane le même air glacé dans les rues de Rome. L'accueil aussi est glacial. Où sont les chocolats chauds de Boucher, l'or des cheveux de sa femme, et leurs attentions jumelles aux travaux de « leurs petits » ? Où est la divine soupe qui chaque soir rassemblait la famille Van Loo dont ces cinq-là comptaient au nombre des enfants ? Ils comprennent vite que les plus belles années de leur vie sont passées.

Le contraste est brutal. Un vrai choc. Plus encore pour ce Méridional de Frago, toujours nostalgique du climat de son enfance, et de ses étés quasi continus, scandés par les floraisons successives d'odeurs vénéneuses et suaves. Comme un fait exprès, cet hiver romain est spécialement froid et pluvieux.

Qu'espérait-il en débarquant un 22 décembre à la date même où, en l'an 1745, la nuit de la naissance de l'aînée des Gérard, Grasse l'accueillit dans des odeurs d'agrumes en fleurs et de violettes en sucre, toutes ses ruelles pavoisées pour la Noël... ? Sans doute le souvenir le plus fort de son enfance, du début de sa renaissance. Sa naissance en couleur.

Certes la religiosité qui règne dans la ville du pape n'a rien à envier aux Noëls de Provence, ça, pour prier on y prie, on y chante, on y louange l'enfant Jésus chaque minute, mais quel ennui que cette pompe pontificale, comparée à l'allègre tendresse de sa cité natale !

Aussi, en dépit des mises en garde de Boucher, Frago commence par faire le tour des chefs-d'œuvre. Boulimique, affamé de beauté, il court dans Rome voir, revoir et tenter de comprendre les merveilles des grands morts. Sur l'instant l'humiliation est forte. Il ne sera jamais à la hauteur. Alors il cherche, il arpente la moindre ruelle romaine, et à toute vitesse, dans une ivresse qui ressemble au tournis. Il fonce de la Sixtine au Panthéon, il contourne en courant le Colisée, pour la troisième fois de l'après-midi, il évite la colonne Trajane, histoire d'aller visiter telle église du Trastevere où il a repéré un tableau du Caravage qui le repose et l'angoisse à la fois. Et toujours à toute vitesse, comme pour s'en prémunir. Boucher lui a répété de se méfier de Rome et de ses chefs-d'œuvre. Il lui a dit sur tous les tons « Ne prends pas ces gens-là au sérieux sinon tu es foutu ». Mais comment ne pas se sentir écrasé, dépassé et donc perdu d'avance devant ces géants qui ont déjà tout dit, tout inventé, et lui semble-t-il, épuisé toute la peinture ?

Cinq minutes de tête-à-tête avec Michel-Ange, et il est terrassé. Il va lui falloir des semaines pour s'en remettre. Si tant est qu'on se remette jamais d'avoir croisé la foudre.

Et s'il n'y avait que Michel-Ange... Mais il y a le Titien, il y a Raphaël, Vinci... Et pour aller de l'un à l'autre, pas le choix, toujours des ruines à traverser, à enjamber, ces champs de morts plus puissants, plus majestueux encore que les œuvres qu'on quitte... Comment ne pas songer, fût-ce malgré soi, qu'on va disparaître, rejoindre incessamment ces morts, finir comme eux sous ces ruines, qu'on est semblable à des ruines alors qu'on n'a pas encore commencé, pas encore réalisé le moindre chef-d'œuvre ? C'est déjà fini et ça n'a pas commencé. À quoi bon travailler ? Ici la mort est sans cesse au travail.

Frago n'a toujours pas pris le temps... Ou plutôt ne s'est pas encore laissé le temps de pleurer sa mère. Aux yeux des Grassois, les larmes sont chose honteuse, signe de faiblesse, femmelette. Il était trop occupé à la venger, précisément en fuyant les Grassois, et surtout à tenter de la rendre fière de lui... C'est ici et maintenant que le chagrin le rattrape et le dévaste littéralement. Le gros mangeur qu'il a toujours été n'a plus faim. Ça tombe bien, ici c'est pis que la portion congrue, presque la famine. L'aimable causeur se tait, plus un mot, plus rien à dire, plus envie de communiquer avec le dehors. Le séducteur qu'il devenait à grande vitesse s'est rétracté, la gaieté l'a fui, l'envie, le désir et même ses beaux projets, tout ça l'abandonne.

Son arrivée à Rome est une catastrophe intime. La mort rôde, la peur le mine, l'ennui le glace. Et ce n'est pas Natoire qui l'aide à surmonter cette crise. Outre qu'il fait régner une discipline dévote et stupide — aux yeux de l'orphelin qui n'a toujours pas compris pourquoi le bon Dieu lui avait pris sa mère, son seul amour, plutôt que son père qu'il ne voit jamais —, ce Natoire est décidément en fin de course. S'il n'a pas été un bon peintre, et Frago ne s'autorise pas encore à en juger, il est visible qu'il n'a plus grand-chose à dire en couleur aujourd'hui. D'ailleurs on ne le voit jamais peindre, seulement donner des ordres. Il est aigri, amer et envieux de ceux qu'il est chargé de former ! Raide, brimant, cassant, sans la moindre ouverture sur le monde. Ajouté au poids de Michel-Ange, au génie de Raphaël... Jean-Honoré se sent basculer dans une mélancolie sans fond.

Les cinq autres élèves, de la même fournée que lui, sont aussi abîmés par Rome et Natoire, mais c'est beaucoup plus frappant chez Frago célèbre pour sa joie de vivre, son humour et sa légèreté.

En plus Natoire enrage, confiné à Rome avec cette chair fraîche rétive à ses conseils, cette pâte vierge sur qui il doit imprimer la marque de l'Académie, et qui l'affronte avec l'arrogance de la jeunesse. Il ne peint pas, ou plus. Il dessine encore un peu, durant les maigres loisirs que lui laisse la rigide conception de l'enseignement qu'impose l'Académie. Pour dessiner, il se cache dans la campagne romaine, où il possède un petit *campo* sur le mont Palatin, pour y pratiquer ce que l'Académie déconseille le plus vivement, la prise de notes sur le motif. Il n'a pas le droit de donner pareil mauvais exemple à ses élèves qui eux sont contraints de copier les maîtres imposés.

Du coup Frago ne fait plus rien. Indiscipliné comme sa rouge tignasse, il pratique l'inertie en guise de résistance à Natoire. Depuis qu'il a laissé Madame Van Loo à Turin, sa vie s'est arrêtée. Suspendue. C'est du moins ce qu'il préfère penser pour justifier son anéantissement. L'absence de sa muse est un prétexte à ses yeux, qui explique l'état où Rome le plonge. Cette fable lui voile un temps la réalité.

Si Natoire le surprend en train d'évoquer ses maîtres chéris, avec ses pairs tout aussi nostalgiques que lui, il les rembarre violemment. Ici on n'a droit de citer que Michel-Ange, Titien ou Raphaël. Vinci, mais seulement les bons jours, c'est dire. Si Natoire voulait les casser — et sa jalousie peut le laisser croire —, il ne s'y prendrait pas autrement. Pèse à Frago même la compagnie de ses presque frères avec qui il riait si bien chez Van Loo. Le cœur n'y est plus. Hier près d'eux, la vie était drôle, joyeuse, tellement intense... Et hier c'était il n'y a pas trois mois à Paris. Quel esprit règne ici qui a tout transformé ? La discipline idiote de Natoire n'excuse pas tout. Le climat, à la fois humide ou trop chaud à midi sur les placettes, glacé dans l'enceinte du palais la nuit... Et surtout cette drôle de sensation, qu'il ne sait pas nommer autrement qu'un terrible adieu à la liberté, liberté de penser, de bouger, d'aimer, de vivre, et surtout liberté de peindre. Liberté pour Frago est synonyme de désir de peindre. Seule raison de sa présence en ces lieux, peindre, peindre jusqu'à plus soif. Déjà il ne supporte plus le trop grand nombre d'exercices qui leur sont imposés, et dont on va répétant qu'ils sont seuls aptes à former de grands peintres, c'est-à-dire évidemment des peintres d'histoire. Ici n'existe rien d'autre. Copier, copier, copier, jamais créer, inventer ou se laisser aller à rêver du bout du pinceau. Non, il faut copier, sans y mettre du sien, imiter un certain nombre de tableaux obligés. On ne copie ni ce qu'on veut, ni ce qu'on aime, mais ce qui a été décidé en haut lieu, entre Cochin, Marigny et Natoire, et qui d'après ces gens qui ne connaissent pas ces élèves, est prétendument bon pour eux ! Frago n'arrive pas à se plier aux consignes : copier sans y mêler son grain de sel, impossible. Peindre, c'est d'abord inventer, s'approprier, avoir un point de vue. On exige qu'il peigne ce qui lui déplaît et on le juge sur sa fidélité à reproduire son ennui !

« Plus comme ça, moins comme ci, retranche, ajoute, refais, reprends encore, recommence, pas assez ressemblant... » Et généralement le couperet de Natoire tombe : « on dirait du Boucher ! » Pis, « on dirait du Fragonard ! Tu n'es pas là pour ça ». On le commande, on le réprimande, on le tance... Et s'il s'en plaint : « Mais non, tu n'y perdras pas ton âme, copie, copie, sans arrière-pensée, copie. Ta personnalité ne risque rien. Un caractère de peintre doit s'être trempé dans toutes les palettes de ses aînés pour s'affirmer... »

De plus en plus contrarié, perturbé et furieux. Il ne parvient ni à respecter les ordres ni à s'en affranchir. En vérité, il est perdu. Il ne sait plus où est la peinture, ni ce qu'il adorait hier quand il peignait.

Pareil pour ses confrères, ceux qui sont arrivés de chez Van Loo depuis un, deux ou trois ans. Des anciens, il s'est lié principalement avec Guiard et Pajou. Il y a aussi Jean-Pierre Chardin, le fils de son premier maître. Chardin l'avait prévenu... Pour lui les conditions sont mille fois pires ! Il est plongé dans une mélancolie plus profonde encore que celle de Frago. Si ce dernier paraît plus déstabilisé c'est parce qu'avant d'arriver en Italie, il avait eu le temps de développer des idées sur la peinture. Et son cruel manque de culture, croit-il, le fait se remettre davantage en question. Il a beau parler l'italien depuis sa naissance, Frago ne comprend rien à l'Italie, ne comprend plus rien à la peinture, ni surtout à ce qu'il y a trouvé hier. Quel sens donner à sa vie si la peinture ne lui sert plus de gouvernail ? Jusqu'ici il aimait voir des peintures, parler peinture, et surtout peindre avec passion, ardeur, fougue. Peindre était sa vie même, être sur le motif, faire, représenter, dessiner, fabriquer ses couleurs... Il ne se posait aucune question. Il aimait peindre et il peignait. Et l'on avait la bonté de trouver cela bien. Rien à dire, il pouvait continuer. Là, un ressort s'est brisé. Il a commencé à se poser des questions, depuis elles s'enchaînent à l'infini. Pourquoi peindre ? Comment ? Et pour dire quoi ? Qu'a-t-il à dire que les autres n'ont pas dit, ne diront pas... Et pourquoi lui ? Pourquoi ça ?... Natoire n'aime pas du tout ses premières ébauches, à quoi bon s'acharner ?

Plus rien ne lui vient, à commencer par le désir de faire. Il pense que l'histoire de la peinture lui fait défaut. Que cette crise est le résultat d'une éducation tronquée, incomplète, inachevée. Qu'il paye d'avoir brûlé les étapes, qu'il manque de bases. Il a arrêté la petite école à 10 ans. Et si Boucher, Van Loo, Lépicié et même Chardin à sa façon silencieuse, ont fait de leur mieux pour lui transmettre les rudiments de leur art, ça reste des rudiments, l'essentiel lui fait défaut. Il n'est pas dans ses moyens de relier entre elles les différentes connaissances qu'on lui a inculquées sans ordre ni méthode. Il lui manque, il le sent avec précision, le talent d'associer ses idées pour donner du sens à ce qu'il voit ici. D'où l'extrême confusion où il se trouve : ce qu'il sait ne lui sert à rien. De toute façon, il ne sait rien.

Assis misérablement des heures durant à se geler le cul sur le marbre glacé des églises obscures devant un Caravage obsédant, et… ? Rien. Pas un trait, pas un jaillissement de couleur. En panne. Il n'est pas tout seul. Dhuez, devant la perfection de Raphaël, est dans le même état d'impuissance, quant au fils Chardin, sa déréliction n'a d'égal que son désespoir. Jean-Honoré a sympathisé avec lui en évoquant son père, son « vieux maître au bonnet, bésicles et tablier sale ». Et sa passion immodeste pour les « bêtes mortes et les bassines vides » est vite devenue entre eux une expression d'union moqueuse. Sauf que le fils de l'amoureux des bêtes mortes et des bassines, lui, devant les Carrache crayonne des pendus, des noyés qui ont son visage, tous. Il n'a plus envie de vivre et le crie comme on crache. Son malaise est contagieux. Rome a sur chacun d'eux des effets délétères.

D'ailleurs les quelques études qu'ils en tirent et rapportent à Natoire comme un os à ronger sont jugées trop faibles pour être envoyées à Paris à Cochin et Marigny. « Trop faibles, voire inexistantes, tranche Natoire. Nul. » Voilà qui n'encourage pas ces malheureux garçons égarés dans la ville sainte. Ils en perdent peu à peu le désir de peindre.

Stérile, impuissant, sec, sans âme et désincarné... Voilà comment se perçoit Frago.

Pajou, qui a déjà pris ses aises depuis deux ans qu'il est au palais, l'amène chez les filles du Trastevere où il a ses usages et ses bonnes amies, qu'il prie de réjouir son camarade.

Las, même bander, il ne peut plus. Pas de muse. Impuissant, stérile...

Et le temps passe. Immobile, comme dans les tableaux de Chardin.

Ça va pourtant faire deux ans qu'il est à Rome. Deux ans qu'il a basculé dans cette prostration lamentable, et qui dure, qui dure, et le laisse sans force, sans énergie, sans envie, sans notion du temps...

Deux ans bientôt ! Deux ans qu'il a commencé de (mal) copier un Cortone dans la chapelle des Capucins, deux ans que ça n'a pas avancé. Mon Dieu, quel gâchis ! Assis à même la dalle glacée il ne trace plus un trait, il demeure là tout le jour, prostré.

Jusqu'ici il est à peu près passé entre les gouttes de fiel que distille savamment Natoire. Depuis deux ans, sa tête de turc était le fils Chardin, plus malheureux que lui, ou du moins plus exhibitionniste de son malheur, et sans doute, aussi, d'une nature profondément mélancolique. Ce qui est loin d'être le cas de Frago. N'est-il pas d'autant plus pénible d'avoir une nature taillée pour le bonheur et de ne plus y arriver ?

Après ses nombreuses prises de bec avec le directeur, Jean-Pierre Chardin est renvoyé. Viré de l'école, du palais, de l'Académie, de Rome, du jour au lendemain, il disparaît. À peine les élèves s'en alarment-ils, que les foudres de Natoire s'abattent sur... ?

À qui le tour ?
Fragonard.
Natoire s'en prend à lui, personnellement. C'est du moins ce qu'il ressent. À part le fils Chardin, chez qui c'était une maladie, il est le seul dont le chagrin s'éternise tant.

Natoire ne s'en prend-il à lui que parce qu'il n'a personne d'autre à mépriser ?

— J'ai des comptes à rendre, moi, Monsieur. Je ne peux me permettre de nourrir un incapable. Ou un paresseux. Il n'est pas encore décidé si vous êtes l'un ou l'autre. Savez-vous que j'ai déjà dû écrire plusieurs fois au marquis de Marigny pour différer vos envois, expliquer, sinon justifier vos retards ? Comment justifier d'ailleurs la faiblesse de votre talent, votre inappétence au travail, votre incapacité à vous secouer, votre complaisance à ne rien faire, en vous prenant le pouls... ?

— ... Mais enfin, si je pouvais, Monsieur...

— Taratata... Si vous pouviez, Monsieur ! Dites plutôt si vous vouliez. On ne vous a tout de même pas forcé sous peine de mort à pratiquer l'art de peindre ? Vous avez bien dû le vouloir un jour, et même le pouvoir, à ce qu'on m'a dit. J'ai entendu vanter votre pièce de concours en des termes dont vous devriez rougir. Si j'en juge par vos médiocres croquis, vous en seriez aujourd'hui absolument incapable. À moins que vous n'en soyez pas l'auteur ?...

— Monsieur, je ne vous permets pas de douter de moi...

— Eh bien, prouvez-nous que vous êtes bien l'auteur de ce fameux Jéroboam qui fit l'admiration de toute l'Académie. Jusqu'à être démenti par votre travail, je vous tiens pour un imposteur. Je vous donne trois mois pour me montrer ce dont vous êtes capable, pas un jour de plus. Au-delà, vous suivrez le chemin du malheureux fils Chardin, le déshonneur de son père.

Et fier et roide comme le glaive de la justice, Natoire le laisse là. Anéanti.

Chassé ? À la porte ? Non. Alors ? Copier le Cortone ? Mais il n'y arrive pas, absolument pas. Une fois seul, Fragonard s'effondre. Ces larmes retenues depuis la mort de sa mère le rattrapent enfin. Elles se font ruisseau, fleuve, cascade... Il sanglote... Il hoquette. Il ne peut plus s'arrêter, ça le déborde de partout, à s'en étouffer. Il ne retrouve plus son souffle, une tempête de larmes l'ébranle. Toute l'eau de son corps s'écoule par ses yeux. En lui tirant des râles qui s'échappent de lui comme si, retenus au fond de sa gorge depuis l'éternité, les mots de Natoire venaient de les libérer. Une digue se rompt. Pareil à ce qui s'est passé à Lisbonne, ce tremblement de terre qui avait tout dévasté. Il s'en veut d'autant plus qu'il pense à ces centaines de milliers de malheureux Portugais engloutis, à ces plaintes qui sourdent des décombres sans qu'on puisse les secourir. Mais il n'a ni la force ni l'énergie de retenir ses râles, un frein lâche. Toutes ses digues intérieures s'écroulent. Il ne tient plus debout, il roule à même le sol comme une boule de douleur. Cette fichue tempête de larmes, de rage, de honte et de peine mêlées l'assaille comme une crampe. Il geint et roule sans fin.

Natoire a dû l'entendre ou peut-être juger qu'il avait été trop loin. Le voilà qui revient. S'approche de Jean-Honoré recroquevillé comme un fœtus sur son humiliation, incapable de relever la tête vers lui.

Ça ne lui suffit pas de l'avoir jeté dans ce désarroi inextinguible, il faut qu'il contemple son œuvre. Mais non. Il s'accroupit devant lui tout près, pose sa main sur sa tête et la lui caresse, un vrai geste de grand-mère...

— ... Là tout doux, là, ça va passer...

Des mots de grand-mère !

Quelque chose se débloque dans sa poitrine, cette soudaine douceur, ce geste maternel... Il ne pleure plus, il hurle.

— Mais non, ça ne va pas passer, ça ne passe pas. Ça fait des mois, des années que ça dure. Incapable ? Mais oui. Vous avez raison. Le type qui a peint mon sujet de concours, je ne sais plus qui c'est, ni où il est passé ! Il est mort à Rome. Je suis un imposteur. Je ne sais rien faire, ni peindre, ni vivre sans peindre. Ce qui m'inspirait à Paris quand j'ai fait ces quelques tableaux qui m'ont valu le prix de Rome n'existe plus, m'a abandonné. Je ne peux plus peindre. Je ne veux même plus essayer, j'ai trop peur. Trois mois ? Vous me donnez trois mois pour vous prouver ma nullité, mais ça fait deux ans qu'elle s'étale sous vos yeux, constamment, ça ne vous suffit pas comme preuve ? Moi je n'en peux plus. J'arrête. Et vous ne me chassez pas, c'est moi qui pars. Je cesse de croire que je peux, que je veux peindre. Vous m'avez démasqué, je renonce à tout...

Et il s'est envolé. Escamoté. Avec l'élasticité d'un chat, sans prendre le moindre élan pour se redresser, d'un coup, Frago n'est plus là. Disparu. Natoire est toujours accroupi mais Fragonard n'y est plus. La honte lui a donné des ailes.

Ce désespoir, cette désertion n'est pas le but que poursuivait le directeur, au contraire. En le provoquant ainsi, il espérait l'inciter à travailler. Pas à tout abandonner. Comment justifier pareil drame auprès de Marigny ? Ne lui a-t-il pas confié qu'il attendait beaucoup de cet élève-là, le meilleur de sa promotion, a-t-il insisté ? Que lui, Marigny mais aussi Paris, Versailles et donc le roi misaient sur lui !

Jean-Pierre Chardin suffit à Natoire comme échec pour sa réputation de directeur, il lui faut ramener Fragonard au travail, sinon c'est sa place à lui qui est en jeu. Il va le sauver.

Jusque-là, il a appliqué à la lettre les doctrines de l'Académie, la copie fidèle des modèles romains, renaissants et bolonais du XVIIe siècle. Les élèves devaient « apprendre à lire les Raphaël et les Carrache couramment dans le texte ». Et Natoire veiller à ce que leur lecture fût attentive voire religieuse. Sans doute était-ce une erreur stratégique pour Fragonard.

Ballotté entre l'académisme imposé et sa pente naturelle au feu incontrôlé, il s'est tari. Il a perdu ses qualités primitives, son feu s'est éteint. S'il l'avait laissé aller à sa fougue naturelle, son pinceau galoperait encore, son crayon aux emportements de coursier échappé, trépignerait peut-être toujours... Dire qu'à son arrivée, Natoire écrivait à Marigny : « Il a peut-être du talent mais trop de feu et peu de patience qui l'emportent à ne pas travailler avec assez d'exactitude. »

Mais l'état où est tombé Fragonard l'oblige à réviser toutes ses croyances et théories pédagogiques.

Jamais Natoire n'a voulu réduire un élève à une

telle misère. Non. Pareil résultat est son échec personnel, il se doit de réparer. Il n'a rien compris à la profondeur de la crise que traversait ce petit. Plus forte que chez les autres élèves, elle a pris chez lui des proportions inquiétantes. Certes, il n'est pas le premier que Rome désarçonne mais six mois, un an, deux ans de prostration, deux ans d'impuissance, non, c'est trop long. Depuis lors, ça aurait dû se tasser. Donc, c'est grave.

Plus grave encore, se dit-il, en ne le voyant pas rentrer au palais, un jour, deux, trois, quatre, cinq, six jours de suite, et six nuits ! Il enquête auprès de ses plus proches camarades, Dhuez, Pajou, Guiard, Monnet..., et apprend que Frago n'a pas dessaoulé depuis des jours !

Il gît dans une taverne, un vague bordel pouilleux du Trastevere. Il ne mange pas, ne parle plus, prostré, il implore juste qu'on lui redonne du vin, encore, encore, afin de ne jamais plus dessaouler.

Ça prend des proportions imprévues pour ce malheureux Natoire si peu psychologue. Agir, s'agiter. Le sauver. Le remettre sur pied. Au travail.

Changement de stratégie. Cet élève-là est si fragile qu'il lui faut une autre approche. Le directeur austère se transforme en mère poule. À l'école, on le découvre sous un nouveau jour, et si chacun alentour s'étonne, Frago n'en revient pas. Il s'était persuadé que Natoire le haïssait, qu'il faisait tout pour lui rendre la vie infernale au palais ! Alors que là, il est aux petits soins, il l'emmène en promenade, il lui propose des cadrages insolites, des sujets sans pompe ni prétention, que Frago se surprend à apprécier.

Tout doucement, il le reprend en main... s'échine

à lui montrer de jolies choses, des sujets simples... des arbres, des fleurs, des jardins. Rome en regorge. Surtout il cesse de le forcer à fréquenter les immortels chefs-d'œuvre qui l'inhibent. Il lui laisse davantage de liberté, et l'encourage au lieu de l'humilier. Natoire va finalement abonder dans le sens inverse de toute la pédagogie usuelle de l'Académie. Natoire connaît ses goûts ! Frago ne dessine pas beaucoup, mais sent à quelques démangeaisons de poignet que ça pourrait lui revenir. La crise s'éloigne, la douleur s'estompe. Natoire va gagner. Frago reprend confiance en lui, à proportion de celle que lui témoigne son directeur.

Natoire a été jusqu'à négocier avec Marigny que son malheureux pensionnaire soit exempté des travaux obligés et puisse copier tout autre chose que les peintres imposés par l'école. Un petit Rubens ? Eh non, il se remet à Cortone. Il achève *L'Ananie rendant la vue à Saint-Paul*. Enfin ! Deux ans et demi après son arrivée... Et ? Ouf, ça va. Oh, ça n'atteint pas à la qualité de son Jéroboam, mais d'abord c'est une copie, ensuite ça n'est que la preuve que quelque chose s'est réamorcé. Sans doute le désir de peindre. Natoire expédie à Paris ses nouvelles études d'homme et une tête de prêtresse qu'on s'accorde à juger « convenables ». On attend mieux, beaucoup mieux de ses brillantes dispositions initiales, mais bon, Natoire, son nouvel avocat, est satisfait. Son petit se remet d'une grave crise, « il faut laisser au génie un peu de liberté pour se déployer ». À Rome aussi on a lu Voltaire.

Si Natoire n'orthographie toujours pas le nom de Fragonard correctement, au moins ce dernier est-il désormais persuadé de son estime et peut-être de sa tendresse. N'a-t-il pas écrit à Marigny : « Flagonard a beaucoup de talents, il n'y a point à appréhender... Je vois en lui des choses par intervalles, qui me donnent de grandes espérances... » ? Il n'arrivera jamais à écrire son nom sans faute, mais il en fait tant d'autres et à tous les mots, qu'on cesse de penser à malveillance. La dysorthographie suffit.

Marigny a compris, Cochin aussi. Jean-Honoré obtient une prolongation de son séjour d'une année. Sous l'impulsion de Natoire, il retrouve un peu de lumière dans les yeux et le chemin du chevalet.

La vision des Titien, des Raphaël et surtout des Michel-Ange l'avait laminé. « L'énergie de Michel-Ange m'effrayait, avoue-t-il à un nouvel arrivant au palais, j'éprouvais un sentiment que je ne pouvais rendre. J'étais ému aux larmes et le crayon me tombait des mains, je restais des mois dans une indolence que je n'étais pas maître de surmonter. Puis Natoire m'a mené à des peintres qui m'ont donné l'espérance que je pourrai un jour rivaliser avec eux. » Solimène pour la volupté de son pinceau. Fragonard et ce nouvel arrivant, Hubert Robert, nourrissent pour Solimène une même obsession et une flamme pour ses violets caressants et profonds. Tiepolo, Frago le révère pour le pétillement de son esprit, et Cortone oui, finalement Cortone, pour les rayons tremblants dans sa lumière indécise et dansante... « Et la vie m'est revenue. »

Rien de tel que les décadents pour se consoler des génies.

*Chapitre 7*

1759-1760

## ROME : IVRE DE PEINTURE ET D'AMITIÉ

> Il n'y a de bon dans l'amour
> que le physique.
>
> BUFFON

Frago est toujours un jeune homme mais il n'a enfin plus l'air d'un enfant. Pourtant il n'a encore jamais connu l'amitié véritable. La camaraderie, la fraternité entre artistes oui, mais ce lien si fort qu'il a envié chez Boucher entre Deshays et Baudouin par exemple, il ne l'a jamais ressenti. Il n'a aimé que sa mère, d'amour violent, elle est morte, il n'a plus aimé personne.

S'il fait l'effort de se le rappeler — mais il déteste ça —, il pense avoir été guéri de l'amitié pour la vie par ce qu'il nomme « le premier drame de son enfance ». À croire qu'Honoré, ce cousin dépeceur de chien, l'a interdit d'amitié pour toujours. D'ailleurs il n'y peut songer sans un haut-le-cœur qui lui garantit, croit-il, de ne plus s'attacher à personne.

Pourtant le nouvel arrivant, une espèce de colosse qui passe en touriste à l'Académie, l'a littéralement séduit. Officiellement, Hubert Robert ne fait pas partie des élèves du palais Mancini, il y est hébergé à titre mystérieux. Il n'a pas davantage brigué le prix de Rome, ni donc jamais appartenu à l'École des élèves protégés. Fils d'un écuyer du marquis de Stainville, bientôt duc de Choiseul, il a suivi les cours du prestigieux collège de Navarre ; cultivé, lettré et même latiniste, il est ici comme ailleurs reçu par tous les gens importants. Il se sent partout chez lui. La preuve quand il vient à Rome dans les bagages de Stainville, il bénéficie d'une chambre à lui au palais. Natoire s'en est entiché. Il admire son style, sa capacité de travail et les progrès qu'il accomplit sous ses yeux. Il le rendrait presque antipathique aux autres élèves à force de le citer en exemple. À côté d'Hubert Robert, les vrais élèves ne peuvent que se trouver nuls.

Frago s'est un peu lié à un autre peintre nommé Jean-Baptiste Greuze. Très silencieux et peu liant. Mais sympathique, et surtout pathétique, Frago est même le seul à ne pas se moquer de lui quand il tombe fou d'amour pour une princesse. Une vraie princesse. Donc un amour impossible. Sans avenir. Elle l'aime aussi mais princesse avant tout, elle y renonce. Il manque en mourir de chagrin. Frago le plaint de tout son cœur mais Greuze s'enfuit presque aussitôt, pas le temps de créer un lien. En revanche, pour la première fois de sa vie, son cœur bat pour celui qu'on commence à appeler « Robert des ruines ». Cet homme-là est trop libre, trop riche, trop indépendant, trop lié au monde du dehors pour que quiconque rivalise avec lui. Sa vie se passe au loin dans d'autres sphères. Frago donnerait n'importe quoi pour être aussi libre que lui. Il le juge tellement plus grand, plus doué, plus riche. Ils ont beau avoir à peu près le même âge, ils ne sont comment dire ?... pas de la même taille. Hubert Robert est une montagne aux puissantes épaules, un athlète grec. Géant débonnaire au regard direct, attirant la sympathie comme le miel les mouches. C'est un gros garçon sanguin, grêlé, au nez en bec d'aigle, joyeux et rapin jusqu'à la moelle. Pour le décrire, les Romains disent « qu'il goûte l'orvieto sous les tonnelles ». Alors qu'il travaille comme un fou mais ça ne se voit pas.

Un air de grande santé, un rire facile qui témoigne de sa manière d'être heureux de vivre, sans raison, sans ostentation mais sans se cacher. Et plus heureux encore quand il peut partager son bonheur avec un ami.

Frago l'envie. Il se rappelle avoir jadis été lui aussi de cette famille de rieurs, mais la crise qui vient de l'ébranler, après celle qui mit fin à son enfance, a achevé de le rendre timide, introverti, inhibé, modeste, timoré, cachottier. Désormais Frago se sait particulièrement vulnérable. Et ça se voit. Physiquement il est à l'opposé d'Hubert Robert, petit, maigre, ferme, plus nerveux que musculeux. Si petit que personne ne peut jamais l'oublier. Blond vénitien comme on dit ici. À Paris, on dit rouquin, le cheveu qui frisotte tout seul et l'œil qui hésite entre gris et bleu. Vert-de-gris ? Glauque, a tranché Chardin qui appréciait particulièrement ce vert huître. Agile mais aussi fragile, il envie l'image de force tranquille qui émane de la personne d'Hubert Robert.

Des semaines qu'il a disparu. Et pendant ce temps Frago a recommencé à peindre. Et à aimer peindre.

Pour ne pas avoir l'air de lui courir après, il ne demande pas à Natoire où est Hubert Robert. Il redoute un départ définitif. Durant cette absence, force lui est de constater qu'il s'est drôlement habitué à lui. Sa jovialité lui manque. Malgré lui, il s'est pris d'amitié pour ce géant. Pourquoi résister davantage ? Ça n'est pas honteux l'amitié. Seule la dépendance l'est.

Aussi à son retour, il l'accueille comme un frère. En originalité. Hubert Robert est enchanté. Et estomaqué par ce qu'il lui montre. Neuf, vif, différent de son ancien trait. Plus fort. Ça se fête. Le vin ne coule pas chez Natoire, enfin si l'on peut appeler vin ce maigre filet de piquette. Hubert Robert a des goûts de luxe, et apparemment les moyens de ses goûts. Il connaît les bonnes personnes et les meilleures adresses. Aussi fuguent-ils ensemble le soir de son retour. C'est le printemps. Rome embaume. Il prend son nouvel ami sous le bras, le soulève presque du sol pour l'entraîner loin du Corso, et ils s'enfuient en courant tels des galopins qui préparent une niche.

Hubert Robert et Fragonard disparaissent trois jours et autant de nuits. Et là, de ripailles en débauches, se scelle une amitié comme il y en a peu.

Avec le plaisir de peindre revient à Frago le goût des filles. Et Hubert Robert connaît les meilleurs endroits de la cité papale. Et les plus jolies filles. Il en embarque deux avec eux et ils finissent la nuit tous les quatre ensemble. Les amies d'Hubert Robert jouent chacune leur tour et simultanément à donner du plaisir aux deux artistes. Frago n'a jamais connu pareille débauche. Aimer une femme, puis une autre dans la même pièce que son ami qui en fait autant ! Il n'en revient pas. C'est comme si ça décuplait son plaisir. D'ailleurs ça le décuple. Il passerait bien tout son temps entre ces quatre bras-là. Mais Hubert

Robert lui promet qu'il en connaît plein d'autres et qu'il faut aller à l'école travailler.

— On y retournera demain. Je veux très vite te présenter un grand ami. Avec qui tu vas follement bien t'entendre. Comme si vous étiez frères. J'en suis sûr. Il s'appelle Saint-Non.

Frago qui n'a jamais eu d'amis, se voit soudain submergé d'amitié et de plaisir. Il se laisse guider par ce colosse qui lui veut tant de bien et l'entraîne sur un rythme d'enfer à pratiquer intensément tout ce qu'il aime, peindre et faire l'amour.

En attendant le retour du troisième personnage annoncé, toute la journée, peinture sur le motif. Et désormais peu importe le motif. Toutes les nuits, folles agapes chez les filles sans quitter son ami. Cours d'anatomie sur le motif.

Jusqu'au moment incroyable où ce coup de foudre amical et mutuel se renforce d'un troisième personnage plus fascinant encore. Il est stupéfait : l'ami qu'Hubert Robert tenait tant à lui présenter est réellement le double de Frago. Leur similitude les rapproche immédiatement. Hubert Robert se frappe les cuisses de plaisir, de grandes claques sonores scandent son rire magistral et communicatif : en offrant Saint-Non à Frago, il a l'impression de les avoir bien eu tous les deux. Ils étaient faits pour s'entendre et ils s'entendent aussitôt.

Ce petit abbé à peine plus haut que Frago mais bien plus maigre, a le plus beau visage d'homme qu'on n'a jamais peint à l'Académie. Richard est son prénom, il est abbé commendataire de Pothières. Il a les traits les plus menus du monde, un visage rond et plein, un nez pointu et sensuel, des cils longs et bouclés, le front découvert, les lèvres minces. On dirait une femme délicate travestie en prélat de cour. Il n'a du prêtre que le petit collet et l'abbaye rémunératrice, du parlementaire que la charge. Pourtant en dépit de sa fortune c'est un artiste jusqu'au bout de ses ongles roses. Il n'aime vraiment que la beauté et ceux qui lui dédient leur existence.

Il pratique en amateur la gravure, et surtout, surtout, il finance les artistes qu'il aime. Cet incroyable abbé dresse sa petite taille et porte hardiment sur ses minces épaules une tête aux traits féminins, tout animé du feu de sa conversation. Ses grands yeux sont bleus d'ingénuité et d'enthousiasme naturels. Ses lèvres à peine ombrées d'un duvet adolescent annoncent une ironie sans amertume et une malice sans méchanceté. En cette année 1760 il a 33 ans, Fragonard 28 et Hubert Robert 27. Il devrait être leur benjamin mais c'est impossible tant il est grand et fort à côté de ces deux petits formats. Frago est toujours le plus petit.

Saint-Non a perdu son père avant son départ pour l'Italie. C'était un conseiller, receveur général des Finances pour la généralité de Tours. Donc une riche et vieille bourgeoisie, possédant ses propres armes. Sa mère vit toujours et elle est mieux née encore. Elle descend des fameux Boullongne qui ont contribué à la fondation de l'Académie. En 1736 son père a acquis une charge de secrétaire du roi, dotée d'un hôtel à Paris et de deux terres près de Marly, les seigneuries de Saint-Non et de La Bretèche. En vertu du droit d'aînesse, le frère de Saint-Non hérite des titres, des terres et du nom de la Bretèche. Entré dans les ordres, la tradition des cadets, il se trouve affublé du nom de la seconde terre, Saint-Non. Et décide de se présenter au monde sous ce seul patronyme. Rôde quelque mystère là-dessous qui n'est pas pour lui déplaire. Par son père, il appartient au monde de la haute finance, par sa mère à celui de la tradition, de la piété et du renom artistique. Sorte de sang-mêlé mi-artiste mi-financier. Entre le calcul qui enrichit et les connaissances, les talents qui embellissent la vie, il n'hésite pas. Son amour de la beauté le pousse toujours à de nouvelles aventures. Frago en est une belle. Au point que Saint-Non joue de son influence pour convaincre Natoire de lui laisser le petit Frago passer la fin du printemps et l'été près de lui. Pour la saison chaude, il se fait prêter le plus joli jardin qui existe dans les environs de Rome, la villa d'Este. Premiers *giardini delle meraviglie* — jardins des merveilles !

Natoire s'est réellement pris d'amitié pour Fragonard. Il ne veut surtout plus courir le risque d'une crise comme la première. Il se hâte de démontrer à Marigny tout le bien que ce mécène a déjà fait à Hubert Robert, et peut donc pour son « Flagonard ». Accepté. Et d'ailleurs pourquoi s'opposer à l'installation de son protégé villa d'Este ? Chacun l'ignore mais c'est le lieu de rêverie privilégié de Natoire, là qu'il se cache pour dessiner d'après nature, technique interdite aux élèves du palais.

Cette fameuse villa appartient au duc de Modène, François III d'Este, gendre du duc d'Orléans. Tout voyageur passant à Rome est tenu de s'y rendre, *a fortiori* aucun peintre ne peut quitter Rome sans y faire halte. Comme le duc n'y vient jamais, il ne se soucie pas de son entretien, aussi l'ensemble est-il terriblement délabré, et même à l'abandon. Ce qui pour un jardin ajoute du charme, surtout aux yeux des Français qui ont soupé de l'ordonnancement à la Le Nôtre.

L'été, quand Rome bout, ces jardins sont d'une fraîcheur édénique. Saint-Non l'a louée pour six mois. Frago en profite, il copie les ruines d'Hubert Robert, et les magnifie. Tous deux se posent côte à côte, carnet de croquis sur les genoux et adoptent le même angle de vue afin de les croquer de concert. Frago choisit toujours le plus poétique, Hubert Robert, le plus « ruiné », à chacun sa façon de les recréer, Frago transforme tout ce qu'il touche. En vrai peintre d'imagination : même sur le motif, il extravague. Pour la première fois depuis son prix, il se montre fier de ses dessins à la sanguine d'autant plus que ses deux amis s'extasient devant. Alors règne entre eux une véritable émulation, ils rivalisent dans la description des mêmes ruines envahies de plantes luxuriantes, palais à l'abandon où s'égarent des lavandières...

Ça dure un, deux, trois mois de suite. Ils multiplient les séances de travail et dessinent sur le motif jusqu'à l'heure où les cyprès allongent leur haute ombre sur ce vieux sol latin. Voilà qui achève de rendre à Frago son talent et son bonheur de peindre. Hubert Robert les visite presque chaque jour. En tout cas chaque nuit...

Totalement sous son charme et même son emprise, Frago l'imite en tout. Celui-ci se voue aux ruines, Frago ne peint plus que des ruines. Pas toutes les ruines ni n'importe lesquelles. Saint-Non qui a son mot à dire dans cette histoire, puisqu'il les entretient tous deux et achète une partie de leurs productions, émet le désir d'y voir couler des ruisseaux, frémir du vent dans les feuilles et jouer des enfants surveillés par des mères qui papotent... Des ruines, oui, mais habitées, cernées de vie quotidienne. Une terrasse où dort caressée de verdures alanguies la statue oubliée d'un dieu.

Pour rendre la joie et le mouvement, Frago n'a pas son pareil. Son grignotis fait pétiller le paysage de lumière. Il la fait sourdre du moindre éboulis de pierres. Saint-Non est ravi, il met au point de nouvelles techniques de gravure, de l'aquatinte à l'aquaforte améliorées, pour reproduire leurs œuvres. Il ne se cache pas de l'influence que Frago exerce sur lui. Au contraire, il s'en flatte. Son style se fragonardise cependant que leurs sujets à tous deux épousent de plus en plus ceux d'Hubert Robert. Un même point de vue, une approche des choses communes. Liens d'amitié, liens d'artistes.

Personne ne doit rien savoir de leurs nuits, de leur vie, de leurs amours. Saint-Non est clerc. Mais les filles sont vantardes et elles bavardent beaucoup. Bientôt tout Rome bruit. Ils ont adopté cette pratique qui a tant émerveillé Frago, d'aimer de concert les mêmes filles qui s'y prêtent avec d'autant plus de plaisir que leurs trois amants se livrent à une rivalité de courtoisie, de tendresse et de fantaisie. Ils ne sont ni laids ni pauvres, et les petites catins romaines leur font vite une publicité à alerter le Vatican.

Dans l'enthousiasme des amitiés neuves, ils ne se quittent plus. Leurs relations prennent une tournure passionnée. Ils ont tous trois le sentiment de vivre un moment d'une rare intensité. Leur commun amour de la peinture, des mêmes tableaux, des mêmes filles et de Rome les lie au-delà de la simple amitié. S'ils partagent la bourse de Saint-Non, puisque les deux peintres n'ont rien, celui-ci a la délicatesse de ne pas s'en apercevoir.

Natoire ignore la nature intime de leurs rapports à trois. Pour lui, ils créent de concert. Pourquoi irait-il s'imaginer qu'Hubert Robert, Saint-Non et Fragonard écument les bouges de la région ? Impossible de deviner qu'il se passe entre eux cette chose si rare qu'ils n'ont pas de nom pour la dire et qui corse leurs rapports en les saupoudrant de désir. Sans être aucunement homosexuels, ils sont assez épris les uns des autres pour épicer d'éros leur relation, qui ne s'exprime jamais mieux que lors de ces parties fines où les filles passent de l'un à l'autre. Leurs nuits sont comblées, leurs journées consacrées à l'art, la vie est belle.

Le désir de Frago est constamment tenu en haleine par les propositions artistiques et érotiques d'Hubert Robert et de Saint-Non. S'ils ne sont pas à proprement parler sexuels, leurs rapports sont assez exaltants pour lui rendre sa lumière. Une excitation constante se déploie en un va-et-vient sans trêve renouvelé. Passer leurs nuits avec les mêmes filles, les aimer à tour de rôle, c'est un peu comme coucher ensemble. Ça maintient un niveau de trouble entre eux. Un tremblement de trait qui leur est commun et semble se prolonger du dessin de l'un à celui des autres. Les mains qui caressent les mêmes Bettina nocturnes perpétuent et perfectionnent leurs gestes sur le papier au grand soleil.

Frago expérimente l'excitation sensuelle comme le plus merveilleux adjuvant à la création. Indispensable ? Autant qu'il lui est nécessaire qu'on croie en lui comme Saint-Non, qu'on lui prête attention à la façon d'Hubert Robert, et intérêt comme Natoire désormais.

La formidable amitié entre ces trois-là scellée aux bordels, dans les jardins de Tivoli et au matin sur la terrasse de la villa d'Este à comparer les prises de vues de chacun, commence à porter ses fruits. Ils sont éblouis par ce qui se passe entre eux et sur le papier. Ils sentent qu'ils s'offrent de l'amitié et du bonheur pour la vie entière. Un viatique pour affronter le monde. Et un exceptionnel magasin de dessins.

Comme tous les rapins de l'école, ils se lancent des défis. Frago à Hubert Robert : chiche que tu es capable d'escalader en pleine nuit les pierres branlantes du Colisée !

Il parvient aux derniers gradins noyés d'ombre parmi les gravats et les ronces, quand Rome baigne encore dans une nuit de pleine lune. Pour preuve qu'il a bien escaladé la colline sacrée il signe sa victoire d'une grande croix façonnée sur place en un tournemain.

Quand paraît le jour, superstitieux comme sont les Romains, la terreur les gagne. Ils mettront quelques semaines à recouvrer leur sérénité. L'enjeu de ce pari est pourtant des plus absurdes : six cahiers de papier à dessin ! C'est assez dire qu'ils n'ont pas le sou. Leur aisance est un cadeau de Saint-Non.

Las, Cochin annonce à Marigny que Fragonard doit quitter l'Académie en novembre. Derechef il demande la permission de demeurer plus longtemps au palais Mancini, Saint-Non et lui ont décidé de rentrer ensemble à Paris mais après l'hiver. Encore une fois, permission accordée. On cède tout au protégé de Natoire mais aussi, et de plus en plus, à l'auteur des sanguines en train de devenir célèbres dans les salons où Marigny les fait tourner sans relâche. Frago perfectionne la sanguine et la pierre d'Italie, il en use comme personne ne l'a encore jamais fait.

Natoire insiste auprès de Marigny pour fournir à Jean-Honoré le vivre et tous les privilèges des pensionnaires tant que les nouveaux élèves ne sont pas arrivés. Là encore Marigny accepte.

La résurrection de Fragonard n'est pas due qu'à Saint-Non et Hubert Robert, Natoire s'en attribue légitimement une part.

Il a été le premier à instaurer l'étude sur le motif de ces paysages chéris aux pensionnaires. Rarement avant Fragonard, le dessin et surtout la sanguine n'ont été pris si au sérieux ni n'ont occupé un tel rang. Au-delà de l'observation attentive du feuillage des arbres, du scintillement de la lumière, du clapotement des eaux, du bruissement du vent, de la chaleur étouffante de l'air, on peut lire dans ses dessins un hymne à la végétation, cette végétation exubérante, folle, enfiévrée par le climat romain. Un souvenir d'enfance ? Un amour pour cette vie de l'enfance où les corps sont libres dans un air toujours chaud. La nature de Frago ne nie jamais l'homme, ne cherche pas non plus à l'inquiéter. La nature fût-elle grandiose enchante, et à qui l'admire, promet l'émotion.

Sa dernière année romaine se passe au paradis. Il y resterait bien, mais Paris... Ne doit-il pas conquérir Paris, qui n'a jamais que deux lettres de moins ? Ils assistent ensemble heureux à la création de la fontaine de Trevi — « Trois vies » !, les leurs — finie en 1762 après trente ans de chantier.

Natoire est désormais son allié pour la vie. Frago

Non et Frago à peu près du même format, les soulève simultanément du sol pour hisser leur front à la hauteur de ses lèvres et leur baise longuement le front. Natoire a même cru voir des larmes.

« Je vous laisse tous les deux. Je garde Rome, les filles et l'affreux Michel-Ange. Soyez heureux, soyez fous, soyez libres. Et gardez-vous bien l'un l'autre. »

Ils appliquent ce programme à la lettre.

Le voyage de retour aux côtés de Saint-Non est magnifique. Frago n'a jamais autant dessiné ni autant baisé. Comme Saint-Non est abbé, il mène officiellement une vie chaste où Fragonard lui sert de « couverture », redoublant de débauches apparentes.

Tant qu'ils sont en Italie ils circulent en *veturino*, le plus charmant moyen de parcourir ces pays pittoresques. On peut y voir le paysage et le croquer tout à loisir. Les années italiennes lui ont donné une grande maîtrise dans la transcription des paysages. Il sait aussi leur conférer des allures monumentales. Ses cyprès ont l'air d'avoir mille ans.

Ils passent une partie de l'été à Venise où Frago s'éprend de Tiepolo qui lui procure des sensations fortes, carmins et safrans si lumineusement répartis...

Une règle tacite veut que les dessins réalisés par un artiste durant un voyage offert par un mécène lui reviennent de droit en une sorte de dédommagement. À l'exception des quelques-uns que l'artiste se choisit en général pour en tirer une toile, Frago sait que tous ses dessins de voyage iront nourrir le portefeuille de Saint-Non. Qui s'est promis de graver les meilleurs à l'aquatinte. Il s'y essaie dès leur séjour à Venise. Il compte en reproduire beaucoup pour le livre qu'il projette de réaliser dès leur retour.

À Jean-Honoré qui s'étonne et s'émerveille des folles dépenses que sans cesse l'abbé consent pour ses amis, il explique son « désir d'anoblir sa richesse par le bel emploi qu'il en fait, par le goût de communier en esprit. À peu de chose près, le programme des Médicis. Si je n'ai pas leurs moyens, j'ai leur volonté, et je me flatte d'avoir meilleur goût ».

Le voyage de retour devrait durer toute la vie. Frago et Saint-Non n'ont jamais été si heureux. Ils ont beau étirer les heures... un jour il a bien fallu qu'ils arrivent à Paris.

## *Chapitre 8*

1761-1765

## SACRE DE FRAGO PAR DIDEROT

> Le comble du bonheur :
> une jeune fille qui s'éveille en riant.
>
> ROGER VAILLANT

En 1761 après cinq années d'Italie, Paris referme la parenthèse enchantée. Fragonard ne découvre à quel point ces mois de voyage étaient un cadeau qu'au retour. Par contraste. Après cinq ans d'absence, il revient à Paris, joyeux, les yeux éblouis de beauté, le cœur battant de tant d'amour et d'amitiés partagés. Et une fois arrivé, rien. Rien. Après cinq ans loin de Paris on a oublié jusqu'à son nom.

Personne pour l'accueillir ni pour apprécier son travail. Sa mère est toujours morte. Quant à son père, il peut bien être à Grasse ou dans la nature, Jean-Honoré n'a ni envie ni intérêt à le chercher sous peine d'alerter les Grassois de son retour ; ils l'apprendront toujours assez tôt.

On est le 26 septembre 1761 à Paris ! Et...

Rien !

Rien ne se passe. Il ne sait que faire.

À l'aide de plus de quatre cents dessins à la pierre noire de son voyage il se remémore les noms des villes traversées comme une rengaine nostalgique : Florence et Sienne, Bologne et Ferrare, Venise, Padoue, Vicence, Vérone, Mantoue, Modène, Bologne, ah oui Parme, Gênes, Le Luc, Toulon, Aubagne, Marseille, Aix, Nîmes, Pont-Saint-Esprit, Saint-Vallier, Lyon, Dijon… tout un magasin, une réserve de formes, de thèmes et de composition pour puiser dans l'avenir. Une fois épuisés les grains de son chapelet géographique, où va-t-il pouvoir se loger dignement ? Ici où il n'est plus rien, un inconnu. Ceux qui le connaissaient l'ont oublié. Il n'est ni espéré ni attendu. Rude retombée sur ses pattes de petit pauvre. Il a oublié les règles.

Avant au moins, il avait sa mère… Et Madame Boucher ! Et Madame Van Loo ! Mais elles ne sont pas mortes, ses muses adorées ! Il court chez Boucher. Il se casse le nez. Pendant son absence le maître a déménagé. De la rue de Grenelle-Saint-Honoré face à la rue des Deux-Écus, il s'est transporté corps, biens, épouse, maîtresses, modèles, élèves, collections et collectionneurs… jusqu'au Grand Louvre. Là où l'État loge ses meilleurs peintres, quasiment au Palais-Royal. Ça ne risque pas d'arrêter Frago ; il y court.

Et tout naturellement, maternellement, Madame Boucher l'accueille comme si elle savait à quel point il avait rêvé d'elle. D'ailleurs elle le sait. Tous les élèves du maître idolâtrent sa femme. À Rome, où les commérages allaient bon train, Frago a appris qu'elle n'avait d'ailleurs pas toujours été insensible aux hommages de ses pairs, d'autant que son époux, lui, n'a jamais célébré la fidélité. Pourtant non, elle ne peut l'héberger. Au Louvre, les artistes ont souvent moins de place que dans leurs ateliers en ville.

Il peut bien sûr rester quelques nuits sur le divan de l'atelier mais en aucun cas s'installer. Les riches sont moins riches qu'avant, les commandes ont baissé, le pays s'est appauvri, la guerre qu'on ne tarde pas à appeler de Sept Ans les affaiblit tous.

Pourquoi ne pas demander l'hospitalité à côté, chez les Van Loo ?

Il est toujours directeur de l'École des élèves protégés, dans la petite maison indépendante du Vieux Louvre.

Il dispose toujours des chambres pour loger ses élèves, peut-être ne sont-elles pas toutes occupées en ce moment ? Madame Van Loo ! Christina Van Loo, sa belle cantatrice. Bien sûr ! Elle le prend dans ses bras, l'accueille, pose sa tête dans son cou. Elle a vieilli et ça émeut Jean-Honoré. Elle sent toujours cette bonne odeur citronnée acidulée qui lui a tourné la tête il y a six ans. Elle lui donne un lit, une chambre, du linge, un chevalet. Aussitôt son mari le remet au travail. N'est-ce pas ce dont il a le plus besoin ?

— C'est bien beau, les voyages, les filles faciles, la vie de patachon, on m'en a dit de belles à ton sujet, mais l'Académie t'attend, et moi je compte sur toi. Tu seras toujours mon élève...

Pas le temps de souffler. Fragonard est consigné à l'atelier. Au travail. Comme si rien n'avait changé. Il est à nouveau là comme il y a cinq ans, comme avant son départ.

La première chose que doit faire un ancien pensionnaire retour de Rome, c'est s'atteler à l'exécution de son morceau d'éclat, son grand œuvre, pour être agréé par l'Académie ce qui lui ouvre l'accès aux Salons. Seuls les agréés ont le droit d'y exposer. Les autres sont à la rue. Au sens propre. Via la confrérie de Saint-Luc, c'est à même le trottoir de la place Dauphine qu'ils exposent et pas plus d'un jour par an. Et ils espèrent se faire repérer. C'est arrivé. Pour concourir à l'Académie, un petit sujet ne peut suffire. L'histoire, la Bible, la mythologie ou au pis la littérature classique fournissent l'épisode dramatique qui vous hisse dans le « grand genre ».

Quel sujet choisir ? Frago tourne et retourne autour de la Bible, de la mythologie, il hésite. Il va prendre du retard. Le sacrifice d'Iphigénie le tente, mais comment l'aborder ? Boucher qui s'y est colleté le lui déconseille. Trop couru.

Frago fouille dans ses souvenirs classiques pour trouver le sujet qui le fasse remarquer de tous et lui ouvre la carrière. L'enjeu est de taille, il ne doit pas se tromper. Il tâtonne, s'essaie à un Antiochus mourant d'amour pour Stratonice, cherche une accroche dans les poèmes du Tasse, commet quelques esquisses colorées tirées de Renaud au jardin d'Armide, s'arrête aux légendes grecques, se détermine pour un sacrifice de jeune fille. C'est avec ça qu'il se vautrera le mieux dans la solennité des temples, s'adonnera à d'excessifs effets de lumière. Les drames d'amour produisent les plus fortes impressions, et il veut livrer un beau grand morceau de désespoir. Il penche pour le sacrifice d'une amoureuse.

La peinture d'histoire doit porter un message, consacrer la suprématie de l'imagination et de la forme, parfois même au détriment de l'observation de la vérité. Inventer des mises en scène outrancières, frapper l'imaginaire de toutes les façons possibles, tant par l'expression dramatique que le geste grandiloquent. Frago veut faire jaillir l'innocence d'une victime résignée, drapée sous de longs voiles blancs, nimbée des fumées du sacrifice... Il s'essaie quand même sur quelque Iphigénie. Non, ça n'est pas ça. Enfin, un soir que pour se distraire, il se rend à l'Opéra, il tombe sur « son sujet ». Ce sera la scène capitale de *Callirhoé*, un drame écrit par un poète en vogue nommé Roy. Et voilà la triste Iphigénie détrônée par une défaillante Callirhoé. Le sujet est simple : désignée par le sort pour mettre fin à la peste d'Athènes, Callirhoé doit être sacrifiée. Le prêtre de Bacchus désigné pour exécuter la sentence ne peut se résoudre à tuer cette jeune fille qu'il idolâtre. Aussi, au moment crucial s'immole-t-il à sa place afin d'offrir tout de même une victime expiatoire...

Van Loo est persuadé qu'il ne songe qu'à rendre au centuple ce que ses maîtres lui ont donné, ce que le Royaume a investi pour et sur lui. Il veut ignorer que depuis Rome, son petit protégé éprouve des besoins incompatibles avec son statut d'élève, des désirs inconciliables avec l'austérité de vie que le couple Van Loo lui offre de si bon cœur. Son bon maître le voit faner sur pieds. Cette vie de moine laborieuse ne lui suffit plus. Ambitieux, il rêve de surprendre, d'impressionner, de plaire, un mot qui lui va comme un gant.

Alors ?

Alors Boucher, lui, le comprend. L'homme Boucher n'oublie jamais qu'avant d'être peintre, l'artiste est d'abord un homme. Dans sa jeunesse, ballerines, cantatrices et comédiennes se pressaient de l'alcôve à l'atelier. Il a follement aimé les femmes, non tant parce qu'il était sentimental que pour flatter son regard d'esthète. L'âge l'a assagi mais il en a une jolie mémoire, même si une mélancolie douce a supplanté ce qu'il avait de superficiel et d'insouciant, sa nostalgie l'incite à ne pas priver de ces plaisirs son jeune disciple. Au grand dam de Van Loo, il se démène pour lui obtenir quelques commandes légères afin de lui procurer des subsides au plus vite et l'aider à prendre son envol en s'offrant l'indépendance nécessaire à toute vie d'amant épanouie. Frago s'engouffre dans les propositions des clients de Boucher, qui l'a présenté à tous les amateurs de friponneries, gros traitants, fermiers généraux qui n'ont pas besoin de cours d'histoire mais de choses frivoles et court vêtues. « De la finance et des femmes de théâtre, c'est par eux et pour elles qu'on fait de la peinture amusante », affirme Boucher.

S'il ne partage pas les fantasmes de ses clients, au moins Frago en a le talent. Et la finesse. Il a été à bonne école. Et se fait une joie d'accéder à leurs propositions les plus grivoises. Il y glane ses premiers moments de gloire friponne. Ces œuvrettes ne sont sans doute pas du meilleur goût mais ça n'est pas le sien, c'est l'esprit salace de ses commanditaires, un peu aussi le goût du jour. En revanche, c'est sa facture, et elle est de haute tenue.

Des dessous transparents aux parterres de fleurs, partout la même fraîcheur. Et de sa part, la même sincérité. L'amateur cligne de l'œil, prend l'air fin, le regard viril de qui comprend, cet air entendu qui dit « entre nous ». Pour Frago, il ne s'agit que de peinture. Il peint, il plaît, il s'enrichit. Il peut vivre de son art !

Et il n'a pas la moindre honte de gagner de l'argent en faisant ce qu'il aime le plus. Van Loo est franchement hostile à « cette perte de temps » mais

Frago a besoin de l'argent de ces commandes-là et de la liberté qu'il lui procure.

Le hante le souvenir de sa mère usée d'avoir trop travaillé dans l'unique but d'assurer leur survie sans plaisir. Aussi s'en donne-t-il à cœur joie. On veut de la grivoiserie ? Va pour la grivoiserie. Il traite ces sujets-là à la manière des pièces de Marivaux, beaucoup de fanfreluches sous un mélange de cruauté et d'impudeur. Sa vivacité de pinceau fait plaisir à voir. Et devient peu à peu sa marque de fabrique. Comme il préfère suggérer qu'imposer, il plaît aussi aux puristes.

Pour l'excuser, ses amis prétendent que la pauvreté seule l'oblige à accepter pareils sujets, *La Gimblette*, *Le Feu aux poudres*, *La Chemise enlevée*, *Ma chemise brûle*... Mais ces très jeunes et sensuelles créatures, modelées dans une texture infiniment brillante, il les traite avec tant de joie, de fantaisie et de charme qu'on ne croit pas à cette piètre excuse. Il y prend plaisir et ça se voit. À ces scènes lestes comme à toutes ces petites personnes qui ne demandent qu'à se dévergonder, il ne manque pas de donner de l'esprit, de l'agrément et même une assez neuve sensualité. Peut-on se contraindre sans plaisir à réaliser, par exemple, cette suite de quatre planches qu'il nomme pudiquement *Mœurs des Nymphes et des Satyres* et que, pour la peine, il grave lui-même à l'eau-forte ? Elle se vend comme des petits pains et commence à « lancer son nom dans le peuple ». Il n'a pas à en rougir, c'est de bonne tenue artistique, même si le sujet paraît scabreux aux barbons officiels. Il signe sans honte de son nom mais plus de son nom entier. Désormais il se présente sous son diminutif, ce Frago qui va mieux avec sa taille, il met son nom à ses dimensions.

Multipliant expériences picturales et amoureuses, grâce à Boucher et à Saint-Non, il agrandit son horizon, dilate sa palette. Il ne se refuse rien, ne néglige aucune commande.

Rongeant le frein de la pauvreté, il essaie sans *a priori* les différents genres qui peuvent mener à la fortune, il cherche le plus court chemin vers la gloire. Tout accepter, ne rien mépriser, faire feu de tout bois, la pauvreté le presse, et plus encore le souvenir de misère de son arrivée à Paris. Certes il est pauvre. C'est même à ça qu'on reconnaît un artiste au retour de Rome, il y a pourtant gagné un statut d'artiste confirmé et un coloris plus brillant et plus fort que toute la palette des actuels pensionnés, ses aînés, qui ont la chance eux d'être logés au Louvre. Un usage peut-être moqueur appelle ces occupants de l'ancien palais des rois « les Illustres ». Même moqué, Frago aimerait bien en être. Il aurait un atelier pour lui seul au lieu de travailler au milieu des élèves et sous le regard souvent réprobateur de Van Loo. Il rêve d'indépendance.

Quand les six élèves protégés de l'année débarquent, Frago doit rendre sa chambre. C'est ce Greuze brièvement croisé à Rome qui l'invite à s'installer dans un galetas du sixième étage d'un méchant immeuble de la rue Saint-Germain-l'Auxerrois qui lui sert de garçonnière, à cinq minutes du Louvre. C'est sinistre. En souvenir de la gentillesse de Frago à Rome, Greuze abandonne son taudis à cet ancien compagnon de misère. Il vient de triompher au Salon de 1761 avec son *Accordée de village* et les honneurs de Diderot mais aussi de se faire piéger par la fille du libraire de la rue Saint-Jacques, la dénommée Jeanne Babuti, avec qui tout le monde a couché sauf lui qui l'ignorait. Elle lui a fait du gringue ; incapable de résister à un petit chignon, Greuze lui a cédé (*sic*) ! Alors elle s'est acheté toute seule une bague de fiançailles qu'elle a étrennée partout en prétendant qu'elle accompagnait la demande en mariage de Greuze. Il n'a pas démenti à temps, et le voilà fiancé de force. Bientôt marié à cette gourgandine qui n'attendait qu'un pigeon comme lui pour faire une fin. Il était temps. Elle avait largement coiffé les catherinettes et sa vertu palissait à force de servir. Voilà l'artiste, hier amoureux d'une vraie princesse italienne, contraint de s'installer bourgeoisement pour traiter cette roturière qui se pousse du col comme elle croit le mériter... Il espère avoir bientôt un atelier au Louvre.

Depuis ce grabat sous les toits, une soupente sans lumière dans un immeuble brinquebalant, Frago espère aussi qu'on va lui attribuer un atelier au Louvre. Chaque jour, il se rend chez Van Loo pour travailler à sa Grande Machine comme on appelle les tableaux du « grand genre ». Lui aussi rêve d'être un jour chez lui chez les rois.

Ses souvenirs et ses cartons sont remplis de lumière d'Italie, il se laisse porter par eux, ça tranche sur la lumière de ce long hiver parisien si gris. Un jaune incroyable, jamais vu auparavant, sourd de sa palette comme s'il avait rapporté d'Italie un pigment inédit. Sauf que c'est son mélange et l'usage particulier qu'il fait des blancs de plomb ou de céruse, qui donnent ce rayonnement incroyable à son jaune de Naples. Il semble le faire couler directement sur ses œuvres.

Des mois entiers, jusqu'à faire une, deux années, il déploie sa fougue méditerranéenne, en se faisant crayon, mine de plomb, fusain, pinceau, brosse, couleur, couleurs, jaune, jaunes...

Une forme de fougue joyeuse le distingue des autres artistes disons plus modérés.

Van Loo lui rappelle Rome, les merveilles de Michel-Ange, de Titien, Vinci, ses grands aînés, à quoi, pas fier, le petit lui rétorque, « oui mais moi, c'est la Rome d'aujourd'hui que j'ai aimée, pas celle des César ni des Apôtres »...

À la fin de l'hiver 1764, trois ans après avoir commencé, il semble être enfin venu à bout de son morceau de concours. Van Loo présente le 30 mars 1765 à l'Académie ce fameux *Corésus et Callirhoé*, sur lequel il œuvre depuis son retour, enfin achevé. C'est l'heure du jugement. La toile est gigantesque, de format bien sûr — 3 mètres par 4 — pour son nombre de personnages représentés, mais aussi à tous les sens du mot. Même Van Loo est estomaqué. Il garantit à Fragonard, qui la juge toujours inachevée, l'effet qu'elle va produire sur le jury. Et il ne se trompe pas. Frago est agréé à l'unanimité et par acclamation. Et dans le « grand genre » encore. Peintre d'histoire. Chacun de lui prédire une immense carrière, un destin de Premier peintre du roi, dans la foulée de ses maîtres. On parle tellement de son « chef-d'œuvre » que des mois avant l'ouverture du Salon au public, sa réputation a déjà fait le tour de ceux qui s'intéressent à la beauté. Elle est montée jusqu'au roi de France. Son Corésus produit un immense effet sur ses pairs ! Une impression d'harmonie que la vivacité des coloris n'atténue pas. Plus pâle que les roses, sa jeune fille évanouie aux pieds du grand prêtre en train de se poignarder, pendant qu'au premier plan une femme et son enfant renversés par la terreur sur un tapis rouge vif semblent plein d'énergie. Vapeur et fumées des sacrifices laissent entrevoir les Furies... L'admiration est unanime.

Cochin, le puissant secrétaire toujours provisoire de l'Académie, revient à la charge auprès de Marigny, qui considère Frago comme son protégé. Pour lutter contre le doute de soi de cet artiste, il faudrait l'encourager par une commande des Gobelins. Cochin a remarqué que malgré sa joie et sa faconde de Méridional, cet artiste doute outrageusement de lui et de son talent, plus que d'autres il a besoin d'encouragements concrets. Ainsi de son Corésus, on va tirer une tapisserie. Le roi la lui paiera 2 400 livres. Le problème, vu l'état des finances du royaume, c'est qu'il faut des années au roi pour s'acquitter de ses commandes, et Frago ne saurait attendre si longtemps. Il a faim plusieurs fois par jour.

Ça relativise l'accueil triomphal qu'il reçoit au Salon. Du coup, les louanges le font sourire. Cet instant dans sa carrière est pourtant décisif : on commence à le prendre pour un peintre d'histoire. Mais on le traite trop sérieusement à son gré. À sa grande fresque, il préfère ce petit tableautin *L'Absence de père et mère mise à profit !* qu'il a tenu à exposer contre l'avis de Van Loo. Il traduit mieux sa vérité. Mais qui le remarque ?

« Exposer c'est bien. Gagner sa vie, c'est mieux ! » répond-il à Van Loo que ces petites commandes mauvais genre désespèrent. Frago prétend pouvoir tout faire, mener deux vies à la fois, trois carrières, aimer toutes les femmes et boire tous les vins. Il se sent à l'étroit dans sa vie de bon élève de Van Loo, et misérable dans le taudis de Greuze. Jamais chez lui nulle part.

Soudain un drame affreux les plonge tous dans un chagrin immense. La mort accidentelle du meilleur des leurs. Qui vaut immédiatement à Fragonard un surcroît de travail. D'urgence Cochin lui commande un tableau pour servir de pendant à son Corésus et surtout pour remplacer celui que ne livrera plus l'ami Deshays. Le délicieux Deshays est mort d'une stupide chute de cheval. Il était beau, il était adorable, il était suprêmement doué et si bon camarade... À 37 ans il avait franchi tous les degrés de la gloire, accumulé tous les succès. Il était surchargé de commandes. Il avait épousé la fille aînée de Boucher son maître adoré. Comme tous ceux qui ont un temps partagé sa vie à l'atelier, Jean-Honoré l'aimait beaucoup. Premier élève avec qui il s'est lié chez Boucher. C'est lui qui l'a accueilli le jour où sa mère l'y a accompagné... Ensuite ils ont passé une année ensemble en Italie... Sa perte le bouleverse. Les bouleverse tous. Boucher ne s'en remet pas. Pour lui, plus qu'un fils, Deshays était son successeur officiel. Tout le monde le pleure. Il représentait l'avenir, la relève et en même temps la fidélité. C'est la première fois que Frago enterre un ami, un confrère, un compagnon. Il déteste ça. Cette messe d'enterrement est insupportable. Il doit quitter l'église avant la fin de la cérémonie. L'air lui fouette le sang, il allait s'évanouir. Il préfère attendre dehors. Il n'aime pas la mort mais alors pas du tout. Puisque la vie est si fragile, vite s'y jeter à fond, ne pas en perdre une miette. Il a déjà 33 ans, plus une seconde à perdre.

Les autres commandes que Cochin lui passe sont « malheureusement » pour le roi, et seront donc payées à l'aide du même pèse-lettre ! Les honneurs laissent le ventre creux. Cochin le sait si bien qu'il insiste pour qu'à titre de dédommagement, on attribue à Fragonard l'atelier laissé vacant par Deshays.

« ... Fragonard paraît dans la carrière avec un éclat si supérieur à ses collègues les Brenet, les Monnet... qu'il n'est plus question de droit d'ancienneté : c'est pourquoi j'ai l'honneur de vous demander pour lui cet atelier. Ces bienfaits encourageants le mettraient à portée de suivre des talents qui paraissent destinés à soutenir la gloire de notre école », plaide Cochin auprès de Marigny qui souscrit à tout. Même Natoire s'en félicite. Fragonard obtient une rare unanimité dans ce milieu qui vit de médisances. La mort prématurée de Deshays sur qui l'on misait beaucoup, fait reporter sur lui les mêmes espérances. À 33 ans il hérite d'un atelier, c'est quand même une marque d'estime assez rare pour le rasséréner.

Depuis son retour, Frago tente de ne pas se perdre dans sa vie de bohème tandis que Saint-Non est reparti faire la tournée du haut lignage provincial de sa famille. Sa parentèle est géographiquement très étendue. Le tour lui prend six mois. Au retour, il s'installe à Paris chez son frère La Bretèche. Et... ? Non, il n'a pas oublié Frago. Leur vie secrète reprend. À Paris comme à Rome, ils renouent avec leurs nuits partagées comme s'ils n'avaient jamais cessé. Jean-

Honoré se cache pour dormir le matin et récupérer un peu de sa fatigue.

Saint-Non veut graver au plus vite les meilleurs dessins de son ami, afin de faire circuler sa vision et son nom. Persuadé que nul ne demeurera insensible à la clarté éblouie de son trait, à la révélation qu'à ses yeux son protégé représente. Contrairement à la plupart des jeunes gens qui partent en Italie pour devenir peintres et en reviennent pauvres barbouilleurs, Frago y a puisé une formidable richesse qui lui permet aujourd'hui de varier ses talents et d'user de toutes les techniques, même les plus audacieuses, révélant un dessin d'une insolente facilité, sans rien renier de son esprit folâtre. Son sens de l'humour le pousse à transformer un ange en Amour rieur et joufflu, une flèche en couteau... et à mettre de l'ironie jusque dans ses tableaux. Il commence d'ailleurs à irriter l'Académie, l'art ne doit pas faire sourire, encore moins rire ! Cependant force est de constater qu'il a le pinceau plus fin qu'avant son séjour, plus délié, une touche plus délicate, plus d'aplomb et une tournure plus juste.

Sa couleur aussi commence à s'imposer, cette couleur qui n'est décidément qu'à lui, ce jaune si particulier rapporté d'Italie et que déjà, chacun cherche à reproduire. Cette lumière s'est imprimée sur sa rétine et ne le quitte plus. Elle l'attend, tapie sous sa paupière au réveil, chaque matin. Il a besoin de s'en approcher à tout prix, pour que sa joie se fasse plénitude. Aussi distille-t-il de plus en plus de taches jaunes dans ses tableaux, dans ses petites choses polissonnes qu'il nomme plus crûment « de cul », comme dans ses grands sujets. Il parle aussi cru qu'il pense et qu'il peint. Ne châtie ni sa langue ni son pinceau.

Ça y est ! Enfin son « atelier » est vide, il y emménage. Certes c'est celui de Deshays mais Frago ne veut pas y penser. De toute façon ici on s'installe toujours dans l'atelier d'un mort, pas moyen de faire autrement, personne ne quitte le Louvre de son plein gré de son vivant ! Trop heureux d'être enfin chez lui au Louvre. Comme un grand. Seul enfin dans un atelier, son atelier, le numéro 12, où il jouit de la reconnaissance de ses pairs. Ses pairs et ses anciens maîtres. Chardin et Boucher sont désormais ses voisins.

Avec le retour de Saint-Non, il renoue avec le partage du plaisir, des filles et des nuits. Comme ses journées sont laborieuses et ses nuits agitées, il se partage entre quelques commandes légères qui égayent et scandent les heures soumises aux tableaux historiques pour l'Académie. Il a le sentiment d'avoir franchi une étape. Non qu'il se sente le droit de se reposer sur ses jeunes lauriers, la vie est trop excitante, riche, multiple, foisonnante et elle le sollicite trop pour souffler…, au moins à pousser un bon gros soupir. « Tout va pour le mieux. » Il peut respirer moins court, moins oppressé. Sans se croire arrivé, il se juge à un palier encourageant.

Las, ses succès ont dépassé les frontières de l'Académie, du Louvre et même de Paris, ils ont atteint Grasse. Voilà son père qui réapparaît, et avec lui le clan des Grassois de Paris. Ils ne sont pas moins de cinq à débarquer dans son atelier, encadrant son père. Ils n'y vont pas par quatre chemins. Vaguement menaçants, ils s'installent autour de lui, commencent par se taire, en inspectant tout alentour histoire de faire l'inventaire. Puis ils lui mettent le marché en main.

— Maintenant que tu as des sous et surtout un toit, c'est ton tour de prendre en charge ce pauvre vieillard dont nous nous sommes chargés toutes ces années afin de te laisser étudier. C'est ton père. Il n'a que toi...

Fragonard a-t-il le choix ?

Visiblement pas. Mais qu'en pense son père ? Le vieillard encore vert regarde ailleurs. Il regarde toujours ailleurs. Il ne regarde jamais personne dans les yeux. Un artiste de l'évitement. Il ressemble à tout sauf à un père noble. Un joueur débauché, braillard et vulgaire, voilà comment Frago perçoit ce père qui lui tombe du ciel, qu'il n'avait pas revu depuis la mort de sa mère. Le choc est considérable. Les Grassois se retirent en le lui abandonnant !

Dès le premier jour à l'atelier, instantanément Monsieur Père prend ses aises et exige d'être présenté à tous les voisins du corridor. Il y a là Doyen, Baudouin, Chardin, Boucher... Auprès de chacun d'eux, qui savent mieux que personne d'où vient Frago — ne l'ont-ils pas formé ? —, il se vante des succès de son fils et s'en attribue le mérite. Boucher comme Chardin ont jadis connu et admiré sa mère ; mais de père ? Rien. Jamais entendu parler. Heureusement, ils ne sont pas dupes. Hâbleur et m'as-tu-vu, le verbe haut et fleuri des Sudistes, une fatuité doublée de la forfanterie des timides cachés, il se pousse du col comme on dit en Provence. Il essaie désespérément de se faire remarquer dans ce corridor où l'on tente de ne partager que l'indispensable afin de ne pas se gêner. Il n'a aucun sens de l'art, ni évidemment de ce qui unit ces artistes entre eux. Et jamais le sentiment de gêner son fils. Ou alors il n'en a cure.

On frise l'incident quand ce vieillard lubrique se met à faire du gringue à la jeune épouse du sculpteur Pajou. Contre un baiser, il lui promet monts et merveilles. Pathétique ! Les sculpteurs sont célèbres pour être terriblement jaloux — Frago n'a jamais su pourquoi —, si en plus on leur donne des motifs de l'être, on court au drame, aux cris... Piètre motif pourtant, si l'on s'en tient à la triste dégaine du vieux Fragonard.

Son fils ne met pas trois jours à comprendre qu'il lui faut urgemment se débarrasser de cet homme dont la présence risque de lui nuire — de lui causer de grands déplaisirs — et d'abolir sa si fraîche solitude. Comme il est impossible de le remettre aux Grassois de Paris, il décide de le ramener à Grasse. De le rendre à sa terre natale et le confier discrètement aux Maubert sur qui Frago sait pouvoir compter, surtout depuis que la cathédrale de Grasse lui a commandé son grand tableau. Il prétexte d'ailleurs l'obligation d'aller en surveiller l'acheminement, le vernissage ou le bon accrochage pour entraîner son père avec lui au pays natal.

Cette fois ils y vont en chaise, Jean-Honoré ne veut pas perdre une minute. Il court ranger son père à Grasse. Il n'a pas gagné son indépendance, son atelier, sa liberté..., pour se retrouver sous la coupe d'un raté prétentieux qui perd à toutes sortes de jeu. Et comme tous se pratiquent sous les arcades du Palais-Royal, les trois soirs qu'il passe au Louvre il est descendu jouer tout ce qu'il a pu et même ce qu'il ne pouvait pas. Voilà pourquoi les Grassois tiennent tant à s'en débarrasser — il joue toujours ! Il n'a jamais cessé de perdre. Frago n'a franchement pas les moyens de financer ses dettes de jeu.

La longue semaine en chaise de poste achève de persuader le fils que toute cohabitation avec ce père-là est impossible. Il ne cesse de lui faire honte par ses propos auprès des autres voyageurs. Frago qui aime tant les filles, est écœuré par la manière dont son père les « taquine » comme il dit. Il le juge vulgaire, un rien obsédé, insistant, lourd, sans conscience de déplaire. Bien sûr Jean-Honoré a honte de son jugement. Le père se tient mal, le fils en souffre.

Arrivé à Grasse, il le conduit tout de suite chez les Maubert qui l'accueillent à bras ouverts. Frago s'est pris d'une telle antipathie pour son père qu'il les supplie de le garder chez eux alors que lui va dormir chez les Gérard. Et surtout de l'avoir à l'œil afin de l'empêcher de jouer. De perdre.

Puis il court chez les Gérard. Où il est accueilli tel l'enfant prodigue.

Une merveilleuse impression de déjà-vu. Le sentiment de « rejouer » son arrivée de la Noël 1745, il y a plus de vingt ans, après avoir perdu le goût de vivre pendant une année horrible à Paris dans un deux-pièces vétuste et noir. Il avait débarqué chez eux pour « guérir » le jour même où leur naissait un premier bébé. Aujourd'hui, il est accueilli par les Gérard comme l'enfant de la maison mais un enfant parmi tant d'autres. L'enfant née à la Noël d'alors a aujourd'hui 21 ans, elle s'appelle Marie-Anne. C'est elle qui a pris en charge la dernière-née afin d'en soulager sa mère qui a beaucoup vieilli. Marie-

Gilette a l'air épuisée. Il ne peut éviter de penser en l'embrassant que c'était la meilleure amie de sa mère. Sa mère aussi aurait vieilli. Il aurait aimé la voir vieillir. À l'évocation de Françoise, l'émotion toujours affleure.

Tout surpris de se retrouver « en famille », autour de la grande table de bois usé et d'une soupe au pistou comme on n'en fait qu'à Grasse, Frago se sent chez les Gérard comme s'il n'était jamais parti, alors que, tout de même, il en a vécu des choses depuis plus de vingt ans. Une ribambelle d'enfants a transformé la vieille maison en incroyable paradis, cris, chants, pleurs et rires se succèdent, se chevauchent, disputes et réconciliations, saute-mouton et cache-cache... Il ignore tout de ces existences simples et joyeuses, fils unique, il n'a pas su grand-chose de l'enfance exaltée par la multiplication de la fratrie et les courses folles dans les ruelles en pente de sa ville natale. Là, il s'en délecte en observant Marie-Anne l'aînée, celle qu'il a vu naître, prendre soin de la petite Marguerite, envers qui elle déploie un comportement de vraie petite mère, « sauf que je n'ai pas pu l'allaiter », précise-t-elle à la fois mutine et grave. Elle prend son rôle d'aînée très au sérieux et fait régner un air de joie et de gravité dans cette fratrie qui ne peut que séduire Jean-Honoré l'enfant unique.

En réalité elle le bade, elle n'a d'yeux que pour lui, elle l'admire. Il lui plaît. Tout d'une pièce, elle est incapable de le dissimuler. Il offre aux rares Grassois qui ne rêvent pas de commerce la promesse qu'il existe un ailleurs, étranger aux gants et aux parfums, et qu'il est possible de vivre loin de Grasse et même hors d'une boutique ! Qu'on peut s'inventer une vie très différente de celle qu'une ingrate famille a décrétée pour vous. Marie-Anne gribouille dans son coin, mais il est aussi mal vu de peindre que d'écrire des poèmes en cachette. À ce garçon qui la met à l'aise sans qu'elle sache pourquoi, elle ose tout dire et même montrer ses petits dessins qu'il a la délicatesse de trouver jolis. Il s'extasie, même sincèrement, une fois ou deux. Il appelle ça des miniatures. Comment voudrait-il qu'elle fasse plus grand, elle qui doit se cacher pour dessiner ? Il l'encourage à persévérer, il lui montre comment faire des transparences, des superpositions de couleurs... Il est adorable. Attentif. Elle l'adore. Et il veut bien, si elle parvient à monter à Paris, lui donner des cours de dessin. Elle rêve. Il la regarde s'occuper du bébé et la dessine pendant qu'elle l'emmaillote. Ces dessins-là, il les conserve par-devers lui alors qu'il laisse à la famille Gérard des tas de portraits hâtivement croqués de tous leurs enfants — Marie-Anne comprise — pour les remercier de leur hospitalité si chaleureuse.

Il doit repartir à Paris. Il a beaucoup de travail. Et surtout, si Marie-Anne a bien compris sans qu'il se soit appesanti, il ne veut plus voir son père. Que lui a donc fait ce pauvre homme ? Elle se promet d'en avoir le cœur net, elle qui chérit autant son père que sa mère. N'empêche, sans s'en rendre compte, ce cousin à la mode de Bretagne vient tout simplement de bouleverser sa vie, ses plans et même ses rêves. Elle l'aime, elle le veut. Non. Si elle est honnête, elle veut surtout vivre comme lui. Elle voudrait être lui. Libre comme lui.

La troisième et dernière soirée qu'il passe chez eux, il leur raconte ses cinq années romaines, comment il choisit ses sujets, ses modèles, les jardins qu'il reproduit, sa réception à l'Académie, la commande royale, celle de la cathédrale de Grasse... Tout en lui la touche, la séduit, la tente. Il raconte en se moquant de lui-même, il ne triche pas. Il s'étonne le premier de ses succès et ne se prend pas au sérieux, alors qu'il pourrait. Tout de même, la cathédrale l'expose !

Il est passionnant ! Il est l'Ailleurs. L'Issue. Il ouvre un monde aux yeux de cette petite Grassoise de 21 ans, aînée d'une douzaine de frères et sœurs, que sa naissance condamne à la reproduction des schémas qui règnent ici depuis la nuit des temps et qui ne lui font pas envie...

Quand il raconte — et quoi qu'il raconte —, elle s'imagine à son tour sur les chemins italiens ou parisiens, elle veut la même vie. Il lui est une terrible réserve de rêves pour l'avenir. Tant que sa mère ne peut se passer d'elle, elle la secondera, mais sitôt qu'elle pourra s'évader, « à nous deux, Paris », et surtout « à nous deux, Frago ».

Pendant qu'elle l'assaille de questions, il la peint. Elle dorlote la petite Marguerite, il la peint. Il découvre qu'il adore croquer ce genre de scènes. Il se plaît bien ici mais n'est-ce pas parce qu'il reprend la chaise de poste demain ? Saint-Non doit lui montrer les premières gravures qu'il a tirées de leur voyage. L'évoquer chez les Grassois lui a fait mesurer sa chance et la joie d'avoir partagé ces moments-là, cette amitié-là. Il est d'autant plus content que Saint-Non lui promet un bon prix de ses gravures, et que pour garder son père et les Grassois à distance, il a compris qu'il lui faudrait toujours plus d'argent.

Les mois suivants, son père échappe à leur surveillance et s'arrange pour se faire nourrir, puis héberger par son frère, le père du cousin Honoré. Mais de cela, son fils décide de se ficher, même s'il n'y parvient pas complètement.

Une semaine en chaise pour récupérer.

À peine à Paris, le chagrin l'assaille.

Van Loo est mort durant sa semaine de poste. Le Louvre est en grand deuil, Frago pleure à chaudes larmes. Ils sont tous là, les anciens élèves, les amis, les confrères, les rivaux même, tous en larmes, réellement bouleversés.

Pendant l'enterrement, assis parmi les membres de la famille avec les élèves aimés, Fragonard promet à sa veuve qu'il ne la quittera jamais, qu'il s'en occupera toujours, même triste, même vieillie, elle reste sa muse. Leur muse à tous. Tous sont malheureux et vaguement orphelins. Van Loo était leur père, leur parrain, leur mentor. Et puis, comme chaque fois que quelqu'un meurt au Louvre, tous les Illustres sentent passer le vent du boulet de leur précarité. Seul le roi a le droit de mourir en son palais, les autres « occupants » sont priés d'aller mourir ailleurs. Aussi dans les heures qui suivent un décès, le corps est transporté en toute hâte clandestinement à l'extérieur. Ce qui n'a rien de consolant pour les proches endeuillés. Et comme chaque fois qu'une « place » se libère, s'engage la bataille pour la succession. Là l'enjeu est de taille. Qui peut à la fois remplacer le directeur de l'École royale des élèves protégés et le Premier peintre du roi ? Van Loo occupait ces fonctions avec grâce et surtout sans abus. Et où va-t-on reloger Madame Van Loo ? Ces questions font chaque fois mesurer aux Illustres leur peu de poids face aux caprices du roi. S'il lui plaît de les déloger, demain ils sont à la rue.

Heureusement août arrive, et la Saint-Louis, jour d'inauguration du Salon tous les deux ans. Après la présentation à l'Académie, au tour du public : Frago va enfin être jugé par d'autres que ses pairs qui ne cherchent qu'à le confiner dans la peinture d'histoire. Succéder à Deshays, c'est n'en jamais sortir, historiciser à l'infini. Or Frago veut s'amuser et gagner des sous. Il n'imagine pas l'un sans l'autre. Il a vu comment Saint-Non s'y prenait pour embellir leurs vies à Rome. Donc il lui faut de l'argent. Et ce n'est pas la peinture d'histoire qui rapporte. Du moins pas avant d'être trop vieux pour en profiter.

Quand le Salon de 1765 ouvre ses portes, le public manque étouffer. Cette année se pressent de sept à huit cents visiteurs de toutes conditions et de tous âges.

C'est toujours le Chardin « tapissier » qui veille à l'accrochage de plus de deux cents œuvres, peintes, encadrées, dorées, vernissées, immenses ou miniatures, qui recouvrent l'immense galerie de la voûte jusqu'au sol. Les anciens y rivalisent avec les nouveaux. Les toiles ne se démarquent que par leur numéro. Il coûte 10 sols à qui veut connaître le nom du peintre. Les amateurs reconnaissent aisément la palette de Boucher avec ses pastorales, de Greuze avec une pleureuse, de Chardin à la miche de pain, de La Tour avec ses portraits souriants au pastel, de Van Loo...

Le *Corésus et Callirhoé* de Fragonard est unanimement applaudi. Par les profanes. Un triomphe, aurait dit Van Loo. Cette fois la critique s'en mêle et même, le voilà adoubé par Diderot. Le seul critique digne de ce nom, et pour cause, il vient d'inventer ce genre littéraire : la critique d'art. La reconnaissance de Diderot vaut pour Fragonard tous les prix de Rome, il a adoré sa *Lettre sur les aveugles à l'usage de ceux qui voient*. Et après avoir lu dans ses deux premiers Salons des textes d'analyses picturales directes, il sait combien son jugement compte. Plus que favorable, Diderot est ce qui pouvait lui arriver de mieux. Après avoir détaillé son tableau comme un rêve, il ajoute : « Je ne crois pas qu'il y eut un peintre en Europe capable d'imaginer une partie si idéale, si sublime. »

À cause du sujet, du coup de pinceau, de la taille de l'œuvre, la foule se presse devant le Fragonard, bien que le haut de son tableau ne soit pas éclairé — merci Chardin ! Il fait réellement sensation. Diderot ne ménage pas ses louanges et les gazettes lui emboîtent le pas, « auteur qui mérite de grands éloges, ce jeune peintre pourra prétendre à la gloire des plus grands... Peintre de l'harmonie... ».

Loué, applaudi, admiré, Frago gagne en un jour la célébrité publique. Outre l'estime des vrais connaisseurs qui espèrent en lui un peintre d'histoire.

À côté de sa Callirhoé, son gros morceau de réception, il a pris soin d'accrocher de petites pièces amusantes. Cette *Absence des père et mère mise à profit* où un jouvenceau embrasse une fillette à la dérobée pendant qu'elle fait jouer ses petits frères, à laquelle il tient tant. Chardin lui a aussi arraché deux paysages de la villa d'Este pour les exposer à côté. Reconnaissance tacite de l'ancien maître ?

Dans ce petit tableau du genre qu'il affectionne, Diderot remarque qu'« il y a de l'effet et de la couleur, c'est un petit tour de force que le chien blanc placé au fort de la lumière, un sujet joliment imaginé... ».

Grimm, moins ébloui ou plus allemand, le juge « très au-dessus de ses contemporains, revenus de Rome et agréés par l'Académie sans donner la moindre espérance... Nous n'avons qu'un Fragonard qui promette contre cette foule de Briard, Brenet, Lépicié, Arnaud, Taraval, qui certainement ne feront jamais rien ». Mais il ajoute : « Ce ne serait pas la première fois que nous aurions vu un peintre nouvellement arrivé de Rome la tête pleine des richesses de l'Italie débuter d'une manière aussi brillante puis s'affaiblir et s'éteindre de Salon en Salon. Nous ne risquons rien d'attendre le Salon suivant pour prendre notre parti sur cet artiste... »

Frago ne peut s'empêcher d'avoir beaucoup de chagrin en pensant à Van Loo, sous les conseils et l'attention de qui il a exécuté de 1761 à 1764 ce maître ouvrage. Toutes ces heures passées là dans son intimité, tous ces jours... Il lui manque. C'est d'avoir suivi ses conseils qui lui vaut son succès d'aujourd'hui, son atelier au Louvre et même ce petit début de renommée. Comment jamais le remercier de l'avoir poussé à travailler dans cette direction ? D'avoir insisté pendant ces trois longues années pour qu'il s'y mette, qu'il s'y remette... D'autant que ce succès a l'avantage de lui ouvrir grande la porte des commandes. Oui, mais plutôt de celles que Van Loo aurait désapprouvées. Sa renommée débutante lui vaut un afflux de commandes légères qu'il s'empresse d'accepter. Au grand dam de Madame Van Loo, qui veille dans l'ombre.

Il se remet au travail avec l'acharnement que lui donne le chagrin.

Il bénéficie aussi des retombées du Salon pour des

commandes de tableaux d'histoire mais celles-ci s'accumulent depuis la mort de Deshays. Et voilà que lui tombent dessus celles de Van Loo, en plus ! À croire que Frago se doit de leur succéder, de les représenter tacitement, bref, de témoigner pour eux.

Sa peine dure et Van Loo lui manque. Hubert Robert aussi qui ne rentre toujours pas de Rome. Certes Saint-Non ne le lâche pas, et grave sans désemparer leurs meilleurs travaux romains. C'est un ami infiniment attentif. À la fin de l'année 1765, année de ses premiers grands succès, Saint-Non ose ce geste inouï. « Mon ami, je faisais un cas infini de tes ouvrages mais j'ignorais le prix que les autres y attachent. Aussi je te les rends afin que tu profites de la justice du public amateur, et que tu en tires le parti avantageux que tu peux en tirer. » Ce geste est en soi une révolution : jamais on n'a encore fait ça. Saint-Non inaugure une idée du mécénat dont Frago se souviendra toute sa vie.

Non content de restituer à Frago tous ses dessins du voyage en Italie et de lui offrir les gravures qu'il en a tirées, il continue de le soutenir matériellement entre deux commandes.

Un ami de cette trempe, on n'en a pas trois dans une vie.

*Chapitre 9*

1766-1768

## DES MORTS, UN MARIAGE, INSTALLATION AU LOUVRE

> Tant que je serai aimé aussi vivement en France par quelques personnes, il me sera impossible de chercher un autre asile : où est l'amitié est la patrie.
>
> VOLTAIRE

Les morts de Deshays et de Van Loo font reporter tout l'avenir de la peinture sur Frago. Le voilà au pied du mur académique. Mais la commande institutionnelle ne nourrit décidément pas ce grand vivant. Elle paye mal, en retard, en plusieurs fois, et en plus il faut pleurer misère !

Au Louvre. Enfin seul dans son atelier. Il travaille énormément. Au Louvre. Comme les grands. Et avec les grands ! Un luxe inouï dont il se repaît et jouit immodérément. D'autant que sa solitude est panachée de folles nuits, et qu'à toute heure du jour, au Louvre, il est aisé de rompre le jeûne solitaire en sortant dans le corridor retrouver ses pairs. Il peut aussi aller frapper à la porte des ateliers des maîtres, désormais ses voisins, pour confronter à loisir son travail aux regards acérés de ceux qui savent, échanger sur le premier des trois seuls sujets qui vaillent à ses yeux, la cuisine de l'art et ses coulisses (méthodes, techniques, approches, châssis, pigments, cadrages, glacis, liants, vernis...).

Le second sujet récurrent, le plus souvent imposé par les événements, la rumeur ou la peur qui rôdent, est la précarité de leur toit. Vivre au Louvre est un privilège qui peut leur être supprimé n'importe quand, pour n'importe quelle raison, de l'insalubrité au bon plaisir du roi, de la reine...

Le troisième sujet qui lui importe mais qu'il n'aborde pas avec tout le monde, est le plaisir, les filles, la nuit prochaine et l'adresse des lieux de débauche. Saint-Non le réclame régulièrement pour dissimuler sous le seul nom de Fragonard ses nuits sensuelles et partagées. Tous deux espèrent le retour d'Hubert Robert, à trois ils étaient plus heureux. Avec lui, tout prend des proportions insensées. Mais il est toujours à Rome et compte rentrer par le chemin des écoliers en faisant un tour en Hollande.

Ce que ni Fragonard ni ses amis ne prennent la peine de remarquer, trop accaparés par l'instant présent, c'est un étrange changement dans l'air, dans l'art, dans l'approche de l'art. Un nouvel engouement pour l'antique. S'agit-il de marquer la fin d'un style, le début d'une réaction néoclassique ? La mode elle-même s'inspire d'une architecture à la Palladio ; Gabriel achève ses Champs-Élysées par une place magnifique, immense, la place Louis XV. Soufflot pose les fondations d'un mausolée néoclassique sur la montagne Sainte-Geneviève pour abriter la châsse de ladite sainte. Blondel, Chalgrin, Brongniart participent d'un nouvel essor de l'architecture à la romaine, pendant que Ledoux et Boullée rêvent d'un urbanisme utopique ! Ce retour à l'antique gagne la sculpture, Pigalle, Falconet, Houdon, Clodion... Et atteint fatalement la peinture. Joseph Marie Vien le premier lance la peinture à la romaine. Sans le dire, n'est-ce pas une réaction anti-Watteau, anti-Boucher, qui couve dans l'œuf grec ? Rien n'est encore visible mais des forces sont à l'œuvre de l'intérieur et Frago a beau faire mine de ne pas le voir, il est trop sensible pour ne pas le sentir. Pour l'heure, il refuse d'être dérangé. Entraîné dans un mouvement de coulisses et de boudoirs, grisé par le capiteux parfum de sa neuve vie mondaine, il traduit ses impressions en compositions richement inventées, délicatement exécutées sur des thèmes toujours plus frivoles. Il jette le vernis du grand art sur les sujets les plus futiles ce qui leur confère une haute portée esthétique. Il élève la galanterie à la peinture d'histoire. Pourquoi se soucierait-il de ces austères compositions qui s'opposent de tout leur hiératisme à ces fanfreluches ?

Durant le règne de Louis XV, tout est soumis aux sens. Les esprits glacés prétendent que les vices d'autrefois forment les mœurs d'aujourd'hui. Laissons dire et profitons de l'instant, semble la réponse des gens heureux, Fragonard en tête.

Les artistes résidents à vie au Louvre ne s'appellent plus « les Locataires » comme au temps d'Henri IV — encore qu'ils n'aient jamais payé le moindre loyer —, ni « les Privilégiés » comme sous Louis XIV, mais « les Illustres ! ». Est-ce plus mensonger ? Frago l'entend toujours au second degré, comme une moquerie. Alors que Greuze, qui en rêve depuis un temps fou, prend la chose au sérieux, et il n'est pas seul. Malheureux, il ne parvient toujours pas à se faire attribuer l'atelier de ses rêves, celui qui conviendrait à la femme qu'il a épousée, la Babuti, son amour et déjà son enfer. Elle l'a piégé, il s'est laissé faire. Il n'a pas fini de le regretter. Ses voisins non plus.

Quel que soit leur titre, les occupants savent que la place n'est pas sûre.

Les Illustres ? Chardin, posé au Louvre depuis le séjour de Frago à Rome, n'en a cure. C'est Boucher qui incarne le mieux le mot et la chose. Illustre, ne l'a-t-il pas toujours été, sans épate et avec simplicité ? La gloire lui est consubstantielle. Élégant comme sa peinture, un rien chichiteux parfois, mais toujours chaleureux et fraternel avec ses pairs.

Illustres, les peintres ? Peut-être, mais si mal lotis, mal chauffés, leurs ateliers sont trop petits pour les familles qui ne manquent pas de les escorter. Quant aux alentours, ils puent littéralement. La propreté reste une figure de style. Le bruit y est incessant. Une pétaudière. Ça ne dérange pas Frago pour qui bruits et odeurs sont choses naturelles depuis la petite enfance méditerranéenne, et pas cher payé en échange de la fraternité qui règne dans la galerie. Frago possède un talent plus prisé que son art, le sens de l'humour et du partage : un don pour la fraternité. Sa belle humanité suscite la sympathie. Il est extrêmement consensuel, tout le monde l'aime. On l'accueille toujours à bras ouverts, on est ravi de lui, de sa conversation, de ses attentions. Il faut reconnaître qu'il ne parle presque jamais de lui. Ce n'est pas lui qui encombre les autres avec ses soucis. Ses peines comme ses joies ne valent pas à ses yeux d'être racontées, tout juste dessinées, il préfère s'intéresser à ce qui l'entoure. Vivre de sa peinture est pour lui un luxe dont il ne finit pas de se réjouir. À peine se rend-il compte des quelques antipathies qu'il suscite. De la haine ? Non ça, il ne connaît pas. Ses seules hantises ont la forme des Grassois qu'il redoute comme la pire entrave à sa liberté, sinon il ne déteste personne, ne méprise ni n'envie quiconque. Une bonne nature au fond.

Si pour Frago, l'Olympe est au Louvre, pour d'autres, c'est un enfer. Les travaux de réfection, ininterrompus depuis plus d'un siècle, jamais achevés, sont pourtant repris tous les cinq ans, mais juste quelques semaines. L'angoisse de l'expulsion est inscrite dans l'installation. Elle dure tant qu'on y demeure.

Un chaos de masures enchevêtrées masque les façades principales quand elles ne grimpent pas à l'assaut des étages nobles. Il est impossible d'ôter les échafaudages qui obscurcissent la vue de certaines fenêtres et risquent à tout instant de choir sur les passants. Des constructions brinquebalantes s'y accrochent. Beaucoup de ces taudis qui servent de boutiques ou de guinguettes, esquintent la façade comme une gangrène encore invisible.

Voltaire appelle les alentours du Grand Louvre « le campement des Vandales ». C'est dire en quelle estime on les tient. Quant au délabrement intérieur, on sait les rats aussi nombreux que les occupants officiels, ajoutés aux clandestins. On dit, pour rire, que si les rats tenaient le pinceau, l'Académie redorerait son blason ! Beaucoup moins paresseux, beaucoup moins distraits que les artistes.

Des va-nu-pieds campent parfois des mois entiers dans un recoin d'escalier, ils y défèquent et y font leurs frichtis avant qu'on ne les jette à la rue. D'autres les remplacent. Il suffit de corrompre les gardes suisses censés surveiller les entrées. Il n'y a pas plus aisé à acheter qu'un Suisse. Et ça ne vaut pas cher.

Surpeuplé et incommode, habiter au Louvre c'est payer cher la rançon de la gloire. La survie ici consiste à arracher tous les jours un peu de place aux riches, aux mendiants, aux voleurs et aux rats ! Quant aux chevaux du roi, ce sont eux les mieux lotis. Ils occupent le plus grand espace du palais. Et ils sont intouchables.

Et on supporte tout ça pour quoi ? Quels avantages ? La Seine, si jolie, qui coule au pied des galeries... Le va-et-vient des galiotes et des batelets qui relient le Louvre à Saint-Cloud, et mènent parfois à Cythère. Les couchers de soleil plus beaux ici qu'ailleurs... La proximité du palais royal déserté pour Versailles et ses allées délicieusement mal famées... Qui peut dire pourquoi vivre au Louvre a tant d'attraits, sinon parce que c'est une consécration officielle et que c'est gratuit ? Pour un tendre comme Jean-Honoré, c'est aussi le bonheur de croiser à toute heure du jour ou de la nuit, ses amis et confrères, outre les créatures qui vendent leurs charmes à quelques mètres. Bref, c'est une ville et une vie autosuffisantes qui évite aux artistes d'aller la chercher ailleurs.

Ils ne sont pas les Illustres pour tout le monde, on les appelle aussi les Gueux ! Le mot reflète davantage de vérité pour Frago. Il n'oublie jamais — et Boucher le lui a assez répété — que Watteau, considéré par la majorité d'entre eux comme le plus grand de tous, est mort poitrinaire à 37 ans et dans la misère.

Se maintenir au Louvre est donc un combat permanent. Aucun artiste n'a pourtant d'ambition plus féroce ni plus constamment menacée. Frago comme les autres. Au Louvre, personne ne l'appelle autrement. Beaucoup ignorent même son nom entier. Le diminutif lui va comme un gant. Haut comme trois pommes, une mine de Pierrot qui aurait retrouvé sa Colombine, avec ses cheveux d'un roux de plus en plus foncé mais toujours rouges et toujours en bataille, ses lèvres minces mais toujours étirées d'un sourire, comme son nez, ou ses yeux qui « frisent » ou « froncent » sans cesse d'un futur éclat de rire, doté d'une moue toujours ironique. Un visage mobile, joyeux, il plaît et sait mettre chacun à l'aise. Sans être disert, il est naturellement populaire, ses égarements égayent ceux qui l'entourent, et comme il n'est jamais médisant ni indiscret, ceux qui auraient eu vent de ses va-et-vient nocturnes et amoureux, se font aussi secrets que lui. Si après vingt ans de solitude, il a fini par céder à la tentation de l'amitié, il se défend toujours comme un diable de tomber amoureux. Il considère l'amour comme le pire piège tendu à l'art de peindre, un empêchement à respirer, sinon à vivre. Les exemples qu'il a sous les yeux ne peuvent que le conforter dans cette philosophie. L'amour correspond dans sa pensée intime à un fléau comparable au clan des Grassois ou, moins graves mais très embarrassantes, aux commandes officielles.

Bien sûr, le désir fou d'un joli petit musée est tout aussi flatteur que le désir du roi en personne de posséder des œuvres de vous au plafond de sa galerie d'Apollon ou au-dessus des portes de son petit château de Choisy... mais quelle contrainte sur la distance. La caresse flatteuse de l'instant dure si peu.

Il a en souffrance au moins deux commandes royales qu'il a aimé recevoir mais n'a pas le temps d'exécuter. Comment dire ? Il n'a pas les moyens de travailler pour la gloire. S'il veut continuer à souper finement tous les soirs. Avec le roi, la seule question est « quand sera-t-on payé ? ». En plus, cette royale commande a pour thème l'Hiver ! Lui qui n'aime que la chaleur, le soleil et la lumière du Sud... Non, il ne se dédie pas, il est sous contrat, c'est aussi ça, le statut d'agréé de l'Académie. Il ne se dédie pas mais laisse filer le temps sans toucher à rien, il fait traîner... Pareil avec le petit jupon qui tente de s'incruster dans son lit après une délicieuse nuit d'amour. Et qui ne cesse de le bécoter dans le cou alors qu'il s'est déjà remis à peindre. Et qui exige des mots doux, des assurances et des je t'aime... Il se tait, il se concentre sur son travail... Au point de ne pas voir ni entendre l'esclandre ou la théâtrale sortie du petit jupon dépité.

Idem envers les Grassois de Paris à qui toujours il promet de passer. Ils tiennent boutique rue Saint-Honoré très près du Louvre, mais où trouver le temps ? Il n'en a jamais du temps, jamais.

En France comme au Louvre depuis plus d'un an, le temps a été suspendu. Quand brutalement La Pompadour est morte. Cette petite marquise s'est éteinte sans prévenir. Si la cour fut triste alors, c'est surtout au Louvre que s'abattit le chagrin. Elle en était l'ange tutélaire. Marigny son frère, le roi qui l'aimait encore, ses amis politiques qui ne tenaient que par elle, le monde des arts et lettres, le seul qui compte chez les Illustres, tous savaient intimement ce qu'ils perdaient. Elle avait 43 ans, et même si elle se savait poitrinaire, eux l'ignoraient. Sa mort fut un vrai choc. Des gens aussi « installés » que Cochin ou Boucher se sont sentis menacés. Et l'étaient de fait. Qu'allait-il se passer ? Le Louvre tremblait sur ses bases. Boucher, qui avait déjà 60 ans était lucide. Il était passé de mode, il le savait, seule une amie aussi puissante que la Pompadour pouvait encore le nourrir de compliments sincères et de commandes. Hors de sa protection...

Plusieurs mois d'immobilité plus tard, les Illustres sont toujours dans l'attente du couperet.
Et... ?
Bonne nouvelle. Marigny est maintenu ! Du coup il s'empresse de faire nommer Boucher Premier peintre du roi en remplacement de Van Loo. À son tour Cochin, toujours provisoire (!), en profite pour passer commande à Chardin, éternellement dans la gêne. Cochin passe sa vie à venir en aide à tous et surtout à Chardin. Il lui commande des dessus-de-porte pour le château de Choisy qu'affectionne Louis XV. Ce genre de travaux ennuie Chardin mais le roi est encore plus ennuyé en découvrant son travail ! Venu superviser l'avancement des travaux, Sa Majesté jette un œil sur les premiers panneaux, et se trouve pris d'une irrépressible crise de bâillements. Vite, on efface Chardin et on rappelle Boucher. Qui se défausse sur Fragonard. Lequel fait feu de tout bois, aucune commande n'est à dédaigner, il aime peindre et a besoin d'argent. On ne peut mieux cumuler besoins et plaisirs. Et puis remplacer ses deux maîtres ! Quelle promotion, quel honneur, rien ne peut davantage lui donner un peu de cette assurance qui lui manque toujours au profond de lui-même. Même s'il fait tout pour le cacher jusqu'à

paraître superficiel comme sa peinture, il doute infiniment de son art.

Du coup l'Académie se rappelle à son bon souvenir. Où en est sa production pour le Salon ? Et les tableaux commandés ? Il n'a pas livré, ni même commencé ce qu'elle lui réclame et qu'il lui doit. « Pas le temps, pas le temps », allègue-t-il. L'Académie est composée d'hommes qui sont eux aussi pour la plupart logés dans la même bâtisse. Aussi quand Fragonard plaide qu'il n'a pas le temps, ses pairs, mais aussi ses juges n'en croient pas un mot. Ils le voient batifoler, passer d'une polissonnerie à une autre au détriment des choses sérieuses.

Quand il fait beau, il se goberge dans les jardins des Tuileries avec son chien et même ceux des autres, il les adore et les attire. Sinon, il arpente la Grande Galerie en échangeant des mots joyeux avec tous, ou il hante les mêmes auberges louches et fréquente les mêmes filles que les plus vaillants membres de l'Académie. Pas le temps ! À se demander même quand il en trouve pour ses petites cochonneries.

Ses « brillantes polissonneries », rectifie Boucher en lui rapportant ces malveillances. Ensemble ils peuvent en rire, le maître est perdu de réputation à force d'être traîné dans la boue par le délicieux Denis Diderot.

Depuis qu'il s'est entiché des thèmes sentimentaux de l'ami Greuze, Diderot se refuse à plus rien comprendre à la vraie peinture, en convient Frago qui souvent trouve beaucoup de pertinence aux écrits dudit sur d'autres sujets. Sa lettre sur les aveugles a impressionné tous les artistes pour qui la vue est le seul organe qui compte.

Diderot ne s'intéresse plus qu'au Sujet ! Pour lui désormais l'histoire passe avant l'art de peindre ! Il s'est mis en tête que seul le sujet faisait la peinture d'histoire, le « grand genre » ! Et il refuse de s'intéresser à un autre, ajoute Chardin qui a pourtant appris « à voir » à Diderot.

Et vous savez pourquoi ? parade Boucher, c'est parce qu'il a trop peur de donner des mauvaises pensées à sa pimbêche de fille. Surtout ne rien lui montrer qui éveille sa sensualité ! Diderot ! Et sa fille est une espèce de Marie-Angélique dont la bonne éducation et l'espoir d'un beau mariage aveuglent le malheureux philosophe. Alors qu'elle n'a que 15 ans. Mais tout de même 15 ans !

« Tu es sûr que c'est la seule cause de sa violence envers toi ? » interroge Frago. On suppute une ancienne brouille qui inspire au « philosophe du bonheur » un terrible ressentiment à l'encontre du « peintre du bonheur ».

Non, Boucher ne voit pas. Ils n'ont jamais eu le moindre mot.

Frago veut s'en ficher. N'empêche, ces jugements à l'emporte-pièce du plus grand des philosophes ne contribuent pas peu au désamour du public pour Boucher. Diderot vient de rencontrer un immense succès avec ses *Essais sur la peinture*. Plein de belles choses justes et fortes, accolées à un délire moraliste déprimant pour n'importe qui, artiste ou pas. Même Greuze à bon droit est démoralisé d'être porté au pinacle pour de si mauvaises raisons.

« Cet homme est la ruine de tous les jeunes élèves en peinture. Dès qu'ils savent manier un pinceau, ils se tourmentent pour enchaîner des guirlandes d'enfants, peindre des culs joufflus et vermeils et se jeter dans toutes sortes d'extravagances qui ne sont rachetées ni par la chaleur ni par l'originalité ni par la gentillesse ni par la magie de leurs modèles. Ils n'en ont que les défauts... » va jusqu'à écrire Diderot à propos du gentil Boucher, évidemment bouleversé.

— Allons, conclut Chardin, c'est la moraline qui perce sous son goût suspect pour le drapé antique ou les belles tragédies de campagne... Comme s'il y avait là quelque chose de nouveau. Il vieillit mal.

— Bah, commente Boucher, peut-être plus philosophe que le génie de l'*Encyclopédie*, le chemin des honneurs est semé d'épines.

Or l'enfant des roseraies de Grasse déteste les épines. Comme tout ce qui entrave sa liberté, sa joie ou son plaisir. En l'occurrence, il ne supporte plus le rappel impératif des commandes académiques qui claquent comme des ordres. Le Salon de 1767 approche à vive allure et Fragonard doit impérativement y exposer. Sait-il seulement quoi accrocher ?

Dans le corridor, la presse est telle à certaines heures qu'on ne peut ni avancer ni reculer. Alors on discute. C'est là que s'échangent anecdotes et commérages, qui sont rarement le fait des femmes comme on se plaît à le croire, lesquelles font plutôt front commun pour tenter de maintenir ordre et propreté. On y parle des commandes et des projets, on y glane des informations sur les grands chantiers qui se préparent. Ce corridor est une sorte d'agora...

— Diderot n'a-t-il pas plus de succès avec ses œuvres érotiques comme *La Religieuse* ou *Les Bijoux indiscrets* qu'avec toute sa philosophie, ses lettres aux sourds, aux aveugles..., attaque Boucher.

— La mode est à Nerciat et ses petites histoires d'amour et d'alcôve..., repartit Baudouin.

— Au théâtre, Crébillon est bien plus applaudi que le grand Voltaire qu'on aime surtout parce que le roi ne l'aime pas, réplique Boucher.

— Peut-être, suggère Lépicié, que le peuple a mauvais goût ?

— Entendons-nous sur le peuple, voulez-vous, s'exclame Frago qui en vient et sait mieux que d'autres que dans sa famille, par exemple, personne n'a jamais imaginé s'acheter une œuvre d'art. Vous osez appeler peuple des gens qui ont les moyens de nous passer des commandes ! Je les crois, moi, très éloignés des malheureux qu'étrangle la gabelle.

— Celui qui paye à Frago ses ravissantes grivoiseries aurait donc plus mauvais goût que le roi ? réplique Boucher.

— Rappelez-vous les mots du vieux Fontenelle, lance Chardin le sage, qui ne se mêle jamais aux commérages du corridor mais là l'honneur de la peinture est en jeu. « Il faut du vrai pour plaire à l'imagination mais elle n'est pas difficile à contenter, il ne lui faut souvent qu'un demi-vrai. »

Frago est irrité.

— À quelque genre qu'on s'attache, c'est de peinture qu'il s'agit. Foin de toutes ces âneries. Être peintre, c'est se dépatouiller avec des couleurs, de la lumière, du cadrage, de la profondeur, de la perspective, et tout ce que, de Giotto à Rembrandt, nos aînés nous ont transmis...

— Il a raison le petit, du genre fripon au grand sujet historique, ça ne parle jamais que de jaune, de cadmium ou d'indigo, approuve Chardin qui ne prend jamais parti sauf là, parce que c'est son sujet.

C'est toujours à lui qu'on en réfère quand on parle

cuisine, pigment, mélanges et mixtures secrètes pour faire du beau blanc.

— Et, conclut Frago, cette fois très en colère, en art comme dans la vie, à l'arrivée le suprême talent, c'est de plaire !

— Qui prétend donc que plaire consiste toujours à flatter les bas instincts du peuple ? glisse sournoisement le charmant vieux Boucher.

— Moi, j'en viens de ton peuple, cher maître, et je peux te jurer qu'à aucun moment, il ne se soucie d'acheter une œuvre d'art ni même d'y penser. C'est peut-être dommage mais c'est comme ça. L'art n'entre pas dans sa vie. Le peuple ! Il ne sait même pas à quoi ça pourrait lui servir, une œuvre d'art ! Pour le peuple, les choses servent ou n'existent pas. Simplement. Seuls les nobles et les fermiers généraux ont les moyens de s'entourer de beauté. De cette inutile gratuité qui constitue notre essentiel, notre nécessaire.

Frago préfère tourner les talons et détaler plutôt que de supporter les arguments de la contradiction. Il les connaît par cœur, et ne sait que trop à quelle opposition déterminée il se heurte, même dans la galerie. D'avance il enrage, il manque d'arguments alors qu'il est sûr de ce qu'il croit. Entre lui et les tenants de l'académisme, les clans sont armés les uns contre les autres sauf quand ils se trouvent un ennemi commun. La conservation de leurs ateliers du Louvre est une cause commune, comme l'expulsion et la destruction des baraques qui en dégradent les façades.

Celui qui réclame à cor et à cri leur démolition, et pour cause, le pauvre doit quitter son atelier aux heures des repas, c'est le peintre Doyen. Un infâme gargotier cuisine contre son mur et allume ses feux à l'aide de toutes sortes d'ignominies puantes. Le pauvre Doyen est chassé par ces miasmes fétides. Ce jour-là, comme il est tout à son combat, le climat est des meilleurs entre les artistes du corridor. C'est lui qui retient la fuite de Frago, toujours prêt à se fâcher quand on confond le peuple avec le bourgeois de mauvais goût.

— À propos..., lance Doyen à la cantonade. Le baron Saint-Julien, qui est receveur du Clergé (chacun d'opiner, ici on sait quel magot brassent ces titres-là), m'a fait venir pour me solliciter de lui peindre, je vous le donne en mille...

— Sa maîtresse ?

— ... Oui sa maîtresse mais ce qu'il a osé me proposer c'est de la peindre...

— Elle est jolie ?

— Oui, ça, on ne peut pas dire, elle est jolie comme un tableau de Boucher. Mais là n'est pas l'important. Écoute. (Et là, c'est au seul Frago qu'il s'adresse, toujours le plus chaleureux lors de ces conversations impromptues.) Il la veut asseoir...

Pâle comme un linge, Doyen achève son récit en murmurant à l'oreille de Frago. On dirait à le voir chuchoter ainsi qu'il narre le dernier scandale de la Cour qui, c'est vrai, les accumule. À peine a-t-il fini que Frago éclate d'un grand rire. Sa colère est immédiatement tombée. Il est dans sa nature de monter comme un lait qui bout et de redescendre sitôt qu'on ôte le feu.

— Toi qui t'en ries, tu oserais faire une chose pareille ?

— Oh là là, moi ? Bien sûr. Et en plus j'adorerais. Si je ne croulais pas sous les commandes...

— C'est bien mieux payé que tes habituelles galipettes, tu devrais y aller de ma part et en courant encore. Mais méfie-toi, c'est un fada. En tout cas, avec moi, il s'est trompé d'interlocuteur en me proposant une chose pareille !

Effectivement ! Doyen ne traite que de sujets religieux ou historiques d'une mélodramatique gravité. Il n'a ni le goût ni les compétences pour traiter de légèreté même si, en cachette, il appartient au troupeau de ceux qui bêlent d'amour pour la petite Hus ! Cette pâle comédienne du Français, grande courtisane, actuellement entretenue par le gros financier Bertin, les mène tous par le bout du nez. Plus Doyen a honte d'en être épris, moins il peut se résoudre à la peindre autrement qu'en sainte et martyre, alors qu'elle n'est que fanfreluche mutine et subtilement catin. Le drôle s'épouvante devant le sexe mais reste de marbre quand Judith décapite Holopherne !

— Chacun ses goûts, tranche Frago, qui n'aime rien tant que ce qui fait rougir Doyen.

À l'inverse, il se contraint pour peindre des scènes où règne la violence. Aussi le remercie-t-il chaleureusement d'avoir pensé à lui pour cette petite « cochonnerie ». Et s'y rend toutes affaires cessantes. C'est tellement plus excitant que de faire l'Hiver au plafond de la galerie d'Apollon ! Les commandes de l'Académie peuvent toujours attendre, d'ailleurs elles attendent, comme ses créations pour le Salon de cette année. Seuls les académiciens commencent à s'énerver.

Jean-Honoré court donc chez ce Monsieur de Saint-Julien. Immédiatement il est agréé mais n'obtient pas plus de deux séances de pose pour brosser sa composition avec le baron et sa petite grue. À lui d'imaginer le reste. Le baron a une idée précise de ce qu'il veut : un évêque doit pousser sa belle amie sur une balançoire lancée. Pendant qu'il se voit, lui, couché dans l'herbe exactement sous les jupes de la belle, que le vent relève. Frago improvise sur ce thème, brode, l'ourle, le roule en feston et prend un plaisir douteux à fignoler sa toile comme si c'était celle de son grand concours d'Académie.

Il n'a pas tort, c'est un chef-d'œuvre.

Dans ce babillage vivement rendu, plein d'esprit, de grâce pétillante et d'une extrême luminosité, il déploie une subtilité de couleurs, de nuances et de légèreté. Puis comme un gentil diablotin, il met toute sa ruse à faire s'envoler une mule de satin rose du pied de la drôlesse. À toute l'espièglerie de l'instant répond celle de l'artiste, aussi éloigné des fausses délicatesses de son maître que des lascivités corrompues de Baudouin. Ces *Hasards heureux de l'escarpolette* ainsi qu'on l'appelle, mieux qu'un triomphe qui ne dure qu'un temps, déclenchent une mode et font des ravages. Tout le monde veut son « escarpolette », tout le monde va vouloir son Fragonard. Les autres commanditaires ne sauront pas tous susciter pareille audace !

Aussi haut que s'envole le chausson de l'héroïne, cette escarpolette hisse Fragonard vers la gloire. Il avait déjà la reconnaissance de ses pairs, là c'est celle du public, donc d'une plus large clientèle qui lui tombe dessus en retour de balancelle.

Il ne le sait pas tout de suite, mais il a peint un tableau vraiment nouveau. Son sujet aurait dû n'en faire qu'une image salace, une anecdote grivoise à la Nerciat comme l'époque les prise. Un rien de maladresse, elle basculait dans la vulgarité, mais Frago joue de malice et d'audace, de subtilités et de nuances, sa touche est ici d'une grâce sans pareille. Finalement entre les frasques passées de la Régence et les horreurs sexuelles de Sade en cours d'exécution, ce gentil baron de Saint-Julien a des ambitions érotiques des plus simples, à sa façon innocentes, que Frago rend plus charmantes encore en les traitant avec une totale sincérité, une expression un rien mélancolique mais surtout une ingénuité plus candide que le héros de Voltaire, et dans un décor plus digne de Rousseau que de Versailles.

Le pudique Frago n'hésite jamais à aborder un sujet scabreux de front et à le traiter avec sa propre sensibilité. Ses armes sont toujours sincères. À sa pudeur et à sa vitesse d'exécution, il ajoute le furtif de l'abandon et le doute dans l'aveu. Il exprime l'époque. Semblable à elle, il est pétri de craintes. Et d'étranges timidités.

L'éloge des Lumières, avec ou sans majuscule, un peintre le sait mieux que personne, c'est d'abord une promiscuité complice avec l'ombre, de la moire et des nuances, de toutes les subtilités. La lucidité le dérange, il y voit la main des Grassois, le cynisme des méchants. Qu'il confonde lucidité et réalisme importe peu, il les fuit au bénéfice du décor de ses rêves et de ses rêves de décors.

Depuis Rome, il a l'impression de s'être réfugié sous les jupes des femmes où règnent la grâce et la légèreté, perceptibles de nuit comme de jour sur ses toiles. De plus en plus dans sa vie, tout est peinture, et toute sa peinture est contenue dans chacun de ses coups de pinceau.

Il refuse l'esprit de sérieux des Académies, mais jamais de peindre des académies fort jeunes et déshabillées ! C'est le sérieux, l'ennui, l'empesé qu'il rejette. Quoi qu'il en soit, seule l'image des femmes lui offre havre, il en fait un salut, sa loi et son abri. Il s'y plie mais s'adonne aux peintures d'église avec la même ferveur. Cette ferveur légère, légère comme son pinceau, qui, délicate, sème des larmes sur les joues des jeunes filles, de la rosée sur les volubilis au jardin d'aurore.

De femmes en femmes la nuit, de toiles en petits tableautins le jour, et dans l'entre-deux, la fraternité avec ses voisins. Et ses bêtes. Enfin ! Depuis qu'il a son atelier propre, il a pris un, puis deux chats, bêtes indispensables si l'on veut dormir sans craindre la visite des rats. Quant au chien blanc qui le suit depuis Rome, il est enfin installé à la place d'honneur, sur le grand galetas des modèles et dans ses plus grands tableaux, comme *L'Orage*. Toujours la vengeance de l'enfance. Ce chien chéri s'appelle Flemmard, et Frago l'adore. Ils se sont mutuellement adoptés dans un jardin romain, depuis ils ne se sont plus quittés. C'est un grand griffon plein de poils et de tendresse qu'il promène aux jardins de la reine tous les jours, ça l'inspire. Quand le temps le permet, histoire de voir des arbres, dont il a grand besoin, il bifurque par les jardins du Palais-Royal où les élégantes promènent des bichons distingués et peignés. Que Flemmard adore décoiffer.

Il ne plante tant d'arbres dans ses tableaux que parce qu'il souffre d'un grand manque de nature. Heureusement Flemmard l'oblige à aller s'y frotter chaque jour.

Sans relâche, il fait et refait des escarpolettes, vues sous un angle différent, mais à peine, dans des tonalités plus roses ou plus jaunes, mais à peine...

Réplique après réplique, il se voit contraint de prendre des élèves, c'est-à-dire des doubles de lui-même pour en exécuter autant qu'on lui en réclame. Une vraie mode, une vraie gloire, une vraie manne ! Enfin, il n'a plus à se soucier de savoir avec quel argent il tiendra les mois prochains... il n'est pas riche, c'est trop frais, mais il a enfin les moyens de ses ambitions.

Il se hâte d'en profiter, de dépenser. Il est très attiré par une troupe de comédiennes italiennes qui font, de Saint-Non et de lui, les hommes les plus heureux de Paris ce printemps-là. Comblés. Ils espèrent le retour d'Hubert Robert qui leur manque beaucoup.

Mais le Salon de 1767 approche à toute allure, et il n'a toujours rien à y mettre. À force de repousser d'y penser, de s'y coller, le voilà pressé de présenter ses œuvres dans la semaine ! Le temps passe si vite. Panique à l'atelier. Il a beau soulever toutes ses toiles, aucune n'entre dans la catégorie « histoire », la seule exposable !

Si, il y aurait bien celle-là qu'il a faite pour un plafond de ce Monsieur Bergeret. Pierre-Jacques Onésyme Bergeret de Grancourt, un riche beau-frère de Saint-Non, qui se pique d'art. Il a commandé ce plafond à Frago qui l'a hâtivement ouvragé d'une guirlande d'Amours enlacés. Ils peuvent bien passer pour des anges, entourant une tripotée d'enfants qui se balancent dans un ciel aussi floconneux que celui de l'Île-de-France.

Allez, va pour ce tableau ! Il a l'avantage d'être ovale, format prisé par ces messieurs de l'Académie, et son thème peut, de très loin, avoir l'air religieux ou du moins littéraire !

Ça ne suffira pas à les contenter. Quoique refusant d'en faire cas, Frago n'ignore rien des règles et des contraintes qui régissent l'institution. Alors qu'exposer d'autre ?

Depuis qu'il est tombé en amour pour Rembrandt, ce peintre hollandais dont il n'a vu en vrai que les deux œuvres que possède Boucher, il s'essaie régulièrement à rendre sa facture et son inspiration. Ses têtes de vieillards en sont un bon exemple. Il en possède quelques gravures qu'il copie dans ses plages de liberté. Mais même quand il veut imiter, il invente. Justement, il a une tête à la manière de Rembrandt. Il est content de sa lumière, elle fera un bel effet au Salon. Si le portrait n'est pas un genre apprécié par l'Académie, l'allure du sien en forme de tondo devrait plaire.

Quoi encore ? Il sent qu'il n'est toujours pas à la hauteur des attentes que sa dernière parution a fait naître. Il fouille frénétiquement dans ses papiers. Un dessin, pas fini, représentant un *Homme appuyé sur une bêche* ? Qu'à cela ne tienne, il a la nuit devant lui, il l'achève et en trousse même un autre, *Homme assis dans un fauteuil* pour lui faire pendant. Sa nuit y passe. Vite. Il n'y passe pas plus que la nuit.

Au grand jour, il vérifie. Ça va. Ses dessins sont présentables. Les deux huiles aussi. Le voilà paré pour le Salon. Ouf, il respire.

L'Académie n'apprécie pas du tout sa livraison, mais se sent tenue de l'accepter au nom de sa réputation et de ses soutiens.

Le Salon de 1767 s'ouvre comme d'habitude le 25 août, pour la Saint-Louis. Là une volée de bois vert accueille Frago. Un éreintement en règle. Encensé en 1765, donc espéré et même très attendu

## Des morts, un mariage, installation au Louvre 181

cette année, il fait pis que décevoir, il déchoit. Il trahit la confiance de ceux qui ont misé sur lui. Il a cru présenter la diversité de ses talents, on crie à l'imposture. Grimm et Diderot hurlent plus fort et entraînent tout le monde avec eux. Il a cru malin de multiplier les genres différents, histoire de susciter des commandes dans toutes les directions, il a perdu !

Frago a pris ce Salon trop à la légère. On n'est pas agréé pour faire n'importe quoi. On n'a pas fini de le lui faire savoir. Ah ! Il a cru pouvoir se rire de l'institution ! Rancunière, elle va le lui faire payer !

Diderot l'insulte par écrit, traite son plafond de « tartouillis, d'omelette d'enfants » ... Il l'apostrophe personnellement et cherche à lui faire honte. « Monsieur Fragonard cela est diablement fade, belle omelette bien douillette, bien jaune, et point brûlée. Cela est plat, jaunâtre, d'une teinte égale et monotone et peint cotonneux. »

Même son paysage est jugé mauvais !

Seul Diderot prend la peine de remarquer sa tête de vieillard pour insister : « Monsieur Fragonard quand on s'est fait un nom il faut avoir un peu plus d'amour-propre. Quand après une immense composition qui a excité la plus forte sensation, on ne présente qu'une tête, je vous demande à vous-même ce qu'elle doit être ! » Et dire que cette tête aurait dû le sauver. Là c'est clair : on ne veut plus entendre parler de ce traître.

Il a misé sur ses facilités en exposant quelques-unes de ses autres facettes. Du coup on le juge sinon incapable, du moins médiocre dans tous les genres. En réalité, ses petites polissonneries lui ont fait tort et donné une si mauvaise réputation qu'on ne sait comment la lui faire payer. Peindre autre chose et des choses si débraillées nuit considérablement à l'image d'un grand peintre d'histoire. Ainsi décrète-t-on... Mais qui est ce « on » menaçant ? Les grandes institutions qui s'étendent de l'Académie au Salon de Madame Geoffrin, du café de la Régence aux loges de l'Opéra, où Frago a sûrement chipé une petite mezzo, un petit rat du corps de ballet à un puissant du moment voire à un ami de Diderot ? « On » décrète donc que cet artiste prometteur a basculé dans le vice. Il n'est pas le premier à qui la vie privée fait de l'ombre. La rumeur prétend que « ses perversions transparaissent sur ses toiles, qu'il a cédé aux délices de Capoue et ne sait plus tenir un pinceau. Que l'appât du gain l'a ruiné. Que son souci de détails décoratifs a gâché sa palette. Qu'il n'affronte plus les vrais obstacles et cède en tout à la facilité ». De là à dire qu'il a basculé dans la vulgarité, certains n'hésitent pas. On associe allègrement vie légère et peinture légère, vie désordonnée et peinture mal fagotée... Laisser-aller et autres épithètes négligées...

Mais pourquoi est-il inconvenant de gagner sa vie avec ce qu'on sait faire de mieux ? Parce qu'on ne veut de Fragonard prix de Rome que des grands tableaux d'histoire. Et puisqu'on l'a nommé successeur de Deshays, héritier de Van Loo, on exige qu'il se montre à la hauteur. Ce dernier eût été désolé de le voir faire « n'importe quoi », se disperser dans tous les genres, « moins bien que Boucher », ajoutent ses détracteurs.

Sa vie est trop endiablée, elle lui masque même la déception qu'il cause, et celle que ce jugement lui imposera sitôt qu'il en prendra conscience.

Il a exposé avec confiance, on l'a assassiné. Bizarrement, il n'en veut pas à ses assassins, mais aux principes de ce Salon, aux critères qui gouvernent cette Académie. Dans une récente édition de la *Correspondance littéraire*, Diderot l'a fait roi, aujourd'hui Diderot le défait, c'est de bonne guerre. Il ne lui en veut pas. Il regrette seulement que celui qui le juge si mal n'ait pas pris la peine de mieux regarder sa tête de vieillard. Du coup, pour l'y contraindre, il brosse en quelques jours une tête de Diderot exactement de la même facture. Même s'il fait les yeux bleus au philosophe de l'*Encyclopédie*, c'est à coup sûr le plus beau portrait du bonhomme. Tous ses amis en conviennent. Le philosophe n'en dit rien, gêné d'avoir tant critiqué un peintre qu'il aimerait tant aimer si, pour sa mijaurée de fille, il n'était pas en train de devenir un vrai père la pudeur. En désaccord total avec les idées de liberté qu'il défend. Est-ce pour se faire pardonner qu'il commande à Frago trois planches pour l'*Encyclopédie* ? À croire qu'il lui en voulait encore, ce sont trois anatomies d'hommes !

Quand Frago cesse de brandir son bouclier contre les crachats, quand il peut enfin se relâcher, alors seulement il réalise l'étendue du gâchis. Il s'est sabordé tout seul en ne préparant pas davantage son exposition au Salon, il a fourbi les armes pour se faire battre.

Quand peu à peu lui parviennent les échos des critiques qu'il a suscitées, ça l'abat, il ne peut le nier. Il décide de se retirer. De prendre le temps de peser le pour et le contre. Maintenant que Van Loo n'est plus là à le pousser de façon exclusive vers l'Académie, il se surprend à la voir comme une prison, trop de règles, de contraintes. Et souvent une esthétique qui ne lui plaît pas tant que ça. Il a aimé la liberté de Boucher, la vie auprès de Saint-Non et Hubert Robert pour qui les institutions ne sont pas une fin en soi, pourquoi devrait-il passer sous leurs fourches caudines et s'enfermer à vie ? Et si l'Académie c'était un peu comme le clan des Grassois ?

Pour le Salon, c'est décidé, il n'y mettra plus les pieds. Il ne prendra plus le risque de tout perdre à cause de ces jaloux, ces mauvais critiques académiques tandis que tout Paris se l'arrache. Il ne peut se dissimuler plus longtemps à quel point cette descente en flammes l'afflige et le touche au plus profond.

Il en perd le peu de confiance en lui, dont il sait depuis Rome comme elle est fragile. Il lui faut oublier, se faire oublier, se ressourcer, se changer les idées, retourner à l'école. Il va aller copier des chefs-d'œuvre de Rubens, qui sommeillent au palais du Luxembourg. D'autant qu'il a du temps, cet échec est immédiatement sanctionné par une chute de ses commandes. Qui le contraint à prendre des élèves, plus seulement pour copier ses escarpolettes mais pour gagner de l'argent. Il est à nouveau à quelques sous près... Comme il ne croit plus trop en lui, il sent qu'il ne lui faut pas demeurer seul trop longtemps dans le silence et l'isolement de l'atelier. Des élèves vont l'obliger à un minimum de tenue.

C'est alors que les Grassois, qu'il s'échine à fuir comme la peste, se rappellent à lui sous forme de cadeau ! Une payse. L'enfant des Gérard, celle qui est née précisément quand il s'est réfugié chez eux la première fois, pour y retrouver la paix de l'enfance, la petite Marie-Anne Gérard devenue grande, a obtenu de monter à Paris se perfectionner dans la peinture d'éventails. Elle a fait de Paris une obsession et de revoir Frago un vœu secret. Elle n'a gagné le droit de peindre qu'à condition de réaliser des objets immédiatement rentables, c'est-à-dire vendables sous forme de colifichets ! Que les Grassois de Paris puissent revendre aussitôt dans leur boutique de la rue Saint-Honoré comme des miniatures, des éventails, des dessus de boîte et autres fanfreluches... Façon comme une autre de garder la main sur elle.

Pour Frago, c'est un cadeau. Cette vague cousine, si vague, et sans doute même inventée par l'amitié de leurs deux mères, est un présage en soi. Elle lui rappelle que lors de sa première crise, sa mère l'avait envoyé chez la mère de Marie-Anne le jour de sa naissance, et qu'il y avait alors recouvré le goût de vivre.

Il l'ignorait mais il était déjà en pleine crise de doute. Comme à son arrivée à Rome. La vie, la peinture, à quoi bon ? Dire qu'il avait l'impression d'aller si bien, de n'avoir jamais été en plus grande liberté, de goûter plus belle joie de vivre ! Quelle étrange chose que ces fluctuations d'états d'âme ! Cette lutte intérieure entre sa grande timidité et son goût immodeste pour la liberté, y compris celle de peindre à son gré. Sa volonté d'indépendance, seul héritage de sa mère, est constamment en butte à son manque de confiance en lui ! Il y a peu, il allait si bien, et là, maintenant il se sent si mal ! L'arrivée de cette jeune femme solaire le lui fait sentir comme une gifle.

Ça n'est pas son genre d'aller mal. Il n'en a pas le

temps. Il est trop habité par une sensation d'urgence, de brièveté de la vie qu'il attribue à la mort de sa mère, à l'arrachement au paradis de son enfance. Cette sensation constante que la vie est trop courte l'a chaque fois sauvé du désespoir et de l'oisiveté qui l'accompagne. Rien n'est jamais venu calmer son urgence de vivre qui dans ces moments de découragement comme après ce Salon se gonfle d'angoisse comme les voiles des navires par vent arrière.

La petite payse l'apaise. D'abord parce qu'elle l'adore. Depuis sa naissance, ment-elle, elle n'a cessé de l'adorer. Elle lui dit avec cet accent du Sud qui était celui de sa mère, qu'elle n'a jamais cessé de penser à lui, comme à un prince, un sauveur, un dieu. Elle le lui dit avec cette fraîcheur qui ne manque pas de force. Elle est jeune mais n'a rien d'une ingénue comme les femmes-enfants de Boucher. Elle le regarde, elle l'admire, et il se sent plus grand. Elle lui dit qu'elle veut rester toujours avec lui et il va assez mal pour la croire. Il se souvient d'elle mais surtout du pouvoir d'apaisement de sa famille lors de ses passages. Elle est drôle, et son humour n'est pas méchant, elle le fait rire, et il s'aperçoit qu'il n'a plus ri depuis longtemps, depuis Hubert Robert qui lui manque décidément beaucoup.

Elle met tant de fougue à exiger des leçons de lui qu'il ne peut lui refuser. Ah oui, il se rappelle ses éventails, pas mauvais d'ailleurs ; ses miniatures ? Mais oui, bien sûr. Elle s'occupait de sa jeune sœur la dernière fois qu'il est venu à Grasse pour y conduire son père... Oui, et... la première fois elle venait juste de naître. Il l'a donc toujours connue !

Émotif comme sa petite dépression l'a rendu, ça le bouleverse. Elle en profite. Elle le réconforte mieux que personne.

Elle tient aussi à se perfectionner. Elle croit réellement au pouvoir de l'art. Elle s'applique, elle fait vite des progrès mais comme elle n'a pas une personnalité écrasante, Fragonard voit tout l'avantage qu'il peut tirer d'une excellente copiste de ses propres travaux. Elle pose pour lui bien sûr et il prend plaisir à dessiner ses traits, un peu épais, mais harmonieux et graves, son visage est très structuré, marqueté, fort vraiment. Un beau visage autoritaire et ferme, de paysanne, de femme du peuple sans doute, ce que dissimule son jeune âge. Beaucoup plus grande que lui, il émane de sa personne une idée de force. Puis elle est Grassoise et ça aussi lui fait du bien. Ça le console d'entendre parler avec l'accent de sa mère, qui paraît peut-être vulgaire pour qui ne l'a pas tété en naissant mais qui sonne vrai et juste pour Frago. En la dessinant il lui trouve plus que de la joliesse, de l'intérêt. Ses pommettes, son nez et ses yeux qui lui sourient, même son menton carré lui plaît. Elle l'aime tellement, comment pourrait-il rester insensible ? Il lui trouve de plus en plus de charme. L'apaisement qu'elle lui apporte la rend plus indispensable chaque jour. Le clan ne trouve rien à redire à cette « association ». Frago ne se dispersait-il pas en tout sens ? Ne couchait-il pas à droite à gauche ? Même s'il était discret, il ne s'en cachait pas. Au clan qui n'a jamais cessé de l'avoir à l'œil, rien n'a échappé. Si cette fille pouvait le ferrer et le tenir, le clan bénirait cette union, car bien sûr, comme c'est une payse, il ne peut la déshonorer sans réparer s'il couche avec elle. Il faut qu'il l'épouse. Se marier ? Il n'y a jamais songé. Jamais. Il tient trop à sa liberté, à sa vie de garçon sans entrave. Et puis avec qui ?

Elle lui parle d'amour et lui ne cesse d'esquiver. Il sait trop bien ce qu'on attend de lui s'il cède.

Quand par une fin d'après-midi particulièrement douce, comme Paris en réserve parfois aux jolis mois d'été, Saint-Non passe le voir au Louvre. Avec l'intention de le débaucher pour une soirée érotique dans la verdure. Il fait trop beau pour s'enfermer, et trop chaud aussi pour ne pas se mettre nu et se frotter contre de belles peaux douces et fraîches. Marie-Anne vaque encore dans l'atelier quand Saint-Non arrive, Frago lui présente son élève. Bizarrement Saint-Non n'y croit pas. Il la trouve trop à son goût, trop séduisante pour n'être qu'une élève.

Comme son idée était fortement teintée de sensualité, il propose *mezzo voce* à son compagnon de débauche d'embarquer sa jeune élève avec eux, pour leur partie de plaisir. À la manière dont Frago se braque, s'insurge et menace même de se fâcher si Saint-Non insiste, l'un et l'autre se rendent compte que l'affaire n'est pas si simple.

En véritable ami, Saint-Non lui demande à voix basse s'il n'en serait pas un peu épris. Frago, qui ne peut s'insurger sans arrêt, est bien obligé de convenir que, sans être épris, le mot est trop fort, il y est attaché. Ou plutôt il se sent responsable de sa jeune payse, presque une cousine, s'excuse-t-il... Saint-Non encore une fois n'en croit pas un mot.

— Je ne sais pas ce que tu vas en faire, mais ne la laisse pas passer. Visiblement tu y tiens, et si tu veux mon avis, elle vaut le coup.

— Mais je ne peux tout de même pas me marier ?

— Pourquoi tu y serais obligé, si tu couchais avec ?

— Évidemment, elle est de Grasse. Tu sais la pression que les Grassois de Paris cherchent à exercer sur moi, elle leur serait le meilleur moyen de me tenir à merci.

— Mais pourquoi, puisque visiblement elle t'aime ? Peut-être se range-t-elle plutôt de ton côté. En la mariant tu ne perdrais rien. Au contraire, tu gagnerais une alliée.

— Tu crois ? Mais je ne serais plus libre.

— Qu'en fais-tu de ta liberté ?

— Je ne sais pas, ce qu'on fait ce soir, tous les deux, ce qu'on a toujours fait de nos nuits avec Hubert Robert et qui nous convenait parfaitement à tous les trois, non ?

— Si, mais ça ne peut pas durer indéfiniment. Et je ne pense pas qu'une femme comme elle, peintre qui plus est, ne respecte pas autant ton indépendance que toi la sienne.

— Mais au Louvre ça se verra !

— Au Louvre, mais mon cher, on a toujours très bien su se cacher, non ? En plus, moi je n'ai pas le choix...

— Ainsi tu me conseilles le mariage ?

— Avec elle ? Sûrement. C'est le meilleur moyen pour toi de ne pas la laisser filer. Et puis tu sais, le mariage, ça n'est pas grand-chose. Il ne faut pas t'en faire un drame. Ça simplifie la vie... c'est un clerc qui te l'affirme.

Leur nuit dans les bras des hétaïres de barrières s'achève dans un petit jour mauve et duveteux. Le soleil se lève pendant que Frago et Saint-Non rentrent à pied au Louvre. Ils ont encore tant de choses à échanger, ils s'assoient sur les bancs des Tuileries pour achever leur conversation. Saint-Non qui a senti son ami blessé par le jugement de Diderot et de ses pairs après le dernier Salon, est content d'avoir trouvé une aide dans la personne de Marie-Anne pour lui changer les idées.

L'humiliation des dernières critiques a calmé ses frénésies multiples et sauvages. Il n'a plus tant besoin d'éparpillement. Sans doute sur ce plan-là, est-il un peu rassuré. La preuve qu'il plaît aux femmes, qu'elles sont bien dans ses bras, qu'il sait les rendre heureuses, il l'a eue maintes fois. Il n'a plus tant besoin de recommencer chaque nuit.

Il lui fallait un répit et Marie-Anne s'est trouvée là au bon moment. Aujourd'hui, il ose même la juger davantage à son goût que ses petites cousettes, ses cantatrices, et même ses marquises d'une nuit. Il n'est pas si précieux qu'il a fini par le croire. C'est que Marie-Anne d'instinct fait ce qu'aucune n'a jamais pensé à faire, elle le rassure. Elle s'installe peu à peu, doucement, sans rien brusquer à l'atelier. Elle met de l'ordre, classe ses œuvres, simplifie ses affaires. Il est très désordonné, et surtout il préfère accumuler et entasser pour ne pas voir les poussières ni les chagrins du passé qu'il dissimule sous les nouveautés. Sans en avoir l'air elle se rend indispensable.

Les mots de Saint-Non l'ont libéré de sa peur du mariage, du coup il la regarde autrement. Une sensualité crue émane d'elle, elle est attirante, excitante même. Aussi cet après-midi-là quand sans détour elle lui avoue qu'elle a envie de lui, il est tout ému. Pourquoi résister plus longtemps ? Il l'enlace, elle l'embrasse. Il défait son corsage, elle s'allonge, et après des milliers de secondes de caresses et de baisers, il lui fait très lentement, très consciencieusement l'amour. Elle se donne à lui avec une fièvre que ses petites maîtresses n'ont fait que feindre, maintenant il s'en rend compte. Alors oui, ne serait-ce que pour l'aimer à nouveau de cette manière si généreuse, il doit l'épouser.

— Tu veux toujours de moi ? Alors... (il chuchote, encore allongé sur elle) et si on se mariait ?

Marie-Anne fond en larmes. A-t-elle jamais rêvé d'autre chose ?

D'accord, il va l'épouser. Officiellement elle s'occupera de ses affaires. Mais sans cesser de peindre. Elle n'est pas venue à Paris pour épouser un Grassois et faire plaisir au clan. Enfin pas seulement. Elle veut aussi mener sa vie, faire son voyage en Italie, exposer des œuvres qui ne seront que les siennes. Il est d'accord pour tout.

Très vite, bien avant le mariage, sans vergogne elle s'installe avec lui. Dans le péché peut-être mais c'est temporaire et elle ne veut plus le laisser seul. Elle n'a pas peur du qu'en-dira-t-on. Elle est sûre de ses sentiments. Tout le monde au Louvre comprend et accepte, et comme elle est serviable et chaleureuse, l'ensemble du corridor conspire pour qu'il l'épouse. Les amoureux ne sont pas pressés de se marier, ils s'aiment, ils vivent ensemble. Foin des convenances...

Elle a 22 ans, lui 35, c'est la première fois depuis sa mère qu'il habite avec une femme, qui n'est encore qu'une maîtresse. Le clan veille au grain, il ne relâche jamais son emprise sur les siens, et Frago les intéresse particulièrement. Ils ont enfin compris qu'il pouvait leur rapporter. Marie-Anne dans la place, même si elle l'ignore, leur est une assurance. Il faut qu'ils se fiancent. Ils commencent par un contrat de mariage le 2 septembre 1768. Ils prennent leur temps. Ils sont bien ensemble, ils travaillent de concert, ils sont assez amoureux pour ne se soucier de rien d'autre. Le mariage n'est pas célébré mais ils n'ont ni le temps de s'en occuper, ni le courage de se séparer jusque-là. Il la trouve merveilleuse à vivre. Au réveil il lui sourit. Il n'a enfin plus besoin de s'enfuir chaque matin pour toujours. Et il se prend à aimer ça. Plus épris en profondeur qu'amoureux superficiellement comme il a toujours vu Greuze par exemple.

Il l'estime aussi pour ses raisonnements qu'il trouve justes et souvent éclairants, son sens de la beauté, son amour de la peinture, surtout de la sienne… Il entre de la raison dans cet amour ce qui ne l'empêche pas d'être complètement attendri et énamouré quand elle le retient dans ses longs bras. À peine se rend-il compte qu'il est épris qu'il est en train de changer de statut. Sans heurt, sans difficulté et même de très bonne grâce. Peut-être était-il temps pour lui de changer de vie ? Peut-être avait-il fini par se lasser de sa vie de débauché ?

C'est le moment que choisit Hubert Robert pour enfin rentrer d'Italie. Tout peut donc reprendre de leur vie d'avant. Mais voilà qu'il fait immédiatement amitié, voire alliance avec Marie-Anne. Frago redoute le dévoilement de leur commun passé. Pourtant ni Saint-Non ni Hubert Robert n'en feront jamais mention. Tous deux jugent Marie-Anne formidable ; enfin une femme qui ne se contente pas de chiffonner, de se grimer et de papillonner pour plaire au dernier cavalier qui passe dans l'allée de Foye, mais qui veut peindre comme eux, faire œuvre comme eux. Une égale. Un compagnon pour eux aussi. Ils ne l'amèneront pas à leurs orgies privées, mais c'est la seule chose qu'ils ne feront pas avec elle. Ils partagent le pain et les bonnes conversations sur l'art. Elle sait se faire légère et même désinvolte. Quand Frago ne rentre pas de la nuit, elle oublie de lui demander où il était. Elle s'engage à le décharger des comptes qu'il déteste et qui l'angoissent. Le souvenir des chagrins d'argent de sa mère ne s'efface pas.

Un peu comme pour les toiles du dernier Salon, dont Frago ne s'est avisé que trop tard pour faire des étincelles, voilà plus de six mois qu'ils se sont fiancés et elle est enceinte. Vite, il faut organiser un mariage en hâte. C'est d'autant plus compliqué qu'elle tient à la présence de sa mère Marie-Gilette et de son frère préféré Jean Gérard qui doivent monter de Grasse avec le père de Fragonard dont lui préférerait se passer. Mais pas elle. C'est à ce genre de faiblesse qu'il comprend qu'il est amoureux. Il accepte la présence de son père et même de l'héberger au Louvre, avec son beau-frère, durant la semaine de la noce.

Il aime Marie-Anne et il aime la vie à ses côtés, douce et facile. Il sait, elle aussi en son for intérieur, qu'il aime plus que tout son tête-à-tête avec la peinture, mais justement, une femme peintre le comprend mieux que quiconque.

Prétextant l'amour, le mariage et les obligations familiales, Frago annonce à l'Académie qu'il n'exposera pas cette année au Salon. Pourtant il en aurait le temps. Mais personne n'a besoin de savoir qu'il s'est juré de ne plus jamais courir le risque inutile et idiot d'exposer au sein de l'Académie. Où on l'attend au tournant, où on le guette au coin du bois avec le gourdin de l'envieuse critique...

D'aucuns prétendent à nouveau que l'appât du gain le détourne de la belle carrière où il était entré pour la postérité, qu'il se contente de briller aujourd'hui dans les boudoirs et les garde-robes, pour y cueillir le plaisir de l'amour et de l'argent faciles. La médisance peut se déchaîner, rien n'y fait, il ne paraît pas au Salon.

En revanche la noce a bien lieu un 17 juin 1769 caniculaire en l'église Saint-Lambert de Vaugirard. Dans ce village de campagne au bout de la plaine de Grenelle, où rivalisent les guinguettes et les tavernes, grouille tout un petit peuple endimanché qui trouve sa joie les jours de fête dans l'épuisement de la danse.

Devant leurs témoins et amis, ils se promettent une vie bonne comme le pain, parfumée comme les fleurs de Grasse, et simple comme leur cœur. Ils sont vraiment heureux dans l'atelier numéro 12, à l'extrémité la plus proche du pont Neuf, avec vue sur la Seine. Le grand jour entre par les fenêtres qui donnent sur le quai et ressort par la rue des Orties qui longe la galerie. Leur voisin au numéro 1 est Bossut, un savant et ami de d'Alembert qui collabore aux mathématiques de l'*Encyclopédie*. Au 3, est Jean-Baptiste Pigalle chez qui Frago rencontre sans rancune un Diderot vieillissant. Le pastelliste Maurice Quentin de La Tour est au 7. Au 8, un peintre sur émail que Frago n'aime pas beaucoup. Au 10, il y a l'immense Chardin, adorable et bougon, qui commence à souffrir de la vue. Pour six livres par an, sa femme entretient les lanternes du corridor. C'est elle qui la première adopte Marie-Anne et lui livre le mode d'emploi de la vie au Louvre. Joseph Vernet, l'homme des naufrages et des mers démontées, dont l'épouse est en train de devenir folle, crèche, lui, au 13. Une fraternité de sort les lie les uns aux autres mais avec l'arrivée de Marie-Anne elle s'amplifie d'une solidarité de cœur. Elle y met beaucoup du sien et y prend grand plaisir.

Le 6 mars 1769, devancé par un déménagement de palais, et accompagné d'un immense tintamarre, Greuze a posé enfin ses pénates au numéro 16. Aussitôt l'enfer commence pour ses voisins. S'est refermé sur lui le piège de la Babuti, de la fausse bague de fiançailles aux noces suivies d'enfants officiellement siens. Quant aux noms des vrais pères... Cette gourgandine était encore assez piquante quand elle l'a ferré, plus âgée que lui, elle approchait la date limite pour se reproduire, aussi lui fallait-il urgemment au moins deux enfants pour empêcher Greuze de l'abandonner.

Greuze, dont Frago admira le stoïcisme à Rome quand amoureux d'une princesse il dut en faire le deuil, est désormais l'homme marié le plus mal assorti. Prend-on jamais l'habitude de se tromper en amour ? Tout Rome déjà se moquait de lui parce qu'il était épris d'une princesse. Autant dire un « vermisseau amoureux d'une étoile ». Greuze crut mourir d'amour, dépérit, ne vit rien de la Ville éternelle et souffrit comme un damné. Tendrement Frago l'avait surnommé « le chérubin amoureux ». Greuze resta trop peu à Rome pour laisser à l'amitié le temps de prendre. Maintenant il est... comment dire ?... trop encombré de sa Babuti pour qu'on l'approche. En plus elle saute sur tous les hommes qui passent à sa portée. Les vrais amis du peintre cessent donc d'y mettre les pieds, préférant le rencontrer seul en tête à tête loin de sa furie.

Après quelques années de vie infernale, de scènes et de réconciliations tout aussi sonores, elle a installé un paravent dans l'atelier dont le code est vite connu de tous. Quand le paravent est tiré, c'est qu'elle est occupée avec un galant ! Et son mari laisse faire... Quand le galant s'en va, les scènes commencent. À tout reproche, la Babuti a pris le parti de répondre « j'm'en fous » ce qui a le don d'enrager Greuze. Hors contrôle, il en vient parfois à la frapper, mais le plus souvent, après des heures de cris et de hurlements, il s'enfuit du Louvre pour rejoindre le quartier des filles de joie. Il décharge sa peine, et rentre soigner les maladies vénériennes de sa femme !

Chacun ici et surtout chacune le blâme et le méprise. Seuls Frago et Boucher le considèrent comme une victime de l'amour. Désormais célèbre, et même très à la mode, de plus en plus reconnu, il est en outre cocu et rançonné par sa femme. Ses confrères le jugent pourtant de moins en moins inventif. Tous l'ont admiré hier quand fauché, méconnu et solitaire, il persistait à n'en faire qu'à sa palette. Là c'est comme si le succès lui faisait choisir la facilité. Et souvent la médiocrité. Ou ses malheurs, la guimauve. Depuis un moment, l'artiste en lui est en butte à des révisions déchirantes. D'être l'homme le plus trompé de France l'a perdu de réputation à ses propres yeux. Ne restait que la paix de ses voisins à corrompre, sa femme s'en charge. Dans toute la galerie on les fuit, et la peinture de Greuze, toujours très en vogue, commence à sombrer dans un moralisme qui cherche à opposer un démenti à sa vie. Et aux mœurs de sa femme. Ainsi prêche-t-il une petite morale sucrée. Qu'il aimerait tant insuffler à sa mégère débridée.

Tandis que la compagnie de Frago en couple redouble le plaisir qu'on avait de vivre près de lui célibataire. Sur les vingt-six ménages ou solitaires qui bénéficient d'un atelier dans la Grande Galerie, aucun ne fait l'unanimité autant que Frago et sa femme, ensemble et séparément. Charmants, gentils et prévenants, tout le monde les aime. Pas le moindre chagrin domestique. En toute chose, Marie-Anne facilite leur vie. En plus elle va bientôt accoucher.

À quelque temps de ses couches, une femme de son âge frappe à la porte de l'atelier. C'est Saint-Non qui l'envoie proposer ses services à la jeune dame. Elle s'appelle Sophie. Elle vient d'un village entre Versailles et Paris qui s'appelle Plaisir. À ces mots, Frago éclate d'un grand rire, ils en font des villages maintenant ! Marie-Anne à voix basse ne pose qu'une question à cette Sophie, avant d'annoncer à son époux qu'elle entre officiellement à leur service. Ménage, repas et linge seront de son ressort exclusif, et elle s'occupera bien sûr de l'enfant à naître.

Dans la galerie il y a si peu de naissances, les conditions de vie précaires, l'intimité rare et le confort rudimentaire en ont fait renoncer plus d'une. Pas Marie-Anne.

En fait de maternage, elle a déjà fait ses preuves. Elle a dû élever une petite douzaine de frères et sœurs. Et ici près des chats et des chiens du célibataire qu'elle a épousé, elle a fait la démonstration de ses talents d'attentions et de délicatesse. Célibataire,

Frago l'est certes demeuré longtemps mais il n'a pu se passer d'animaux. Depuis son installation au Louvre, sa « ménagerie » ne fait que croître. Des chats, deux, puis trois, c'est généralement bien vu au Louvre où l'on ne sait comment se dépêtrer des souris et des rats. Quant aux chiens, Frago n'a jamais guéri de la mort de sa chienne chérie à Grasse sous les traitements de son cousin. Outre Flemmard qui est comme son ombre, il ramasse, nourrit et caresse tous les chiens qui choisissent de le suivre. Deux, trois à l'année, plus ceux qu'une chienne en chaleur attire. Ceux qui ont faim, ceux qui ont froid. Fragonard ne sait pas vivre sans eux, ni se promener, ni s'endormir, ni marcher, il aime à partager, mais voudrait ne pas tant s'y attacher. « Avec un chien, on n'a jamais froid aux pieds », a-t-il coutume de répéter.

Quand Marie-Anne est arrivée, une troupe de cinq à six bêtes formait sa garde rapprochée. Dont Flemmard était le chef de meute. Maintenant c'est elle, Marie-Anne. Elle les a nommés, nourris, étrillés, apaisés. Elle les a séduits un à un en les nourrissant plus régulièrement qu'ils ne l'avaient jamais été, en les promenant à heure fixe, en régulant leur vie, comme celle de Frago, content d'être enfin bien nourri à la provençale.

Pas de doute, elle fera une mère idéale.

## Chapitre 10

### 1769-1773

## DE LA GUIMARD À LA DU BARRY

> Deux pigeons s'aimaient d'amour tendre.
> L'un d'eux s'ennuyait au logis.
>
> TRISTAN BERNARD

Marie-Anne va accoucher mais Saint-Non ne peut plus attendre. Ses affaires de famille l'appellent en Hollande. Urgemment. Il a convié Frago à faire ce voyage avec lui en souvenir de l'Italie, et sous l'emprise des descriptions inouïes d'Hubert Robert à propos de quelques tableaux flamands qu'il est impératif d'aller voir sur place.

Frago aimerait beaucoup assister à la naissance de son premier enfant et seconder son épouse en fin de grossesse, mais Saint-Non ne peut différer, ni Frago renoncer à Rembrandt, Ruysdael, Vermeer de Delft, Peter der Hooghe... Depuis le temps qu'il rêve de percer le secret de leur clair-obscur dans le climat de leur genèse, sur place forcément. Ces œuvres ne voyagent pas. On ne s'en imprègne que *de visu* sur les bords de la Meuse ou de l'Escaut.

Marie-Anne l'adjure de partir tranquille, de ne pas rater cette chance. Bien sûr qu'elle saura se débrouiller sans lui, n'est-elle pas l'aînée de douze enfants ?

Elle n'a pas peur d'accoucher. On ne saurait en dire autant du père. Au fond il est ravi d'avoir un bon prétexte pour s'échapper. L'ambivalence règne autour des berceaux.

Se reproduire, avoir un petit de lui... Que lui faudra-t-il faire ? Et le saura-t-il ? Et sa magnifique indépendance, sous quels haillons la dissimuler ? Il redoute une entrave définitive à sa liberté. Marie-Anne peut-elle mieux lui démontrer que sa précieuse liberté n'est pas entamée par son mariage qu'en le suppliant de partir ? Impossible de renoncer, impossible de repousser, c'est maintenant. Frago n'est pas assez riche pour faire la fine bouche. Et Sophie a fait la preuve de ses talents d'efficacité discrète, elle s'est fait adopter en moins de temps qu'il n'en faut pour le dire. Saint-Non a du nez, c'était la seule aide que Marie-Anne pouvait accepter. Elle disparaît chaque soir au coucher du soleil. Pour rentrer chez elle sur la colline de la Butte-Chaumont, une petite trotte après avoir considérablement facilité la vie de chacun à l'atelier. Vite indispensable, Sophie est devenue une vraie proche.

Marie-Anne est peintre, elle comprend son homme. Même si c'est dur à avaler. Quand il reviendra, elle aura accouché, puisque c'est imminent. Ce sacrifice est sa démonstration à elle que le mariage n'entravera en rien son mari !

Ils partent.

Ils arrivent. Et Fragonard s'assoit devant *La Ronde de nuit* et ne bouge plus. Sous le choc, il demeure là figé, en tétanie devant *Le Repas de la garde bourgeoise* aussi. Après plusieurs jours de sidération où chaque matin, il revient s'asseoir devant ces chefs-d'œuvre, médusé, il entreprend de les copier. Rembrandt surtout l'hypnotise. Chez Vermeer, il est comme chez lui. Chez Ruysdael tout l'enchante mais Rembrandt, c'est autre chose. Il le fait basculer dans un autre monde.

Lui, le fougueux Latin, l'inventeur d'un jaune solaire éblouissant, se pénètre lentement, longuement des qualités de sobriété de ces étranges Nordiques, du silence blanc qui règne dans leurs œuvres. Il cherche à comprendre l'intensité, la solidité de ces masses de verdure, la légèreté de leurs ciels nuageux, à s'approcher du fini de leur exécution. Il fait preuve d'un rare talent pour s'approprier la manière et la matière du léché flamand, comme une hyperconscience du rendu.

Tous les genres ! Frago sait prendre et rendre tous les genres. De l'histoire au paysage, des sujets fripons aux miniatures, des portraits d'hommes à ceux des animaux au pré, à l'étable... Tous les genres sauf un, la nature morte. Apparemment Chardin l'en a détourné pour longtemps. D'un genre à l'autre, il virevolte, ose toutes les techniques, teste chaque idée nouvelle, enchaîne copie sur copie, des bruns aux ors sublimes de Rembrandt, pour approcher l'intérieur de sa science du clair-obscur. Jusqu'aux beaux ciels d'orage de Ruysdael. Il s'épuise à percer le moindre détail, dans l'ombre des églises de Bruxelles, de Malines, de La Haye. Il s'imprègne des Frans Hals, des Cranach, des Van Dyck à Anvers... Enfin Rubens le soulève d'enthousiasme, ses coloris et sa maîtrise excellente des moindres parties du grand tout. Et ses portraits, ah ! quelle virtuosité extrême. Ambiance sacrée. Ses thèmes comme celui de la mélancolie le touchent plus qu'il ne peut dire. Pourtant ça n'est pas son genre, se dit-il presque pour se rassurer. N'empêche, cette peinture lui parle dans sa langue. Bouleversé, sous l'influence de ces rencontres nordiques, son pinceau conserve sa touche très personnelle. Et même l'approfondit.

Auprès de Saint-Non, il retrouve instantanément l'humeur de l'Italie. Dès le premier soir s'est retissée leur entente intime, cette entente qui délie Frago de toute obligation et l'incite à tout risquer sans trêve. Ainsi jongle-t-il entre son étonnante facilité et son insolente vigueur toujours mêlées à cet humour qui depuis l'Italie ne quitte plus sa palette. L'esprit folâtre et la fantaisie plus délirante que jamais, il peint comme il respire. L'effet des voyages redouble celui que sécrète cette extraordinaire amitié qui depuis Rome le révèle à lui-même, le renouvelle dans cette sûreté d'être soi mieux que tout autre sentiment. La confiance et l'admiration que Saint-Non lui porte le rendent plus libre et plus heureux de peindre que jamais. De peindre et de vivre, mais plus il avance en âge, moins il sent de différence. Peindre c'est vivre à fond. À côté de Saint-Non pour qui l'existence est toujours aisée, il ne perd jamais de vue les misères qu'a endurées sa mère pour le nourrir. À l'aune de sa joie, au plaisir qu'il prend pour en faire autant, il mesure la distance parcourue. Énorme. Ce contraste l'empêche de rien prendre au sérieux. Avoir épousé Marie-Anne agit comme un rappel constant de ses origines sinon provençales du moins pauvres, le tiers état d'évidence.

Il jouit pleinement de ce voyage en terre batave aux côtés de l'élégant abbé qui lui ouvre les demeures aussi fermées qu'austères où se cachent sous l'or et les perles fines les plus pulpeuses, les plus somptueuses, les plus rutilantes Flamandes. Elles les convient aux meilleures tables de cette Europe du Nord à la lumière si suave... Et même davantage. Les talents érotiques des Français sont très recherchés, les Hollandaises sont moins prudes, plus directes ou moins chochottes qu'au royaume de France. Paradoxalement, au lieu de l'éloigner du Louvre et de son épouse, ce merveilleux périple l'en rapproche, en dépit d'une vague culpabilité, tandis qu'il partage les couches de toutes les créatures que désire l'abbé. Avec lui, il se comporte toujours en frère de plaisir. Cela lui fait sentir à quel point cette femme qu'il a choisie, cette femme qu'il va rendre mère dans les heures prochaines, est absolument sienne. C'est de son monde à elle qu'il vient, de ce monde-là qu'il est en profondeur et où il est ravi de revenir, riche des merveilles flamandes dévorées par ses yeux et un peu davantage. Ces trésors dont son âme s'abreuve.

La Hollande n'est pas loin de Paris, pourtant c'est un autre monde. Si les gens sont partout les mêmes, la peinture ici raconte une autre histoire.

À peine rentré, il s'agenouille devant le berceau.

— Comment s'appelle-t-il ?
— C'est une fille.
— !...
— Rosalie.
— C'est une fille ?
— Rosalie, oui, le plus souvent est un prénom de fille ! répond moqueuse la jeune accouchée déjà en relevailles.

Frago tombe à genoux devant la mère allaitant *son* enfant. On dirait un tableau flamand. Son tout petit, tellement petit. Il les étreint, les embrasse et pleure tout en même temps. Sa femme, sa fille,

Rosalie, les chats, les chiens, tous ceux qui font cercle alentour et qui ont l'air de se chauffer au bonheur de leurs retrouvailles. Un vrai tableau flamand… Il a raison. La crèche revisitée.

Rosalie ! Pas de plus joli nom pour la fille de deux Grassois. Ne sont-ils pas enfants des roses ? Rosalie ! Quelle chance, quelle merveille ! Il se redresse, court chercher fusains, mines et papiers, il va la dessiner, il ne va plus que la dessiner avec les bras, les seins, le cou, les épaules de sa mère… Tous les jours et sous toutes les coutures. Il va la regarder grandir sur ses feuilles. Sous son crayon…

Il est beaucoup plus troublé qu'il ne peut le dire. Il est père. Il joue au père toute la journée. Pas le temps de ranger son portefeuille de voyage : les paysages du Nord peuvent attendre. Rien n'a le nacré de la chair de son tout-petit, son toucher soyeux, ce goût de lait et d'immortalité…

Il ne réalise pas non plus qu'il vient de perdre un de ses plus anciens collègues, un allié, un ami. Baudouin, l'élève de Boucher qui l'accueillit avec Deshays quand il poussa la porte de l'atelier derrière sa mère, Baudouin qui a épousé la seconde fille de leur maître, avec qui il a partagé ses longues années d'apprentissage, Baudouin est mort pendant qu'il était en Hollande. La naissance de Rosalie lui dissimule la peine que lui cause cette mort. Et atténue le deuil qui s'abat à nouveau sur Boucher, donc sur le Louvre.

D'où viennent ces mimiques qui dessinent des ombres sur son visage pendant qu'elle dort ? De quelle histoire surgit-elle, quels mystères raconte-t-elle avec ces drôles d'expressions qui se succèdent sur ses traits ? Elle est l'énigme et la réponse à toutes les énigmes...

La naissance de Rosalie ce 16 décembre 1769 coïncide avec le jour où Sartine, lieutenant général de police, inaugure les premières rues éclairées à la nouvelle manière : l'huile remplace la chandelle pour que les rues soient plus sûres ! Rosalie est née avec la lumière. Maintenant on y voit la nuit ! Pour les habitants du Louvre, c'est la liberté d'aller et venir nuitamment sans craindre les coupe-jarrets.

Et pour Frago dont la fenêtre de l'atelier bénéficie d'un grand réverbère, celle de peindre la nuit. Le jour, il ne peut plus peindre, le jour, il berce, dorlote, s'émerveille... croque sa fille à tous les sens du mot. Regonflé à bloc par son voyage, fou de bonheur devant cette enfant, il est à nouveau prêt à tout abattre. Et tant mieux parce que désormais il doit sérieusement gagner sa vie. Le voilà face à l'unique souci de sa neuve responsabilité : nourrir les siens. Une harmonieuse répartition des tâches s'établit entre eux qui l'autorise à créer sans se soucier de rien. Le matériel est assuré par Marie-Anne. Maintenant que les commandes affluent à nouveau, il s'y adonne tout son saoul. Calmement. Paisiblement. Il est heureux.

Jusqu'à ce que tombe, le mois suivant la naissance de Rosalie, la plus prestigieuse commande de sa vie. La nouvelle maîtresse du roi, Madame du Barry, qui remplace feu la Pompadour, vient de se faire offrir une folie. Elle veut la décorer avec ce qu'il y a de mieux. Dans le goût du jour. Tout ce qui contribue à faire de la beauté dans le royaume est sollicité pour Louveciennes — on prononce Lucienne — qui doit devenir le Versailles de ses amours. Rien que le meilleur : c'est pour y recevoir le roi, son amant, elle ne mégote pas. Aussi lui faut-il impérativement le grand Fragonard !

Depuis le triomphe de l'escarpolette et sa vexation du Salon de 1767, il n'a plus cessé de produire. Sa réputation a dépassé les frontières. Pas une tête couronnée, pas la moindre goutte de sang bleu qui n'exige de posséder son Fragonard !

Il s'est déjà pas mal aventuré en des œuvres licencieuses. Il a exécuté des séries de « Baisers », *La Coquette et le Jouvenceau, La Résistance inutile* ! Licencieuses oui, mais toujours claires, jamais pesantes ni vulgaires. Il ne raconte pas, il suggère ! Et avec quel feu. Ses titres varient au gré des ventes, il décline des sujets proches sous le même titre. Les images diffèrent un peu. Peu lui importe, il improvise au gré de la pruderie de ses clients. *La Résistance inutile* s'appelle aussi *La Surprise*. Une femme au lit devient une jeune fille surprise au lit par un jeune homme qu'elle supplie de s'éloigner, etc. On ne sait jamais ce qui se passe entre ces si jeunes filles et leurs galants, mais le désordre du lit, les vêtements à demi ôtés, les seins dénudés, les cuisses rondes aux jarretières découvertes, l'équivoque des gestes — résistance ou pas ? — parlent pour eux. Le trouble est le vrai sujet de ces tableaux. On remarque au passage l'aspect efféminé souvent de ses galants, jolis visages aux cheveux blonds, fesses rondes et peu viriles : de vraies fesses de jeunes filles au premier plan ! Émois, abandons, surprises, privautés ambiguës, Frago n'est jamais grivois, moins encore libidineux comme nombre de ses contemporains. Rien à voir avec ces petits maîtres de boudoir dont on se montre les œuvres en tapinois entre amateurs.

Lui il est franc, direct et vrai. Et toujours sincère. C'est cette sincérité qui rend ses tableaux si vibrants.

Dans *L'Instant désiré*, bien sûr il a eu lieu. On est après qu'elle s'est abandonnée, que le plaisir les a unis. Elle est nue dans les bras du garçon qui, dans sa hâte, n'a pu ôter tous ses vêtements. L'état du lit montre que les jeux préliminaires furent longs et tapageurs. Rien de salace dans cette image du plaisir gagné.

Le coup de brosse, la touche de couleur s'inscrivent dans le même abandon, c'est surtout ça l'estampille de Fragonard, un pinceau qui de ses coups vifs scande et accompagne la fougue des amants, en souligne la violence par le désordre. Sa pâte a la vivacité, l'emportement propres à exprimer le désir, la possession. Le centre de l'œuvre où a lieu l'étreinte est baigné de lumière alors que certains détails suggestifs sont remisés dans l'ombre. Il ne cache rien des va-et-vient de son pinceau, il se sert du manche pour sculpter ses volumes à même la pâte fraîche et lâche des blancs pour accrocher la lumière. On peut encore considérer son travail comme une esquisse, une œuvre en cours, inachevée mais ses touches volontairement apparentes accentuent le mouvement et le relief, font vibrer la vie.

Ses dessins au lavis, à la sanguine, au bistre, sont d'une liberté plus grande encore. Les amateurs se les arrachent cependant que les cercles intellectuels le boudent ostensiblement. Fragonard charme, fascine, se fait plaisir et plaît. Ce qui, de tout temps, déplaît aux snobs.

*Ma chemise brûle*, *Le Coucher des ouvrières*, *Les Pétards* ou *Les Jets d'eau* expriment la jubilation du peintre devant la nudité féminine et les joies partagées de l'amour. Pourquoi reculer devant ces tumultueuses scènes érotiques puisqu'il sait désormais ne pas risquer d'être paillard ou grivois ? Sa légèreté, son élégance l'empêchent de tomber dans la bassesse qui accompagne en peinture ce genre de chansons d'après boire. En érotisme, c'est un poète, il a pour lui la vitesse et l'inachevé, ce qui toujours lui fait éviter l'indécence.

L'amour est pour lui affaire de joies partagées, d'émois, d'emportements de la chair, de baisers fous et de serments éperdus. Son sens de la mobilité de l'instant n'a d'égal que le moelleux de son pinceau. Il fabrique sa lumière avec la réserve de blanc du papier ou de la toile, ainsi maîtrise-t-il tout l'espace.

Ses scènes amoureuses rayonnent de santé. Rien de scabreux dans le lavis de *L'Étable*. *La Gimblette* est aussi et même d'abord un petit gâteau en pâte de fruits de la forme d'un anneau. Une très jeune fille l'utilise pour appâter son chien. Quel mal à cela ? Pas d'allusion déplacée, la toile à laquelle on a donné ce nom s'appelle en réalité « Jeune fille faisant danser son chien sur son lit ». Est-ce la faute de la jeune fille ou de l'artiste si la queue du chien retombe exactement entre les fesses de sa maîtresse ? Avec l'air de ne pas y toucher, de ne l'avoir pas fait exprès, de n'y être pour rien, un terrible air d'innocence. Ce nom de Gimblette popularise ce thème dans toute l'Europe. Si d'autres toiles de Frago se nomment également *gimblette*, c'est qu'il a multiplié le thème, prétexte à montrer une fille presque nue batifolant sur un lit en toute innocence avec son bichon blanc. Il aime les très jeunes filles à l'âge où elles jouent encore comme des enfants. Et les animaux qui ne posent jamais et font toujours vivants sur la toile.

Il s'y entend à déshabiller les femmes, les filles, les faciles comme les austères, les bourgeoises comme les ouvrières, les fermières... Il a pas mal voyagé, notamment avec Saint-Non, il a connu des filles de tous les milieux, il n'ignore rien de leurs dessous, soie, dentelle, linon ou coton, il sait par cœur où et de quelle manière les écarter ou les froisser pour faire jaillir un sein, découvrir une cuisse potelée, dénuder le corps exactement là où le pinceau pose ses reflets roses, ses éclats d'or ou de vermillons, ses larges et pleines coulées d'ocre ou d'azur... Pour la sanguine, seul le geste compte, l'indécision qui provoque le mystère n'est qu'apparente, sa main est toujours sûre. En quelques traits, sa composition s'équilibre. Tout est dit. Parfois dans les œuvres qu'il préfère, c'est à peine murmuré. Esquissé.

Il prend soin de ne pas tomber dans les poncifs du peintre dit « de charme ». Il y cède parfois quant au thème, comme dans *Les Débuts du modèle*, mais demeure à la lisière d'un libertinage léger, brossé de couleurs délicates, et d'un pinceau trop rapide pour s'appesantir. Il suggère avec esprit, sans charger jamais. Il persiste néanmoins à multiplier les genres, paysages, portraits, tableaux religieux, ne renonce à aucune de ses facettes. C'est grâce à elles qu'il se renouvelle sans cesse.

En pleine possession de son art, il répond à maintes demandes, sûr de lui comme jamais et de ses moyens. Il jongle avec brio d'un sujet l'autre, et malgré l'évolution du goût, importante durant ces décennies, il maintient et même améliore sa réputation. Le suivent une société brillante, une jeunesse ardente... où il trouve parmi eux collectionneurs et amateurs qui l'aiment parce qu'ils se reconnaissent en lui. D'où sans doute, cette prestigieuse commande de la Favorite. Qui tombe comme un ordre.

Au roi comme à sa maîtresse, impossible de rien refuser. D'autant que l'avance est avantageuse. Il s'y met donc mais doucement, sans hâte ni précipitation.

« C'est de la peinture d'histoire pour boudoir », dit Frago en se gaussant de lui-même autant que des règles tellement strictes de l'Académie qui font de lui un déclassé. Il s'est d'ailleurs promis de ne plus s'y frotter.

S'il voulait « replonger » dans la galanterie, il ne pouvait mieux tomber. La du Barry comme déjà on l'appelle, n'a ni le goût ni l'esprit de la Pompadour — dont le frère Marigny, grand amateur lui, continue de protéger les amis de Boucher. Ni la culture ni le talent de la Pompadour, mais l'ambition. Et comme elle sait qu'elle ne sait pas grand-chose, elle fait confiance à ceux qui savent. Le problème, c'est qu'ils sont nombreux à savoir et jamais d'accord entre eux ! Elle a le goût du jour donc de tout le monde. Ça n'aide pas à trancher. Suprêmement influençable, que ne ferait-elle pour plaire davantage au roi ? Tout et son contraire. Bref, elle est mieux intentionnée qu'avertie. Mais le contrat offert à Frago par ses intermédiaires est le plus avantageux de sa vie. « Jusqu'à présent », prophétise Marie-Anne, pour qui son époux est plus grand qu'un roi. Comme c'est elle qui tient la boutique et les comptes, elle accepte toutes les commandes qui peuvent contribuer à la gloire de son mari. Frago, aucune ne l'exalte plus qu'une autre. Il passe de l'une à l'autre sans que son cœur s'émeuve ou penche d'un côté. Pas mécontent de son travail, certes, mais pas follement excité non plus. Depuis la naissance de sa fille tout ce qui n'est pas elle lui semble une routine. Il peint tranquillement. Trop tranquillement. Certes c'est son métier, mais ça n'est plus que son métier. Il n'y met plus la fougue et la passion des débuts. Il peint parce qu'il a besoin de gagner sa vie, plus que jamais maintenant qu'il a charge d'âme. Et quelle âme ! Rosalie l'occupe et le réjouit plus que tout. Depuis qu'il est père, il fait davantage de dessins d'imagination familiale avec des enfants, des bêtes, des granges, des étables, des plaines, des campagnes à perte de vue... Il peint ses rêves de paysan pauvre alors qu'il a toujours été un urbain, protégé de la vraie pauvreté par une mère dévouée. Il n'a connu que la gêne et, fils unique, une forme de solitude triste, goûtant de très loin et peu souvent la vie au milieu des autres, le clan des Grassois qui oppressait sa mère. Par nostalgie, il s'invente des foyers chauds où une grande famille avec ribambelles d'enfants et d'animaux jouent à la crèche pleine de petits Jésus réchauffés par nombre d'ânes et de bœufs. Il peint ses rêves de gosse, le climat de la vie découverte à Grasse chez les Gérard quand sa mère ne savait plus comment le distraire.

Entre deux tableaux fripons pour les boudoirs des grands, il dessine ses mythologies familières. Et se réjouit du contraste. Tout l'amuse, il ne prend pas grand-chose au sérieux. C'est sa nature de semer de la légèreté dans tout.

Soudain tout se fige. La vie s'arrête.

Depuis un moment, les deuils n'ont cessé de frapper Boucher et le Louvre. Deshays est tombé de cheval, Baudouin n'a pas survécu à une mauvaise grippe. Et voilà qu'à son tour, Boucher est touché.

Il est très malade. Adorable, toujours souriant mais incurable. Frago passe de longues heures près de lui. Lucide, tranquille, Boucher lui demande de garder un œil sur ses filles, toutes deux veuves et sur sa femme, qui va l'être bientôt. Frago ne parvient pas à comprendre qu'on puisse parler si calmement du jour proche où l'on ne sera plus. Boucher lui fait aussi promettre d'offrir à son médecin Monsieur Poissonnier qui n'aura donc pas pu le sauver, le tableau fatalement inachevé qui restera sur le chevalet à l'heure de sa mort. Comme il l'a quasiment annoncé, il s'éteint le 30 mai 1770 à 5 heures du matin. Toujours souriant. Toujours calme.

La renommée l'avait déjà un peu quitté, insensiblement l'oubli avait recouvert son nom. L'indifférence est la monnaie dont le public a l'habitude de payer ses artistes. Il meurt à l'aube du jour où le Dauphin se marie fastueusement. Le soir même, à deux pas du Louvre, en bas des Champs-Élysées, un somptueux feu d'artifice provoque un incendie géant. Les secours ne parviennent pas à atteindre les gens entassés sur la belle place toute neuve. Cent trente-deux d'entre eux, hommes, femmes et enfants meurent, écrasés, piétinés, étouffés place Louis XV ! Surtout brûlés vifs.

Si le Louvre presque au complet n'assistait à la veillée funèbre de Boucher, il y aurait eu plus de morts encore, mais ce soir-là ils étaient tous réunis autour de leur aîné. En mourant ce jour-là, Boucher vient de sauver quelques vies.

Paris est en deuil, tant de morts, la France est alarmée par cette catastrophe, mais au Louvre, on ne pleure qu'un seul mort. Boucher. La peinture française prend le deuil. Il n'était pas seulement le

Premier peintre du roi, il était leur roi de cœur. Frago n'a jamais cessé de l'aimer, de solliciter son coup d'œil, de « parler chiffon » avec lui comme disait Jeanne, pour se moquer d'eux, quand ils allaient s'isoler pour dépiauter une gravure de Rembrandt, leur commune passion.

Sa femme est veuve... Jeanne, veuve ! Après ses deux filles, c'est son tour. Qu'ont donc tous les hommes de cette famille à disparaître ? Si fragiles, vraiment ? Restent seules dans l'atelier ces trois veuves. Soudés tous quatre, Boucher, sa femme et ses filles avaient tant bien que mal survécu aux morts si brutales de Deshays, le mari de l'aînée, il y a cinq ans, puis de Baudouin, l'époux de la cadette. Ils n'étaient pas que les maris de ses filles, mais ses gendres choisis, et surtout ses disciples. Boucher leur avait tout transmis. Son art, sa clientèle, ses filles. Il en parlait à Frago en lui reprochant de ne pas avoir lui aussi épousé un enfant de lui... « Il me restait un garçon, tu aurais pu faire un effort », disait-il en riant. Fils qui est parti vivre sa vie au loin. Il n'était pas artiste.

Et Frago de sangloter à l'évocation de leur tendresse si simple, de cette amitié respectueuse qui laissait toute sa place à l'intimité. Personne ne le connaissait comme Boucher.

Ses filles ne s'étaient « consolées », si tant est qu'elles l'aient pu, qu'auprès de lui, grâce à lui. Plutôt réfugiées que consolées. Que va-t-il se passer maintenant ? Vont-elles dépérir ?

Boucher était si joyeux, toujours au travail, l'un n'allant pas sans l'autre, prônait-il. Sa joie, c'était d'être au travail, d'avoir cette chance qu'il jugeait toujours aussi inouïe de se donner à lui-même tous les jours du travail. « Aux derniers moments, il travaillait encore. »

Pour la galerie, pour ses confrères, il était d'une magnifique présence, d'une présence épaisse, compacte. Sincèrement curieux des autres. Même concentré sur son travail, il restait disponible à la demande. Toujours là pour les siens, et les siens étaient nombreux.

Le Louvre est en grand deuil. Toute la galerie, toutes les écoles, tous les genres, personne ne songeait à lui méchamment, même si d'aucuns le jugeaient démodé, il demeurait incontesté. D'ailleurs tous les grands d'aujourd'hui sont passés par son atelier.

Le coup est rude pour le monde des arts. Mais aussi pour les siens qui vont devoir déménager. Vite ! Quand on connaît son atelier, on ne peut imaginer le déplacer ! Boucher était un rempart contre les briseurs de statues, les nouveaux idolâtres. Il gardait le temple et le gardait bien. En souriant.

Oui, mais le jour des obsèques de son maître chéri, Frago est convoqué chez la Guimard. Accompagner son dernier guide contre un rendez-vous avec la Guimard... ? Pas le choix. Personne ne refuse jamais rien à la Guimard. C'est l'artiste la plus adulée de France. Du haut de ses 28 ans, et de ses trente kilos, elle fait la loi. Fille naturelle d'un inspecteur de la manufacture des toiles de Voiron qui ne la reconnaîtra que douze ans après sa naissance. Trop tard ! Depuis elle n'en finit plus de se venger de lui sur tous les hommes. Élevée par sa mère dans le but déclaré d'en faire une danseuse — quelle marge entre danseuse et courtisane ? —, Marie-Madeleine, qui ne porte pas par hasard ce prénom prédestiné, entre à la Comédie-Française à 14 ans comme danseuse. Son talent ou sa coquetterie la font remarquer précocement. Y compris de la police qui, dans un rapport bien documenté, précise : « ... bien faite et en possession de la plus jolie gorge du monde, d'une figure assez bien, sans être jolie, l'œil fripon et portée au plaisir ».

Quand en 1770, elle convoque Fragonard, elle est au faîte de sa gloire et de sa beauté. Qui tient à sa minceur. Et à son émancipation.

On peut lire sur elle dans les gazettes des phrases haineuses comme celle-ci : « Elle a la taille d'un squelette, sa cuisse est flasque et héronnière, sa jambe taillée en échalas, le genou gros sans être gras, tout son corps n'est qu'une salière. » N'empêche, elle plaît aux hommes en dépit d'une maigreur qui devient célèbre ou la rend telle, et lui vaut les surnoms d'araignée ou de squelette des grâces. Admise à l'Académie royale de musique puis à l'Opéra, elle y trouve tout de suite des « protecteurs » haut placés. Le maréchal de Soubise, prince de Rohan devient son amant honoraire à deux mille écus mensuels, et Jean Benjamin de Laborde, premier valet de chambre ordinaire du roi, l'autre, l'amant de cœur. Ils ne sont pas trop de deux pour l'installer à Pantin dans une propriété où elle fait construire un théâtre de deux cents places. Théâtre privé, où elle donne des spectacles si recherchés qu'on va à Pantin avec plus de gourmandise qu'à Versailles... Il s'y donne des comédies terriblement licencieuses dans une ambiance de liberté sans contrainte.

Ses premiers protecteurs ne suffisent bientôt plus à ses appétits de jouissance. On la voit attacher à sa suite l'abbé de Jarente, chargé de la feuille des bénéfices. Pendant que Dauberval, son partenaire du corps de ballet qu'elle appelle son greluchon, reste son amant de théâtre. Aucun de ses amants ne s'offusque de l'existence des autres. Tant mieux, tous sont indispensables à son train de vie. Riche à envier ! La Guimard a tous les talents. Les mauvaises langues ajoutent généralement « sauf celui de vivre avec moins de 500 000 livres par an ».

À Paris en ces années-là, on recense plus de dix mille filles entretenues, dont on peut la proclamer reine. Avec l'or de leurs amants, elles font vivre marchandes de mode, bijoutiers, loueurs de carrosses, traiteurs, architectes, peintres, ébénistes, couturiers, modistes... et on en oublie toujours, une foule de gens d'où s'extirpent parfois quelques créateurs de génie.

À la Guimard, rien ne suffit jamais. Pantin est trop loin de Paris. Ses amants se groupent pour lui faire construire un magnifique hôtel à la Chaussée d'Antin où s'élèvent déjà maints hôtels de la noblesse de robe et de la finance. Un ravissant petit palais édifié par l'architecte Le Doux, doté d'un théâtre cette fois de cinq cents places. Pour le décorer, il lui faut les meilleurs, donc Fragonard. Il ne saurait en être autrement. « Si l'amour en fit les frais, assure Grimm, la volupté en dessina le plan et cette divinité n'eut jamais en Grèce un temple plus digne de son culte. »

Son art à elle est si fin qu'il effleure la préciosité. Fragile et recherché, rare et toujours surprenant, elle danse de moins en moins, elle se contente de « bouger » ! Et ça déclenche l'enthousiasme des foules. Elle se donne en spectacle dans son petit théâtre privé de Pantin dans des parades où la mythologie est mise en scène de façon plus que naturaliste et paraît délicieuse, c'est-à-dire extrêmement grivoise, polissonne et ordurière.

De surcroît elle est sincèrement bonne, généreuse, ardente, son seul défaut, aux yeux de ceux qui s'éprennent d'elle, c'est qu'ils sont trop nombreux. Elle est si volage !

À peine Frago la voit-il, déjà il a fondu. Il se met à rêver d'elle sans trêve alors qu'elle a seulement le sentiment agréable de le chiper à la du Barry. Impossible de résister au charme de la belle hétaïre. D'abord elle minaude tant qu'elle peut, afin d'attendrir l'artiste et de le convaincre de la peindre sous les traits de Terpsichore, la muse de la danse, sur différents panneaux des pièces de réception. Inutile d'en faire autant, Frago est conquis au premier regard... N'empêche, elle insiste.

Comment rien lui refuser ?

Parle-t-on d'argent ? Elle le rassure d'une caresse plus langoureuse encore. Il est séduit, il la peindra comme elle veut, il la peindra autant qu'elle veut.

Il est aussitôt convaincu de lui plaire. Il croit tout ce qu'elle lui susurre, y compris qu'elle rêve de lui nuit et jour. Sa façon de séduire consiste à faire croire à chacun qu'il est l'unique mâle, seul survivant d'une planète dont elle aussi serait l'unique femme...

Elle a une manière de se déplacer en le frôlant qui lui fait miroiter des merveilles. Et perdre tout esprit critique.

Enfin une commande qui prend le pas sur les autres, une cliente qui efface toutes les autres. Frago y passe ses journées. Elle pose, dit-il à sa femme, ou elle répète dans son théâtre, et il en profite pour la croquer. Il s'imprègne de sa beauté « intérieure », de sa gestuelle, dit-il à son épouse. De son odeur aussi, il la veut. Il la désire de toutes les manières.

Le jour où ils passent officiellement contrat, elle se donne à lui. S'abandonne plutôt. Elle feint même de défaillir dans ses bras à la joie de se savoir bientôt peinte par lui. Ou sous la force de son étreinte ? Et pourquoi pas les deux ? Il la ranime de ses baisers, la ranime de plus en plus, de plus en plus... Elle le dépasse d'une bonne tête, aussi est-ce elle qui l'étend au sol, à même ses tapis persans, afin de l'enfourcher et de se mettre à galoper sur lui de très longues minutes. Il jouit très vite. Pas elle. Elle continue de galoper. Longtemps. Elle lui offre le luxe de re-jouir en elle sans s'être éloigné. L'impression d'être arrivé au paradis.

Depuis cette « sublime première étreinte », il ne pense qu'à recommencer. Pas elle. Elle le tient en haleine. Il est pressant, elle pressée, et de plus en plus distante. Elle l'exploite. Le sentant épris, elle lui fait faire tout ce qu'elle veut dans sa maison. Des cadres, des dos de miroirs, tous ses caprices, il les lui offre pourvu qu'elle lui refasse l'amour comme elle seule sait. Mais justement, non. Ce qu'elle aime, c'est le tenir littéralement par tous les sens. L'instrumentaliser, le faire souffrir. Elle repère vite qui a le malheur de s'éprendre d'elle, distingue qui a le cœur trop tendre de qui risque de lui résister. Pas Frago, en tout cas, elle en est sûre. Elle peut tranquillement tirer sur la corde. Oh si, encore une ou deux fois, elle condescend à le culbuter sur ses jolis tapis perses, mais à peine quelques minutes, uniquement pour entretenir la flamme. Elle ne cherche plus à jouir. Ni à le feindre, si tant est qu'elle ait jamais joui. Elle n'est que coquette. Incapable de renoncer à être peinte par les artistes les plus en vue du moment, elle considère qu'elle paye assez en payant de sa personne. Et Frago l'a déjà été largement.

Aussi quand sous la pression inquiète de Marie-Anne, il est contraint de réclamer son dû, elle lui rit méchamment au nez. Plus il la désire, moins elle le rétribue. Au propre comme au figuré. Depuis des semaines que dure ce manège, il n'a échappé à personne au Louvre comme dans l'entourage de la Guimard qu'elle l'a bel et bien ferré. Chacun sait à quoi s'en tenir : la liste des amants de la Guimard court les places, les chansonniers les font rimer... Frago est un des derniers en date... Il a eu son heure, sa minute, entre celles de la toilette, des repas, des visites et des autres fournisseurs... Elle est passée.

Le drame de Frago c'est qu'elle lui inspire un amour délirant, irrationnel, qui modifie profondément son caractère et qu'elle n'en a rien vu. Pas sentimentale pour deux sous, exclusivement intéressée par sa gloire et sa fortune.

Au Louvre, d'aucuns cherchent à dissimuler à Marie-Anne l'aventure qui court tout Paris. Peine perdue, elle est femme. Et amoureuse. Elle a immédiatement senti ce qui accapare son mari, corps et biens, plumes et pinceaux... Plus sérieux que la plus sérieuse des commandes. Évidemment qu'elle a compris pour la Guimard. Toujours éprise de son mari, elle lui prête des aventures avec toutes les femmes rencontrées, y compris la du Barry. Là, elle a accumulé les preuves sous forme de dessins et surtout d'absences. Elle est peintre aussi. Elle sait reconnaître un pinceau qui copie d'un pinceau qui caresse.

La stratégie de Marie-Anne est domestique. Son mari couche avec la femme la plus célèbre de France ? Comme elle ne peut ni lutter ni rivaliser, elle va le circonvenir. La Gueuse le fait travailler ? Encore mieux. Qu'elle le paye en proportion. Marie-Anne ne va pas moraliser.

Un jour, la Guimard décrète qu'il l'a assez croquée, elle ne veut plus poser pour lui. Il est temps que ses panneaux se colorent. Qu'il en finisse ! Qu'il déguerpisse, et en vitesse.

Harcelé par la mère de son enfant pour avoir « sa » paye, il ne la surnomme pas « ma caissière » pour rire. Ce qui sert opportunément sa lâcheté. Il peut dire, et se dire, que ce n'est pas lui qui a besoin d'argent, mais sa femme.

Or il ne peut ni rapporter d'argent à son épouse, ni renoncer à étreindre cette danseuse qui le fait marcher sur les mains. Il n'en peut mais. Elle le tient, et elle le sait.

Le soir quand il rentre, le visage de sa femme lui fait honte sans qu'elle ait besoin de dire un mot. Il exaspère la Guimard à lui parler de sous, pourquoi pas de pot-au-feu ? Et il humilie sa femme, incapable qu'il est de lui dissimuler son amour, ses frustrations et maintenant sa souffrance.

Puisqu'il la trompe, pas question pour Marie-Anne que ce soit gratuit. Déchiré entre ces deux femmes, il hurle à la lune pour une étreinte avec celle qu'il adore, pendant que Marie-Anne insiste pour toucher leurs sous ! La mort dans l'âme, Jean-Honoré se résout à en reparler à son idole. Qui pour le coup se fâche vraiment. Jusque-là, il a pu croire qu'elle avait couché avec lui pour ses beaux yeux, qu'elle l'avait désiré au moins de temps en temps. Là, plus de doute. Elle ne l'aime pas. Elle ne l'a jamais aimé. Elle n'a couché avec lui que pour avoir gratuitement ses tableaux. Et sans hésiter elle le lui crache.

— ... Des peintres qui ne rêvent que de me peindre sans même me toucher, insiste-t-elle, il y en a toute une liste, ils paieraient pour ça, eux. Va donc voir dehors, il y a la queue, lui hurle-t-elle...

— C'est hélas vrai.

— ... Aussi disparaissez Monsieur, que je ne vous revoie de ma vie...

Et elle lui jette quelques centaines de livres par terre. Frago doit se baisser pour les ramasser, et même se coucher sur le sol, quelques pièces ayant roulé sous une commode. Insuffisantes pour calmer sa femme ! L'humiliation est totale. Même s'il ne croit pas à un congé définitif, sa peine est immense. Il l'aime, il n'a jamais été épris de cette façon. Avant son mariage, il a parfois eu le cœur qui battait mais ça ne durait jamais. Là, ça fait plus de six mois qu'il la voit tous les jours et ne s'en lasse pas. Il a toujours envie d'elle, il braderait fille, amis et mariage pour rester près d'elle qui n'en veut pour rien au monde, qui n'en voudra plus jamais, lui crie-t-elle. Qui n'aurait jamais dû lui céder, ça l'a ennuyée du début à la fin...

Il ne peut entendre ça ! Non. Il s'enfuit pour ne pas en entendre davantage. Elle ne va pas en plus saccager ses six mois merveilleux de ferveur amoureuse. Comme son travail est loin d'être achevé, elle sera obligée de le rappeler. Sur l'ensemble des panneaux qu'il devait lui faire, à peine cinq, et encore, pas finalisés. Mais il s'enfuit, congédié, avant qu'elle ait fini sa phrase, le rouge au front, la honte au cœur. Dire qu'un instant, il s'est cru aimé ! Ridicule.

Quelle bêtise ! Il s'en veut bien plus qu'il ne lui en veut. Elle demeure l'idole, l'intouchable.

Bien sûr, il raconte à Marie-Anne que face à une si mauvaise payeuse, c'est lui qui l'a laissée en plan.

— J'ai décidé de ne pas achever ! C'est elle qui sera la première ennuyée...

Il fait croire à sa femme qu'il a pris les devants, qu'il a pris l'argent de ce qu'il a déjà fait, et refuse d'y retourner, qu'il est à l'initiative de leur rupture de contrat (!) alors qu'il ne rêve que de ramper se blottir à ses pieds.

Il souffre comme un damné. Ça non plus ne lui était jamais arrivé. Ça ne lui rappelle qu'une chose, la mort de sa mère. C'est dire...

Brutalement, il remet toute sa vie en question. Lui toujours si léger, si désinvolte vit très mal cet amour où il a la mauvaise part. Las de figurer dans une pièce de Marivaux, mais de souffrir comme chez Rousseau, il aspire à des sentiments plus calmes, plus bourgeois. Quant à la Guimard, elle ne prisait en lui que l'artiste à la mode, joyeux, charmant et superficiel avec ce quelque chose de léger et de juvénile qui le caractérise autant que sa peinture. Un Frago amoureux et mélancolique ennuierait n'importe qui. Il n'est pas dans sa nature de n'être pas drôle. On ne lui pardonne pas.

Non seulement il était, il est hélas toujours très amoureux de la femme la plus convoitée de Paris, de la femme à qui Paris prête le plus d'amants depuis Messaline, mais en plus elle se moque ouvertement de lui. Elle le raille. Depuis le début et dans les grandes largeurs ! En découvrant l'étendue de son ridicule, il s'enfuit ; mais où aller ? Il cache sa honte dans un bosquet des Tuileries, le jardin de la reine, afin d'y pleurer son saoul. La nuit tombe, il espère que personne ne l'y trouvera. Il n'ose rentrer chez lui. Désemparé et vexé, malheureux et dépité, des plus hauts aux plus mesquins, ces sentiments s'entrechoquent en lui. Abandonné et rejeté. Il attend la nuit noire pour se glisser dans la couche de Marie-Anne. Qui par délicatesse fait mine de dormir.

Au réveil s'il n'est pas guéri, au moins le soleil brille. Et en bon Grassois, ça lui met le cœur en joie, il est content d'être encore en vie ! Allons, pour se consoler, il ne sait rien que la peinture. Finissons au moins le panneau de cette autre amoureuse que, par chance, il ne convoite pas, la favorite du roi. En se rendant à son travail à Louveciennes, une nouvelle déconvenue l'attend. Ledoux, l'architecte mandaté par la du Barry, l'attend sur le chantier pour lui signifier son congé.

— Mais je n'ai pas fini...

— Inutile, tu ne finiras pas. On va te rendre tes panneaux. La du Barry n'en veut plus...

— Mais... !

— Elle ne veut pas de ton travail. Elle a décidé de te remplacer.

— Mais pourquoi ? Mais par qui ?

— Elle s'attendait à quelque chose de... de plus... moderne.

Ledoux est désolé d'être celui qui congédie Fragonard, d'autant qu'il l'aime bien mais il ne peut risquer de perdre une cliente pareille.

Plus moderne ? Autant dire démodé !

Démodé, il ne manquait plus que ça. Abandonné et démodé. Dans la même semaine, le voilà viré de ses deux plus gros chantiers sur lesquels il comptait pour vivre, et sur quoi il a tout misé, en faisant traîner ou même en laissant tomber les autres ! Un beau gâchis !

La du Barry le fait chasser comme un valet ! Renvoyé ! Démodé.

Son image de lui-même en prend un sacré coup, elle tombe même au plus bas. Il court chez Hubert Robert. Il a besoin de réconfort et d'amitié. Ils ne s'étaient pas vus depuis son retour de Rome, mais c'est comme s'ils ne s'étaient jamais quittés. Immédiatement ce dernier comprend son état et juge impossible de le remonter à lui tout seul, il l'entraîne chez Saint-Non. Reconstituer leur trio victorieux, rien de tel pour lui changer les idées. Il soupe ce soir-là avec le dénommé Pierre-Jacques Onésyme Bergeret, qui se pavane dans son rôle de nouveau veuf. C'est lui qui avait acheté à Fragonard son « omelette d'enfants » comme, depuis le texte de Diderot, lui-même en est venu à qualifier « son fameux tartouillis » qui fait office de plafond dans sa salle à manger.

Là, entre les trois amis de Rome, tout de suite, la conversation roule, lumineuse, vers l'Italie. L'évocation de leur vie romaine met l'eau à la bouche au beau-frère Bergeret. Riche et pansu, il n'a jamais vu l'Italie. Saint-Non lui offre de veiller sur son fils unique, l'orphelin de sa sœur qui est aussi son filleul, pendant qu'il visiterait le pays où fleurit l'oranger...

— Mais pas du tout, pas du tout ! Si Monsieur Fragonard accepte de m'y accompagner, j'y emmènerai aussi mon fils. Il se cultivera sans s'en rendre compte.

— C'est une proposition ? interroge ledit monsieur.

— Carrément. Un homme de mon état ne peut

ignorer plus longtemps ce pays, partons ensemble sur-le-champ et servez-moi de guide.

Par une bizarre intuition Frago accepte à condition de pouvoir y amener sa femme.

— Elle est peintre, précise Hubert Robert,

— Et sa conversation est excellente, ajoute Saint-Non.

Sans trop savoir pourquoi, tous ont l'intuition que ce petit voyage ferait grand bien à chaque membre du couple Fragonard...

— Ça serait pour quand ? demande l'intéressé.

Pierre-Jacques Onésyme Bergeret n'y a pas encore pensé.

— Mais si Fragonard accepte, là, tout de suite, pourquoi pas dans un mois, le temps de tout mettre en branle.

Les trois amis s'en retournent chez eux. Hubert Robert et Saint-Non raccompagnent Frago au Louvre, qui se met à rêver à ce nouveau voyage. L'amitié est décidément sa meilleure source de vie. Frago rentre chez sa femme. Oh, il a toujours sa boule sur la poitrine, la pensée de la Guimard l'obsède, mais il détient une très bonne nouvelle pour Marie-Anne. Aussi la réveille-t-il afin de lui faire part de la promesse de ce voyage dont elle rêve depuis toujours.

Van Loo est mort, ses amis Deshays, Baudouin et Boucher aussi, la du Barry le juge démodé, et pis que tout, la Guimard n'a jamais eu le moindre désir, le moindre frisson pour lui !

Alors vivent l'Italie, le Sud, la chaleur, l'éloignement... Oui, Frago a besoin de se ressourcer, de trouver un nouveau souffle. Le mot « démodé » ne passe pas. Ni l'idée de passer pour vénal auprès de la seule femme qu'il aurait aimé garder, et qu'il a perdue uniquement pour ne pas perdre Marie-Anne...

Il se ment ? Oui. Mais c'est moins douloureux comme ça.

Mieux vaut filer en Italie. Se changer les idées... Oublier... S'il peut oublier la Guimard, c'est en Italie.

Marie-Anne est enchantée. Depuis la fameuse nuit où Frago a débarqué chez elle, autour de ses 20 ans, où il lui a raconté son Italie, elle rêvait de ce voyage. Quand il a raccompagné son père à Grasse, il était encore tout plein de son séjour en Italie. C'est ce récit qui a tout déclenché, de sa vocation de peintre à son amour pour Frago, de sa détermination à le séduire...

C'est son tour ! C'est à elle de tenter le grand tour. Elle a gagné.

— Mais qui va garder Rosalie ? se soucie-t-il soudain.

Marie-Anne va tout arranger. Rien ni personne ne l'empêchera d'aller voir l'Italie. L'organisation n'est rien pour elle. En claquant des doigts, elle fait venir de Grasse sa mère, sa sœur, un de ses frères, peu importe... Et puis pour les journées, il y a la merveilleuse Sophie à qui l'enfant est très attachée. Elle dispose d'une riche parentèle et d'une famille entière pour garder son enfant, sa maison, ses comptes, et faire tourner l'entreprise en son absence. Incidemment, le clan des Grassois en profite pour se resserrer autour d'eux. Le filet, lui, est toujours invisible : deux des frères Gérard sont déjà à Paris où ils font de la gravure, sa mère ou sa sœur vont s'installer au Louvre... Elle a une petite sœur qui paraît-il veut peindre aussi... Que tous copient des dessins de Fragonard et en tirent des gravures, ça sera toujours ça de gagné pour l'entreprise. Marie-Anne donne ses ordres, elle administre.

Elle a repris ses pinceaux, mais surtout la naissance de son enfant l'a obligée à exercer le pouvoir sous cape. Il a fallu tout gérer sans que ça se voie, soulager Frago en lui donnant l'impression qu'il est seul maître chez lui. Elle accomplit cet exploit avec la maestria des femmes du Sud, qui font tourner le domaine du dedans, pendant que les hommes chassent, pêchent, friment et palabrent au-dehors. Endurante et têtue, personne ne la privera d'Italie, et l'entreprise familiale ne périclitera pas non plus en leur absence. Même si elle fait rentrer peu d'argent avec sa peinture, elle s'est assuré une bonne réputation d'artiste dans la galerie, ce qui lui permet même de récupérer dans la clientèle de Boucher, les amateurs de miniatures et de polissonneries à la Fragonard.

Ce voyage est à elle, il lui appartient, il lui revient, elle l'a gagné. Elle s'est imposée en très peu de temps comme épouse de Jean-Honoré et chef de l'entreprise. Le clan qui l'a adoubée quand elle s'est mariée a désormais la preuve qu'elle était leur meilleur atout pour ramener la brebis égarée dans le giron grassois. Sans qu'il s'en doute, sans qu'il en souffre.

Quand Frago s'est rendu en Hollande, elle l'a laissé partir, l'a encouragé même. Et elle a accouché seule, sans lui. Donc c'est son tour. Il l'a trompée au vu et au su de tout Paris, de tout le royaume de France, aussi là, c'est son heure, sa vengeance.

Elle n'a jamais voyagé. Elle aussi en a besoin pour nourrir son œuvre. Le grand tour est une mode neuve. Et depuis peu Marie-Anne veut être à la mode.

Le clan qui n'a que l'appétit des affaires a un flair pour les meilleures d'entre elles, et considère Pierre-Jacques Onésyme Bergeret comme une excellente affaire ! Depuis ses déconvenues avec les courtisanes, Frago rêve de gagner assez d'argent en une fois pour ne plus jamais s'en soucier.

À voir ce qu'il est capable de dépenser pour son plaisir, il fait partie des artistes les plus aisés du moment. Le 18 février 1771, à la vente aux enchères des collections de Boucher, la folie, l'engouement et l'ostentation de riches amateurs font monter les prix incroyablement haut. Boucher aussi était un artiste démodé ! Fragonard a pourtant acquis plusieurs dessins de son premier maître. Outre une toile de Van Dyck, et nombre d'études et d'estampes de Rembrandt pour qui Boucher lui a transmis son goût, des plafonds en esquisse de De La Fosse...

Cependant il ne cesse de s'angoisser à l'idée de n'avoir un jour plus de quoi nourrir les siens...

Alors suivant la recette bien connue de son père, il se met à jouer : acheter et vendre des actions. Depuis 1721 et la faillite de la rue Quincampoix, tout le monde sait que le joueur est toujours perdant. Ça ne fait rien, Fragonard a besoin de vengeance, alors il joue. Il perd, il gagne, il rachète. Il mise et perd à nouveau. Il gagne gros. Il en profite pour acheter une maison, des appartements qu'il met en location, mais qu'il perd à nouveau, puis regagne, reperd et recommence.

Le mal qui a tué sa mère le prend tard par rapport à son père qui a commencé tout jeune, mais ne le lâche pas. Marie-Anne n'en sait rien, il le lui cache soigneusement. Partir avec un fermier général, c'est espérer entrer dans l'intimité des combines de la haute finance. Frago est si meurtri par la Guimard qu'il est prêt à flamber. À se perdre de réputation...

La Guimard ? Il n'y faut plus songer. Il sera toujours temps de repenser à elle au retour. Retour que Pierre-Jacques Onésyme Bergeret ne prévoit pas avant une dizaine de mois. Lequel s'est renseigné sur son peintre. On lui a brossé par le menu un portrait de ses mœurs, aussi est-il enchanté que l'épouse soit du voyage. Mieux vaut que sa femme veille au grain ! Face à pareille réputation de libertin, on ne sera pas trop de deux pour le tenir.

Tout pantelant de son chagrin d'amour dont il ne peut parler à personne, même Hubert Robert et Saint-Non se moqueraient de lui. La plus grande gourgandine de l'époque ! Sans frôler le ridicule — on ne peut se plaindre d'être plaqué par une grue —, il ravale ses larmes sans trêve. C'est qu'il n'a jamais souffert d'amour avant d'épouser Marie-Anne ! Aussi ne peut-il révéler à personne qu'un an après la naissance de sa fille, il s'est follement épris de la plus grande catin de la place.

Il garde ses larmes pour lui. Et fébrilement prépare leur départ. Il part pour oublier. Il part pour retrouver sa femme et créer des liens assez solides avec les Bergeret père et fils, à même de lui assurer un avenir moins précaire, moins risqué.

Parent par alliance de l'abbé de Saint-Non par sa première épouse, Bergeret se livre à la peinture et aux sciences, dit-il ! Amateur plus ou moins éclairé — en ce siècle tout un chacun se réclame de la Lumière même frelatée de l'or —, il se veut de ces collectionneurs qui consument leur patrimoine en curiosités. Comme sa fortune est considérable, il peut y piocher sans autre frein que son bon plaisir. Impossible de se ruiner quand on est si riche !

Ami des artistes, il se croit lui-même artiste. Pédant comme un inculte, il se pique de s'y connaître. Pourvu qu'un riche ne soit pas sot, pourquoi n'aurait-il pas de goût ? Or celui-ci est tout de même assez sot. Il ne manque pas totalement de goût, mais... Il veut faire de son nom un monument, et dissimule son insuffisance derrière son opulence. Il ne manque pas tout le temps de cœur, il vient même d'attribuer une rente viagère à la veuve de Boucher.

Gonflé de richesses vaniteuses, régnant en tyran sur treize domestiques, il copie les hauts personnages en s'accompagnant d'un artiste dans ses voyages à l'étranger. Il ne lui est pas indifférent d'être bien mené, il croit choisir Fragonard pour le tour d'Italie, ignorant que c'est son beau-frère qui le lui a suggéré afin de guérir son ami de la perte de la Guimard.

Pour ce périple, Bergeret prend avec lui sa gouvernante, Jeanne Vignier, entre deux âges et deux états, ni belle ni laide, banale mais prétentieuse. Elle a commencé comme soubrette de sa première femme et nurse de son fils. « La femme qui a élevé mon enfant ! » répète le gros financier, à propos de sa gouvernante personnelle. De fait, l'enfant vient d'avoir 20 ans ! Cependant Vignier se livre à un numéro de séduction qui inquiète passablement Marie-Anne. À qui est-ce destiné ?

Elle et le couple Fragonard voyagent dans la voiture du maître. Dans une seconde voiture moins luxueuse, Pierre-Jacques, le fils, cohabite avec les domestiques et les cochers, toutes les malles et surtout le cuisinier. Bergeret a davantage besoin de son cuisinier que de quiconque. Manger est pour lui un devoir sacré, auquel il sacrifie plusieurs fois par jour. Son existence entière est rythmée par son estomac et ses compagnons de voyage n'ont d'autre choix que de suivre et d'apprécier.

Frago, qui n'a jamais été fort en gueule, découvrira une gastronomie compliquée. Ce fils du Sud, des dattes, de l'huile d'olive et des fromages de chèvre, fera pendant ce voyage des repas pantagruéliques. Et boira des vins encore plus raffinés. Bah, il y a pire supplice. Pourtant il n'y prendra pas goût. Il restera un adepte d'une certaine austérité, frugalité des mets, et plutôt ceux connus depuis l'enfance. Il préférera trop manger parfois que bien manger tous les jours. L'ancienne pauvreté laisse des traces.

Saint-Non et Hubert Robert accompagnent les futurs voyageurs jusqu'à l'hôtel des Bergeret. Place des Victoires.

Tous les amis du Louvre prendront soin de leur ménagerie. Sophie des chats. Seul Bergeret emporte Diane, sa belle chienne.

Et au matin du 4 octobre 1773, l'énorme berline suivie de son cabriolet tels requin et poisson pilote, s'ébranlent assez vite. On ne les voit bientôt plus.

Pendant son absence, on fait rapporter à l'atelier du Louvre les quatre panneaux achevés et payés, mais démodés, de la du Barry ! Ses rares visiteurs s'en épuisent d'admiration. Démodé ! Tu parles !

## *Chapitre 11*

## 1773-1774

## LE GROS FINANCIER BERGERET

> Les vices de l'esprit se peuvent corriger, quand le cœur est mauvais rien ne peut le changer.
>
> VOLTAIRE

L'orgueil en lambeaux, la confiance en soi envolée ! Piétinés, dépecés par la du Barry et la Guimard ! Plus une once d'humour, nu, écorché, à vif, sans défense, comme à 5 ans, le jour où sa mère a oublié de venir le chercher à la petite école et qu'il s'est oublié dans ses culottes ! Sauf qu'il n'a plus 5 ans et qu'il souffre comme à 40 ans ! Il a honte, il a mal. Et le pire c'est que seule Marie-Anne le comprend.

Si elle n'est pas au courant des détails, en gros elle sait que la du Barry lui a rendu ses quatre panneaux achevés, l'a payé davantage que prévu mais remplacé sur ses murs par Vien. Vien ! Quel affront ! Certes il habite la galerie, mais n'est pas très aimé, on l'appelle le prof. Dès qu'il ouvre la bouche, c'est pour faire la leçon à chacun. Il croit avoir inventé le génie antique. Et en plus, antique à la romaine !

En revanche, la Guimard a conservé ses panneaux

inachevés mais ne l'a jamais payé, pas même dédommagé pour le matériel ! Les dommages sentimentaux sont par ailleurs inchiffrables.

Marie-Anne imagine le dépit, la blessure d'orgueil et même la déconvenue amoureuse. Mais n'en veut pas savoir plus. Aucune épouse n'a envie d'apprendre que son mari souffre du plus douloureux chagrin d'amour de sa vie et qu'elle n'en est pas l'héroïne. Elle ne lui en parle jamais et fait de sa présence un baume suave. Ce voyage en Italie tombe à point nommé pour rompre avec ses tourments. Après douze ans d'absence, ce pays-là lui manque sûrement. Voilà l'Italie chargée de remédier à tout. Il en parle si bien, il y a jadis pris sa source.

S'il était un peu fat — mais l'est-il ? Son épouse qui est forcément de parti pris, trouve qu'il ne l'est pas assez —, donc s'il daignait l'être, fût-ce quelques heures, revenir en gloire où il fut inconnu et misérable, devrait le combler.

La route qu'emprunte Onésyme — ainsi veut-il que Marie-Anne l'appelle alors que toute la bande le nomme cérémonieusement Monsieur — n'est pas des plus directes. C'est que sa vanité a un urgent besoin d'acclamations. La petite troupe est donc sommée d'assister aux ovations qu'il exige de son peuple ! Partis de Paris le 4 octobre 1773, ils atteignent son fief de Nègrepelisse près de Montauban, le 12, après de douces journées d'arrière-saison au petit trot, scandées de bonnes agapes chaque soir au relais. On n'a pas emporté son cuisinier pour rien, il faut en profiter. D'ailleurs il va beaucoup falloir profiter durant ce voyage. Onésyme est quelqu'un qui profite intensément.

Un petit peuple de serfs l'attend dans le vent froid

plusieurs couples d'heures afin de l'acclamer à sa descente de voiture. Il n'est pas que leur châtelain, il est aussi receveur général des Finances. Il est craint et ça se sent. Nègrepelisse est le seul endroit au monde où on lui donne du « monseigneur ». Sa grosse vanité ne s'en lasse pas. Pour fêter son arrivée, il fait tonner les pots à feu, tel un ridicule marquis de Carabas.

Et puis on donne des fêtes avec des illuminations... Là au moins, bien plus qu'à Paris, il est sûr d'en mettre plein la vue à ses commensaux ! Pour les Fragonard, la chose est peu sûre, mais sur la gouvernante, l'effet est certain. Eh oui, la fortune ne garantit pas contre la niaiserie. Au soir de sa vie, Bergeret s'est épris de cette petite femme de chambre accorte et intéressée, un vrai personnage de comédie libertine. Le contraste avec Saint-Non n'est pas mesurable, c'est un abîme. Pendant la durée du voyage, Fragonard sera son homme, son guide, son peintre. Sa chose. Il est à lui. Comme il est lunatique, ses ordres se changent vite en torture pour Frago, si heureux pourtant à l'idée de revoir l'Italie. Las, sans trêve, il doit dessiner ce qu'exige le despote, et ce qui lui plaît n'est pas toujours du goût du peintre, ni d'ailleurs du meilleur goût. Le riche fermier lui fait bien sentir et sans la moindre élégance qu'il s'agit de dessiner pour payer son voyage. Bergeret considère qu'avoir convié l'épouse témoigne assez de sa reconnaissance. Il tient le journal de ce voyage et ponctue chaque étape de leur épopée de ses commentaires. Il y fait preuve de sa suffisance de nanti distribuant récompenses et bienfaits selon son bon plaisir et de la position d'infériorité qu'il instaure d'emblée entre lui et « ses gens » condamnés à passer une dizaine de mois dans sa pesante intimité. Il ne déguise pas son esprit mesquin, son obsession de la bonne chère. Il y semble seulement préoccupé d'étaler son argent pour s'acheter des relations et de la reconnaissance.

Fat et superficiel, Bergeret est l'archétype de cette nouvelle catégorie d'amateurs que le siècle fabrique à la pelle. Parvenu, sans grandeur d'âme, naïf et satisfait de lui-même, il n'a ni envergure ni originalité. Il est hélas de ceux qui font vivre les arts, quoiqu'il en use comme faire-valoir pour se pousser du col. Figure singulière tout de même, pas un grand collectionneur mais un bon amateur ; pas très cultivé mais bien conseillé, et en apparence désireux de s'instruire, tout en claironnant qu'il sait tout mieux que tout le monde. Immensément riche, sa fortune légitime son goût et justifie l'autorité dont il se drape en matière d'art, alors même que sa science est des plus limitées. Il s'exprime par formules péremptoires. Il est ridicule.

Durant ces quinze premières longues journées dans le fief du maître, ça n'est pas encore sensible, Frago et Marie-Anne se promènent et dessinent de concert. Des couleurs hivernales de ces aubes glacées aux couchants monochromes, ils font provision d'images, de vues et de croquis pour la vie. Déjà, ça fleure le Sud. Marie-Anne reconquiert doucement son mari en l'apaisant.

Ils prennent fait et cause pour le fils de leur hôte passablement mal traité par la prétendue gouvernante, qui au fur et à mesure dévoile son sérieux penchant pour le père. Le fils se prénomme aussi Pierre-Jacques, moins l'Onésyme et la cuistrerie. Lui au moins est réellement curieux et enchanté de regarder à travers les yeux de ces deux peintres. Il est charmant comme un jeune homme humble, ce qui est étonnant compte tenu de l'arrogance du père et de sa grande fortune proclamée sans trêve. À regretter de n'avoir pas connu sa mère, la sœur de Saint-Non.

Quand enfin, lassé d'honneurs rédimés, Onésyme décide de reprendre la route, le froid est arrivé. La suite est ponctuée des mêmes haltes gastronomiques, des mêmes nuitées d'auberge, et de quelques visites aux monuments remarquables des villes traversées…

… « Le 26 octobre Toulouse, le 27, Carcassonne, le 28 Béziers, le 29 Lunel, le 30 Nîmes, première teinture d'antique pour la troupe, où Fragonard dessine la Maison Carrée. À Aix, invités à admirer les collections privées d'Albertas. À Marseille le 4 novembre, bas-relief du Puget, La Peste à Milan. À Toulon, le 5, et le 7 Antibes, où l'on démonte la berline… » Le gros des pages du journal de Bergeret tient un compte rigoureux de chaque repas. « … On embarque chevaux et malles, les deux voitures et leurs occupants sur des felouques afin de rejoindre Gênes par la mer… »

Pendant le chargement, Frago, infiniment triste, tourne le dos à la Méditerranée pour dessiner le paysage inverse à celui qu'il contemplait enfant de là-haut, de chez lui. À croire que Bergeret le nargue exprès en faisant halte à peu près partout sauf à Grasse. Il ne perd pas une occasion de lui faire sentir qu'il n'est là que pour son bon plaisir, que rien d'autre ne compte. Ainsi marque-t-il son pouvoir. Si les époux Fragonard espéraient un crochet par Grasse, ils devront faire une croix dessus.

Les couleurs de la Provence les émeuvent pourtant. Frago dessine avec ferveur. Marie-Anne le berce comme un enfant meurtri. À chaque étape, Bergeret note les incidents du voyage, pendant que, sous ses ordres, « son » peintre croque de menues scènes révélatrices, très loin des saynètes pour boudoir. D'un pinceau ou d'une mine terriblement acérée, il narre la réalité quotidienne, le pittoresque des détails. Il fête ses retrouvailles avec les oliveraies aux frissons argentés qu'agite la brise méditerranéenne, ces champs d'orangers dont les fruits lumineux et parfumés crépitent sous le soleil d'hiver, ces vignobles aux feuilles rouges et ces roseraies qui courent à perte de vue sans plus de fleurs, mais les mimosas de décembre embaument depuis les premières pentes de la chaîne des Maures... Et cette mer transparente comme un émail de lapis-lazuli.

Ce léger crochet qu'on ne fait pas est la première déconvenue des Fragonard. Après les quinze jours pesants à Nègrepelisse, elle est d'importance. L'impression que ce passage par la mer n'a d'autre but que de l'éloigner de sa cité lui reste sur le cœur. À bord Frago est le seul à n'être pas remué jusqu'aux entrailles. Toute la bande se tord les boyaux à l'arrière de l'embarcation. Tous ont sévèrement le mal de mer, même sa femme. Seul vaillant, Frago mesure sa solitude et le manque de la Guimard.

À San Remo, ils se remettent lentement. Frago n'est que triste. Pendant qu'on remonte la berline, il se promène dans l'arrière-pays et se reconnaît dans cette nature-là : champs et bois, vignes et fruitiers palissés en palmettes, tout lui parle. Ces petites gens courbées sur leurs travaux millénaires, il les croque de tout son cœur. De Chardin, il a gardé ce goût de la vérité, de l'observation aiguë. Il cherche à rendre tangibles l'odeur de la terre, du pain, la chaleur qui s'abat sur un paysage, les traits usés d'un visage du Sud, outre les saveurs qu'il prête à son pays d'enfance.

De San Remo à Gênes, sur la côte ligure, on longe la mer par la corniche. La beauté du paysage les réconcilie tous. À Gênes à nouveau, ils embarquent jusqu'à Pise où la neige les accueille. Puis, Florence sous la brume. On visite Sienne le soir à la lanterne...

Enfin Rome. Le 5 décembre. La ville a commencé de pavoiser pour la grande fête de la Nativité. La fatuité de Bergeret décide qu'elle se fait belle pour mieux l'accueillir !

Aussitôt la mondanité prend le pas sur l'art. Il n'y en a que pour l'apparat, les salons, la vanité, à quoi Frago ne s'entend pas. Ni ne pratique ni ne s'y plaît.

Le fermier général a un avis sur tout et le donne haut et fort, en tout péremptoire. Ça agace de plus en plus Fragonard. Il a constamment l'encombrant personnage sur le dos, lui indiquant quels dessins il doit lui faire. Il supporte de moins en moins de l'entendre proférer sur l'art des banalités, des appréciations aussi prétentieuses que sottes. « Le Vatican, cette grosse abbaye. » Assistant à la bénédiction publique du pontife, tout le monde s'agenouille sauf lui ! Il ne daigne que soulever son chapeau !

Par chance, sa vie mondaine le requiert beaucoup, Jean-Honoré en profite pour pérégriner dans son passé et le présenter à sa femme. Par délicatesse, il omet certains détails. Retrouver identique à elle-même la Rome qui a si puissamment nourri sa sensibilité, quel bonheur !

Rome !

Il ne boude pas son plaisir.

Fini les cahots incessants des voitures.

Rome !

C'est aussi la vie d'hôtel où ils sont enfin seuls !

Ces deux mois de promiscuité n'ont pas été sans heurts ni frottements. L'arrogance de Pierre-Jacques Onésyme Bergeret qui s'exerce sur tous sans discrimination sauf sur son cuisinier, a achevé d'excéder le couple Fragonard. Marie-Anne ne dit rien, pourtant régulièrement humiliée à force d'être présentée comme la récompense de son mari, « le petit cadeau de Bergeret à "son" peintre ». La délicatesse et la légèreté ne sont pas dans sa pratique. Il fait sonner son argent à tout bout de champ ! Avec la mastication et les borborygmes de son estomac, tels sont les bruits de fond de leur périple.

En dépit d'un léger vernis culturel, Bergeret demeure un « traitant ». Un marchand d'argent. Il a beau tenter de le dissimuler sous la défroque de l'amateur d'art, ça ressort sans cesse, comme l'herbe pointe sous la neige à chaque aspérité de terrain. Les générosités du gros financier sont rarement désintéressées.

Sitôt à Rome, la première visite de Frago est pour Natoire. Son vieux maître avec qui il s'est jadis querellé mais grâce à qui aussi il est devenu le Fragonard d'aujourd'hui. Il se sent une dette d'amour envers lui, tout aussi ravi de retrouver son ancien petit pensionnaire : son « Flagonard ». Il a beaucoup vieilli, Frago le sent fragile, mal assuré, son corps le lâche mais pas son cœur. Il le reçoit en enfant prodigue, a-t-il assez parlé de lui à ses élèves. Il veut tout de suite lui présenter quelques-uns des meilleurs.

Il y en a qui, peut-être sous son impulsion, l'ont pris pour modèle. Frago en est flatté, ému même. Il sympathise dans l'instant avec deux d'entre eux. Un architecte, Pierre-Adrien Pâris, qui étudie encore mais plus pour longtemps, et un jeune peintre, François-André Vincent, qui a une sincère admiration pour lui. Ils sont de la même famille d'artistes. La reconnaissance est aussitôt mutuelle, l'amitié immédiate.

Pâris comprend l'accablement de Frago dans la situation de dépendance où le réduit Bergeret, il sent les tensions entre l'artiste et son mécène, aussi propose-t-il de le soulager des visites de la ville. Meilleur connaisseur de la Rome d'aujourd'hui, son œil d'architecte servira de guide à Bergeret à sa place. La liberté ! Immense cadeau. Frago accepte instantanément. Jouer les cicérones n'est pas son genre. Il est pourtant tenu d'accompagner Bergeret aux fêtes données en son honneur. Et son honneur a de gros besoins, il doit être constamment flatté.

Jean-Honoré rencontre Bernis qui lui fait fête. L'ami de Saint-Non est maintenant ambassadeur du roi près du Saint-Siège. Il tient « conversation » chaque après-midi en son salon. Tout ce que Rome compte de prélats, cardinaux, nobles ou fortunés se doit d'y paraître, sans compter les dames. Quand Bernis convie à son « petit ordinaire », la compagnie n'est que d'une vingtaine de membres. L'intimité ! Aussi séducteur et séduisant que sous la Pompadour, l'ambassadeur tient à Rome « l'auberge de France au carrefour de l'Europe ». C'est la même société qu'à ses débuts, quand Saint-Non présentait son peintre comme un « farouche talent encore en friche ». Désormais, sa réputation de grand peintre le condamne à se laisser fêter. Même s'il n'en éprouve plus ni besoin ni plaisir. Échaudé par ses deux dernières commanditaires...

Il doit aussi accompagner son patron à la fameuse audience papale, sollicité par lui à grands cris et peut-être à grand prix. Dire qu'il a jadis passé cinq ans à Rome, dans l'intimité d'un clerc qui plus est, sans jamais songer à s'aller prosterner devant le Saint Père ! La visite au Vatican reste pourtant l'attraction romaine par excellence, et celle de ses palais privés, ce qu'on fait de mieux en matière de chefs-d'œuvre. Dieu n'a pas mauvais goût, lui !

Les relations de Frago avec le bon Dieu se limitent à l'art : un bon motif de tableau. Mais Bergeret ne peut manquer de rencontrer le pape. Sorte d'équivalent du roi ici, précise-t-il. Alors qu'il s'agenouille là avec ostentation, Clément XIV empêche littéralement Fragonard d'en faire autant. « Dans mes bras, cher artiste, dans mes bras. Laissez ces façons aux autres. » Il n'a d'ailleurs de conversation qu'avec lui, au grand dam de Bergeret. Ce pape-là au fond n'est pas un mauvais homme.

Jean-Honoré reconnaît n'aller pas souvent à l'église.

— ... Mais Dieu t'inspire, petit, alors continue de ne pas aller à la messe, mais peins ! Peins. Ne te laisse pas gagner par l'acédie ni la mélancolie. Peins.

Marie-Anne, à qui il rend compte de sa conversation, est curieuse. C'est le pape, tout de même...

— À ton avis pourquoi m'a-t-il autant parlé de mélancolie ? lui demande-t-il.

— Parce qu'il a senti tes chagrins, lui répond doucement Marie-Anne.

— Un artiste de la sensibilité, ce pape ! Tu imagines ? Moi, le fils du gantier, dans les bras du pape, et devant le gros Bergeret qui n'a pas pu en placer une ! Jolie revanche, tout de même.

— Est-ce qu'au moins il t'a passé commande, ton artiste de pape ?

— Non.

— Bon, alors on continue de n'y pas croire, conclut bravement Marie-Anne qui n'a aucun souci avec le bon dieu, toute sainte qu'elle est, mais trop occupée de choses concrètes.

— Comment ça, n'y pas croire ? Je ne suis certes pas trop religieux mais je crois en Dieu. La beauté des fleurs, des paysages, la tendresse des bêtes, le sourire de Rosalie, c'est divin, non ? Je suis d'accord avec Diderot : rien que la matière et le bel aujourd'hui, il n'existe rien d'autre, aussi profitons-en. « Écraser l'infâme » n'est pas pour moi. Je crois au paradis sur terre, moi, et à l'éternité maintenant, tout de suite. Quand je peins, je prie, quand je caresse les chats, je prie, quand je cours avec Flemmard, je prie, quand tu donnes le sein à notre enfant nous prions, quand je t'embrasse...

— En gros, ta vie n'est qu'une prière.

— On peut dire ça. Mais l'enfer existe aussi sur terre, je ne l'oublie pas. Et ces derniers temps, je vais te faire un aveu, le purgatoire a les traits du gros Bergeret.

Marie-Anne l'enlace en le traitant de mécréant mystique.

— Viens dans mes bras que je prie un peu !

Elle l'aime et chaque jour à Rome elle sait mieux pourquoi. Il a l'air de cicatriser de ses chagrins d'amour. En tout cas il l'aime mieux qu'avant.

Il jouit à nouveau de sa solitude, il y retrouve sa simplicité naturelle, ce mode de vie latin que Paris fait perdre et qui rend heureux d'un rien. Dès qu'il le peut, il fait bande à part avec sa femme. Remerciant Pâris de le soulager de la corvée de contempler Bergeret faire le paon.

L'hiver file vite sous un ciel si bleu, le printemps revient tôt et la campagne romaine les éclabousse de joie. Ses anciens repaires l'accueillent sans le décevoir, il retrouve ses paysages, ses auberges, et même — mais en solitaire — ses petits bordels où sa vie prit vraiment tournure jusqu'à sa rencontre avec Marie-Anne. Laquelle se partage entre son homme et leurs hôtes. Grâce à elle et aux jeunes artistes comme Vincent et Pâris, il s'évade plus souvent que prévu. Mais il se doit toujours à qui le paie. Bergeret exige en permanence autour de lui une cour d'artistes, et comme Jean-Honoré en est le fleuron, il doit paraître. Chaque jour aussi, le « patron » réclame sa part de nouveautés. Il achète, il achète, et marchande tout autant. Les pensionnaires du palais Mancini qui l'accueillent à bras ouverts sont vite déçus, ils le croquent mais sans appétit. Ils se groupent pour faire son portrait à plusieurs, côte à côte, mais espéraient plus d'intérêt de sa part. Hélas, l'homme a mauvais goût, ne voit que colifichets et bimbeloteries là où Frago voudrait lui faire sentir les subtilités d'un dessin à la sépia. Les marchands, eux, voient venir le pigeon. Ils font le siège de son hôtel. « Il y a tous les matins grande audience de brocanteurs » ! Frago a quand même le cœur serré de le voir grugé de la sorte. C'est même lui qui dans son italien courant chasse les marchands du temple et s'évertue à lui recommander les vrais artistes.

Le bouche-à-oreille entre marchands ne met pas longtemps à faire débarquer dans la chambre de

Dame Fragonard une sorte de prince chamarré d'or et de grenat qui la traite elle-même comme si elle régnait sur tous les Orients. Marie-Anne parle mal italien, et l'homme pas français. Elle pense qu'il est venu pour son mari, elle le fait appeler. Il traduit, et comprend, ébahi, que ce prince de bal costumé n'est là que pour elle, parce qu'elle a émis la veille au milieu d'une autre société un désir de chaussures ! L'homme qui ne chausse que les reines est ce matin à ses pieds ! Il étend des soieries au sol afin que Marie-Anne y dépose son pied nu et qu'il en prenne les mesures. Elle n'ose regarder son mari tant la scène lui semble cocasse. Il va lui faire les plus belles chaussures de sa vie. La rumeur va bon train.

Frago qui n'aime que l'harmonie cherche encore à amadouer le maître. Il voudrait tant que la courtoisie, la délicatesse règnent entre eux au moins jusqu'à leur retour. Il propose de faire le portrait de sa chienne chérie, Diane, une adorable levrette, la meilleure partie du sieur Bergeret. Son amour pour les animaux est à l'origine de leur bonne relation. L'ami Vincent s'assoit à côté de lui, et de concert tous deux croquent la ravissante chienne. Puis offrent leur dessin au maître. Ce que le peintre Vincent n'est pas tenu de faire, seul Jean-Honoré est aux ordres et doit son travail à son maître. Il croque en outre ses valets et sa gouvernante, son fils surtout dont Bergeret n'a manifestement que faire, il préfère le portrait de son cuisinier. Une bonne centaine de dessins d'eux tous, en plus de l'illustration des contes de La Fontaine que Bergeret lui a commandée. Mais pas de peinture, pas de couleurs. Pas le temps, il est harcelé par son patron. Beaucoup de vues de fantaisies, mais peu sur le motif. Enfin, beaucoup moins qu'avec Saint-Non, ces croquis volés à l'instant sont pourtant ce qu'il préfère des voyages. « Tous ces dessins finalement, ça a l'air tellement facile, décrète le maître, que je suis sûrement capable d'en faire autant. » Et voilà qu'il se pique de dessiner. À Frago de redresser son crayon !

Dans ces circonstances délicates, les talents de sa femme, ses immenses capacités d'adaptation et de diplomatie épatent Frago. Elle l'apaise, elle relativise. « Après tout il n'y en a pas pour longtemps... Tout de même, on est en Italie ! » Seule sa compagnie durant ces mois pénibles sauve leur voyage. Il sait pouvoir se réfugier près d'elle. Elle sait voir la beauté, elle n'est pas capricieuse, elle lui renvoie la vérité, même quand celle-ci ne le flatte pas, elle ne lui a pas caché sa douleur, mais ne l'a jamais étalée. Il est plus amoureux d'elle qu'à leurs débuts, ce voyage les rapproche considérablement. Ils partagent ce même regard artiste sur les choses belles et le monde des riches méprisants et jugent de même les méchants indifférents.

Mais Rome ! Rome tout de même, Rome toujours ! Rome à nouveau l'invite au *carpe diem*. La beauté des ruines, la fuite du temps inscrite dans les murs ici, ce peuple de statues qui lui parle à l'oreille et murmure que rien n'est grave, que tout passe et qu'au fond, rien ne s'est passé. Ici, sa jeunesse, la fougue qui allait avec, et les techniques dont il usait alors, sanguines, bistres, pierre noires, tout lui revient intact. Il croque à la vitesse du vent des scènes de rue, dans ces décors familiers et grandioses. Petites blanchisseuses riant autour d'un solennel Jupiter, marchande des quatre saisons adossée au palais des rois, cyprès millénaires ombrageant une petite fontaine rustique. À la géométrie élancée de sanguines du premier séjour, Frago privilégie aujourd'hui l'encre de Chine et ses jeux de transparences. Il brosse aussi à l'encre des personnages en gros plan, comme un nain alors populaire que les autres artistes ont figé de façon à faire ressortir sa monstruosité mais qu'il place, lui, de profil discutant avec Marie-Anne, assise sur un banc ce qui les met à même hauteur. Il l'embellit et lui donne beaucoup d'humanité. Tout en lui tend désormais vers plus de simplicité. Le mélange du mythe et du prosaïque l'enchante, à Rome, à cause de la monumentalité des ruines, il est partout.

Las, insatiable, le capricieux Bergeret en veut davantage, aussi décide-t-il que toute la bande doit descendre à Naples.

À Naples il pleut, Fragonard dessine. À Naples, les rattrape la nouvelle de la mort de Louis XV. En signe de sympathie pour son roi, Pierre-Jacques Onésyme Bergeret tombe malade, s'alite et prend le deuil. Tandis que son fils est réellement victime d'une terrible crise de rhumatismes articulaires des plus douloureux, seul son père exige des soins. Il a beau être en grand deuil ou du moins le prétendre, il ne loupe pas une représentation au théâtre San Carlo d'un opéra de Piccinni. Il les entraîne aussi aux nouvelles ruines de Pompéi qu'on vient de mettre au jour. C'est à côté, à Herculanum, qu'on débusque sous leurs yeux un cadavre de l'an 60 avant Jésus-Christ encore tout frais. Ordre est donné par Bergeret à Frago de le croquer immédiatement. Dire qu'il déteste la mort n'y changerait rien, c'est un ordre, c'est lui le chef. Il s'exécute en moins de vingt minutes.

Jean-Honoré peine de plus en plus à cacher son allergie croissante face à tant de sottises et de mesquineries. Va-t-on rentrer en France à l'occasion de la mort du roi ? Ou pour le sacre de Louis XVI ? Oui. Mais plus lentement encore que prévu !

Retour à Rome, départ pour Venise, où Fragonard tente de faire aimer Tiepolo à son maître. Peine perdue, « ça manque de clinquant ». D'ailleurs « Venise m'ennuie et ressemble à un grand cloître de moines ». Généralement, il juge l'Italie quelconque ! Et pour s'en venger décide de retourner au pays de son cœur, l'Allemagne.

Changement de programme, on rentrera par l'Allemagne en passant par Vienne, Dresde et Mannheim, Leipzig, Francfort, Strasbourg. Ça rallonge d'autant, mais que Frago s'estime heureux : « pendant ces mois-là, au moins, n'a-t-il rien à dépenser, même pas son pain ». Rien d'autre ne compte pour Bergeret ! Comme si ça n'avait pas déjà assez duré. N'empêche, Frago est heureux de pouvoir visiter ces rares collections princières que Bergeret lui ouvre où reposent des Rubens, des Rembrandt encore secrets.

Pour le retour, Bergeret a révoqué une partie de ses serviteurs sauf le cuisinier « meuble indispensable en Allemagne comme en Italie ». Près de dix mois qu'ils sont partis, leurs relations jusqu'ici encore assez policées, se détériorent. Tous les jours davantage, la pseudo-gouvernante étend son pouvoir sur le gros homme. Du haut de sa bêtise suffisante, elle maltraite chacun et Bergeret lui donne toujours raison. En matière d'art ou de civet, elle tranche de tout. Sa principale cible est le fils de l'homme qui désormais lui mange dans la main.

Dire qu'elle est censée avoir élevé ce garçon ! Les Fragonard le prennent en pitié, il est fin, sensible et malheureux. Au moins une amitié naît de ce périple. Les Fragonard, qui passent leur temps à ramasser les animaux abandonnés ou maltraités, l'adoptent pour la vie.

Pauvre garçon si mal-aimé. En perdant sa mère, il a perdu tout l'amour du monde, l'estime de soi et la confiance dans les autres. Instable, nerveux, pessimiste, il ne sait à quel saint se vouer. Durant ce voyage avec son père, son déséquilibre s'accentue. Non seulement sa prétendue gouvernante est la maîtresse de leur hôte, l'affaire dure depuis bien avant le départ, puisqu'elle en a un enfant, une petite fille de trois ans, soigneusement dissimulée jusqu'ici. Manipulatrice d'imbéciles, pas très maligne elle-même, elle se laisse aisément percer à jour par Marie-Anne. Qui en mère énamourée n'a pas mis longtemps à la faire parler, et du coup à démasquer ses plans : se faire épouser pour reconnaître son enfant et déshériter le fils de la première épouse. Tiens donc ! Injuste envers le premier enfant, méprisante envers tout le monde, elle n'inspire pas pitié. Certes le fermier général n'est guère ragoûtant, mais assez riche pour le faire oublier.

Un jour, elle fait l'erreur de se moquer de l'accent de Marie-Anne qui s'est encore renforcé en ses terres presque natales, et de dénigrer son accoutrement, ses habits provençaux qu'elle juge grotesques, démodés et surtout « qui font pauvresse » ! C'est si facile de rire de Marie-Anne. Tout d'une pièce, entièrement à ce qu'elle fait, sans apprêt ni mignardise, elle ne calcule pas : elle est bonne. Elle n'aime qu'un homme, le sien, et l'enfant qu'il lui a donnée et qui lui manque. Certes elle n'a pas le petit minois et la grâce enfantine des modèles de Boucher, mais un fort type méditerranéen, un cou ferme et long, des hautes pommettes bien découpées, un nez court, des lèvres parfaitement ourlées, des sourcils larges au-dessus d'un beau regard sombre et — c'est vrai — elle est dotée d'un sonore accent provençal dont on ne peut que rire la première fois qu'on l'entend. Mais ses qualités intrinsèques pour rendre la vie douce et les relations harmonieuses l'emportent vite, et la font aimer avec l'accent. Durant ce voyage, Frago brosse d'elle un portrait magnifique qui fait davantage que lui ressembler et lui rendre justice : il témoigne de son esprit. Simple, bien dessiné, presque marqueté, un regard de l'âme. Toute sa vie brille dans ses yeux. Des malveillants, des jaloux la disent « bien grande, bien épaisse, bien commune ». Mais si elle avait été telle, jamais Bergeret ne l'aurait gardée près de lui onze mois d'affilée. Trop snob et trop sensible au qu'en-dira-t-on.

Jadis Madame Greuze avait déjà fait les frais de la colère de Jean-Honoré, parce qu'elle avait méchamment imité l'accent de Marie-Anne. Jamais sa femme ne sera la risée de personne. Alors de Jeanne Vignier, la pauvre ! La hargne de Frago lui tombe dessus comme une pluie d'août. Violente, drue, infinie. Il se fâche rouge, violet, noir... Il se fâche comme on explose, et avec mauvaise foi. Tout ce qu'il n'ose reprocher à Bergeret, la Vignier en écope. Elle essaie de lui répondre. Mal lui en prend. Du haut de sa grande bêtise, elle médit de son travail d'artiste. Et là aussi le financier lui donne raison ! Les voilà tous dans leur tort. Et fâchés pour toujours. La scène est grandiose, magistrale, sans retour. Les colères sont faites pour ça ! Tout y passe. Jusqu'à sa façon mégère de traiter l'orphelin qu'elle est supposée avoir élevé, sinon aimé. Frago explose littéralement contre cette intrigante qui ne cherche qu'à se débarrasser du jeune homme sans défense. Hors de tout contrôle, il dévoile devant tout le monde le secret de l'enfant caché, la preuve de l'ancienneté de sa liaison du vivant de la première femme de Bergeret, la mère de son fils. Au moins maintenant celui-ci sait-il pourquoi elle ne l'aime pas. Frago crache son venin et tourne les talons. Il vieillit colérique.

En recouvrant sa joie de vivre, bizarrement Frago recouvre sa liberté d'esprit. C'est qu'il n'est pas à vendre. Sa femme non plus. Tous deux rechignent désormais à se pâmer devant les niaiseries qui enthousiasment leur hôte.

Après cette minute terrible, les Fragonard déménagent. Impensable de cohabiter dans la même berline. Ils s'installent corps, biens et dessins dans la voiture du fils, renvoyant le cuisinier et le cocher dans la voiture du gros financier. Réduits au minimum obligé, leurs rapports sont glacés. Ils ne font plus face à Bergeret, mais front. Ce sont trois faibles, certes, mais sûrs de leur droit. Ce qui tisse entre eux une entente à la vie à la mort. Et Fragonard est rancunier. On ne maltraite pas un enfant, on ne touche pas à sa femme, on ne parle pas mal à plus faibles que soi, et on ne se mêle pas d'art quand on n'a aucun sens de la beauté.

La bonne entente est morte. Les dernières escales ont lieu séparément. Les Fragonard avec le fils Bergeret. Le trio, composé du gros richard plein de morgue, de sa bonne — elle se conduit comme telle, décrète Marie-Anne qui a plutôt tendance à la traiter en fille vénale, quoiqu'elle n'en ait plus l'âge et jamais eu les attraits — et surtout le cher cuisinier. Lui il n'a jamais été dupe, il sait à qui il a affaire et comment en tirer le maximum. Ces trois-là vivent leur vie de leur côté. Arrivés à Paris, ce sont deux voitures composées d'étrangers qui se saluent à peine en se quittant.

Devant le Louvre, à l'instant de se séparer, Bergeret et Fragonard manquent en venir aux mains. Qui aurait eu le dessus ? Frago est plus jeune mais plus petit et moins lourd que le gros propriétaire, bien décidé à ne pas laisser un dessin à l'artiste. Aucun, pas même les croquis de son épouse.

— J'ai tout payé. Tout est à moi.

— J'ai tout dessiné. C'est à moi de choisir parmi *mes* œuvres celles qu'il me plaît de vous offrir.

Ah c'est comme ça ! Bergeret le prend sur ce ton ! Aussitôt Frago décide de ne rien lui laisser. Pas même un croquis. Ce n'est pas dans sa nature plutôt conciliante, ni dans le contrat moral. Il descend avec ses malles en serrant son portefeuille contre son cœur. Sa femme le suit, gênée, on n'a jamais vu ça, un artiste « voler » son mécène. Tant pis ! Frago emporte ses dessins. Ni la personnalité, ni la fortune du financier ne l'impressionnent. Ni les suites probables que ce gros monsieur ne manquera pas de donner à l'affaire. Buté, Frago décide que Bergeret n'aura pas le dernier mot. Il lui tiendra tête. Jusqu'au bout. Attitude audacieuse pour un artiste. Personne n'a encore jamais osé affirmer haut et fort que le mécénat ne lie pas l'artiste tel un esclave à son propriétaire. Qu'il doit au contraire traiter d'égal à égal avec son mécène. Saint-Non a montré l'exemple. Il a toujours été généreux et respectueux de l'art, sincèrement ami des artistes. Rien à voir avec son beau-frère qui n'a rien compris !

Frago peint ce qu'il veut, pour qui il veut, quand il veut. Libre, fantasque, effronté, impertinent, il traite les puissants avec désinvolture. Il ose faire fi de leurs commandes. Et si ça lui chante, il se dédie !

Combien de peintres font les pires bassesses pour obtenir ces commandes qu'il dédaigne ? Frago au contraire supplie l'Académie de l'exempter d'exécuter le plafond de la galerie d'Apollon, commande royale tout de même, sous prétexte qu'il n'a pas le temps. Et on l'en libère ! En contrepartie, l'Académie lui commande un autre tableau qu'il n'exécute pas davantage. Il n'a toujours pas le temps de s'ennuyer.

Il est libre.

Le voyage avec Bergeret a été — difficultés de voisinage mises à part — d'une grande importance. Il a retrouvé sa lumière, son charme, sa gaieté latine, dans les merveilleux jardins de Tivoli, parmi les chefs-d'œuvre du baroque qu'il a toujours préféré à l'Antiquité.

Officiellement il a pris le relais de « la petite manière » de Boucher, mais il refuse toujours de se limiter aux sujets gracieux ou galants de son maître. Il préfère renoncer à sa réputation mondaine pour ne peindre qu'à sa guise. Il est libre.

Il veut prouver à la nouvelle génération d'artistes et de clients qu'il n'est pas démodé. Il faut — il est indispensable — que ce voyage, ce recul, ces dessins remplaçant la couleur, aient fait évoluer son art.

Quelques semaines après leur retour, Pierre-Jacques Onésyme Bergeret envoie ses entremetteurs exiger ses dessins. Tous les dessins exécutés pendant la période où il a nourri Frago ! Il y en a plus de mille. Le peintre l'a entourloupé, c'est un voleur. Il lui a fait croire qu'il était autre qu'il n'est en réalité, « hypocrite, lâche, il ne dit jamais ce qu'il pense mais ce qu'il croit utile pour plaire ». Ce que Frago reconnaît volontiers lui-même. Quand on connaît le gros Onésyme, on comprend sa profonde sagesse de ne jamais donner son avis à qui ne supporte pas de l'entendre.

Frago ne décolère pas. Aussi s'entête-t-il à conserver tout le portefeuille. Ce n'est pas tant qu'il tienne à ces dessins, après tout il peut recopier ceux qu'il désire conserver, c'est qu'il est toujours aussi furieux contre ce goujat.

La menace de procès suffira-t-elle à les calmer ? Non. Il faut plaider. On plaide. Et miracle… c'est le pauvre qui gagne ! Un va-nu-pieds à côté d'un fermier général ! Pour récupérer ses dessins de Fragonard, le gros financier va devoir les payer à l'artiste ! Il lui verse la somme de 30 000 livres en échange d'un lot d'œuvres choisies par Frago, pour solde de tout compte.

Tout le Louvre lui fait fête. Frago régale la galerie ! C'est une grande première. Il est vraiment libre et le prouve. Fera-t-il école ? Tous l'affirment.

La prétention de Bergeret à conserver l'intégralité des travaux de voyage — généralement l'artiste en conserve quelques-uns pour lui — a indigné ceux qui l'ont appris. À commencer par son fils. Le jeune Pierre-Jacques n'est pas pour rien le neveu de Saint-Non, qui en lui offrant les dessins de leur périple, a fait école au moins dans l'esprit de Frago. Mais ça s'est su dans le petit monde. Suite au procès gagné, l'élégance de cette pratique se répand. Depuis les artistes offrent ce qu'il leur plaît d'offrir à qui les promène dans le monde pour voir par leurs yeux.

Brouillé avec Bergeret, qui ne tarde pas à épouser sa bonne, en revanche Frago reste très lié avec son fils. Sa femme aussi l'adore et il le lui rend bien. Ils ne cessent de se voir. En semaine à Paris, et souvent le couple rejoint le jeune homme dans sa maison à la campagne pour faire respirer l'enfant.

L'enfant ! La belle Rosalie a 5 ans quand ses parents la retrouvent. Frago est amoureux de sa femme comme il ne l'a jamais été. Marie-Anne fondue d'amour pour ses deux-là qui lui sont tout.

Et surtout, victoire, ce voyage porte ses fruits. Il a nourri en lui une nouvelle rage de peindre. De peindre pour lui, rien que pour lui, de peindre, de peindre. De se noyer dans la couleur.

*Chapitre 12*

1775...

PARIS, LE BONHEUR !

> La vivacité n'exclut pas la sagesse
> alors que la mollesse l'étouffe.
>
> VOLTAIRE

Le bonheur d'être à Paris. D'être de Paris. De retrouver son atelier au Louvre. Le bonheur de peindre, de malaxer la matière, la couleur, la bonne grosse pâte. Le bonheur en famille, celui d'étreindre ses vrais amis, Hubert Robert, Saint-Non, ceux de la galerie, Chardin, Greuze, Doyen, Cochin, La Tour, Vernet, Hall, Pigalle, tous même ceux avec qui Frago n'a pas de liens profonds, il les aime. Tous ont en partage quelque chose que le gros financier ne comprendra jamais.

Depuis la mort de Louis XV, la situation a bougé. Pour remplacer Boucher, Jean-Marie Pierre a été nommé Premier peintre du roi. Mauvaise nouvelle pour la peinture légère. Quand même il accorde une pension de douze mille livres à sa veuve. Si Jeanne Boucher a dû déménager, au moins n'est-elle pas dans la misère. La vraie faute du roi c'est d'avoir renvoyé Marigny pour le remplacer par le stupide d'Angiviller. Cet aristocrate est une caricature de l'ancienne manière. Raide en tout, imbu de son seul nom, Charles Claude Flahaut de La Billarderie, comte d'Angiviller, méprise les artistes, n'aime que les jardins et les architectes néoclassiques ! On n'aurait pas pu choisir pire.

« Faites-moi disparaître toutes les indécences ! » ordonne le jeune Louis XVI, prude et horrifié par le sexe, à son ministre Maupeou, celui que très vite la France entière prend plaisir à haïr. D'Angiviller s'y emploie. On remise dans les caves les plus beaux Watteau, Boucher... et tant d'autres délices charmantes et polissonnes. Pour ressusciter le « grand genre » faut-il vraiment exclure tous les autres ? Mauvais début de règne.

Ce coup-là, Chardin est vraiment à bout. La maladie des pierres ajoutée à sa misère, cette gêne constante qu'il dissimule si bien que d'Angiviller en profite pour diminuer sa pension — celui-là, la sensibilité ne l'étouffe pas —, Chardin est très malade, mais personne ne s'en doute tant sa dignité le tient droit. Il ne peut plus fourbir ni honorer les tâches qui, toute sa vie, l'ont maintenu debout. Celle de trésorier des Salons où il tenait au centime près les comptes de l'Académie, en même temps qu'il supervisait tous les accrochages.

Pour le remplacer dans son rôle de trésorier, Coustou lui succède. Et Vien récupère l'accrochage des expositions. Ils ne sont pas trop de deux pour combler le vide de Chardin, preuve qu'il est irremplaçable. Dans ses derniers autoportraits au pastel, un demi-sourire ironique le montre pétri d'humour. S'il meurt, ce sera en souriant. Pour prendre soin de lui, sa femme néglige la galerie qu'elle a toujours entretenue pour quelques sous. On ne peut carrément plus y circuler. Les vestibules sont envahis de boutiques, le moindre recoin d'immondices, les escaliers se changent en latrines... Plus de soin, plus de calme, plus de sécurité. Le Louvre redevient le coupe-gorge du temps d'Henri IV.

Comment sévir ? On poste quelques gardes suisses à chaque entrée des bâtiments. Corrompus jusqu'à l'os, ceux-ci commencent par prélever leur dîme sur les petits commerçants qui gangrènent la façade, puis les chassent pour prendre leur place, et monter leur propre guinguette. Il n'y a pas de raison. Pour faire régner « leur » ordre, ils exigent des pourboires extravagants, dont ils usent au sens propre : gros pourboires, grosses ivresses. Après boire, ils ne se contrôlent plus, orduriers et menaçants envers la population qu'ils sont payés pour protéger. Particulièrement le beau sexe qui ne se risque plus à sortir dès la tombée du jour.

La cour est transformée en manège et pas seulement pour les chevaux du roi. Tous les cavaliers à la ronde viennent y entraîner leurs bêtes. Quand il pleut, des couches de crottin accumulées interdisent de la traverser sans glisser.

Toutes les entrées des bâtiments sont obstruées par les carrosses des uns et des autres, mais surtout des autres, étrangers au Louvre. Plus de police, tout est permis. Le jour où les Académies siègent, le quartier entier est embouteillé. Le Louvre est en train de pourrir ses alentours. Voilà où mène la politique du jeune roi. Mais de Versailles, s'en doute-t-il seulement ?

Frago n'en reprend pas moins sa vie d'avant. Promenades aux Tuileries ou au Palais-Royal avec ses chiens et son enfant quand le temps s'y prête. Travail tout le jour dans l'atelier, soirée en famille puis théâtre, Opéra, cafés... Les hauts lieux de la vie nocturne n'ont guère changé depuis son départ. On y revoit Frago avec joie, il a recouvré sa gaieté, sa bonne humeur contagieuse. Il sème la joie à l'envi, léger comme du champagne. Il fait toujours plaisir à voir. Si l'artiste a des adversaires, l'homme n'a pas d'ennemi.

À nouveau les commandes sont au rendez-vous. Oubliés Bergeret, la Guimard, et même le terrible « démodé » de la du Barry.

Pour Courtin de Saint-Vincent, il peint *Les Religions du monde*, pour le château d'Hénonville, *La Collation*, *À La Fontaine* et *Le Concert dans le parc*. L'artiste constate, heureux et un peu surpris, comme s'il n'y était pas pour grand-chose, que son genre a réellement changé, son approche évolué. Désormais, comment dire ? peu importe le sujet, c'est de peinture à l'état pur qu'il s'agit. Lui qu'on a quasiment exclu des institutions parce qu'il n'était pas uniquement peintre d'histoire, ne pratiquait pas seulement le « grand genre », ce qui fait basculer automatiquement dans le mauvais, le voilà libéré, sinon libre de ces astreintes. Plus de carcans, il peint en liberté. Pour passer d'une madone à une cousette, d'un petit Amour à un grand taureau blanc, il n'a que son pinceau, le même pinceau, toujours. Et c'est le sien en propre, sa manière, sa pâte, sa façon à lui tout seul. Pour l'Académie le style est toujours déterminé par le Sujet. Pas pour Frago qui se veut peintre d'histoires, même grivoises ! La qualité de ses toiles le garantit en dépit des jugements péjoratifs de ses pairs officiels. Il s'est beaucoup enrichi en copiant les grands. Il a adoré se mettre à genoux devant Rembrandt, Rubens, Murillo, Frans Hals, Jordaens, Raphaël, Tiepolo... Il fait toujours un peu songer à chacun d'eux et même à tous à la fois, mais paradoxalement de plus en plus, il n'évoque plus que lui-même. On reconnaît instantanément Fragonard au moindre trait. On l'identifie au premier coup d'œil. Démasqué dès l'esquisse. Mais peintre d'histoire(s), il peut tout aborder de ce lieu-là. Et même à nouveau de jolies petites amoureuses.

Pour le duc de Penthièvre, il compose sans en avoir l'air un de ces chefs-d'œuvre qui marquent une carrière : désormais il y a un avant et un après *La Fête à Saint-Cloud*. Là ses dons de coloriste, de metteur en scène et de montreur de marionnettes redoublent d'être rassemblés. Il y retrouve le génie principal de Watteau qui consiste à réunir figures humaines et paysages en une fusion poétique. Cette fameuse fête célèbre le mélange détonant d'un paysage inquiétant, écrasant et magique à la fois. On y entend les remuements des eaux, on y sent le baume de l'ombre fraîche de ce jour d'été au soleil très haut. Dominant au centre, un grand arbre foudroyé, celui que les paysans appellent l'arbre au diable, zigzague et fait trembler la scène, zèbre de ses éclairs d'or cette profusion lénifiante de verts et de bleus, ces camaïeux de verts étouffants. Trop de fleurs, de charmilles, de bosquets, d'immenses arbres... trop de plantes oppressent alors que l'ensemble enchante sans cesser d'inquiéter. La nature a pris le pas sur l'homme, peut-être le pouvoir. La nature prime souvent chez Frago. Là il s'est soumis à la dynamique des eaux dans la paix de ce site grandiose. À nouveau, la fête le sollicite, mais désormais seulement sur les toiles, l'entreprise tourne encore sur ses escarpolettes qu'il fait évoluer vers les colin-maillard et tous les jeux de société, balançoires, volants... sans oublier quelques mains chaudes, histoire d'entretenir sa mauvaise réputation. Alors qu'il est avant tout un peintre de la nature et de plein air. Mais il est de loin préférable qu'on l'associe à l'alcôve.

Fort de ces succès, il n'arrête plus de peindre. Après une année de voyage sans manier la couleur, il se venge. De ses mains sort un nombre invraisemblable de chefs-d'œuvre. Jean-Honoré, qui a toujours douté de lui comme de son talent, est surpris par sa soudaine éclosion.

Son meilleur ami, Hubert Robert, toujours vêtu de ce sourire facile et irrésistible, vient de se marier. Tard, oui il attendait d'aimer. Son cœur a battu pour la belle Gabrielle, fille d'un chirurgien militaire de douze ans sa cadette, mais presque aussi grande, très fine, un visage qui évoque celui de la reine actuelle. Elle est une des femmes les plus élégantes de Paris. Haute et altière. Ils forment un beau grand couple. Ils sortent et dépensent beaucoup. Plus original, ils sont extrêmement épris l'un de l'autre.

À Frago comme à Hubert Robert, un Diderot vieillissant mais toujours unique critique d'art du siècle, reproche de peindre trop vite et en conclut que c'est pour avoir plus de sous. Comme si tout le monde avait comme lui dû immoler son honneur au pied du trône de la grande Catherine ! Hubert Robert ne tient aucun compte des critiques. Quant à Frago, il s'est accoutumé à ce que l'ami Diderot ne comprenne rien à sa manière, depuis qu'il s'est entiché de Greuze dont la peinture n'est plus aujourd'hui que pâle moraline... Il a perdu la force de ses jugements d'hier. À quoi bon... ?

Ces mauvaises critiques ne sont pas très graves. Tant qu'il a des commandes...

Pendant le voyage des Fragonard, Hubert Robert s'est installé au Louvre. Frago l'y retrouve avec joie. Les deux amis se réjouissent d'être à nouveau réunis. Mais habitué aux palais dont il fut l'hôte jusqu'à son mariage, Hubert Robert souffre de l'inconfort de son atelier. En dépit de l'amitié, de la proximité de ses confrères et amis, Hubert ne parvient pas à s'intégrer au petit groupe soudé autour de Chardin. Et moins encore sa femme. L'élégante Gabrielle se propose de remplacer Madame Chardin à l'entretien de la galerie. Elle est aujourd'hui trop préoccupée par son mari malade. On l'agrée. On le regrette aussitôt. Pour le ménage, Gabrielle ne sait que donner des conseils à des servantes. Et le Louvre n'en a pas. Finalement Hubert Robert ne se trouve pas si bien qu'il espérait. Il a besoin d'espace et de voir sans trêve des jardins, aussi passe-t-il le plus clair de son temps dans sa maison d'Auteuil. Il partage avec sa femme le goût des tenues sans apprêt que leurs contemporains jugent négligées, « canaille » dit-on mais tellement élégantes. Depuis qu'il est tombé sous le charme de Solimène à Rome il a gardé une passion pour la couleur mauve, surtout pour ses vêtements, et l'arbore sans cesse. On le reconnaît de loin à sa couleur. La bohème pointe son nez mais la vie qu'ils mènent, le train de vie qui les amuse, a vite raison de leur naturelle inclination pour le débraillé. La mondanité qui exige plus de raffinements les distraira de leur grand chagrin. Le seul, l'immense chagrin qui va occuper leur vie entière. À peine Gabrielle va-t-elle donner naissance à une, puis à une seconde petite fille, qu'elle les perd. Très vite, l'une après l'autre, elles se meurent dans les jours qui suivent leur naissance. Ils n'arriveront plus jamais à en avoir et finiront par passer leur temps en bals et en soirées... Oublier, s'oublier, s'étourdir.

Frago qui ne se passe jamais longtemps de ses amis, les rejoint régulièrement à Auteuil ou à Carrières en leur villégiature. Il faut du bon air à sa petite Rosalie un peu souffreteuse. Saint-Non se joint à eux souvent. On n'y partage plus les petites catins mais toujours le même amour du beau.

Frago se réjouit de ne plus songer à la Guimard. Mais il s'en réjouit beaucoup, tous les jours. C'est dire s'il y pense. Comme il ne souffre plus, il croit ne plus l'aimer. Il est pourtant excessivement curieux d'elle. Que devient-elle ? Et ses panneaux presque achevés, qu'en aura-t-elle fait ?

Pas question de peiner à nouveau Marie-Anne, leur entente n'a jamais été meilleure, l'harmonie à l'atelier où fleurit Rosalie en témoigne. Tout de même, ça le titille. Que sont ses panneaux devenus ?

Son voisin Joseph Vernet est le plus riche, le plus élégant et le plus mondain des artistes de la galerie. Dans sa spécialité il règne en maître incontesté, aussi n'en déroge-t-il jamais : il est Le peintre des quais, des bateaux sur l'eau et des terribles naufrages ! Frago se demande comment il parvient à faire toujours les mêmes œuvres en usant toujours des mêmes techniques sans s'ennuyer. N'empêche, il est vraiment riche. Un unique chagrin dans sa vie, il a été contraint d'interner sa femme, son grand amour. Au début elle était un peu folle mais elle l'est devenue beaucoup trop pour demeurer en liberté près de lui. Depuis il élève seul ses fils qui menacent déjà d'être peintres ! Il soupe chaque soir en ville ou à Versailles, s'étourdit des fêtes les plus rutilantes du siècle. Ni Louis XIV ni même le Régent n'en ont osé de pareilles. Aussi Vernet est-il au courant de tout ce qui concerne les grands, et apprend à Frago qu'un arrêt du chantier chez la Guimard a suivi de peu son départ. Nouvel amour ? Nouveau protecteur ? Problèmes d'argent ?

La Guimard a donné plusieurs spectacles de ballets si orgiaques qu'en dépit de ses puissants protecteurs, elle a été inquiétée par la police du roi décidément prude. On lui a conseillé de se faire oublier, suprême difficulté pour celle qui ne vit que du bien et même du mal qu'on dit d'elle. Enfin elle y est plus ou moins parvenue. On n'a plus trop entendu parler de ses frasques depuis quelques mois, pas loin d'une année et demie, même. Elle n'a pas cessé de danser mais repliée chez elle à Pantin.

Bizarrement Frago glane ces informations de Vernet la semaine même où un très beau jeune homme, grand, maigre à faire peur et l'air désespéré, lui « demande solennellement audience ». Son unique recommandation : il est de l'atelier de Vien, peut-être son meilleur élève. Même si l'on prise peu ce faux moderne chez les Illustres, Vien est du Louvre, cela suffit. Ce Jacques-Louis David est en outre par sa mère vaguement cousin avec Boucher, un cousin éloigné mais admiratif. D'ailleurs d'entrée de jeu, il annonce que ses idoles sont Poussin et Boucher, dont Fragonard est la quintessence, ajoute-t-il dans un murmure. À peine entré dans l'atelier, il s'agenouille devant le maître. Ambitieux, flatteur mais sincère. Amant de la peinture avant tout. Et théâtral. « Agenouillé ! Audience » ! Et puis quoi encore ? Frago n'est pas un homme à audience. On pousse sa porte, voilà tout. Il reçoit donc chaleureusement ce parent de Boucher. Audience ! Ce doit être une chose d'importance. Le diaphane David qui oublie souvent de manger, non par pauvreté mais par passion, s'introduit cérémonieusement dans l'atelier de Fragonard. Atelier-nurserie-bergerie... Tous les animaux du Louvre y ont rendez-vous avec tous les bébés que, seule dans la galerie, Marie-Anne apaise d'une berceuse provençale. Si elle n'a jamais perdu son accent — oh il s'est bien un peu estompé —, elle a en revanche la voix juste et chante divinement.

David est éberlué par l'endroit. Bohème ? C'est peu dire. Pas de mot pour pareil capharnaüm. Un lieu vivant. David ne trouve pas où s'asseoir. De toute façon, il est trop impressionné. Après que Frago l'a forcé à se relever, il reste debout. Frago est étonné. C'est la première fois de sa vie qu'il impressionne quelqu'un au point de l'intimider. Il vieillit.

Debout donc, David contemple longuement les œuvres sans dire un mot. Frago ne s'y accoutume pas, le silence lui fait toujours peur. Quand enfin il se décide à parler, c'est pour le louer avec un tact fou — et là, Jean-Honoré est ravi —, ce David parle extraordinairement bien de son travail ! Il sent où il en est, il analyse sa démarche, ce qu'il cherche. Il voit juste, il tombe pile. Ah ça, il s'y connaît ! Il discerne ce que les amateurs ne voient jamais, il comprend de l'intérieur et va à l'essentiel. Il dit adorer le genre galant, ce que son physique mélancolique dément absolument ; s'il s'y adonnait, son âge ferait de lui un artiste démodé d'avance. Étrange. Frago n'y croit pas. Pourtant David est sincère. Mais n'est-il pas venu solliciter ? Alors, au fait. Que veut-il ? De quoi s'agit-il, lui demande crûment Frago jamais embarrassé de préliminaires.

De la Guimard. Tiens, comme par hasard ! Curieuse coïncidence, ces derniers jours Frago s'est mis à y repenser de façon obsédante. À se demander jusqu'à quel point son amour est mort...

À le voir s'empêtrer de la sorte, Frago a pitié de son jeune confrère, il se reconnaît en lui. En voilà encore un d'attrapé dans les filets de volupté de la belle !

Mais non, il veut son blanc-seing pour lui succéder sur ses panneaux inachevés de la Chaussée d'Antin. Pas dans son lit. Ça, c'est sûrement déjà fait. Qu'il se dandine de la sorte en l'évoquant en témoigne. Le seul conseil que Frago aimerait lui donner, c'est de fuir, fuir, fuir à toutes jambes, mais visiblement elle les lui a déjà coupées ! En cette année 1775, David n'a que 27 ans mais déjà plus de jambes !

— Peindre par-dessus mes panneaux ou les achever ?

— Oh, les finir bien sûr. Et je vais m'efforcer d'en garder l'essence, l'humeur, le climat...

— Tout ce que tu veux, fils. Je ne te demande qu'une seule chose, et encore n'est-ce que pour ton bien et celui de notre confrérie...

— Quoi ? Tout ce que vous voudrez.

— Fais-toi payer et un bon prix encore. Elle en a les moyens et il est certain que tu le mérites. Ne brade pas notre art ni ton talent.

Le beau jeune homme triste et fervent baisse la tête. Comme il est épris ! Comme il est déjà ferré. Et fichu !

— C'est un tel honneur pour moi de passer après vous, de reprendre ce travail tellement magnifique...
— Fais-toi payer.

Il a succombé aux charmes méphitiques de ce « squelette branlant » comme l'appellent détracteurs et éconduits. Fragonard le laisse partir. Inutile d'insister, ça le met au supplice puisque, vaincu d'avance, il a déjà dû lui offrir son travail, et s'immoler avec, sur la couche ô combien profane de la déesse...

Cette coïncidence lui donne l'audace d'aller jusqu'à la Chaussée d'Antin voir où en sont les choses. Le chantier est vide, désert. À croire que rien n'a bougé depuis qu'il s'en est enfui ! Incroyable, tout est posé n'importe comment, y compris pinceaux et brosses.

Là, il lui vient une idée. Une envie. Du noir ? On trouve toujours du noir sur un chantier. N'importe quoi, tout fait noir, un bout de charbon brûlé et mouillé... Frago s'en saisit. Et à l'aide de très peu de noir sur un tout petit pinceau, il transforme d'un trait léger mais bien placé, le sourire de la belle en un grimaçant rictus de colère. Grimaçant, enlaidissant mais très ressemblant. Tellement satisfait du résultat qu'il doit se retenir d'en faire autant sur tous les autres panneaux. Ne pas gâcher son effet par la répétition.

Mais... Du bruit. Comme un galopin, Frago s'enfuit ! Au moins, n'y retouchera-t-il plus.

Une petite société triée sur le volet, dont Grimm, le chroniqueur des têtes couronnées, a été conviée par la Guimard à visiter les lieux afin d'émettre un avis : faut-il détruire ces Fragonard ou les faire achever ?

Toujours fière d'exhiber sa belle anatomie sous les voiles transparents de Frago, la belle marche devant pour les guider... En découvrant la grimace dont elle vient d'être fraîchement affublée, tout en elle se roidit. Elle ne peut réprimer un mouvement de colère. Une colère terrible qui la fait instantanément ressembler à l'horrible rictus déposé sur ses traits par...

Par une main ennemie. Ennemie mais experte. Plus sa colère monte plus elle se conforme à la caricature, Frago a peint exactement sa grimace, en plus léger tout de même. Fous de joie d'assister à pareille scène, en moins d'une demi-journée les invités l'ont répandue dans tous les cercles. Quelle chance d'y avoir été convié ! Grimm en fait le récit dans sa fameuse *Correspondance littéraire*. Dans la soirée, tout Paris et même la Cour se la racontent, outrant encore le trait. Demain toute l'Europe couronnée pourra la découvrir.

Qui peut bien être l'auteur de ce canular ? Chacun prétend l'ignorer. On a bien quelque doute, la Guimard des certitudes. Du coup, elle prie David de tout effacer. Pauvre enfant, si épris d'une femme qui l'instrumentalise, comme les autres certes, mais pour lui le dilemme est terrible : entre son amour et son art, son amour et ses maîtres, quel déchirement !

D'accord, il va repasser sur le panneau défiguré, mais il se contente de fignoler les quatre autres.

Bien sûr elle ne le paiera jamais. Mais dans son esprit amoureux, il n'en a jamais été question. Tandis que ces beaux panneaux à quatre mains vont prendre de la valeur. Pour se remettre de la trahison de la femme aimée, trahison qui a lieu comme de juste le soir où David achève son travail — elle le licencie comme un vulgaire plâtrier —, toute honte bue, il court pleurer dans le giron de Frago, dans cet atelier où coule la tendresse comme un lait de vigueur. Il va puiser le réconfort chez le seul qui à mi-voix lui a prédit le désastre et l'accueille à bras ouverts. David a beau avoir deux têtes de plus que lui, le chagrin le rend si misérable qu'il s'y recroqueville pour se nicher dans le cou de ce petit homme tendre qui lui glisse dans l'oreille la même chose, toujours le même conseil, « fuis, va-t'en, au choix, tiens, allez, file en Italie. La beauté et la chaleur vont te consoler ! ».

Ce que fait David assez vite. Après l'avoir raté trois fois, il décroche enfin son prix de Rome. À 27 ans ! Aussitôt son maître, Vien, l'embarque avec lui à Rome où d'Angiviller l'a nommé à la tête du palais Mancini pour remplacer Natoire, qui est mort, seul et triste. Ce que l'on n'a su à Paris que très tard.

Vengé par sa petite expédition clandestine, Frago peut enfin oublier la Guimard. Et reprendre sa vie heureuse, libre et joyeuse. Outre les commandes que sa femme l'oblige à honorer, il se balade et bat le pavé pour surprendre les jouissances des rues et les transposer sur la toile. Sous les guichets du Louvre, il étudie sur le vif la séduction des étrangers, des soldats, des élèves de l'Académie hélés sans vergogne par les filles publiques. Il se mêle au va-et-vient des Suisses, des abbés, des laquais, des baladins, des artisans et des cochers, fréquente l'Opéra et la comédie pour le pur plaisir de l'œil. À ne plus savoir sur quelle beauté se poser. Les danseuses et autres actrices peu bégueules aiguillonnent toujours l'étincelle de son désir. Frago y a beaucoup succombé, il le pourrait encore s'il en avait le temps. L'amitié, l'amour, la paternité — ce rôle qu'il prend très au sérieux — et la beauté, la quête de la beauté le pressent plus qu'avant. La peinture se fait plus exigeante. Il cherche à aller toujours plus loin, plus fort, à faire mieux que la veille. Désormais l'aventure a lieu sur le chevalet.

Pour tenir le clan des Grassois à bonne distance, en cachette de son mari Marie-Anne leur donne des gages. Elle prend régulièrement des nouvelles du pays, voit souvent son frère, qui vit rue Saint-Honoré à quelques mètres de la boutique du parfumeur Isnard, un vague cousin de Fragonard. Quant au cousin Honoré, il porte le nom de Fragonard au firmament d'une célébrité dont Frago se serait bien passé. Il a continué de disséquer les cadavres, et d'en tirer des compositions aussi stupéfiantes que morbides en un lieu visitable qu'il appelle « cabinet particulier » où il n'exhibe que des montages de choses mortes. C'est par le clan que Marie-Anne sait tout, mais elle n'en dit rien à son mari. La leçon de sa mère a porté, il les fuit, les craint et se défie d'eux. Il a refusé de prendre son père chez lui mais envoie de l'argent à Grasse afin qu'on s'occupe correctement de sa vieillesse. Lui n'y va jamais, sa femme tous les ans.

Justement, là, elle doit s'y rendre précipitamment pour enterrer sa mère. Ainsi prendra-t-elle des nouvelles de Marco, son beau-père qui en réalité ne vieillit ni de corps ni d'âme. Pétillant et drôle, il fait toujours la cour à toutes les femmes, et même à sa bru, mais joueur, joueur... Tout lui est matière à parier, jusqu'à la course des fourmis...

Pour enterrer sa mère, Marie-Anne emmène Rosalie avec elle, histoire de la montrer à la parentèle. Frago profite de leur absence pour peindre tout son saoul, plus que jamais. Il n'a plus le temps ni même le désir des folles orgies avec Saint-Non. L'âge peut-être ? Ou trop à peindre. Et puis Hubert Robert aussi s'est « rangé » sous la bannière de son mariage pour peu à peu cesser ces jeux d'enfants ou du moins d'adolescents.

Au retour de sa femme, les Fragonard n'ont plus un, mais deux enfants. Deux filles ! Rosalie, 6 ans, n'est plus l'aînée mais la cadette. L'ultime sœur de Marie-Anne, celle qu'elle a le plus « élevée », est venue à Paris avec elles. Après la mort de sa mère, il n'y avait plus personne pour l'élever, prétexte Marie-Anne. Et Rosalie s'est prise d'une passion de petite pour cette grande. Sept ans d'écart, un rêve de sœur aînée. Cette jolie Marguerite est l'enfant que Marie-Anne dorlotait quand Frago est venu à Grasse « ranger » son père, et qu'elle est tombée en amour pour lui. Autant dire que cette jeune fille qui leur échoit, elle aussi il l'a presque vue naître, en tout cas il l'a dessinée dès son plus jeune âge. Il ne peut refuser à sa femme de la prendre chez eux.

Dire qu'elles lui ont manqué est un euphémisme, il les a peintes de mémoire dans toutes ses scènes imaginaires, de campagne, d'intérieur, d'extérieur, il les a rêvées au pastel, à la sanguine, à l'huile, à la pierre noire, à la mine de plomb, tant il s'est langui d'elles. Aussi quand elles reviennent, leur fait-il fête. À Marguerite aussi bien sûr, qui ne doute pas que c'est à elle seule qu'on réserve pareil accueil. 14 ans, délurée, drôle, d'une finesse de traits à couper le souffle, Frago ne peut qu'applaudir. La même que sa femme en plus jeune et plus fine.

Sa fille et sa jeune belle-sœur rient ensemble toute la journée, leur rire est le bruit de fond qu'il préfère pour peindre ! Il n'en veut plus d'autre. Ces deux enfants-là ensemble, c'est un rêve ! Il n'oublie jamais sa peine de fils unique ni sa solitude. Sa passion pour l'enfance et la peinture d'intimité augmente d'autant. Il ne cesse de les peindre. Son atelier est celui où résonnent des rires d'enfants. Et Frago n'est pas beaucoup plus grand qu'elles. Sous son pinceau, Rosalie et Marguerite grandissent ensemble. Marie-Anne peut enfin reprendre ses pinceaux à temps plein maintenant que sa sœur partage sa vie et les tâches familiales, ce qui lui laisse davantage de temps pour ses miniatures. Spectacle magnifique qui fait bader toute la galerie que cette famille heureuse où le père et la mère peignent dans le même atelier pendant qu'à côté d'eux, deux fillettes jouent à faire plein de taches de couleur sur du papier. Ou gambadent en jouant à saute-mouton sur le dos des chiens et des chats de la maison. Ce que Frago ne manque pas de croquer en observateur passionné des animaux et des enfants, de ceux qui ne posent pas et lui offrent un naturel sans morale mais souriant, heureux et souvent drôle. Le contraire de Greuze qui sur les mêmes thèmes ne peut s'empêcher de faire de la morale comme pour nous imposer ce qu'on doit en penser. Frago se contente de faire sourire. Sans jugement, pour le plaisir de peindre ces choses si minuscules qui rendent si heureux.

Toute sa vie Frago a inventé sur ses toiles le minois de très jeunes filles qui cherchaient à ressembler à Marguerite. Toute sa vie il s'est passionné pour cet âge hésitant où l'enfance oscille, où l'adolescence fait de furtives apparitions mais affolée, se retire sous la gravité d'un sexe incertain. Et voilà qu'il hérite à demeure de la perfection de tous ses modèles. Il ne va pas bouder son plaisir. Il n'a jamais tant dessiné, tant peint. Marie-Anne endosse quant à elle de plus en plus souvent le rôle d'administratrice le temps de placer dessins et pastels, huiles et sanguines... Elle fait tourner avec grâce et talent l'entreprise Fragonard en y joignant ses miniatures et les premières gravures de son frère Henri, installé chez eux et qui copie à la demande les œuvres de Frago à l'aquatinte.

Ce bonheur de vivre qu'il fixe sur ses toiles a pris pension au Louvre, son atelier fait office de foyer ouvert aux solitaires de la galerie, de garderie pour tous les enfants. Plus souvent par terre que dans son fauteuil, Frago se transforme peu à peu en « petit père Frago ». Ainsi l'appelle-t-on déjà dans les petites classes, mais les filles grandissent et l'expression se propage. La tendresse se multiplie du partage et règne chez lui comme le jaune sur ses toiles, en maîtresse aimante. On s'arrache ses œuvres comme un talisman, un gage de bonheur. Ces scènes familières qu'il peint à foison se vendent comme des petits pains. Elles chantent ce que chacun cherche comme jamais, le bonheur de vivre. Le cocon de l'atelier, la beauté des fillettes qui y jouent sans trêve, les animaux heureux et une merveilleuse liberté de peindre. Que demander de plus ? Des commandes ? Il a toujours peur de manquer. Justement, il lui en vient de nouvelles dans le genre historique et même religieux. Frago les aborde avec le même plaisir que ses pochades.

Il peint *La Visitation*, *L'Imitation de la Vierge*, comme *L'Heureuse Fécondité*. D'ailleurs c'est la même chose, les années lui donnent raison. La Vierge Marie est d'abord une maternité.

Ce peintre « démodé » pour la du Barry prend un nouveau départ, une nouvelle jeunesse. De son inspiration familiale, il tire des peintures d'histoire sublimes, et tourne sa vie quotidienne, familière en thèmes religieux... Il n'a jamais été si en vogue ni si cher, mais il l'ignore, Marie-Anne s'occupe de tout ce qui relève du matériel et prélève la part des Grassois, sans lui en parler jamais.

Cette année mari et femme exposent ensemble au Salon de la Correspondance où elle se taille un joli petit succès. Il en est très fier. Ils sont chacun artiste et parent comblé.

Dans sa vie comme dans ses œuvres, Frago se voue au bonheur intime. Son pied de nez à la Guimard n'était en somme qu'un adieu à sa folle jeunesse, un ricanement amusé.

Il s'épanouit plus et mieux que jamais au milieu des enfants, jeunes filles et bêtes heureuses, sous la houlette de son épouse. Il s'offre une quarantaine exaltée. Apaisée. Et enthousiaste.

Les deux petites sont inséparables et quand Frago travaille, elles l'imitent avec des papiers et des mines de couleur. Trop jeune pour rester concentrée longtemps, Rosalie se lasse toujours avant Marguerite. Du coup Frago se retrouve dans la peau du professeur qu'il ne fut pas souvent. La dernière fois, il a épousé l'élève... Oui, mais Marguerite est spécialement douée. Un joli brin de talent et surtout, elle l'adore, le révère, l'idolâtre ! Elle nourrit pour son beau-frère la passion absolue que lui a transmise sa sœur. Elle ne se lasse jamais de ce tête-à-tête avec son p'tit-papa-Frago comme elle l'appelle, et qui lui offre son art.

Bientôt elle a 15 ans, puis 16, elle est de plus en plus jolie, tous les amateurs de beauté qui logent au Louvre s'extasient. Frago n'ose la laisser aller et venir seule, il connaît la brutalité sexuelle des Suisses. À la voir bouger simplement chez lui, il imagine les sentiments qu'elle doit susciter, si on peut appeler ces impulsions des sentiments. Sa beauté même la met en danger, il la garde donc près de lui. Et quand il sort le soir, il l'amène pour la distraire, lui montrer Paris et ses plaisirs. Ça arrange Marie-Anne qui n'a aucun goût pour la vie mondaine et s'y sent toujours déplacée. Ces sorties amusent sa sœur ? Tant mieux ! Ça la décharge de ces corvées. Frago adore jouer les barbons ? Formidable. L'entreprise les y incite, c'est bon pour le commerce, de faire circuler dans les bons salons le « grand » génie avec la jeune beauté. Le peintre et son modèle. On jase ? Qu'on jase !

Marguerite peint, Frago la peint, elle l'inspire, elle contribue à son renouvellement. Cet apport de sève neuve fait partie des raisons qui lui valent un tel regain de commandes. Elle a du talent, elle lui en redonne et il l'aide à en acquérir. La fascination pour cette jeune fille sublime, il la partage avec tous les siens. Sa fille en est la première adoratrice. Pour sa femme, elle a toujours été sa petite sœur préférée. Tous les Fragonard sont sous le charme. Même les bêtes l'adorent. Et les Illustres de la galerie ne sont pas les derniers à se battre pour la croquer. Partout où elle passe, elle fait l'unanimité. Il y a des âges comme ça où les jeunes filles sont en état de grâce. Tout leur sourit et elles sourient au monde. Le

Louvre la loue unanimement, sachant faire aussi plaisir à tous les Fragonard.

Leurs premières œuvres communes sont le reflet de ce bonheur domestique, reflet simple, prometteur et parfois sublime. Aucune mignardise dans ses regards d'enfants. Frago parle de ce qu'il connaît, il en parle avec justesse et sobriété. Et chose rare en peinture, avec humour. Oui il met dans ses toiles un humour incroyable. *Demandez pardon à papa... L'éducation fait tout ! Dites donc s'il vous plaît...* Dès le titre, le ton est donné. On y retrouve comme à l'atelier le mélange des enfants et des bêtes, les premiers enseignant aux secondes. L'espièglerie, la moquerie des adultes par l'imitation des petits... *La Première Leçon d'équitation* montre des parents qui tiennent leur petit sur le dos d'un chien, tout un monde de jeu et d'amour. Ces œuvres sont pleines de drôlerie, de légèreté.

Tout son amour va à sa famille et à ses amis, il quitte peu son atelier, on l'y visite souvent, d'autant plus que le climat qui y règne régénère ses visiteurs. Ils y reviennent, ils restent des heures, on cause, on rit, on se dit de jolies choses, on commente les dernières œuvres, la vie coule douce, délicieuse. À l'exact opposé de l'atelier de Greuze que tous fuient comme la peste. Durant ces visites, Frago qui ne sait pas rester inactif, décide de croquer et même de croquer costumés ses visiteurs favoris. À qui il ne demande pas de poser, juste de se déguiser.

Depuis toujours il combine les genres. Incapable de s'en tenir à un seul, il les mélange, les transforme... Il n'a peut-être pas fait d'études classiques mais sa sensibilité est celle d'un poète et lui offre une compréhension intime des sujets issus de la littérature. Il a un sens instinctif du récit, des situations, des histoires dont sa peinture témoigne d'abondance. De *Renaud et Armide* dès ses débuts à sa *Perrette et le pot au lait*, ces jours-ci. Rien jamais ne le retient, portraits, grivoiseries, dessins riants, drames historiques, inspirations religieuses, mythologiques, poétiques ou théâtrales, scènes de rue, de genre, petits métiers, échoppes à l'abandon, rien n'échappe à son œil, il capte le mouvement avec une économie extrême. Il résume une attitude d'un coup de pinceau rapide. En peignant vite. Le rendu ne serait pas si remarquable avec un pinceau moins sûr, et même s'il bénéficiait de vingt séances. Aussi décide-t-il de faire directement sur la toile et à l'huile les portraits de ses amis et visiteurs. En une fois. À main levée, sans repentir. Une seule prise comme *a fresco*. S'ils reviennent, il les costumera différemment et les peindra à nouveau. « Portrait de M. l'abbé de Saint-Non peint en une heure de temps », écrit-il au dos de son portrait.

Telle est la clef de sa méthode : la rapidité, qui laisse deviner son extraordinaire virtuosité. Ses œuvres sont un défi à l'art du portrait tel que Chardin ou Quentin de La Tour en ont défini les critères : « descendre au fond du modèle pour en délivrer l'être profond, intime, selon la tradition humaniste ». Passionnément attentifs à la psychologie, les peintres du XVIIIe siècle adoptent la pensée des Lumières, séduits par la promesse de vérité intérieure ! « La vérité, rien que la vérité », proclament ces portraitistes, Frago répond d'une pirouette, d'un éclat de rire. Il ne s'attarde pas à scruter la physionomie, à analyser le caractère, à détailler les attributs de la fonction. Avec une incroyable vitesse, en suivant sa seule impulsion, il se saisit du modèle et bâtit à grands coups de brosse, jetant les couleurs par balafres, faisant jouer les soies chatoyantes, les rutilances du satin, les velours, les plumes, les pompons, les rubans des personnages de son théâtre à lui, mi-comédie, mi-carnaval. Ni ressemblance fidèle ni vraisemblance, ses portraits visent juste en célébrant le bonheur de peindre et de vivre. Ses personnages de muscles et de chair ont du sang qui coule sous l'épiderme fouetté par son pinceau. Et l'air de qui ils sont, sans apprêt, pris sur le vif.

Il remplace l'observation par le coup d'œil, la patience ou la ferveur par l'effet, le fini par l'énergie et la spontanéité. Il se flatte de travailler vite, ce que son époque n'apprécie guère. Il met à l'honneur la vitesse, ce dont les artistes ne se vantent jamais. Pratiquer la peinture comme un exploit, feindre d'être pressé, construire un visage en quelques coups de pinceau, un pourpoint ou un manteau en jouant avec des traînées de pâte, de touches enlevées, des balafres de jaune ou de vermillon, c'est se livrer soi-même, montrer son véritable visage qui n'est pas celui d'un peintre d'histoire, en dépit du succès du « Corésus », mais de morceaux. Pourtant là, il est aussi inimitable qu'un Frans Hals, un Rubens ou un Vélasquez. Certes il manque de sérieux, et surtout de se prendre au sérieux.

L'écriture est nerveuse, fluide, hachée, comme chez Hals, mais le traitement de la lumière à travers la rutilance du vêtement vient tout droit de Venise. Frago est issu du même moule que Diderot. On sent chez ces deux hommes le même bouillonnement, la même verve. Une peinture de Fragonard ressemble à une page de Diderot, même si ses thèmes l'apparentent souvent à Marivaux, son débraillé renvoie au grand matérialiste.

Ce Frago virtuose, rapide, ne plaît pas à tout le monde. Jugé inculte, superficiel, tout en surface... Il s'en fiche puisque ça marche. En pleine possession de ses moyens, son pinceau effleure la toile avec une incroyable maîtrise des jus, des frottis et de la répartition nuancée de la lumière. Ses modèles ne sont pas des formes vaporeuses, ni des poupées fragiles, d'un sensualisme audacieux ou galant, mais des conversations à deux sous le signe de la justesse. L'apparente désinvolture de la touche, sa prestesse et sa légèreté sont en accord avec ses sujets : Frago fait de sa technique un langage du cœur. Ce qui l'aide à rester en accord avec lui-même. Assortir le fond et la forme, les faire communiquer et se répondre. Il adapte, ajuste sa technique au motif, et s'accorde au sujet.

Quand il a un passage à vide, une sorte de creux artistique, ou simplement qu'il n'a plus rien sur l'établi, sur le chevalet, il s'invente un sujet qui le remet en selle à tous les coups. Il dessine un lit. Le lit est la base, le fond de son imaginaire. Il peint donc un lit encore vide. Un lit toujours fourmille d'idées. Si on y entasse pêle-mêle animaux et enfants et qu'on fait jouer le tout ensemble, ça donne une de ces scènes familiales au bonheur répandu. Si on froisse les draps, qu'on écrase les oreillers, on s'imagine que la scène qui vient de s'y dérouler était torride. Très froissés mais toujours vides, les lits racontent à l'imaginaire des amours comblées. Placez une pomme rouge sur la table de chevet et c'est une allégorie quasi biblique, presque un tableau d'histoire. Ajoutez-y des amoureux enlacés et le lit remplit sa fonction de berceau des amours et d'enfants à naître... Dans tous les cas, c'est lui, le lit, le personnage principal et préféré de Frago... accompagné de quelques livres et tout de suite il respire mieux, il se sent vivre plus fort.

Loin des lits Jean-Honoré s'amuse à croquer tous ceux qui passent à sa portée. Il se jette tout entier dans ce procédé du portrait à toute vitesse. Sans rien rogner de son allure naturelle, il exécute des études fortes et vigoureuses dont il envisage l'arrangement d'avance. Il fait poser ses modèles dans des postures ingénieuses ou inédites mais toujours confortables, pour les brosser vite d'une touche franche. Il se concentre sur le visage, le reste est hachuré hâtivement. Il s'empare d'une facette de son personnage, saisit un geste, un regard, un mouvement. Il capte à toute allure l'ambiance, l'humeur, l'instant. Il travaille à l'opposé des poses figées ou minutieuses. Il s'intéresse à la vie qui déborde de l'image. D'un pinceau impétueux, il fixe son cher Saint-Non en figure symbolique de poète, puis en cavalier espagnol... Les femmes ne sont pas oubliées, une Guimard apaisée, une chanteuse inspirée, une grosse dame au chien-chien... Sa palette ne recule devant aucune audace de couleurs, dans cette inégalable galerie de portraits où le frère de Saint-Non, Monsieur de La Bretèche, joue le rôle du grand aventurier. Lalande l'astronome devient le saint patron de toute l'astronomie. À nouveau La Bretèche en incarnation de la musique. Saint-Non pose-t-il en poète, le voilà modèle de l'Inspiration.

Diderot lui-même se voit croqué en archétype du philosophe, rédigeant ou consultant un volume de l'*Encyclopédie*. Alors qu'il n'a pas passé deux heures à l'atelier, y poursuivant une discussion enflammée et de mauvaise foi avec Greuze. Cependant Frago réussit à en tirer l'essence, la substance. Ces deux heures lui ont suffi. Si Diderot ne se repent pas de l'avoir si violemment critiqué en début de carrière, au point sans doute de contribuer à son abandon de l'Académie, désormais il est sous le charme de ce talent si prompt, si... ? Eh oui, si novateur, quoiqu'il ait encore des critiques à formuler. Reste qu'il est bluffé par sa fausse ressemblance : l'apparence de la vérité... L'apparence.

— Je n'ai jamais eu les yeux bleus !

— Oh, ça c'est sûr, reconnaît Frago, mais ne te plains pas, je te les ai faits d'un beau bleu. Ça allait mieux avec ta chemise. Et puis surtout, un philosophe doit laisser voir son âme afin qu'on accède à sa pensée. Il valait mieux que l'ouverture sur ton âme ne soit pas trop opaque.

Tous ses portraits ne sont pas aussi ressemblants que son Diderot mais tous donnent la sensation d'être instantanés.

Portraits de premier jet. Aux couleurs vives jetées à grands coups de pinceau qui embrasent la toile avec bonheur. Le bleu de Prusse, le rouge cinabre, l'orange, le blanc, le gris fauve, une gamme de jaunes dont il est toujours prodigue. Le jaune est sa couleur, sa marque de fabrique, son jaune lui appartient.

Il met en valeur l'expression sans se soucier du fini. Du coup le public n'y voit que des esquisses. Le vrai caractère est indéchiffrable. La vivacité de la composition, l'éclat du teint, les ajustements... Tout cela parle aux sensations, et excite les commandes.

— Il commence à « bien faire son orge » comme on dit.

Ainsi se compose-t-il sa galerie. Bien sûr il en offre souvent, aux voisins notamment, aux modèles eux-mêmes, mais il en conserve beaucoup, ceux des plus proches, des plus aimés, qu'il accroche dans l'atelier afin d'avoir toujours ses amis sous les yeux. Ça déborde jusque dans le corridor. On indique aux nouveaux venus l'atelier de Fragonard non plus par son numéro mais comme « celui qui est entouré de portraits ».

En dépit de l'estime où l'on tient encore l'artiste, toute la galerie réclame le départ de Greuze. La vie dans leur proximité est un enfer. Nuit et jour, le vacarme est ininterrompu. Les choses en sont au point où chacun guette, et peut-être même espère un drame. Ça n'est plus possible et d'ailleurs peut-il en être autrement depuis que Jeanne a fait de leur logement un lupanar ? Où, non contente de dépouiller son mari, elle s'est mise à voler aussi ses amants-clients.

Quand Greuze est absent, elle les accueille carrément à l'atelier.

Quand il s'agit de négocier des tableaux, elle traite sans en référer à son mari et garde les sous par-devers elle. Et pour cause, elle truque les comptes.

Dans un coin de l'atelier, le fameux paravent cache le divan. Quand il est tiré, Greuze est censé se retirer sans un mot. Après le départ du client, il hurle. Sur l'instant, il s'enfuit honteux. Car c'est lui qui a honte. Il a dû mettre ses filles en pension pour leur éviter la même humiliation. Alors, si négligée que soit sa tenue, ayant trouvé le paravent tiré, il court les rues au hasard pour se calmer, et finit chez les filles.

Toujours plus fardée, en décolleté toujours plus profond, Jeanne s'achalande chez les fournisseurs les plus chers. En outre, elle spécule. Elle joue comme tout le siècle. Évidemment elle perd. Ce qu'il lui pardonne le moins, lui si vaniteux, c'est de l'humilier de toutes les manières. Un jour, l'ayant surprise couchée avec un « client », il lui dit :

— Madame, vous m'avez trompé.

— C'est vrai Monsieur, mais je m'en fous.

« Je m'en fous » est son leitmotiv, son unique réponse à tous ses reproches.

Elle ne se gêne plus pour rien. Elle reçoit ses amants jusque dans la chambre conjugale où elle instaure à nouveau le système du paravent. Elle l'oublie. Il entre. Elle l'insulte, et le malheureux lâche ne trouve à répondre qu'un piteux « Mais vous aviez oublié le paravent ! ».

Seul avec elle, il hurle, la frappe parfois, puis aussitôt lui fait l'amour. À qui le plaint, il avoue : « C'est un ennemi avec qui je suis obligé de vivre. »

Pendant le même temps, il continue de peindre la vertu et de tenir des propos de plus en plus moralisateurs. Il se met à pontifier au point d'ennuyer ceux qui le tiennent encore pour un grand peintre.

On ne le ménage plus. Les amants détroussés par Jeanne se plaignent directement à lui de la mauvaiseté de son épouse. Avec l'âge, elle est devenue nymphomane. Lorsqu'elle manque de clients, elle attire dans son lit les élèves de son mari. L'un d'eux, en première année, en profite pour voler les estampes du maître. Et lui laisser une maladie vénérienne.

Greuze tempête contre le fripon, mais il amène sa femme chez le médecin et la soigne bien.

Sans répit, leurs scènes se succèdent et culminent en des crises de nerfs atroces qui détruisent le repos de la galerie. Des amis médecins consultés parlent d'hystérie ! Si le terme est courant, en l'occurrence chacun penche plutôt pour la folie. Folle de son corps en tout cas. Bref de toutes les manières, des Greuze, on n'en peut plus.

Chez les Fragonard désormais tout le monde peint, Rosalie moins longtemps que les autres mais elle s'y met. Quant aux deux sœurs, elles rivalisent dans un genre auquel Frago ne touche pas, la miniature. Marie-Anne expose et remporte un vrai succès en copiant son mari en minuscule. Non seulement, le renouvellement espéré de Frago a eu lieu, Rome et sa belle-sœur y sont pour beaucoup, mais il est à nouveau à la mode, cher et chéri, moderne et d'actualité. Heureusement car il a désormais trois bouches à nourrir, sans compter les bêtes qui comptent tant ici. Frago a compris que Marguerite ne les quittera plus. Donc il doit les faire vivre sans jamais leur manquer, ni en appeler aux Grassois. Plutôt que de compter sur son talent — il sait que ça peut toujours s'arrêter —, il persiste à faire ce qui lui a réussi avant son départ pour Rome, placer des sous. Faire des affaires. Spéculer. Il achète des maisons et les revend. Des appartements et les loue. Pour assurer leur sécurité, il ne trouve pas mieux que d'assez douteuses combinaisons financières qui ont ruiné son père ! Sans doute ne se sent-il pas dans son droit, car il oublie toujours d'en faire part à sa femme.

Un jour il perd, le lendemain il gagne. Il achète et revend, il joue.

— Es-tu amoureux de ta belle-sœur ? lui demande abruptement Hubert Robert, un jour qu'ils se promènent à Auteuil dans son jardin.

— Mais non ! Quelle idée ?

— Quelle idée ! Quelle idée ! Imbécile, ouvre les yeux. Rien n'est plus simple que d'être amoureux de pareille beauté. Tout le Louvre est sous son charme...

— Mais non. Je l'aime... je ne sais pas, moi. Je l'aime comme ma fille, comme ma famille. Comme ma femme...

— Comme ta femme ! Tu vois bien !

— Mais non, tu le fais exprès : comme ma femme l'aime. D'ailleurs Marie-Anne l'aime sûrement davantage que moi. Elle l'a élevée. Moi, j'étais de passage par hasard à Grasse quand elle était enfant, aussi l'ai-je croquée toute petite. C'est amusant, non ? Je l'ai presque vue naître. Si ça n'est pas un signe du destin ça, c'est que le destin n'existe pas.

— Et ça change quelque chose de l'avoir vue naître ? Ça t'empêche d'en être amoureux ? Comme si la connaître depuis sa naissance empêchait tout autre sentiment !

Hubert Robert n'est pas convaincu mais content d'en avoir parlé.

La passion que Marie-Anne éprouve pour sa sœur n'a d'égal que celle de Marguerite pour son beau-frère. Quant à Rosalie, elle est adorée de tous. Qui s'inquiéterait d'une situation aussi idyllique ? Personne. L'amour est le maître mot de cette famille, et Hubert Robert comme Saint-Non sont obligés d'en convenir : c'est la famille la plus joyeuse, la plus aimante et la plus épanouie qu'ils connaissent.

Quand soudain, Flemmard, son chien adoré, s'endort. Ne se réveille pas.

Il est mort. Le vieux chien de toute sa vie. Vieux depuis toujours. Frago ne sait même plus depuis quand ils sont ensemble tous les deux, Flemmard et Fragonard. Avant son mariage. Avant la naissance de Rosalie, avant tout. Depuis Rome.

Le malheur est immense ! La perte d'une bête dans cet univers sentimental est un vrai drame. L'intimité du peintre avec son chien était si grande ! Personne ne peut imaginer la vie sans lui. Ici, chacun a son animal, Marie-Anne, sa petite levrette, Rosalie a trois chats, dont deux siamois ! Marguerite ne se sépare jamais d'un ravissant bichon. Mais sans Flemmard, la vie n'est plus la même, il était leur vrai gardien, ange plus que gardien, leur aïeul. C'était un vieillard malicieux. Tout le monde pleure. Inconsolables. Aussi ne s'aperçoit-on pas que Marguerite a disparu. Pas longtemps, quelques heures. Sous une pluie battante, mouillée comme la fontaine des Tuileries, elle revient avec dans les bras une petite boule trempée ! Un bébé bouledogue, celui qui va poser désormais dans les tableaux de Frago.

Il ne remplace pas Flemmard dans leur cœur, mais se fait un trou, une petite place dans leur existence. Il se fait remarquer par sa personnalité, petit, remuant, joueur et bêtisard, tellement ! Il occupe le terrain par mille pirouettes, mille niches et attrapes. Peu à peu, il les contraint tous à s'occuper de lui sans trêve, donc à cesser de pleurer, au moins le temps de réparer ses bêtises.

Toutes larmes séchées, comme les habits de Marguerite, on croirait le bonheur retrouvé.

Et alors, avec sa tête toute cabossée et si drôle, cette miniature de chien comment va-t-on l'appeler avant qu'il ne devienne un colosse ?

Pourquoi pas Bonheur ? propose Rosalie.

Va pour Bonheur !

*Chapitre 13*

1777-1780

## DANS LE LIT DU BONHEUR

> Je sentais le besoin de devenir
> ce qu'on m'avait accusé d'être.
>
> JEAN GENET

Si Marie-Anne s'est inquiétée après coup de la disparition de sa petite sœur à la mort de Flemmard, c'est qu'elle ne connaît pas encore bien Paris, et qu'à chaque instant, elle risque de s'y perdre. Provinciale, la jeune fille n'a pas réalisé l'épaisseur grouillante de la ville et comme il est aisé de se diluer dans son flux. De s'y perdre, à tous les sens du terme. Le nombre de malandrins susceptibles de lui nuire est affolant. Timide et mal dégrossie mais curieuse et obstinée, il est urgent de lui apprendre sa ville, puisqu'il est manifeste qu'elle ne retournera pas à Grasse. Sans avoir délibérément choisi Paris, comme l'a fait Marie-Anne hier par amour pour Frago, Marguerite n'a plus d'attaches dans le Sud. Puis elle s'est mise à la peinture et elle a l'air mordue. Frago lui attribue un vrai talent. Lui aussi est convaincu qu'elle va demeurer ici, il faut donc lui offrir Paris. La plus belle ville du monde. Il l'amène désormais avec lui chaque fois qu'il doit se rendre en ville. Ces visites sont un délice. Tout l'étonne, tout la réjouit, elle veut tout voir, tout comprendre, elle n'en a jamais assez. Frago et Marie-Anne sont épuisés par sa boulimie, ils en appellent à la galerie pour prendre le relais. Elle est si jolie, si fraîche et si gentille qu'on se bat pour la sortir. Elle a une prédilection pour les bords de Seine où grouille une vie inconnue, mystérieuse aux yeux d'une Grassoise. Elle croit y percer le grand secret de Paris. Les crocheteurs de bateaux, les portefaix, les porteurs de plâtre blancs, ceux de charbon noirs, les transporteurs de trains de bois tout boueux à cause de la terre séchée qui les recouvre, les porteurs d'eau, moins misérables parce qu'ils possèdent un cheval et une charrette... Sans parler des vendeurs de fruits et légumes qui se renouvellent chaque saison et crient leur poème à l'artichaut ou aux pommes reinettes à tout bout de champ. Les cris de tous ces métiers qui se croisent sans se heurter forment le fond de l'air de Paris, la musique du matin.

Elle découvre aussi des gens comme il n'en existe pas en Provence. Outre ceux qu'elle reconnaît à leurs costumes comme le marchand de tisane, la vendeuse de marée, la crieuse de vieux chapeaux, le bonnet rouge des vinaigriers qui roulent la brouette ou le baril plein d'acide. Les marchands d'ail, de peaux de lapins...

Éblouie par le nombre de fontaines, de statues, de beaux hôtels où vivent de mystérieux étrangers, des gens de condition, riches, nobles peut-être, dans les belles rues Saint-Antoine ou Saint-Louis, toutes illuminées la nuit, où les carrosses le disputent aux cabriolets... Tout y flatte son goût pour la couleur et la bigarrure, la douceur et le luxe.

À peine le temps d'acclimater Marguerite, le couple Fragonard reçoit en pension le plus jeune des frères Gérard, le bel Henri, deux ans de plus que Marguerite, 16 ans en 1777. Lui aussi veut prendre des cours avec Frago pour devenir graveur. Et bien sûr ne plus retourner à Grasse et s'installer à Paris. Le clan des Grassois y gagne un membre actif. Marie-Anne fait désormais tourner une véritable entreprise où chacun apporte sa pierre. Toujours en cachette de son mari elle paye au clan une sorte d'impôt sentimental.

Aux heures de labeur, l'atelier se change en ruche. Tous y œuvrent côte à côte, sauf Rosalie qui n'a que 8 ans. Pendant qu'officie le maître Frago qui du haut de ses 45 ans fait figure d'ancêtre.

Tout va pour le mieux. Jusqu'à l'orée de l'année 1779. Moins gracieuse, peut-être serait-elle demeurée inconnue mais Marguerite est train de devenir une vraie beauté. Frago ne l'appelle plus que « ma belle belle-sœur ». Elle-même nourrit envers lui des sentiments qui ne cessent de croître. Une première flambée de jeunesse. Un afflux de sève. Au début, ça incite le maître à la faire travailler, travailler encore, travailler toujours davantage, comme si le travail épuisait le désir. C'est le contraire qui se produit, la communion dans l'ouvrage, surtout quand celui-ci tend vers la beauté, leur donne de plus en plus de satisfactions au point qu'il en vient à lui proposer de signer quelques petites œuvres de leurs deux noms accolés. Comment, pourquoi refuser ? Elle rêve de peinture et surtout du peintre.

Sans distance ni recul, Marguerite adore Frago. Mimant en cela tous les sentiments de sa sœur et de sa nièce, elle s'inscrit sur ce même ruban d'amour et de confiance éperdus pour le grand homme qui leur sert de phare à toutes. Mentor et joyeux compagnon de chaque heure, Frago est si peu narcissique, si peu occupé de lui-même, si peu centré sur lui en comparaison de ses voisins, que sa gentillesse emporte l'adhésion de tous.

Pour la première fois en 1779, la famille expose ensemble au Salon de la Correspondance. Sorte de salon littéraire tenu par une dame aisée et cultivée, Claude-Catherine Flammes Pahin de la Blancherie, qui se tient dans l'ancien collège de Bayeux, rue de la Harpe. Tout ce que Paris compte d'amateurs y défile.

Évidemment, d'Angiviller ne voit pas d'un bon œil une manifestation qui échappe à son contrôle. Et parce qu'elle s'intitule « Au rendez-vous de la république des lettres », il finira par la supprimer. Le mot république ne passe pas. Jusque-là, les refusés du Salon comme Frago s'y trouvaient une clientèle d'amateurs sans prétention qui désiraient simplement accrocher des œuvres de leur goût sans frime ni tape-à-l'œil.

Cette année, Frago expose *L'Armoire*, gravée par son beau-frère. C'est encore une pochade mais quelle finesse dans cette petite mise en scène où des parents découvrent horrifiés dans l'armoire de la chambre de leur fille le galant debout tout débraillé qui a causé tant d'abandon à la tenue de leur enfant affligée. À côté il accroche son hommage à Benjamin Franklin. Marie-Anne y montre ses dernières miniatures, et on peut y voir la première gravure signée du seul nom de Marguerite Gérard, *L'Enfant et le chat emmailloté*. Toujours l'inspiration familiale. Même si la main de Frago s'y est un peu trop posée, il s'agit d'émanciper la jeune peintre et de lui mettre officiellement le pied à l'étrier. D'annoncer au monde que la famille Fragonard compte un artiste de plus.

Entouré de trois femmes aimantes, qui satisfont sa nature sensuelle d'artiste heureux, Frago vit comme un coq en pâte. Content d'avoir tout à sa portée, il mène une existence embellie par l'amitié de ses pairs, Hubert Robert et Saint-Non et par les chefs-d'œuvre qui l'inspirent, de Boucher à Rembrandt, des dessins de Pigalle aux miniatures du voisin Hall... Entre artistes on s'échange beaucoup de dessins, de petits tableaux qu'il accroche à touche-touche sur tous ses murs, on troque et on mutualise aussi ses clients, chacun présente aux autres ses nouveaux acheteurs. On circule chez l'un, chez l'autre. Rien de moins fermé que l'atelier de Jean-Honoré. Voisins, amis, modèles, mécènes comme Saint-Non qui ne l'appelle plus que « Il Divo Frago » ! Ça bouge, on passe d'un atelier l'autre. On se reçoit, on compare, on se conseille. Il y a aussi des savants qui y demeurent comme l'astronome Lalande avec qui, tard dans la nuit, on refait le monde. Le peintre Jacques-André Naigeon qui sert de secrétaire à Diderot et transmet à tout le Louvre son amour pour les Lumières, et leur montre avant publication les futures planches de l'*Encyclopédie*, ou encore le dessinateur Claude-Henri Watelet, qui se partage entre sa fonction de contrôleur général des Finances et son amour pour les arts. Avec l'aide et la complicité de Frago, Watelet a fait pousser un immense jardin sur le toit du Louvre, de toute la longueur du bâtiment. Il a fait livrer des tonnes de terre et des arbres déjà hauts. Tous ses amis se relaient pour l'arroser.

Tout y pousse, il a même un potager, où dès le printemps on peut croquer ses radis, ses haricots et même des tomates, ainsi que des plantes exotiques, des senteurs exceptionnelles. L'ex-petit garçon au nez formé par les fleurs de Grasse est comblé. L'été on y pique-nique de tomates de nombreuses espèces différentes. Par amitié Watelet en fait pousser des jaunes pour Frago. Tous ne voient que la beauté du jardin, personne ne se doute des infiltrations qui vont ravager les moulures des plafonds... Mais tous aiment la nature si passionnément qu'ils éprouvent le besoin de l'avoir à portée.

Chez Frago, on croise aussi le marquis de Véri, le notaire Duclos-Dufresnoy, Diderot usé mais encore vaillant pour la discussion et même un d'Alembert triste et malade, que Watelet son meilleur ami héberge le temps qu'il guérisse.

Parmi les collectionneurs qui se partagent son amitié, des fermiers généraux tels Randon de Boisset, Bergeret fils, Varanchon de Saint-Geniès ou encore cet original fameux, le baron de Saint-Julien, qui glane la moindre production de Fragonard, depuis l'engouement produit jadis par son escarpolette, il est très reconnaissant de la gloire par contagion qu'il en a tiré et des succès sans nombre auprès des dames qu'elle lui a valus.

Comme hier chez Boucher règne autour de Frago une fermentation, un humus fertile où se font les rencontres et les commandes, et se tissent les amitiés. Malgré son succès, l'artiste demeure simple et plaisant. Il sait entretenir l'attente et répondre à l'avidité. On le place au rang des plus grands peintres tandis qu'il continue de bouder l'Académie. Il s'en réjouit sans orgueil ni fausse modestie, sans embarras ni confusion. Simple, vraiment. Avec la même simplicité le chevalier de Clesle, trouvant trop vide une composition de Ruysdael, demande à Frago d'y ajouter quelques figures, quelques bêtes, ce qu'il fait sans coup férir. De même un autre amateur de tableaux nordiques lui commande un paysage en pendant à un pur hollandais. Ça ne l'embarrasse aucunement. Il aime beaucoup ce genre de farces. Et ce genre de tableaux, pleins de ciels, de coups de soleil, de variations atmosphériques et d'arbres foudroyés. En paysages les Nordiques sont très forts, vraiment, il adore les copier ou s'inscrire dans leur lignage.

Il continue de tracer sa vie comme son dessin, sur la pente de ses seules envies. Dans la vie comme en peinture, sa fougue ne connaît pas le repentir. Ce qui pour la plupart commence en esquisse, chez lui est déjà chose achevée. Artiste en mouvement, peintre de vitesse...

Il refait une série de baisers et d'étreintes de petit format. S'il pousse son pinceau jusqu'à l'anecdote libertine, c'est toujours sans une once de vulgarité. Un éros pudique l'anime. Il peint le libertinage sur la pointe des pieds, sans bruit ni éclat, simplement, comme il l'a toujours vécu. Au milieu des vices frelatés du temps, il renvoie un reflet plus séduisant des échanges sensuels sans céder ni s'attarder aux salacités licencieuses. Rien n'est plus délicieux, quoique éminemment trouble, que cette très jeune et très jolie fille dont la mère découvre ingénument les charmes pour les montrer à un artiste qui s'apprête à les peindre. Les débuts du modèle ! Frago sait rendre ce climat équivoque sans la moindre grivoiserie. Quelque chose de fluide dans sa palette qui rend tout allusif, un art de la suggestion décuplé par l'harmonie des couleurs, le sens de la lumière. Et de l'humour. Qui fait tout passer même des scènes limites. L'espiègle l'emporte toujours sur le fripon. Ce qui « sauve » *La Gimblette* de toute vulgarité c'est la joie que prend la très jeune fille à jouer avec son chien, l'entente passionnée entre la bête et sa petite maîtresse, à ce jeu-là. À se demander qui est le plus inventif de l'artiste ou du modèle.

Quand il y a quatre ans, Marguerite est arrivée à Paris toute chiffonnée par la mort de sa mère, inquiète de son avenir d'orpheline, très vite le climat de douceur et d'émulation tendre de l'atelier lui a rendu sa joie d'enfant, et les jeux qui vont avec, sauter à la corde, jouer à la poupée et prendre soin de Rosalie comme d'une sœur. Mais entre 13 et 16 ans, chaque semaine amène sa petite révolution dans le cœur des filles. Dans leurs corps surtout. Les seins pointent, la taille s'affine, le rose monte aux joues sans raison, les larmes jaillissent pour des riens inexplicables. Marguerite ne se sent plus enfant à plein temps. Ni pour très longtemps. Des tumultes du dedans l'obligent à mentir, à se mirer des heures dans la glace, à se mettre du rouge, des chapeaux, des talons, à essayer en cachette les tenues de sa sœur, à les rendre attrayantes, puis à aller arpenter la galerie pour voir l'effet qu'elle produit sur tous les adorateurs de la beauté qui la hantent.

Elle grandit mais tient encore, par peur sans doute, à demeurer nichée dans le cocon familial, lovée entre sa sœur et sa nièce, couvée par le grand peintre. Pour rien au monde elle ne risquerait de perdre ces regards d'amour absolu qui s'échangent dans cet atelier et dont elle exige sa part.

En même temps, elle a 17 ans. Difficile de résister à ces bouffées de folie, qui les soirs de printemps ou les nuits d'été, enflamment Paris la grand'ville, le Louvre, le cœur magique de la cité qui bat à ses pieds, le long de la Seine, des Tuileries au Palais-Royal, dans ces jardins magnifiques aux arbres bicentenaires où s'ébroue toute la jeunesse du monde... Beaux muscadins et filles légères... Comment à ces âges ne pas se sentir aimantée, et de plus en plus proche de ceux qui errent là deux par deux et s'enlacent au crépuscule ? Marie-Anne veille tant qu'elle peut sur la vertu de sa sœur que les allées des jardins du Palais-Royal attirent plus que tout. Elle craint le faux pas qui peut condamner une jeunesse à l'exil et au malheur.

Soudain, à la fin de l'été, toute la galerie est sens dessus dessous. Cette fois, c'est sûr, Chardin ne va pas survivre longtemps à cette nouvelle attaque. Le Louvre se mobilise pour lui tenir la main, seconder sa femme, soutenir ces deux-là qui sont l'âme des lieux. Pour Marguerite, ce vieux monsieur rigolard et cynique n'est rien, il lui faisait même un peu peur. Elle n'a jamais su s'il était sérieux ou se moquait du monde, elle ne le révère pas comme tous les occupants de la galerie et du dehors. Quant à sa peinture, elle l'ennuie plutôt.

On vient pourtant de loin lui rendre une dernière visite, un dernier sourire, ah le beau regard du bonhomme. Aussi Marguerite profite-t-elle qu'il requière l'attention de tous pour s'émanciper et courir faire ses apprentissages de jeune fille sans surveillance.

Dehors, elle s'affranchit des règles qu'elle n'a pas eu le temps d'intégrer. Elle sort tête nue, ne met pas de poudre, rajeunit les tenues de sa sœur pour marcher, en relève même le bas pour courir plus à l'aise. C'est l'automne, les jours raccourcissent, il fait encore doux, elle se balade seule à la nuit tombée, elle se fait battre le cœur. Sait-elle de quelle audace elle fait preuve ? Sans doute pas.

Toute la galerie s'occupe de Monsieur Chardin comme l'appellent les Suisses pourtant peu coutumiers du respect — même à eux, il a su en inspirer.

« Un homme qui sait vivre, a-t-il lui-même professé, ne cherche pas à dégoûter les autres de la vie. Quand son heure est venue de sortir, il s'éclipse sans bruit. » Et Chardin s'y tient. C'est rapide, sans un mot. Comme une bougie qui a épuisé sa cire, tout doucement, sans cri ni heurt, il s'éteint au matin du 6 décembre 1779. On l'enterre aussitôt puisqu'il est toujours interdit de mourir au Louvre. Chaque décès rappelle la précarité de l'existence derrière ces murs. Le roi a toute licence de faire vider les lieux à qui et quand il veut, du jour au lendemain sans rime ni raison. Les artistes ne doivent jamais oublier qu'ils sont là en sursis.

Sa mort n'affecte que ses amis, mais Dieu qu'ils sont nombreux. Ceux qui ne le pleurent pas se sentent un peu moins peintres, un peu moins fraternels. Cette mort soude le petit groupe qui l'assiste d'un feu particulier et du sceau d'une époque qui s'achève avec lui. On se répète la seule phrase qu'il consentit jamais à dire à propos de son art : « la peinture est une île dont j'ai côtoyé les bords ».

La foule du Louvre recueillie suit son enterrement à Saint-Germain l'Auxerrois. L'église est pleine. C'est leur jeunesse, la jeunesse de la peinture qu'ils mettent en terre. Frago n'oublie pas que Chardin lui a donné son premier pinceau. Pendant qu'ils sont encore à consoler Françoise Chardin, l'obstinément méchant d'Angiviller annonce qu'il lui coupe les vivres le mois prochain. Dès janvier 1780, elle ne touchera plus sa pension !

Et dire que Françoise Marguerite Pouget était une riche veuve quand elle a rencontré et épousé Chardin. Il avait, quant à lui, déjà perdu une première épouse et surtout une petite fille. Il était triste et ironique. Elle a tout donné pour lui faire une vie douce. Elle n'a pu empêcher le suicide de son fils. Et les cauchemars qui le poursuivaient... Elle s'est appauvrie pour le secourir, au point qu'à sa mort, à son tour, elle n'a plus rien. Elle qui n'a cessé de veiller à l'ordre et à l'entretien de la galerie du Louvre, on la met à la rue comme une malpropre.

Dans la foulée, on déclare son logement vacant. Pour elle, toutes les femmes des peintres sauf, comme toujours, Madame Greuze à l'extravagant sans-gêne et aux hurlements auxquels on impute la mort prématurée de Chardin, s'agitent pour organiser une vente aux enchères des objets et tableaux que l'artiste possédait encore. Avec quoi il faudra bien qu'elle survive jusqu'à l'heure de rejoindre son grand amour.

Les amitiés se sont resserrées, on a davantage besoin les uns des autres, on se sait en danger. De nouvelles menaces planent sur les Illustres. Marie-Antoinette juge Versailles trop éloigné des théâtres. Elle veut rentrer à Paris : déménager Versailles et le faire tenir au Louvre. La cour de France est la plus nombreuse d'Europe ! On lui démontre l'impossibilité de la chose. Elle se fait cependant aménager un « petit salon de repos » au château des Tuileries pour les soirs où elle se rend à l'Opéra. Elle n'y paraît jamais que quelques heures par mois et les artistes vaniteux se flattent de l'avoir pour voisine !

La menace des travaux pèse toujours. Las, les mois passent, les années, on ne voit pas le chantier reprendre, ni les échafaudages se relancer à l'assaut des façades. On se rassure. Et l'on oublie, comme chaque fois. On reprend sa vie où la menace l'avait suspendue.

Au numéro 12 de la galerie, sans que personne n'ait rien vu venir ni qu'aucun des occupants en ait conscience, s'organise invisiblement un drôle de ménage à trois. Chaque jour plus femme et plus éprise de son beau-frère qu'on le suppose, la petite Marguerite gagne en beauté et en charme, cette intelligence du corps qui permet à l'esprit de n'en faire qu'à sa tête. Dans cette famille, tout le monde s'aime énormément, c'est même si normal de s'y adorer que nul ne voit poindre le danger.

La provinciale se change en Parisienne accomplie, la Provençale devient chaque jour plus rouée, plus douée, plus coquette. Marie-Anne n'a jamais cherché qu'à plaire à son mari, elle a le sentiment de l'avoir conquis de haute lutte. Peut-être parce qu'elle l'a désiré en solitude depuis Grasse, qu'elle a dû convaincre sa famille de la laisser tenter sa chance à Paris. Paris pour elle, c'était Frago. Elle l'aime comme au premier jour mais sa passion pour sa petite sœur est tout aussi absolue. Sa vie, ce sont ces trois-là avec qui elle passe toutes ses heures, pour qui elle ressent tout ce qu'une femme peut ressentir. Elle ne peut se passer d'aucun.

Alors que la jeune beauté qui pousse dans son ombre commence à faire pâmer la galerie et au-delà, Marie-Anne supplie son époux de la garder à l'œil, de ne pas la laisser sortir seule, qu'elle ne se fasse pas attraper par ces godelureaux qui tiennent les Tuileries dès la tombée du jour, ni suborner par ces muscadins qui font régner un désordre tapageur dans les jardins du Palais-Royal.

« Comme on voit dans l'allée de Foy nos jeunes dissolus marcher sur les pas d'une courtisane à l'air éventé, au visage riant, à l'œil vif, au nez retroussé, quitter celle-ci pour une autre, les attaquant toutes et ne s'attachant à aucune... », Diderot les a pourtant mis en garde quant à la vie diurne dans ces jardins. Alors la nuit...

Frago est donc missionné par sa femme pour ne pas quitter sa belle-sœur d'un pouce. Docile, il se presse d'obéir. Chaque soir où il soupe en ville, c'est avec Marguerite à son bras qu'il paraît, qu'il est fêté, flatté pour sa beauté. Il est d'une fierté non dissimulable. Les compliments qui pleuvent sur elle ne touchent que son amour avunculaire. Où est le mal ? Ils se laissent sans arrêt des mots doux, mais c'est la langue vernaculaire de l'atelier. Rosalie n'appelle-t-elle pas son chat roux Monamour ?

Personne ne pressent l'inévitable qui pourtant crève les yeux. Toujours dans la force d'un âge qui est celui de sa peinture, Frago ne saurait rester éternellement insensible à tant de cajoleries. Tant d'amour pour lui, de beauté aux yeux du monde, tant d'émois adolescents qui s'étirent à l'atelier et ne peuvent se porter que sur lui, seul homme de la maison, présenté comme un génie, un amour, une merveille, une rareté telle qu'on ne rêve que de s'y frotter.

18 ans ! Marguerite est à l'âge de toutes les émotions, à l'âge où l'on est amoureux de l'amour, ardente comme elle est, affranchie de toutes les conventions qui n'ont pas eu le temps de la brider. Y a-t-il homme plus désirable que ce Frago qu'autour d'elle tout le monde adore, que les deux autres de l'atelier possèdent, caressent en passant, frôlent et embrassent à tout bout de champ ? Pourquoi ne se conduirait-elle pas avec lui comme sa sœur, comme Rosalie ? Elle l'effleure de plus en plus intentionnellement. Il se laisse faire. Comment, pourquoi l'empêcher ? Elle sent monter en elle un trouble inconnu qui va grandissant. S'en rend-il seulement compte ? Impossible qu'il ne se sente pas lui aussi aimanté par cette beauté de plus en plus audacieuse et entreprenante. Elle le veut à elle, comme Marie-Anne, comme Rosalie, comme tout le monde, pense-t-elle. Elle n'a jamais connu personne d'aussi aimé, d'aussi attentif, d'aussi séduisant... En vérité elle n'a surtout jamais connu personne. Le désir flambe, devient irrépressible.

Frago ne résiste pas. Certes, il n'aura pas fait un geste pour l'attirer, la séduire, mais il ne lui en a interdit aucun, ne s'est opposé à aucun de ses battements de cils. Avec déraison et bonheur, il cède aux exigences exacerbées du corps flambant neuf de cette beauté inouïe qui n'aime que lui et qui le lui répète sur tous les tons, usant de l'arme diabolique de son âge. Comment la retenir ?

Elle est si heureuse. Lui aussi. Sans l'avoir cherché. Ni voulu...

Ils en tremblent. Oui. Ils font l'amour. Ils s'aiment. Ils se prennent, ils s'éprennent et se reprennent encore. La sœur aînée peut-elle l'ignorer ? Quoique maladroit et benêt, son mari tente de la ménager. Il est pudique comme une jeune vierge ! Mais l'état d'exaltation de sa jeune amante est en soi un aveu. Elle est amoureuse et heureuse, comblée et aimée. Ça crève les yeux, c'est palpable. Il flotte dans l'air ambiant une rumeur de plaisir.

Marie-Anne refuse de s'en mêler. D'abord elle tente de faire comme si de rien n'était. Tant qu'elle parvient à nier l'évidence, il ne se passe rien. Elle raisonne. Elle ne veut perdre ni sa sœur ni son mari. Elle les aime l'un et l'autre, elle a besoin des deux. Elle accepte la situation, en quoi est-ce si dramatique ? Peut-elle refuser à sa sœur adorée ce qui est son idéal et qui fait son bonheur ? Quoi qu'elle comprenne, quoi qu'elle surprenne, hors de question d'aller vérifier de trop près. Sa religion consiste à fermer les yeux. Ça ne peut pas durer, et ça ne doit pas sortir de l'atelier.

S'il aime sa sœur, au moins ne la quittera-t-il pas pour une autre, au-dehors. Puisqu'elle vit déjà avec eux, il n'a nul besoin de s'éloigner. Ainsi Marie-Anne garde-t-elle sa sœur chérie et indispensable près d'elle, avec qui elle continue de partager l'éducation de Rosalie, l'entretien de l'atelier. Elle peint à nouveau tout son saoul. C'est une telle chance, un tel bonheur déjà de vivre avec ces êtres qu'elle adore, elle peut bien laisser leurs corps exulter un moment. N'est-ce pas le tour de sa sœur ? Ne lui en a-t-elle pas donné l'exemple ? Si elle souffre c'est surtout de confusion. Comment et qui jalouser ? Elle aime tellement les deux !

Envers Frago, elle ne réussit jamais à nourrir le moindre grief. Elle l'a voulu, elle l'a eu et elle l'a toujours. Et surtout elle le prend comme il est. Avec ses lâchetés et sa joie de vivre, son talent et ses mesquineries. Ses peurs et ses fanfaronnades... Rien qu'un homme. Mais le sien. « Un jeune homme dans une vieille peau », comme le désignent ses amis. Le jeune homme s'est éveillé de la douce torpeur du bonheur trop simple où il baignait depuis leur retour de Rome. Dans le grand silence de l'atelier, aux heures laborieuses, s'instaure un régime de billets doux ininterrompus, reliant en permanence ces deux êtres affolés par ce qui leur arrive. On sent chez Marguerite davantage que chez lui, le sentiment d'un péril et la volonté de le dominer. Se contenterait-elle de mots, même ardents, se demande-t-il ? Non, elle a besoin d'exulter, de faire briller ses yeux, rosir ses joues, brûler sa peau. De se frotter à une peau d'homme.

Pendant qu'il vit cet amour, Frago le peint avec une abondance, une vigueur, une ténacité désespérées. Ultimes feux d'une ardeur qui fut toute peinture ? Jamais de sa vie il n'a produit tant d'œuvres si diverses et de factures si différentes. L'amour engendre la variété.

La douceur plutôt que l'inquiétude forme le fond de son caractère comme de sa palette. Au quotidien, il ne se départit jamais de sa gaieté, dont on peut se demander si ça n'est pas une pose, s'il n'exagère pas. Pourtant non, il est sincère. Il n'a que des raisons de se réjouir. Il est très à la mode, sa réputation et ses prix sont au plus haut. Ses œuvres trônent dans les plus riches demeures et les meilleures familles. L'avenir est promesse et il l'envisage sereinement.

Alentour rien n'a changé. Les sentiments troubles qui ont envahi le couple maître-élève, ne franchissent pas les limites de l'atelier. Même dans la galerie, on n'y songe pas. Ils s'aimaient déjà énormément, c'était le signe distinctif de son atelier. La joie y règne davantage aujourd'hui, voilà tout. Pas de quoi s'alarmer. Tout peut, tout doit continuer, il n'y a aucune raison que le bonheur cesse.

Jusqu'à ce jour du début de l'année 1780 où la plus jeune se réfugie dans les bras de l'aînée pour implorer ses conseils. Elle ne comprend pas pourquoi ses seins sont tellement gonflés. Pourquoi elle ne saigne plus, pourquoi elle a tout le temps sommeil et mal au cœur !

Difficile de se voiler la face, elle est enceinte des œuvres du grand artiste. Déjà il est trop tard pour user des herbes abortives. Marguerite va avoir un bébé. Non. Pas Marguerite ! Impossible. À l'atelier numéro 12, il va naître un enfant qui sera le petit frère ou la petite sœur de Rosalie.

Les deux femmes décident de prévenir le clan, de le mettre devant le fait accompli, le mouiller dans l'affaire afin que les choses se passent au mieux. Personne n'hésite. On ne peut laisser cette jeune fille se perdre de réputation aux yeux du monde, il faut l'escamoter au plus vite. Les deux sœurs décident de quitter Paris, le temps pour Marguerite d'accoucher et d'allaiter l'enfant. L'amour de l'aînée pour sa sœur et son mari va jusqu'à endosser leur enfant. Jamais il ne faudra révéler le nom de la véritable mère. Pour tout le monde, quand elles reviendront à Paris avec un bébé, il ne pourra s'agir que du deuxième enfant du couple Marie-Anne et Jean-Honoré Fragonard.

Elles prennent la chaise de poste. Au tour des Grassois de les recueillir, de les assister et de les dissimuler. Personne n'aurait rien à gagner à ne pas s'en tenir à cette version. C'est la meilleure solution, et au fond, la seule pour que rien ne change dans leur vie. Et que le clan continue d'y trouver son compte. Sans drame.

Frago reste « le petit père Frago », il aura un enfant de plus, voilà. Rien de plus normal. L'enfant sera donc légalement accueilli, le cercle de famille s'agrandira, chacun s'attendrira. Et rien n'entachera la réputation de Marguerite. Elle va à Grasse aider sa sœur à donner naissance à son deuxième enfant. On a besoin de plus de soins pour une naissance tardive. De toute façon, il est normal et naturel de rentrer accoucher dans son village natal. Le clan des Grassois s'occupe de maintenir le secret.

Reste Rosalie, 11 ans. Comment peut-elle comprendre qu'à la naissance de l'enfant de Marguerite, sa tante adorée qu'elle aura vu s'arrondir, puis allaiter, on lui présente son petit frère ? Et qu'on lui extirpe le serment de ne parler jamais à personne du gros ventre de Marguerite ? Lui surtout ne devra jamais savoir qu'il a été porté par Marguerite, sa tante, puisque c'est Marie-Anne qu'il appellera Maman ! La petite fille n'a pas le choix. Elle jure de considérer ce petit frère comme un cadeau étrange mais qui, pense sa mère, ne devrait pas changer grand-chose à sa vie. Sauf... ? Sauf qu'elle va désormais partager ses père et mère avec lui, alors qu'elle sait bien, elle, qu'il n'est pas l'enfant de sa mère. À 11 ans, on comprend ces choses, et surtout on ressent ces climats lourds et chargés comme celui que ce nouveau bébé engendre, depuis qu'il est annoncé, depuis qu'à cause de lui, Rosalie a dû passer tous ces mois à Grasse, loin de son père.

Mais elle n'a que 11 ans, estiment les adultes alentour. Elle oubliera...

La vie à Grasse est toujours un rêve. Rosalie apprend à grimper aux mêmes arbres que son père, retrouve les sentiers de traverse de sa mère, réinvente les jeux des enfants dans la ruelle, et s'ébat dans les mille et une odeurs méditerranéennes, ses couleurs, ses ciels plus beaux chaque matin... Elle ne vit pas beaucoup à l'intérieur des maisons où les femmes troquent leur tablier et leurs rôles, trafiquent les générations... Allez ! Elle oubliera. Près d'une année loin de Paris.

Ce temps-là Frago le passe à peindre, peindre, peindre. Tout le jour, tous les jours. Il est dans sa veine la plus heureuse. *La Fête à Saint-Cloud* lui a valu une nouvelle renommée, de nouveaux clients, il lui faut refaire à l'infini les mêmes frondaisons, les mêmes groupes bigarrés... Dans différentes mises en scène, différentes saisons...

Il invente, se renouvelle en profondeur. Soudain il peint *Le Verrou* qui n'a rien à voir. Qu'il ne comprend pas lui-même sur le moment. Qu'il retourne dans l'atelier — le temps de digérer ce qu'il y a mis sans le savoir. Et *La Visitation*, à nouveau un tableau d'église comme s'il n'avait jamais cessé d'en peindre. De fait, il n'a jamais cessé d'être *aussi* un peintre d'histoire mais jamais exclusivement. Sans doute même préfère-t-il dans le « grand genre » les sujets religieux, il a une passion pour la Vierge Marie, c'est grâce à elle qu'il a trouvé une manière neuve de peindre le sacré, en l'intégrant dans la vie quotidienne des femmes. En ne voyant dans la Sainte Vierge qu'une femme comme toutes les femmes. Les sujets littéraires relèvent aussi du « grand genre », il y revient dès qu'il a un creux. Seul thème qu'il traite pour son plaisir, pour traduire en couleur les sensations fortes que Cervantès ou le Tasse déclenchent en lui.

La nuit, il rejoue ses fêtes « romaines » avec l'ami Saint-Non, abbé toujours, qui n'a renoncé ni aux plaisirs ni aux femmes. Que Frago n'en ait pas la disponibilité ni sans doute le désir, ne l'empêche pas de continuer de l'accompagner et de lui servir de couverture. Depuis Rome, ils ont perfectionné les techniques de dissimulation. Frago a toujours su comment l'aider. Ils reprennent leurs habitudes. Vont hanter les filles des faubourgs, c'est un peu leur chant du cygne d'amants impénitents. Le jeu n'est amusant que d'être joué à deux. Sinon on se lasse de tout. En réalité, ces escapades sont un révélateur, Frago est plus épris de sa belle-sœur qu'il ne désire se l'avouer. Il se languit d'elles. Sitôt qu'il sait qu'un garçon lui est né, il a envie de connaître son fils. La solitude de l'atelier lui pèse. Il n'a plus que dix bouches à nourrir, sa ménagerie de chats et de chiens, leur passion commune, qui ne remplace ni les attentions de sa femme ni les baisers secrets de Marguerite, ni les câlins de Rosalie. Ni leurs compliments à propos de tout, de la vie, du ciel bleu, ou gris, des jeux des chats avec les chiens qui les émerveillent ensemble, des travaux des voisins, des réconciliations chez les Greuze, des anecdotes du Louvre, des aventures du Paris des artistes...

À peine une toile achevée, toute la galerie est invitée à donner son avis. Manque plus que tout celui de Marie-Anne, à l'œil impitoyable, à qui rien n'échappe, qui traque la moindre facilité, le plus infime relâchement. Chacun ici compte sur son jugement car, même cruel, il est toujours formulé dans une langue douce. Elle traduit en langage d'artiste et avec tact ce que les œuvres lui inspirent. Elle est le meilleur critique de la galerie. Bref ses femmes lui manquent. Son beau-frère Henri vient souvent le visiter en fin de journée ; à lui aussi, elles manquent. Pourtant, Frago s'en défie. À travers lui il sent la surveillance des Grassois qui jamais ne relâchent leur pression, ni ne cessent de toucher des pourcentages sur tout ce qui sort de l'atelier. Or Henri est à l'affût de la moindre vente. En temps normal, Frago ne s'en rend pas compte, ne s'en soucie pas. Sa femme sert de truchement entre le clan et lui. Elle tient la caisse et leur verse ce qu'il faut pour acheter la paix. De même que pour ne plus subir son père, il a régulièrement envoyé des sous aux Grassois qui se chargeaient de lui. Ainsi n'a-t-il jamais affaire à eux. La paix avec le clan passe par les sous. Sa paix intérieure aussi. Il n'envisage pas de manquer d'argent. Il porte ces traces d'angoisses surgies du fond de son enfance. D'où une certaine joie pour accueillir l'heure présente.

Dix mois qu'elles sont parties. Trois mois que « sa femme » a accouché, qu'il est père d'un fils, il n'en peut plus. Un fils. Son fils ! Il est fou d'impatience et de joie. Qu'elles rentrent. Vite. Qu'elles le lui apportent, ce fils ! Las, il faut encore attendre que le lait tarisse, que Marguerite ait recouvré sa taille de jeune fille et son allure de liane adolescente.

Une vraie bonne nouvelle durant leur absence : le Louvre a enfin eu la peau de Jeanne Babuti, l'infâme épouse du malheureux Greuze ! Son mari n'a jamais rien entrepris contre elle jusqu'à cette nuit de janvier 1780 où s'étant endormi épuisé par leur dispute quotidienne, à la lueur d'une chandelle, il l'a vue penchée sur lui, brandissant son pot de chambre qu'elle comptait lui briser sur le crâne. Il l'a repoussée violemment, elle reculant l'arme toujours levée en plein délire mais l'en menaçant toujours. Elle entendait l'obliger à se laisser tuer comme il s'était laissé tromper. Bizarrement cette fois, ce fut trop. Il fallut la peur physique qu'elle lui inspire désormais pour qu'affolé à l'idée qu'elle recommence pendant son sommeil, il accélère la procédure de séparation. À l'aide des plaintes accumulées des Illustres, un arrêté est voté : les Greuze mettent en danger les enfants et les animaux qui jouent dans le corridor, ainsi les autorités accèdent enfin à leur mise en demeure. Victoire donc ! Le 4 février 1781, un immense tohu-bohu ébranle jusqu'à la charpente du Louvre. Leur déménagement fut à peu près aussi bruyant que leur installation onze ans plus tôt.

Après leur départ, un calme insolent se met à régner sur la galerie. Calme auquel on va mettre des semaines à s'accoutumer.

Hubert Robert et Saint-Non sont venus assister Fragonard le jour où il reçoit sa famille augmentée. Agrandie. L'enfant nouveau se nomme Alexandre Évariste. Le second prénom est un caprice de sa tante qui en est la *marraine*. Très vite, c'est le surnom dont l'affuble Rosalie qui lui sert de prénom. Tous adoptent Fanfan et la galerie ne le connaît que sous ce sobriquet enfantin.

Par chance, il a les yeux gris de son père. Cela dissimule un tantinet sa ressemblance avec sa jeune tante. Les trois femmes ont un joli teint, l'air épuisé mais elles sont heureuses de se retrouver dans leur vrai foyer avec tous leurs animaux qui leur font fête et ces tableaux nouveaux à regarder, à admirer. Il n'est pas resté inactif. Il a, semble-t-il, changé de manière. Changé de registre ? Évolué, oui, c'est sûr.

Depuis quelques années déjà, il est très négligé. Il a renoncé au moindre effort vestimentaire, ça ne l'intéresse pas. Et comme les clients viennent quand même à lui, il n'a aucune raison de s'attifer comme un richard pour aller en ville. Sauf pour y mener Marguerite. Alors il coiffe même perruque. Par paresse, surtout, ses cheveux étant indémêlables, autant les dissimuler. Il s'en coiffe comme d'un chapeau. Le reste du temps, fidèle à sa classe d'origine, il ceinture d'un bout de ficelle sa vieille redingote sans couleur à force d'y essuyer ses mains, et vogue la galère. Ah ça, il ne le fait pas à l'esbroufe.

Être riche n'a rien changé, sa vie demeure austère, nonobstant son rêve de gosse de vivre au milieu d'un tableau de Boucher. Il n'est pas doué pour l'épate ni l'ostentation. Simple et direct, il ne s'embarrasse pas de circonvolutions comme on fait à la Cour pour envelopper le moindre sentiment. Souvent il ne sait pas pourquoi il se conduit de telle façon, il suit son instinct. Il subodore qu'il ne doit pas revoir son cousin pourtant désormais parisien et en passe de réussir. Le tueur de chien fait fortune dans la fabrication de monstres à l'aide de matériaux plus ou moins vivants : cabinet de curiosités, dit-on. De monstruosités, oui. Il s'est aussi spécialisé — c'est ce qui surprend le plus Frago — dans les soins aux animaux. Y a-t-il un rapport avec leur enfance ? Étrange destinée tout de même. Son nouveau métier s'appelle vétérinaire. Lui reste donc de l'enfance la même fascination pour les bêtes... Pourtant non, il ne doit pas le revoir. Mieux vaut qu'il continue de tenir à distance tout ce qui a trait à l'enfance. De très anciennes traces affleurent parfois à la surface, du même geste large de l'avant-bras qu'il a pour estomper le fusain sur la toile, il s'empresse de brouiller tout souvenir d'enfance. S'en tenir éloigné le plus possible et vivre au présent.

Avec le retour des femmes et du nouveau bébé, la vie reprend un cours normal. Ronronnant. De l'eau bout sur le feu en permanence, il fait bon, on est bien. L'atelier tourne rond. Toute la galerie s'est ruée sur le bébé nouveau, tellement avide de chair fraîche que, si elles le voulaient, Marie-Anne et Marguerite pourraient peindre toute la journée comme Frago. La fidèle Sophie redouble de soin pour sa petite maîtresse puisque de partout on se relaye pour prendre soin du nourrisson. Il y a si peu de naissances ici, que toutes se disputent le bonheur de s'occuper de Fanfan. Le faire rire, l'amener aux Tuileries, le promener au Palais-Royal. Lui apprendre à marcher, à parler, à être propre, à tenir un pinceau...

L'entreprise Fragonard tourne à plein. Seule Rosalie s'ennuie. Elle n'aime pas accompagner son frère au jardin, ni peindre avec ses parents. Elle s'ennuie vraiment. C'est l'âge sans doute. L'âge... N'est-elle pas autant que le bébé, adorée par son père et ses deux sœurs-mères ? On la considère comme la petite sœur de Marguerite qui fait toujours figure d'aînée des enfants. Il règne dans l'esprit de Rosalie une confusion terrible. Tout est mêlé en elle, tout est parasité. En désordre. Elle s'ennuie sans trêve et n'imagine pas ce qui pourrait la distraire. Personne ne le sait. Elle a l'air rêveur. L'air ailleurs. C'est tout. Comme si l'ennui était une activité en soi, la requérant tout entière.

Marguerite, elle, n'est plus du tout éprise de Frago. Sa grossesse l'en a inexorablement éloigné. Et lui ? Bah il se laisserait bien faire encore mais il n'en a pas les moyens. En vérité, la proximité retrouvée les a calmés tous deux. Douchés même. Toute l'attention du père se porte sur le nouveau bébé. Depuis leur retour ils évitent l'intimité. À se demander si tel n'était pas l'enjeu profond de son désir, étoffer, compléter sa progéniture ? Ultime besoin de se reproduire.

L'épouse et sa sœur s'aiment davantage aujourd'hui qu'hier et ne se cachent rien. Y compris la désaffection du grand artiste pour les étreintes clandestines avec sa belle-sœur. Marguerite a pris l'habitude de tout faire comme sa sœur, elle n'avait pas forcément l'intention de cesser d'être l'amante de Frago même si sa grossesse avait atténué son désir. Il l'évite. Non, il ne la repousse pas. Il s'arrange pour fuir le tête-à-tête, Marguerite s'en plaint à Marie-Anne. Qui la console.

— Puisque tu n'en as plus envie, ça tombe plutôt bien.

— C'est vexant.

— C'est aussi moins risqué, tu ne trouves pas ?

Est-ce une stratégie de l'épouse, cette surenchère de superlatifs qu'elle énumère à propos de la beauté de Marguerite ? L'émerveillement énamouré de Marie-Anne devant les qualités réelles de sa petite sœur tient porte close aux accusations, aux soupçons comme aux rumeurs. Le clan est scellé sur le secret de la naissance de Fanfan. On ne peut même pas dire que Marguerite le traite mieux que Rosalie ni témoigne de la moindre partialité. Au contraire. Elle préfère visiblement Rosalie ou du moins, elle s'entend mieux avec elle. Dernière des Gérard, elle n'a pas eu de petits frères, et jamais eu le temps de désirer être mère, elle ne sait pas s'y prendre avec les nouveau-nés. Et ne cherche pas à apprendre.

Pauvre Rosalie pour qui la situation reste incompréhensible, douloureuse, pénible sans qu'elle sache trop pourquoi. Ce qu'elle sait doit rester secret, ce qu'on présente comme vrai est un mensonge ! À quel saint se vouer, à qui se confier ? Elle se renferme davantage.

Marie-Anne continue d'exposer ses miniatures au Salon de la Correspondance. C'est sa légèreté de touche qu'on prise le plus ici, on la compare à Rosalba Carriera ! Tout en assumant « son fils » à fond. À se demander s'il a jamais été porté par sa sœur !

Le 4 juillet, les époux Fragonard achètent une maison avec terrasse et dépendances, un accès au fleuve et aux carrières de Charenton. *A priori* ce n'est pas une résidence secondaire mais un placement. Frago y a des locataires qui lui causent tant d'ennuis qu'il renonce à louer. Alors, ils y vont en famille regarder pousser leurs enfants. Et là encore, dans cette nature en friche, Frago peint, peint comme un fou, beaucoup de scènes d'intimité, de scènes familiales, de scènes paysannes ou urbaines, de scènes de farces et d'espiègleries, saturées d'enfants et de bêtes. Crayonnés ou peints, joufflus, mal peignés et sains, souvent peu ou mal vêtus, les enfants qui peuplent alors ses travaux se rapprochent de ses petits amis des ruelles de l'enfance à Grasse. De l'enfance encore sans nuages.

Il a toujours autant d'amateurs. Y compris pour ce qu'il fait de nouveau. Il n'est pas démodé, il devance même l'air du temps. Fleurit ces temps-ci toute une littérature exaltant la famille, le bonheur conjugal, le respect dû aux parents, aux malades, l'amour des enfants... Une mode mièvre lancée par Rousseau invite chacun, des chaumières à Versailles, à larmoyer sans trêve sur la guimauve familiale. Ce que l'humour de Frago ne lui permet pas. Il laisse ça à Greuze. Lui il s'en rit et donne à en sourire. D'où son nouveau succès. Quand il « cite » il ose de grands écarts : sa petite maîtresse à la grosse miche de pain dans le *Dites donc, s'il vous plaît*, a la posture de la Minerve du Capitole, pied de nez, certes mais autorité aussi conférée à la jeune femme au milieu de tous ces marmots moqueurs ou peureux.

Un auteur dénommé Arnaud Berquin se taille un triomphe avec son ouvrage *L'Ami des enfants* composé de soixante-dix volumes ! La France entière chante « dors mon enfant clos ta paupière... » On baigne dans la complaisance et le sirop. La France bêtifie. Pas Fragonard ni sa peinture. Il ne verse jamais dans cette sentimentalité infantilisante. Il n'évite pas toujours une certaine fadeur mais il est sauvé par la lumière, la souplesse de son pinceau vif, l'impression d'improviser sans repentir, l'aspect inachevé de son travail, son style d'esquisse..., sa liberté et sa vitesse lui évitent de verser dans la mièvrerie ambiante.

*La Visite à la nourrice* répond d'une manière plus franche encore au goût du temps : gestes empruntés, attitudes mélodramatiques, couleurs fades, technique appliquée... Ce couple d'élégants bourgeois citadins venant rendre visite à leur enfant chez sa nourrice paysanne est d'un ridicule touchant en dépit de sa naïveté forcée. Bref, il conserve son humour intact.

Inconstant et désinvolte, Frago est capable d'oublier qu'elle l'a aimé, qu'il l'a baisée et qu'ils se sont si bien, si intimement connus. En moins d'une année, elle a repris sa place de petite sœur de Marie-Anne ou de grande sœur des enfants. Pour lui qui ne l'a pas vue enceinte ni allaiter, en toute sincérité, son fils est celui de Marie-Anne. Il a beau se sentir flatté du désir qu'à son âge il a pu lui inspirer, la peinture prime tout. Sans faiblir, il continue de lui tenir la main pour peindre et de signer avec elle ou pour elle, des œuvres qu'elle assume plus ou moins seule aux yeux du monde. Pour l'art, rien n'est changé. D'ailleurs, c'est leur folle liaison qui était aberrante. Pas la vie d'aujourd'hui, tendre et familiale.

En vieillissant, à sa passion pour les animaux, s'ajoute celle des enfants. Il les adore tous, ceux de la galerie des amis, comme les siens. Quand il ne joue pas avec eux, quand il n'essaie pas de faire rire Rosalie, il les peint avec une grâce et une tendresse infinies. Il donne à ces œuvres la même franchise d'exécution, la même santé et la même innocence qu'à ses scènes galantes. Il ose affronter pinceau en main la gravité de certains regards de gosses capables de mettre très mal à l'aise les adultes. Surtout ceux de Rosalie.

Frago est tout d'une pièce, il aime plaire mais désormais se plaire à lui-même, en premier, ne plus peindre que des sujets qui l'inspirent. Les amateurs le suivent et se renouvellent selon l'évolution de ses goûts. Aujourd'hui le thème du berceau inspiré par la naissance de Fanfan est à la mode. Tout le monde veut son berceau. Ça ne l'empêche pas d'y glisser un hommage à Rembrandt. De facture généreuse, à l'aide de quelques coups de brosse, il suggère les traits d'un visage de mère ou d'enfant, campe une attitude attendrie et définit un mouvement comme on berce. Il se complaît au modelé onctueux de la chair des nouveau-nés. À l'alangui de ces ovales de madones penchées sur les berceaux. Ou de ces nuques recueillies sur l'amour maternel.

De partout cherche à s'imposer un goût nouveau pour l'antique. Même l'Académie se laisse séduire par ce nouveau genre, cette nouvelle manière de traiter l'histoire encore plus pompeusement qu'hier. L'amour pour les Antiques, version romaine, sans la légèreté ni la gaieté grecques. Un traitement à la mode de Corneille, le plus pesant, par opposition à la manière de Racine. Le poids des interdits d'Angiviller, ajoutés à ceux des philosophes qui, après avoir éclairé le monde, vieillissent mal et se transforment en moralistes, leste cet « à la manière antique » d'un poids indigeste, théâtral, peu crédible.

À cause de Rousseau, l'amour de la nature se conjugue toujours à un fol attrait pour la Vertu, signant la seconde mort de Boucher. La volupté n'a plus rien de souriant, elle se fait grave, sérieuse, proche de l'ennui. Aux étreintes du fond des lits, aux emballements d'alcôves, on préfère les liaisons des âmes. Éthérées, pures et sans risque d'enfant !

Grand amateur, à la tête d'une formidable collection de chefs-d'œuvre du passé mais aussi de ses contemporains, des marines de Vernet aux mythologies de Lagrenée, aux meilleurs Greuze dont sa

*Cruche cassée*, plein d'enfants de Frago, le marquis de Véri va à nouveau le solliciter pour accrocher en pendant à son *Adoration des bergers*, tableau religieux que tous s'accordent à juger grand dans le « grand genre ». Preuve s'il est besoin que ses espiègleries enfantines et son bonheur familial, ses portraits fantaisistes, ses coquettes et autres libertines peintes dans l'ovale du désir, ni ses paysages à la hollandaise ou inspirés par les parcs de ses commanditaires, n'ont amoindri son sens de l'histoire. Au contraire, Frago va encore innover dans le choix du thème, de la mise en scène, de l'éclairage et des contrastes. Il oppose aux bergers des amants prêts à s'aimer. Et dévoile son *Verrou*. Amour sacré face à l'amour profane, passion dans les deux toiles. Enlacés dans une chambre en désordre, le couple plein de fièvre et d'ardeur fait pendant au moins par le format à ces bergers confits en dévotion dans une lumière de sfumato délicate. Référence appuyée à Poussin grand maître de l'histoire, la pomme au chevet du lit défait du *Verrou* fait le lien entre les deux œuvres. C'est inédit, c'est singulier, c'est réussi.

À qui le dit démodé, il exhibe ce *Verrou* et prouve qu'il est pleinement le peintre de la nouvelle modernité. Des « Verrous », il en fait au moins trois, œuvres de transition entre la peinture émotionnelle et les liturgies de l'amour mystique. Il prouve qu'il est capable comme un autre, mieux qu'un autre, de célébrer les thèmes du jour. Plus de gravité, plus de maturité dans l'art comme dans l'amour. Sa palette évolue vers plus de rigueur. Sans renier en rien le passé, son pinceau pressent que le monde et les mœurs sont en train de changer. Les arts sont un bon sismographe pour annoncer les bouleversements à venir. Aussi pour ne pas rester à l'arrière comme lors de la commande du Barry, prend-il les devants. Ça n'est pas dans son caractère, du moins dans le caractère qu'on lui prête, mais oser accrocher *Le Verrou* en pendant à son *Adoration* prouve s'il en était encore besoin qu'il vaut mieux éviter de se fier aux idées reçues. Non seulement il se renouvelle mais il épate à nouveau. Il a beau ne pas apprécier l'anticomanie qui sévit, il traite son *Verrou* à la romaine, mais avec humour et familiarité. Les colonnes d'un temple en ruine servent à étendre une corde à linge, un bas-relief est transformé en table à langer ou à cuisiner... Il se joue plus que jamais des catégories fermées, il décline tous les genres sur la même œuvre.

Grâce à cette évolution radicale de son style, sa vie s'écoule paisible et cossue, à l'écart des honneurs mais non de la renommée. Il a pris l'habitude et le goût d'une certaine aisance. Marie-Anne gère les sous des commandes. De temps en temps, un conflit l'oppose à ses locataires, il n'en parle pas. Ça relève un peu du jeu et des mauvaises manières de son père. Même à Marie-Anne, il ne se confie pas, il règle ses problèmes de propriétaire tout seul. Grâce à quoi il peut se vanter de son indépendance. Nulle sujétion, ni soucis matériels, ni contraintes sociales.

Si sa création ne s'oppose pas au goût du temps, c'est que d'emblée elle s'y trouve accordée, ou mieux contribue à le créer. Il a encore une main d'avance. Il sent monter des courants contraires sinon hostiles à ses propres goûts, des nouvelles approches de l'art. Maintenant que le pouvoir n'est plus entre les mains amies des Cochin, Marigny, Natoire ou Van Loo... tous morts ou partis finir leurs jours au loin, les artistes sont seuls, et doivent se défendre eux-mêmes surtout contre qui les administre. L'Académie ne les protège plus si bien qu'avant.

Pas de changement pour Fragonard qui a toujours refusé ce lien-là et plus ou moins joué les francs-tireurs. Son refus d'une carrière académique n'a pas souffert d'exception depuis 1767. Peu d'artistes se sont voulus aussi libres et indépendants que lui, aucun n'a trouvé le moyen de l'être autant. Peu se sont consacrés à leur art de façon plus totale. Plus que jamais, sa vie paraît circonscrite à l'atelier et aux quelques maisons qu'il fréquente sur un pied d'égalité, en ami ou en familier davantage qu'en protégé.

L'aventure avec sa belle-sœur était sa dernière flambée. C'est ce qu'espère Marie-Anne qui le voit revenir se pelotonner plus souvent contre elle. Et sa jeune sœur retourne au dehors, s'entraîner aux œillades sur de petits jeunes, bellâtres et idiots. Oh, ils s'adorent toujours tous. Ici, entre enfants, animaux et adultes, règne l'harmonie. Mais Frago et Marguerite ne se désirent plus, ne cherchent plus à s'étreindre à tout bout de champ. Il leur reste la peinture comme tout le monde au Louvre. Et ce bel enfant blond qui brille comme un soleil.

Fanfan est d'une beauté à couper le souffle. Son père le peint sans se lasser. Les deux femmes aussi. Pendant que pâlit Rosalie. Que peut-elle bien avoir ? On consulte les plus grands médecins. Rien. Elle n'a rien. Elle s'étiole pour rien. Sans raison. Autre que son âge. C'est l'adolescence, ça fatigue. Ah ! Elle pose pour son père. Mais contrairement à tout le monde à l'étage de la galerie, ou même dans les parages du Louvre, elle n'a pas le moindre désir de tenir un pinceau. Elle lit langoureusement les textes de Diderot, Voltaire, Grimm..., et prétend haut et fort que Dieu n'existe pas.

Un jour les Grassois de Paris viennent en délégation pour lui annoncer cérémonieusement que son père est mort. Frago n'est pas triste. Seule sa mère avait le pouvoir de l'émouvoir, son père non. Il lui en a voulu jusqu'à aujourd'hui des malheurs infligés à sa mère. Non, il n'est pas triste, il se sent même un peu soulagé.

Dieu existe peut-être, mais ça n'est pas un sujet de conversation, seulement un thème de peinture, en revanche l'amour filial de Frago pour son père n'existait plus. Il ne ressent qu'un lâche soulagement.

C'est alors qu'il comprend qu'un chantage beaucoup plus pernicieux s'est substitué au précédent. Marie-Anne et Frago devront continuer d'acheter le silence des Grassois jusqu'à leur mort. Sinon ils menacent de révéler au monde entier, à l'Église, aux Académies, à tous leurs réseaux de relations, le nom de la vraie mère de Fanfan.

Le chantage des Grassois ne finira qu'avec sa vie.

*Chapitre 14*

1781-1788

## LA MORT DANS UN CIEL BLEU

> Et rose elle a vécu
> ce que vivent les roses...
>
> MALHERBE

Les années filent avec art, un joli travail de dentellière ménageant des jours d'été dans le tissu du temps, des nuits chaudes et des œuvres ensoleillées. Seule fane la jeunesse de Rosalie. Au lieu d'éclore comme le veut son âge, elle fane. Quand on l'admire sous le crayon de sa mère, de son père ou de sa tante, on imagine ce qu'elle pourrait devenir pour peu qu'elle consente à la joie. Mais quelque chose ne va pas. Trop fatiguée, trop fatigable, trop pâle, trop cernée, ailleurs, si loin de ce diable blond, son frère, qui sème une joyeuse pagaille partout où il passe, et il passe partout, la galerie lui appartient. Entre eux le contraste est saisissant.

La vie chez les Fragonard est une permanente mise en abyme : chacun peint ou dessine l'autre en train d'en croquer un troisième... *ad libitum*. Sauf Rosalie. Fanfan est follement précoce et pas mal doué pour un môme de son âge. Dès 6 ans, il a remisé cerceaux et autres polichinelles chamarrés, exclusivement passionné par la peinture. Son charme et sa beauté lui ouvrent les portes de tous les ateliers. De même que, bébé, on se battait pour l'aller promener aux Tuileries, à peine ses sept ans consommés, ils se chamaillent pour lui transmettre leur art. Qu'y a-t-il chez ce momichon qui les pousse ainsi à tout lui céder ? Ils n'ont pas mis longtemps à en faire un enfant gâté, capricieux et injuste.

Sa virtuosité, son côté singe savant capable de copier n'importe quoi avec un mimétisme qui laisse pantois, fait deviner le talent et l'avenir tracé. Tous se disputent donc l'honneur de le former. Sauf son père et Sophie, qui s'est prise d'un attachement exclusif pour *la petite demoiselle* à qui elle se dévoue. Il y en a tant qui se battent pour Fanfan, elle ne partage Rosalie qu'avec son père et sa mère. Frago ne peut pourtant pas s'expliquer d'où vient la sourde hostilité qu'il a l'impression que ce gamin développe envers lui. L'étrange sensation de nourrir un serpent en son sein. Fanfan a pourtant l'air d'un ange. Un ange qui se ficherait d'absolument tout.

Un beau jeune homme grave donne lui aussi l'air de se moquer du monde, c'est Jacques-Louis David. Dès son retour de ses six longues années à Rome, il a trouvé tout chaud un atelier dans la galerie. Son oncle, le bon Sedaine, n'y est pas étranger. Membre de l'Académie, lui aussi est logé dans ces murs, grâce à quoi il lui fut aisé de faire attribuer à son neveu le premier atelier vacant.

Victime d'une enfance bousculée, sa mère l'a totalement délaissé quand son père est brutalement tué en duel. David a 9 ans, deux oncles architectes le recueillent. Cette déchirure originelle lui a laissé des traces ineffaçables. Il passe une partie de son enfance en Avignon. Puis à Paris où, depuis lors, il souffre d'une abandonnite aiguë. Le climat d'amour et d'entente heureuse qui règne à l'atelier numéro 12 l'attire et le rassure. Il s'y rend dès qu'il a un accès de mélancolie.

Nature fruste mais forte, il a un vigoureux tempérament d'artiste. S'il ne sait pas tout de la peinture, il maîtrise à la perfection le dessin, la composition et un certain sens théâtral de l'effet sûr ; d'un goût assez borné mais d'une conscience scrupuleuse, excessive même ; d'une volonté indomptable, le cœur froid, la tête exaltée, il ne trouve jamais de sujets assez élevés pour satisfaire sa hautaine ambition ; esprit énergique, étroit, têtu, chez qui l'idée ne pénètre qu'avec peine, mais, une fois entrée, c'est pour toujours, obsédé d'idées fixes, d'une autorité insatiable, il a une belle allure de chef, épris d'affirmation et ivre d'action, à qui il faut toujours un ennemi à charger de toute sa vigueur.

Après six ans à Rome où il a travaillé comme lui seul sait travailler, il rapporte une esthétique assez nouvelle pour que dès 1780, la foule le porte en triomphe dès son morceau de réception. Un *Bélisaire*. À la suite de ce premier tableau, vient la série des toiles dites républicaines, les *Horaces*, le *Brutus...*, où David jette ses étincelles galvaniques. Entre lui et le public, il passe un courant électrique continu. *Le Serment des Horaces*, d'une crudité toute romaine, est accroché juste au-dessus de la *Marie-Antoinette et ses enfants* d'Élisabeth Vigée-Lebrun. Paradoxalement David fait huer la reine par les spectateurs du Salon de 1785. Tant le contraste entre sa force et la mièvrerie de Vigée-Lebrun est violent.

Comme tous les jeunes artistes de l'heure, David frémit de passions démocratiques couvées par les Lumières, et se jette tête baissée dans la nouvelle passion du jour : l'enthousiasme, dont l'étymologie fournit des origines religieuses jamais loin du fanatisme. Un enthousiasme pour l'heure esthétique, soutenu par une volonté enivrée de grandes phrases qui doivent dicter de grandes œuvres. Autorité naturelle, reconnaissance d'un talent supérieur. Tout ça encore en désordre chez lui.

Dès son retour, il s'est donc attelé à son grand sujet, histoire de faire sensation au Salon. Son *Bélisaire* plus romain que romain. Ainsi concentré, il ne voit rien ni personne, sauf les trois dont il a besoin, son maître Vien, Frago pour la chaleur et Pajou le sculpteur pour le relief. Pas d'amis. On le craint. Il est ambitieux, il est paradoxalement aussi timide.

Dette d'honneur ou amitié réelle nouée sur les cendres de leur passion commune pour la Guimard ? David visite régulièrement Fragonard sans même s'apercevoir de l'existence de son morveux de fils. Si David est le plus jeune artiste du Louvre, son opiniâtreté au travail inspire du respect aux anciens. Seul Frago plaisante avec lui et le traite sans façon. Alors que les Illustres énamourés par la joliesse et la finesse des traits de Fanfan, rêvent de l'entraîner dans leur sillage, l'enfant ne mendie l'attention que de David. Indifférent à tout ou franchement désespéré, celui-ci n'a ni le goût ni le temps de prendre des élèves. Plus tard... Mais Fanfan est pressé de grandir et d'apprendre. Et ne veut apprendre qu'avec lui, tout apprendre de lui. Il passe son temps dans son atelier à le regarder peindre. Lui seul trouve grâce à ses yeux, au point de dénigrer le travail de ses père et mère. Pas celui de sa tante. Il aime bien sa tante.

Frago n'a pas matière à s'inquiéter, ce n'est qu'un enfant trop précoce, ça lui passera. Rosalie le soucie davantage. Il n'a pas le cœur à autre chose qu'à la santé de sa fille qui ne cesse de se détériorer. Il ne comprend pas ce qui la ronge. Personne ne le comprend. Même les meilleurs médecins convoqués près d'elle ont rendu leur tablier.

Aussi multiplie-t-il les séjours à la campagne notamment à Cassan, au petit château du fils Bergeret, plus confortable et plus chaud que le Louvre pour lui faire respirer un air plus sain. Elle s'y sent mieux qu'à l'atelier. Est-ce l'air de la campagne ou l'absence des siens ?

Depuis leur retour d'Italie, Bergeret fils a littéralement adopté tous les Fragonard comme famille de substitution. Depuis leur enfermement dans les voitures de son père en Italie, il les a adoubés et réciproquement. Davantage que de l'amitié il éprouve un vrai sentiment filial envers le couple et sa manière de vivre. Il le prend pour modèle. Enfants et bêtes, tendresse diffuse...

Depuis Rome, l'architecte Pierre-Adrien Pâris est lui aussi devenu son ami. Avec Frago, il dessine pour le parc de Cassan un pavillon chinois dont Bergeret va soigner le jardin. Ils s'y retrouvent pour célébrer la beauté.

Quant à la petite entreprise menée de main habile et discrète par Marie-Anne, elle n'a jamais tant vendu. Et Frago, le peintre « démodé » de la du Barry, y brille d'une gloire qui semble s'étendre encore. Il n'a plus rien à prouver, et pourtant, la critique est toujours aussi impitoyable. Comme sa capacité à douter de lui est immense, il s'enferme dans son refus de comparaître au Salon comme d'affronter le jugement public. « Loin de suivre la carrière sublime de son Art où les plus grands succès lui étaient assurés il s'est détourné dans de petits sentiers inconnus pour se faire un genre plus favorable au délire de l'imagination qu'à l'exacte vérité... Son ambition s'est bornée à faire briller quelques éclairs dans une carrière où son génie pouvait répandre une lumière plus grande et plus durable... On regrettera toujours que M. Fragonard n'ait pas pris un vol plus élevé. » C'est anonyme mais définitif, ce n'est pas un tableau, c'est une vie qui est ainsi jetée aux chiens.

Pourtant lors de son voyage à la cour de Russie, Diderot avait réussi à le *vendre* à Catherine II, l'impératrice de toutes les Russies, qui, timorée en matière de peinture, ne prisait que les grands morts. Bah, lui serine sa femme, tant qu'il vend, tant qu'il a des clients... Pourtant non ça ne suffit pas, elle le sait bien mais elle sait aussi qu'il trouve maintes compensations dans le plaisir de vivre. Il suffit de le tenir éloigné de l'empire de la médisance. C'est une bonne nature, il se laisse distraire. Assez peu soucieux de soi, il s'intéresse davantage au sort de ses proches.

Il est sincèrement heureux pour sa femme et sa belle-sœur que le succès n'oublie pas non plus. Ainsi pas de ces jalousies comme il y en a tant dans ces familles d'artistes où le succès de l'un fait de l'ombre aux autres. Là, chacun dans sa catégorie rencontre son public. Au Louvre, ils sont salués et reconnus comme une famille d'artistes. C'est d'autant plus agréable que depuis la mort de son père, la pression des Grassois s'est resserrée, par instants elle se fait presque menaçante... Marie-Anne sert de tampon entre son mari et son pays. Mais il ne peut plus nier cette emprise.

À voir l'état de prostration où se morfond Rosalie, Frago se fiche éperdument du chantage des « cousins ». Il refuse de perturber davantage cette petite âme exténuée.

Affranchie de toute tutelle, Marguerite donne du fil à retordre à sa sœur. Et par force à Frago. Elle batifole tard dans la nuit aux Tuileries, au Palais-Royal, et parfois plus loin. Elle s'habille avec audace, ne baisse jamais les yeux, ne communie plus à la messe. Elle frôle sans cesse le déshonneur. D'autant qu'elle refuse tous les prétendants que les Grassois lui présentent. Même les beaux partis, elle les récuse. Elle veut rester LIBRE ! Elle n'a que ce mot à la bouche. Libre ! Une jeune femme, jamais mariée, pas même veuve ! Une femme qui a eu un enfant en cachette, et qui, sans sa sœur, sans les Grassois et leur complaisance, aurait versé dans le ruisseau. Libre veut être la fille-mère ! Elle a de ces exigences ! Rester fille et libre. Et tous lui cèdent. Pour ne pas faire de peine à Rosalie qui ne supporte ni bruit ni conflit, pour ne pas perturber la légende de Fanfan. Marguerite n'a peur de rien, sa sœur la sent capable de tout oser. Les Grassois n'ont pas besoin d'exercer leur chantage sur Frago, Marguerite en est un à elle toute seule. À sa façon de revendiquer haut et fort une liberté inaccoutumée, interdite aux filles, elle donne à tous du fil à retordre. Elle ose avoir des liaisons sinon au grand jour du moins dont elle ne se cache pas. Sa sœur lui a appris comment éviter les grossesses désormais. Elle n'aura jamais d'enfant, professe-t-elle, toute honte bue. Amnésique et sincère. Sans vergogne et en toute impunité, elle s'amuse et se rit de tous.

Elle fait toujours de la peinture à quatre mains avec son « cher Frago », et ce sont désormais leurs seuls jeux de mains. Ils ne se touchent plus, évitent même tout effleurement. Ils ne se désirent plus. Sans avoir perdu leur belle estime, l'heure du coup de folie est passée.

Elle a encore beaucoup à apprendre. Beaucoup à prendre du bon Frago dont la générosité est légendaire. Il donne à qui réclame. Il est à l'apogée de son art, mais comment sait-on jamais que c'est l'apogée ? Simplement, il n'a jamais fait mieux, jamais été mieux apprécié, plus et mieux vendu. Il mesure ses progrès et s'étonne lui-même de sa capacité à « changer de genre », à varier les plaisirs. C'est dû à l'émulation au sein de la galerie, pense-t-il. Il a de nouveaux voisins, jeunes, talentueux. Une nouvelle génération arrive qui ne ferait bien qu'une bouchée de sa peinture, si Frago ne se remettait sans cesse en jeu. Il voit les œuvres de David, il en tire non de l'antique mais des symboles d'antique pour nourrir les siennes et avant tout celles que signe Marguerite. Davantage que leurs innovations artistiques, ces nouveaux venus alimentent la galerie en idées modernes. Ce sont eux qui montent le bourrichon à Marguerite avec leurs mots de liberté, de pureté, d'idéal romain et d'émancipation.

Il y a déjà un moment que Voltaire est mort, Rousseau aussi deux mois plus tard, en 1778. D'Alembert s'est éteint cinq ans après, en 1783. Watelet en porte encore le deuil. En ce début d'année 1784, on murmure que Diderot ne se porte pas très bien. Enfin, on ne sait pas trop. On ne le voit plus au Louvre depuis l'expulsion de Greuze. On dit aussi, mais plus bas, qu'il n'aurait plus l'usage de sa tête vingt-quatre heures sur vingt-quatre. Est-ce ce qui autorise Jacques-André Naigeon à lui prêter des propos « scandaleux » dont Frago est persuadé que Diderot les désapprouverait ? N'empêche, par la voix de son ventriloque, de nouvelles idées s'insinuent au Louvre et suscitent une nouvelle peinture. Tout est lié. Jean-Honoré n'a pas le choix. Pour continuer de nourrir les siens, il doit suivre le mouvement. Marguerite se prend pour une grande dame, dans le style d'une Émilie du Châtelet qui, durant la première moitié du siècle, avait réussi l'exploit de devenir excellente physicienne, de se faire admettre à l'Académie des sciences et, mariée, de s'installer avec Voltaire, son riche et célèbre amant, qu'elle trompa au point de se faire engrosser par le petit poète Saint-Lambert qui passait par là... Bref, une femme qui avait des mœurs. Las, Marguerite n'a ni son nom, ni sa fortune, ni ses amants célèbres et pétris d'admiration pour elle. Marguerite n'a que sa beauté, sa jeunesse, sa volonté d'émancipation, l'amour de sa sœur et la tendresse désormais paternelle de son beau-frère. La liberté qu'elle revendique est intimement liée au secret sur sa maternité. Ce déni constant la contraint à une existence dissipée, croit-elle, qu'elle assume avec effronterie. Ses mœurs comme ses propos sont un défi à la vertu, au sens commun, à la vie calme et rangée que s'efforce de mener sa famille, nonobstant leurs frasques passées. Ou pour mieux donner le change ?

À chaque Salon de la Correspondance, les Fragonard sont de plus en plus présents, brillants et vendent de mieux en mieux ; ils s'enrichissent ce qui fait très plaisir à Marie-Anne. Plus elle peut donner d'argent aux Grassois, plus elle se sent libre, sûre de tenir à distance ceux qui demeurent le cauchemar de son mari, hérité de sa mère. « Ils ont tué ma mère », répète-t-il à chaque occasion. Seul l'argent les met à l'abri de leur pression. Argent qu'il place pour que ses enfants ne manquent jamais de rien. Il risque de n'être pas toujours logé gracieusement chez le roi et ses œuvres peuvent cesser de plaire. D'autant que ça n'est un secret pour personne, Louis XVI n'aime pas « ce peintre polisson », dit-il la bouche en cul de poule.

Et l'artiste n'est pas assuré que son fils ait hérité de son talent ni qu'il décroche le prix de Rome un jour, ni du coup un atelier au Louvre. L'enfant déclare et re-déclare à qui veut l'entendre qu'il ne fera jamais que peindre, peindre et peindre. Les années passent, sept, huit, neuf, dix ans bientôt, sa volonté se raffermit plutôt.

Vivre, c'est d'abord respirer. Et tant qu'à faire du bon air. Meilleur qu'au Louvre. De plus en plus, Fragonard embarque sa fille avec ou sans Marie-Anne à la campagne pour deux, trois jours, davantage quand le temps est beau. Il met en œuvre tout ce qu'il croit susceptible de soigner sa fille. Il songe à sa propre crise de jeunesse qu'une boîte de couleurs et quelques mois à Grasse avaient guérie. Nonobstant il la sent diminuer, rapetisser. Il se consacre à lui rendre le sourire et la vie... Rien d'autre ne compte.

Dans les prairies en fleurs du beau parc de Cassan, Frago lui fait la lecture, il approfondit sa propre culture et découvre avec le même bonheur que sa fille, les aventures de Don Quichotte. Un jour, il les illustrera, plus tard, quand sa fille sera guérie, se promet-il. Rosalie réclame de plus en plus d'histoires, elle préfère le monde de ses lectures à celui qu'elle habite. Les livres sont la preuve qu'un autre monde est possible. Un Ailleurs qui semble tellement plus séduisant et vaut tellement mieux que la réalité où règnent son frère, sa tante, les Suisses avec leurs mots orduriers au pied des escaliers... La peur. La confusion.

— Et si elle était tout bonnement jalouse du génie de son frère ? interroge Marguerite.

— Depuis quand la jalousie est-elle une maladie mortelle ? réplique Frago furieux de son impuissance et de leur faute à tous envers elle, cette obligation de secret, de mensonge...

Il n'est plus temps de se cacher la vérité, même s'ils font tous comme s'ils l'ignoraient. La belle enfant se meurt tout doucement. Elle rétrécit tous les jours. Au lieu de croître, elle se réduit.

— Et puis jalouse de quoi ? De qui ? Pour quoi ? Ne sent-elle pas que je l'aime plus que tout au monde ? implore son père, qui ne sait plus à quel saint se vouer.

Cette enfant est devenue son seul souci, et sa santé, un drame constant. Un rien la fatigue, elle s'essouffle en traversant l'atelier, ne parvient pas à tisser le moindre projet. Elle vit comme une fille qui n'aurait pas d'avenir. 15, 16, 17 ans et toujours pas d'avenir ! Figée dans un éternel présent où rien jamais ne bouge, un présent sans fond. Frago s'inquiète, elle le rassure.

« Ça passe, ça va passer », murmure-t-elle, sibylline.

Alentour les autres s'agitent. Elle seule, immobile, laisse le sable couler entre ses doigts... Elle n'a plus la force de fermer la main.

À côté de ses portraits d'enfants remuants, ses Fanfan, Mossieur Fanfan et les amis tapageurs de Fanfan, pose, nonchalante et dolente, une Rosalie en dame du temps jadis. Sinon sa ressemblance morphologique avec sa mère. C'est pour elle qu'il peint *La Fontaine de l'amour*, puis *Le Serment d'amour*, et *Le Vœu à l'amour*... Comment mieux la supplier de vivre, l'encourager à durer, lui crier qu'elle est son amour, son enfant adorée...

Il lui offre encore *Le Sacrifice de la rose*. Où chacun peut constater que son style a profondément changé, et qu'en dépit de son âge, il est toujours en avance d'une coudée sur ses jeunes confrères. Il n'a jamais peint d'œuvre plus pure, plus éthérée, d'une inspiration plus élevée... Pour Rosalie, pour son enfant chérie, qui cligne à peine des yeux en guise de gratitude. Elle n'a plus de force du tout. Cligner est son dernier effort.

Elle se laisse mourir comme on se laisse vivre. Il la perd, elle n'a plus qu'un filet de vie qui s'écoule au compte-gouttes et qu'elle ne fait aucun effort pour retenir. Un soir d'automne dans la déchirante lumière du crépuscule, elle cesse simplement de respirer. Comme si elle s'interrompait volontairement.

— Je n'en peux plus. J'arrête...

Et ça a lâché.

Le sang a cessé de couler dans ses veines. Son pouls de battre...

Frago, la main posée sur elle, a compris avant Marie-Anne, assise de l'autre côté de son unique enfant.

C'est au château de Cassan, ce soir du 8 octobre 1788, que leur fille est morte. Et soudain Rosalie n'est plus. Leur enfant adorée... Finie, morte, vraiment absente. Pierre-Jacques Bergeret pleure avec eux, leur chagrin est le sien, cette singulière jeune fille toujours étendue faisait l'unanimité. La peine de Frago est absolue. Tout de suite malgré sa peine à elle, Marie-Anne s'alarme de la réaction de Frago. Il est dévasté. Littéralement il ne peut ni marcher, ni manger, ni dormir. C'est trop de bouleversements.

Bergeret insiste pour qu'on enterre Rosalie dans le petit cimetière privé de son château. Ce qu'on fait sans bruit, sans cris, rien qu'eux trois, Bergeret, Frago et Marie-Anne. Ensuite, ravagé de chagrin, Jean-Honoré renvoie sa femme à Paris, porter la nouvelle et s'occuper de Marguerite et de leur fils. Lui ne peut plus rien pour personne. Les faire vivre ? Ce n'est pas d'actualité. Vivre, là tout de suite, est au-dessus de ses forces. Il ne sait pas s'il va pouvoir faire comme si.

La mort de sa fille la renvoie à la naissance de Fanfan. Il se fait mille reproches. Peut-être cette âme pure n'a-t-elle pas supporté le mensonge autour de la naissance de son pseudo-frère ?

Après le départ de sa femme, Fragonard passe près de deux mois jusqu'à la fin novembre à marcher, courant presque, seul à travers la campagne. Seul avec le chien Bonheur et Monamour le chat de Rosalie qui toujours la cherche. Ses journées commencent et s'achèvent par une longue station au cimetière. Il ne songe pas à peindre, il ne songe plus à vivre. Il ne sait plus pourquoi se lever le matin, il marche pour fatiguer la bête et oublier son être.

À Paris, les deux sœurs vivent, peignent, exposent

et dorlotent Fanfan. Bergeret est resté tout l'automne auprès de son ami. Sans sa famille. Lui aussi est inquiet. C'est son ami, son soutien, son allié depuis Rome, et il a l'air de ne plus tenir à grand-chose. La mort de sa fille le touche au plus profond, à sa raison de peindre sinon de vivre. L'Académie trépigne, il a tant de travaux en souffrance, de commandes pas honorées, de tableaux déjà payés par le roi, la Cour, un seigneur ou un autre, et... Rien. Il ne les rendra pas. Il ne se sent plus à même de les faire, il a cessé d'être peintre à ses yeux. Il a toujours eu la réputation de livrer en retard, de mal honorer ses commandes, de faire traîner au-delà de toute patience, d'oublier de préparer des œuvres à présenter aux différents Salons où l'Académie entend que ses membres la représentent. Toujours fait le grand écart entre sa rapidité à travailler, et même à achever un portrait en une heure de temps, et son incapacité à rendre à l'heure. Là il n'y a rien à rendre. Ça n'est plus son souci.

Pendant ce temps à Paris, Fanfan est de plus en plus exigeant, tyrannique. Capricieux, égoïste... Savent-elles, les deux sœurs, les deux complices, que « leur » fils a surpris une conversation où Sophie consolait Marie-Anne pleurant sur la mort de son « seul enfant, son unique enfant » !

Et lui alors ? Son fils. Leur seul fils !

Il ne supporte pas ce qu'il ne comprend pas. Pourtant à ses oreilles d'enfant précoce, ces mots sonnent juste. N'est-ce pas Marguerite qui veille sur lui depuis la mort de sa... ? Sa quoi ? Sa sœur ? Était-elle sa sœur, oui ou non ? La lamentation de sa mère ne portait peut-être que sur le sexe. Elle a perdu son unique enfant de sexe féminin ? Non, Fanfan a entendu une vérité plus profonde, une vérité qui le prive de sa sœur comme de ses parents, comme s'ils n'étaient plus de vrais parents. D'ailleurs il leur préfère Marguerite et David. Marguerite, parce qu'elle est moins triste, plus jeune, plus forte, moins en peine qu'eux, et se consacre à son art et à lui, l'enfant doué, l'enfant vivant. Et David parce que c'est de son art à lui qu'il attend tout.

Le couple de ses parents semble ne même pas se rappeler son existence. Il a bientôt 9 ans tout de même. Il prend très mal cette mort et surtout ce long deuil qui la suit. La vie de ses parents s'est interrompue. Et lui ? Lui, quoi ? Qui va s'occuper de lui ? Il est toujours vivant, lui. Comment le leur rappeler ? Son père revient quelques jours par semaine au Louvre mais même quand il est là, il n'y est pas.

Avec ou sans leur fils, toujours sans Marguerite, les Fragonard en deuil retournent régulièrement à Cassan se recueillir sur la tombe de Rosalie. Marie-Anne ne montre rien de son chagrin, elle est même capable de consoler son mari, mais elle sait qu'elle a perdu l'essence de sa joie. C'est à Sophie seule qu'elle se confie. Les deux femmes qui ont élevé la petite ensemble pleurent sans trêve dans les bras l'une de l'autre mais toujours en cachette. Sophie a proposé sa démission puisque la petite demoiselle n'a plus besoin d'elle. Et que Fanfan a toujours fait l'indépendant. En tout cas vis-à-vis d'elle. Hors de question. Marie-Anne reconnaît ne pas pouvoir et surtout ne pas vouloir se passer d'elle. Sophie reste, Sophie restera, Sophie vieillira avec elle. Sans autre exigence que de veiller sur ce couple qui l'a recueillie il y a dix-huit ans sans lui poser de questions. Et adoptée. En réalité Marie-Anne l'aime comme une sœur et c'est réciproque. Sauf que Marguerite n'a jamais partagé cette amitié. C'est pourtant grâce à son soutien que Marie-Anne a supporté la drôle d'aventure qui a vu naître son fils.

Le plus souvent, c'est seul que Frago se réchauffe à la tendresse de Bergeret. Saint-Non les rejoint aussi parfois.

Sept mois après Rosalie, le chat Monamour meurt à son tour. Toujours, il emboîtait le pas de Frago quand il se rendait à Cassan, et de là, au cimetière où le père comme le chat demeuraient figés, atterrés, sans regard. Toujours il escortait Frago sur la tombe de sa petite maîtresse. Couché à ses pieds, il attendait dans le même silence recueilli que passe ce chagrin qui ne passait pas. On eût pu croire qu'il priait.

Frago ne peut pas, ne sait pas prier. Cette mort le contraint de s'avouer qu'il ne croit ni à Dieu ni à diable. À rien. Il a cru à la joie, au soleil, au plaisir de l'instant, à l'amour partagé, aux plaisirs échangés, au parfum des tubéreuses, à la beauté de l'art... Là, en ce printemps somptueux, sous ces frondaisons millénaires, majestueuses, embaumantes, il demeure infiniment triste. Assis sur la tombe où se décompose sa fille. Il n'a plus de larmes, plus d'espérance. Il n'ose pas s'étendre à même sa pierre tombale, comme faisait le chat, c'est pourtant la seule chose dont il se sent capable.

Quand, au début de l'été, tout essoufflé, un Bergeret haletant arrive en courant jusqu'au cimetière où Frago, sans énergie, laissait couler le temps.

Vite, vite, il faut rentrer à Paris. C'est l'émeute...

À Paris, pourquoi ?

Parce qu'il y a là-bas ta femme, ton fils, ta belle-sœur, ta vie, ce qu'il en reste, le Louvre, des commandes...

Il y a de l'alarme dans sa voix. Aussitôt ils se mettent en route dans le cabriolet du fermier général qui a, lui, encore plus à redouter de cette révolte. Ce sont toujours les fermiers généraux les premières cibles de ces jacqueries. Du coup il a vraiment peur. Mais tous deux sont désolés de se séparer.

Vue de la voiture, l'émeute pourtant a l'air gaie. Tous ces gens joyeux qui battent le pavé en chantant, vêtus de couleurs criardes et drôles. Oui, l'émeute a un air bon enfant et sympathique.

Des centaines de gens pauvres certes mais pas miséreux, on ne meurt plus de faim au royaume de France, marchent ou plutôt montent sur Paris comme on dit, et leurs chants sont généreux, pleins de promesses, joyeux, idéalistes, ils n'ont vraiment pas l'air méchants. Ça n'empêche pas Bergeret de trembler, il a beaucoup à perdre et n'en mène pas large. Frago le réconforte tant qu'il peut.

— Regarde... (Il lui désigne les gueux que leur voiture dépasse en grand nombre.) N'ont-ils pas l'air en goguette ? Ces gens ne sont pas bien menaçants. On dirait qu'ils vont à la fête ou au bal. Ils ne sont même pas armés. Ils sont légers comme la saison, il fait beau, ils en profitent. L'émeute, c'est la fête, ils ne s'en prennent même pas à ta belle voiture...

Rien à faire. Bergeret tremble des pieds à la tête alors que Frago se sent plutôt attiré.

Au Louvre où Bergeret le dépose, rien ne bouge. Rien ne brûle, rien ne fume. Les femmes de la galerie passablement excitées racontent que c'est à la Bastille que ça se passe. Marguerite y a d'ailleurs déjà rejoint on ne sait quelle troupe. Frago doit reconnaître que ce 13 juillet, tous sont follement enthousiastes. Au Louvre, comme partout autour, dans les jardins, le long des quais où se propagent les plus folles rumeurs à la vitesse des bateliers, toujours aux premières loges.

Après deux jours d'absence, Marguerite revient. Il y a longtemps que plus personne ne lui dit rien, elle n'en fait qu'à sa tête. Et elle annonce à tous les « vieux » du Louvre :

— Non, non, ça n'est pas une émeute, c'est une révolution. La prison de la Bastille est en voie de démolition, tous les prisonniers ont été libérés...

Elle ne se sent plus de joie, elle ne tient pas en place. Enfin il se passe quelque chose dans sa vie ! Pour Marie-Anne, si cette prétendue révolution pouvait offrir une diversion à leur chagrin, elle serait prête à aimer la Révolution. Si seulement ça pouvait distraire son mari, il cesserait de plomber l'air ambiant, irrespirable en sa présence tant sa peine demeure compacte.

Rien ne semble capable de le ramener à la vie simple et heureuse du temps de Rosalie. Et la politique ! — ah ce mot qu'ils ont tous à la bouche —, la politique n'y changera rien. Il a une visière sur le cœur, il ne peut voir au-delà de la mort de sa fille. Comme une butée d'abîme. Une bride à sa pensée, à son regard.

Il n'a jamais prisé la métaphysique et se tient toujours à distance de la psychologie. Il aimait Diderot mort depuis cinq ans déjà, parce que lui au moins, pour changer le monde, ne s'embarrassait pas de tout ce carnaval romain, ce fatras d'idéologie. Il n'a pas vu mourir Diderot ? Non. Tellement occupé par la maladie, la faiblesse puis l'agonie de sa fille, il n'a pas souvenir d'avoir vécu, ni souffert, ni même pleuré ses amis durant ces cinq dernières années.

Frago s'est toujours plu — et de plus en plus — dans la simplicité. Une vie rustique, sans apprêt, sans autre soin que le vivre et le travail. Foin de l'agitation qui transforme tous ses proches et même les lointains, les inconnus au carrefour, en tribuns de barrière !

Cette révolution lui semble tout de même déplacée, si l'émeute des premiers jours était joyeuse, qu'elle s'éternise lui paraît artificiel. C'est sous Louis XV qu'il fallait se révolter quand des gens mouraient vraiment de faim. Mais Louis XVI n'est pas un mauvais bougre, il a même rappelé quelques bons ministres comme Malesherbes, la vie va plutôt mieux. Ne pas aimer la peinture de Fragonard n'est tout de même pas un crime qui mérite un soulèvement. Ce roi-là ne mène pas une politique si désastreuse, au moins ne lance-t-il pas le royaume dans de folles guerres...

Pourtant comme sous l'effet d'une danse de saint Guy, la France entière est prise d'une frénésie de justice. Même les artistes du Louvre s'exaltent à l'idée de changer l'ordre des choses. Ont-ils oublié qui les loge et qui les nourrit ?

Frago hausse les épaules en les entendant hurler qu'il faut vaincre la tyrannie, mettre à bas l'injustice. Marguerite en tête. Où sévissent-elles ici la tyrannie, l'injustice ?

Alors qu'il était en train de faire le portrait des grands du moment, David ressent soudain un choc terrible qui va profondément changer sa vie. Au soir du 20 juin, par quel hasard, quelle folle curiosité l'a poussé ? Il est allé à Versailles assister à une de ces fameuses séances des États généraux, pile au moment où a lieu le serment du Jeu de paume ainsi qu'on appelle aussitôt l'événement. L'instant est trop beau, il décide de l'immortaliser. Adieu l'Antique, c'est l'Histoire en train de se faire qu'il lui faut peindre. Il laisse tout en plan, et se met à croquer les députés du tiers état un par un. Ils ne sont pas loin de mille à figurer sur sa toile, ces centaines et ces centaines de personnages qui jurent ensemble de ne pas se séparer avant d'avoir donné une constitution à la France.

De même, le 15 juillet, Hubert Robert s'en va planter son chevalet place de la Bastille, histoire de croquer sa première ruine en cours de réalisation !

Aux premières émeutes, au Louvre personne ne bouge. Le sort des Illustres dépend trop de la Couronne pour ne pas se sentir menacé par sa chute. Tant qu'elle tient... Mieux vaut faire le gros dos.

S'égrènent des dates qui vont changer la vie de chacun en dépit qu'on en ait : la Bastille le 14 juillet, la fin des privilèges le 4 août, ou encore ce fameux 7 septembre quand Necker en appelle aux dons patriotiques pour sauver les finances du royaume. Là, les artistes montent enfin en première ligne. Marguerite et Marie-Anne Fragonard mènent à Versailles une délégation de vingt et une femmes d'artistes, toutes vêtues de blanc, pour faire à la Patrie l'offrande de leurs bijoux. David, qui a inspiré ce geste, en a conçu la mise en scène. Sa jeune épouse donne le bras à Madame Vien, Mesdames Lagrenée, Moitte et Suvée suivent derrière avec Madame Carle Vernet, et pour fermer la marche les deux seules artistes du beau sexe, les femmes Fragonard.

Monsieur de la Luzerne, président de l'Assemblée,

les accueille une à une. Un huissier aboie leur nom et les fait asseoir. Elles inaugurent l'offrande que le peuple va faire à son pays. Après elles, le public leur emboîtera le pas pour aller déposer ses dons...

Voilà que la Révolution a besoin de vos bijoux pour aller au bal ! sourit Frago.

Ses moqueries ne les empêchent pas de s'y rendre et d'immoler ces colifichets qu'elles ont jadis si ardemment convoités ! Fragonard n'est pas contre. Il n'aime pas plus les bijoux que les mœurs ostentatoires. Il s'est toujours considéré comme un enfant du peuple, il a toujours su qu'aux yeux des grands, il ne serait jamais rien d'autre. Il a bien aimé frayer avec eux, ça oui, mais surtout avec leurs collections de chefs-d'œuvre, doit-il reconnaître. Il ne déteste pas l'argent et la paix qu'il procure. Mais à la façon d'un ancien pauvre, pour se rassurer. Il en a besoin, ne fût-ce que pour dormir tranquille.

Mais au fond, tout ça lui est assez égal. Rien ne lui rend Rosalie. Ni ne lui ramène un fils selon son cœur. Résolument hostile, Fanfan a choisi son père comme tête de turc. Il prend systématiquement le point de vue opposé. Depuis la mort de sa sœur, on dirait qu'il lui en veut profondément. Frago ne comprend pas pourquoi. Sa femme dit que ça lui passera, que c'est sa façon de montrer sa peine. Il s'empare de la Révolution pour en faire une cause personnelle, une arme contre ses parents.

Bon.

Donc les femmes des Illustres ont fait don de leurs bijoux les plus précieux au moment où les rentes viennent d'être réduites des deux tiers, les pensions supprimées.

Frago a surtout l'impression que ses concitoyens,

comme ils s'appellent désormais entre eux, ont envie de profiter de ce bel été si chaud, doux comme jamais, pour ne plus travailler. On dirait que le royaume s'est mis en vacances ! Frago aimerait tant recouvrer l'ardeur de peindre et sa ferveur d'hier. Las, il n'a plus de goût à rien. Ni le courage, ni même la force physique. À son tour il s'affaiblit, comme s'il devait ressentir dans son corps ce par quoi sa petite est passée. Il tremble et s'essouffle comme Rosalie.

Ses amis collectionneurs sont les seuls à ne pas tomber dans le panneau de la révolution joyeuse. Ils ont trop à craindre de ces mouvements populaires. À commencer par le saccage de leurs beaux hôtels.

Frago n'a pas peur, mais pas envie que se produisent des choses irrémédiables. Il n'a plus de commandes ni de commanditaires, plus de désir de peindre, plus de raison de vivre, plus la moindre force. Alors il observe ses femmes et son fils prendre fait et cause pour la Révolution. Ça les amuse, ça les excite, ça les enthousiasme. Il ignorait sa femme patriote, sa belle-sœur un cœur si vibrant pour son pays !

Frago se sent de plus en plus loin de tous. De plus en plus mal aussi. Son corps s'en mêle. Il crache du sang. Le cache à tout le monde. Bah, à quoi bon ? Elles sont si heureuses avec leurs concitoyens. Elles fabriquent des cocardes en série et s'affublent de ces trois couleurs primaires qui vont si mal ensemble. Aux yeux d'un artiste en tout cas.

Hubert Robert aussi est inquiet. Il est même un des rares artistes à ne pas marcher au pas avec les émeutiers. Il sent qu'un monde s'achève, mais pour donner naissance à quoi ? Il conseille à Frago d'aller se mettre au vert, à couvert, et surtout de dissimuler les œuvres qui pourraient témoigner contre lui. Les fameux panneaux de la du Barry par exemple le dénoncent comme valet de la gourgandine du précédent despote. Oui, insiste Hubert Robert, c'est ainsi qu'on parle aujourd'hui !

Elles sont toujours roulées dans un coin de l'atelier, ces belles preuves du bonheur d'un autre temps. Mais qui s'en soucie, qui s'en souvient ? À part les vrais amis comme Saint-Non ou Hubert Robert.

Malade, s'il s'éloignait de ce Louvre, de cette prison humide et malsaine qui a tué sa fille, s'il allait respirer l'air de Grasse, peut-être guérirait-il ? Aérer ses poumons. Partir ? C'est une idée. D'accord.

Follement exaltées, les deux sœurs n'ont pas la moindre envie de quitter Paris en ce moment. Enflammées, elles sont sûres que le monde est en train de changer, qu'il ne sera plus jamais comme avant, c'est dire si elles délirent. Elles n'en veulent pas perdre une miette. Elles n'ont jamais autant revendiqué de faire partie du petit peuple, d'être le vrai peuple du royaume. Le Bon Tiers, dit-on.

Elles jurent leurs grands dieux ne s'être jamais haussées du col pour se mêler au grand monde, même si — elles ne l'avoueront jamais — elles en mouraient d'envie. Elles adhèrent de toute leur âme à la Révolution.

Hubert Robert et Saint-Non le pressent de s'éloigner. « Ça va mal tourner », prédisent-ils tous deux. Et ils ne sont pas les seuls. Beaucoup dans l'entourage de la Cour et même de leurs proches ont déjà pris la route. Frago, qui aurait assez tendance à s'en ficher, ne veut pas faire courir de risque aux siens.

En réalité sa douleur est telle que son corps n'en

finit pas d'écluser. Il est vraiment malade de la mort de sa fille. Il enfle, il gonfle, il souffre de tous ses boyaux. Il respire avec difficulté, son corps peine dans la marche, dans la digestion, dans toutes ses minutes.

Il se décide à consulter la médecine. Watelet, qui est malade depuis longtemps, a quasi un médecin à demeure à son chevet. Frago l'interroge et le diagnostic tombe brutal, sans hésitation : choléra morbus ! Le mot fait peur, mais on n'en meurt pas aussi vite que du vrai choléra. N'empêche, il décide de jouer sur la corde sensible pour obliger les siens à partir.

Le diagnostic des médecins impressionne assez pour ne pas leur laisser le choix. Pour guérir, Jean-Honoré doit se reposer, dormir, cesser de s'empiffrer pour remplir le vide que cette mort creuse chaque jour en lui.

Mais s'il veut partir, c'est qu'il désire guérir, se dit Marie-Anne un peu soulagée. S'il est vraiment malade, elle va le soigner. S'il est si malade, il devient urgent de partir. Il va guérir à Grasse. Prendre un repos légitime. Grâce à l'argument de sa santé, elle parvient à faire taire son fils et sa sœur, furieux de quitter Paris et la grande fête révolutionnaire.

Il charge dans la voiture qu'encore une fois ce bon Bergeret met à sa disposition, femme, fils, belle-sœur et toute leur ménagerie.

En route pour Grasse.

Sans oublier les panneaux bien roulés de la du Barry. Tant qu'à faire, autant les mettre à couvert. Sauver de la destruction ce qui peut l'être si elle doit avoir lieu. D'autant que la présence de ce genre de fossiles dans son atelier le met en danger. Les femmes ne sont pas du tout d'accord pour interrompre leur grande fête révolutionnaire et tempêtent tant qu'elles peuvent. Quant à Fanfan, il ne desserre pas les dents tant il est furieux de ce voyage. Frago s'en fiche. C'est pour leur bien.

Eux aussi il les met à l'abri le temps que passe l'orage. Et sa maladie peut-être aussi.

À son âge il ne changera plus de point de vue. Il a définitivement choisi sa vie, son esthétique l'incite à fuir toute agitation, à préférer la beauté, les sentiers de traverse silencieux, où il peut trouver calme et recueillement.

*Chapitre 15*

1789-1791

LA FIN D'UN MONDE

> Les préjugés sont les rois du vulgaire.
> VOLTAIRE

Même à Grasse la révolution s'est immiscée.

Dans la petite cité de sept mille âmes, dont la moitié vit des odeurs de la terre, toutes les factions révolutionnaires ont trouvé asile. Avec une prédilection pour le tiers état, c'est un peuple de travailleurs, de paysans, d'ouvriers et de petits-bourgeois. Ici la noblesse comme le clergé ne sont ni brillants ni très riches, parfois arrogants mais sans les moyens abusifs du nord du royaume. On y vit tranquillement de la prospérité des roses, mieux qu'ailleurs, même si cet hiver aussi a été rude, les oliviers ont souffert du poids des neiges de janvier 1789. *A priori* on est favorable à la Révolution. Aussi fait-on fête à ces Parisiens. On les accueille comme des héros, eux qui ont vécu l'Émeute, assisté à la prise de la Bastille et aboli les privilèges. Ces témoins viennent des premières loges de la grande Histoire. Tout le monde ici a applaudi aux exploits des femmes d'artistes immolant leurs bijoux sur l'autel d'une France unie. Avec ces deux Grassoises comme meneuses !

C'est dans le salon d'Alexandre Maubert qu'on a rédigé le cahier des doléances de la ville. On s'en vante et l'on s'en honore. Aussi se fait-il une joie et une gloire d'accueillir Frago et sa famille désormais célèbre. Tout de même, la cathédrale de Grasse est propriétaire d'un de ses premiers tableaux d'histoire !

Trois chambres en haut leur sont offertes, une pour le couple, une pour Marguerite et une pour leur fils qui est aussi le filleul du maître de maison. Alexandre Maubert est un bourgeois cossu, amateur d'art et favorable sinon à une Révolution au moins à de grandes réformes, aux vrais changements dont la France a besoin. Sophie est restée à Paris, la Révolution n'est pas son affaire mais au moins n'y risque-t-elle rien. Elle a de quoi survivre, d'autant que Marie-Anne l'a assurée de son retour dans quelques mois.

Pendus aux lèvres de leurs hôtes, Alexandre Maubert et sa femme Douceline leur offrent l'hospitalité pour plusieurs mois, autant qu'ils veulent, autant que nécessaire... Frago est épuisé, à bout de courage, de volonté et de vaillance. Malade et déprimé. La tristesse fatigue, la fatigue rend triste... Là il cumule. Grasse doit le tirer de ce cercle vicieux. Femmes et fils sont horrifiés à l'idée de séjourner ici au-delà d'un petit mois. Pour une fois, Jean-Honoré leur tient tête, et pour mieux expliciter sa volonté, il propose aux Maubert de leur payer un loyer pour l'année. Il ne restera qu'à cette condition. Il a clairement besoin de cette pause dans la douceur de ce climat pour se refaire une santé et recouvrer quelque énergie. Morose, blême, taciturne, lui seul n'a rien à dire sur ces émeutes magnifiques, ces nuits de liesse révolutionnaire, ces grands bals de la fraternité. Il n'est pas hostile à cette Révolution, juste absent. Pas concerné, pas intéressé. Seule sa fille lui importe, il ne se lasse pas de l'évoquer. Rosalie est morte tous les jours. Et la santé de son père chancelle. Marie-Anne a compris qu'il leur faudrait demeurer ici le temps de le réparer. Elle s'installe, les installe tous. Fanfan ne décolère pas d'être tombé dans le piège du mot choléra, d'avoir suivi ses parents. À 10 ans, le pauvret ! Qu'aurait-il bien pu faire seul à Paris en pleine tourmente ?

Il en veut à mort à son père. Marguerite est de l'avis de son « neveu », moins la colère. Elle regrette d'avoir quitté Paris, mais plus réaliste, elle sait aussi que sans la protection de son beau-frère, elle ne peut pas encore s'y débrouiller seule. Ici elle est désœuvrée, sa sœur lui conseille de reprendre ses pinceaux et de perfectionner son art si elle veut en vivre demain. À son compte.

— Mais c'est la Révolution ! Demain on n'aura plus besoin de travailler pour gagner sa vie…

— Ça n'est pas seulement un métier, la peinture, tu sais, c'est aussi un art ! Et ça se travaille tous les jours, parce que ça aide à vivre. Pas seulement à manger !

Frago quitte son mutisme. L'ineptie du raisonnement de sa belle-sœur qui la rend méprisante envers leur art le fait sortir de ses gonds pourtant pas mal rouillés. La Révolution lui fait oublier sinon perdre sa foi dans son beau-frère, dans son métier et dans l'issue promise de s'en sortir, de s'élever, de changer de condition grâce à son pinceau et au nom de Fragonard.

— La Révolution doit tout effacer de ces passe-droit et autres favoritismes, prêche-t-elle, suivie en tout par Fanfan.

— Le talent ne relève pas du favoritisme, s'insurge Frago.

Même les Maubert l'approuvent.

Instantanément après sa sortie, il replonge dans son mutisme désormais habituel. Même à propos de son art, c'est-à-dire de sa vie, il n'a plus rien à dire. Il attrape sa veste et file à travers champs faire prendre l'air autant à son chagrin qu'à son chien. Celui que Rosalie avait nommé Bonheur.

Marguerite ne rêve que de retourner à sa Révolution pour danser avec ses chers sans-culottes. Elle a adoré la folle égalité de tous dans les rues de Paris. Elle l'évoque pour les Grassois, des sanglots dans la voix. Elle ne trouve rien de cela dans sa ville natale, mais au contraire, l'oppression d'une vie étouffante sous surveillance générale. Ah la province ! Elle se sent épiée de toute part, et ça n'est pas qu'une sensation. Ici d'aucuns savent... L'air en est tout alourdi.

Bien sûr la Constituante a imposé une nouvelle façon de gérer la vie et la ville, la paroisse devenue mairie, la cathédrale est désormais salle de réunion pour les Amis de la Révolution. Ici ce sont les bourgeois — quasiment sa famille — qui opèrent tous ces changements. Révolution de bourgeois mais changements tout de même profonds.

Marguerite, ce sont les rapins, les canailles, le monde interlope issu de la Révolution qui l'ont enflammée. Elle a aimé avoir peur avec des centaines de Parisiens en dansant cette carmagnole endiablée.

Les repas sont sinistres, Frago ne se déride pas, il est redevenu muet, enfermé en lui-même. Son épouse a pris la mesure du mal qui le ronge, elle est aux petits soins pendant que Fanfan trépigne et exacerbe les tensions. Il ne rate pas une occasion d'en générer de nouvelles. La jeune insolente se reconnaît dans celui qui ne sera jamais son fils, Marguerite s'ennuie tant qu'elle prend son parti : « le parti des jeunes » qui refusent de s'enterrer en province puisque c'est à Paris que tout se passe. Le soir, ça va mieux, on soupe avec les Maubert en bas et ils font défiler à leur table tous ceux qui ont entendu parler du grand artiste dans Grasse et les environs.

En dénigrant son père et en fourbissant des arguments pour assassiner sa peinture, Fanfan, assisté de Marguerite, essaye d'occuper ses journées par la médisance et la critique qu'il juge révolutionnaire ! Marie-Anne sert d'avocat à son époux et surtout à sa peinture. Autant combat d'artistes que lutte entre générations. L'ennui provincial amplifie pour les plus jeunes leur nostalgie de la grand'ville.

Un matin, tombe de Paris une nouvelle valable pour l'étendue du royaume qui proclame que tout condamné à mort aura la tête tranchée ! Grand progrès au nom de l'égalité ! Pour rompre avec la hiérarchie des différents modes de mise à mort selon les classes et la nature du délit. Seuls les militaires seront encore fusillés, sinon tous les autres, princes ou gueux, seront guillotinés de la même manière. À bas les privilèges et vive la belle invention de ce Monsieur Guillotin.

Un frisson les parcourt tous, même Marguerite cesse de piaffer. On décide de demeurer encore un moment. Autant s'organiser et travailler.

« La liberté ne doit pas être accusée des crimes qu'on commet en son nom. On peut accuser ses amoureux de s'enivrer de sang plus que de liberté », prône via les gazettes un jeune homme nommé Chateaubriand... La belle unanimité des premières heures de juillet 1789 se fendille. Des clivages apparaissent. Jusqu'au sein de la famille Fragonard. Pourtant tous sont du tiers état. Depuis les journées d'octobre 1789, où le peuple a ramené le roi aux Tuileries pour ne pas le perdre des yeux, les occupants du Louvre ont de nouvelles raisons de trembler. Et si, pour avoir plus d'espace, le roi les renvoyait tous du Louvre ? Mais non, le peuple a pris conscience de sa force et ne laissera plus grand pouvoir au monarque.

Frago, qui n'a jamais renié ses origines populaires, se sent un peu protégé. Mais pour combien de temps ?

Un jour que Marie-Anne appelle Alexandre « Fanfan » comme tous les jours et comme tous l'appellent depuis sa naissance, elle se fait houspiller.

— Je ne suis pas Fanfan, ni votre Fanfan, ni votre petit Fanfan. D'ailleurs je suis grand. (C'est vrai qu'à moins de 11 ans, il a déjà dépassé son père en taille.) Je ne veux plus qu'on m'appelle par ce surnom idiot.

Décidément il ne trouve plus rien à son goût. Son père ne répond pas. D'ailleurs il ne parle plus. Marie-Anne fait comme si son fils n'avait rien dit. Marguerite s'engouffre dans la brèche.

— Tu préfères qu'on t'appelle Alexandre ou Évariste ?

— Les deux attachés.

Comme son modèle Jacques-Louis David !

Frago ne descend de sa chambre que pour aller marcher à travers champs avec Bonheur, sinon il demeure prostré dans un silence qui a cessé d'être studieux. Les femmes dans la chambre de Marguerite refont côte à côte des petits tableaux. Pendant qu'Alexandre-Évariste joue au-dehors à enseigner la Révolution aux enfants de Grasse. L'émeute, la prise de la Bastille, les Barricades...

Un après-midi, Maubert n'y tient plus et monte voir son ami pour tenter de le faire parler. Leur lien est ancien. Alexandre sait presque tout de Frago et l'aime vraiment. Que dire devant pareil chagrin, Rosalie morte ! La vie continue... ! Piètres arguments dont il mesure l'inanité. Sa gêne inverse les choses, c'est soudain comme si Frago devait le consoler de sa peine, le distraire ! Pour meubler, il lui déroule les fameux panneaux de la du Barry. Le temps passé les a bonifiés, même Frago en est assez content et le premier surpris. Ils ont bien tenu. Maubert est estomaqué. Il a suivi l'évolution de l'enfant du pays devenu un des artistes les plus en vue du royaume, mais il n'a jamais vu un pareil ensemble. C'est une magnificence. Ça l'émeut aux larmes.

Frago ne résiste jamais aux larmes. Lui-même y est naturellement enclin, un rien les fait couler. Il ne sait plus parler, fût-ce pour témoigner sa gratitude face à cette si généreuse hospitalité, aussi demande-t-il s'il aimerait avoir ces panneaux dans son salon.

— Oh oui, bien sûr, j'en rêverais mais tu n'as pas le droit de t'en défaire. D'ailleurs je n'accepterai pas que tu me les offres, pas plus que tu n'as accepté mon hospitalité sans loyer. Je ne peux les recevoir que si je les paye leur prix. Et il doit être exorbitant !

Frago sourit. Il pense que son fils a raison, que sa peinture ne vaut plus rien, qu'elle est comme lui passée de mode. D'ailleurs il n'a plus envie de peindre, ni comme ça ni autrement. Mais l'enthousiasme de Maubert est tel qu'il retrouve un peu de l'élan d'avant. Il attrape ses quatre panneaux et descend aussi vite que sa lassitude et son embonpoint l'y autorisent les deux étages du majestueux escalier de cette bastide aux confins de la ville et des champs. Descendre quatre à quatre lui est impossible, il est contraint d'adopter un pas de sénateur qui lui laisse le temps de maronner. Rouillé, encroûté, essoufflé, il n'a plus l'habitude de bouger, sa prostration lui a fait perdre l'usage de ses jambes, et il n'a pas 60 ans ! C'est dans deux ans, s'il tient jusque-là. Il vieillit spécialement vite, non ? Il faut qu'il se reprenne, ses promenades n'y suffisent pas. D'autant qu'il fait partie de cette catégorie de gens que le malheur fait grossir. Il se promet de retourner marcher deux heures tous les jours. Pauvre Marie-Anne ! Il ne va pas en plus lui imposer un grabataire. La perte de Rosalie l'a autant affectée que lui, même si elle cache mieux sa peine. D'autant, se dit-il au secret de son cœur, qu'elle n'a pas d'autre enfant, elle ! Plus il grandit, plus Fanfan qu'elle est seule à élever s'éloigne d'elle aussi. Physiquement mais surtout humainement. Bien sûr, elle n'en dit mot. Elle ne dit jamais rien, mais son mari sait qu'elle souffre.

L'esprit d'escalier, se dit-il, pour chasser ses mauvaises pensées durant sa descente. Dans le grand salon du bas, Frago redéroule ses panneaux pour les présenter sur les différents pans de murs où il pourrait les accrocher.

Maubert s'enflamme, appelle sa femme, les gouvernantes, les métayers, les valets, rameute sa maison. Tel un homme ivre, il court de panneau en panneau, va de sa femme à Frago, l'embrasse, prend du recul, se tape sur les cuisses avec une joie et une vigueur qui réchaufferaient n'importe quel artiste. Se sentir autant apprécié... Fragonard d'ailleurs est content de lui et c'est la première fois depuis ce sinistre jour d'octobre 1788. L'exubérance de Maubert n'a d'égale que celle de ces fameux panneaux. La végétation est d'une luxuriance époustouflante ; après toutes ces années passées roulée dans un coin d'atelier, elle semble refleurir.

Avec l'aide d'un jardinier amateur de fleurs peintes, l'artiste continue d'installer ses panneaux. La nuit tombe, il n'a pas fini. Une veillée s'organise où tous les flambeaux disponibles — la maison n'en manque pas, on y fabrique la cire — éclairent la nouvelle galerie d'exposition Fragonard. On travaille tard.

Au réveil, le lendemain, un grand soleil de fin d'hiver illumine la pièce. Un petit rayon buissonnier vient tour à tour éclairer un minois, un rosier, un Amour... Pourtant Frago déchante. Ce salon est trop grand, il lui manque au moins un panneau. Il ne reste plus qu'à le faire ?

D'accord.

C'est ainsi qu'il se remet à peindre. À vivre. Tous de se réjouir, sinon l'air goguenard d'Alexandre-Évariste, qui critique ouvertement les travaux de son père. N'y tenant plus, Marie-Anne hurle soudain.

— Mais cet art que tu piétines allègrement, c'est lui qui te nourrit, lui qui te fait vivre et t'autorise à ne rien faire de tes journées...

— L'art n'est pas fait pour nourrir le corps mais l'âme ! répond ce petit perroquet sentencieux, ce pédant gamin de dix ans.

— Eh bien essaie seulement d'en faire autant !

Insupportable !

D'où lui vient pareille maturité ? Sans doute du malheur, pense son père. Peut-être que la maladie et la mort de sa sœur l'ont plus affecté qu'on ne l'a cru.

Frago s'est remis au travail, aussitôt le climat s'allège.

Marguerite rêve toujours de Paris, des sans-culottes et de sa propre Révolution. Mais l'émulation du maître opère à nouveau, et toute la famille reprend du cœur à l'ouvrage. Entre les deux sœurs là-haut dans la chambre, tout s'apaise, l'harmonie les soude comme hier. Il le faut bien, ici elles ont affaire au Clan qui les tient par la menace de révéler le nom de la vraie mère de Fanfan. Ce qui amplifierait le chagrin et la maladie de Frago. Et la très méchante humeur de ce petit garçon trop précoce pour être heureux, et qui a décidé de le faire payer à tout le monde. Peindre côte à côte ranime leur très ancienne sororité.

Frago est ivre de peinture, il y a si longtemps... Son pinceau a l'air de se venger. Ce n'est pas seulement un panneau qu'il ajoute aux quatre premiers, ce sont des guirlandes qui se mettent à courir sur toutes les portes, des rubans qui relient toutes les roses. Des roses trémières se mettent à pousser sur le moindre pan de mur vide... créant l'alternance entre tous les panneaux, très hauts, étroits et fins, aux motifs moins chargés, pour soulager l'œil sans le laisser en repos. Juste une rose dressée en rappel des couleurs des grands panneaux.

Le printemps est revenu. Sa palette s'éclaire, et même l'humeur de Fanfan... L'oisiveté lui pèse, et lui aussi a des démangeaisons de pinceau. Il demande à son père le droit de colorier les plinthes.

Frago s'engouffre dans cette ouverture. Au point de prier les Maubert de leur céder la cage d'escalier pour y travailler à même la pierre blanche de concert avec son fils.

Avec joie ! Maubert est trop heureux de l'investissement de sa maison par cette famille d'artistes. Toute la maisonnée voit le père et le fils échafauder sur deux étages un décor en trompe-l'œil monochrome qui surprend chaque soir davantage les usagers de l'escalier.

Jusqu'au sous-sol qui s'ouvre sur une campagne en fête et en fleurs, ils jouent à ne pas laisser le moindre espace vide. Le père propose de masquer les ouvertures réelles et d'en simuler d'autres, fausses, en trompe-l'œil. Un enchantement. Les portes palières sont dissimulées par des trompe-l'œil, tandis que Frago crée de fictives portes et fenêtres et achève de laisser courir la rampe sur le mur... On s'offre le luxe de dessiner en relief quelques belles statues imitées de la Rome antique, et entre les panneaux, des guirlandes décoratives dans un art qui devrait s'appeler art révolution, des cocardes alternent avec les principaux chefs de la Constituante en profil de médailles, des Constitutions telles des tables de la Loi... Fanfan s'offre un Robespierre dans les mascarons telle une divinité tutélaire, son père y silhouette un abbé Grégoire à propos de qui père et fils sont exceptionnellement d'accord.

Personne dans cette famille, mais personne non plus chez les artistes n'a jamais approuvé l'esclavage. Voltaire est mort et cet abbé est le premier depuis la mort de Diderot à se battre pour le faire abolir. Voilà un vrai révolutionnaire. En tout cas son portrait en médaillon aidera à faire passer les œuvres trop Ancien Régime du grand salon.

Fou de joie, Maubert propose de les rétribuer pour l'escalier : « C'est un chef-d'œuvre, un cadeau inappréciable... » Frago se fâche. Il a fait ça pour la beauté du geste. Pour sceller à la fois la réconciliation du père et du fils et celle de leurs deux genres de peintures. Démontrant que la peinture est avant tout un acte gratuit. Outre la paix des familles, c'est sa conception de l'art qui s'affirme là.

Avec le retour de l'été, Fragonard commence à respirer mieux. Plus large, moins oppressé. L'entente avec son fils sur le motif n'a jamais été meilleure. Le voile noir que la mort de sa fille a jeté sur sa vie se soulève un peu. Il rechute vite, au moindre regard dur de l'enfant qui ne peut s'empêcher de persifler. Alors que son père est estomaqué par la beauté de ses prétendus gribouillages dans l'escalier. Gribouillages, tu parles ! Les balbutiements d'un génie. Il n'est pas seulement précoce, il est immensément doué. Il tète depuis sa naissance le lait des meilleurs peintres de France, outre ses mère, tante et père, tous leurs voisins de galerie... Son œil dressé à voir le monde en peinture le voit mieux que juste. Il ne se trompe pas. Il est la foudre et l'éclair à lui seul.

Le salon des Maubert reflète la plus pure joie de peindre de Frago. Lui répond comme en pendant mais aussi en contre-pied — voire en pied de nez —, le trait noir et féroce de son fils à même la pierre brute, claire, presque blanche. Il impose son point de vue à force de tranchant. Et démode un peu la peinture de son père. La concurrence crée l'enchantement, l'allégresse de la touche du père s'oppose et répond à la cruauté et au cynisme du fils. Frago s'est soumis à la direction de son fils, c'est son escalier.

Humilié par lui et en même temps follement fier, sa peine est aussi grande que son orgueil de l'avoir laissé libre de s'opposer avec tant de force. À part aux heures où l'on peint, Frago n'adhère plus à l'instant, lui hier si doué pour le bonheur se sent dépassé. Tout lui pèse et lui est chagrin. L'été méditerranéen torride, implacable, sans air, s'est abattu précocement sur la petite cité. La Révolution en personne est arrêtée par la canicule. Un répit dans l'inquiétude. En enfant du Sud, Fragonard y reprend quelques forces. Les femmes ont même cessé de réclamer de rentrer à Paris où le danger paraît pourtant aboli. La Constituante fait son œuvre et elle le fait bien, dirait-on de loin. Les icônes révolutionnaires que Fanfan a semées dans l'escalier plaisent à tout le monde, la ville entière défile chez les Maubert pour y contempler la Révolution en marche. On se rengorge d'être de si bons citoyens !

Frago hausse les épaules. Il n'a plus foi en rien, pas même dans le progrès de l'humanité. Plus envie de peindre, à croire que le salon et l'escalier des Maubert étaient son chant du cygne, une embellie avant la chute. Dès qu'il n'a plus rien à peindre, l'envie le déserte et il retombe dans son chagrin.

Les sœurs Gérard sont passées maîtres dans la fabrication de cocardes pour fêter l'anniversaire de la prise de la Bastille. On est déjà le 14 juillet 1790 ! Décidément le temps est immobile, il ne passe plus en tout cas pour Frago qui en vient à regretter de ne pouvoir attendre la mort dans son village. Il demeurerait bien là assis face à ses collines dans une oisiveté hébétée. Impossible. S'il résiste encore à la pression de ses femmes, c'est grâce aux paysans qui prédisent à l'aide du meilleur indicateur de la terre — la date de migration des hirondelles — que l'hiver non seulement sera précoce mais glacial. Pire que les deux années précédentes. Or déjà, l'an dernier, la pénurie de bois a rendu le Louvre inhabitable, le froid empêche les hommes de vivre mais surtout les artistes de créer. Il faut donc prendre son mal en patience, laisser filer ce long hiver, sous ce climat si doux qui évoque davantage l'Italie de sa jeunesse que ses souvenirs d'enfance.

Si chez les Maubert règne l'harmonie en dépit de la fronde de Fanfan dont Marie-Anne prétend que c'est une pose pour se faire remarquer, au-dehors, sourdement le climat se détériore. D'anciens nobles se dressent contre les nouveaux riches, des paysans contre les bourgeois, des religieux contre les réformés, réfractaires contre délateurs... Et des sycophantes partout... Sur une plus vaste échelle, ça risque de dégénérer en guerre civile. Par chance Grasse est toute petite.

Frago espère que le Royaume ne prendra pas feu, la querelle est partout, et pour lui l'oubli nulle part. Pour tromper son ennui, Fanfan dessine désormais sans trêve. Plus il progresse, plus il a l'air d'en vouloir à son père, curieux phénomène.

Début 1791 arrive un courrier d'Hubert Robert l'informant que Saint-Non est malade. Que faire ? Il doit se tenir au chevet de l'indéfectible ami qui, trop impressionnable, trop impressionné, se meurt. À ce bouleversement du monde, entre son roi sous résidence surveillée aux Tuileries et les biens de l'Église vendus à l'encan aux pires canailles, il n'a pas résisté. Hubert Robert l'alarme en termes voilés, il se défie de la censure. Il ne veut pas risquer d'ennuis à Frago ni se nuire à lui-même, mais son sentiment c'est qu'il devrait rentrer. Déjà la Révolution n'est plus critiquable à haute voix. Il redoute une chasse aux sorcières envers ceux qui comme lui ont autant travaillé pour ceux qu'on appelle désormais « les Émigrés », et qui furent si bien en cour auprès de la noblesse. Fragonard et lui n'ont-ils pas été les peintres attitrés du sang bleu ? Hubert Robert craint pour leur vie, ce que l'homme du peuple en Frago trouve excessif. Saint-Non aussi.

Si un début de santé revient peu à peu à Frago sous ce climat, son moral est toujours aussi bas. Et sa famille toujours aussi déchirée. À part Marie-Anne qui l'aime inconditionnellement, il sent que Fanfan a entraîné Marguerite, et vice versa, dans un ressentiment dont l'origine lui échappe. Tous deux lui sont de plus en plus hostiles sans qu'il comprenne pourquoi.

Elle, c'est simple, la Révolution lui manque, les étreintes épicées des sans-culottes sans doute davantage, et surtout, dit-elle, la possibilité de montrer son travail.

Frago se demande bien qui va s'intéresser à l'art sous ces nouveaux cieux. Pourtant Marguerite ne songe plus qu'à exposer. Mais ce travail qu'elle tient tant à faire connaître ici comme à Paris, est inspiré, dicté, on peut dire conduit par Jean-Honoré. Elle fait mine de ne pas s'en souvenir et signe désormais de son seul nom des œuvres à quatre-vingts pour cent de la main du maître. Dans le meilleur des cas, elle y ajoute une panière, un plissé de jupe en satin terriblement fini, parfaite et ennuyeuse à pleurer. Elle veut plaire avec ce qu'elle sait faire et qui relève davantage de l'exacte copie du réel que de l'imagination, encore moins de la création.

Elle a besoin d'amour et de galants, l'excuse sa sœur. Sans doute son agressivité envers le premier homme qu'elle a eu le tort d'aimer n'a-t-elle pas d'autre source.

Pour les deux jeunes, le tohu-bohu leur manque, la vie d'ici n'a aucun goût, trop lente. Encore trop dolente pour Frago. Pesante pour tout le monde. Oui mais l'état de Saint-Non... Alors ? Va pour Paris. Au moins ça fera plaisir aux membres de sa tribu. Fragonard cède, et le 11 mars 1791, après cinq jours de chaise, tout le monde est de retour à Paris. Avec un nouveau chat. Ce bébé chat est peut-être l'arrière-arrière-petit-fils de celui que le cousin Honoré lui avait offert, il y a quarante-huit ans, et que son oncle-abbé l'avait alors empêché d'emporter. Il est aujourd'hui dans sa poche. Il l'a appelé Cocarde. Ainsi se sent-il quitte avec la Révolution. C'est un bébé siamois presque bleu. Bonheur l'a adopté sans réserve. Chien et chaton jouent ensemble comme dans ces tableaux de Frago qui respiraient le plaisir de vivre en famille. Il y a des siècles...

À Paris, grande déconvenue : plus d'atelier. Occupé, redistribué à un héros de la Révolution.

Où aller ? Avec sa tribu et ses bêtes ?

Frago se tourne vers celui qui semble régner sur le Louvre et chez qui, à peine descendu de voiture, son fils a trouvé asile, Jacques-Louis David. Pour un peu on le prendrait pour le chef du Louvre, s'il y en avait un. De fait, il indique à Frago la marche à suivre pour récupérer un atelier en un temps record. Jusque-là, il lui offre l'hospitalité. Lui-même dispose de deux immenses ateliers, où il compose d'immenses tableaux !

Ils commencent donc par s'entasser tous les quatre chez lui, avec les animaux, que par chance David adore. Très vite, Frago obtient que David prenne son fils comme élève. Sans un merci de Fanfan qui une fois accepté, ne connaît plus son père. De lui, décidément il ne faut rien attendre. Frago ne s'y fait pas. L'ingratitude n'est pas dans sa nature. L'esprit du temps grignote les familles, Fanfan est dans l'air du temps. Et d'ailleurs comment ne pas se révolter contre un père qui incarne la loi et l'ordre — en période de Révolution, on les jette à bas, non ? —, pire encore, comme tous les pères, il représente officiellement l'autorité royale au sein de sa famille. Et surtout celui-là a joui d'une vraie considération dans l'art. En bref, il occupe la place que convoite Alexandre-Évariste.

Crime des crimes, David son idole lui trouve un immense talent. Il lui reconnaît même des vertus plus rares, de l'esprit dans un monde qui l'a visiblement perdu, et mieux, de la bonté. Rien qu'à le voir « élever » aujourd'hui Cocarde, son bébé chat, David fond d'émotion. Il n'a pas oublié, il n'oubliera jamais l'épisode Guimard et les conseils confraternels et même paternels que Frago lui donna jadis pour lui éviter de souffrir. Ils s'en reparlent, et l'étrange c'est que l'un comme l'autre éprouvent la même nostalgie. La douleur passée, la Guimard leur est aujourd'hui un souvenir heureux.

Mais s'il est rentré, c'est pour l'ami Saint-Non. À peine posé chez David, il y court, laissant sa femme veiller à leur provisoire installation.

À son chevet, Frago retrouve Hubert Robert. Ils

passent tout leur temps libre auprès de l'ami qui se meurt. L'architecte Pâris et La Bretèche les relaient. Pas question de le laisser seul. Bergeret passe toutes ses nuits près de son oncle.

Bien sûr, on continue de faire des rêves d'avenir et de projeter les prochaines parutions de leur ouvrage commun en livraisons de plus en plus espacées. Ce fameux *Voyage pittoresque de Naples et de Sicile* qui a soudé leur amitié mais qu'il n'a pas réussi à publier en entier. Bref de donner le change. Saint-Non a toujours rêvé à haute voix, et sinon réalisé les rêves de ses meilleurs amis, il en a financé une partie. Plein de gratitude envers ces pourvoyeurs de beauté, c'est encore lui qui les remercie d'avoir pu participer à leurs œuvres ! Un modèle de délicatesse.

La parution de leur *Voyage* a commencé il y a déjà quatorze ans, au seuil de la mort, il continue de rêver de l'achever. D'autant qu'à un moment où les médecins font sortir les deux amis, Hubert Robert annonce à Frago, le menton tremblant de chagrin, des trémolos dans la voix :

— La Bretèche, son frère, m'a dit que Saint-Non s'était complètement ruiné. Il a tout dépensé pour nous, hoquette-t-il... Et n'a même pas pu achever de publier ses merveilleux voyages... Il se les est fait voler par le vague chevalier de Nom, tu vois ? Il joue sur l'assonance de leurs deux patronymes pour tout s'attribuer.

Hubert Robert n'achève pas sa phrase, le colosse d'un mètre quatre-vingt-dix s'écroule dans les bras du petit Frago.

C'est la fin. Ils le savent tous et le supportent d'autant moins que l'attitude de Saint-Non, qui continue de faire des projets, les désarme totalement.

— Penser que jusqu'à sa mort il n'a jamais dit un mot de sa ruine à ses amis.

Tous les nobles ne sont pas mauvais ni tous les membres des familles de fermiers généraux corrompus, en déduit Fragonard pour l'édification de ses fils et belle-sœur.

Depuis le début de la Révolution, Hubert Robert ne met plus les pieds au Louvre. Installé à Auteuil, rue de la Garenne, en pleine campagne, il cultive un verger et un potager qui lui permettent de tenir table ouverte pour ses amis et les amis de ses amis. Paris manque de pain. Certes, il en existe un qu'on appelle le National. Mais il a déjà déclenché un si grand nombre de dysenteries... C'est du pain qui tue !

Hubert Robert, toujours gai et généreux, nourrit ses amis autant que sa femme parvient à débiter de couverts par jour. Son œil bleu malicieux, son teint bistre, sa haute taille drapée de violet, ajoutée à son bel embonpoint, en font le chantre des bons vivants. À l'inverse de la mode actuelle, maigre, hâve et blanche. Contre quoi Saint-Non très faiblement le met en garde. Lui, le clerc le plus libéral, à l'instant de mourir, prêche à ses amis que face aux duretés des temps qui s'avancent, il leur faut être ou du moins paraître jansénistes et austères.

— Apprenez à vous contenter de peu. À vivre caché, sans ostentation. Les temps ne sont pas favorables aux esprits libres. À nos âges, on ne se refera pas. Moi je vous quitte, mais faites en sorte de ne pas me rejoindre trop vite...

Les deux amis essaient de dissimuler leurs larmes, mais ils ne peuvent s'empêcher de renifler comme les sales gamins morveux qu'ils n'ont cessé d'être dans les yeux de leur meilleur mécène et ami.

... Vous qui m'avez permis de connaître la joie, la douceur du corps des femmes, en prenant tous les péchés sur vous, vous à qui je dois d'avoir été heureux...

Il meurt en disant merci.

Et les deux compères sanglotent dans les bras l'un de l'autre, à jamais orphelins de leur plus grande amitié, de leur plus profond soutien.

Le lendemain, Frago enterre son ami et rentre au Louvre dans le même état qu'après les funérailles de sa fille. Les semaines de l'agonie de Saint-Non l'ont dépaysé. Il rentre « *chez lui* » comme s'il revenait de loin.

Les jours suivants, il mesure sa chance d'être l'ami de David qui a décidément beaucoup de pouvoir. Dans la semaine de leur arrivée, la famille Fragonard peut se réinstaller dans un atelier plus grand que le précédent. D'autant plus grand que Fanfan refuse de les rejoindre. Il demeure chez son maître. Par amitié pour son père, David l'accepte. Il est dépassé par les sentiments qu'il inspire à l'enfant, outre qu'il est séduit par ce talent à l'état naissant qu'il va modeler à sa guise.

Il est marié à la très belle, la très riche et très hautaine Charlotte Pecoul, fille de l'entrepreneur en chef des Bâtiments du roi. Elle lui a apporté sur un plateau d'argent 50 000 livres de rente, grâce à quoi, il peut vivre sans vendre et disposer en plus d'un vaste logement dans la galerie, de deux grands ateliers dans le Vieux Louvre, où ses élèves trouvent souvent à dormir et où il peut exposer ses œuvres au public sans passer sous les fourches caudines de l'Académie.

Il aide le fils Fragonard à s'installer. Si celui-là rêve tant d'indépendance, c'est qu'il doit en avoir besoin, se dit-il. C'est aussi ça la Révolution, un certain sens de la liberté insufflée par les idées de Rousseau sur l'éducation des enfants. En hébergeant son fils, David croit rendre service à Frago. Grâce à quoi, Marguerite à son tour s'installe plus largement. À l'atelier toujours mais seule à l'étage. Ainsi le couple retrouve-t-il un peu de son très ancien tête-à-tête.

Si la Révolution est encore une fête pour Marguerite et Fanfan, l'humeur de Frago est toujours aussi sombre. À Paris, tout lui rappelle sa fille et Saint-Non.

Marie-Anne se remet à peindre, elle reprend contact avec ses frères graveurs mais aussi avec d'autres. Elle doit relancer l'entreprise. Et montrer la voie à son mari, la seule chose à faire, peindre ! N'a-t-il pas toujours trouvé refuge dans le travail, oublié ses peines dans ses œuvres, y compris au plus chagrin de ses amours, en peignant le bonheur ? Certes la mode n'est plus au bonheur ni en peinture, ni dans la vie. Fragonard n'est plus à la mode et le bonheur l'a fui. On n'en tient plus que pour la peinture d'histoire à la Romaine, à la Grecque, à l'Antique. À l'ennui...

Il est urgent de métaphoriser la grande geste révolutionnaire. Transposer les événements du jour dans le « grand genre », décrète David. Pourtant le bonheur ? N'est-ce pas ce petit Saint-Just qui hurle à qui veut l'entendre, et ils sont nombreux, que c'est une idée neuve ?

La Révolution est encore et toujours le seul sujet de conversation dans la galerie comme en ville. Les femmes parlent chiffons, bleu-blanc-rouge, évidemment. Fabrication de banderoles, de cocardes, fête de la fraternité, bal des sans-culottes, et s'échangent des adresses de couturières ayant adapté la mode sans-culotte avec style. Mais essayez d'être élégantes avec un bonnet phrygien !

Les artistes ne s'affrontent plus beaucoup sur le seul thème qui compte pour eux, leur art. Y a-t-il des révolutions dans l'art ? Ils sont peu à s'en soucier, l'heure est à la récréation. Et surtout à paraître plus révolutionnaire que le dernier des sans-culottes. Frago s'ennuie.

La Révolution rebat les cartes en permanence. Les amateurs de peinture vont-ils se renouveler ? Ceux d'hier ont émigré en rangs serrés, en fuite, dispersés comme leurs collections. Les nouveaux peinent à éclore. Quant aux clients... Comment acheter quand l'assignat fait monter le prix du pain au prix d'un carrosse de huit chevaux ?

Pourtant David est formel : il faut raconter au monde la Révolution, en peinture, en sculpture, en gravure, en grande fresque, en miniature, témoigner de ce qui change le monde au jour le jour.

Frago déteste les sermons et n'a envie que de peindre sur ses genoux comme sa miniaturiste d'épouse, en douce.

David déclare ouverte la guerre aux Académies et plus encore aux théories qui leur font tenir le haut du pavé. Plus qu'aucun autre pourtant, il a la fibre d'un grand peintre d'histoire. C'est même la seule peinture qui l'intéresse, la seule à qui il accorde sa foi. Ce qui ne l'empêche pas d'être toujours aussi révérend envers Frago et son œuvre comme s'il était lui, cet homme vieillissant, très au-dessus de la mêlée, comme s'il n'entrait jamais en concurrence avec ses pairs. Ce qui est évidemment faux, Frago aussi a besoin de manger tous les jours et dépend du bon vouloir des commanditaires, mais David le voit autrement. Comme quelqu'un qu'il aime et il n'en aime pas beaucoup. Il est sous le charme de cet homme capable de traiter les animaux avec la douceur qu'y met Frago.

Petite joie, Greuze se réinstalle au Louvre ! Sans sa femme. Celle-ci a définitivement basculé dans une affreuse délinquance où la prostitution côtoie la folie. Libéré d'elle, il lui reste leurs deux filles, d'ailleurs il ne saurait vivre sans elles. Elles prennent soin de lui, du moins de sa fortune accumulée. Pour les loger, il exige « son » atelier à cor et à cri. On lui en donne un autre, voisin. Aussitôt, avec les rares anciens qui ont survécu à la Révolution sans s'exiler, la conversation reprend comme s'il ne s'était jamais absenté, à laquelle se joint David, pour le fameux débat toujours en cours des Anciens contre les Modernes. Greuze ne se perçoit pas en ancien !

— ... J'en tiens, moi, pour une « certaine » peinture d'histoire, pas tant celle qui imite trop l'antique...

Il pousse le luxe jusqu'à avoir la larme à l'œil en évoquant Chardin à la mort de qui ses hurlements continuels ont passablement contribué.

— ... En voilà un qui faisait de la « vraie » peinture d'histoire, rien qu'à l'aide d'une carafe, d'une corbeille de fruits...

— Pas du tout, s'oppose David, pourtant seul vrai moderne de la bande et qui, lui, en tient pour l'antique. Pour moi, la grande peinture doit faire ressortir et mettre en relief les grands événements... Témoigner de son temps avec majesté.

— Et toi, Frago, qu'en dis-tu ? l'interpelle Greuze qui pense que l'âge et la génération le mettront dans son camp.

— Que cette dialectique est vaine. Qu'elle raconte des massacres ou mette en scène la vie quotidienne, toute peinture parle de l'instant fragile où l'on peint. Un tableau ne témoigne jamais que du point de vue de l'artiste, des techniques en cours, des pigments à la mode, des cadrages actuels... La peinture en dépit qu'elle en ait, parle d'abord toujours de peinture. La Grandeur, les thèmes éternels, fondateurs de toute civilisation, sont pareillement donnés à lire au travers de l'ordonnance d'un jardin que dans une Annonciation ou le regard d'un enfant d'aujourd'hui.

Au vu des tableaux de Frago — il en refait peu à peu, quelques-uns, des paysages avec de grands animaux, de grands arbres... frugalement —, on le croirait à l'opposé du goût et des idées de David comme des conceptions qu'il défend. Pourtant ce dernier lui donne toujours raison. D'aucuns s'étonnent. Pas Fragonard pour qui désormais ces préséances n'ont plus cours.

S'il le faut, à l'occasion, il exécute un tableau d'histoire, mais jamais en exclusivité. Il prise en tout la diversité. Sans doute la Révolution serait-elle en droit de le lui reprocher, il n'est pas assez sectaire ! Mais tant qu'il a David pour avocat, il ne craint rien. Celui-ci connaît le ridicule qu'il y aurait à condamner un artiste pour manque de sectarisme. Il empêche dans la mesure de ses moyens la Révolution de sombrer dans ces sottises.

Frago a l'âge de se ficher de tout. Persuadé qu'il

n'y a pas plus de vérité en art qu'en Histoire, comme il n'y a non plus jamais de révolution en ces matières. Ça peut bouger comme en ce moment, mais au fond si peu ! Et Frago de balayer le monde entier et toute la galerie de ce vieux geste désinvolte de l'avant-bras de grand essuyeur de fusain... « Bah tout n'est qu'illusion... »

Instantanément David le prie de lui accorder un tête-à-tête... et tous deux de planter là Greuze et Vien au beau milieu de la galerie pour s'enfermer dans l'atelier du cadet, non sans en avoir brutalement fait sortir Fanfan qui y est réfugié à plein temps.

— Je t'en prie... je t'en supplie. Ici autant qu'ailleurs, les murs ont des oreilles. Fais attention, ne dis rien qui puisse se retourner contre toi. Tu es si libre. Tu es trop libre ! Et je pèse mes mots en disant ça. La Révolution a des milliers d'amants prêts à te dénoncer de ne pas la servir aussi bien qu'eux... Garde tes pensées pour toi...

— Et mes illusions avec, c'est ça que tu veux dire ? Interdit d'être désabusé. Vive l'enthousiasme obligatoire...

David lui sert un verre de ce vin blanc du Rhin qu'on boit en Italie, et trinque avec lui. C'est exceptionnel, David est si sobre. L'heure doit être grave pour que ce jeune homme qui se montre tellement protecteur de l'ancien, prenne le loisir de ce qui est devenu trop rare dans la galerie, un pot avec un ami le soir après le travail.

David a l'air de posséder les clefs de l'époque, il est au fait de tout de ce qui se trame à l'Assemblée. Il y prend régulièrement la parole au nom des artistes. Il rêve de se présenter à la députation, d'ailleurs il va le faire... Frago lui sait gré du mal qu'il se donne pour lui et pour leur art. Lui seul a l'air de savoir comment naviguer dans les eaux bourbeuses du nouveau régime. Il pressent ce qui risque de se produire. D'où sa mise en garde chuchotée à Frago. Apparemment il ne voit pas l'avenir de sa chère Révolution d'un œil si rose que ça. Si le désabusement déjà n'y est pas toléré...

Le voir boire fait néanmoins plaisir à ce grand vivant à la mode italienne qu'a toujours été Frago, sa peine n'a rien changé à sa façon de vivre, en excès toujours. Alors que David est un pratiquant orthodoxe de l'austérité, avec un rien de grandiloquence dans l'ostentation de sa simplicité. Son idéalisme se niche dans les détails. Frago l'aime bien et il a toujours autant de plaisir à parler peinture — autant dire boutique — avec un pair, qui parle la même langue. Pas plus d'une heure qu'ils sont ensemble enfermés tous deux dans l'atelier, qu'ils sont brutalement interrompus par le cri. Le pire des cris, celui que tous redoutent ici en permanence retentit soudain dans la galerie, signal de panique universel. « Au feu ! »

Le feu ne porte pas que la mort si on peut dire mais, pour les survivants, la perte de bien plus que la vie, celle de l'œuvre d'une vie de travail, de toute leur existence d'artiste. Aussitôt les deux peintres se ruent vers l'endroit d'où viennent les cris et la fumée. C'est chez Fragonard ! Marie-Anne n'y est pas. Elle est déjà partie mettre à l'abri tous les chats et les chiens de la maison. Elle remonte quatre à quatre remplir les cartons à dessins de leurs travaux... C'est alors qu'on découvre l'origine du feu. Ou plutôt son auteur. Exprès ! Car ce qui brûle, et que la chaîne des porteurs d'eau aussitôt déployée vient de débusquer et donc d'éteindre, c'est la collection d'estampes légères de Fragonard. Et c'est avec un sourire atroce que Fanfan pavoise. Il ne s'en cache pas, et même il s'en vante. C'est lui qui a mis en danger la vie de tous. Pour atteindre son père.

Frago a acheté ses premières estampes, ou les a troquées, échangées contre des dessins de lui alors qu'il était encore élève chez Boucher. Puis toute sa vie, il a soigneusement collationné les estampes de ses confrères, puis celles que ceux-ci achetaient à leur tour... Celles que Boucher lui a léguées. Des Rubens, des Rembrandt, des Dürer...

— Oui ! Oui. C'est moi ! J'ai détruit toutes ces œuvres impies, elles offensaient trop la Révolution.

— Drôlement prude, ta Révolution, si elle ne peut supporter de voir une paire de fesses sans défaillir..., réplique Greuze accouru comme tous les autres occupants.

— La Révolution veut donc notre mort à tous ! s'exclame Hall, le plus proche voisin.

Sans un mot, Marie-Anne pose à terre les encombrants cartons qu'elle s'apprêtait à mettre à l'abri plus bas, se dirige d'un pas menaçant vers son fils et le gifle à toute volée.

— Imbécile ! Triple buse ! Tu as failli tous nous tuer pour assouvir tes lamentables frustrations de malheureux puceau débile !

— Et tu viens en plus de faire s'envoler en fumée une fortune, ton héritage, souligne sa tante, très incommodée par toute cette fumée.

— Et un formidable témoignage du génie des siècles écoulés, ajoute David.

Bouche bée, Fanfan attend le verdict de son père. Pour qui au fond il s'est donné tout ce mal !

— Bah, c'est pas grave, conclut Frago qui ne daigne pas perdre cinq minutes à regretter ce geste. Brûlé, c'est fini. Passons à autre chose.

Cet enfant est stupide, sa haine envers son père l'aveugle ! Greuze lui-même reluquait avec gourmandise cette collection célèbre au Louvre. Tous savaient qu'elle était l'œuvre d'une vie...

— Bah, comme dit son propriétaire, tant pis pour lui ! Il s'en mordra les doigts plus tard, quand il saura de qui étaient ces chefs-d'œuvre.

Ce crétin qui est aujourd'hui son enfant unique lui rend l'absence de Rosalie et de Saint-Non encore plus désespérante. N'empêche qu'avec son geste de bébé en colère, il met en évidence l'amère vérité : leur Révolution est un pipi de chat, une triste farce d'adolescents boutonneux. Un pied de nez aux Pères.

*Chapitre 16*

1791-1794

# TERREUR ET CHAGRIN :
# QUI MANQUE À L'APPEL ?

> Le soleil ni la mort
> ne se peuvent regarder fixement.
> LA ROCHEFOUCAULD

La Révolution a plusieurs visages, quelques-uns magnifiques, d'autres sordides. Effroyables même. Les artistes préfèrent ne voir que le beau. Mais l'horreur les rattrape souvent. Ce que Frago a fui à Grasse, le frappe de plein fouet dès son retour. David qui a beaucoup regretté son absence ne le lâche plus. Il a tant à lui dire ! Quant à Frago, en dépit du temps qui passe, il a conservé son regard émerveillé sur les choses. Le chagrin demeure en toile de fond de sa vie mais la beauté d'un ciel bleu le lui dissimule quelques heures. Il fait souvent mauvais.

La tristesse de la mort de Rosalie, David l'a un peu oubliée. N'en pas faire cas permet à Frago de l'oublier aussi. David ne tient pas compte non plus de la disparition de Saint-Non qui ne lui était rien. Frago fait apparemment bonne figure, et sa famille est si heureuse d'avoir retrouvé Paris et la Révolution que David n'imagine pas l'étendue de son désarroi. Il veut tout lui raconter. Un an et demi d'absence. Et depuis son retour à Paris il a passé son temps au chevet de Saint-Non. Maintenant il l'a rien qu'à lui et il a bien l'intention d'en profiter. Pendant son absence David a mesuré son attachement pour Jean-Honoré. Et même si ça lui coûte de devoir reconnaître quelques mauvais côtés à sa belle Révolution, il en a à dire ! Et n'a pas d'autre ami à qui se confier et avec autant d'abandon.

— Le Louvre a beaucoup changé...
— Comme le monde. Et alors ?

Ensuite c'est presque une litanie, un requiem. Tant sont morts... Le vieux monde est mort. On dit ici qu'ils sont morts de la prise de la Bastille !

Mort, Watelet, le seul artiste fermier général. Tous l'aimaient, il a fini ruiné par son homme d'affaires et son amour de l'art. Mort, l'immortel Cochin, vieux favori de la Pompadour, trop pauvre pour se plaindre...

— De toute façon, ils n'auraient pas pu s'adapter au nouveau monde, tente gentiment de concilier Frago.

— Pierre aussi est mort, pendant que tu avais le dos tourné. Monsieur le Premier peintre du roi a laissé libre le plus bel appartement du Louvre. Tu sais. Celui de Boucher.

— Qui en a hérité ? De son titre, de l'atelier et de sa fonction ?

Premier peintre du roi ou de la Convention, est-ce la même chose ? En tout cas c'est de lui que ceux du Louvre dépendent.

— Qui l'a remplacé ? répète Frago.

David n'a visiblement pas envie de le dire. Jean-Honoré insiste. Alors à regret David murmure :

— Vien !

— Ah ! Évidemment...

Seul David a pu le faire nommer. C'est donc bien lui qui fait la loi.

Frago a du mal à cacher sa déception. Il n'estime ni l'homme ni l'artiste, passé sans coup férir à l'art nouveau, son talent ne l'a pas suivi ! Sa seule gloire est d'avoir mis David au monde. Et l'Antiquomanie à la mode. Frago se garde de commenter. Il continue de faire l'appel des anciens. Surtout ceux qu'il espérait revoir à son retour.

— Et la petite Élisabeth Vigée-Lebrun ?

— Trop amie avec la reine, elle a bien essayé d'adopter les nouvelles mœurs. Comme elle a toujours été la femme la plus à la mode, elle s'est mise à l'antique. Elle a même donné une fastueux souper grec où tout était antique, y compris les plats, dit-on. Mais après qu'on a ramené le roi ici, elle a dû s'enfuir. Hubert Robert m'a demandé de l'aider à passer en Italie.

— Et tu l'as fait, toi ?

— Oui, mais ne le répète à personne, s'il te plaît. Aucun artiste ne doit souffrir de cette Révolution, j'en fais une affaire personnelle. Et comme je les connais bien, je les défends bien ; d'autant que pour la plupart, ils n'ont aucun sens politique, le plus difficile est de les persuader de se taire.

— Et Greuze ?

— Il noie sa peinture dans l'alcool.

— Mais il n'est pas inquiété par la Révolution ?

— Non, à croire que d'avoir jadis été adoubé par Diderot lui sert encore de sauf-conduit. Puis à sa façon, il aimerait bien être révolutionnaire. Du bout de son pinceau.

— Et au numéro 15 ?

Fragonard marche sur des œufs compte tenu de l'âge de certains ou de leur fragilité, il n'a pas envie d'apprendre qu'ils sont morts. Il en a assez de la mort.

Or l'atelier numéro 15 abrite la dynastie des doyens du bâtiment : la famille Vernet. Ils y sont depuis plus de trente ans, une sorte d'exploit. Las, Joseph a fait naufrage. Le spécialiste des bateaux et des tempêtes a été englouti par la Révolution.

— Avant ton départ, tu avais assisté à la séance de l'Académie où il a accueilli son fils ?

— Oui, c'était bouleversant.

— Cette innovation académique n'a pas duré longtemps, ils n'ont pas eu l'occasion de siéger souvent ensemble. Joseph est mort en décembre 1789.

Frago était déjà à Grasse ; comme il était au plus mal, on le lui aura caché.

— Carle a eu le droit de garder l'atelier ?

— L'obsédé des chevaux y a même été officiellement autorisé, ainsi que de monter et de peindre les chevaux du roi.

— C'est tout ? Pas d'autres morts ?

— Si, pardonne-moi, mais je t'assure que ce n'est pas moi qui les ai tués. J'ai oublié Maurice Quentin de La Tour...

— Ça doit être à cause de ça que j'ai perdu ma joie de vivre, il était mon seul rival dans la poursuite du bonheur et le plaisir de l'instant.

— C'est vrai qu'il ne peignait que des sourires mais il n'était pas si léger. Imagine-toi que juste avant de mourir, l'homme aux sourires si doux s'est portraituré avec le regard le plus angoissé du monde...

— Sorte de pressentiment de ce qu'il ne pouvait plus supporter... Non ?

— Tu as peut-être raison, mais mieux vaut ne pas penser comme ça. La Révolution, c'est notre affaire aussi à nous, notre bien commun. Même les artistes sont concernés. Et c'est à nous aussi de faire qu'elle soit juste et égale.

— Tu es toujours aussi idéaliste ! Décidément, tu vas bien t'entendre avec Fanfan et Marguerite. Si tu savais l'amour qu'ils ont pour ta Belle.

— Fais attention à toi, Frago. La Révolution ne supporte pas la moquerie ni qu'on en parle mal. Évite de montrer ton scepticisme.

La foi dans l'idéal de Marat et de Robespierre n'empêche pas David de peindre de magnifiques portraits en échange de beaucoup d'argent, ceux par exemple de la riche famille Lavoisier. Paradoxalement ça rassure Frago sur les limites de l'idéalisme de son jeune ami.

Pourtant en dépit de sa Révolution pour les pauvres, Paris n'a jamais été plus saturé de crève-la-faim. Là encore, on lui explique que tous les miséreux des campagnes ont rallié la capitale à la recherche de miettes pour ne pas mourir de faim. Ils ne seraient pas loin de cent mille provinciaux à glaner de quoi résister à la camarde ! Mais comment cette ville qui ne produit rien pourrait-elle les secourir ?

Heureusement David est là, plein de sa folle passion. Il cherche à entraîner Frago, en vain, mais sa famille au complet épouse ses rêves. Un surtout qui tourne à l'obsession. Détruire l'Académie. David commence par réclamer son remplacement par une

Libre Société des beaux-arts afin d'accueillir tous les artistes sans distinction de rang, de personne ni de talent !

Frago le met en garde contre la confusion des genres que l'absence de discrimination risque d'entraîner. David n'écoute personne. La destruction de l'Académie l'obsède, il s'y emploie à plein temps. C'est sa Révolution à lui, son mur à abattre. Pourtant depuis sa création jusqu'à aujourd'hui, n'est-ce pas elle qui a permis aux artistes de survivre ? Certes, elle a toujours généré des injustices, des disgrâces, des prébendes, des intrigues, mais au moins ceux qui étaient agréés pouvaient travailler à l'abri du besoin. Et qui a jamais prétendu que l'art devait être juste ? ou pouvait seulement l'être ? Ceux qui ont du talent ? Ceux qui n'en ont pas ? Ceux qui voudraient bien...

À nouveau, grand branle-bas.

Le 21 juin 1791, la nouvelle gagne la ville à la vitesse de l'énormité de la chose : le roi, sa femme et le petit mitron, comme on les appelle depuis leur retour de Versailles, se sont enfuis des Tuileries à la cloche de bois ! La famille royale envolée, sa suite dispersée, angoissée, livrée à elle-même, serviteurs et courtisans déguisés en peuple, errant en mal de destinée, s'égayant dans Paris ! La rumeur court comme les nuages par grand vent. Aussitôt des milliers de Parisiens se pressent place du Carrousel comme pour vérifier l'absence. Ils y croisent des domestiques sans livrée, en fuite, et tout ce que la Cour nourrissait de parasites abandonnés.

Le peuple pénètre au palais encore respectueux, impressionné par ce qu'il découvre. Ils se répètent les uns aux autres « ne touchez à rien. Ne cassez rien ! ».

Une marchande de cerises s'installe sur le lit de Marie-Antoinette et vend toute sa boutique en dix minutes. Cerises du lit de la reine ! Au matin, quand paraît le vaguemestre, d'une seule voix, le peuple lui crie « parti sans laisser d'adresse » !

À dix heures, la tension entretenue par canon, cloches, tambours et hurlements est à son comble. Durant l'interminable absence du roi à Paris, l'idée de représailles fait son chemin. Plus le temps passe, plus la colère monte. Sous les voûtes du Louvre, les marchands font à nouveau florès. Tout de suite la populace s'en prend aux représentations de la famille royale. On déchire les estampes, on brise les bustes de plâtre... En panique, les marchands ferment boutique.

Les galeries ont les flancs battus par la houle énorme du peuple en colère. Les artistes ne se permettent pas d'y participer. Ils subissent le bruit sans mot dire, ne sont-ils pas toujours les hôtes du roi ? Et comme rien de leur statut n'a changé, ils ne bougent pas non plus. Une convention tacite leur interdit de prendre des risques. D'autant qu'à nouveau, les denrées de première nécessité se raréfient. Le pain est hors de prix. Le temps passe, les années... Rien ne change, ou alors en pire.

Un jeune et beau militaire du nom de La Fayette a juré de ramener le roi à Paris. On l'a cru, on l'attend. On ne l'a pas encore retrouvé que déjà on l'attend, tant la foi populaire dans ce La Fayette grandit chaque heure. La journée dure toute la nuit. Et les jours suivants. Le 25 à 19 heures, la nouvelle tombe comme la foudre. Avant la haine, c'est l'effroi qui parcourt l'échine de cette foule massée dans le jardin des Tuileries. On les a retrouvés, le roi, la reine, le Dauphin, et les suivantes costumés en peuple, à Varennes. On les a arrêtés. On va les ramener aux Parisiens. Il va falloir les juger. Les destituer. Les tuer peut-être ?

L'Assemblée fait tirer le canon. On sonne le tocsin. Des deux côtés de la Grande Galerie, sur les quais comme rue des Orties, en permanence, un piétinement halluciné encercle les édifices royaux. Des cris, des chants, les plus folles rumeurs ont condamné le silence à l'exil. Dès huit heures du matin, ils sont trente mille autour des Tuileries, donc du Louvre. Peu après, toutes les entrées sont forcées. Ni dormir ni travailler, impossible de rien faire.

L'événement est plus grave que la prise de la Bastille. Il change instantanément la face du monde. Suite à ça, l'idée d'instaurer une république en France passe de farfelue à crédible. Le peuple est massé sur le trajet de retour de ce qui reste de la royauté. Tout se sait très vite. Là, ils sont à Meaux ! Le peuple de Paris les sent à sa merci. L'Assemblée fait placer des sentinelles sur les toits du Louvre, des Tuileries, à toutes les entrées... On craint un dépeçage en masse, un gros carnage. Une foule énorme campe sur place pour attendre leur retour de Varennes pendant trois jours et trois nuits. Autant dire qu'ils s'échauffent. Pour éviter de trop violentes manifestations, la municipalité impose aux fugitifs de rentrer solennellement par les Champs-Élysées et la place de la Révolution anciennement place Louis XV. La Garde nationale forme une haie, crosse en l'air, comme pour un enterrement. On ordonne le silence : quiconque applaudira le roi sera bâtonné, quiconque l'insultera sera pendu. Ils arrivent. Il est 22 heures. Il fait encore jour. Au passage de la berline royale et de sa double haie de gardes nationaux précédés par La Fayette, on se montre les trois gardes du corps, les mains liées derrière le dos. La foule comme une houle immense, presque silencieuse, respire la rancune. Lorsque la voiture royale parvient aux Tuileries, sa fureur éclate. Il s'en faut de peu que Marie-Antoinette ne soit écharpée.

L'arrestation du roi marque un tournant. Les partisans de l'abolition de la Monarchie se ruent sur l'événement pour poser Louis XVI en ennemi de ses sujets. Son départ est une fuite, pis, une trahison. Il a abandonné ses sujets. Certes, il était bien un peu l'otage des Parisiens mais on le révérait encore. Après cette calamiteuse équipée, c'est fini.

Durant leur fuite, l'idée de destitution a germé. Celle de république pousse dessus. Et la Révolution reprend de plus belle.

Rentré au mois de mars 1791, Fragonard est surpris par les bouffées de haine qui parcourent ces foules. Il n'a pas assisté au tournant violent pris par la Révolution tant chérie des siens. Il comprend vite la situation, il éprouve une méfiance viscérale envers les mouvements de masse. Solitaire, il sait qu'on ne prend de décision que dans le silence. Ces hurlements qu'il perçoit de la rue ne présagent rien de bon. Il craint la violence et la voit venir de loin.

Il continue de s'en désintéresser. Le seul sujet qui le mobilise, comme toujours, c'est le travail. Il ne travaille plus que pour assurer la survie des siens, impossible de peaufiner, ça ce ne serait pas révolutionnaire ! Sa femme s'est refait une bonne clientèle,

Marguerite commence à se faire connaître, essentiellement par leurs œuvres communes, mais signées d'elle seule. Marguerite Gérard s'emploie urgemment à gommer le nom de Fragonard, il sent le soufre, au moins la monarchie absolue sinon le contre-révolutionnaire. Fanfan, l'élève chéri de l'actuel maître du monde des arts, devrait s'en sortir.

Le clou du Salon de 1791 est le portrait de Robespierre par Boilly. À côté d'une avalanche d'œuvres de seconde catégorie, et c'est une litote. Hier, quand on n'exposait que deux cents œuvres, critiques et visiteurs se plaignaient de pléthore. Là on compte 767 artistes. Et tous ont été acceptés. Sans barrage ni exclusive. Toutes les œuvres sont donc noyées dans la médiocrité dominante... Dieu comme les soins amoureux d'un Chardin, le plus délicat des accrocheurs, font défaut...

David y montre son Brutus, ses Horaces et sa *Mort de Socrate*. Et comme il n'a pas assez de place, il ouvre au public, moyennant paiement, l'un de ses deux grands ateliers où il expose plusieurs mois durant l'impressionnant croquis au bistre de son déjà fameux *Serment du Jeu de paume*, pourtant encore sur le métier... Avant d'être achevé il est déjà le symbole de la Révolution à égalité avec la prise de la Bastille.

David travaille à son premier autoportrait « heureux avec femme et enfants... » d'autant qu'il les voit peu. Si son épouse est rarement au Louvre c'est pour mieux élever leurs quatre enfants au bon air, dans la foi catholique qu'elle a chevillée au cœur, surtout loin de l'air vicié pour elle de la Révolution. Si « heureux » qu'on l'y découvre les traits ravagés d'angoisse. Alors qu'il est le peintre le plus puissant du moment ! Comme son oncle Sedaine, Charlotte son épouse s'indigne en privé des brimades contre le roi et surtout contre la foi catholique. Pour les croyants, chaque messe est un dilemme, ce prêtre est-il assermenté ou réfractaire ? Que risque-t-on à communier avec celui-là ? Etc.

Depuis la maison Maubert, Frago s'est mis à décorer tous les murs disponibles. Il continue à l'atelier, il déborde sur la galerie, s'offre la cage d'escalier chez les Bergeret à Beaujon.

Si un jour on est expulsé, promet-il à Marie-Anne, je te referai ta chambre du Louvre en trompe-l'œil. Depuis Grasse, père et fils ont acquis une bonne maîtrise des faux-semblants.

Fidèle à lui-même, Fragonard refuse d'exposer à ce Salon-là, tandis que Marie-Anne ressort d'anciens tableaux. Elle surtout a besoin qu'il continue d'exister. La démagogie du moment l'incite à accrocher le portrait magnifique que son mari a peint de Sophie, la si fidèle Sophie. C'est désormais une femme âgée mais toujours aussi attachée à eux. Ils n'envisagent pas de s'en séparer. Ils savent qu'ils mourront les uns près des autres. D'autant plus qu'elle partage fortement la perte de Rosalie. Elle l'a élevée. Elle l'aimait, à elle aussi elle manque.

— Mais ce tableau n'est plus à nous, s'insurge Frago.

Il l'a offert à Sophie dès qu'il a été sec et elle l'a emporté chez elle.

— Elle veut bien nous le prêter. Je crois que ça la flatterait d'être exposée.

Il sourit, il se souvient de ces quelques heures de tête-à-tête. Pour la peindre, il avait dû la forcer à s'asseoir face à lui. C'était tendre, pudique.

— Tu n'a pas souvent été assise dans ta vie, toi non plus, lui avait-il dit.

Elle lui a souri de ses dents abîmées. Elle a le même âge que Marie-Anne mais elle est physiquement plus abîmée. Sauf que vaillante et robuste, elle veut continuer à venir chaque matin.

— Ce serait trop difficile après, la vie... Puis vous m'avez toujours bien traitée, emmenée avec vous, jamais laissée seule à Paris quand vous êtes partis, sauf l'année à Grasse mais là, c'est moi qui ne voulais pas. Non, je reste avec vous. C'est avec vous que je veux finir.

Elle loge maintenant près de l'abbaye de Saint-Germain-des-Prés, dans un tout petit logis que Frago avait acheté pour le louer mais qu'il lui a cédé afin de la rapprocher du Louvre. Son portrait est un des très rares où il utilise la technique de La Tour, son voisin, le pastelliste souriant, qui lui a montré comment jouer des poudres, et qui s'était émerveillé de sa maîtrise stupéfiante quand il a vu sa Sophie. Bizarrement Frago n'a pas trop aimé cette technique. Il n'en fera plus sauf en tout petit format. Pour colorier des lavis, quand il n'a pas envie d'aquarelle. Sa grande affaire c'est l'huile sa vraie pâte, comme la sanguine est son matériau préféré pour le dessin. Sans doute aurait-il aimé travailler davantage en relief : la gravure. Mais l'entreprise vivait de graver. Il n'allait pas leur retirer le pain de la bouche.

Dès la fin de l'année 1791, le rythme de la Révolution s'accélère. À nouveau on veut rendre au Louvre son rôle de palais officiel, abritant les Académies et les chefs-d'œuvre du pays. Les Illustres qui ont déjà tout perdu, y compris cette dérisoire appellation devenue moquerie, voient resurgir le spectre de l'expulsion.

Même David risque son logement et ses deux vastes ateliers du Vieux Louvre. Il a gagné partout du terrain, y compris au second étage, où il a fait installer des appartements pour ses élèves. Il n'a plus eu le choix, à son tour, il lui faut enseigner. Jusque-là, il n'avait que Fanfan comme élève ou plutôt comme disciple et adorateur. Maintenant, le besoin le fait passer à la vitesse supérieure. Il accepte une demi-douzaine de jeunes garçons qui, jaloux du petit surdoué, font tout pour le détrôner.

Frago a replongé dans son seul vice. Il travaille à nouveau comme un fou, manière comme une autre de ne pas participer à cette foire et s'en tenir le plus possible éloigné. Ses clients et souvent ses amis ont dû fuir pour éviter les premières arrestations.

Le clan des Grassois de Paris tient boutique rue Saint-Honoré, chaque jour où l'émeute ne ferme pas ses volets de force. Pas un petit boulot ne leur échappe, et il y a toujours dans la tribu Fragonard quelqu'un pour exécuter telle ou telle pièce. Marie-Anne se charge des transmissions et de la répartition du travail. Ce sont ses frères et sœurs généralement qui sont mis à la tâche. Précieux appoint par temps de misère.

Le petit vieux qu'il a le sentiment d'être devenu, amoindri par la mort de sa fille, n'a aucun moyen d'aider quiconque, il s'enferme dans le travail pour s'éviter de contempler l'étendue de son impuissance. Des nouvelles à couper le souffle se succèdent, et même se chevauchent à un rythme effréné. C'est aussi ça, la Révolution. Tout le monde a l'air de tout savoir sur ce qui se passe partout en France. Et même dans le monde. Au point que Frago craint pour sa vie. Légitime, dit-on alentour. David l'implore de montrer patte blanche et de se faire rédiger des certificats de bonne vie et mœurs par la Convention. Et surtout, de mettre plus d'humilité au service de la Révolution. Aussi va-t-il se faire inscrire sur le registre de Paris et jurer solennellement y avoir toujours vécu et n'avoir jamais tenté d'émigrer. Avec pour blanc-seing, la recommandation de David : « Fragonard a pour lui de nombreux ouvrages, chaleur et originalité. C'est ce qui le caractérise à la fois connaisseur et grand artiste, il consacrera ses vieux ans à la garde des chefs-d'œuvre dont il a concouru dans sa jeunesse à augmenter le nombre... » Voilà qui vaut tous les sauf-conduits.

Tant qu'il en a le pouvoir, David veille sur lui sans défaillance, au point de lui faire attribuer le rôle de représentant des occupants du Louvre. À ce titre, il se doit d'assister dans la Cour Carrée à la plantation de l'Arbre de la Liberté. Il s'agit de donner des gages à la Révolution et de faire allégeance. Il n'a pas le choix. Et puis c'est un arbre.

Par chance les Grassois de Paris sont eux très engagés dans le processus révolutionnaire. Surtout le fils d'un cousin Isnard qui a déménagé pour la rue du Petit-Lion-Saint-Germain où il organise les premiers Comités de salut public. Il prend la tête de celui de son quartier.

Quel artiste normalement constitué peut travailler au milieu de cette pagaille ? Une femme : Marguerite. Elle a tôt fait de remiser sa chère Révolution dans ses rêves de jeunesse. Désormais elle veut réussir. Elle a compris un peu avant les autres qu'un nouveau monde va émerger, demain ou après-demain. Elle veut en être la reine. Obnubilée par sa gloire future, elle exige de capter l'attention de Frago pour qu'il l'aide à construire ses tableaux, répartir masses, coloris, lignes de fuite, centrer le sujet... À nouveau elle a besoin de lui et, comme toujours, il se laisse faire. Il ébauche l'ensemble, elle s'occupe de l'ouvrager d'une malle d'osier, de repasser les plis de satin d'une jupe blanche, de détacher et de peigner chaque poil de moustache du minet dans les bras de l'enfant hâtivement brossé par son beau-frère.

Ainsi dans l'ombre des événements s'ourdit une œuvre à deux mains, signée tour à tour du seul nom de Fragonard, quand ça peut attirer des clients, ou de celui de Marguerite Gérard seule, ce dont elle est encore techniquement incapable, ou des deux ensemble, selon les nécessités de l'entreprise. Marie-Anne, la seule au fait du marché, en décide et répartit. Difficile de vendre par temps de détresse, mais Marie-Anne sait trouver son monde et marier l'offre à la demande.

Le 20 avril 1792, le roi qu'on a surnommé « Monsieur Veto » quand il a refusé de déporter les prêtres insermentés et de dissoudre sa garde personnelle déclare la guerre à l'Autriche. Il n'agit que sous la pression, il n'a plus la moindre autonomie. Aussitôt Marguerite appelle son nouveau chien Veto.

À nouveau les Parisiens en colère envahissent les Tuileries. Le 20 juin, un an jour pour jour après la fuite à Varennes, les sentinelles qui ont peu à peu relâché leur vigilance sont débordées par un peuple qui investit tout. Plus rien à voir avec la foule débonnaire des années précédentes. Deux heures de lèse-majesté plus tard où se succèdent sans désemparer horions, insultes et menaces, on oblige le roi à se costumer en sans-culotte, cocarde, bonnet phrygien et litre de gros rouge à la main. Il s'y plie. Frago a honte.

Le 10 août, c'est l'insurrection. Le tocsin sonne à minuit, à trois heures du matin, puis à sept heures, quand les Marseillais entrent dans Paris et débouchent place du Carrousel. Le goût de l'émeute n'est pas près d'abandonner les Parisiens.

Carle Vernet, pour être le peintre des chevaux n'en est pas moins un excellent cavalier. Depuis le début de la Révolution, paradoxalement il s'est rapproché du roi. Il ne supporte pas qu'on le traite si mal. D'accord, c'est un symbole mais c'est aussi un être humain. Le jour de l'émeute, une balle perdue casse les vitres de son atelier, frôlant sans le toucher Horace son fils de 3 ans. Aussitôt il le prend dans ses bras et crie à sa femme « prends la petite et suis-moi immédiatement... ».

Ils se fraient un chemin dans la cohue des jours d'émeute, rejoignent l'écurie où Carle a ses propres chevaux. Son fils calé devant lui, il se lance au grand galop rue Saint-Nicaise. Derrière lui sa femme, elle aussi bonne cavalière, le suit avec leur fille de 4 ans coincée entre ses jambes. Une balle atteint l'artiste à la main, et passe à un cil de la tête de son fils. Carle ne ralentit pas, gagne les quartiers nord où la vie a l'air normale. Il met en sûreté les siens dans une maison amie et enfin, va faire soigner sa main, son outil de travail tout de même. Il a eu chaud. Et peur. Il ne sera plus jamais le même.

Depuis le petit Horace gribouille des batailles, des soldats et du sang...

Même pour les enfants, la vie n'est pas de tout repos. La mort s'est faite trop naturelle, trop courante.

Cette même nuit du 10 août 1792 a lieu l'assaut final. Les soldats du guet que le peuple appelle les « tristes à pattes » ont laissé les Suisses seuls défendre le palais au canon et à la mousqueterie contre l'émeute. À l'aube, le roi ordonne un cessez-le-feu. Alors les insurgés retournent les canons contre le palais. Les dépendances commencent à brûler. Les pompiers s'acharnent à l'éteindre, ce qui n'empêche pas le saccage, ni dans les jardins le massacre des derniers Suisses. Seules leurs femmes sont épargnées. Huit ou neuf cents morts dans la journée côté royaliste, trois cent soixante-seize côté républicain. Cette fois le roi est suspendu. Comme si c'était lui qui avait déclenché l'émeute.

Le délire atroce de cette longue nuit achève d'écœurer Frago. Pas le choix de ne pas le voir, il est aux premières loges, tout ça se passe sous ses fenêtres. L'enfant du peuple en lui, spontanément en faveur du tiers état, trouve que le peuple se conduit mal. Il a attrapé le goût du sang. Et ça ne vous quitte pas comme ça. Frago le sait pour l'avoir observé sur ses ennemis de toujours, les chasseurs, ceux qui ne tuent pas seulement pour se nourrir, ils ont les yeux trop brillants, et sont incapables de s'arrêter. Ils aiment tuer. Les sans-culottes, c'est pareil.

« Calfeutrons-nous ! » est sa conclusion. Face aux centaines de morts de ces journées sanglantes, il se redresse. Quelque chose en lui prend le dessus. En fait c'est maintenant que s'achève le deuil de sa fille, et que cesse cette faiblesse, dernier résidu de la maladie de l'absence. Il lui faut réagir, protéger les siens. Ceux qui restent. Il se reprend, il rajeunit, il retourne au combat. Au combat pour la beauté. Pour son jaune, son soleil intérieur. La lumière qui l'a tenu jusqu'ici ne va pas l'abandonner pendant ces horribles journées.

Chance dans le malheur, les pilleurs sont tombés sur les caves royales, les insurgés basculent dans l'ivresse. Et titubant, ils s'en vont renverser toutes les statues du roi existant à Paris. L'ivresse les empêche d'aller bien loin. Ils commencent (et finissent) par celle de Louis XV qui trônait encore sur la place de la Révolution. Fanfan est ivre de joie et descend leur prêter la main. Frago est désespéré par ce fils tristement unique et qui n'a rien compris.

— Une statue, c'est fait par quelqu'un ! Un artiste, non ? Et toi, tu saccages les œuvres de tes futurs confrères ! Toi !

— Contre-révolutionnaire ! crache l'enfant décidément prêt à envoyer son père à la guillotine.

Aussi jubile-t-il quand l'Assemblée nationale décide de mettre la famille royale en prison, d'abord dans l'ancien couvent des Feuillants, le temps de statuer sur son compte. Puis à la prison du Temple.

Et comme si de rien n'était, comme si aucun drame ne couvait, la commission pour le Muséum du Louvre décide toute affaire cessante de dresser l'inventaire des biens de la Couronne intéressant les beaux-arts. À sa tête, Restout, l'homme lige de David — ce qui ne rassure que moindrement les « occupants » —, à qui est adjoint Fragonard, qui accepte sans joie mais l'argent commence à manquer. De ses dix-huit mille livres de rente, il ne lui en reste que six mille. Et ce n'est que le début. La Révolution n'en finit pas de supprimer les pensions du roi, désormais déchu.

Le cyclone est lancé. Il ira au bout de sa course. La mort ne s'arrête plus. Elle imprègne jusqu'aux rêves d'avenir radieux. Des factions s'entre-déchirent, des décrets bouleversent la vie quotidienne… N'empêche, le bourgeois n'a encore rien vu, rien compris, il peut même se permettre d'être encore insouciant. Trois jours après le massacre des Tuileries où l'on n'a cessé d'égorger, d'empaler et de promener des têtes plantées sur des piques, la foule reprend sa promenade quotidienne comme si de rien n'était.

Frago a vu passer la tête de la princesse de Lamballe plantée en haut d'une pique. Et il a entendu son fils raconter sa fin abominable sans cligner : « massacrée à la prison de la Force, violée par plusieurs de ces loqueteux, après avoir subi de nombreux autres sévices, décapitée au couteau sur une borne de la rue Pavée. Son corps monstrueusement mutilé a été traîné par les jambes jusqu'au Temple par une bande de vauriens ivres de haine. Tandis que certains enragés agitaient un lambeau de sa chemise ensanglantée, d'autres brandissaient au bout d'une pique, sa tête sanguinolente qu'ils faisaient passer et repasser sous les fenêtres de la prison où est retenue la famille royale. Histoire de leur donner ce spectacle effroyable. Les commissaires de garde n'ont pu empêcher cette réjouissance sanglante de déambuler dans tout Paris… »

Jean-Honoré aimerait tant que ça s'arrête. Il n'en peut plus. Il s'en ouvre à David.

— Ta Révolution en a fait assez, non ? Il y a eu trop de sang. Que veux-tu de plus ?

En ces temps plus que troublés, le 19 septembre 1792, il fait doux et beau quand le jeune Évariste alias Fanfan, âgé de 12 ans, fait son entrée officielle à l'École des élèves protégés... on ne sait plus par qui. Par chance il est trop jeune pour être concerné par la levée en masse que la Convention vient de décréter pour sauver la Révolution et même le pays menacé du dehors. Certains jours calmes on a l'impression qu'il n'y a ni Révolution ni guerre. Il paraît qu'aux frontières, les malheureux soldats de la République sont en train de perdre la guerre. L'Europe couronnée s'est portée comme un seul homme au secours du roi, et c'est la piétaille qui se fait massacrer. Quelque chose ne va pas dans cette Révolution. Or au lieu de leur prêter main-forte en renflouant leurs troupes, la Convention fait passer un nouveau décret qui interdit l'usage du titre de « monsieur-madame » au profit du glorieux « citoyen-citoyenne ».

Le grotesque au milieu du drame.

Et le Louvre toujours aux premières loges. Frago n'a pas le choix, le pavillon central des Tuileries a été coiffé d'un gigantesque bonnet rouge, sa façade barrée d'un drapeau tricolore de plus de onze mètres. Le palais de Catherine de Médicis ainsi déguisé ferait rire, si on ne venait d'installer précisément au Carrousel la hideuse machine de Guillotin pile à l'intersection de la rue Saint-Nicaise — non, on ne doit plus utiliser l'épithète superstitieuse de saint —, de la rue Nicaise donc, et de la place du Carrousel. Dans le champ de vision des « occupants » de la deuxième galerie. Les artistes évitent de s'en parler.

*Terreur et chagrin : qui manque à l'appel ?* 393

Au Louvre, de longues files de chariots apportent jusqu'au grand étage les trésors de Versailles et d'autres châteaux ci-devant royaux ! En même temps qu'il est envahi par des nuées de prétendus artistes. Si le Salon est désormais ouvert à tous sans discrimination, chacun estime avoir droit aussi au logement du palais et tente d'y occuper une place bien en vue ! On campe dans le moindre espace inoccupé, on cloisonne, on monte des murs dans les salles d'exposition, de réunions académiques, dans les salles de cours transformées en dortoirs... Et l'on augmente d'autant le risque d'incendie, au moment précis où commencent à s'entasser les chefs-d'œuvre de la Couronne récupérés qui devront constituer le fonds du futur Muséum du peuple. Les révolutionnaires reprennent les projets de la royauté. Faire de ses palais désertés du sang bleu le grand musée du peuple ou de la Révolution. Comme hier de la royauté. Dans tous les cas, l'idée est d'en chasser les artistes au profit des œuvres de leurs aînés. Pas plus que le roi n'y est parvenu, on espère que la Révolution échouera. Bah, dit Frago, on verra bien... En attendant, décision est prise d'interdire la mutilation et l'anéantissement des œuvres d'art. Il était temps.

Les ultimes gardes suisses qui ont survécu aux émeutes se sont enfuis. Tant mieux, on ne les aimait pas. Mais maintenant plus personne ne fait mine de maintenir un semblant d'ordre.

De la victoire de Valmy à l'abolition de la royauté, on profite de la proclamation de la République pour transformer l'ordre du temps avant d'inaugurer un nouveau calendrier encore en gestation. Ce jour-là le 21 septembre 1792 devient donc le premier jour de l'an I du nouveau régime ! Grande réforme ! On n'a plus le temps de dormir. Il se passe trop de choses, sans cesse. Or Frago a besoin de calme, de silence, de recueillement. Il a beau aller régulièrement se ressourcer à Auteuil chez Hubert Robert ou chez Bergeret au château de Cassan sur la tombe de sa fille, ou même dans sa petite maison de Charenton pleine des souvenirs de Fanfan y faisant ses premiers pas, la Révolution est partout. Elle hante les esprits, occupe les conversations, impossible de penser à rien d'autre. Et la peinture ? Pour l'heure la Révolution n'en a aucun besoin. Mais Frago a besoin lui de jouer avec les couleurs, de se remettre au jaune, de se donner un peu d'espoir les yeux perdus dans les pigments, de nettoyer sa rétine de toutes ces horreurs. Marie-Anne lui dégote quelques rares commandes. Il s'y met comme un jeune débutant qui ne sait pas s'il va y arriver, qui doute de savoir encore peindre. La Révolution le rend gauche, timoré comme dans l'enfance. Mal assuré. C'est surtout de se livrer à des activités si futiles, si désapprouvées par l'Assemblée, qui l'inhibe. David le rassure.

— Toi, tu peux tout.

Pour livrer à l'heure, encore faut-il pouvoir fixer une date. Avec ce nouveau calendrier, définir la moindre date exige de gigantesques calculs auxquels chacun se dérobe tant on y perd son latin, quand on en a, et surtout son temps. Sauf Fanfan, l'enfant précoce idolâtre les innovations de la République dans ses menus détails. Prairial, aubergine ou épinard, il adore.

## Terreur et chagrin : qui manque à l'appel ? 395

La rancœur contre le roi monte d'un cran, le jour où on découvre dans l'armoire de fer des Tuileries sa correspondance secrète avec l'Autriche. Ça tombe bien juste au moment où son procès commence dans la grande salle du Manège ce jour de Houille du mois de Nivôse (de l'an 1792).

La Convention se constitue en tribunal pour le procès de Louis... Accusé de haute trahison pour avoir joué double jeu face aux assemblées nées de la Révolution, avoir tenté de s'enfuir à l'étranger en juin 1791 et comploté avec l'étranger...

— Il est condamné d'avance, non ? demande Fragonard à David qui, élu à l'assemblée, fait partie du jury.

— Mais non, qu'est-ce que tu imagines, c'est un vote républicain qui va décider.

— Un vote à main levée, tu appelles ça républicain ?

David a toujours l'air d'une totale bonne foi, Fanfan aussi qui épouse sa pensée sans recul. Quant à Marguerite, elle boit littéralement les paroles du plus rebelle. Frago a du mérite qui persiste à penser dans son coin et seul de son avis. Pendant toute la durée du procès instruit exclusivement aux torts, des groupes d'excités cernent le Louvre, nuit et jour. Bien sûr, la mort est votée même s'il s'en est fallu d'une voix pour que Louis XVI échappe à la guillotine. Le vote aura duré trente-six heures.

— Tu vois, plastronne David, c'est la preuve que les députés ont eu le plus grand mal à se prononcer.

Il ne convainc pas Jean-Honoré qui avait parié d'avance sur la mort et qui est désolé d'avoir gagné.

Le roi de France a 38 ans ce 21 janvier 1793 quand il monte à la guillotine. Pour l'occasion, on a dressé la machine de mort place de la Révolution, qui contient davantage de monde que la place du Carrousel. Ça l'éloigne un peu des fenêtres de Frago. Au Louvre on respire mieux. D'autant que ce jour-là, plus de vingt mille personnes se poussent pour assister à cette horreur. Frago et sa femme ont préféré chercher refuge chez Hubert Robert, qui comme eux, supporte mal ce qui se passe dans leur pays et en leur nom. Pour rejoindre Auteuil, il leur a fallu fendre une foule silencieuse — ni cris ni chants ce matin-là à 10 heures, rien que l'incessant roulement de tambour de l'escorte, le martèlement des patrouilles. Ils rentrent le soir même. L'ambiance est sinistre. Le lendemain, pourtant, la vie reprend son cours. Sauf que ce jour-là comme les suivants, on assiste à une impressionnante vague de suicides. Frago est de plus en plus attentif à ce genre de signes.

Récurrente comme les radis revient la menace d'expulsion. Ajoutée à l'attaque en règle de la Convention contre les œuvres licencieuses qui couvrent les boudoirs des belles dissolues du jour. Quel insidieux puritanisme se faufile dans les paniers ou les charrettes de la guillotine !

— Sérieusement, la Révolution n'a pas de choses plus importantes à régler ? Parce que si c'était pour ça, le roi s'en chargeait très bien ! chuchote, énervé, Frago, déjà *persona non grata* sous Louis XVI.

Pourtant depuis le début de la Révolution, ses œuvres n'ont plus rien de licencieux. Il n'en a plus le cœur. Ni les commandes. Outre quelques paysages rapportés de la campagne grassoise, il a surtout creusé sa veine symbolique, celle que la maladie de sa fille a inaugurée, et que l'enfance en famille lui a jadis inspirée. Dans le genre de ces premiers pas de l'enfance que Marguerite reprend et lui fait décliner sur tous les tons.

Ou encore cette jeune fille assise à même le sol qui scrute les spectateurs dans l'éblouissement de l'instant et l'incompréhension qu'il doive s'achever. Il reprend aussi le thème de la jeune fille à la fontaine. L'eau a pour fonction de le laver de toute souillure. La Révolution est salissante jusqu'à l'âme. Sans céder en rien sur son refus de l'antique à l'esthétique néoclassique, ses œuvres symbolistes crépitent d'intensité sensuelle fortement poétique.

Un soir de vague à l'âme, il se laisse même aller à un étrange tableau, le seul de toute sa vie de cette facture et de cette inspiration. Il s'agit de l'évocation d'un enfant mort qui apparaît en rêve ou dans l'imagination d'une mère affligée. L'enfant est encore un nouveau-né dans les langes. Bizarre pour évoquer Rosalie. Mais peut-être croit-il qu'elle apparaît toujours ainsi en songe à une mère. En haut à gauche, il a silhouetté un homme, sans doute le père, la tête dans les mains, abîmé de chagrin. Replié sur le malheur. Comme si elle était morte à la mamelle, comme tant d'autres... C'est un tableau très troublant. Marie-Anne ne le supporte pas posé sur le chevalet, alors que David l'adore. Aussi à peine sec elle le fait « remiser » chez David, cet *Enfant mort* qui lui tire des larmes. En général, David met un point d'honneur à acheter à leur vrai prix les œuvres de ses confrères, histoire de leur témoigner son admiration, de les encourager quand ils sont plus jeunes et parce qu'il est riche, il pense qu'il se doit de payer la beauté. Mais cet *Enfant mort*, non, il n'aurait pas de prix de toute façon et ni lui ni Frago ne s'y seraient résolus. C'est le seul cadeau de sa collection qu'il accepte. Il tranche drastiquement avec tout ce qu'a peint Fragonard. L'inspiration de ce tableau reste unique, comme s'il avait voulu signifier à sa femme la connaissance intime de sa douleur. Mais aussi pour sa facture, volontairement brossé, il a ensuite tout noyé dans les ors des nuées. Rêve ou réalité ? Mirage plutôt. Ah ! Si seulement...

Sa belle-sœur insiste, le tire par le coude, il faut faire plus accessible, plus vendable. Pour et par elle. Il lui ré-ébauche des *Sacrifice de la rose* sous différents angles. Quelques rêveuses et plusieurs liseuses seules ou à deux, comme ces deux sœurs qui jouent avec leurs enfants, si semblables aux sœurs Gérard et surtout au climat qui régnait du vivant de Rosalie. Parfois elles font face au spectateur, parfois l'une est de dos, l'autre de biais, mais elles sont toujours en train de lire. C'est leur complicité le vrai sujet du tableau. Et la déclinaison de ses blancs qui toujours finissent en jaune...

Malgré tout il a visiblement perdu son bel optimisme. Et même son sens de l'humour. Désormais il se bat pour la survie des siens et suppose les mauvais jours encore à venir. Il n'a jamais été très croyant mais là, impossible de croire aux lendemains qui chantent. Ce qui en fait d'office un contre-révolutionnaire. Aussi n'en dit-il mot à son fils, ce commissaire politique au biberon. Ni d'ailleurs à quiconque, il garde pour lui ses idées noires. Néanmoins il sait pouvoir compter sur l'aide indéfectible du grand homme de l'heure, David, qui a de plus en plus l'œil à tout.

Sur son avenir de peintre, non plus, Frago ne nourrit plus d'illusions. Ses thèmes d'hier lui vaudraient la peine de mort aujourd'hui, ses grandes toiles symboliques n'ont plus d'Académie pour les défendre ni les acheter. Restent sur le métier depuis des années, quelques livres illustrés à jamais inachevés, *Fables de La Fontaine*, *Don Quichotte*, l'Arioste... Petits formats qu'il peut exécuter sur ses genoux sans déranger personne, quand le cœur lui en dit. Le cœur ne parle pas souvent. Un jour il lui prend l'envie de retourner au monde enchanté de l'Orlando Furioso, il dessine comme un fou. Comme s'il allait encore pouvoir distraire, surprendre, étonner sa fille qui adorait ce conte. Avec l'air de ne pas y toucher il accumule quelque cent quatre-vingts dessins sur ce thème ! Du lavis ou de la pierre noire aux mouvements secs et nerveux, par-ci par-là rehaussés de blancs souples et quasi poétiques.

« Petit papa Frago », comme tout le monde l'appelle désormais, encourage plutôt la jeunesse à œuvrer à ses côtés, à commencer par sa famille, fils, belle-sœur, beaux-frères, amis de la galerie qui se sentent seuls. Il professe une sorte de mise en commun des lieux, mais surtout du feu et du désir, tant pour se tenir chaud que pour l'émulation et l'oubli de la guillotine... Le bois est rare et cher ces temps ci. La fraternité y pallie.

La Commune a vidé les intrus de plusieurs salles du Vieux Louvre pour y installer les ateliers nationaux ! Les citoyennes des galeries sont priées d'y venir coudre des uniformes pour les soldats, et confectionner des repas populaires pour les « tables de la fraternité ». Même les artistes femmes y sont contraintes, les deux femmes Fragonard n'y échappent pas. Jusque-là depuis leur retour de Grasse, elles se gardaient de toute manifestation populaire.

La présence menaçante de la guillotine avait refroidi leurs ardeurs.

David réussit à nouveau à faire nommer Frago dans la énième commission du Muséum en 1793, la Commune des Arts, où — coïncidence exagérée — il y siège avec son cousin Honoré l'anatomiste. Ils font partie d'un nouveau jury appelé à statuer sur un concours de peinture. Drôle de jury formé de cinquante membres où figurent un cordonnier, un acteur, un médecin, un jardinier, un commandant de l'armée... pour élire l'artiste qui aurait le mieux peint Brutus mort dans un combat et ramené à Rome par les chevaliers ! Seuls Frago et Prud'hon, sans mépriser le civisme obligé, firent un effort de goût pour l'art et la beauté. Il n'y eut pas de premier prix. Exigence contre-révolutionnaire !

Décidément il faut déjà supprimer cette commission, David lui substitue une nouvelle, sous la forme cette fois d'un Conservatoire du Muséum, et parvient là encore à nommer Fragonard à sa tête.

Ouf ! Sauvé de la ruine, sauvé de l'ennui de ne plus peindre comme il l'entend. La Révolution n'invente rien en peinture, sinon une autocensure qui épouvante l'homme libre qu'il est toujours. Mieux vaut tenter d'inventorier et de sauver ce qui peut l'être des collections de la noblesse et du clergé, saisies par toutes les assemblées qui se succèdent, de la Constituante, la Nationale, aux Conventions Girondine, Montagnarde... que de se désoler des événements. Voilà au moins une activité où Frago déploie un talent qu'il ne se connaissait pas.

David fait supprimer une commission après l'autre. Elles ne sont jamais assez à sa main, ou trop à la solde de ses ennemis donc suspectes de tiédeur révolutionnaire. À chaque fois il parvient à imposer son Frago ce qui lui vaut certificat de civisme, outre une rentrée d'argent régulière de 2 400 livres, et l'assurance de conserver son atelier. C'est dérisoire par rapport au passé, mais considérable pour la période. Il se soumet sans mot dire à toutes les censures, certifiant la non-émigration, la résidence... pour la miraculeuse récompense de la vie !

Administrateur ! Voué à la peinture des autres et à l'abri de la Révolution. Pendant qu'on massacre dans les prisons les vrais ou faux pourvoyeurs de faux assignats, pendant que se multiplient les faillites, et qu'à nouveau la famine s'abat sur les plus démunis, Frago se promène dans des palais désertés au milieu de chefs-d'œuvre entreposés à la diable. Il les trie, les estime et fait mettre de côté ceux qui méritent d'entrer un jour au Muséum. Le plus tard possible, espèrent-ils tous. Les tâches varient comme les fonctions et les titres qu'on lui donne : restaurer, conserver, dresser des inventaires, acheter sur le crédit disponible des tableaux et des dessins dignes de l'ambition du plus grand Muséum, inspecter les dernières collections des émigrés et des églises, s'en saisir, procéder à leur enlèvement... Tour à tour président, secrétaire ou simple membre, Fragonard remplit toutes ces fonctions. Le difficile tient souvent à l'attribution desdits tableaux. Frago mieux que d'autres sait confronter les maîtres qu'il a souvent copiés. Il possède là une science d'expert, irremplaçable. Mais il ne doit jamais rien décider seul. Il a un jour déplacé un tableau, que la Convention a aussitôt fait remettre à sa place. Aucun changement sans autorisation du ministre !

Il fait de plus en plus de visites domiciliaires sur

dénonciations, perquisitions, arrestations, mises en prison plus ou moins arbitraires. Il demande à ne jamais rencontrer les ci-devant propriétaires des œuvres qu'il expertise. Il prétexte redouter d'être influencé ! Accordé.

Il a des haut-le cœur tout de même en « récupérant » sa très ancienne *Psyché montrant à ses sœurs les présents qu'elle a reçus de l'Amour* après la mort sur l'échafaud de son propriétaire Denis-Pierre-Jean Papillon de La Ferté, intendant des Menus-Plaisirs. Il n'est hélas ni le premier ni le seul des collectionneurs de Fragonard à passer sous le couperet national, le fermier général Le Bas de Gourmont, qui possédait sa *Gimblette* et les *Hasards heureux de l'escarpolette*, aussi. Chaque fois, Frago et Hubert Robert se retiennent de pleurer en expertisant leurs collections. En sauvant leurs propres œuvres et surtout celles de Poussin, Rubens, Watteau...

Jean-Honoré a parfois la satisfaction d'arracher des chefs-d'œuvre aux grands bûchers anti-aristocrates, où en vrac des dentelles et des estampes alimentent des feux de joie. Ainsi sauve-t-il de justesse un Poussin des flammes hystériques de mégères haineuses.

De plus en plus égocentrée, Marguerite expose au club des Amis des Arts des tableaux signés du seul nom de Gérard. Désormais elle se défie de celui de son beau-frère comme d'un pestiféré, même si elle a toujours besoin de sa main pour démarrer un tableau et de son œil pour l'achever, elle s'en démarque de toutes les manières. Et toujours il se laisse faire. Quoi dire, c'est la loi que les jeunes se défassent de l'emprise des aînés...

Qu'il s'occupe de sauver les biens récupérés aux

méchants d'hier mais ne s'avise plus d'exhiber ses cochonneries ! Ainsi pensent son fils et sa belle-sœur, officiellement en harmonie. Las, la Révolution fissure les liens les plus profonds dans chaque famille. Nul n'est épargné.

Seul David demeure un inconditionnel de Frago, l'homme comme le peintre, tandis que son idiot de fils ne cesse de le dénigrer. Comme père et comme peintre. C'est son erreur. À l'arrivée de Gros, Fanfan perd aussitôt son statut d'élève préféré. Gros est un rêve de disciple pour le grand maître du jour. Et en plus il épouse tous ses goûts y compris l'amour pour la peinture de Fragonard.

Autre chance pour la famille, dans le clan des Grassois, Maximin Isnard, fils du cousin parfumeur de la rue (Saint-)Honoré, est de plus en plus influent à la Convention.

Quant à Honoré, le cousin honni et fui toute sa vie, le voilà qui revient pour lui demander de l'aide. Après avoir œuvré sans relâche pour la grandeur du Royaume, il est à son tour menacé par la Révolution. Avoir passé sa vie à le fuir et à refuser de faire partie du clan pour ne pas risquer de l'y croiser, n'empêche pas Frago d'avoir un sens profond de la fraternité. Sans la moindre hésitation il porte assistance à ce cousin si proche et si lointain. La petite maison de Charenton, près de Paris, qu'il a achetée pour la louer il y a plus de dix ans, qui devait lui servir de poire pour la soif, il ne la louera plus. Il l'y héberge afin qu'il y soit à l'abri le temps du danger. Il finira par la lui vendre, tant l'Honoré s'y est bien trouvé.

Marie-Anne dégotte toujours quelques commandes. Deux collectionneurs belges qui, parce que belges, ne sont pas impressionnés par la mode révolutionnaire et continuent d'aimer ce qu'ils ont adoré, achètent chacun un des grands tableaux de la belle époque Frago. Puis, pour le banquier bruxellois d'Aoust et 400 livres, il exécute *Le Sénat assemblé pour décider la paix et la guerre* et *La Fermeture du temple de Janus*. Il s'adapte tout de même sinon aux goûts du moins aux thèmes du jour. Qu'il exécute sans joie. Le plaisir de peindre le quitte peu à peu. Dans ses moments libres, il retourne à ses illustrations, ou aux tableaux de Marguerite qui ne vole toujours pas de ses propres ailes, même si elle fait tout pour le paraître. Pour lui complaire, il s'efforce de s'adapter au goût du jour, qui n'est vraiment pas le sien : cette peinture « poil du cul léché », comme l'appellent entre eux les artistes contraints de s'y soumettre, donne un trait minutieux et des personnages décharnés qui correspondent bien à ces années de misère. Mais c'est si peu son genre. Lui qui a toujours laissé à l'état d'ébauche une partie de la toile pour mieux la faire vibrer, déteste le fignolage qui remplace et empêche l'imagination de s'envoler.

Pourtant personne ne l'entend jamais se plaindre. Il en a fini avec l'immense chape de chagrin qui l'a revêtu ces dernières années mais il n'a plus accès à la vraie joie. Comme rien ne pouvait être pire, rien de meilleur ne peut lui advenir. En revanche, pas la moindre amertume de n'être plus le peintre chéri des boudoirs. Il y avait déjà un moment que cette peinture frivole ne l'occupait plus et qu'il préférait les œuvres dont les héros étaient des enfants et des animaux, en petites scènes de famille, des portraits de genre ou des paysages. Sachant le peu de valeur de la vie, le mieux à faire est tout de même de la conserver. Depuis qu'il est fonctionnaire, il a recouvré l'apparence légère et désinvolte qui le rendit hier si populaire. Il s'efforce d'afficher à nouveau cette imperturbable bonne humeur mais elle est feinte. Tout est feint désormais, c'est une manière de ruser avec le destin, la mort si à la mode et la fièvre morbide qui a gagné le Louvre. Sa jovialité légendaire n'aurait donc apparemment subi qu'une « panne » de trois ans.

L'hiver 1792-1793 est épouvantablement glacial, Paris grouille de crève-la-faim qui meurent de froid à même le pavé des rues. Les malades sont légion, les boutiques à nouveau vides... Les femmes, dont la sienne, font des queues interminables pour les produits de première nécessité, pain et viande quand il y en a ! Au Louvre, sous l'autorité de Marie-Anne, ferme et bien organisée, les femmes mutualisent les denrées et organisent des repas de bienfaisance pour les plus démunis. Aux Tuileries, comme dans l'ensemble des parcs de Paris, les légumes remplacent les parterres décoratifs. On ne récolte plus que des poireaux et des pommes de terre au Champ-de-Mars ! Et l'ami Hubert Robert est heureux de leur faire profiter de son potager d'Auteuil.

David, qu'on commence à conspuer de toutes parts — il a à la fois trop de pouvoir, d'ambition et de talents —, ne manque jamais à la solidarité envers leur corporation. Il ne fait pas défaut aux siens, même s'ils pensent à l'opposé de lui. Ainsi aide-t-il un artiste au bord de craquer à quitter la France. Ainsi présente-t-il son élève préféré Antoine-Jean Gros aux membres de la Convention pour qu'il leur brosse le portrait à 6 francs la tête. La faim ! Amical et souvent davantage. Frago sait à quel point il peut être secrètement généreux.

Le jeune Gros ne supporte plus l'accumulation des guillotinés. Aussi David parvient-il à le charger d'une vague mission à Florence. Quant à l'École de Rome, elle est à l'abandon, mais les élèves qui sont là-bas, qui les nourrit, qui s'en occupe ? Avec quel budget ? David leur fait attribuer un traitement. Constamment soucieux, attentif et bienveillant envers ses pairs, il peut être impitoyable pour ses ennemis politiques.

Sa grande affaire reste l'Académie et son vieux rêve de lui faire rendre gorge. Mais légalement, pas en l'investissant comme tentent de le faire certains de ses élèves. Enfin voilà David élu député de Paris, il a veillé à installer la Convention dès le printemps 1793 dans la salle des machines des Tuileries. Le terrible Comité de salut public, quant à lui, siège au Pavillon de Flore, dans les mêmes murs que les malheureux Illustres. David a sa Révolution sous la main.

Il a peaufiné son discours de mise à mort de sa vieille ennemie l'Académie quand le 13 juillet, au milieu de son plus beau morceau de rhétorique, il est interrompu par l'affreuse nouvelle. Charlotte Corday vient d'assassiner l'ami du peuple et du peintre, le plus grand tribun de l'époque qui n'en est pas pauvre. Plus que son ami, Marat était son mentor idéologique. Si cet événement polarise les passions de tout le pays, pour David, c'est un choc politique et intime. Cet assassinat est la face tragique du serment du Jeu de paume. La bascule noire de la Révolution.

À peine la nouvelle connue, la Convention exhorte David d'immortaliser le drame. Il se précipite au

20 rue des Cordeliers où Marat gît toujours dans sa baignoire. Personne n'a osé y toucher, tant il est révéré.

Atteint d'une maladie de peau qui le faisait affreusement souffrir, pour tenter de se soulager, Marat passait des heures dans l'eau chaude. Depuis des mois, David allait le visiter et tandis qu'il marinait dans sa baignoire, l'artiste en profitait pour le croquer, en prenant des leçons de Révolution. Cet insaisissable prêcheur de révolte n'était disponible, « capturable » qu'aux heures de bain. David a donc accumulé un grand nombre de croquis de Marat dans son bain. Ce lui est donc un jeu d'enfant triste d'en achever un, la tête penchée et l'air macabre. Et de livrer en un temps record ce qui devient la grande œuvre mystique de la Révolution. Tout de suite après ce Marat assassiné dans sa baignoire, il enchaîne sur le procès de Charlotte Corday. Il ne quitte pas l'accusée durant les quatre jours qu'il dure, il la dessine sans respirer, et assiste, tétanisé, à son exécution, puis à l'autopsie, qu'il dessine aussi quoique au bord de l'évanouissement. Depuis l'annonce de la mort de Marat il n'a pas dormi, il vit crayon en main, il n'a rien mangé, il n'est pas rentré chez lui... Il ne veut rien perdre de ces heures terribles où à ses yeux le monde change de sens.

C'est aussi lui qui organise les funérailles de Marat. En grande pompe, y paraît la Convention au grand complet dans une sorte de grotte artificielle que David fait édifier aux Tuileries. Le 2 août, place du Carrousel, désormais appelée place de la Réunion, il fait dresser un obélisque en bois dédié aux mânes du défunt. Les occupants du Louvre se réjouissent de voir ce monument remplacer la sinistre guillotine, le « rasoir national » comme on l'appelle, qui y trône depuis le 13 juin.

Sous les yeux médusés de Frago, presque aussitôt David revient à son obsession, la destruction des Académies. Jamais il ne désarme. D'autant que sa vie privée va mal. Son épouse s'appelle aussi Charlotte, et catholique déterminée, elle ne supporte plus les excès de la Révolution. Ni la mort du roi votée par son mari, ni la spoliation des biens du clergé, ni l'exécution de ses serviteurs... Rien de ce que commet la Révolution ne trouve plus grâce à ses yeux, et elle tient son mari pour le responsable de ces horreurs. N'a-t-il pas assisté sans pleurer à la mise à mort de son homonyme ? Dont elle reprend mot pour mot l'argument. Charlotte Corday a déclaré pour se justifier de la mort de Marat — « J'ai tué un homme pour en sauver cent mille » —, ça l'a convaincue. Elle quitte son mari, prend ses deux filles avec elle et lui laisse les deux garçons.

La Révolution ne vient-elle pas d'instituer le divorce ?

Pauvre David qui l'a voté ! Sa femme est une des premières à s'en servir. Grâce à quoi la Révolution semble à certains une partie de campagne, une soirée de gala ou un grand moment d'amour libre. On s'aime, on se marie. On ne s'aime plus, on divorce. Il y a de longues queues pour divorcer. Rien n'a jamais été si aisé. Ce serait presque drôle, juge Frago, si le reste de la situation ne virait au drame. Pourquoi, comment David ne s'en rend-il pas compte ?

Le 8 août à la tribune, il transpire comme un malade, plus pâle et plus maigre que jamais. C'est aujourd'hui qu'il compte abattre définitivement l'Académie. Follement animé du désir de rénover les arts, il gagne. Contre toutes les Académies. Il peut enfin créer sa Commune des Arts avec un jury national pour organiser le premier Salon libre ! Nommé par lui, le jury est composé de Fragonard, Prud'hon, François Gérard et le sculpteur Chaudet. Leur critère ne doit pas être le talent, leur intime-t-il, mais l'idéal patriotique ! David n'a pas prévu que des académiciens allaient infiltrer sa nouvelle machine au point de devoir l'épurer très vite pour la sans-culottiser en Société populaire et républicaine des Arts !

C'est lors de l'inauguration de ce Salon que Fanfan expose pour la première fois de sa vie. Ses tante et mère sont folles de fierté, le père plus circonspect. Si l'Académie l'avait jugé, son fils n'aurait pas exposé, pense-t-il. À force d'estimer les chefs-d'œuvre des plus grands, son esprit critique s'est aiguisé. Mais bah, c'est la Révolution. Et l'enfant toujours aussi précoce, n'a jamais que 13 ans ! Ce qui est manifeste, c'est qu'il est doué. « Prometteur », consent son père. David en est toujours satisfait bien sûr, mais ça n'est pas encore ça… Marie-Anne fait taire son mari. Les relations entre le père et le fils ne sont pas si bonnes qu'on puisse les envenimer à propos de l'essentiel.

Maintenant que la Révolution l'a adoubé directeur des collections du futur musée, le fils en veut un peu moins au père, quoiqu'il le suspecte toujours, sinon de royalisme — on dit aussi aristocratisme —, du moins de tiédeur républicaine. Et là, il n'a pas tort.

En réalité, tant que ça reste possible, Frago s'en fout. Et ne rêve que de continuer à s'en foutre.

*Chapitre 17*

1795-1799

PEINDRE ENCORE ? À QUOI BON ?

> Voulez-vous vivre heureux,
> vivez toujours sans maître.
>
> VOLTAIRE

Depuis ce jour de septembre 1793 où la Convention décrète « la Terreur à l'ordre du jour », nul ne sent plus sa tête bien solide sur ses épaules. Il en faut si peu pour être décapité, moins encore dénoncé. L'accaparement est le nom d'un nouveau drame. Tout manque, donc quelques-uns volent les denrées de première nécessité. On pille les épiceries. On a beau instaurer la loi du « Maximum » appliqué aux produits indispensables à la survie tels les grains et farines pour en limiter le prix, il est très vite « débordé ». On établit des cartes de viandes, aussitôt on manque de graisse, de chandelles, de bougies... Les écrivains, les artistes et tous ceux qui travaillent tard la nuit sont les premières victimes de cette nouvelle pénurie qui s'ajoute à tant d'autres... La misère s'étend.

La loi des suspects est à l'affiche, la répression s'accentue, on doit vite instaurer un nouveau « Maximum » puisque le premier n'est pas respecté, cette fois sur tout : les prix et les salaires.

*Peindre encore ? À quoi bon ?*

En février 1794, les très anciens Illustres doivent remettre à l'hôtel de ville la liste de chaque occupant officiel de leur logement : femme, enfants, cousins, servantes... Ce qui entraîne beaucoup de déménagements hâtifs, pas seulement de nobles et de parents d'immigrés mais de ceux qui, en parole, en action comme en abstention — toujours cette parodie du catholicisme —, ont pu se montrer ennemis de la Révolution !

Certes les pauvres Illustres n'ont plus en permanence la guillotine sous les yeux, depuis l'exécution du roi, elle a pris racine place de la Révolution, mais comment penser à autre chose ? Entre le bruit des charrettes des condamnés souvent accompagnés des horions de la foule, celles des « exécutés du jour » qu'on évacue à la chaîne, sans parler de l'odeur... Ah ! l'odeur du sang qui sèche...

La Terreur qui semblait s'assoupir reprend de plus belle : après les trois charrettes des dantonistes, on guillotine une moyenne de vingt-cinq à cent personnes par semaine. On mélange l'évêque de Paris, la veuve de Camille Desmoulins, celle d'Hébert, la femme du Père Duchesne, et vingt-huit fermiers généraux dont Lavoisier, non parce que savant mais parce que riche ! Quels que soient l'âge ou le métier, l'origine ou la faute, règne l'égalité : la guillotine pour tout le monde. Le crime est le même pour tous : intelligence avec les ennemis de l'État, propos incitant à la guerre civile, affameurs du peuple... Ou même d'allumer des bougies pour pratiquer un culte... La subtile discrimination que Frago pratique sur les œuvres d'art n'a pas cours pour le « rasoir national ». Après les hommes de robe, la démocratie offre la guillotine à de plus en plus de femmes.

Olympe de Gouges a bien revendiqué le droit de monter à l'Assemblée puisqu'elle risquait la guillotine, elle a cessé de la risquer, elle y est passée.

Le 16 octobre 1793, la reine y a laissé sa courte vie. Installé avec du papier à dessin sur le trajet de la charrette, David l'a croquée tout du long. Même son croquis est assassin, un pli amer derrière la lèvre si typique des Habsbourg, la poitrine tombante, sans corset, contrastent avec la fierté arrogante d'une femme au terme de ses épreuves. Condamnée dans la nuit, on l'a vêtue en femme du peuple, on a tailladé ses cheveux à la diable pour faire place au couperet. Pourtant elle a conservé intact son port de reine, celui qui la faisait briller sous les brocarts et les perruques à étage. Elle meurt à midi. Par un beau soleil. Pour un peu Fragonard aurait honte de son jaune. Justement, on lui a commandé une copie de son *Verrou*. Hier il était nimbé de son fameux jaune, aujourd'hui il l'estompe beaucoup en secret hommage à la pauvre petite reine.

Depuis un moment Hubert Robert ne participe plus aux fumeux comités gagne-pain de Frago. Déjà il a refusé de porter avec tous ses collègues son diplôme de peintre du roi pour le jeter au feu de l'autodafé des diplômes royaux, Frago l'a fait, lui, pour l'estime qu'il a jamais vouée à ce parchemin ! Hubert Robert ne joue pas le jeu et ne donne même plus le change. Aussi est-il déféré devant le Comité de surveillance révolutionnaire. Son crime ? Avoir enseigné le dessin à la sœur de Louis XVI, ou plaire toujours ? Sa peinture se vend encore assez bien. Eh oui, des ruines, qui pourrait y trouver à redire ! Il a encore de l'argent puisqu'il ne l'a jamais placé en rente de l'État.

Ce matin-là Hubert Robert ouvre gentiment sa porte aux argousins venus l'arrêter. Toute sa vie il s'est couché tard et levé tôt même si depuis 1789, il dort un peu moins bien. Cet homme heureux avec sa femme adorée a connu le pire des chagrins, la mort de ses deux enfants. Aucun n'a survécu aux premiers jours de leur naissance. Ce drame a laissé une marque d'irréparable sur ce couple aimant qui a toujours dissimulé ce malheur comme une indécence. Plus tard ils ont adopté deux orphelines, les sœurs Chantourelles, qui les aiment autant qu'elles peuvent. Il est redevenu joyeux et bon vivant, quoique au fond désespéré, à jamais inconsolé. Alors maintenant, qu'on l'arrête... Bah !

Serait-ce parce que David ne l'aime pas ? Trop léger, trop futile, trop bon vivant et, suprême défaut, trop peu politique.

— Ah ! non, tu ne peux pas imputer ta disgrâce à David !

Quoique bouleversé par ce qui arrive à son ami de toujours, Frago lui explique l'impossibilité d'en accuser David. Sa seule religion est la défense de leur corporation. Sa haine des Académies n'a pas d'autres mobiles. C'est toujours un fou d'idéaliste. Si tous les artistes dépendent de lui, pour autant il ne contrôle pas la folie de l'heure.

Frago s'engage à secourir Hubert Robert tant qu'il peut mais sans rien reprocher à David. Frago ne perd jamais sa liberté de penser.

Emprisonné au couvent des Filles repenties à (Sainte-)Pélagie près du Jardin des plantes, Frago le visite presque chaque jour. David lui en a obtenu l'autorisation. Depuis la mort de Rosalie, il redevient bon marcheur. Pendant qu'il marche, il ne souffre pas. Ses chiens autour de lui, il trace, vite, sans rien voir, sans rien penser, juste pour marcher.

Hubert Robert ne supporte pas d'être séparé de sa femme, son grand amour toujours. Ce colosse l'est aussi par sa volonté, il prend le dessus. Sa haute silhouette et sa bedaine le font apprécier de tous, gardiens compris. Il s'organise une vie laborieuse au sein de sa prison, exercices et travail. On raconte que la vaisselle peinte se vend bien ? Qu'à cela ne tienne. Aussitôt il charge ses geôliers de lui procurer des assiettes blanches, ceux-ci les revendront un bon prix une fois peintes. Ainsi améliore-t-il l'ordinaire de tous. Sur le mur de sa cellule il écrit au pinceau, « *tant que je respire, j'espère. La prison du sage est la demeure de l'honneur* ».

À Pélagie, il se lie avec un autre prisonnier, le poète Antoine Roucher. Qui est enfermé avec Émile, son petit garçon de 5 ans. Avec eux, Restout ! Comment ce peintre si protégé par David a-t-il pu se retrouver en prison ? À cause de ses immenses gaffes. Terrible grande gueule, il est incapable de se taire et surtout de ne pas dire son fait à qui l'énerve. En prison pour gaffe !

Paradoxalement, *à l'intérieur* des prisons de la Révolution, règne une grande liberté. L'ordinaire n'y est pas plus glorieux qu'au-dehors, on y a faim aussi bien qu'à l'extérieur. Alors grâce aux talents de sa femme Hubert Robert organise-t-il des banquets. Il parvient à tenir table ouverte en prison comme à Auteuil. Il se plaint seulement que ses exercices physiques soient limités par les murs. De sa vie il n'a renoncé à s'habiller de mauve. Il persiste en prison, bien que ce soit la couleur du demi-deuil. C'est sa marque de fabrique. Personne ne veut se priver de son énergie vitale qui est immense, aussi parvient-il difficilement à être seul. De toute façon personne ne souhaite l'être pour affronter le « journal du soir », l'heure fatidique où les gardiens donnent lecture de la liste des condamnés du jour. Égrènent les noms de ceux qui seront exécutés demain matin. On n'en parle jamais. On la redoute tout le temps. On l'écoute avidement.

Après un petit exil, le temps de se sevrer de sa passion pour la bouteille, Greuze est mieux installé que jamais dans son cher Louvre avec ses filles. Subrepticement il vient de se changer en chaud partisan de la Révolution, en adorateur de David. Il est tellement dans la gêne. Le tout n'est-il pas lié… Il est sincèrement reconnaissant à la Révolution d'avoir autorisé le divorce pour le libérer définitivement de la Babuti, grâce au mémoire qu'il a rédigé sur ses malheurs conjugaux. Le Louvre l'a pourtant mal accueilli. On ne craint plus les hurlements de sa femme, mais on n'aime pas ses filles qu'on appelle « les pimbêches ». On craint toujours son mauvais caractère que l'âge et le vin n'ont pas amélioré. Caricature de lui-même, toujours vêtu à l'ancienne, l'épée au côté, costume élimé, il erre en figure familière du quartier. Même les sans-culottes lui fichent la paix. C'est un peintre. C'est un fou. Il boit trop, raconte sa vie fastueuse d'avant à qui veut bien l'entendre. Il critique tout et tout le monde. Frago en sait quelque chose en tant que membre de la Commune des Arts depuis 1793, ou comme conservateur du Musée du Louvre : il se fait régulièrement agresser par Greuze jamais satisfait de la place qu'on lui fait.

Depuis le 18 novembre 1793, le Muséum a ouvert ses portes au public au grand étage. Pour une seule journée. Heureusement ! Les œuvres ont été classées par époque. Frago y a beaucoup contribué. David, qui briguait le titre de conservateur en chef du futur grand Musée national de la République... se le fait souffler par Dominique Vivant Denon, rentré en France *in extremis* pour ne pas figurer sur la liste des émigrés. Il chipe la place et les honneurs que David guignait. Il a troqué son titre de chevalier de Nom, pour celui de citoyen Denon. Il s'offre même le luxe de réclamer à la Convention ses arriérés de pension impayés de diplomate près le roi ! On ignore si la Convention a accédé à son caprice. Il a pourtant pas mal fricoté avec la royauté, c'était même un proche de la reine ! Typique produit de l'Ancien Régime, chevalier à la mode, habile et intelligent, il a fait le compte des biens et des amis qui lui restent et décidé de s'allier à David. Opportuniste comme seules ces époques troubles en fabriquent, celui-là a l'avantage du talent. Frago l'a déjà vu à l'œuvre quand, sans la moindre vergogne, il s'est approprié les ouvrages de voyage de Saint-Non en jouant sur une homonymie approximative. Frago ne l'aime pas. Sans le clamer trop haut, il déteste tous ceux qui de près ou de loin ont nui à ses amis. Frago est inconditionnel des siens. Quand il aime c'est corps et biens. Il épouse jusqu'aux ennemis de ses amis. Hier Saint-Non, aujourd'hui David. Dominique Vivant Denon ne trouvera jamais grâce à ses yeux, nonobstant ses qualités réelles. David lui sait gré de son obstination à le conspuer, en dépit de son pouvoir qui s'étend d'heure en heure.

Sans être beau, Denon plaît aux femmes, talent utile sous tous les cieux. Taille moyenne, pommettes hautes, un peu trop poudré, et trop affable, il rappelle Robespierre par sa morphologie. Trop joli pour être honnête, tranche Marie-Anne qui ne juge pas souvent mais n'a d'avis que définitifs.

De nouveaux clients s'éveillent enfin. Les puissants du nouveau régime ont de toute urgence besoin de leurs portraits, ils subodorent que leur tête ne tiendra pas longtemps sur leurs épaules. Au moins veulent-ils en laisser trace sous forme d'image. Toute l'école de David s'empare de ces nouveaux amateurs d'art. Il a de plus en plus d'élèves. Le bouche-à-oreille, tout apprenti artiste qui a faim se précipite chez le seul maître qui les loge, les nourrit et leur procure des commandes. Outre qu'il les bluffe par sa réputation et son talent, il aime vraiment ses élèves et cherche par tous les moyens à les aider à vivre de leur art. C'est lui qui signe mais ce sont eux qui croquent les nouveaux puissants.

Denon se garde d'émettre le moindre avis sur la Révolution. Comment oublier le fonctionnement continu du « rasoir national » à quelques mètres de ses fenêtres ? Mais il a des moyens qui lui permettent de ne pas souffrir du « Maximum » général, qui a fait disparaître instantanément les dernières marchandises en circulation. On entre dans le règne généralisé du marché noir. À l'abri de la répression comme de la disette, Denon s'occupe de sujets plus élevés, du suffrage universel direct à l'abolition de l'esclavage dans les colonies.

On chuchote qu'en Vendée, une atroce guerre civile rivalise de cruauté. Et pas qu'en Vendée. Aux marges des provinces, des petits noyaux de royalistes catholiques normands, bretons… résistent à la Révolution armes à la main, cœurs piétinés, corps massacrés. Mais chut, pas un mot contre la Révolution ! On s'efforce d'oublier.

De plus en plus Frago s'en fout, il n'est plus dans le coup. Ne parvient pas à trancher (*sic*) entre les héros de David : Robespierre ou Marat ont été avant tout les plus grands pourvoyeurs du « rasoir ». Les hôtes du Louvre ont tout perdu depuis le début de la Révolution. Leurs illusions, leurs pensions, leur clientèle, leurs privilèges, leur prestige d'artistes… Reste leur logement mais pour combien de temps ? Déjà l'État a supprimé toutes ses aides à l'entretien des bâtiments.

Les vrais artistes, ceux qui ont gagné leurs lettres de noblesse sous l'Ancien Régime comme on commence à dire, sont de plus en plus choqués par les horreurs qu'au nom de la liberté, bien sûr, on expose au Salon, à côté de leurs œuvres. Et ils font les délicats. N'est-ce pas la preuve de leurs tendances contre-révolutionnaires ? Les plus jeunes, qui n'ont pas ces scrupules, sont les plus enragés. Alexandre-Évariste est favorable à la Terreur à condition d'accrocher ses œuvres en priorité. Il faut renouveler les artistes et ne pas laisser de vermines dans les coins. Ainsi pense aussi Marguerite.

On transfère Hubert Robert à la prison de (Saint-)Lazare appelée désormais Maison Lazare. Il y est mieux, plus que deux ou trois prisonniers par pièce et des pièces plus grandes et plus aérées, parfaites pour servir d'atelier, décide-t-il, ravi d'avoir gardé

*Peindre encore ? À quoi bon ?*

près de lui Roucher et le petit Émile. Aussitôt il se refait une clientèle, les cellules se font Salon, il suffit de graisser les bonnes pattes. Avec élégance et désinvolture, sa journée s'étire jusqu'à l'heure de la réunion dans la cour pour écouter la liste des gagnants. Chaque prison a sa formule pour la qualifier.

À 6 heures chaque matin, Hubert Robert se lève et fait son heure d'exercices. Ici la cour est vaste et il a le droit d'y jouer au ballon. Puis au travail. Frago le visite toujours aussi fidèlement, et sa femme chaque jour lui porte à manger.

Peut-être est-il préférable d'être déjà en prison pendant la Grande Terreur robespierriste, se demande Frago. David l'a intronisé au Nouveau Conservatoire du Muséum qui vient remplacer la énième commission, à son tour dissoute… Les intitulés ne changent rien à la nature du travail. Inventorier, classer, trier, discriminer, cataloguer les œuvres d'art récupérées, prélevées, saisies ou au mieux rachetées aux fuyards de la noblesse ou du clergé.

Le fanatisme empire, s'insinue dans les détails, Frago reste peu sur place. Mal à l'aise, il préfère passer ses journées à courir d'un entrepôt l'autre, expertiser les œuvres, en faisant un détour par la prison d'Hubert Robert. Il évite de respirer le même air que les Montagnards les plus radicaux qu'il assimile à des fous furieux.

La vie humaine compte si peu qu'on s'étonne que la Convention continue de passer autant de temps à s'occuper des arts. Au point de décréter l'ouverture du Muséum tous les jours et à tous les citoyens. Qui peut bien aller voir ces chefs-d'œuvre ? Le peuple est affamé, terrorisé, et comme il n'y a plus de voyageurs étrangers en France, on se demande vraiment qui va visiter ces grandes salles vides. Pour le plaisir de qui sont-elles ouvertes ? Il y a pourtant des visiteurs ! Révolutionnaires de province qui viennent faire le tour de leurs nouvelles propriétés...

Les ex-Illustres ne sont pas mieux traités que le peuple. Ont-ils même la curiosité de voir les œuvres que Frago sauve de la destruction et de la rapine personnelle des révolutionnaires amateurs, si tant est qu'il y en ait ? Au moins celles-là restent-elles au frais dans les entrepôts.

Dans sa folle chevauchée pour ignorer la Révolution, Carle Vernet est arrêté net. Sa sœur adorée, la sublime Émilie Chalgrin qu'admirait tant Voltaire, est condamnée à mort. Son crime ? Monarchiste ? Être l'épouse de Chalgrin, l'architecte du roi, forcé d'émigrer ? Avoir assisté au mariage religieux d'une amie ? Condamnée à mort pour avoir « brûlé les bougies de la nation » ! Il se trouve qu'elle a aussi éconduit David quand, plus jeune, ce dernier fut amoureux d'elle. Est-ce pourquoi il ne fait rien pour empêcher son exécution le 24 juillet 1794 ? Frago refuse de le croire, il pense plutôt que l'emballement de la Terreur est tel que plus personne ne peut plus rien arrêter.

Trois jours après, ce sera la chute de Robespierre. La fin de la Terreur. Donc on aurait pu sauver Émilie ? Non. Trois jours plus tôt, c'était impensable !

David n'est pour rien non plus dans les ennuis du sculpteur Houdon. Il y a longtemps qu'il est installé dans un atelier du Vieux Louvre, ceux de la galerie sont trop exigus pour les sculpteurs. Quand des cuistres se croyant artistes puisqu'on les a sottement exposés, exigent d'y être hébergés et forcent les portes de ceux qui sont là depuis des lustres pour prendre leur place. Si l'intimidation physique ne suffit, ils se font délateurs, accusateurs, sycophantes. Tout fait ventre. Et sans y regarder plus avant, ils dénoncent l'ami Houdon, en prétendant l'avoir surpris en train de sculpter une sainte ! Celui-ci se retrouve donc à la Maison Lazare auprès de son ami Hubert Robert. Lui ! On l'accuse, lui, de perpétuer le culte des saints ! Houdon éclate du terrible rire de Voltaire qu'il a si souvent sculpté. L'erreur, la bêtise et la méchanceté de ses dénonciateurs leur ont fait prendre une allégorie de la Philosophie pour une sainte ! Elle manque pourtant singulièrement d'attributs mystiques. Inutile de plaider ! Ses délateurs sont juste incultes. On le libère. Chaque jour sans victime est une journée gagnée sur la vie.

Nourrir les siens reste un cauchemar chaque jour renouvelé. Les plus vigoureuses femmes se dévouent. Elles font des siècles de queue et reviennent en croulant sous les charges ; elles ravitaillent tout un pâté de maisons, au minimum un immeuble entier. Au Louvre, Marie-Anne est souvent de corvée avec sa sœur qu'elle réquisitionne de force.

— Comme nous, tu manges tous les jours ! Et je te rappelle que moi aussi je suis peintre. Alors viens m'aider à porter. Allez...

L'ancienne culpabilité fait toujours céder Marguerite.

Les Tuileries devenues Jardin national sont plus inabordables que sous le roi : délimité d'un côté par la Convention, de l'autre par le Comité de salut public où siègent les Enragés, à l'angle des Orties, le Comité de sûreté nationale où se tiennent les Exagérés, et la place de la Révolution où depuis l'exécution du roi, la guillotine ne cesse de trier le bon grain de l'ivraie. Tout le monde à tout instant risque d'être condamné pour tiédeur. Frago adore ce crime-là. Quant au jardin, il est occupé par les tricoteuses, ces nouvelles pasionarias de la politique qui se relaient aux séances de l'Assemblée, et par les jardiniers qui entretiennent et surveillent les potagers collectifs.

C'est pourtant de là que Fragonard et son fils assistent au pire. Suivant une théâtrale mise en scène de David, le 8 juin 1794, pardon, le 20 prairial, poudré à frimas, Robespierre inaugure sa fête de la régénération, celle qui doit donner naissance au culte de l'Être suprême. Robespierre ignore qu'il signe là son arrêt de mort. Moins de deux mois plus tard, c'est lui qu'on arrête. Qu'on torture, qu'on humilie. Agonisant, il est guillotiné le lendemain. Paradoxalement, ce 10 thermidor de l'an II (le 28 juillet), sa mort provoque davantage de suicides que l'exécution du roi ! Un début d'épidémie.

Pour la première fois depuis que de grandes choses se passent sous son pinceau, David refuse de dessiner la honteuse mise à mort de Robespierre. La mâchoire fracassée par un bourreau sadique, c'est un mourant qu'on exécute. Traîné à l'échafaud par ce méchant homme qui avant de lâcher son tranchoir, lui arrache un hurlement de douleur en cognant une dernière fois sa joue martyrisée, histoire de faire rire l'assemblée, nombreuse ce jour-là.

Depuis David se terre. Il ne doute pas d'être incessamment arrêté. Après Marat, son ami du peuple, l'Incorruptible Robespierre était son autre modèle. Au point de... ? Oui. Comble du grotesque ou du mimétisme, David voit surgir sur sa mâchoire une tumeur précisément du même côté que la fracture de son héros. Coïncidence exagérée ou punition immanente ? Cette tumeur choisit pile ce moment-là pour s'infecter. Il est méconnaissable. Quasi défiguré. On parle d'amour, d'identification avec Robespierre... Frago est seul à aider David à se nettoyer avant de le conduire en banlieue chez des élèves sûrs qui vont le cacher le temps que ça se tasse...

À croire que la mort s'est fatiguée de sa loterie. La Grande Terreur s'achève par la mort de son inspirateur. Robespierre n'est plus, les Modérés relèvent la tête. Est-ce vraiment fini ? La Révolution peut-elle jamais s'achever ? Il semble que la volonté nationale ne le veuille toujours pas.

Hubert Robert est pourtant relâché le 4 août 1794. Las, c'est un homme prostré que retrouve Gabrielle. Il a vu mourir ses deux amis poètes, Chénier et Roucher. De sa prison, il emporte plus de 55 tableaux, outre gouaches et aquarelles...

Quant à Bergeret, il a été arrêté et relâché la même semaine. La mort de Robespierre a du bon : c'est l'amnistie générale.

Au tour de David de peindre en prison. Il s'est laissé arrêter. On lui reproche beaucoup mais aucune accusation précise. D'autant que tout le Louvre témoigne en sa faveur. À part la sœur de Carle Vernet dont il n'a pas pu ou pas voulu empêcher l'exécution, il peut se vanter qu'aucun artiste n'a été guillotiné. Et même en a-t-il aidé plus d'un à fuir. Pour sauver sa tête, il va devoir renier Robespierre. Mais puisqu'il est mort..., l'excuse Frago. Il met tout son sens du théâtre au service de sa plaidoirie *pro domo*. « Je vous adjure, citoyens, de croire que personne ne peut m'inculper plus que moi-même... »

Le 31 juillet, il sort libre de sa prison et rentre d'un pas inquiet au Louvre. Tous l'attendent. On le fête... Pas longtemps. Le temps d'une fête... à nouveau arrêté. Pas grave : il ne risque plus l'échafaud. La Terreur est finie. Il peut attendre tranquillement d'en sortir blanchi, en peignant le seul paysage de sa vie, celui qu'il a sous les yeux depuis la fenêtre de sa prison du Luxembourg. Sur ses œuvres peintes en captivité, Hubert Robert posait le cachet de sa prison ; David inscrit : *JL. David faciebat in vinculis*, « David l'a fait en prison ». Dans son malheur, une éclaircie, sa femme ne cesse de s'entremettre pour le faire libérer. Elle va lui revenir.

Dans les semaines qui suivent la Terreur, les prisons sont les lieux les plus paisibles de la ville. Paris cicatrise à coups de bals, d'amours violentes, brèves mais intenses, et des modes plus folles les unes que les autres. Les coiffures prennent de la hauteur comme les chaussures : on a terriblement besoin de se grandir, de se hisser au-dessus du sort commun.

La Révolution n'est plus que souterraine. À l'automne 1794, le Louvre dans un état second oscille entre l'ivresse et la convalescence. La France a grand besoin de répit. Après cette immense secousse, on ne souhaite que vivre, même petitement, sans effets, mais vivre. Se promener, respirer, regarder le ciel, et sentir sa tête bien arrimée sur ses épaules. Les folies du plus grand nombre se limitent désormais à peu de chose.

Si le flot de sang a cessé, celui des billets s'amplifie. Dix milliards d'assignats circulent le jour de la mort de Robespierre. Neuf cents millions sortent des presses en septembre, un milliard en octobre. Les acquéreurs de biens nationaux sont les seuls à s'enrichir. N'empêche, partout l'on danse. Au Louvre comme ailleurs. À date fixe et récurrente, a lieu le bal des victimes. Au départ, ce ne sont que des réunions de familles ou de groupes amicaux décimés qui ont besoin de partager leurs souvenirs. Peu à peu, on y fait des projets. Les femmes y portent des robes blanches et gardent autour du cou un ruban noir pour souligner leur deuil. Même brèves, beaucoup d'unions y voient le jour. On n'hésite plus maintenant qu'on a institué le divorce facile. Beaucoup de mariages se font ainsi à la va-vite. Beaucoup d'enfants naissent dans les mois qui suivent.

Dans la famille Frago, personne ne manque à l'appel. Rosalie bien sûr, mais elle n'est pas une victime de la Terreur. Personne non plus chez les Grassois. Ce qui est follement rare.

Un matin, au Louvre, on fête le retour d'Augustin Pajou. À peine arrivé, il pique une colère monumentale contre Houdon, parce qu'en son absence, ce dernier lui a chipé sa place de gardien des Antiques. Houdon est prêt à la lui rendre... mais c'est plus fort que lui, Pajou a besoin d'en découdre. L'enjeu en vaut-il la chandelle ? Peu importe. Ils en viennent aux mains, il faut les séparer. Frago est enchanté. Cette algarade est pour lui le signe, la preuve même que la vie reprend. Normale, banale, médiocre... mais vivante et surtout artistique. On peut à nouveau se battre pour des vétilles. Avoir des brouilles professionnelles entre artistes rivaux, voilà qui n'aurait pu avoir lieu sous la Terreur. Peut-on dater à cette minuscule dispute la fin de la Révolution ? Frago n'hésite pas. Il a tort.

Libéré peu après, David s'installe à Saint-Ouen. Il

n'ose revenir au Louvre. Ses ennemis n'ont pas désarmé. Il doit encore se faire oublier.

Aux galeries comme partout, les finances sont au plus bas mais sitôt qu'on ôte la guillotine du décor, le moral remonte. Contre les Jacobins, de jeunes royalistes fomentent de nouvelles émeutes... Ça recommence ?

Chacun brade ce qui lui reste, personne ne se soucie plus d'acheter des chefs-d'œuvre. Les nouveaux riches exhibent un luxe de toilettes, d'équipages et d'orgies. L'art n'intéresse personne. Le monde se partage entre quelques rares ceintures dorées et de nombreuses ceintures de cordes chaque jour plus serrées. Chacun vend ce qu'il peut le long des façades du Louvre où l'on n'arrive plus à circuler. Côté Seine, le long des galeries on a vue sur des cordons de harengs enfilés. Une nouvelle Bourse s'est installée sous la galerie d'Apollon. Sous le guichet de l'Est, un grand déballage d'estampes anciennes, c'est-à-dire de Watteau, Boucher, Fragonard..., sont bradées au prix du papier, au poids ! Depuis que ces images d'Ancien Régime ont cessé de circuler sous le manteau, elles ont perdu toute valeur.

Plus question d'Illustres ni même de Pensionnés ! Au Louvre, on mange peu, on dort moins encore, tant ça danse et ça crie alentour. Émancipées par la Révolution, les filles vénales de la rue Fromenteau sont appelées chaque nuit par une bande de miséreux en mal de tendresse, qui se renouvelle sans varier. Si elles n'ont plus l'âge ni la beauté du temps du Régent, elles sont trop contentes de dormir au palais, à l'abri fût-ce une nuit encore.

Les bagarres sont plus fréquentes que sous la Terreur. Les gens de passage qui se sont incrustés ont rendu les lieux invivables quand ils ne les ont pas transformés en latrines publiques. À cause d'un cloisonnement sauvage excessif, il y a deux fois plus de monde qu'il y a cinq ans, les abords sont obstrués, la voirie ne fonctionne plus. Au printemps, le Carrousel est envahi par une foule de ventres creux, essentiellement des femmes, qui se ruent à l'Assemblée pour exiger du pain. Les hommes aussi affamés qu'enragés les suivent. Chassés à la matraque, beaucoup sont déportés aux galères où souvent avant d'y parvenir la famine les aura achevés. C'est la saison de la *guillotine sèche* comme on l'appelle, elle fait presque autant de victimes que l'autre, mais pas une goutte de sang.

Ça empire. Le 20 mai 1795, des hommes en colère arrivent des faubourgs avec des canons volés aux entrepôts. Au son du tocsin, la poussée populaire force le service d'ordre qui défend l'Assemblée nationale. Le député Féraud, fou de courage, tente d'en bloquer l'entrée de ses bras étendus, on le pousse à la renverse, on lui marche dessus, on le frappe à la tête à coups de sabot, un marchand de vin lui coupe la tête à la hache et la jette à la foule qui l'embroche sur une pique et s'en sert d'oriflamme pour envahir l'hémicycle. Pour suivre les traces de son maître, Fanfan croque la scène sur le vif, sa mère et son père ont des haut-le-cœur devant le réalisme et la cruauté picturale de leur fils. Marguerite lui trouve beaucoup de talent !

La violence ne parvient toujours pas à retomber. On se bat au Carrousel. Débordée par sa gauche, débordée par sa droite, la Convention fait appel aux muscadins et à l'armée pour mater les rebelles. Pendant cinq jours à nouveau l'émeute fait rage. Dix mille personnes sont arrêtées. Le palais est envahi à l'endroit du musée. Seul lieu connu des émeutiers. Ils ignorent la Grande Galerie, le cœur du Louvre où vivent les artistes. On a eu chaud. Au même moment la Convention fonde le Musée central des arts — décidément ! — avec pour conservateurs Pajou, Fragonard, Hubert Robert, Vincent et Picault. Contre 2 500 francs annuels, ils s'y consacrent avec tant d'ardeur qu'ils n'ont plus le temps de créer — à l'exception d'Hubert Robert, qui n'a cessé d'être une force de la nature. Frago a le sentiment de jeter ses dernières énergies dans cette mission. Il n'arrête pas. Seul ou avec un des membres du musée il examine les œuvres, rédige des rapports. Lui ne confond jamais la manière d'un maître avec ses disciples. Il opte fermement. Et retire à Le Brun un médiocre tableau de Stella. Qu'au moins en art on puisse se montrer encore équitable.

David est à nouveau arrêté. Encore ! On l'enferme cette fois au collège des Quatre-Nations, de l'autre côté de la Seine. Il en sort presque aussitôt ! À croire qu'on a sciemment cherché à l'empêcher d'exposer au Salon de 1795 qui a lieu sans lui, en dépit de cette nouvelle « petite » Terreur qui a repris ! On a ressorti le « grand rasoir ».

De toute façon David n'avait pas la moindre envie d'exposer avec tout le monde. Ses élèves lui décrivent l'aridité de la production de l'année. Même si les femmes et le fils Fragonard y occupent une place de choix. Mais justement, pas pour de bonnes raisons, les seules qui comptent : l'évidence du talent. David va-t-il enfin s'avouer que le patriotisme comme unique critère pour exposer est une erreur stupide ? L'autre raison d'une telle médiocrité tient aux conditions matérielles si nuisibles à la création où sont les artistes depuis plusieurs années comme le reste de la population. La faim, le manque de l'essentiel, n'a pas laissé un sou pour acheter pigments, toiles ou châssis. Être privé de tout contact avec l'étranger nuit aussi beaucoup. Plus que tout autre, les peintres ont besoin de se confronter à leurs pairs.

Las, le 5 octobre 1795, on se bat à côté, rue (Saint-)Honoré, près de (Saint-)Roch. À ce moment-là, la défense du pouvoir est confiée au tout jeune général Bonaparte, remarqué par Robespierre au siège de Toulon. À la fin du combat, il est 4 heures du matin, on compte de cinq à six cents morts. Frago se demande combien de temps il va devoir conserver ses œillères psychiques contre l'odeur du sang, les cris des suppliciés, les hurlements de tous. Comment continuer à faire mine de ne pas s'en rendre compte ? Sa femme soigne et soulage les blessés qu'on amène dans les salles de manège du Vieux Louvre, transformées en hôpital de campagne, Frago s'enfuit visiter des dépôts loin des combats dans ces entrepôts de province où ne gisent que des chefs-d'œuvre. De plus en plus loin... le tri dans les divers dépôts, les saisies chez les condamnés et dans les couvents se succèdent. Il doit parfois approuver le mauvais sort destiné à des ouvrages aimés. Il ne peut tout sauver. On veut livrer aux flammes un tapis où figurent des fleurs de lys, ignoble emblème de la tyrannie ! On décide d'effacer les fleurs !

L'école française est condamnée pour goût factice et maniéré. Les tableaux de saints qui risquent d'entretenir le fanatisme sont relégués dans un cabinet des rebuts !

Les arrivages de la Belgique annexée font remuer

à Frago des centaines de tableaux pour les identifier. Ensuite, à lui d'attester un nom sur chaque œuvre. Il reconnaît et repêche un Ribera dit l'Espagnolet. Des dessins des maîtres de Cologne aux grands tableaux de Rubens venus d'Anvers, des Rembrandt du Stathouder de Hollande, c'est lui qui les accueille, les trie, les identifie. Irremplaçable dans sa connaissance des petits maîtres décadents. Il est le plus précis sinon le plus expert dans l'identification des dessins. Il y met tout son cœur. La minutie, la patience qu'il déploie le tiennent éloigné des lieux où l'on verse le sang de leurs propriétaires. Il redoute de croiser sur une charrette un ci-devant avec qui il aurait jadis soupé, qu'il aurait portraituré... il préfère aller arpenter au loin les allées des parcs privés, ou s'enfermer pour rédiger des rapports sur les propositions d'acquisitions ou sur les restaurations en cours. Il inaugure toutes sortes de métiers, de conservateur de musée à directeur du personnel. S'inquiétant de la sécurité des collections à la rémunération ou l'approvisionnement en bois de chauffage des gardiens.

Le 2 novembre — ou le 4 brumaire si on préfère — trois *Directeurs* inaugurent un *Directoire* pour remplacer la Convention thermidorienne. Ils s'installent au Luxembourg. À la galerie, on ne s'en plaint pas. Que l'Histoire s'éloigne un peu... Las, les députés, eux, continuent de loger aux Tuileries.

David a toujours aidé ses élèves, à leur tour ceux-ci se relaient pour le soutenir dans sa disgrâce. Que seraient-ils devenus sous cette impitoyable et arbitraire Terreur sans lui ? Il les a nourris et protégés sans jugement ni morale.

Peu à peu David reprend sa place. Une nouvelle

place, plus sûre, plus prestigieuse. Frago l'admire, il le trouve très fort. Comment fait-il pour résister à tous ces changements de régime ? La réponse, pour Jean-Honoré comme pour son fils, est évidente : la force de David est tout entière contenue dans sa sincérité. David est sincèrement épris de la Révolution même s'il ne la sert pas aussi bien qu'il aurait voulu. Follement sincère, il rêve encore d'une amélioration du sort du monde à commencer par celui des artistes. Il reproche seulement à sa chère Révolution de ne pas aller assez vite au but !

Inouïe cette propension des révolutionnaires à ne jamais oublier l'administration des arts. Un des derniers actes de la Convention avant sa dissolution est la fondation d'un Institut divisé en sections. Sciences physiques et mathématiques, sciences morales et politiques, littérature et beaux-arts. Et sitôt formé, il existe ! Les séances se tiennent au Vieux Louvre, salle des Caryatides. On offre à David d'entrer dans cette institution plus restreinte que l'ancienne Académie, en réalité plus rigide. Il refuse, il rêve d'un titre plus haut.

Frago est seul dans un manège transformé en entrepôt ce jour de novembre 1795 très froid, où lui ont été indiquées une trentaine de caisses dont il ignore la provenance. Hubert Robert et Pajou sont partis récupérer des œuvres dans des églises de province. Les sculpteurs ne sont pas là non plus. Frago ouvre une caisse puis une autre, et soudain se met à trembler. Le froid ? Non. Des Fragonard, des Boucher, des Hubert Robert, des Watteau, des Chardin, des Van Loo, des Natoire...

Ce n'est pas la première fois que ses inventaires le

mettent face à ses anciennes œuvres, mais en aussi grand nombre, et accompagnées de tous ceux qu'il aime, jamais.

Tous ses maîtres, et lui au milieu. Sa vie entière en couleur défile sous ses yeux. Tout ce qu'il a aimé, tout ce qu'il a peint... Il scrute minutieusement ses propres tableaux, il n'en revient pas, il ne les avait pas revus depuis... Il les avait oubliés. Ces jardins d'Italie, ces ingénues dénudées...

Il se met à pleurer, il sanglote dans ce grand manège glacial, vide, sinistre, devant ces toiles alignées les unes contre les autres, à même le sol, au moins se tiennent-elles chaud. Comme des morts, ne peut-il s'empêcher de penser. Frago grelotte. Il va les sauver, les ramener à la maison. Il éprouve envers elles le même sentiment de responsabilité et de devoir que lorsqu'il croise un chien errant, un chat efflanqué, une bête malheureuse. Les sauver. Il porte au-dehors un petit tableautin qu'il a dû faire à son retour d'Italie, encore sous les yeux et les conseils de Boucher. Il regarde attentivement à la lumière du jour ses petites baigneuses retrouvées. Un émoi fou le saisit, c'est sa main qui a fait ça ! Son désir, son imagination, sa vision d'un instant. Il n'en serait plus capable aujourd'hui. Il hoquette de sanglots secs. Tant de merveilles dans cette grange, qui allaient mourir, croupir, pourrir... Un regain de chagrin — trop sentimental —, il n'en peut plus de nostalgie. Cette époque était heureuse, libre, légère, joyeuse. Rosalie n'était pas morte. C'est même un temps où elle n'était pas née. Il y eut un temps où il était heureux sans même savoir pourquoi. Parce qu'il était vivant, que l'été revenait, et l'odeur des fleurs et les caresses des filles et les ronronnements des chats…

Il étudie minutieusement chaque millimètre de sa toile et se prend de regrets pour son pinceau d'alors. Beaucoup plus audacieux, il brossait à gros traits, laissait des aplats quasi indomptés, sertissait de relief et jetait ses ombres, quand ça ne l'intéressait pas. Une immense liberté de facture, de façon et de sujets. Il en veut presque à Marguerite de lui faire exécuter ses minauderies trop bien peignées. Peindre alors, c'était respirer large, se mouiller dans l'affaire, montrer son plaisir et le plaisir. Inventer le bonheur en couleur…

Il ne saurait y revenir, il se sait beaucoup plus triste, beaucoup moins libre qu'hier. Pourtant Dieu qu'il a aimé cette période et ses peintures d'alors ! Dire qu'il croyait avoir toujours préféré dessiner. Mais non, il a aussi et visiblement adoré peindre. Et si… ? Non. Plus l'énergie.

Méfiance, la Révolution n'est pas tout à fait morte. Elle est toujours aussi violente, arbitraire, incontrôlée… Et Boucher n'est plus là pour conseiller Frago. Ni Van Loo, ni Natoire, ni surtout son cher Saint-Non…

Pourtant on dirait que ça se calme. Le fracas diminue. La politique perd de sa prééminence.

Depuis que la Convention a officiellement cédé sa place au Directoire, les « conventionnels » modérés, autrement appelés « thermidoriens », ont aboli toutes les poursuites judiciaires « portant sur des faits purement relatifs à la Révolution ». Les derniers détenus politiques sont élargis. Symboliquement, la place de la Révolution, ex-place Louis XV, change à nouveau de nom pour celui de place de la Concorde. On rêve de paix. Personne n'en peut plus.

Tout se tait, Frago aussi. Il y a eu assez de bruit comme ça. Oh, il y a toujours la guerre de-ci de-là, mais plus loin, chez les Turcs. La France révolutionnaire a de plus en plus d'ennemis à l'extérieur mais justement si la guerre est partout, elle est surtout au-dehors. On peut plus facilement l'oublier que la Terreur.

Dans le genre historique, David et Fanfan s'en donnent à cœur joie, la période est grandiose, elle les inspire. Alors que Frago se sent réduit à sa plus simple expression, n'a plus rien à dire. La mort de sa fille l'a tué. La flamme, l'énergie sont englouties dans la tombe de Rosalie. Depuis... la Révolution, la Terreur, la mort du roi... la querelle avec son fils. L'éloignement de Marguerite, la fatigue. Le monde peu à peu reprend des forces, pas lui. Il se délite et ne se réjouit plus de rien.

Le louis d'or est hors de prix. Personne ne veut plus d'assignats. Pour manger, il faut passer des nuits entières aux portes des boutiques d'alimentation dans l'hiver qui commence. On y croise toujours les vaillantes citoyennes Vien et Fragonard, plus solides que les autres, chargées du ravitaillement de tous. L'argent manque, l'État est en faillite et ne paye plus. Frago outrepasse ses prérogatives de collationneur et d'archiviste des chefs-d'œuvre de la nation pour voler au secours de tous les petits métiers qui travaillent sous ses ordres, manutentionnaires, balayeurs... Ils sont à bout de forces, plus de viande depuis... Ils ont faim, simplement. La farine vaut de l'or qui lui ne vaut plus rien. Dans la foulée des nouveautés, des secours sont votés pour

*Peindre encore ? À quoi bon ?*

les plus nécessiteux parmi lesquels des artistes comme Gérard, Vien — oui Vien, le maître de David, ancien Premier peintre du roi ! —, Prud'hon, Regnault, Vernet... Même Vernet n'a plus rien. La Révolution a fait fondre l'important héritage de son père et Carle n'en peut plus. Pour nourrir ses enfants, il lui arrive de faire la manche au pied du Palais-Égalité.

On ne compte plus les gens qui tombent d'inanition au milieu des rues de Paris. Dans les interminables files pour manger. Dès qu'on le peut, on organise des soupes populaires, on y retrouve sans surprise Marie-Anne Fragonard. Toute sa vie elle a ramassé les animaux errants avec son époux, c'est plus fort qu'elle, elle ne peut s'empêcher de porter secours aux plus malheureux.

Dans le silence de ces jeûnes prolongés, il arrive qu'on meure comme ça, sans bruit, un corps s'écroule. Une vraie détresse hante la galerie, les manèges... Tout Paris et bientôt la France entière. Cette famine déclenche un nouveau soulèvement, cette fois dirigé contre Babeuf. Ah ça, on n'est jamais à court de bouc émissaire. À l'ami de Naigeon, l'on impute et la Grande Terreur et la calamiteuse guerre de Vendée. Comme Naigeon était l'homme de Diderot, voilà Diderot coupable d'avoir enfanté la Terreur ! Il faut au moins remonter jusqu'à lui — mort pourtant en 1784 — pour trouver un auteur capable d'endosser pareilles horreurs. On ne prête qu'aux riches, Diderot a bon dos, et c'est vrai qu'il avait une taille de portefaix et une grande gueule, c'est donc lui qui aura inspiré le pire de la Révolution. Il fallait un grand nom à se mettre sous la dent pour s'exonérer du pire. C'est très exagéré mais pas autant que les faits eux-mêmes. Les révoltés n'ont pas le sens de la mesure. À Paris, l'émeute se concentre sur la destruction du matériel à fabriquer les assignats. Qui sont aussitôt remplacés par des mandats territoriaux, eux-mêmes gagés sur les biens nationaux. Désormais plus rien ne vaut rien. Si. La vie. La vie regagne un peu de prix. On songe à remiser la guillotine, cette fois pour de vrai.

La chose la plus difficile pour Fragonard durant ces sombres années où tout manque, a manqué ou manquera, c'est de parvenir à nourrir les bêtes du Louvre en suffisance et sans nuire au genre humain. Pourquoi devraient-elles souffrir de cette Révolution qui ne se fait ni en leur nom ni pour améliorer leur sort ? Le petit père Frago parcourt régulièrement des kilomètres à pied vers les collines de Clichy ou de La Garenne afin de glaner dans les fermes de quoi les nourrir. Les paysans savent qu'il est vital de bien alimenter leurs bêtes. Aussi ont-ils pris l'habitude de lui garder de « bons restes ». À Paris, il n'y a plus de restes… En s'éloignant de la capitale, il a l'occasion de voir comment vivent les plus pauvres parmi le petit peuple, celui qui n'a pas les moyens de faire la Révolution et l'a néanmoins prise de plein fouet. Pour eux elle reste à faire.

Sa mélancolie l'a définitivement rattrapé. Oh, il fait toujours la joie des autres, facétieux, généreux, attentif… Mais pour lui, plus la moindre espérance. Il donne le change, afin qu'on ne l'ennuie pas. Il garde sa peine pour lui. Souriant et gentil parce que désespéré. Toute sa vie, il s'est réfugié dans le travail qui souvent l'a guéri. Là, fini, plus rien, même plus envie de créer, de peindre ni de dessiner. À l'occasion il prête la main à sa belle-sœur pour achever une série de dessins, mais tout désir l'a quitté.

Greuze, qui fait maintenant partie des derniers survivants de l'ancien temps du Louvre, est en colère après lui.

— On en a vu partir, s'enfuir ou mourir tellement, qu'on n'a pas le droit de chipoter comme ça avec l'existence. Tu es peintre, donc tu peins. Tu es vivant, tu vis. Tu es guéri, alors bosse. Travaille. Il n'y a rien d'autre à faire dans cette pétaudière. Travaille, Dieu reconnaîtra les siens.

— Comme sur la guillotine ! Ah ça, c'est pas pour dire, mais il les a bien reconnus, Dieu, n'est-ce pas ? Tu as mille fois raison !

L'humour léger de Fragonard a beaucoup noirci, il s'est oxydé au contact du sang. Il est plus souvent cynique que drôle.

S'il n'a plus la moindre envie de peindre, c'est qu'il redoute de rester seul dans son atelier. Il ne supporte plus les heures dans le silence, aussitôt il entend résonner le rire de Rosalie.

Ça tombe bien, David qui est décidément son bienfaiteur vient de le faire renommer chef du catalogage des œuvres des émigrés saisies et rapatriées. Le titre est plus ronflant que le précédent, mais le travail est le même. Il s'agit toujours de choisir les œuvres et de dresser la liste de qui viendra nourrir les fonds du futur musée que la Révolution, que la Convention, que le Directoire… veulent chacun leur tour offrir à la France.

Seule varie l'appellation… De la Révolution au Directoire, David continue son ascension vers la gloire, sans jamais oublier d'en faire bénéficier Frago.

Bonne raison de ne pas peindre : du lever au coucher, il classe, étiquette et court partout vérifier la valeur des œuvres à entreposer au Louvre. Il n'y a jamais eu autant d'œuvres en souffrance qui attendent le jugement de Fragonard et d'Hubert Robert revenu travailler avec son ami.

Moment d'émotion palpable chaque fois qu'ils découvrent des tableaux de leurs proches morts depuis, ou d'eux-mêmes. Un matin, la première malle qu'ils ouvrent contient un Rembrandt, une tête de vieillard et la copie passablement améliorée qu'en avait alors tiré Frago. Hubert Robert a envie de s'agenouiller, la beauté agit comme une prière.

Sitôt qu'il parvient à s'échapper plusieurs jours, Jean-Honoré rejoint Pierre-Jacques Bergeret au cimetière du château de Cassan. Un drame les a réunis. Sa fille aussi est morte. Au milieu de toutes les morts anonymes, celle-là les a terrassés. Ils pleurent côte à côte, il l'a enterrée à côté de Rosalie. Leur amitié s'est renforcée de subir la même peine. De partager le même deuil. De se comprendre dans le même désenchantement du monde. De ne plus y croire mais de devoir continuer.

Député de Paris, membre de la Convention, membre du Comité d'instruction publique et du Comité de sûreté générale, brièvement président de la Convention, David est redevenu le grand prêtre et le grand maître de l'art. À lui seul, un instant, il représente tout l'art révolutionnaire, avec ses haines, ses enthousiasmes, ses ostracismes, sa solennité, ses grands discours et son enfantillage sentimental. À son exemple, à un moment ou à un autre, tous les artistes, Moreau le Jeune, Pajou, Clodion… et même Greuze, ont mis une cocarde à leur chapeau et un casque à leurs personnages de toile. Cela leur a réussi, ils ont survécu à chaque épisode de terreur. Mais dans quel état… ?

Parfois Frago et Greuze échangent un regard lourd qui semble se demander comment tout cela a bien pu arriver. Mais aussi impuissants que profondément inquiets, ils ne disent rien et se quittent des yeux.

Marie-Anne pense parfois et le murmure à son mari, qu'ils auraient mieux fait de mourir avec leur fille. Ils n'auraient pas assisté à ces horreurs. Toujours du peuple, toujours tiers état, ils n'en sont pas moins affreusement échaudés par les saccages, les drames, les carnages que cette Révolution a entraînés. Entraîne encore… par ricochet.

Le 26 octobre 1797, alias le 18 fructidor, la paix de Campo Formio est accueillie par une immense joie et vaut à Bonaparte une grande popularité. Elle marque une nouvelle rupture dans l'Histoire. Jusque-là le Directoire n'était qu'un régime corrompu mais modéré. Alors il se transforme en politique de répression, d'abus de pouvoir et de censure accrue… On appelle des millionnaires de trois ans les nouveaux riches. Dans cette société de carnaval de caprices et d'aventureux, les ministres sont des agioteurs sans scrupule et les femmes sans chemise, sans vergogne. Pourtant le puritanisme fait la loi. C'est au peintre de *La Gimblette* qu'on demande de poser des feuilles de plomb sur toutes les figures de marbre nues ! Une nouvelle vague antiroyaliste et anti-émigré s'installe dans l'élan d'une nouvelle terreur anticléricale. Les persécutions religieuses reprennent, accompagnées de déportations massives de prêtres...

En Italie, dans les malles de Bonaparte en campagne, Antoine-Jean Gros peint le pont d'Arcole ! Suivant l'enseignement de David, il témoigne des grandes heures de son temps. Coup de Jarnac inattendu, sa démarche libère la peinture d'histoire de sa soumission à l'antique ! Pendant cette campagne d'Italie, c'est sous les conseils de Gros que le petit général se livre à sa gigantesque entreprise de pillage des beautés locales. Il ramène le tout en vrac à Frago, libre à lui de trancher : le meilleur pour Bonaparte, le reste pour le Louvre. Et pour les plus précieux d'entre eux, à Frago de les escorter de leur ancien dépôt jusqu'au Louvre, côté musée. Le 12 août 1797, il quitte le château de Versailles avec en trophée *La Joconde* qui entre donc au Louvre avec lui.

Ensuite, on ouvre le grand étage au public pour exhiber les plus beaux prélèvements de tableaux flamands, italiens et français. Les plus belles œuvres sont à leur tour régulièrement ponctionnées, « prélevées » par la famille et les proches de Bonaparte. Les membres du conseil du Louvre sont furieux. Mais peureux. Hubert Robert et Frago se taisent et laissent faire. Désabusés comme tout le monde.

Et le futur Muséum s'entrouvre au Salon carré.

Demeure une grande défiance des artistes envers ce général qui sauve la France des abus de la Révolution, des drames du Directoire, mais qui laisse le Conseil des Cinq-Cents assimiler l'art à un négoce !

Et assujettir les artistes à la patente. C'est-à-dire les traiter en vils boutiquiers !

« Sous le despotisme, les artistes jouissaient de la franchise la plus absolue », protestent-ils auprès du Conseil. Hélas, c'est Louis-Sébastien Mercier, le fameux auteur du *Tableau de Paris* et de drames à succès, député aux Cinq-Cents, qui est chargé de défendre les artistes. Comme beaucoup d'hommes de lettres, consciemment ou pas il les méprise. « Qu'est le pinceau du peintre auprès du compas de Newton ou de la plume de Racine… »

Alors pour une fois unis, les artistes manifestent, c'est bien leur tour. Ils ont beaucoup à perdre, surtout les jeunes qui commencent à vendre. Les femmes Fragonard en tête. Fanfan et Prud'hon les accompagnent. Frago n'en a plus la force, la force morale, on peut même appeler cela la foi. Quant à David… Il prétend être occupé ailleurs.

Après avoir hurlé leur colère aux Tuileries, devant le Palais-Égalité, le Conseil maintient la patente mais se fend d'un rapport favorable à l'exemption « car l'artiste ne vend pas tous les jours » contrairement à l'épicier !

Triste victoire. Au Louvre comme partout en France, depuis le 18 brumaire, on a envie de croire la page tournée, et la Révolution terminée.

Cette fois, c'est peut-être vrai. Ce jeune général qui l'a sauvée une fois d'un coup d'État royaliste puis des errances d'un Directoire de tyranneaux et de ministres corrompus où l'honneur et les richesses se vendaient au plus offrant, a promis de conserver, maintenir et sauvegarder le meilleur de la Révolution mais de rétablir le droit. Si après la Terreur, on rêvait de liberté, après le Directoire, un peu d'égalité serait la bienvenue. Voilà qu'il s'offre un coup d'État ! Pour avoir mené les armées victorieuses jusqu'à la paix, les militaires reconnaissants suivent aveuglément ce général Bonaparte ! Dans l'opinion publique règnent tant de lassitude et un peu de cette indifférence dont se drape Frago, qu'on ne réagit plus. Alors pourquoi ne pas se laisser bercer par ses promesses de remettre la France en ordre sans rien sacrifier des acquis de la Révolution ?

## Chapitre 18

### 1799-1802

## FINALEMENT ILS ONT TENU !

> Dans la véritable amitié, celui qui donne est l'obligé ; tout y est abandon : deux âmes n'en font qu'une.
>
> MONTAIGNE

Le coup d'État du 18 brumaire ne signe pas seulement la fin du Directoire mais la deuxième fin de la Révolution, qui n'en finit pas de finir, songe Fragonard, plus amusé qu'inquiet. On ne l'a su qu'après mais tous les Parisiens ont été « enfermés dans Paris » le temps du « coup d'État ». Même David l'ignorait. C'est Marguerite qui le leur apprend. C'est une familière de la rue Chantereine où Bonaparte et les siens ont préparé leur affaire, elle était aux premières loges. Le cri du jour « Vive Bonaparte ! Vive la république ! » retentit jusque dans les Tuileries où, à cheval, le petit général vient se faire acclamer au Conseil des Anciens. Accompagné tout de même de dix mille hommes en armes, on ne sait jamais.

Le nouveau régime est formé de trois Consuls dont le chef est celui qu'au Louvre, on s'entête à n'appeler que « le mari de Joséphine ». Pour les amateurs de beauté, sa femme est ce qu'il y a de mieux. Ce triumvirat moderne ne déplaît pas. Constitué par Lebrun qui ressemble à son nom, rien de remarquable donc, par Cambacérès, un régicide de la grande époque, ami de David et de Prud'hon, un allié dans la place. Et par le premier d'entre eux. Bonaparte, le Premier Consul, commence par rétablir l'ordre, prend quelques mesures de réconciliation nationale et de paix civile, notamment envers les chefs de la chouannerie. Ça soulage et ça fait plaisir aux Français saturés de violence. Entre le 20 novembre et début janvier 1800, il s'attelle aux finances de l'État. Un embryon de confiance renaît.

Son premier soin, la police. Sa police. Instructions au préfet : « surveillez tout le monde sauf moi ». En sous-main, il fait surveiller le préfet de police par le préfet de la Seine, et ce dernier par Fouché son ministre de la police !

Les acquis de la Révolution s'effilochent assez vite. La liberté a du plomb dans l'aile. Le 17 janvier 1800 est une date macabre pour la liberté de la presse, 60 journaux sur les 73 existants à ce jour sont supprimés. La bureaucratie se fait vite tentaculaire. Très vite ! Aussi, en dépit de l'admiration qu'il éprouve pour ce brillantissime chef militaire, stratège politique et homme de pouvoir, David refuse tout net d'être nommé Premier peintre du nouveau gouvernement. En réalité il vise plus haut, il espère au moins le rôle qu'occupait Marigny. Bonaparte est furieux que David lui résiste mais ce dernier, qui l'a connu par Joséphine, ne pardonne pas au Premier Consul de le mésestimer. En vrai, ils sont fascinés l'un par l'autre.

En attendant la place qu'il est certain de mériter,

David se replie sur sa chère Rome antique et sur la Grèce, à la recherche de toujours plus de pureté.

Pour le poste de Premier peintre, à nouveau David propose Vien, son très vieux maître qui a aujourd'hui 84 ans ! Il aura traversé tous les événements du fond de sa propre antiquité. Il est si loin de tout qu'on ne songe même pas à lui reprocher d'avoir été le dernier peintre du roi, le premier aussi de la république et de la Convention. Il se succède à lui-même en devenant quasi naturellement Premier peintre du Consulat. C'est un premier à vie. Marié depuis quarante-trois ans à une femme de son âge. Toujours élégante et même encore belle, elle rivalise avec Gabrielle Robert revenue au Louvre avec son mari, pour le titre de meilleure hôtesse de la galerie.

Ce Consulat à trois têtes qui abandonne tout le pouvoir à Bonaparte a besoin d'artistes. Pour inaugurer le nouveau règne, David va enfin donner à admirer ses *Sabines*. Achevées dans le plus grand secret, seul Frago est au courant, et quoique n'étant pas de cette école, il sait apprécier l'immense travail et même le génie sur pied.

On se met à ranger la Révolution, à remiser ses désordres les plus criants, les moins graves aussi. Les rues reprennent leur nom de saints. Les offices religieux sont à nouveau autorisés, à condition qu'on n'y sonne pas les cloches. Mais c'est aussi l'heure des comptes. Dans toute la France, mais particulièrement au Louvre, la facture est sévère, les cicatrices profondes. À peine commence-t-on à ne plus s'appesantir sur les attitudes des uns ou des autres pendant les dernières années du siècle, las, les souvenirs sont tenaces et les rancunes plus encore.

Par-ci par-là, il y a encore des morts mais plus

sous les fenêtres du Louvre, plus loin. Aux portes de l'Europe, les guerres s'éternisent, reprennent, ont l'air de plaire au nouveau puissant.

Frago ose-t-il l'avouer ? Révolution, Petite ou Grande Terreur, 18 Brumaire, Directoire ou Consulat, à donner le tournis aux malheureux qui croyaient avoir encore la tête sur les épaules, il n'en pense plus rien. Mieux, il s'en fiche. Après toutes ces injustices, ces flots de sang, comment croire encore en quelque chose ?

Contre toute attente, ces péripéties souvent mortelles ont renforcé les liens des artistes entre eux. Y a-t-il autre chose que leur art, autre chose que leur vie dédiée à l'art ? Plus soudés que jamais, les artistes survivants du Louvre sont aussi plus indifférents envers le reste du monde. Même David qui essaie encore de se croire le grand peintre du nouveau régime, n'y met plus tout son cœur. Oui, c'est ça, le cœur n'y est plus. Le cœur et cette forme de jeunesse qui encourage l'enthousiasme et la ferveur.

Ceux qui ont résisté durant ces années sombres, en dépit de toutes les Terreurs, sont conscients que leur amour pour la vie, pour l'art, pour la peinture, la sculpture, l'écriture…, enfin pour tous ces ailleurs qui les ont tenus éloignés de l'idée de survie, à commencer par leur immense besoin de beauté, les lie plus fort que jamais. Amis ou voisins, le cercle n'a pas beaucoup varié. Bien sûr, il y a des défections. Des morts, beaucoup. Trop. Des qui ont dû s'enfuir… Il y a aussi quelques nouveaux venus. Gérard, Gros, Ingres…, les élèves surdoués de David. Vient de s'installer en voisin de Frago et avec grand fracas, Pierre-Paul Prud'hon. Avec sa femme, hélas. C'est une nouvelle Babuti pour les hurlements, les scènes, la folie conjugale et domestique. Elle essaie d'ailleurs de faire de lui un nouveau Greuze pour le malheur et la lâcheté. Ils ont deux petits enfants aux prénoms tristement à la mode grecque, Eudamidas et Philopoemen — les pauvrets — et elle en attend un troisième. Ils émergent de quelques années de misère noire. Pour les nourrir, Prud'hon a fait tout ce qu'on peut faire quand on sait dessiner, des en-têtes de papier à lettres, des billets de concert, des modèles et des couvercles de bonbonnières, des dessins industriels... Pour la peinture, la vraie, faute d'argent, il a dû se limiter aux miniatures. Cependant sa femme n'a pas cessé de dilapider, de gaspiller le moindre sou gagné, au mépris de ses petits affamés et de son mari transformé en bête de somme. Aujourd'hui, par la grâce de son seul talent, il vient d'hériter d'un atelier au Louvre, ce qui ne va pas sans déclencher une vague de jalousies. On le moque, on le traite d'illustrateur de livres, on dit qu'il se prend pour un peintre d'histoire... En butte à la même opprobre que les peintres de jadis qui osaient avoir du succès sans être de l'Académie. Frago s'en souvient. Et David, donc ! D'où leur aménité et même leur bienveillance envers lui.

En plus ou surtout il a vraiment du talent, ce petit Prud'hon. D'ailleurs il reçoit le prix du nouvel Institut. Sauvé. Sinon la folie dépensière de sa femme qui, elle, est sans limite, tout irait mieux.

Après un Directoire frémissant d'assignats et de nouvelles commandes, le Consulat renfloue les caisses de l'État. Et conforte quelques grosses fortunes qui relancent une économie vite florissante. Ne plus risquer la guillotine autorise les banquiers à risquer leur or tout neuf.

L'avidité de son épouse oblige Prud'hon à tout accepter, la décoration d'un hôtel, beaucoup de vignettes, des sujets pour gravures... Mais n'est-ce pas aussi la meilleure école ? Il est le premier à oser adoucir les thèmes antiques et leur conférer une sensualité de plus en plus heureuse, arrondie, allégée... Ce qui fait qu'on le traite de « Fragonard Directoire ». Lequel apprécie sa peinture, et l'adoube tel un frère d'armes. Heureux de pouvoir enfin aimer une œuvre au milieu du fatras de la modernité chichiteuse. Enfin un artiste à qui la chair ne fait pas peur et qui osera peut-être un jour peindre le plaisir ? Pour le bonheur, il faudra encore patienter. Marie-Anne aussi le prend en amitié. La façon dont son épouse le maltraite en fait à ses yeux un chien perdu. Et Marie-Anne les ramasse tous. À peine installés, le couple Fragonard prend sous leur aile ce peintre et ses deux enfants tristes, les héberge souvent, les nourrit, les dorlote tant qu'ils peuvent. Il leur naît une petite Émilie que sa Jeanne néglige autant que les aînés. À tout, elle préfère le jeu et la coquetterie, elle spécule et dépense sans compter. Prud'hon se retrouve père à plein temps, pour un peu il allaiterait. Ça ne lui laisse que la nuit pour peindre. En entrant dans son atelier, on le trouve régulièrement assis devant son chevalet, un ou deux petits sur les genoux.

Leurs scènes de ménage rappellent aux anciens le temps de Greuze. Lequel, toujours vivant, mais désormais seul avec ses deux filles, s'en rit aujourd'hui. Mais d'un rire toujours jaune.

Par chance Prud'hon devient célèbre, les jaloux augmentent mais les plaintes diminuent. Pas les scènes, mais le succès les rend supportables, explique philosophiquement Frago à son jeune ami !

Quant à David il ne montre plus ses œuvres qu'à Vien et Fragonard avec qui il a toujours autant de plaisir à parler cuisine, technique, matériel, pigments... Il ne se rend plus aux séances du nouvel Institut. Il n'y risque pourtant rien. Mais son excessive sensibilité lui fait sentir partout de l'hostilité. Il n'a pas tort, on le hait. Pour la pire des raisons : son succès, son talent. L'amnistie a beau être générale et s'appliquer à tous, la mort du roi reste indélébile. Les galeries sont plus « Ancien Régime » que le reste de Paris. Et David aura toujours voté la mort du roi. Définitivement.

Désormais Frago regarde passer l'Histoire sous ses fenêtres dans le plus triste désabusement. Après dix ans de soubresauts en tous sens, de branle-bas de combats opposés et contradictoires, quelques années de ce Directoire ridicule et corrompu, de Consulat puis de Premier Consulat, voilà qu'on reparle de royauté ou de Consulat à vie, en faveur de ce petit bonhomme pas beaucoup plus grand que lui. Et demain, quoi ? Pourquoi pas l'Empire tant qu'on y est !

Jamais Frago n'a autant ressenti l'inanité de l'Histoire au trébuchet de la Grande Faucheuse. Rien ne tient à ses yeux que le sourire perdu de Rosalie, l'éternel ronronnement des chats et la beauté d'un jaune qu'il se croit incapable de recréer sur la toile.

N'empêche, lentement, la Révolution s'estompe. Par à-coups. Et les affaires reprennent. Les artistes en profitent peu. Les affairistes qui tiennent le haut du pavé sont de trop récents nouveaux riches pour savoir que l'une des vertus de l'art est d'ennoblir l'argent bien ou mal acquis. Quand ils songent à s'en draper, leur goût ne risque pas de les porter vers Frago. Il a toujours excellé dans l'instant heureux, la seconde immortelle d'un baiser, d'une étreinte, la simple joie d'être en vie. Rien n'est plus dépassé aujourd'hui. Peu de drame, pas de souffrance ni de dieux, juste un instantané d'une période bénie qu'il s'agit d'oublier et même le plus souvent d'effacer. Avec les images, surtout les images qui la chantaient.

Aux chefs-d'œuvre passés, pour ne pas dire dévalués de Fragonard, les clients argentés préfèrent les sentimentalités de sa femme, et surtout de sa belle-sœur, sans s'imaginer une seconde d'où viennent son petit talent et son inspiration. Peu formé au grand art, l'esprit du jour est porté à l'anecdote, aux émotions mièvres et souvent larmoyantes. La France a pris goût aux larmes, elle adore pleurer sur elle-même. Après la tétanie de la Terreur, quelle joie de pleurer pour un ongle cassé !

Les premiers tableaux que Marguerite doit à sa seule inspiration, même s'il n'est pas interdit d'y voir ici et là la main ou l'œil de Frago, sont de ces fadeurs mignardes qui enchantent les nouveaux riches.

Un de ses premiers portraits — voulu sinon peint presque seule — date d'*avant* et représente l'ami Hubert Robert. Cette toile a eu jadis tant de succès qu'à l'heure de choisir quoi montrer au Salon, Marie-Anne lui suggère de l'accrocher à côté de ses « nouveautés ». Diplomate, Marguerite cherche avant tout à ménager son monde. Hubert Robert est toujours le meilleur ami de Jean-Honoré. Mais cette œuvre par trop fragonardesque ne dénote-t-elle pas des tendances Ancien Régime ? Plus que tout, elle craint qu'on la juge réactionnaire. Les superstitions de la Terreur mettent un temps fou à s'atténuer. Hubert Robert a tout de même fait un long séjour en prison. Il n'y a pas de fumée sans feu.

Sans s'opposer frontalement à sa sœur, elle se rend à l'atelier de David, unique arbitre des élégances révolutionnaires et politiques, juge suprême de ce qui est bon ou mauvais pour une carrière. Arriviste mais peu psychologue, Marguerite dévoile ses craintes au plus grand admirateur de son beau-frère. Elle ose lui poser la question aussi crûment, aussi naïvement : « Est-ce que montrer ce portrait d'Hubert Robert qui a eu un succès fou avant la Révolution, ne risque pas de nuire à ma réputation ? »

La confusion règne vraiment jusque dans les meilleurs esprits. Marguerite ne se rend pas compte de son impair. À l'heure où l'on n'en finit pas de compter ses morts — les guerres de Bonaparte succèdent à celles de la Révolution —, s'inquiéter de ces infimes conséquences sur sa carrière... dénote à tout le moins de la maladresse, de l'indélicatesse, sinon un arrivisme déplacé.

David, toujours si courtois, si distant, froid même à force d'être bien élevé, n'a soudain pas de mots assez humiliants pour lui signifier son mépris. Il lui crache littéralement dessus. Elle est horrifiée. On ne lui a jamais parlé de cette si méchante manière. Elle ne s'y attendait pas. Il la traite de tous les noms, mais surtout d'intrigante, de profiteuse, de moins que rien... Et il lui interdit de jamais plus renier les siens, ceux qui l'ont faite, ceux à qui elle doit tout, ceux à qui la peinture doit tout, ceux sans qui lui-même, David, ne serait pas peintre... Ingrate, ignare, imbécile et snob. Elle l'a mis dans une colère dont il ignorait être capable.

Elle est d'autant plus consternée que, sans l'assentiment de David, hors de question d'exposer. Donc d'exister. Plus d'avenir. Comment réparer pareille bourde ? Là encore, toute honte bue, elle court implorer l'aide de sa sœur. Marie-Anne a toujours tout arrangé dans sa vie et ne lui a jamais rien refusé. Là pourtant, elle n'a rien à répondre aux petites inquiétudes de Marguerite. L'époque n'est pas si paisible qu'on puisse se soucier de pareils problèmes de nombril. Sa cruelle insouciance lui fait honte. Son cynisme à ne voir que son bénéfice personnel à travers la peinture est ahurissant. Aussi après les hurlements méprisants de David, le glacial dédain de sa sœur... c'en est trop. Elle jette un manteau sur ses épaules et part en courant comme une Cendrillon. Elle a beau avoir près de 40 ans, ici on la traite toujours comme un enfant. Elle se comporte aussi comme une très jeune fille outragée. Marie-Anne ne fait pas un geste pour la retenir. Elle a tellement plus malheureux à s'occuper, à consoler, à soulager, que la vanité blessée de sa petite sœur... Sa lassitude d'aînée est immense. Elle la laisse filer. Et même, elle l'oublie.

Marguerite s'est liée d'amitié avec la femme la plus à la mode des dernières années du siècle. Thérésa Cabarrus Tallien l'a subjuguée. Certes, sa beauté est rare et fascine le monde entier, mais en plus, devenue son intime, les dédales de ses histoires de cœur enchantent la romanesque Marguerite. Elle a douze ans de plus que sa nouvelle amie, mais se sent tellement moins expérimentée, tellement provinciale à côté de la Tallien. Cette femme-là a déjà tout vécu, tout traversé. Pour Marguerite, elle est rien moins qu'une héroïne. Il n'y a pas que sa beauté, terrible, fulgurante, c'est vrai, pour la faire remarquer de tous, il y a sa générosité, sa grandeur et même sa bonté. Elle a sauvé un nombre incalculable de pauvres gens tombés dans l'œil du cyclone. Mais surtout, elle est follement drôle, traite tout sur un mode dérisoire, subversif, léger, en un mot très à la mode, « rigolo ».

Pour Marguerite qui n'en a pas l'once, ce sens de l'humour est un spectacle permanent, une fête de chaque seconde. La Tallien a réellement l'esprit le plus fin, piquant et profond à la fois. Pour tout dire, aristocratique.

Son histoire, son passé en témoignent avec ferveur : jetée en prison à Bordeaux sous la Terreur, elle passe en justice devant Jean-Lambert Tallien, brillant conventionnel envoyé de Paris pour appliquer plus fermement les radicales réformes de la Convention dont il est député. Et c'est lui, ce juge venu de Paris pour condamner à mort sans état d'âme, qui succombe aux charmes inouïs de la belle. En 1794, au plus fort de la Grande Terreur, ce révolutionnaire prometteur tombe en amour pour la marquise Thérésa Cabarrus de Fontenay ! Non seulement elle n'est pas guillotinée, mais elle va régner sur lui absolument, et l'influencer au point de l'inciter à envoyer Robespierre, son héros, au supplice, pour y échapper lui-même. Très vite, ils ont un enfant, une fille qu'elle n'hésite pas à prénommer Thermidor Tallien ! À sa décharge, elle s'est tellement entremise pour sauver des innocents de la Faucheuse, qu'on l'a surnommée « Notre Dame du Bon Secours ».

Pourtant, après leur installation à Paris, le couple se sépare. Ces années d'amour fou s'achèvent net. Elle n'arrive pas à lui pardonner les massacres de septembre : rien qu'à Quiberon, six mille trois cent deux chouans assassinés ! Non, elle ne peut continuer à roucouler dans les bras de qui préside à pareil carnage. « Trop de sang dans les mains de cet homme, je fus un jour dégoûtée de lui. » Elle le quitte aussitôt, mais ne divorce pas tout de suite, puisque ce mariage ne l'empêche pas de prendre des amants, Barras d'abord, puis Ouvrart, dont elle aura deux enfants. Sa générosité est sans limites. Quant au beau Tallien, membre du Conseil des Cinq-Cents, pour se consoler, il tombe sous le charme de Bonaparte au point de le suivre désormais partout. Incapable de supporter la solitude, Thérésa reçoit jour et nuit dans sa belle maison des Champs-Élysées.

C'est donc là que Marguerite a trouvé refuge. Là où la vie mondaine brille de tous ses feux, et où elle rencontre sa future clientèle. Et ses amants. Là, qu'en plus de la Tallien, elle est devenue la meilleure amie de Juliette Récamier et de Joséphine de Beauharnais. Les femmes les plus élégantes et les plus lancées du moment. Là qu'elles ont élaboré la mode des « Incroyables » et « Merveilleuses », assorties de folles tenues à la grecque. Thérésa y a été sacrée reine du Directoire, adoubée par la belle créole, Joséphine, son amie depuis la prison. Elle aussi s'ennuie, son mari est sans arrêt par monts et par vaux sous prétexte d'agrandir la France ! Le héros de Valmy, ce Bonaparte, est sûrement fou d'amour pour elle. Mais jamais là. Ce qui l'arrange plutôt, elle a beaucoup d'amour à rattraper. Pendant ses absences, elle rattrape.

Des quatre amies, seule Marguerite se veut obstinément célibataire même si elle ne se prive pas de prendre des amants, elle ne s'y attache pour rien au monde. Pas question d'aliéner sa magnifique liberté, ni, pis que tout, se retrouver piégée par des enfants. Elle sait mieux que personne de quoi elle se prive. Ni riche ni noble, elle est aussi la seule à travailler pour gagner sa vie et à se considérer comme une artiste. Ce qu'elle est, certes, mais son besoin de confort l'assimile à la nouvelle classe régnante, celle des bourgeois.

Elle demeure donc chez la Tallien le temps, pense-t-elle, que David et sa sœur oublient sa « gaffe ». Thérésa l'adore, elle est ravie de l'héberger. Comme elle est sur place tous les jours, autant en profiter pour faire son portrait, et même commencer celui de leurs autres amis. C'est donc seule, dans la somptueuse chambre où elle a trouvé refuge, qu'elle se remet en question. Un peu. Pourquoi s'être mis dans ce mauvais pas avec cette insistance idiote à exposer ce vieux portrait ? Pourquoi y tient-elle tant, alors qu'elle redoute d'être associée à celui qui y est représenté ? Qu'y a-t-il de dissimulé sous le portrait d'Hubert Robert ?

Quand elle l'avait choisi pour modèle de son premier portrait d'après nature, elle l'aimait beaucoup, puis c'était aussi une manière de faire plaisir à Frago qu'alors elle adorait. Surtout elle comptait sur sa patience en présumant qu'il ne la jugerait pas. Elle l'avait connu dès son arrivée à Paris. Il lui fut une sorte de bon gros oncle. Il a toujours eu un préjugé favorable envers elle, ne l'oubliait jamais quand il faisait des cadeaux à la famille. Le meilleur ami de son beau-frère fut un des rares à avoir perçu ce qui se tramait entre eux. Et surtout le seul à oser lui dire qu'elle n'était pas « obligée ». Que « ça n'était pas obligé », cette étrange aventure avec son maître et beau-frère. Il l'a mise en garde à l'heure où l'histoire pouvait encore être évitée. Rien de plus, mais rétrospectivement, c'était énorme. Hubert Robert avait pressenti l'attirance terrible qui la jetait sur Frago. Et il l'en avait alerté en peu de mots, pudiques, économes mais compréhensibles : « pas obligée ».

Fille folle, amoureuse, emportée par sa jeunesse et sa propre audace, elle n'avait pas voulu l'entendre, ni tenté de comprendre ce qu'il cherchait à lui dire. Elle désirait tout ce qu'avait sa sœur. Et fonçait tête baissée. Elle voulait sa place, toutes ses places. Elle s'est littéralement jetée au cou de son beau-frère.

Bien sûr il était plus aisé de reprocher à Frago de ne pas lui avoir résisté, de ne pas avoir envoyé dinguer cette péronnelle allumeuse qui se frottait contre lui telle une chatte en ses premières chaleurs ou plutôt un chaton trop tôt chassé du giron de sa mère. Seule Marguerite se rappelle comment le malheureux Frago a tenté de la repousser. Un instant de lucidité vite balayé d'une pichenette narcissique. Depuis la naissance de Fanfan, elle est d'une absolue mauvaise foi. Et sciemment encore ! Son déni du passé est total. Et volontaire. Hors de question de se rappeler avoir jamais été amoureuse, jamais enceinte, et moins encore mère d'un enfant de lui. Elle y est toujours parvenue. Elle considère son fils comme un frère quasi de son âge, en tout cas de sa génération. Depuis sa naissance, elle en veut à Frago, c'est plus facile. Ainsi tout est sa faute. La Révolution lui a donné raison en guillotinant toutes les figures d'autorité. Parce que, si elle était honnête, il lui faudrait reconnaître qu'elle l'a trop aimé, trop adulé pour ne pas le lui faire payer. Mais elle n'est pas honnête, elle ne le sera plus jamais. Il est indispensable qu'elle n'ait jamais eu d'enfant.

Elle a beau jeu de faire croire aux quelques rares proches au courant de l'aventure — personne ne sait pour le bébé — ou qui l'ont devinée comme Hubert Robert, que seul Frago l'a voulue, qu'il l'a séduite, qu'il a tout manigancé. Alors que courageuse, entêtée, volontaire, seule, oh oui, si seule, Marguerite a assiégé le mari de sa sœur des semaines, des mois, des années durant...

Hubert Robert l'a crue séduite et victime d'un abus de pouvoir de son beau-frère. C'est pourquoi avant la Révolution, elle lui avait demandé de poser pour elle. Pour tenter de rétablir une partie de la vérité. Et rendre à Frago son honneur en le lavant de ce soupçon. Au cours des séances de pose, pendant ces tête-à-tête toujours intimes, elle lui a expliqué qu'elle n'avait jamais été victime, au contraire.

— C'est moi qui ai toujours pris toutes les initiatives !

Même si Frago était l'aîné. Même si Hubert Robert la jugeait trop jeune, elle était déjà très femelle et savait parfaitement ce qu'elle faisait. Elle le lui a dit, à l'époque, il ne l'avait pas crue. Après sans doute a-t-il oublié, mais une fois au moins elle aura dit la vérité. Enfin une partie. L'autre vérité, la naissance de Fanfan, elle a juré de n'en rien dire jamais, à personne au monde. Sa vie tient à ce prix. Dès avant d'accoucher, elle a compris que ce secret était une question de vie ou de mort pour elle. Sans doute aussi pour Fanfan.

Rosalie n'est-elle pas morte d'avoir dû porter ce trop lourd secret ?

D'aucune façon, Fanfan n'est son fils. Jamais elle n'a éprouvé pour lui le moindre sentiment maternel. Maintenant elle le juge comme peintre et comme rival. Ils s'entendent bien et font souvent front uni contre le couple des parents ! Contre leurs aînés, *les Anciens*, ils défendent la modernité, nouvelles modes, nouvelles mœurs, nouvelles influences picturales. L'un et l'autre rêvent de se dégager de l'orbe du maître Fragonard, de sa peinture, de sa pensée... de son emprise.

Au beau milieu du caravansérail aristocratique de Thérésa, Marguerite fait de la dentelle avec ses souvenirs, quand surgit Joséphine, la belle créole. Toutes affaires cessantes elle a un urgent besoin de déguisement et se pavane drapée dans un rideau cramoisi ! Les femmes de la maison s'empressent autour d'elle debout sur la table de la salle à manger pour créer des plis, des crevés, des jours, des surplis... Marguerite est appelée en renfort mais elle préfère croquer la scène en suçotant son pinceau. En regard de l'évocation de son passé, elle se réjouit de l'élan qui l'a menée à cet instant. Bientôt elle marchera de plain-pied avec ses amies, dans un avenir sans l'ombre portée de Fragonard.

Marguerite rêve d'être introduite dans le monde, de mener une vie culturelle, théâtre, ballets, opéra, et de peindre toute la brillance de la vie du moment. Une fois pour toutes, elle refuse de jouer le jeu des autres épouses. Comme celles de la galerie qui font la cuisine et tiennent leur ménage. Ainsi méprise-t-elle sa sœur comme Madame Vien qui font autant de mirontons que d'aquarelles ! Ou tant d'autres qui aident leurs maris à joindre les deux bouts en y sacrifiant leur renommée personnelle. Pas de mari, pas d'enfants, pas de concession, professe Marguerite. Pas de contrainte.

Quand elle songe au « gentil petit papa Frago » qui à l'heure qu'il est, au Louvre, doit s'inquiéter de son absence, elle n'arrive pas à le faire coïncider avec l'homme qui l'a accueillie à son arrivée à Paris et qu'elle a follement aimé. Elle a même du mal à se rappeler avoir désiré cet homme, et avoir mis tant d'ardeur à l'en persuader. Elle regarde aujourd'hui ce petit bonhomme vieilli, que l'âge a encore rapetissé, si tendre, si bon, si bienveillant... comment se souvenir d'avoir ardemment désiré son corps, ses mains, ses lèvres... Le temps joue de ces tours... Oh, elle l'aime toujours bien. Plutôt comme un père ou un oncle. Un vieux de la famille.

Ce soir-là, quand le petit vieux rentre chez lui après ses harassantes courses pour expertiser les fameux prélèvements du Premier Consul, il ne remarque pas l'absence de sa belle-sœur. Il est toujours si content de rentrer. Il règne dans son atelier un climat de douceur, de partage et d'amitié. Mari et femme y vivent pénétrés d'une bienveillante reconnaissance. Une même volonté les anime : continuer. Tenter le bonheur. Traduire la vie en bonheur. En dépit de Rosalie...

La solitude à deux, tel est leur avenir. Fors les bêtes. Justement, c'est l'heure des chiens. Ils descendent comme de vieux amants, main dans la main, les balader le long des quais de Seine. Seuls, ils osent se dire leur chagrin face au peu de chaleur dont témoigne « leur » fils. Quant à Marguerite...

En remontant à l'atelier, bizarrement tous deux sont frappés par la présence physique du tableau que Marguerite a laissé en plan sur le chevalet, ce fameux portrait d'Hubert Robert. Pourquoi ? Qu'est-ce qui les trouble tant à sa vue ? Le fait qu'il date d'*avant* ? Quand on ne précise pas *avant* quoi, ici c'est toujours avant la mort de Rosalie. Ailleurs, c'est avant la Révolution, mais à un an près, les dates se confondent. Avant, dans tous les cas, c'était le bonheur.

Frago s'attarde à scruter le portrait de son meilleur ami de plus près. C'était il y a si longtemps. Non, pas de nostalgie. L'œil du peintre est froid. Il le détaille soudain avec un intérêt neuf.

— Il faut vraiment que ta sœur en fasse d'autres, qu'elle se spécialise dans un certain type de portraits, si elle veut se fabriquer une clientèle.

— Comme toi avec tes Saint-Non, tes Diderot et autres La Bretèche…

— Oui. Mais non. Oui pour le genre portrait en série, mais non parce qu'elle ne saurait peindre en moins d'une heure de temps à la *fa presto*. Ta sœur peaufine le moindre cil pendant des heures, des semaines… Tu connais sa passion du détail qui la perdra ou la sauvera, selon l'usage qu'elle en fera. Pour les portraits, ça peut la sauver. Les gens adorent compter leurs rides. Où est-elle d'ailleurs ?

Marie-Anne n'en sait rien, sinon qu'elle est partie fâchée en claquant portes et talons. Et qu'elle n'est toujours pas rentrée. Comment se douterait-elle que sa petite sœur a décidé de ne plus rentrer ? De la semaine, au moins ! Le temps de les inquiéter assez pour leur faire oublier le motif de sa fugue.

C'est le moment que choisit David pour s'inviter chez eux. Les chiens en grappe autour de Frago lui font fête. David n'a pas le temps d'avoir des animaux, pas de place dans sa vie pour ça, alors il aime ceux des Fragonard. Et il vient souvent faire famille dans celle-ci qui est pour lui le parangon de la douceur et de l'harmonie. Aussi ne comprend-il absolument pas l'animosité de son petit élève Alexandre envers ses si doux parents. Souvent à l'heure du couchant, il se laisse aller au milieu d'eux dans ce climat de tendresse qu'il apprécie tant.

En réalité, il venait voir Marguerite, histoire de s'excuser de son mouvement d'humeur ! Il ne retranche pas un mot de ce qu'il lui a dit, mais tout de la manière de le dire... Il n'en est pas fier, explique-t-il.

Marie-Anne lui demande le motif de son humeur. David hésite, il ne veut pas peiner Frago dont Hubert Robert demeure le meilleur ami, c'est sa belle-sœur qui a tenu ces propos infâmants, ça pourrait le blesser. Marie-Anne l'interrompt.

— Ah, toi aussi, tu t'es mis en colère contre ce monstre d'ingratitude ! Tu as bien fait. Moi aussi elle m'exaspère à ne penser, à ne parler que d'elle, à ne voir le monde tourner qu'autour de sa ravissante petite personne. Décidément, c'est sa journée. Voilà pourquoi elle a disparu.

— Disparu ?

Aussitôt Frago s'alarme. Depuis la mort de Rosalie, il a besoin de rassembler tout son monde autour de lui. Ou du moins de le savoir à l'abri. Les rues de Paris sont si peu sûres.

— J'y vais...

— Et où vas-tu ? C'est ridicule. Elle a plein d'amis,

elle fréquente divers salons, tu ne sais même pas où aller la chercher.

David propose de l'accompagner. Il est si désolé d'avoir peu ou prou contribué à cette fugue... Marie-Anne pose délicatement Cocarde sur les genoux de David, le siamois bleu qui ronronnait depuis des siècles sur les siens, et se dresse, hargneuse, face aux deux hommes.

— Vous ne pouvez pas la laisser mariner dehors un moment ? Si elle n'en a pas besoin, moi oui. J'espère qu'elle reviendra un peu plus humble.

David prend congé, il a eu son content de caresses animales. Il baise la main de Marie-Anne, étreint le petit vieux monsieur qui, plus que jamais, lui sert de repère. Lui n'oublie jamais le géant qu'il demeure à ses yeux. Il les quitte toujours à regret. Ce couple tendre et entouré d'animaux lui plaît plus qu'il ne saurait le dire.

À peine est-il sorti que Frago revient à ses vieilles angoisses. L'argent. Le manque.

— Il va falloir que vous preniez le relais, ta sœur et toi. Je ne rapporte plus rien, c'est votre tour de faire tourner la boutique. D'ailleurs toi aussi tu devrais me laisser te guider, comme ta sœur.

— Ça, jamais ! Jamais. Je t'aime. Je t'admire. Je te dois d'être devenue peintre et d'arriver à exposer. Mais je veux que ça reste mes œuvres à moi seule. Hors de question de mélanger les genres. Toi, tu es mon mari, moi je suis une miniaturiste, d'un petit talent peut-être, mais c'est le mien à moi toute seule.

— On va quand même manquer de sous.

— On demandera à Fanfan.

— Non, ça c'est impossible. S'il veut nous aider, il le fera, mais on ne lui demandera jamais rien.

Souviens-toi de ma rage quand les Grassois sont venus exiger que je prenne mon père chez moi. Tout en moi s'est révulsé. J'ai payé, c'est vrai, mais pour m'en débarrasser. Et lui, il était seul. Moi je t'ai...

Ils ont bien tenu, ces deux-là, incroyable ! À l'époque de la Guimard, personne n'aurait misé deux sous sur leur couple, mais la beauté, la peinture, l'amour de l'art et des animaux comme ciment, à quoi s'est ajouté l'immense malheur de la mort de leur fille... envers et contre tout, ils ont tenu. Le temps passant, ils s'entendent de mieux en mieux. Une formidable camaraderie les tient serrés contre vents et marées.

Marguerite met huit jours à rentrer au foyer. Elle ne dit ni où ni avec qui elle était. Et quand elle rentre... drame : Veto, son petit chien trouvé à Grasse, a disparu. Il a dû chercher à la suivre, la rattraper, elle ne l'a pas vu, l'a oublié, il s'est perdu ou il est mort. À Paris, l'espérance de vie d'un chien perdu n'excède pas la journée. Huit jours, elle l'a oublié huit jours. Frago ne lui pardonnera pas.

Inconsolable, c'est encore dans les bras de sa sœur qu'elle cherche l'oubli de sa peine. Elle exagère. Mais si Frago tolère tout des siens, il considère les bêtes comme des êtres vivants à qui l'on doit respect et amour. Veto a disparu d'avoir été négligé. Oublié ! Comment est-ce seulement possible ? Il a le sentiment un peu triste de les avoir élevés, elle et Fanfan, en vain, à perte. De n'avoir nourri que leur ingratitude. Frago veut bien se couvrir de cendres, il ignore à quoi ça peut servir.

Cette fille devient chaque jour davantage un mystère sur pieds. Elle a des commandes, de plus en plus ; là encore, sa sœur ne sait où elle les pêche. Elle les honore et les signe de son seul nom, alors qu'elle n'en exécute jamais une seule sans consulter Frago au moins pour la composition. L'esquisse est encore souvent ébauchée par lui. Elle se contente généralement de fignoler tissus et décors, vêtements et joliesse des traits. Les chats de Frago sont en mouvement ; à ceux figés de Marguerite, on peut compter les poils des moustaches. Qu'elle signe tout ce qu'elle veut, il s'en contrefiche, il n'a plus aucun orgueil, ce ressort-là aussi s'est brisé, et personne ne peut dire sur quoi. La mort de Rosalie, le rejet de son fils... l'effacement de son œuvre ?... Ou l'indifférence de Marguerite qui désormais sur sa vie, ses amis, ses loisirs... ne souffle plus mot. Muette et secrète, elle se crée un personnage à la mode. « Nouveau et stupide », juge-t-il, mais à coup sûr élégant et racé.

— Il faut bien que jeunesse se passe. Et il n'est que temps qu'elle vive sa vie hors de nous. Il y a déjà eu assez de confusion comme ça.

— Tu as raison, elle a 40 ans.

— Si elle ne s'est pas mariée, si elle n'a jamais eu...

— Quoi ?

— ... Tu allais dire « jamais eu d'enfant » ? N'est-ce pas ?

— Oui. Non. Enfin si. Mais elle n'est pas devenue mère pour autant, tu sais bien...

— On n'en parle jamais, mais à ton avis, pourquoi ?

— Parce qu'il est presque impossible pour une artiste de se mettre en ménage avec quelqu'un qui ne le soit pas. Et une femme aux côtés d'un autre artiste perd toujours un temps fou aux tâches ménagères, domestiques, voire maternelles.

— C'est ce que tu me reproches ?

— Non, moi, j'ai choisi. J'ai choisi ma place. J'ai choisi ma vie. Je suis tombée amoureuse d'un génie. Je l'ai juste encouragé...

— ... Tu m'as génialement encouragé.

— En tout cas, j'ai montré à ma sœur l'exemple d'une artiste qui choisit sa vie. Et ne te méprends pas, elle aussi a choisi. D'abord elle t'a choisi pour premier homme, ensuite elle a choisi de passer à autre chose.

— Mais moi...! C'est moi qui n'aurais pas dû lui... la... Elle était bien trop jeune. C'était une situation impossible. Intenable pour elle. Pour toi... Ta sœur...

— Oh, écoute, ça va bien ! La situation était peut-être intenable, mais c'est elle qui l'a voulue. Elle a tout fait pour, non ? Et dans ce genre d'accident, elle a été secourue comme personne. Si elle avait eu le moindre penchant pour... disons pour la maternité, elle aurait pu témoigner un peu d'amour à Fanfan, sans forcément l'appeler son fils. Non. À tout et à tous, elle a toujours préféré sa petite personne. Elle a tout fait pour se protéger et on l'y a aidé autant qu'on a pu.

Éberlué, Frago contemple sa femme comme s'il ne la connaissait pas. Il s'était persuadé que pour mieux secourir et défendre sa petite sœur, Marie-Anne avait accrédité la thèse de l'affreux profiteur, abuseur de jeunes filles. Aussi n'en croit-il pas ses oreilles quand il découvre que Marie-Anne n'a jamais été dupe du discours qui faisait de sa sœur la victime de ses basses œuvres ! Est-ce que Marie-

Anne pense réellement ce qu'elle vient de dire ? Frago insiste. Il veut être sûr de comprendre.

— Quand même, j'étais le plus vieux.

— Quand même, elle était de loin la plus volontaire, la plus demandeuse. Et elle t'a harcelé.

Jamais depuis la naissance de Fanfan, ils n'ont osé aborder si frontalement le sujet.

En explosant contre sa sœur aujourd'hui, Marie-Anne vient d'avouer à son mari ce que depuis plus de vingt ans, elle tenait enfermé dans son cœur. Vingt ans tout de même ! Ça soulage. Frago la regarde soudain plein d'une immense reconnaissance. Ainsi elle savait tout.

— Au fond tu n'as jamais voulu choisir entre elle et moi.

— Pourquoi aurais-je dû choisir ? Tant qu'elle restait près de toi, je te gardais. Oh, moi aussi, je pourrais battre ma coulpe, ça n'était pas un joli calcul. C'était même sacrément mesquin. Tout garder, ne rien perdre. Mais compte tenu de la situation de cette grossesse, du temps qui presse toujours dans ces cas-là, c'était sans doute ce qu'il y avait de moins mal ou de plus simple.

Frago en convient. Ébloui par l'évidence.

— Tu as eu raison. Tu as toujours agi dans le sens du mieux pour tout le monde. Mais pour toi, ça n'a pas dû être aisé ?

— Oh, moi, ça va. Je t'aime. Je t'ai gardé. Et on a plutôt bien tenu tous les deux en dépit de tout ?

Les mêmes mots.

On a tenu !

## Chapitre 19

### 1803-1805

## NAPOLÉON ABOLIT HENRI IV !

> Les excès de la liberté mènent au despotisme mais les excès de la tyrannie ne mènent qu'à la tyrannie.
>
> CHATEAUBRIAND

Au Louvre, on compte toujours sur Frago pour réveiller la galerie. Levé le premier, il passe ramasser les chiens dans tous les ateliers. Il part ainsi se balader accompagné d'une vraie meute. C'est lui qu'on voit dès l'aube aux Tuileries avec tous les chiens de Paris gambadant à ses trousses. Au retour, on l'entend arriver de loin, il trotte de toutes ses pattes dans le corridor, dit bonjour à chacun, il est drôle, plus cynique aujourd'hui qu'hier mais toujours aussi désinvolte. On le fête. Il dédramatise à peu près toutes les situations. Son travail pour la constitution du futur musée lui permet de connaître sinon d'anticiper les plus mauvaises nouvelles. Au moins de s'y préparer.

Des Tuileries aux allées du Palais-Royal, les chiens décident de son parcours. Ensuite, mis en jambes et de bonne humeur, il accomplit ses visites aux entrepôts, mais de moins en moins. Il n'a plus envie de travailler. À quoi ça sert ? À avancer l'heure où tous seront chassés comme Bonaparte les en menace.

Retour d'Égypte, officiellement Bonaparte s'installe aux Tuileries. En voisin. Pour lui-même, il a fait restaurer le palais des rois. Depuis que le 2 août 1802 Bonaparte s'est (fait) nommer Consul à vie, Frago sait qu'il finira par gagner et les chasser du Louvre. Déjà l'administration a fait preuve de son habituelle délicatesse pour les mettre à la porte, elle leur a envoyé une injonction de quitter les lieux. Hubert Robert et Frago, qui font figure d'anciens et tentent tant bien que mal d'administrer ce qui peut encore l'être de ce Vieux Louvre qui croule sous les prélèvements pour enrichir le nouveau, tels des conspirateurs — rôle auquel ils sont réduits — détaillent le fameux arrêté d'expulsion et remarquent finement qu'« ils ont oublié de dater leur injonction ! On va se battre, ils ne nous auront pas encore cette fois. Résistons à l'aide de la seule chose qui nous reste, notre force d'inertie. Laissons passer l'orage, demeurons... ».

Et ils le font savoir par lettre très officielle aux en-têtes de leurs anciennes Académies. Et... la procédure d'expulsion est interrompue, jusqu'à annulation du décret fautif. Ils ont gain de cause ! Incroyable, la justice s'applique. Ils restent donc chez eux ! Ça n'est que partie remise, mais tout de même une manche de gagnée, c'est une saison, peut-être même une année de sauvée dans la place.

Le temps, l'âge, les usages, la menace permanente et aléatoire ont renforcé les liens noués durant la Révolution. Des voisins comme Hall le miniaturiste, le complice, le confrère et l'ami de Marie-Anne, est devenu un des plus grands collectionneurs des œuvres de Fragonard. Il lui voue un vrai culte où l'amitié se confond à l'admiration. Pourtant moins que l'ami Pâris, cet architecte que Frago a connu jadis à Rome en compagnie de Bergeret ! Celui-là s'est mis à collationner les moindres dessins de son héros. Il rêve de les léguer à sa ville de Besançon dans l'espoir de lui consacrer un musée. Carrément ! La muséographie ne vient-elle pas d'être quasiment inventée par Fragonard ? Ce qui a le don de faire rire « Robert des ruines » qui se moque comme d'une guigne de la postérité, il ne prise que l'instant heureux, les moments de joie partagée. *Carpe diem*. Comme au temps de leur jeunesse romaine, il n'a pas varié, et il en a désormais un plein magasin. Et il est heureux qu'on aime autant son ami. Maintenant que la Terreur est passée, il revient davantage habiter au Louvre. Sa femme à son bras, toujours aussi épris, ils ont recommencé à sortir beaucoup. Le Louvre est plus central qu'Auteuil et moins dangereux pour rentrer dormir le soir tard. Les rues ne sont toujours pas sûres.

Frago est heureux qu'Hubert Robert soit revenu vivre au Louvre, leurs liens sont toujours ceux de l'Italie. Indéfectibles. Gabrielle Robert est la seule épouse à avoir eu un mari peintre emprisonné. Aussi jouit-elle d'un prestige neuf. D'autant qu'elle est très efficace pour le ravitaillement. Ses voisines l'aident désormais aux fameuses tâches d'entretien des parties communes, plus difficiles depuis qu'une grouillante population illicite occupe le moindre interstice disponible.

Toujours aussi désinvolte, Hubert Robert arpente le grand étage, déserté depuis la mort de Watelet et la mise au jour des dégâts incroyables causés par son jardin, tout le plafond esquinté par les infiltrations. Pas d'argent pour réparer, on laisse la ruine avancer. Hubert Robert y travaille, y dîne, y rêve... Pour un peu, il y logerait. Il réfléchit aussi à un grand projet d'éclairage de la galerie qui ferait entrer la lumière par la voûte... Il doit y renoncer, la pénurie et la menace d'expulsion décident à sa place. N'empêche, la galerie le fait toujours rêver. Vu l'état des lieux, il peut y cultiver sa passion pour les ruines. Ainsi peint-il son beau Louvre en ruine antique. Certains y voient une métaphore de la Révolution, d'autres une prémonition du Louvre de demain. Hubert Robert ne traite pourtant que de l'instant, c'est maintenant que le Louvre menace ruine.

La vie mondaine a repris à un rythme effréné qu'il suit toujours avec enthousiasme. Si les riches qui tiennent salon se sont renouvelés, l'ambiance y est la même. On est plus snob encore qu'avant la Révolution.

Bien sûr il fréquente chez la Tallien et chez Juliette Récamier qui tient désormais le salon où il faut être vu. Par lui, Frago est au courant des progrès mondains de Marguerite et de la place qu'elle occupe dans la belle société. Bizarrement Hubert Robert s'est lié d'amitié avec Vivant Denon, rival et surtout pilleur de Saint-Non pour l'édition de leur voyage en Italie. Il veut croire que la Révolution a renvoyé ces conflits-là aux oubliettes, presque aux souvenirs du bon vieux temps, quand on n'avait soucis que de droits d'auteur... Pas Frago l'entêté fidèle.

En dépit des épreuves et des mois de prison — tant d'amis sont passés sous le « rasoir national » —, Hubert Robert a recouvré son goût pour les fêtes folles des riches et des puissants. Toujours aussi élégante mais désormais pratique et solidaire, son épouse s'y rend systématiquement accompagnée d'au moins deux servantes. Sitôt arrivées, elle les introduit dans les cuisines de l'endroit, pour faire leur marché. Il y a là de quoi régaler toute la galerie. Nourrir ceux qui ont faim en « prélevant » les meilleures denrées des cuisines des riches. Hubert Robert et elle se sont liés d'amitié avec la magnifique créole avant qu'elle n'épouse le jeune général Bonaparte. Elle a six ans de plus que son mari, mais elle est tellement plus drôle que lui et tellement plus culottée. Adorable, on comprend pourquoi tous les hommes en sont fous. Depuis que son mari s'est proclamé Premier Consul, elle reçoit autant que la Tallien. Il lui faut se distraire. Son mari est toujours absent, en campagne, à la Chambre... Alors rue Chantereine où elle demeure, artistes, ministres et intrigants se retrouvent presque chaque soir. Hubert Robert y rejoint Denon. Mais ne réussit à y traîner Frago qu'une seule fois. Il n'aime plus le monde et n'a pas la moindre envie d'empiéter sur les lieux de plaisir de sa belle-sœur qui, en revanche, y est assidue. D'ailleurs il flotte là un drôle de parfum d'Ancien Régime modernisé. Fragonard dit « modernisé » mais pense « vulgarisé ». Il compare avec la Pompadour. À côté de qui, déjà, il trouvait la du Barry commune.

Grâce à ce renouveau mondain, les affaires ont bien repris. Les Grassois de Paris l'ont annoncé les premiers. Si leur boutique de la rue Saint-Honoré n'a jamais fermé, sauf le temps de laisser passer l'émeute, elle a marqué le pas à peu près quinze années... parfums, gants, et même savons se vendirent peu sous la Révolution. Là, c'est vraiment reparti. Et c'est bon signe. Quand on a besoin de fanfreluches, c'est qu'on ne manque plus de pain.

Chez Frago, seules ses femmes reçoivent de nouvelles commandes. Mieux, Marguerite se voit solennellement remettre la médaille d'or d'une valeur de 500 francs par Vivant Denon désormais directeur des musées. Promotion due à son art consommé au service de Bonaparte ! Frago respire mieux. Lui, il ne touche plus ses pinceaux. Il a si peur qu'elles manquent. Il se serre contre Marie-Anne et s'abandonne à ses caresses au milieu des chats, des chiens et des amis qui ne s'éloignent jamais longtemps de ce foyer de vie.

Peintres et sculpteurs bénéficient de nouvelles commandes de nouveaux clients issus des milieux proches du pouvoir. Surtout pour des portraits, Frago avait raison d'y pousser Marguerite. Les estampes anciennes sont de retour à l'étal des cahutes qui ont repoussé le long des façades du Louvre. La nature a décidément horreur du vide. Il y en a tant qu'elles ne valent plus rien : on s'en sert pour la pluche des légumes.

Pajou, le sculpteur, s'est installé au Louvre avec une joie infinie. Comme quoi le Louvre reste l'horizon indépassable des artistes. On lui a attribué l'atelier voisin des Fragonard. Leur amitié date de Rome. Pendant les années terribles, il s'est aussi rapproché de Carle Vernet, avec son physique d'escogriffe de plus en plus déplumé, qui doit au miracle d'avoir conservé l'atelier de son père alors qu'il n'a plus un centime du grandiose héritage. Il y élève ses enfants dans une totale austérité tant la pauvreté l'a dépouillé de tout. Marie-Anne leur porte souvent de la soupe en trop.

Comme Frago, Vernet parcourt de grandes trottes dans Paris, sa ville chérie, toujours aussi délabrée, sale et nauséabonde, où pourtant tout revit, tout rouvre, boutiques, bazars, bals et limonadiers, le nouveau lieu à la mode s'appelle le « Petit Coblence » parce qu'il est situé à l'endroit des Tuileries où la Cour prenait le frais avant le 10 août 1792.
La nouvelle mode est atrocement grotesque, l'impitoyable crayon de Vernet ne se prive pas de la caricaturer. Sous son fusain « Incroyables » et « Merveilleuses » en prennent pour leur ridicule. Dès qu'il a à nouveau trois sous, Vernet s'est racheté un cheval.
Devenu pieux depuis l'exécution de sa sœur, il hante les églises, mais toujours aussi mondain, ne rate aucune fête. Il propose même aux Anglais, revenus en touristes humer le sang séché, de leur organiser la visite commentée des hauts lieux de la Terreur !

Frago a gardé vif son attachement pour François-André Vincent, l'ami rencontré à Rome, qui lui aussi a rejoint la galerie, où à l'amitié s'ajoute la fraternité artistique.
Ses liens de tendresse avec le fils Bergeret, dont la maison n'est ornée que de ses œuvres, se sont encore resserrés. Tant qu'il l'a pu, Pierre-Jacques l'a déchargé de toute préoccupation matérielle, mais à son tour il a été frappé par la folie révolutionnaire. Au château de Cassan la vie est encore assez douce, mais à Paris, l'argent manque visiblement. Ça n'empêche pas sa maisonnée, à Paris comme à Cassan, d'être à

l'affût de ses moindres désirs. On aimerait tant qu'il en ait encore... S'il vient à émettre le souvenir d'une caille aux raisins de l'époque d'avant, tous, jeunes et vieux, tâchent d'exaucer son vœu. On ne mange que des plats censés lui plaire. L'amitié est le plus sûr ferment de vie du vieil artiste, aussi se rend-il presque chaque soir au Roule jusqu'aux « Folies Bergeret ». On y dessine, on y fait de la musique, on y respire un air ancien. Seul le retour au Louvre est pénible et incertain, les Champs-Élysées sont si peu sûrs que le plus souvent Bergeret l'y raccompagne à pied. Sur ordre de la Faculté, Frago doit marcher quotidiennement, faute de mourir d'apoplexie. Merci les chiens qui l'obligent au moins deux fois par jour à de grandes balades.

Bergeret le relance.

— Ça suffit de consacrer tout ton temps au futur musée. Repeins.

— Je ne peux pas.

— Dessine au moins. Tu te dessèches comme tes pinceaux ! Reprends le livre que mon père t'avait commandé, tu te rappelles ? Des illustrations pour les contes de La Fontaine.

Frago n'a pas fait un tableau depuis... ? pas loin de dix ans... Fait, c'est-à-dire entrepris, conçu, construit, commencé et achevé... Les coups de pinceau qu'il donne sur ceux de Marguerite Gérard ne comptent pour rien. Il ne rêve plus en couleur. Mais en noir et blanc, en bistre, à la sanguine. Alors pourquoi pas des dessins ? Cette sollicitation douce du tendre Pierre-Jacques agit sur lui comme une injonction. Il s'y essaie, et bizarrement ça lui fait plaisir. Comme s'il avait oublié que ce fut son métier sa vie durant. Il est surpris de se rappeler si bien et de trouver ça facile, et même agréable ! Étonné d'y prendre tant de plaisir, il attribue sa joie à ce bougre de bonhomme de La Fontaine qui fait parler les bêtes comme lui-même les entend. Ce n'est pas de dessiner, c'est de travailler sur La Fontaine qui l'enchante. Lentement il reprend, oh non, pas les pinceaux, pas les couleurs, mais la plume, le crayon, l'encre, pour essayer d'achever ce que Bergeret père lui avait commandé il y a des siècles, l'illustration de quelques contes. Comme il travaille sur petits formats, il gribouille sur ses genoux, dans les jardins quand il fait beau, sur un banc, au café s'il pleut. Peu à peu, la discipline le reprend, il en fait part à celui qui ne cesse de le houspiller l'ami Greuze, avec qui il se promène souvent le long des quais.

Ensemble ils regardent couler la Seine avec nostalgie et toujours la vague trouille d'y voir flotter un cadavre, il y en eut tant. Greuze est encore plus morose que Frago.

— Je n'ai plus qu'à mourir, c'est trop long, la fin...
— Mais non, tu as tes filles. Elles ont besoin de toi. Mais dis-moi, elle ne peint pas mal ton aînée, dit Frago...
— Oui. Comme ton fils ! Il peint bien, lui aussi. Et alors ? Ça nous fait une belle jambe ! Tu veux que je te dise ? Aujourd'hui je me suis trop battu, trop débattu, je m'en fous. De tout, je me fous. La peinture, c'est comme la révolution, ça m'a excité un temps, et tout d'un coup, plus rien. Ça s'est refroidi, tu comprends ça ?
— Oh que oui.

Comme Frago est entièrement plongé dans La Fontaine, il les compare, tous deux en tant que peintres, que pères, qu'anciens du Louvre même, au malheureux chêne de la fable, tandis que leurs enfants, amis, femmes...

— ... seraient davantage semblables aux roseaux. Ils résistent mieux qu'ils n'en ont l'air, ils plient, ils ploient, ils pleurent même souvent, mais au fond ils tiennent mieux que nous. (Greuze achève la pensée de Frago. Ils se comprennent à demi-mot.)

— Oui, et sais-tu pourquoi on a l'air de si bien résister à toutes ces horreurs ? Parce qu'en fin de compte, on n'y a pas du tout résisté. En réalité, on est à bout de forces, toi et moi. Comme le chêne, on nous a déracinés. On tient encore debout, par habitude, par inertie, par paresse. On attend le grand vent qui va nous jeter à terre pendant que sèchent nos racines, en nous laissant mourir lentement, dignement. Quoique la dignité, je m'en fiche aussi, conclut l'amoureux de La Fontaine.

Greuze dodeline. Rien à ajouter.

À son tour, Élisabeth Vigée-Lebrun rentre d'exil. Elle a gardé intact son goût de la fête. À peine débarquée elle reçoit tout le monde. Sauf David. Elle ne lui pardonne pas de ne l'avoir pas mieux défendue. Elle ignore tout de sa participation à son sauvetage et David est trop fier pour le lui dire, d'ailleurs il n'en a pas l'occasion, ils ne se croisent même pas. Elle est heureuse de retrouver semblable à lui-même, son ami Hubert Robert. Lui, on peut dire que sa jeunesse, son entrain et sa gourmandise ne l'ont pas quitté. Elle fait son portrait juste pour le plaisir de leurs retrouvailles. Frago l'envie.

— Mais de quoi donc ? lui demande le colosse.
— De ta vitalité. C'est presque indécent à ton âge.
— Oh, mais il ne tient qu'à toi, tu sais ce que j'en

pense, ce n'est qu'une question de point de vue. Et puis c'est moi qui devrais être jaloux...

— Ah oui, et pourquoi ça ?

— Toi au moins tu n'as pas la goutte !

— Bah, chacun ses misères.

— Tu sais, je ne peins plus non plus. Je n'y vois plus assez. Tout juste bon à quelques croquis.

Il donne encore quelques cours de dessin à sa dernière élève, dernière admiratrice, la somptueuse Juliette Récamier. Comme Frago, Hubert Robert envisage de prendre sa retraite de ce fatras de commission du futur musée. Les deux vieux compères ressemblent à des jeunes hommes dans une vieille peau !

Presque chaque soir, l'un ou l'autre des survivants du Louvre passe la tête dans l'atelier pour proposer, qui un pot, qui le plat généreux d'une épouse douée pour la cuisine, qui une commande à fêter d'urgence avec les vins et les mets qui l'accompagnent. Un instant, on se fait croire que la vie peut reprendre comme avant...

Jamais seul, Frago est pourtant désolé que Fanfan persiste à ne voir sa « mère » qu'en son absence. C'est leur avenir quand il n'y sera plus qui l'inquiète constamment. Comment sa femme va-t-elle se débrouiller après sa mort ? Il a 70 ans, la mort le hante. Il a tant vu mourir qu'il ne doute pas que son tour est proche.

Marguerite commence à bien gagner sa vie. Elle a des commandes régulières, de vrais amateurs qui l'encouragent et déjà la collectionnent. Frago lui donne encore un coup de main, coup de crayon ou coup de pinceau selon le besoin qu'elle en a, mais pas toujours. Il juge de plus en plus légitime qu'elle signe seule leurs œuvres communes. Après tout, c'est à elle qu'on passe commande, à la très belle femme libre qui hante les salons sans tuteur, chaperon, mari ni beau-frère. Contrairement à Fanfan, elle ne porte pas le nom des Fragonard. Elle ne lui est liée qu'aux yeux des gens d'avant qu'elle préfère éviter. Au-dehors, pas de confusion. N'en créons surtout pas. Il devient de plus en plus difficile de discriminer ce qui lui revient à elle, et la part qui est encore à son maître. Impossible de mettre Frago hors jeu mais quelle part lui revient absolument ? Qui peut le dire ? Lui ? Il s'en contrefiche, ce dont Marguerite ne lui sait même pas gré. Le goût de celle-ci pour le fini, le lissé, le rendu exact des détails est certain mais Frago peut l'avoir à son tour imité, moqué, voire exagéré… Par ailleurs elle multiplie ses inspirations et en bonne disciple de son beau-frère copie à la perfection ceux qu'elle admire. Paysages ou scènes d'intérieur précieuses à la Metsu ou Terborch, ses copies impeccablement reproduites à la pointe du pinceau en font la première femme peintre de ce genre-là à rencontrer le succès. Qui l'émancipe et l'enferme en même temps.

C'est Marguerite désormais qui les tient au courant de ce qui se passe dans le monde de futile, de léger, de culturel. Elle a rejoint le cercle de plus en plus coté des amis de l'Opéra-Comique où se concentre la nouvelle vie culturelle. Elle s'est trouvé un mécène en la personne du comte de Mirabeau dont elle fait le portrait avec son naturel et sa légère maladresse qui font son charme.

Frago devrait se rassurer. Elle vole de ses propres ailes. Et promet de voler haut. À sa façon, appliquée, sage et conventionnelle, Marguerite symbolise la réussite de l'époque, qui est semblable à sa peinture : appliquée, sage et conventionnelle...

Pas d'autres alarmes pour Frago du côté de sa volage belle-sœur. Elle se refuse encore à quitter l'atelier, le cocon Fragonard la protège du reste du monde. Vivre au Louvre aussi lui convient, même si le Louvre a pas mal perdu de son prestige, il reste un horizon indépassable pour un peintre. C'est là que tout se passe, là qu'il faut être, vivre et exposer. Marguerite ne se leurre pas, ni son art ni l'état actuel de son talent ne lui auraient ouvert ces portes-là si tôt. Ses liaisons demeurent cachées aux siens même s'ils se doutent qu'elle n'est pas chaste. Mais dûment chapitrée par Marie-Anne, elle n'est plus jamais retombée enceinte.

Sur l'insistance de Frago, elle a exécuté une série de portraits de petits formats en choisissant ses modèles parmi les êtres les plus en vue du moment, ce qui n'ôte rien à la sincérité de son admiration pour eux. Plus ils sont célèbres, plus elle pense qu'un peu de leur gloire va rebondir sur elle. Frago a gagné. Se plier au principe des séries suffit à imposer le style Marguerite Gérard. Ses modèles sont quasiment tous installés dans la même pose, de trois quarts face. Leurs vêtements modernes traduisent leur condition sociale, son éternel guéridon d'acajou à leur côté telle une signature. Parfois elle ajoute son aiguière. C'est le portrait de son idole, le compositeur à la mode Grétry, qui lui sert d'étalon. Cette stratégie fait recette ! Son carnet de commandes ne désemplit pas. Elle gagne de mieux en mieux sa vie.

Sous l'autorité partagée et jalouse de David et de Vivant Denon, le Premier Consul à vie inaugure le Salon de 1804. C'est un Salon plein de vides : les éliminés et les censurés. Il n'est composé que de paysages et de visages. Autant de portraits d'inconnus, de gens simples qui veulent conserver une image d'eux ou de leurs proches, dans l'incertitude où ils sont encore des lendemains.

Pour le dernier Salon dont David a la charge, il a reçu l'ordre de refuser « *tout ouvrage contraire aux bonnes mœurs, aux principes du gouvernement et à la tranquillité publique* ». Est-ce assez clair ? Commence-t-on à voir qui est vraiment ce Bonaparte ? espère Frago qui décidément ne l'estime pas.

Le clou de ce Salon n'est pas de David. Peint sur les lieux du triomphe, dans les pas de Bonaparte, c'est une œuvre de Gros. Unanimement salué par ses pairs, ce qui ne s'est pas produit depuis des lustres. Mais aussi quelle joie d'admirer le travail d'un des siens sans la moindre arrière-pensée ! Ses *Pestiférés de Jaffa* sont vraiment magnifiques. On comprend que Gros soit aussitôt sacré nouvelle coqueluche. Spontanément, tous ses confrères lui rendent un hommage insolite. Chacun son tour défile à la queue leu leu et accroche une palme à son tableau. Grand moment de joie partagée. Ils l'ignorent ou ne veulent pas encore le comprendre, mais ce sont leurs dernières heures de fraternité. Jusqu'au bout, ils refuseront de savoir que leurs jours sont comptés.

David n'expose pas, il se réserve pour plus tard, plus grand, plus fort... Il lui faut frapper un grand coup. En attendant il se plaint de tout et se croit persécuté. Il ne trouve pas sa place, se juge mal traité. Pour guérir de l'absence de Robespierre, de Marat, ses mentors admirables ou du moins tant admirés, il a besoin de succomber aux charmes d'un nouveau héros. Bonaparte ferait bien l'affaire s'il lui donnait l'exclusivité. Mais ce diable d'homme aime tant d'autres peintres ! Exclusif, ombrageux et jaloux, David a besoin d'être distingué entre tous. Or si Bonaparte l'admire, il ne le préfère pas assez. La fascination est indéniable entre ces deux-là mais elle n'est pas égale. Bonaparte ne se donne jamais à personne. Aussi quand il lui propose de le suivre dans ses campagnes d'Égypte ou d'Italie, David refuse. Occupé, prétexte-t-il pour se récuser. Or on ne refuse jamais rien à Bonaparte. Jamais. Mais David préfère exposer ses *Sabines* dans la plus grande salle de l'Académie qu'il a réquisitionnée. On ne compte plus ses ateliers, il est le plus grand propriétaire terrien du Louvre ! Ce qui surprend le monde, ce n'est pas tant qu'il n'expose qu'un seul tableau dans un si gigantesque espace, c'est qu'il en fasse payer l'entrée. Pour voir ses *Sabines*, chacun doit verser un franc quatre-vingts ! Ça n'est pas cher mais ça ne s'est jamais fait ! Tout le monde s'offusque, mais tout le monde s'y presse.

« Si je fais payer, se justifie l'artiste toujours plein d'idéologie, c'est pour faire du peuple le mécène des artistes de l'avenir, et éviter que l'œuvre ne soit la conquête des riches. »

Son raisonnement est celui du révolutionnaire qu'il n'a jamais cessé d'être. Bonaparte a promis aux Français de respecter les grandes réformes de 1789, mais il s'en souvient de moins en moins. David, intentionnellement ou pas, lui en remontre toujours, ça ne favorise pas l'amitié.

À la place de David, Bonaparte emmène Vivant Denon à la guerre. Et Antoine Gros. Ajouté au regard et à la culture ancienne de Gros, l'œil de Denon est un vivant scalpel, il repère le chef-d'œuvre à cent mètres. Il en remplit les malles de Bonaparte pour qui, de plus en plus, les gêneurs sont les artistes vivants. La place va manquer. Déjà à l'étroit à cause des prélèvements, dérangés par ses incessantes expositions dont la Révolution leur avait fait perdre l'habitude, les malheureux Illustres, encore tout énamourés pour ce petit soldat qui a rendu la paix et l'honneur à la France, et leur liberté de créer et donc de vivre, commencent à peine à déchanter.

Le 20 août 1804, un nouvel arrêté d'expulsion annonce leur fin à tous. Même David, qui s'y attendait, le prend de plein fouet. Personne ne doit demeurer. Un administrateur est nommé pour faire la liste des artistes hébergés, afin, leur fait-on croire, de les reloger. Le temps de la candeur n'est pas passé. Ils y croient. Pourtant personne ne bouge. L'unique moyen de résister reste l'inertie.

En octobre, Bonaparte repart à la guerre. Sursis ? Non, on commence à expulser quelques artistes *manu militari*, uniquement ceux des grands ateliers du Vieux Louvre, les sculpteurs et architectes. Pourquoi ? Nul ne le sait. Du coup les autres respirent. Pour le moment.

Depuis son dernier retour de campagne, Bonaparte a instauré une étiquette terrible aux Tuileries. Encore une fois, Joséphine l'a beaucoup trompé. Il l'a su. D'où la sévérité de l'étiquette. Il exige qu'on la tienne à l'œil. Ils ont frôlé le divorce ! Lui-même n'est pas des plus fidèles mais il est le maître. Ainsi exclut-il tout ce qui lui résiste. Un jour qu'il n'était encore que consul, la Tallien s'est refusée à lui. Sa jalousie n'a d'égal que sa rancune. Il a aussitôt interdit à sa femme de la revoir jamais. La Tallien était témoin à leur mariage, c'est la meilleure amie de sa femme, c'est elle qui l'a aidée à survivre en prison. Et la voilà congédiée comme une malpropre. Bannie de leur vie pour n'avoir pas couché avec l'époux de sa meilleure amie...

Aussi pour ne pas perdre son lien privilégié avec le pouvoir, Marguerite épouse le point de vue du Premier Consul à vie. Elle choisit Joséphine contre la Tallien. Marguerite n'a pas sacrifié la Tallien en vain, la voilà promue conseillère particulière ! Comme l'ambition est contagieuse, la *première consule à vie* de France se verrait bien jouer un rôle à la Pompadour. Mais elle ne s'y connaît qu'en amour ou en chiffons, aussi pour les arts se laisse-t-elle guider par Marguerite qui encourage le style troubadour, en opposition à l'antique davidien. Ultime vengeance contre ce David qui l'a un jour humiliée. Ou favoritisme exclusif envers son neveu-fils en passe de devenir l'un des tenants du style troubadour ?

Marguerite a du flair, elle ne s'est pas trompée de camp. Le Premier Consul à vie organise un référendum pour se faire plébisciter Empereur. Roi, ça rappelle trop de mauvais souvenirs. Empereur c'est nouveau, c'est frais, ça sonne bien, et ça fleure l'Antiquité.

Il obtient en toute simplicité 3 500 000 oui pour 2 500 non. Et s'autoproclame fièrement Napoléon Premier. Tout de même, ça vous a plus d'allure que bêtement roi.

Aussitôt le futur musée fait comme Bonaparte, il change de nom. Désormais lui aussi s'appelle Musée Napoléon. Denon prend en main l'ordonnance des arts, donc des Salons à venir. On le surnomme l'huissier-priseur de l'Europe. Autrement dit, voleur au nom de l'Empereur — suprêmement doué pour dénicher le meilleur de chaque pays. L'Empereur veut un monde à sa dé-mesure, partout où il passe, il crée un ordre nouveau. Au Louvre, une Académie chasse l'autre. Les membres du nouvel Institut héritent même d'un uniforme, un costume noir à broderies vertes. Frago refuse de s'en faire tailler un.

— On ne va quand même pas gâcher du beau tissu pour si peu... Je n'en ai plus pour si longtemps.

Alors qu'à 79 ans, Greuze s'y plie. Ainsi hérite-t-il de la commande d'un énième portrait de l'Empereur. Il a le plus grand mal à se faire payer d'avance et surtout à l'exécuter. L'Empereur pose en coup de vent. Dix minutes de pose, pas plus, aussitôt il s'escamote. N'empêche que tout ce qui sait tenir un pinceau est occupé à le peindre !

Pendant ce temps, sur les quais, on brade les œuvres anciennes de Fragonard, de Greuze, de toute leur génération. Personne pourtant parmi eux n'a les moyens de « se » racheter.

Depuis toujours, Frago a été jalousé. Hier pour sa clientèle, sa gloire, ses succès et son bel atelier. Pendant la Révolution, parce qu'il a presque toujours eu du travail. Aujourd'hui qu'il ne travaille plus pour le musée, ni ne peint plus pour personne, que va-t-on pouvoir lui imputer ? La censure. La nouvelle censure qui s'exerce sur le Salon, c'est lui, c'est sa faute ! Alors qu'il ne s'occupe que de trier parmi les fameux prélèvements. En même temps, bizarrement, une rumeur assez savamment orchestrée dénonce son « ménage à trois » ! Maintenant ! Aujourd'hui que Marguerite ne lui a jamais été si lointaine ! La rumeur persiste sans s'en prendre à Marguerite jamais. C'est surtout contre Frago et Marie-Anne qu'elle se répand. On la juge complaisante ou « trop mal attifée ». Elle n'a jamais renoncé aux couleurs vives de sa Provence natale, et à son âge c'est sûrement un peu criard. Mais est-ce un crime ? Et puis quel rapport ? Et si cette rumeur parvenait aux oreilles de Fanfan ? Et si c'était lui qui la faisait courir ? Ou Marguerite ? Mais dans quel but ? Avant de répondre à ces interrogations, la rumeur s'estompe. En réalité on ne leur pardonne pas d'être parmi les plus anciens locataires et de faire toujours autant province. De n'avoir pas suivi les changements de classes ou de castes d'un Greuze, d'un Hubert Robert ou d'un David. Frago est resté le même et c'est impardonnable. Mais cela mérite-t-il tant de méchanceté ?

Si on l'aime toujours beaucoup parmi les anciens, Jean-Honoré sait qu'au-dehors on l'attend au tournant... Arrivistes et derniers arrivés guignent son ancienne gloire. Et son atelier ! Il l'a si bien compris qu'il se retire de toute fonction. Donc de toute rétribution. Peu à peu, mais sûrement, il s'abstrait, sort du jeu.

Et il n'est pas le seul. Pendant que s'élève de plus en plus haut le nouveau maître du pays, de l'Europe, voire du monde, les anciens prennent leur distance.

David persiste dans son bras de fer avec l'Empereur. Par peur de tout lui céder. De succomber encore une fois à son goût pour la puissance et à son besoin d'admirer.

De ce Bonaparte devenu Napoléon, David s'offre encore le luxe de refuser sa dernière invention, la Légion d'honneur. Qu'est-ce donc ? Une médaille, un colifichet, une carotte... Dont David n'a aucun mal à se passer. Lui qui n'aime qu'adorer aurait bien voué un culte à ce déjà demi-dieu. Peut-être vient-il trop tard ? La Révolution lui a appris à douter. Sa capacité d'admirer s'est émoussée. Et Napoléon achève de le dégoûter de la peinture politique.

De novembre 1804 à avril 1805, Pie VII habite le pavillon de Flore. Le pape est hébergé au Louvre. Invité ou séquestré ? Les derniers rescapés des lieux sont assez bêtes pour être flattés de ce papal voisinage. Les bruits les plus fous courent sur cet étrange voisin. Le pape ferait un bras de fer avec l'Empereur. Il ne consentira à le sacrer fastueusement à Notre-Dame, comme ce dernier l'exige, que si d'abord et avant tout, Napoléon condescend à se marier religieusement ?... Napoléon cède. Son mariage a lieu en grand secret mais a bien lieu. Il est célébré par le cardinal Fesch, l'oncle maternel de l'Empereur et collectionneur des œuvres de Marguerite qui donc y assiste clandestinement. Son calcul est payant, elle est de plus en plus proche du pouvoir.

Le sommet du faste a lieu le 2 décembre 1804 en la cathédrale de Paris où la foule se presse. Frago fuit à la campagne se recueillir sur la tombe de Rosalie. La cérémonie est mise en scène par David. Du grand spectacle. C'est aussi son adieu à la chose publique, la politique l'a trop déçu. S'il peint toujours, c'est en faisant retour au style antique de ses débuts. Oh, il demeure fidèle à l'Empereur mais sa blessure est profonde.

Tout le monde défile à l'église de Cluny où David expose le *Sacre* inachevé. Chacun des puissants du jour se reconnaît autour de l'Empereur, ce qui oblige l'artiste à prendre quelques libertés avec la vérité.

Madame Mère était brouillée avec son fils ce jour-là, aussi n'était-elle pas présente au sacre. Maintenant qu'ils sont réconciliés, par ordre de l'Empereur, David doit la faire apparaître.

Quand l'Empereur voit le tableau pour la première fois, follement ému, et même admiratif, il se découvre en signe d'hommage mais refuse d'en payer le prix demandé.

En dépit d'une réalité de plus en plus menaçante, les artistes du Louvre ne se sont jamais aussi peu souciés d'expulsion. D'autres fêtes succèdent aux fêtes du sacre, d'autres commandes aux commandes. On revit. On s'enrichit. On oublie la menace. Ce n'est pas faute de mises en garde. Hubert Robert et Frago les alertent sans trêve. Face à l'accumulation des « prélèvements », à l'entassement de toutes les œuvres d'art « récupérées », volées à l'étranger, eux savent que la place va manquer. Elle manque déjà. Le butin des conquêtes napoléoniennes ne cesse de s'accroître. Comment garantir leur sécurité avec tous ces artistes vivants, donc remuants ?

Comment ces œuvres vont-elles s'y prendre pour chasser les artistes de leur habitat « naturel » depuis Henri IV, voilà la dernière aventure qui intéresse Frago, décidément revenu de tout.

Il n'a pas recouvré sa joie de vivre, et a de plus en plus de peine à donner le change. Suprêmement pudique, élégant et au fond timide, il ne s'autorise ni la plainte ni le laisser-aller. Psychique s'entend, parce que pour l'apparence, il est de plus en plus relâché. Mais qui le juge, qui même le remarque aujourd'hui ? pense-t-il, ignorant être toujours un modèle pour certains de ses pairs, à commencer par David, Vincent et surtout Prud'hon le dernier venu.

Pendant la campagne suivante de Napoléon, son frère Lucien fait nettoyer les abords du Louvre de tous ces étals, boutiques lépreuses, cahutes insalubres, guinguettes improvisées…
Et les artistes de s'en réjouir, les ânes !
Ce n'est pas précisément pour leur confort ! Frago, Hubert Robert, David et même Vernet, les derniers anciens, n'auront cessé de les mettre en garde. Peine perdue, les artistes sont de grands enfants, on leur fait un beau jardin, ils batifolent. On leur annonce un nouveau Salon, ils ne songent plus qu'à ce qu'ils vont y accrocher.

Soudain meurt la fille cadette de Greuze de la maladie des pierres. Le père ne s'en remet pas, mais c'est surtout l'aînée qui est victime du plus gros choc. Du jour au lendemain, son caractère change du tout au tout, elle devient gentille, et ses cheveux ont blanchi dans la nuit. Transfigurée. La veille encore, elle se conduisait en mégère comme sa mère. Houspillant chacun et son père. Le lendemain de l'enterrement, elle cesse de gronder, se montre avenante, aimable, serviable. Un amour. Et un bon peintre. Quant à son père, il use de tous les prétextes pour ne pas achever le portrait du Premier Consul devenu Empereur. Il redoute son jugement, et refuse la confrontation avec les autres portraitistes. Il n'a jamais supporté la critique. Ne tolère que les louanges. L'âge le rattrape. Il reste prostré devant son chevalet des jours entiers ou file dormir chez les prostituées. Il oublie l'Empereur pour revenir à ses premières amours, l'éros démaquillé de sa moraline : il peint *Le Repentir de sainte Marie l'Égyptienne dans le désert* où la Vierge est nue ! Nue. Oh comme Diderot l'aurait blâmé. Mais aujourd'hui il s'en fout, le vieux Greuze, il n'a plus rien à prouver et sa fille est morte.

— Je vais crever… alors… ! ânonne-t-il.

Début janvier 1805, il repousse toutes ses toiles contre le mur, installe une immense psyché dans l'atelier face à son chevalet. Il va s'auto-portraiturer. Avec un air halluciné. Fou. Désespéré. Il alterne son autoportrait avec l'angélique portrait de sa fille, la vivante. Elle le voit en train de perdre la tête, impuissante. Bah, au moins il peint ! Il repeint même comme un jeune homme, crie-t-il à la barbe de Frago qui s'inquiète pour sa santé. N'empêche, chaque matin au réveil, il questionne la cantonade :

— Qui donc est roi aujourd'hui ?

Après tout, est-ce vraiment une preuve de folie ?

Le 21 mars, sobrement il annonce sa mort à son voisin et ami d'atelier le vieux Berthélemy.

— C'est aujourd'hui que je meurs.

— On ne meurt pas le premier jour du printemps.

— Depuis un temps fou, personne n'entend plus rien aux saisons. Est-on saint pissenlit ou sainte asperge aujourd'hui ?

— Qu'importe, le soleil est beau.

— Tant mieux. J'en suis bien aise pour mon dernier voyage. Vous ne serez pas mouillés en suivant mon corbillard. Allons, adieu. Je compte sur vous pour l'enterrement. On y sera seul avec le chien des pauvres.

Après avoir prononcé très distinctement ces mots-là,

il se ferme les yeux tout seul et il meurt. Comme ça. Il est mort. Vraiment. Simplement.

— Ça lui évitera d'avoir à déménager, il n'y aurait pas survécu, conclut sa fille assez drôlement.

Avec encore moins de bruit, un matin Sophie n'est pas venue. Marie-Anne a compris, elle est allée chez elle, elle n'a pas eu de mal à forcer la porte. Elle était comme endormie dans son petit lit, un dessin de Rosalie à son chevet, son portrait face au lit. Tout était rangé comme si elle allait devoir s'absenter. Même elle dans son lit, rangée. Morte mais encore souriante, aidante. Fanfan est venu enterrer Sophie et — ça a surpris Frago — il sanglotait. Marie-Anne a conduit l'office à l'abbaye de Saint-Germain, tout son quartier était là. Le contraire de Greuze.

À son enterrement à Saint-Roch, effectivement, ils étaient presque seuls. Après, quand ils l'ont su, chacun s'est écrié, et même l'Empereur : « Mais je lui aurais donné une cruche pleine d'or pour lui payer toutes ses cruches cassées. » Ou David : « Je lui aurais donné le prix d'un de mes tableaux. » Pourtant aucun ne se soucie de l'avenir de sa fille ni ne lui donne de quoi survivre. Alors qu'elle achève toutes les commandes de son père, à commencer par ce portrait de l'Empereur qui ne lui en donne pas un sou. C'est à son père qu'il l'avait commandé !

Au-dehors le sentiment qui domine est l'étonnement qu'il ait été encore vivant.

Ne pense-t-on pas la même chose à mon sujet ? demande Frago à sa femme. Mais il refuse d'écouter la moindre réponse forcément complaisante.

Greuze est mort à temps, le veinard, conclut-il en rentrant du château de Cassan où il s'est rendu sur la tombe de sa fille pour la fleurir d'une jonchée de printemps. Sophie aussi. Elle n'aurait pas supporté notre déménagement. On s'éloignait encore d'elle et elle avait de plus en plus de mal à marcher.

Est-ce un sursis à l'avis d'expulsion ? Ou la douceur des journées d'été ? On respire mieux. L'Empereur est à la guerre. Chaque fois qu'il s'éloigne on croit avoir gagné. Même Marie-Anne cesse de chercher un appartement. Si l'État ne sait pas où ranger les peintres qu'il veut chasser, c'est qu'il va les garder.
 Chance encore, se dit Frago, voilà qu'une nouvelle crise financière s'abat sur l'Empire ! Le 14 juillet, c'est au tour des Anglais de couler la Banque de France. La crise et la guerre ne lâchent pas l'aigle impérial. Faillites et émeutes se succèdent comme aux beaux jours de la Révolution. Alors, très officiellement, le 31 décembre 1805, on prend une grande mesure. On abolit le calendrier Révolution.
 L'éclat de rire est général. National. Qui s'en servait encore ? Est-ce vraiment la mesure la plus urgente dont la France a besoin pour redresser son économie ?
 À peine revenu dans la capitale, l'Empereur demande à Duroc :
 — Alors, et mon Louvre ?
 — Mais Majesté, personne n'y travaille.
 — Ils ne sont donc pas partis ?
 — ... La crise, la difficulté de les reloger... Tous ces artistes ont des familles... Ils sont de grande valeur... Ils ont toujours vécu ici..., tente d'arguer le brave Duroc, le malheureux Duroc qui s'empêtre de plus en plus.
 Entre-temps, à grandes enjambées, les deux hommes sont arrivés sous les fenêtres des Illustres !

— On n'a donc pas exécuté mes ordres ! hurle Napoléon, pris d'une théâtrale colère qui a pour but de résonner dans tout le bâtiment. Qu'on me foute tous ces bougres à la porte. Ils finiraient par brûler mes conquêtes, mon musée... Dans quarante-huit heures, je ne veux plus voir personne.

De derrière leur fenêtre, évidemment aucun des malheureux Illustres n'a rien perdu de cette mise en scène. Et ceux qui n'auraient pas été là sont mis au courant dans la soirée.

« Dans quinze jours, vient repréciser Duroc, expulsion sans exception de tous les artistes. » Il n'ose répéter ce que l'Empereur lui a dit textuellement : « Dehors les vivants, place aux morts. » Consternation. Impuissance. Résignation. Mais depuis le temps...

Le lendemain chaque famille reçoit son ordre d'expulsion, en bonne et due forme cette fois. Datés du lendemain de la spectaculaire colère de Napoléon, les ordres d'expulsion sont parfaitement datés, signés... dans les règles du droit. Incontestables. Ils vont vraiment devoir partir.

Quinze des vingt-six logements sont occupés par des artistes, les autres appartiennent aux savants et autres artisans d'art qui frayent peu ensemble. Mais tous sont concernés, tous mis à la porte !

Les intercessions de Duroc, de Gros, et même de David, leur obtiennent un délai de quinze jours. Quinze jours, pas un de plus. Même Vivant Denon doit déménager.

Ce 18 mai il fait grand beau.
Paris resplendit. La mi-mai embaume. La Seine scintille. Les marronniers sont en fleurs.
Un embouteillage de charrettes à bras bloque

toute circulation. On fait la queue pour emprunter le pont des Arts, sous l'œil goguenard des gens d'armes.

Aucun des expulsés n'accepte de régler le péage de ce pont, où sévissent les prostituées qui huent ces rapins sans argent. Entre la haie desquelles ils vont pourtant devoir passer, suprême et ultime humiliation. Vidés de chez eux, ils doivent en plus payer pour partir !

Les plus tapageurs sont bien sûr les derniers arrivés, les élèves de la nouvelle école des Beaux-Arts créée par l'Empereur, dont les cours doivent impérativement reprendre l'après-midi même à la chapelle de la Sorbonne. Ordre de l'Empereur. « Ce déménagement n'est rien, l'art est tout. Au travail ! »

Ils s'exécutent. Ont-ils d'autre choix ? Tous de crier à l'exil. Et de se débrouiller comme ils peuvent. Chacun reçoit une pension qui oscille entre 500 et 1 000 francs par titulaire, censée leur permettre de se payer un loyer en ville. C'est la fin des galeries vivantes, la fin de la vie d'artiste partagée. Maintenant c'est chacun pour soi, et ils n'ont pas été habitués à ça. Vont-ils y survivre ?

Henri IV les a installés là en 1608.
Napoléon les en a chassé en 1806.
Signe du destin, ironie des chiffres inversés ?

## *Chapitre 20*

### 1805-1806

### DÉJÀ LA FIN ?

> J'aime le jeu, l'amour, les livres, la musique,
>   La ville et la campagne, enfin tout ;
> il n'est rien
> Qui ne me soit souverain bien,
>   jusqu'au sombre plaisir d'un cœur mélancolique.
>
> LA FONTAINE

Les adieux sont déchirants. Ils ignoraient s'aimer autant. Après toutes ces années de cohabitation parfois forcée et les épreuves traversées, ils ont le sentiment de n'avoir survécu que par la solidarité de tous, femmes, enfants et bêtes comprises. S'ils n'ont habité le Louvre que par la grâce du roi et le talent d'un artiste, c'est la famille de chacun qui leur a fait la vie douce. Car en dépit de tous les bouleversements de l'Histoire, douce, entre eux elle le fut. Jusqu'à l'enterrement de Greuze au lendemain du printemps. Or c'est en avril que l'Empereur a ordonné l'expulsion séance tenante.

La plupart ont trouvé à se loger rive gauche. Pas les Fragonard qui pour la première fois de leur vie parisienne, sont séparés. Marguerite est partie la première, un mois avant tout le monde, histoire de profiter de tous les bras disponibles sur place. Cette séparation-là, elle la redoutait autant qu'elle en rêvait, aussi a-t-elle devancé l'inéluctable.

David s'installe avec toute son école au collège des Quatre-Nations et officiellement Fanfan avec lui. Sauf qu'il s'est mis en ménage avec un petit modèle tout en blondeur rosée, un vrai petit Boucher, et qu'elle vit avec lui près de la Grande Truanderie. Sa mère est au courant mais elle a juré à son fils de n'en rien dire à Frago.

Seuls les Robert s'installent aussi rive droite.

Droits et dignes, postés à l'angle du quai au pont des Arts, par où tous doivent transhumer, les époux Fragonard, flanqués de leur dernier chien Toufou, étreignent, embrassent, encouragent, promettent de se revoir bientôt. Demain, tout de suite, toujours. Roides et guindés comme la famille du mort à l'heure des condoléances, ils restent dignes par entraînement.

Quand tous sont enfin partis, seuls, ils remontent vers le nord. Pas sentimentale pour deux sous, Marguerite n'est pas venue. Elle les a quittés, eux et le Louvre, sans se retourner. Elle ne se soucie plus de ce malheureux couple qui ne s'est jamais retrouvé aussi isolé. Résolument tournée vers l'avenir, elle fait de cette séparation une rupture avec cette encombrante famille. En digne fils de Marie-Anne, Fanfan passe sa journée à aider les plus âgés à transporter leurs bardas. Ils étaient si chargés. Des décennies de vie entassées à faire tenir dans infiniment trop petit. Épuisé, il est allé se coucher.

Le soir tombe tôt ce jour-là. On est pourtant le 18 mai. Marie-Anne et Frago achèvent leur première soirée tels des orphelins loin de chez eux, dans la plus triste, la plus sombre et la plus désespérante rue de tout Paris. La rue de Grenelle-Saint-Honoré. Loin de tout, de tous et du soleil. Elle est bordée de très hauts murs faits pour dissimuler les maisons des ex-fermiers généraux. Ils ont été remplacés par les mêmes qu'on nomme aujourd'hui des banquiers, mais c'est toujours une rue vouée au secret, au silence et à la haute finance. Glacée. Sinistre. On ne fait pas plus triste.

Marie-Anne a trouvé *in extremis* trois petites pièces au second étage de cette rue obscure grâce à la complicité des fameux cousins. Eh oui, des décennies plus tard, elle dissimule toujours à son mari ces liens d'entraide maintenus avec les Grassois de Paris. Frago, qui n'a finalement presque pas eu à en souffrir, les aura détestés et redoutés toute sa vie. Où va se nicher sa fidélité à sa mère ?

Les premiers jours sont si pénibles que tous, où qu'ils aient atterri, se retrouvent sans rendez-vous et en ordre dispersé aux jardins des Tuileries ou du Palais-Royal. Les chiens manquent à Frago et c'est réciproque, à voir la fête qu'ils lui font quand de loin, ils l'aperçoivent. Seul avec Toufou, il s'ennuie. Marie-Anne a pris l'angora blanc et Marguerite, rien. Punie. Privée d'animaux. Elle a tué Veto. Aux yeux de Frago, elle demeure impardonnable.

Les rendez-vous sont d'abord quotidiens, Frago tente de tenir sa promesse de les balader chaque jour mais encore faut-il qu'on les lui apporte. Et chacun se lasse. Trop loin, trop de temps perdu. Sans doute aussi craignent-ils d'abuser de Fragonard, pis, de l'user.

Pour Vien posé quai Malaquais, Pajou rue Jacob,

Vernet rue de Lille, la promenade aux beaux jours est agréable. Mais pour Prud'hon exilé tout là-haut à la Sorbonne, les premières chaleurs ont vite raison de ses promesses. Très vite cependant, le 25 juin suivant, un drame force les anciens à se rendre chez lui en catastrophe. Sa femme n'a pas supporté le déménagement. Elle a basculé dans la folie. On n'aurait rien vu si Napoléon n'avait pas commandé à son mari un portrait de Joséphine. Celle-ci qui est restée très simple et n'a rien oublié de sa vie de bohème d'avant son mariage, s'est rendue à ses séances de pose au nouveau domicile-atelier de Prud'hon. L'impératrice à peine entrée, Jeanne Prud'hon l'agonit d'injures. Métamorphosée en harengère des faubourgs, elle lui arrache son chapeau, lui tire les cheveux, lui crache dessus ! Déchaînée, elle tente par tous les moyens de la blesser. Comme tout le monde, Joséphine adore le petit Prud'hon. Mais tout de même, maintenant elle est impératrice, elle ne peut laisser passer pareille agression. Fouché, l'homme des basses œuvres de son mari, fait aussitôt interner la délirante épouse Prud'hon. Elle est décrétée « démente », et ne ressortira pas de sitôt.

Dans l'heure, voilà le plus gentil des peintres encore plus seul avec ses trois enfants et un carnet de commandes débordant… Marie-Anne, aidée de quelques autres du Louvre, se relaie près de lui pour le consoler et les nourrir, l'aider à faire face et les dorloter. En arrivant chez lui, on trouve souvent les deux petits derniers endormis par terre au pied du chevalet où leur père passe visiblement ses nuits ! Spectacle à faire fondre n'importe quel cœur de mère.

Assez vite, maintenant que sa folle épouse n'est plus là pour le ruiner et lui gâcher la vie, tous ses amis reviennent. Il s'en fait de nouveaux et même une nouvelle. Pour lui, ça y est, la page du Louvre est tournée. C'est ainsi que les rendez-vous de Frago avec ses anciens voisins chiens ne survivent pas au printemps. Chacun reprend sa carrière seul, ou s'adonne à la désespérance. Bref, chacun chez soi, dans son nouveau quartier, fait son nid et l'expérience de l'autonomie. Frago ne s'habitue pas à cette horrible rue. Ce silence, ce noir, cette solitude, surtout le matin à l'arrivée des mois d'été.

Tous se retrouvent tristes et étonnés derrière le corbillard de Madame Vien, la si belle Madame Vien. Incroyable, Vien, leur ancêtre, était donc encore vivant ! Veuf, il redevient aussitôt l'artiste gâté, comblé de tous les régimes ou presque. La Révolution l'a épargné. Désormais seul avec son fils quai Malaquais, il croule sous les honneurs mais n'en meurt pas.

Chez les Vernet aussi, le fils succède au père. Ce petit Horace blessé pendant la fuite de son père lors des émeutes a très tôt développé un talent inouï pour les batailles. Il prend le relais. Ça tombe bien, Carle est épuisé. Il ne sait plus que galoper chaque jour le long des berges.

Gros n'est rentré d'Italie que pour déménager. Relogé au couvent des Capucins, il n'y fait que dormir. La guerre de l'Empereur qu'il a suivie de près l'a profondément ébranlé. Il ne se remet pas d'avoir vu ce qu'il a vu mais qu'il ne peut plus dire — à qui, quand, et à quoi bon ? De n'avoir plus le corridor pour s'épancher le rend neurasthénique.

La perte de cette ancienne fraternité leur est un choc à tous. Même aux plus jeunes. Au collège des Quatre-Nations David fait comme si les lieux n'avaient pas changé. Et il y parvient parce qu'il n'a jamais habité que le tableau en cours, il vit sur son chevalet, ses échafaudages, il respire la peinture. Depuis qu'il se détache de la chose publique, il ne parle plus que de peinture. Et d'amitié. Pas Frago, qui, lui, ne parle plus. Il y a déjà longtemps qu'il ne peint plus, La Fontaine ce n'était que des dessins. Entre les quatre murs de sa nouvelle prison, il se désespère dignement. Sans mot dire. Il est triste et les murs d'ici ne lui renvoient qu'une tristesse décuplée par l'ombre. Le soleil ne pénètre jamais en ces lieux. Or à son âge il ne peut tout de même pas attendre la mort dans un jardin public.

Comme on a besoin d'air pour respirer, il a besoin de jaune. Une grande goulée de jaune pour aérer sa cage thoracique trop longtemps contrainte. Toute sa vie il s'est nourri de jaune, gavé, goinfré de jaune. Le sien, son jaune ! Parfaitement ! Il a inventé un jaune, c'est même sa seule fierté. Un certain jaune, chaud, réconfortant, un jaune vivant, vibrant. Sa femme ne cesse d'enchaîner les miniatures comme pour oublier que la vie n'est plus la même. Elle est désormais seule comme elle ne l'a jamais été, à côté de ce mari qui comme un vieux matou tourne en rond en feulant. Elle souffre de l'absence de sa sœur pour la première fois depuis trente ans, et de son fils qui ne condescend à la voir qu'au-dehors, et toujours sans son père. Il ne veut pas même le croiser.

À force de l'entendre dire qu'ils n'ont plus de sous et vont manquer de l'essentiel, Marie-Anne a sollicité et obtenu de nombreuses commandes. Pour elle-même, pour sa sœur, son fils et ses frères les graveurs. Rien pour Frago. Depuis le temps, on a pris l'habitude de ne plus rien lui commander, on continue.

Du coup, elle n'arrête plus. Soudain, il s'approche bizarrement, sur la pointe des pieds, de sa table de brodeuse reconvertie en table de miniaturiste et lui chipe ses couleurs ! Oui. Là, maintenant, en tapinois comme un vieux chat, il vient de lui chaparder sa boîte de couleurs ! Alors qu'elle est en plein travail, précisément en train de s'en servir ! Médusée, elle l'observe, le scrute. Que veut-il en faire ? Sans un mot, il s'installe dans le coin le moins sombre du salon et se met fébrilement à touiller des pigments.

— Qu'est-ce que tu veux ? C'est pour quoi ? Tu fais du jaune ?

— Pas du jaune. Mon jaune.

— Mais... euh... dans quel but ?

— Respirer.

Il n'y arrive pas. Il gâche, il gâche, ça ne donne rien. Mais de manipuler pigments, liants, brosses et pinceau lui rappelle soudain un très ancien plaisir. Sauf que les outils de sa femme ne valent rien. S'il n'y arrive pas, ça vient forcément des pigments. Il les lui rend.

— Où sont les miens ? Il me faut les miens. Qui a déménagé mes affaires de peinture ?

— Ma sœur, tu sais bien, c'est elle qui a...

— Marguerite a pris mes affaires ! Elle les a emportées chez elle ! Ma boîte, mes couleurs... mais c'est du vol !

— Tu ne t'en servais plus depuis si longtemps...

— Ce n'est pas une raison. La preuve, là, j'en ai besoin.

— Rachète-t'en.

— On n'a plus d'argent.

Si Frago est contrarié, il n'a pourtant pas le courage de courir chez sa belle-sœur. Alors il lui écrit ; et il en profite pour lui faire une beaucoup plus longue missive que prévu où il lui dit à quel point il manque de tout. Pas seulement de ses couleurs. Vivant Denon vient de lui supprimer la dernière pension que lui versait encore l'État. Comme il se l'est juré, pour rien au monde il ne veut « embêter » son fils avec ce genre de soucis. Déjà le pauvre petit aura sa mère à charge quand il n'y sera plus !

Alors il lui expose sa situation, et la solitude de sa femme et le manque de soleil. Où est ma boîte ? demande-t-il en post-scriptum.

Désormais sa vie consiste à aller péniblement jusqu'au soir sans heurt, et à deviner qui va le rejoindre pour souper chez l'ami Véri, de Prud'hon, de David, d'Hubert Robert ou de Bergeret. Lequel prend encore sa voiture plusieurs fois par mois pour l'amener à Cassan sur les tombes jumelles de leurs petites filles mortes. Quand il ne fait pas trop mauvais. Parce que lui aussi ménage la santé du petit père Frago.

Depuis le temps qu'elle en avait envie Marguerite a donc profité de l'expulsion pour s'installer seule rue Neuve-des-Petits-Champs. Enfin, seule ? Sa sœur en doute. Elle la soupçonne de vivre en ménage et dans le péché avec un peintre qui fut leur voisin au Louvre et qui l'a peinte sous toutes les coutures, un dénommé Louis-François Aubry. Il lui a fait découvrir un autre peintre, un Hollandais cette fois, du XVIIe siècle ! Gabriel Metsu, qui fut un spécialiste de ces scènes de genre qu'elle affectionne. Autrement dit elle ne se dégage de l'influence de Frago que pour tomber sous celle de Metsu ou de son amant ! S'il n'est pas son amant, il demeure à la même adresse qu'elle, ce qui met la puce à l'oreille de Marie-Anne.

Il n'y a pas que spatialement qu'elle a pris son indépendance mais aussi picturalement et même psychiquement. Frago le découvre dans la réponse qu'elle met trois jours à lui faire tenir. Il l'espérait dans l'heure tant ça lui coûtait de demander de l'aide. Puisqu'elle est la seule qu'il peut solliciter. Elle n'aurait pas dû différer sa réponse et le faire lanterner trois longs jours. Surtout pour lui répondre ça ! Il fulmine. Il ne décolère pas. Il marche de long en large en cognant au passage talons et portes.

Cette espèce de péronnelle s'offre le luxe d'une leçon de morale ménagère, pot-au-feu, plan-plan... elle lui parle comme s'il était gâteux. Vieux ? Oui. Encombrant ? Sûrement. Pauvre et même indigent, puisqu'il mendie. Il n'en serait pas à attendre sa réponse sinon. Mais pas gâteux !

« *Mon bon ami veut savoir pourquoi j'ai refusé de lui donner ce qu'il me demande ? Eh bien mon bon ami, voici la raison. Vous possédez une petite somme qui doit vous suffire pour longtemps. Mon bon ami sait qu'il faut être raisonnable. Il sait encore qu'en nourrissant les fantaisies on les augmente, sans en être plus heureux. Je sais bien qu'on peut appeler ce raisonnement folie, mais chacun doit raisonner comme sa situation l'exige. Une coquette vante les plaisirs et la variété, une femme laide la constance, une vieille la sagesse, une guerrière les beaux exploits, nous devons vanter l'économie. Cela tient lieu de fortune quand on est sage...* »

Le reste est à l'avenant, finit-il par hurler à l'adresse de Marie-Anne assise à moins d'un mètre de lui.

— Et en plus elle me prend pour un idiot !

Il n'y a pas un an, en mars dernier, toujours dans son souci de mettre l'avenir des siens à l'abri des aléas de la fortune et de la vie d'artiste, en plus des viagers au nom de ses deux femmes et de son fils, il a mis ses derniers louis dans l'achat d'un appartement rue de l'Oursine pour sa femme à qui il en a cédé l'usufruit, et pour Marguerite qui en a la pleine propriété. Comme il a cédé à son cousin, l'Honoré de l'enfance, sa maison de Charenton récupérée en piteux état après la Révolution. Tout ça pour placer de l'argent sur la tête de son fils, de sa femme et de Marguerite. Ce qu'elle ne peut ignorer. Comme elle doit savoir qu'il n'a plus un sou à part les mille francs annuels que l'État doit lui verser pour se reloger. Mais avec quoi pense-t-elle qu'il se nourrit ?

Et cette pimbêche, du haut de ses petites économies — faites on se demande sur le dos de qui ? —, ne rêve que de lui faire la morale ! Piètre vengeance pour leur commune immoralité d'il y a vingt-cinq ans. Elle exagère vraiment. Mais Marguerite a toujours abusé. Et Frago a toujours tout toléré des siens... alors ?

Depuis le déménagement, elle a cessé de se soucier de lui et elle est à peine plus prévenante envers sa sœur, trop contente d'en être débarrassée. Elle respire tellement mieux sans eux.

Il a le sentiment triste d'avoir élevé des ingrats, en pure perte. De n'avoir alimenté que leur ingratitude. Tant il était vital pour eux tous d'oublier de quel mélange détonant ils étaient le produit.

Elle se paye sa tête en conseillant aussi à son

« bon ami » de raisonner sa femme pour l'empêcher de porter ces robes aux couleurs si vives qu'elle en a honte dans les salons quand on évoque leur lien de parenté. Être identifiée à pareille provinciale de si mauvais goût la gêne atrocement. Et elle prétend lui rendre service en l'invitant à l'économie !

« ... *En nourrissant les fantaisies on les augmente sans être heureux...* » souligne-t-il, écœuré.

Pour se calmer, il file au Palais-Royal, marcher dans ce qu'il considère comme son jardin depuis son arrivée à Paris, il y a plus de soixante ans.

Souvent, il y retrouve Hubert Robert qui vient souper avec lui chez l'ami Véri. C'est un ancien gargotier qui a longtemps tenu couvert le long des façades du Louvre. Il en a été chassé comme tout le monde mais plus violemment que les autres, n'étant pas protégé par le statut d'artiste. Il s'était lié d'amitié avec l'éternel promeneur de chiens à qui il donnait ses restes pour nourrir les bêtes. Comme lui aussi aime les animaux, il savait la dureté de la Révolution pour qui se sentait responsable de leur survie. Les humains avaient faim, alors...

Le jour de son expulsion qui a précédé d'un bon semestre celle, définitive, de tous les artistes, Frago et Marie-Anne l'ont aidé à sauver ce qui pouvait l'être. Les ordres de Fouché étaient de tout jeter dans un grand bûcher de vanités, ils ont entreposé chez eux plats, casseroles et tout ce qui pourrait lui servir un jour de fonds pour ouvrir une nouvelle guinguette. Ils ne se sont jamais perdus de vue.

Véri s'est réinstallé passage du Charolais sur le Palais-Royal où il y a bien trente autres tavernes, des plus misérables aux plus huppées. Mais Frago est une nature fidèle, il ne soupe que chez Véri. S'il est parti de tout en bas, sa cuisine l'a hissé au rang des bons cuisiniers du Directoire au Consulat, et maintenant sous l'Empire on commence à le reconnaître. Les plus fortunés des artistes du Louvre ne s'y sont pas trompés qui ont pris l'habitude de se fournir chez lui. Tous de l'exhorter à ouvrir plus grand, plus beau, plus cher.

— Tes talents méritent un vrai cadre, pas un vague étal.

Certains, comme Hubert Robert qui est une vraie fine gueule et qui en a les moyens, vont jusqu'à financer ses premiers embellissements. De fait, sa clientèle s'embourgeoise. Il est en train de se faire une place au soleil de l'Empire. Sa gratitude envers Frago est infinie qui l'a constamment soutenu et encouragé. Il lui a même proposé pour le jour où il s'installerait enfin de décorer son auberge. En échange Véri n'a jamais cessé de lui garder de quoi nourrir ses bêtes. C'est avant tout d'amitié qu'il s'agit entre eux. Et de délicatesse. Véri doit se douter qu'il ne l'aide pas seulement à nourrir les animaux. Sans doute est-ce pourquoi il emballe si précautionneusement les mets qu'il lui donne, au cas où. Si ce panier les aide aussi à ne pas mourir de faim, personne d'autre que lui ne doit le savoir.

Ce mois de juin est atrocement pluvieux. Entre deux ondées, Frago se réfugie sur sa terrasse sous les arcades et lui fait part de sa peine à vivre dans le noir, loin de tout, amis, quartier aimé, jardin chéri, Louvre et même lui, Véri, à qui il a fini par s'attacher. Un homme qui prend soin de le nourrir sans regarder à la dépense et qui aime les animaux autant que lui...

— Les deux pièces au-dessus de la guinguette sont

libres, si tu peux t'en contenter... c'est petit, mais les fenêtres donnent sur le jardin...

Frago n'ose répondre.

Alors Véri insiste.

— Il n'y a que deux pièces, et c'est bas de plafond...

Suit un grand silence. Pour un peu Véri serait gêné d'avoir proposé à cet artiste qu'il admire tant, ce si petit réduit. Pourtant il sait sa gêne. Alors il ajoute tout doucement :

— Il n'y a qu'un demi-étage à monter, c'est un entresol, mais du coup dès que tu as faim ou soif, dix marches plus bas, tu es servi ! Je serai ta salle à manger, si tu veux. Qu'en dis-tu ?

Un gourmand comme Fragonard ne saurait refuser pareille occasion.

— J'en dis, j'en dis... mais qu'est-ce que tu crois ? J'en dis que je suis fou de joie, que je cours prévenir ma femme pour qu'elle plie illico nos affaires. Et qu'on arrive. On arrive. On s'installe. Je ne dormirai pas une nuit de plus dans les catacombes des richards.

Personne ne dira jamais qu'en plus, ça le rapproche de sa belle-sœur, installée rue Neuve-des-Petits-Champs.

Ils vont malgré tout passer une bonne semaine à changer de logis et à rapatrier leurs affaires pour les faire tenir dans les deux pièces de Véri. Encore un déménagement ! se lamente l'homme qui n'a jamais quitté le Louvre. Et ne rêve que de s'en rapprocher.

Le soir de leur installation, pure coïncidence, il y a bal dans le quartier. On fête l'anniversaire de la prise de la Bastille. Impossible de dormir, ça joue et ça danse toute la nuit. Mais c'est une musique heureuse qui les tient éveillés pendant qu'ils rangent leur nouveau chez-eux. On pourrait même croire que ces flonflons ne jouent que pour eux, jusqu'à l'aube... que pour eux.

Puisque tout son malheur venait du quartier où il vivait en exil, chez Véri il va être plus heureux ? En tout cas, il le promet à Marie-Anne. De fait, rue du Beaujolais, il revit. Sinon qu'à peine installé, il repense à la lettre de sa pécore de belle-sœur. Comme si elle venait de relancer cet abcès de douleur et de désillusion... Il s'était persuadé que les années vécues en commun avaient créé une communauté de cœur entre eux...

À sa missive, comme son post-scriptum le réclamait, elle a joint la fameuse boîte de couleurs, celle qui a suivi Frago depuis Rome. C'était l'ami Saint-Non qui la lui avait offerte : une boîte pour voyageur, à lui, le sédentaire ! Elle l'avait emportée, se justifie-t-elle, parce qu'il ne peint plus et ne tient le pinceau que pour rectifier ses œuvres à elle. Et comme désormais elle ne tient plus du tout à ce qu'il y touche, elle veut être l'unique auteur de ses tableaux, elle a estimé qu'il n'en aurait plus jamais besoin.

— Elle a écrit « jamais » ? Vraiment ? relève Marie-Anne ébahie.

— Oui, elle a bien écrit *jamais*. La garce, elle m'a déjà enterré, jure-t-il.

Ça peine horriblement Marie-Anne d'autant que ça sonne juste. Il ne peindra sûrement plus. Ça n'est pas une raison pour l'écrire.

Son refus condescendant de l'aider matériellement l'a blessé au cœur et conforté dans sa volonté de ne plus jamais rien dire à personne de sa situation réelle. Et si ça empire, il reste la Seine. Il ne sera pas le premier. Mouchy, le neveu du grand Pigalle, n'a pas hésité, le jour où il a reçu le premier arrêté d'expulsion — celui qui a été ajourné. Il a plongé. Et il est mort en ignorant que c'était une fausse alerte. Ce qui fit dire drôlement à Greuze qui vivait encore que ça aurait été reculer pour mieux sauter.

Donc plus un mot à personne. Et surtout ne rien changer à son attitude. De toute façon, tant qu'il parvient à paraître désinvolte et rieur...

Maintenant qu'elle lui a rendu sa boîte de couleurs, il va bien falloir s'en servir. Même si la lumière chez Véri le venge de son premier logement, il va quand même partir en quête de son jaune. Où est son jaune ? Sait-il encore le fabriquer ? Avec ses propres pigments, à nouveau il fait flamber les couleurs.

Et il y va. Il fonce. De toutes ses forces.

Son jaune. Tout son jaune lui revient, et il n'en reste pas là. Tout jaune ! Il couvre tout de son jaune comme à grandes enjambées liquides, il jette son jaune comme on se venge. Du jaune contre sa mesquine belle-sœur qui lui refuse le nécessaire pour ne pas se priver du superflu. Qui lui avait volé ses pigments, son jaune dont elle ne saura jamais se servir. Il explose de tous les jaunes connus et même inconnus. Et ça y va, les jaunes d'œuf, jaune de paille, jaune bouton d'or, citron, canari, mimosa, jaune d'or, topaze, safran, moutarde, jaune orangé, jaune cadmium, sans oublier les ocres, toutes les terres brûlées et les ambres, ni cet espagnol malade qui n'est qu'un jaune verdâtre ! Comme on rentre à la maison après toutes les guerres, il revient aux jaunes, tantôt lumière tantôt clair-obscur. Jadis il y tenait tant qu'il l'appelait le coup de pistolet du clair-obscur. C'est avec ses jaunes, avant-hier, qu'il a compris comme la lumière modifie la couleur.

Si rue de Grenelle-Saint-Honoré, il n'a pas touché un bouton de porte, dans l'entresol de chez Véri, il n'en oublie aucun, du sol au plafond, des placards aux plinthes, il s'en donne à cœur joie. Il simule même en trompe-l'œil un petit boudoir pour sa femme, qu'au moins à l'œil, elle ait un coin rien qu'à elle qui ressemble au Louvre.

Après les murs, le plafond, la cage d'escalier, il tient sa promesse, il offre à Véri au fond du restaurant une grande fresque de campagne toscane ou provençale. Lumineuse, heureuse, envahie d'animaux de toutes sortes, improbables mais souriants, il multiplie tout ce qu'ils aiment en commun.

Et quand il a fini, il recommence. Ça n'était qu'un échauffement. Il pose une toile de format moyen sur le chevalet au beau milieu de leur chambre et installe en face de son fauteuil une psyché. Marie-Anne l'observe sans rien dire.

Du jaune, allez, encore du jaune contre le mauvais temps parisien. Du jaune contre ce mois de juillet pluvieux. Il n'aurait jamais dû les écouter, ses femmes et son mauvais fils, il n'aurait jamais dû quitter Grasse. S'il y était resté, il aurait pu finir ses jours dans le jaune où il est né. Et il n'aurait pas eu à s'arracher du Louvre. Ni à échapper à l'âge, au rétrécissement de sa vie, de sa vision, de ses espérances... Il raisonne comme un âne, Marguerite a raison.

Il revient à ce rectangle jaune qui l'attend posé sur le chevalet. Il laisse sécher ses yeux pleins de larmes et se lance.

C'est un règlement de comptes. Il s'est toujours détesté. Là, il va le crier. Sur fond jaune. La psyché lui permet d'être le plus cruel possible en outrant ce qu'il y a de pire chez lui.

Au milieu de cet éblouissement de jaune, deux petites taches. Noires. Presque méchantes. Ses yeux. Puis fuyantes, ses épaules suggèrent un buste étriqué, laissant voir le dossier de son fauteuil, affaissé et mou comme lui. Résigné, triste, son visage, qu'il scrute sans s'épargner. Il se toise dans le miroir avec le même dégoût qu'il se croque. À bout de lassitude, de résignation et de chagrin.

Ce tableau est le contraire exact, pour les couleurs, de son portrait par Marguerite où la tache claire de son visage se détache sur un fond noir. Il est aussi en rupture avec toutes les visions et représentations qu'on a eues de lui le gentil, le tendre, le rigolo, le bienveillant Frago. Là il a l'air hostile, mauvais, hargneux, furieux contre tout et d'abord contre lui.

— Si quelqu'un connaît mes défauts, c'est bien moi.

Aussi les exagère-t-il sans vergogne. Sans la moindre bienveillance, comme s'il ne lui en restait plus une once en réserve. C'est ça ! Tous ses autres portraits baignent dans une épouvantable complaisance. De la mélasse. Il y arbore le sourire niais de qui aime tout le monde et veut être aimé de tous. Un sourire comme si sa fille n'était pas morte. Il en vient à haïr son sourire. Mais prend un certain plaisir à se noircir. Ça fait ressortir son jaune. Ça rend toute sa puissance à la lumière. Le reste est gris fondu et noyé de mélancolie. Gris comme Paris, gris comme la pluie d'aujourd'hui, gris comme tout ici...

Ne pleuvait-il pas moins quand il habitait au Louvre ? Quand il promenait chaque jour tous les chiens ? En tout cas il pleuvait nettement moins quand il était plus jeune.

La jeunesse, la chair fraîche, les rires d'été, la ronde des amours qui se joue à ses pieds au jardin du Palais-Royal ? Sous les arcades. Non. Même l'été ne le séduit plus. Comme Greuze avant sa mort, ce ne sont pas les ravissantes qui se baguenaudent sous ses yeux qui l'incitent à reprendre un pinceau, mais le besoin de régler un dernier compte avec lui-même.

Marie-Anne est enchantée. Il re-peint ! Elle a tort. Cet autoportrait est un adieu. Il ne peindra plus. À peine achevé, il retourne son tableau contre le mur. Et prend son manteau. Au moment où il posait sa signature, son nom entier de Fragonard au bas de sa toile, il a décidé d'aller chez son fils.

— Oui, réplique-t-il à sa femme. Parfaitement, et sans me faire annoncer, sans y être désiré, je sais.

Il a appris par David que ce dernier habitait un petit logis avec une jeune femme.

C'est elle qui lui ouvre. Alexandre la lui présente par son prénom.

— Elle s'appelle Louise. Elle attend mon enfant.

Frago n'est jamais allé chez son fils « adulte ». Il demeure rue Verdelet dans le quartier des Halles. N'y a jamais été invité. Marie-Anne l'a averti qu'il refusait de le voir. Tant pis.

Il y est allé. C'est qu'il a vraisemblablement quelque chose à y faire. Son fils le comprend qui lui présente une chaise.

— Repose-toi...

C'est vrai qu'il est essoufflé. Il a monté les quatre étages d'une traite, mû par son seul désir.

— ... Tu veux un verre d'eau ?

Louise est sortie discrètement. Un tableau la représente nue et enceinte sur le chevalet. Beau modèle. Frago ne dit rien. De dessous sa houppelande, il sort sa vieille boîte de couleurs et la pose sur la table. Solennel, il fixe son enfant.

— Il y a tout. Pinceaux, brosses, liants, tous mes pigments.

Éberlué, Fanfan a un geste... oh, une ébauche de geste... Beaucoup plus grand que son père — morphologiquement, il tient des Gérard —, en plus là il est debout..., il se rapproche de son père et pose une main sur son crâne dégarni. À peine il l'effleure mais ça suffit.

Ils savent.

Gêné, Fragonard s'esquive presque aussitôt.

Et tout est changé. Fanfan vient les voir chez eux, épaté par tout ce jaune. Frago n'a pas eu besoin d'ajouter un mot à son cadeau. Le passage de flambeau, la transmission s'est faite. Dans le silence mais avec certitude.

David, que son cher élève a dû avertir de cet étrange geste, s'invite ce soir-là à souper chez Véri. Il veut comprendre.

— J'ai fini.
— Tu as fini quoi ?
— De peindre.
— Mais ça fait déjà un moment...
— Oui, mais là, maintenant, c'est définitif. Je n'y reviendrai plus.
— Pourquoi ? Tu as repeint ?

— Oui, un petit dernier.
— Et c'est quoi ?
— Un adieu à l'homme que j'ai toujours détesté.
— Qui ça ?
— Moi, tu sais bien.

David n'en revient pas. Comme tout le monde au Louvre, il adore son petit père Frago et n'imagine pas qu'on puisse ne pas l'aimer. Quand on a un tel sens du bonheur, de l'amitié, des enchantements simples, des heures banales transfigurées, on ne peut pas se détester. Et si c'était pour donner le change ?

— Vraiment ?
— Vraiment. Mais ça n'est pas une raison pour faire la gueule, reprend Frago, pour meubler le silence ébahi de son ancien protecteur. Si tu regardes le monde d'un œil bienveillant, il a l'air moins sale, c'est une forme d'hygiène. On ne va tout de même pas exhiber son dégoût ou ses malaises. Ça ne regarde personne.

Chapeau, pense David, qui a toujours théâtralisé ses moindres états d'âme et fait part à qui voulait bien l'entendre de toutes ses déconvenues.

Véri procure un ultime luxe au vieux Frago quasi nécessiteux, celui de pouvoir inviter ses amis à souper. Il ne paie jamais aucune addition. Véri a compris sa misère. Et il l'aime vraiment. David, qui est riche, ne songe pas une seconde qu'on puisse ne pas l'être quand on a derrière soi une œuvre pareille, ni que Frago se prive de tout pour continuer à donner le change, d'ailleurs personne ne peut s'en douter. Sinon ? S'il l'avait su ? Oh, comme il a dit après la mort de Greuze, il l'aurait secouru.

Les jours suivants, c'est le redoux, enfin l'été dans

sa grande beauté. Frago s'installe sous les ombrages du Palais-Royal et regarde défiler les folies impériales. Le nouveau régime s'y croit vraiment. Il est ivre de lui-même mais ses femmes sont si jolies.

Alors…

Frago est un vieux singe à qui on ne la fait plus. En voyant passer ces muscadins aux pantalons si moulants et ces ravissantes aux décolletés si pigeonnants, il lui semble voir passer l'Histoire ! L'histoire côté farce, ridicule et grotesque. Il la préfère sous cette facette, à celle des bonnets phrygiens, cocardes et guillotine sous ses fenêtres hier.

Même l'histoire, c'est fini, ça ne l'intéresse plus. Il sait quel prix de sang elle prélève en passant. Il est vraiment revenu de tout, pense-t-il en caressant la joue de Toufou, son chien si tendre, si doux, au bon regard, mieux qu'humain.

Cet amour-là, il ne l'a pas raté, il l'a même plutôt bien transmis. Personne ne peint mieux les chats que Marguerite et n'a-t-il pas vu chez son fils, oh ! furtivement, passer un petit bichon blanc semblable à celui de sa *Gimblette* ? L'amour des bêtes s'est bien transmis.

Pour le reste…

Véri a trouvé un jeu pour le distraire en fin de journée à l'heure du coucher du soleil quand les angoisses s'éveillent. Il lui fait deviner quelle merveille il a concocté pour le soir. Au fumet. N'est-il pas, enfant de Grasse, un nez expérimenté ? Marie-Anne les rejoint à la table du patron, Marguerite jamais. Alors que depuis l'histoire de la boîte, il arrive même à leur fils de les y retrouver. Frago pense que c'est son cadeau qui les a réconciliés.

Marie-Anne pense que c'est de devenir père à son tour qui le rapproche du sien. Ce qu'elle n'avoue pas c'est qu'elle l'a alerté sur l'état de santé de son père. Il respire mal. Elle redoute chaque nuit qu'il ne retrouve pas son souffle. Alors que maintenant qu'il vit au Palais-Royal, pour lui tout va mieux. Il sourit à nouveau. Ce sourire qu'il hait depuis qu'il s'est peint sans. Il a toujours ses manières de jeune homme, alertes et vives, et l'élasticité d'un chat, petit, sec et nerveux, nonobstant son gros ventre. Car bizarrement, en dépit de la très bonne chère de Véri, il n'a que le ventre de gros d'où surgissent tels des ressorts ses petites jambes et ses bras frêles. Aux extrémités toutes fines. Ses yeux pétillent de la même verve qu'à 20 ans. Quand il découvrait les belles dans l'atelier de Boucher. Ses cheveux qu'il a parfois tenté de dissimuler sous des perruques à la mode qu'il n'aurait de toute façon plus les moyens de se faire tailler aujourd'hui, sont de plus en plus ébouriffés, enfin ceux qui restent. Dégarnis sur les tempes mais indomptables à l'arrière. Toujours aussi peu soucieux de lui-même, il se dissimule dans sa grande houppelande de gros drap gris qu'il ceinture d'une ficelle les jours de froid et laisse battre sur ses basques rapiécés les bons jours. Il n'a rien changé. Peut-être un peu plus décati, négligé ? À sa façon, il est une sorte de vieux Neveu de Rameau chez les rapins. Sauf qu'il accepte désormais comme une fatalité d'être un vrai timide. Toute sa vie il a fait semblant de n'avoir peur de rien ni de personne, d'être effronté comme un autre, en s'adressant à tous, puissants ou inconnus, du haut d'il n'a jamais su quoi, vu sa petite taille. Orgueil, arrogance, tout cela l'a quitté, il ne se force plus à rien. Il se tait quand il n'a rien à dire, et accepte de ne pas savoir, de n'être sûr de rien. Il hésite. Quelque chose tremble au fond de lui qui remonte de loin, la prime jeunesse. La peur de n'être pas à la hauteur, la peur de déplaire. La peur de se décevoir dans ses ambitions rêvées. Il a pourtant péché par manque d'ambitions, il s'est refusé la carrière d'un peintre d'histoire, d'un peintre officiel, d'un peintre à l'abri du mépris. Il n'a pas formé de grands peintres, ses élèves se sont égayés dans des branches annexes au grand art. Ce qui signifie, dans la bouche de ses détracteurs, qu'il n'a pas su rendre ce qu'on lui a donné, qu'il n'a rien transmis. Il peut se faire tous les reproches que ses pires ennemis ne songent même pas à lui faire, définitivement, la mort de sa fille a tout relativisé. De fait il s'est beaucoup déçu et à son âge, c'est irrémédiable. Eh oui, toujours La Fontaine, *Le Loup et le Chien*. Toute sa vie, docile et même souvent servile, ainsi se juge-t-il aujourd'hui, alors qu'au fond il est resté farouche, sauvage et même un peu ours. Il a feint d'être un roseau bien taillé, bien dressé à fléchir sans céder, un chien savant faisant le beau dans les salons, alors que résistant et solide comme un chêne, indomptable comme un loup, il a survécu au pire, à la mort de Rosalie. Il a tenu contre cette apocalypse intérieure. Sauf que non. Justement pas. Abattu tout au fond de lui, il ne s'en est jamais remis. Depuis il a commencé à sécher sur pied. Par décence, par pudeur, par respect pour sa femme, son fils, ses amis, et surtout par respect pour la vie, il a fait comme si. Mais au dedans, la mort était à l'œuvre. Il y a déjà longtemps qu'il est mort. Au fond il va se rejoindre. La rejoindre. Enfin se reposer et poser le masque.

Auparavant il a encore droit à une grande joie. La dernière. Théophile. La naissance de ce petit-fils qui lui ressemble, roux aux yeux gris tel le petit garçon de Grasse qui passe sous ses paupières avec un rien de mélancolie, ce petit garçon baignant dans les odeurs les plus extrêmes, contemplant les plus beaux paysages du monde...

Son fils est venu le chercher pour lui présenter ce petit tout neuf. Ce jour-là était un jour gris. Il lui a mis du jaune au cœur.

Il a trouvé la mère charmante, et sa femme délicieuse en grand-mère. À peindre. Mais plus par lui. Alexandre fera ça très bien. Ou même Marguerite qui n'est pourtant pas pressée de rencontrer... eh bien oui, son petit-fils tout de même ! Bah, tant pis pour elle. C'est pour son fils qu'il a peint son dernier autoportrait. Et il lui offre tout aussi cérémonieusement que sa boîte. À ce fils qui l'a fait grand-père. Et qui enfin le serre sur son cœur.

Oui, il peut partir tranquille.

# ÉPILOGUE

> Qui sait si la raison de l'existence de l'homme ne serait pas dans son existence même ?
>
> LA METTRIE

Tout va mieux. L'été toujours réchauffe ses vieux os. Et ce petit-fils, quelle joie.

Plus tant d'angoisse, il a enfin compris que sa belle-sœur s'en sortait très bien toute seule. Mieux même, ses tableaux commencent à faire du bruit. Et l'artiste qu'il est doit reconnaître qu'ils sont meilleurs depuis qu'elle s'est émancipée.

Alexandre est en passe de devenir vraiment grand, c'est-à-dire lui-même. Il se dégage de l'influence de David et de son école, il cherche sa voie et semble la trouver. Il a surtout l'air heureux. Moins méchant aussi que durant son enfance.

Comme tous les jours, ce 21 août, Frago a mis un chapeau de paille élimé sur sa tête et s'est engouffré derrière le chien Toufou. Ils ont marché jusqu'au Champ-de-Mars où se déploient en couleur les fastes de l'Empire, il y a chaque jour un nouveau carnaval, ça le distrait. C'est plus varié que pendant la Révolution quand ce bel espace n'était qu'un champ de poireaux. Cet endroit est désormais le haut lieu de propagande du mari de la belle créole, comme Frago s'amuse à nommer l'Empereur. Sur le chemin du retour il a fait un détour pour visiter Bergeret au Roule et y faire une halte. Le petit garçon timide du voyage en Italie a fini par vieillir aussi. Alors ? C'était bien la peine...

La Fontaine est son dernier compagnon, il l'a toujours dans la poche, à chaque halte — elles sont fréquentes, il s'essouffle vite — il se lit une fable ou deux, et maintient de la sorte son humour à flot. Acéré. Un rien narquois, un rien cynique, un peu cruel aussi. Il a suffisamment baigné dans la complaisance.

Là il a peut-être un peu abusé. « Cette longue marche, cette canicule », dit-il à Véri en s'affalant sous ses arcades.

— Tu sais ce qui me ferait plaisir... ?
— Oui, répond Véri, j'en ai fait.

Il s'agit d'un des derniers caprices du très ancien enfant gâté. Si la xénophobie, c'est la haine de ce que mangent nos voisins ou nos ennemis, disait Montaigne, le patriotisme n'est-il pas le souvenir heureux des plats dégustés dans l'enfance ? Le souvenir des abricots juteux, cueillis tout chauds sur l'arbre au cours des étés brûlants de Grasse, engloutis sous les branchages, fait partie des meilleurs. Il en parle si bien que Véri lui fabrique dans sa cave des sorbets à l'abricot. C'est son péché mignon. Il les déguste comme un gosse, il fait plaisir à voir. Il a

## Épilogue

même convié le cousin Honoré à vérifier que Véri avait bien retrouvé le goût de l'enfance.

Depuis qu'il a été chassé du Louvre, il n'a jamais été si paisible. Marie-Anne, David, Hubert Robert, Bergeret et même le petit Prud'hon s'en félicitent, et en félicitent Véri. C'est un drôle de couple qu'ils forment tous deux, le restaurateur et le vieux peintre, celui qui cuisine et celui qui aime à déguster... Ils s'entendent comme larrons en foire et se rajeunissent mutuellement. Bien sûr, Véri le ressert, Frago y prend tant de plaisir. Il le traite de son mieux, c'est son ami.

— Mais enfin, tout de même... il fait particulièrement chaud... toute cette glace...

Marie-Anne les a rejoints pour souper avec eux. Ils sont joyeux, le vin est léger, la journée a été chaude mais la tombée du soir est bienfaisante.

— Il y a encore de jolis moments dans la vieillesse. Même si on les compte en heures. Ça n'est pas si mal.

À 5 heures du matin, c'est elle qui descend réveiller Véri qui envoie aussitôt quérir le médecin André, un voisin, et fait chercher Alexandre.

Il a eu un coup au cerveau, dit-elle. Une congestion cérébrale, corrige le médecin arrivé trop tard.

— Il n'a pas souffert.

Il a eu le temps de dire à sa femme en étreignant son poignet « c'était trop injuste de voir mourir son enfant... ».

Puis il n'a plus rien dit. C'était fini.

Personne n'a pensé à aller chercher Marguerite pendant la nuit, elle est pourtant voisine. Mais si lointaine. En revanche, le cousin Honoré est là. Il se présente à Véri en précisant :

— Moi c'est Honoré, tout court, lui c'était Jean-Honoré.

— Ainsi, conclut Véri, Gens, Honorez Fragonard !

Les funérailles sont célébrées en toute discrétion à l'église Saint-Roch, sa paroisse.

Puis sous une chaleur effroyable on suit à pied le corbillard jusqu'au cimetière du Nord, sous Montmartre. David, Gros, Hubert Robert et sa femme, Prud'hon, Vincent, Pâris et Bergeret font partie de la famille des intimes, ils sont serrés les uns contre les autres, tristes. Le curé a accepté la présence de Toufou.

L'Empereur fait envoyer une gerbe mais le journal officiel n'en dit pas un mot.

Quant à la *Gazette*, elle annonce que le grand peintre Alexandre Évariste Fragonard a perdu son père, âgé de 74 ans, qui fut peintre sous Louis XV. Rien de plus. Un autre journal annonce qu'un « éminent membre de l'ancienne Académie nous a quittés. Il était le père du grand peintre de l'école troubadour » !

En général le silence prévaut. On n'en parle pas. Si, à la séance suivante à l'Académie on lit une notice nécrologique à sa gloire.

Le *Journal de Paris* signale son décès par un « l'école française perd en lui un peintre justement estimé » avant d'évoquer Évariste qui « promet de soutenir le nom qu'il porte » ; et Marguerite Gérard qui, « élève de Fragonard, est la rivale de son talent en même temps qu'elle fut jusqu'à son dernier moment l'amie constante de sa vieillesse ».

Pas de petits profits, elle ira jusqu'à se vanter de l'avoir assisté jusqu'au bout !

Le 23 août, Véri et Marie-Anne se consolent en finissant tous les restes de sorbet à l'abricot. Véri se jure de ne plus en faire. C'était le dernier. Il fait toujours aussi chaud. Mais la saison des orages a commencé.

Depuis l'enterrement, Marguerite s'active comme si c'était elle la veuve. Elle a besoin d'alerter tout le monde, cette mort lui est une formidable occasion mondaine.

La garce, pense sa sœur. Qui décide de venger son amour. Quelques mois plus tard Marie-Anne vient s'installer chez sa sœur. À toi de t'occuper de moi. Juste retour du destin. Marguerite Gérard ne peut refuser, et sa sœur finit ses jours de grand-mère comblée servie par sa petite sœur. Quelque trente ans plus tard.

Ses amis le pleurent en silence mais ne lui survivent pas longtemps.

Hubert Robert meurt deux ans après en train de peindre une ruine imaginaire. Bergeret, l'année suivante.

Jean-Honoré Fragonard laisse un plus grand vide que prévu. Certes, il ne peignait plus, n'œuvrait plus au Louvre mais sa mélancolie courtoise et moqueuse était nécessaire à plus d'un.

David rompt net avec Napoléon en voyant à quel point son nouveau héros a peu de goût : il se fiche de Frago comme d'une guigne.

En septembre 1806 au Salon des artistes vivants, rien d'Évariste qui y a débuté à 13 ans. Plusieurs Marguerite Gérard, dont un portrait de Frago.

Les élèves de David s'y taillent la part du lion ; Gros

présente sa *Bataille d'Aboukir*, Girodet son *Déluge* et Ingres, son portrait de l'Empereur en majesté sur son trône. Fragonard n'aurait rien eu à faire là.

Après la Révolution, l'Empire interdit toute fantaisie, impose un ordre d'un ennui sans mélange.

Déjà de son temps Frago déroutait ses contemporains, sa facilité à passer d'un genre à l'autre — son imagination folle et souvent inédite aurait été encore plus incompréhensible pour les officiels du jour.

Il est mort à temps.

Gros va mettre vingt-neuf ans à se jeter dans la Seine. Avoir perdu la fraternité du Louvre lui fit tout perdre. Le Louvre, c'était bien davantage qu'un logement, c'était un mode de vie, une fraternité, une façon d'être artiste que Frago a illustrée plus et mieux que d'autres. D'abord il y est resté plus de trente ans, ensuite il sut y créer une vraie vie de famille élargie.

Frago ne s'en est pas remis mais il a fait comme si. Il était si doué pour le faire-semblant. N'avait-il pas l'air encore vivant alors qu'il était mort depuis la fin de Rosalie ?

Pourtant sa femme témoigne que si l'homme a mis plus d'années que le peintre à disparaître, son cœur a cessé de battre en 1788.

Il a commencé à peindre en Marivaux des couleurs, il a fini en La Fontaine cynique après avoir été toute sa vie un Diderot du pinceau. C'est dire s'il a épousé son siècle.

Il aimait la vie sans pesanteur. Il est parti sur le même ton badin qu'il a vécu sa vie. Léger, facétieux, il s'est arrangé pour mourir d'une glace à l'abricot.

# CHRONOLOGIE

1732. 5 avril : naissance à Grasse de Jean-Honoré Fragonard, dit Frago.
1744. La famille de Fragonard s'installe à Paris.
1746. Fragonard devient saute-ruisseau chez un notaire.
1748. Il entre en apprentissage chez Chardin.
1749. Fragonard entre comme élève chez Boucher pour trois-quatre ans.
1752-1753. Admis à concourir pour le prix de Rome, son *Jéroboam* remporte le grand prix.
Commande de la cathédrale de Grasse du *Lavement des pieds*.
En mai 1753, il intègre l'École royale des élèves protégés dirigée par Van Loo. Il y reste quatre ans.
1756. Fragonard arrive le 22 décembre à Rome comme pensionnaire de l'Académie de France.
1757. Fragonard demeure à Rome. Il rencontre Hubert Robert.
1760. Fragonard, toujours à Rome, rencontre Saint-Non et visite l'Italie en sa compagnie.
1761. Fragonard quitte l'Italie et rentre à Paris avec Saint-Non.
1763. Publication d'une suite d'eaux-fortes gravées par Saint-Non et Fragonard sur l'Italie.
1765. Agréé par l'Académie royale de peinture pour son *Corésus et Callirhoé*.
Il obtient logement et atelier au Louvre.
1767. Ses œuvres exposées au Salon déçoivent la critique.

Commande des *Hasards heureux de l'escarpolette*.
1769. Fragonard rencontre la Guimard.
Il voyage en Flandres.
Mariage avec Marie-Anne Gérard (1745-1823), miniaturiste de Grasse.
Naissance de leur fille Rosalie.
1770. Mort de Boucher.
Commandes à Fragonard de la Guimard et de la Du Barry.
Frago refuse d'exposer au Salon.
1773. Septembre : départ du couple Fragonard avec la famille Bergeret pour l'Italie.
1774. Mort de Louis XV.
Année de voyage en Italie et en Allemagne avec Bergeret ; il fait de multiples dessins.
En septembre, retour de Fragonard à Paris ; brouille avec Bergeret père.
1775. Arrivée de Marguerite Gérard à Paris chez les Fragonard.
1776. Saint-Non grave *La Bergerie*.
1777. Gravures de *L'Heureuse Fécondité*. Publication du *Voyage pittoresque de Naples et de Sicile*.
1778. Mort de Voltaire et de Rousseau.
*L'Enfant et le chat emmailloté* : première œuvre à quatre mains de Frago et sa belle-sœur.
1780. Naissance à Grasse d'Alexandre-Évariste Fragonard.
1783. Estampe de *La Fuite à dessein*.
1784. Mort de Diderot.
Gravure du *Verrou*.
1787. Publication du *Voyage pittoresque de Naples et de Sicile* de Saint-Non, dessins d'Hubert Robert et de Fragonard.
1788. Mort de Rosalie à 18 ans au château de Cassan chez Bergeret fils.
1790. La famille Fragonard se réfugie à Grasse chez les Maubert.
Retour des Fragonard à Paris.
1791. Mort de Saint-Non.

1793. Fragonard est nommé membre de la Commune des Arts puis conservateur du Muséum central des Arts. Il demeure toute la Révolution au comité directeur du futur Muséum.
1805. Sur ordre de Napoléon, tous les artistes qui résident au Louvre doivent déménager. Frago inclus. Il s'installe au Palais-Royal, au-dessus du restaurant Le Véri.
1806. Mort de Fragonard. Funérailles à l'église Saint-Roch, inhumation au cimetière de Montmartre.

Chapitre 1
*1732-1742 – Une enfance dorée de soleil*                13

Chapitre 2
*1743 – Arrêtés par le Progrès !*                             32

Chapitre 3
*1746-1749 – La beauté comme seul remède*           48

Chapitre 4
*1749-1752 – De Chardin à Boucher, la vraie naissance de Frago…*                                        59

Chapitre 5
*1752-1756 – Pour prix de Rome, la mort de mère*    87

Chapitre 6
*1757-1758 – Mélancolie romaine*                        101

Chapitre 7
*1759-1760 – Rome : ivre de peinture et d'amitié*     118

Chapitre 8
*1761-1765 – Sacre de Frago par Diderot*               134

Chapitre 9
*1766-1768 – Des morts, un mariage, installation au Louvre*                                                   160

Chapitre 10
*1769-1773 – De la Guimard à la Du Barry*            199

Chapitre 11
*1773-1774 – Le gros financier Bergeret*     232

Chapitre 12
*1775... – Paris, le bonheur !*     255

Chapitre 13
*1777-1780 – Dans le lit du bonheur*     287

Chapitre 14
*1781-1788 – La mort dans un ciel bleu*     320

Chapitre 15
*1789-1791 – La fin d'un monde*     345

Chapitre 16
*1791-1794 – Terreur et chagrin : qui manque à l'appel ?*     373

Chapitre 17
*1795-1799 – Peindre encore ? À quoi bon ?*     410

Chapitre 18
*1799-1802 – Finalement ils ont tenu !*     443

Chapitre 19
*1803-1805 – Napoléon abolit Henri IV !*     467

Chapitre 20
*1805-1806 – Déjà la fin ?*     494

Épilogue     519

*Chronologie*     525

## DU MÊME AUTEUR

*Aux Éditions Gallimard*

LÉONARD DE VINCI, 2008 (Folio Biographies n° 46)

*Aux Éditions Télémaque*

LA PASSION LIPPI, 2004 (Folio n° 4354)
LE RÊVE BOTTICELLI, 2005 (Folio n° 4509)
L'OBSESSION VINCI, 2007 (Folio n° 4880)
DIDEROT, LE GÉNIE DÉBRAILLÉ, 2009 et 2010 (Folio n° 5216)
FRAGONARD, L'INVENTION DU BONHEUR, 2011 (Folio n° 5561)

*Aux Éditions Robert Laffont*

MÉMOIRES D'HÉLÈNE, 1988
PATIENCE, ON VA MOURIR, 1990
LES BELLES MENTEUSES, 1992
LE SOURIRE AUX ÉCLATS, 2001

*Chez d'autres éditeurs*

DÉBANDADE, *Éditions Alésia*, 1982
CARNET D'ADRESSES, *Éditions HarPo*, 1985

## COLLECTION FOLIO

*Dernières parutions*

| | | |
|---|---|---|
| 5456. | Italo Calvino | *Le sentier des nids d'araignées* |
| 5457. | Italo Calvino | *Le vicomte pourfendu* |
| 5458. | Italo Calvino | *Le baron perché* |
| 5459. | Italo Calvino | *Le chevalier inexistant* |
| 5460. | Italo Calvino | *Les villes invisibles* |
| 5461. | Italo Calvino | *Sous le soleil jaguar* |
| 5462. | Lewis Carroll | *Misch-Masch et autres textes de jeunesse* |
| 5463. | Collectif | *Un voyage érotique. Invitation à l'amour dans la littérature du monde entier* |
| 5464. | François de La Rochefoucauld | *Maximes suivi de Portrait de de La Rochefoucauld par lui-même* |
| 5465. | William Faulkner | *Coucher de soleil et autres Croquis de La Nouvelle-Orléans* |
| 5466. | Jack Kerouac | *Sur les origines d'une génération suivi de Le dernier mot* |
| 5467. | Liu Xinwu | *La Cendrillon du canal suivi de Poisson à face humaine* |
| 5468. | Patrick Pécherot | *Petit éloge des coins de rue* |
| 5469. | George Sand | *Le château de Pictordu* |
| 5470. | Montaigne | *Sur l'oisiveté et autres Essais en français moderne* |
| 5471. | Martin Winckler | *Petit éloge des séries télé* |
| 5472. | Rétif de La Bretonne | *La Dernière aventure d'un homme de quarante-cinq ans* |
| 5473. | Pierre Assouline | *Vies de Job* |
| 5474. | Antoine Audouard | *Le rendez-vous de Saigon* |
| 5475. | Tonino Benacquista | *Homo erectus* |
| 5476. | René Fregni | *La fiancée des corbeaux* |

| | | |
|---|---|---|
| 5477. | Shilpi Somaya Gowda | *La fille secrète* |
| 5478. | Roger Grenier | *Le palais des livres* |
| 5479. | Angela Huth | *Souviens-toi de Hallows Farm* |
| 5480. | Ian McEwan | *Solaire* |
| 5481. | Orhan Pamuk | *Le musée de l'Innocence* |
| 5482. | Georges Perec | *Les mots croisés* |
| 5483. | Patrick Pécherot | *L'homme à la carabine. Esquisse* |
| 5484. | Fernando Pessoa | *L'affaire Vargas* |
| 5485. | Philippe Sollers | *Trésor d'Amour* |
| 5487. | Charles Dickens | *Contes de Noël* |
| 5488. | Christian Bobin | *Un assassin blanc comme neige* |
| 5490. | Philippe Djian | *Vengeances* |
| 5491. | Erri De Luca | *En haut à gauche* |
| 5492. | Nicolas Fargues | *Tu verras* |
| 5493. | Romain Gary | *Gros-Câlin* |
| 5494. | Jens Christian Grøndahl | *Quatre jours en mars* |
| 5495. | Jack Kerouac | *Vanité de Duluoz. Une éducation aventureuse 1939-1946* |
| 5496. | Atiq Rahimi | *Maudit soit Dostoïevski* |
| 5497. | Jean Rouaud | *Comment gagner sa vie honnêtement. La vie poétique, I* |
| 5498. | Michel Schneider | *Bleu passé* |
| 5499. | Michel Schneider | *Comme une ombre* |
| 5500. | Jorge Semprun | *L'évanouissement* |
| 5501. | Virginia Woolf | *La Chambre de Jacob* |
| 5502. | Tardi-Pennac | *La débauche* |
| 5503. | Kris et Étienne Davodeau | *Un homme est mort* |
| 5504. | Pierre Dragon et Frederik Peeters | *R G Intégrale* |
| 5505. | Erri De Luca | *Le poids du papillon* |
| 5506. | René Belleto | *Hors la loi* |
| 5507. | Roberto Calasso | *K.* |
| 5508. | Yannik Haenel | *Le sens du calme* |
| 5509. | Wang Meng | *Contes et libelles* |
| 5510. | Julian Barnes | *Pulsations* |
| 5511. | François Bizot | *Le silence du bourreau* |

| | |
|---|---|
| 5512. John Cheever | *L'homme de ses rêves* |
| 5513. David Foenkinos | *Les souvenirs* |
| 5514. Philippe Forest | *Toute la nuit* |
| 5515. Éric Fottorino | *Le dos crawlé* |
| 5516. Hubert Haddad | *Opium Poppy* |
| 5517. Maurice Leblanc | *L'Aiguille creuse* |
| 5518. Mathieu Lindon | *Ce qu'aimer veut dire* |
| 5519. Mathieu Lindon | *En enfance* |
| 5520. Akira Mizubayashi | *Une langue venue d'ailleurs* |
| 5521. Jón Kalman Stefánsson | *La tristesse des anges* |
| 5522. Homère | *Iliade* |
| 5523. E.M. Cioran | *Pensées étranglées* précédé du *Mauvais démiurge* |
| 5524. Dôgen | *Corps et esprit. La Voie du zen* |
| 5525. Maître Eckhart | *L'amour est fort comme la mort et autres textes* |
| 5526. Jacques Ellul | *«Je suis sincère avec moi-même» et autres lieux communs* |
| 5527. Liu An | *Du monde des hommes. De l'art de vivre parmi ses semblables.* |
| 5528. Sénèque | *De la providence* suivi de *Lettres à Lucilius (lettres 71 à 74)* |
| 5529. Saâdi | *Le Jardin des Fruits. Histoires édifiantes et spirituelles* |
| 5530. Tchouang-tseu | *Joie suprême et autres textes* |
| 5531. Jacques de Voragine | *La Légende dorée. Vie et mort de saintes illustres* |
| 5532. Grimm | *Hänsel et Gretel* et autres contes |
| 5533. Gabriela Adameşteanu | *Une matinée perdue* |
| 5534. Eleanor Catton | *La répétition* |
| 5535. Laurence Cossé | *Les amandes amères* |
| 5536. Mircea Eliade | *À l'ombre d'une fleur de lys...* |
| 5537. Gérard Guégan | *Fontenoy ne reviendra plus* |
| 5538. Alexis Jenni | *L'art français de la guerre* |
| 5539. Michèle Lesbre | *Un lac immense et blanc* |
| 5540. Manset | *Visage d'un dieu inca* |

| | | |
|---|---|---|
| 5541. | Catherine Millot | O Solitude |
| 5542. | Amos Oz | *La troisième sphère* |
| 5543. | Jean Rolin | *Le ravissement de Britney Spears* |
| 5544. | Philip Roth | *Le rabaissement* |
| 5545. | Honoré de Balzac | *Illusions perdues* |
| 5546. | Guillaume Apollinaire | *Alcools* |
| 5547. | Tahar Ben Jelloun | *Jean Genet, menteur sublime* |
| 5548. | Roberto Bolaño | *Le Troisième Reich* |
| 5549. | Michaël Ferrier | *Fukushima. Récit d'un désastre* |
| 5550. | Gilles Leroy | *Dormir avec ceux qu'on aime* |
| 5551. | Annabel Lyon | *Le juste milieu* |
| 5552. | Carole Martinez | *Du domaine des Murmures* |
| 5553. | Éric Reinhardt | *Existence* |
| 5554. | Éric Reinhardt | *Le système Victoria* |
| 5555. | Boualem Sansal | *Rue Darwin* |
| 5556. | Anne Serre | *Les débutants* |
| 5557. | Romain Gary | *Les têtes de Stéphanie* |
| 5558. | Tallemant des Réaux | *Historiettes* |
| 5559. | Alan Bennett | *So shocking !* |
| 5560. | Emmanuel Carrère | *Limonov* |
| 5561. | Sophie Chauveau | *Fragonard, l'invention du bonheur* |
| 5562. | Collectif | *Lecteurs, à vous de jouer !* |
| 5563. | Marie Darrieussecq | *Clèves* |
| 5564. | Michel Déon | *Les poneys sauvages* |
| 5565. | Laura Esquivel | *Vif comme le désir* |
| 5566. | Alain Finkielkraut | *Et si l'amour durait* |
| 5567. | Jack Kerouac | *Tristessa* |
| 5568. | Jack Kerouac | *Maggie Cassidy* |
| 5569. | Joseph Kessel | *Les mains du miracle* |
| 5570. | Laure Murat | *L'homme qui se prenait pour Napoléon* |
| 5571. | Laure Murat | *La maison du docteur Blanche* |
| 5572. | Daniel Rondeau | *Malta Hanina* |
| 5573. | Brina Svit | *Une nuit à Reykjavík* |
| 5574. | Richard Wagner | *Ma vie* |
| 5575. | Marlena de Blasi | *Mille jours en Toscane* |

| | | |
|---|---|---|
| 5577. | Benoît Duteurtre | *L'été 76* |
| 5578. | Marie Ferranti | *Une haine de Corse* |
| 5579. | Claude Lanzmann | *Un vivant qui passe* |
| 5580. | Paul Léautaud | *Journal littéraire. Choix de pages* |
| 5581. | Paolo Rumiz | *L'ombre d'Hannibal* |
| 5582. | Colin Thubron | *Destination Kailash* |
| 5583. | J. Maarten Troost | *La vie sexuelle des cannibales* |
| 5584. | Marguerite Yourcenar | *Le tour de la prison* |
| 5585. | Sempé-Goscinny | *Les bagarres du Petit Nicolas* |
| 5586. | Sylvain Tesson | *Dans les forêts de Sibérie* |
| 5587. | Mario Vargas Llosa | *Le rêve du Celte* |
| 5588. | Martin Amis | *La veuve enceinte* |
| 5589. | Saint Augustin | *L'Aventure de l'esprit* |
| 5590. | Anonyme | *Le brahmane et le pot de farine* |
| 5591. | Simone Weil | *Pensées sans ordre concernant l'amour de Dieu* |
| 5592. | Xun zi | *Traité sur le Ciel* |
| 5593. | Philippe Bordas | *Forcenés* |
| 5594. | Dermot Bolger | *Une seconde vie* |
| 5595. | Chochana Boukhobza | *Fureur* |
| 5596. | Chico Buarque | *Quand je sortirai d'ici* |
| 5597. | Patrick Chamoiseau | *Le papillon et la lumière* |
| 5598. | Régis Debray | *Éloge des frontières* |
| 5599. | Alexandre Duval-Stalla | *Claude Monet - Georges Clemenceau : une histoire, deux caractères* |
| 5600. | Nicolas Fargues | *La ligne de courtoisie* |
| 5601. | Paul Fournel | *La liseuse* |
| 5602. | Vénus Khoury-Ghata | *Le facteur des Abruzzes* |
| 5603. | Tuomas Kyrö | *Les tribulations d'un lapin en Laponie* |
| 5605. | Philippe Sollers | *L'Éclaircie* |
| 5606. | Collectif | *Un oui pour la vie ?* |
| 5607. | Éric Fottorino | *Petit éloge du Tour de France* |
| 5608. | E.T.A. Hoffmann | *Ignace Denner* |
| 5609. | Frédéric Martinez | *Petit éloge des vacances* |

| | | |
|---|---|---|
| 5610. | Sylvia Plath | *Dimanche chez les Minton et autres nouvelles* |
| 5611. | Lucien | *« Sur des aventures que je n'ai pas eues ». Histoire véritable* |
| 5612. | Julian Barnes | *Une histoire du monde en dix chapitres ½* |
| 5613. | Raphaël Confiant | *Le gouverneur des dés* |
| 5614. | Gisèle Pineau | *Cent vies et des poussières* |
| 5615. | Nerval | *Sylvie* |
| 5616. | Salim Bachi | *Le chien d'Ulysse* |
| 5617. | Albert Camus | *Carnets I* |
| 5618. | Albert Camus | *Carnets II* |
| 5619. | Albert Camus | *Carnets III* |
| 5620. | Albert Camus | *Journaux de voyage* |
| 5621. | Paula Fox | *L'hiver le plus froid* |
| 5622. | Jérôme Garcin | *Galops* |
| 5623. | François Garde | *Ce qu'il advint du sauvage blanc* |
| 5624. | Franz-Olivier Giesbert | *Dieu, ma mère et moi* |
| 5625. | Emmanuelle Guattari | *La petite Borde* |
| 5626. | Nathalie Léger | *Supplément à la vie de Barbara Loden* |
| 5627. | Herta Müller | *Animal du cœur* |
| 5628. | J.-B. Pontalis | *Avant* |
| 5629. | Bernhard Schlink | *Mensonges d'été* |
| 5630. | William Styron | *À tombeau ouvert* |
| 5631. | Boccace | *Le Décaméron. Première journée* |
| 5632. | Isaac Babel | *Une soirée chez l'impératrice* |
| 5633. | Saul Bellow | *Un futur père* |
| 5634. | Belinda Cannone | *Petit éloge du désir* |
| 5635. | Collectif | *Faites vos jeux !* |
| 5636. | Collectif | *Jouons encore avec les mots* |
| 5637. | Denis Diderot | *Sur les femmes* |
| 5638. | Elsa Marpeau | *Petit éloge des brunes* |
| 5639. | Edgar Allan Poe | *Le sphinx* |
| 5640. | Virginia Woolf | *Le quatuor à cordes* |
| 5641. | James Joyce | *Ulysse* |
| 5642. | Stefan Zweig | *Nouvelle du jeu d'échecs* |

| | | |
|---|---|---|
| 5643. | Stefan Zweig | *Amok* |
| 5644. | Patrick Chamoiseau | *L'empreinte à Crusoé* |
| 5645. | Jonathan Coe | *Désaccords imparfaits* |
| 5646. | Didier Daeninckx | *Le Banquet des Affamés* |
| 5647. | Marc Dugain | *Avenue des Géants* |
| 5649. | Sempé-Goscinny | *Le Petit Nicolas, c'est Noël !* |
| 5650. | Joseph Kessel | *Avec les Alcooliques Anonymes* |
| 5651. | Nathalie Kuperman | *Les raisons de mon crime* |
| 5652. | Cesare Pavese | *Le métier de vivre* |
| 5653. | Jean Rouaud | *Une façon de chanter* |
| 5654. | Salman Rushdie | *Joseph Anton* |
| 5655. | Lee Seug-U | *Ici comme ailleurs* |
| 5656. | Tahar Ben Jelloun | *Lettre à Matisse* |
| 5657. | Violette Leduc | *Thérèse et Isabelle* |
| 5658. | Stefan Zweig | *Angoisses* |
| 5659. | Raphaël Confiant | *Rue des Syriens* |
| 5660. | Henri Barbusse | *Le feu* |
| 5661. | Stefan Zweig | *Vingt-quatre heures de la vie d'une femme* |
| 5662. | M. Abouet/C. Oubrerie | *Aya de Yopougon, 1* |
| 5663. | M. Abouet/C. Oubrerie | *Aya de Yopougon, 2* |
| 5664. | Baru | *Fais péter les basses, Bruno !* |
| 5665. | William S. Burroughs/ Jack Kerouac | *Et les hippopotames ont bouilli vifs dans leurs piscines* |
| 5666. | Italo Calvino | *Cosmicomics, récits anciens et nouveaux* |
| 5667. | Italo Calvino | *Le château des destins croisés* |
| 5668. | Italo Calvino | *La journée d'un scrutateur* |
| 5669. | Italo Calvino | *La spéculation immobilière* |
| 5670. | Arthur Dreyfus | *Belle Famille* |
| 5671. | Erri De Luca | *Et il dit* |
| 5672. | Robert M. Edsel | *Monuments Men* |
| 5673. | Dave Eggers | *Zeitoun* |
| 5674. | Jean Giono | *Écrits pacifistes* |
| 5675. | Philippe Le Guillou | *Le pont des anges* |
| 5676. | Francesca Melandri | *Eva dort* |

| | | |
|---|---|---|
| 5677. | Jean-Noël Pancrazi | *La montagne* |
| 5678. | Pascal Quignard | *Les solidarités mystérieuses* |
| 5679. | Leïb Rochman | *À pas aveugles de par le monde* |
| 5680. | Anne Wiazemsky | *Une année studieuse* |
| 5681. | Théophile Gautier | *L'Orient* |
| 5682. | Théophile Gautier | *Fortunio. Partie carrée. Spirite* |
| 5683. | Blaise Cendrars | *Histoires vraies* |
| 5684. | David McNeil | *28 boulevard des Capucines* |
| 5685. | Michel Tournier | *Je m'avance masqué* |
| 5686. | Mohammed Aïssaoui | *L'étoile jaune et le croissant* |
| 5687. | Sebastian Barry | *Du côté de Canaan* |
| 5688. | Tahar Ben Jelloun | *Le bonheur conjugal* |
| 5689. | Didier Daeninckx | *L'espoir en contrebande* |
| 5690. | Benoît Duteurtre | *À nous deux, Paris !* |
| 5691. | F. Scott Fitzgerald | *Contes de l'âge du jazz* |
| 5692. | Olivier Frébourg | *Gaston et Gustave* |
| 5693. | Tristan Garcia | *Les cordelettes de Browser* |
| 5695. | Bruno Le Maire | *Jours de pouvoir* |
| 5696. | Jean-Christophe Rufin | *Le grand Cœur* |
| 5697. | Philippe Sollers | *Fugues* |
| 5698. | Joy Sorman | *Comme une bête* |
| 5699. | Avraham B. Yehoshua | *Rétrospective* |
| 5700. | Émile Zola | *Contes à Ninon* |
| 5701. | Vassilis Alexakis | *L'enfant grec* |
| 5702. | Aurélien Bellanger | *La théorie de l'information* |
| 5703. | Antoine Compagnon | *La classe de rhéto* |
| 5704. | Philippe Djian | *"Oh..."* |
| 5705. | Marguerite Duras | *Outside* suivi de *Le monde extérieur* |
| 5706. | Joël Egloff | *Libellules* |
| 5707. | Leslie Kaplan | *Millefeuille* |
| 5708. | Scholastique Mukasonga | *Notre-Dame du Nil* |
| 5709. | Scholastique Mukasonga | *Inyenzi ou les Cafards* |
| 5710. | Erich Maria Remarque | *Après* |
| 5711. | Erich Maria Remarque | *Les camarades* |
| 5712. | Jorge Semprun | *Exercices de survie* |
| 5713. | Jón Kalman Stefánsson | *Le cœur de l'homme* |

| | | |
|---|---|---|
| 5714. | Guillaume Apollinaire | « *Mon cher petit Lou* » |
| 5715. | Jorge Luis Borges | *Le Sud* |
| 5716. | Thérèse d'Avila | *Le Château intérieur* |
| 5717. | Chamfort | *Maximes* |
| 5718. | Ariane Charton | *Petit éloge de l'héroïsme* |
| 5719. | Collectif | *Le goût du zen* |
| 5720. | Collectif | *À vos marques !* |
| 5721. | Olympe de Gouges | « *Femme, réveille-toi !* » |
| 5722. | Tristan Garcia | *Le saut de Malmö* |
| 5723. | Silvina Ocampo | *La musique de la pluie* |
| 5724. | Jules Verne | *Voyage au centre de la terre* |
| 5725. | J. G. Ballard | *La trilogie de béton* |
| 5726. | François Bégaudeau | *Un démocrate : Mick Jagger 1960-1969* |
| 5727. | Julio Cortázar | *Un certain Lucas* |
| 5728. | Julio Cortázar | *Nous l'aimons tant, Glenda* |
| 5729. | Victor Hugo | *Le Livre des Tables* |
| 5730. | Hillel Halkin | *Melisande ! Que sont les rêves ?* |
| 5731. | Lian Hearn | *La maison de l'Arbre joueur* |
| 5732. | Marie Nimier | *Je suis un homme* |
| 5733. | Daniel Pennac | *Journal d'un corps* |
| 5734. | Ricardo Piglia | *Cible nocturne* |
| 5735. | Philip Roth | *Némésis* |
| 5736. | Martin Winckler | *En souvenir d'André* |
| 5737. | Martin Winckler | *La vacation* |
| 5738. | Gerbrand Bakker | *Le détour* |
| 5739. | Alessandro Baricco | *Emmaüs* |
| 5740. | Catherine Cusset | *Indigo* |

*Composition Nord Compo*
*Impression Maury-Imprimeur*
*45330 Malesherbes*
*le 25 avril 2014.*
*Dépôt légal : avril 2014.*
*1$^{er}$ dépôt légal dans la collection : mars 2013.*
*Numéro d'imprimeur : 189831.*

ISBN 978-2-07-044872-2. / Imprimé en France.

271121